U0803732

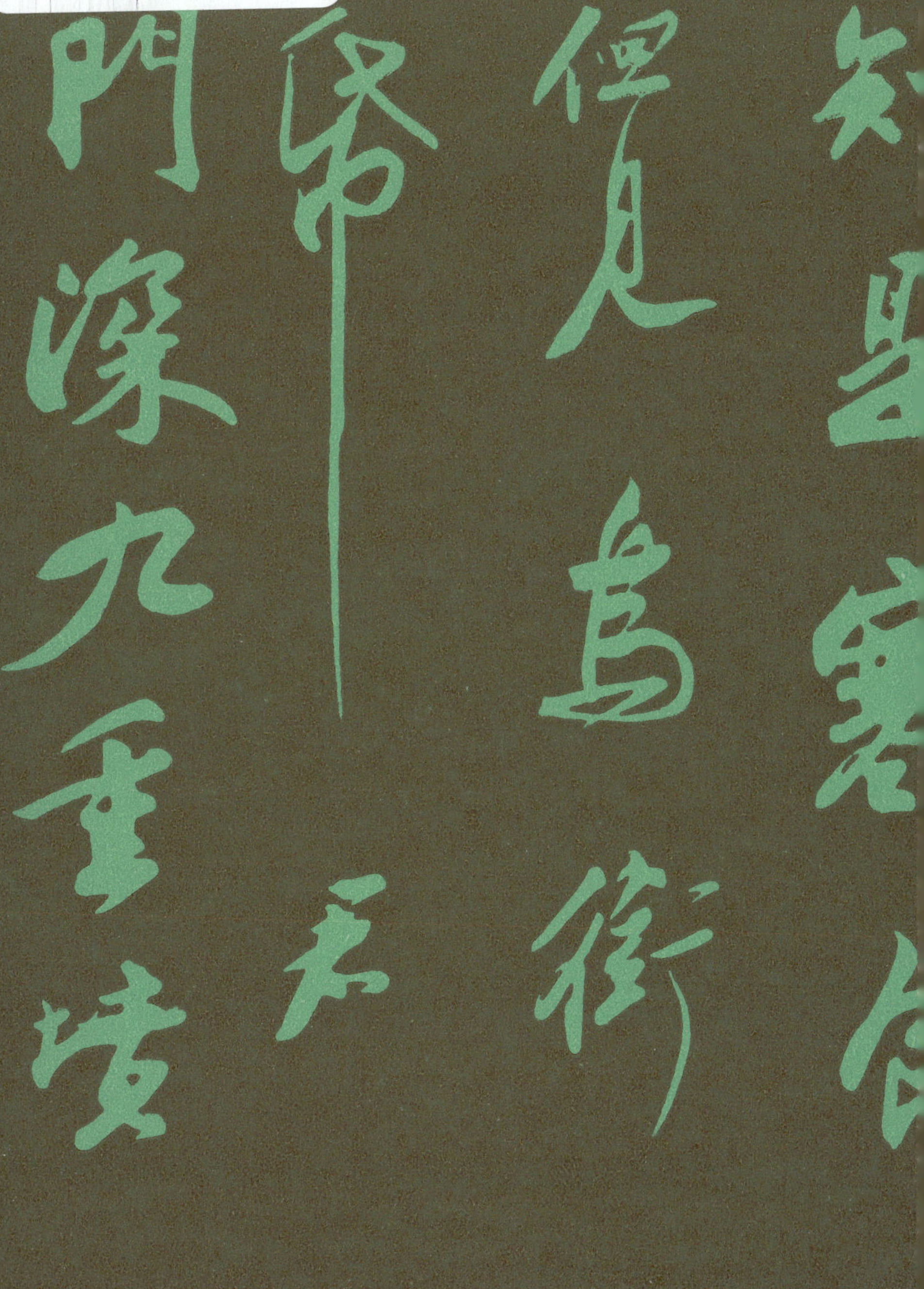

全宋詩

北京大學古文獻研究所編
傅璇琮 倪其心 許逸民
孫欽善 陳 新
主編

第七一册

北京大學出版社

全國高等院校古籍整理研究工作委員會重點項目

編纂委員會顧問

王　起　周　林　周紹良　啓　功　程千帆

鄧廣銘　錢仲聯　繆　鉞

編纂委員會

孔凡禮　王　嵐　王麗萍　安平秋　李　更

李致忠　宋祥瑞　吳　鷗　金開誠　馬秀娟

高秀芳　孫欽善　陳　新　陳　捷　陳曉蘭

倪其心　許紅霞　許逸民　張弘泓　張躍明

傅璇琮　楊　忠　漆永祥　裴汝誠　趙　前

劉　瑛　嚴紹璗　羅　琳　欒貴明

本册資料人員

朱寶模　孟憲忠　姚兆寧　徐永强　崔庚昌　崔　岩

劉　雯

參加本册整理者

于博文　王德保　王麗萍　孔凡禮　朱寶模　李　全

李　更　李　菁　吴國武　岳仁堂　孟憲忠　馬秀娟

高秀芳　陳曉蘭　徐永强　徐　進　崔統華　許紅霞

康笑菲　張天鴿　張弘泓　甯德偉　虞　行　聞　賢

漆永祥　蔣岳紅　劉　佳　劉　虹　劉　雯　劉　瑛

劉　寧　戴　螢　顧永新

參加本册補遺者

王　嵐

本册責任編委

王　嵐　高秀芳

第七一册詩人總目

第七一册目次

全宋詩卷三七〇八

全宋詩卷三七〇九

全宋詩卷三七一〇

全宋詩卷三七一一

全宋詩卷三七一二

全宋詩卷三七一三

全宋詩卷三七一六

全宋詩卷三七一七

全宋詩卷三七一八

全宋詩卷三七一九

全宋詩卷三七二〇

全宋詩卷三七二一

全宋詩卷三七二二

全宋詩卷三七二三

全宋詩卷三七二四

全宋詩卷三七二五

全宋詩卷三七二六

全宋詩卷三七二七

全宋詩卷三七二八

全宋詩卷三七二九

全宋詩卷三七三〇

全宋詩卷三七三一

全宋詩卷三七三二

全宋詩卷三七三三

全宋詩卷三七三四

全宋詩卷三七三五

全宋詩卷三七三六

全宋詩卷三七三七

全宋詩卷二七三八

全宋詩卷三七三九

全宋詩卷三七〇八

陸文圭一

陸文圭(一二五〇—一三三四),字子方,江陰(今屬江蘇)人。度宗咸淳三年(一二六七)膺鄉薦,時年十八。宋亡隱居城東,學者稱墻東先生。元仁宗延祐四年(一三一七)再中鄉舉,朝廷數度徵召,以老疾不應。卒年八十五。有《墻東類稿》二十卷,已佚。清四庫館臣據《永樂大典》仍輯爲二十卷。清光緒《江陰縣志》卷一六有傳。

陸文圭詩,以影印文淵閣《四庫全書》本爲底本,新輯集外詩附於卷末。

題鄭子實秋溪釣雨圖

江晚漁歸,鄭谷能詩,未能畫也。今子實乃能之耶。四言八句,聊咨一笑

水墨淡淡,烟雨濛濛。溪抱前山,人倚孤篷。我懷季鷹,感慨秋風。身羈洛下,興寄吳淞。

題猿石手卷二首

空山暮雨,枯木曉霜。此處聞聲,若爲斷腸。

楚山無人,群戲樹顛。或據大石,如君長然。

讀史

魏延及楊儀,兩人蜀俊乂。各懷專妬心,曲直竟誰在。孔明惜其才,未嘗輒偏廢。渭南反斾歸,師在千里外。朝臣意左右,魏爲楊所害。楊亦不得死,晚用姜維輩。蜀竟以是亡,束手付鄧艾。艾復矜其功,受制于鍾會。四人共一律,皆以專妬敗。家國莫不然,嗚呼可爲戒。

李杜

子美坐同谷，太白走扶風。雖遭倉黄急，轉覺吟咏工。首亂者群憸，貽禍及二翁。因知漆室女，發論乃至公。觸事機難審，臨危計易窮。川原愁夕照，草木困西風。鬼馬如龍游，鬼妾如花紅。變滅不須臾，焉能保其終。擇禍莫若輕，老遁林谷中。

賦蕭仲堅所書汴梁節婦事

汴水流濁黄，美人如冰清。案無伯鸞夫，袴無趙氏嬰。姑老扶上牀，夜寒機杼鳴。停梭獨太息，莫把鴛鴦織。織成孤飛雁，離群不再匹。河東柳家兒，抉眼去其夫。愚者生不諧，直者死不渝。太師漢復周，相國秦又楚。嗟哉二丈夫，愧此一嫠女。

謝詹中美惠五典毓蒙書

山上有佳木，春風抽新萌。勿縱羊與斧，條葉隨敷榮。山下有流泉，涓涓滴深清。勿投泥與沙，支派任縱橫。物爾人亦然，習與性俱成。位可望賢聖，教乃始孩嬰。五典叙千古，一編粹群英。屬辭不厭巧，立義不厭精。金玉二三子，源委諸老生。寒燈讀未竟，眵眼開雙明。惜哉書晚出，會使世盛行。價知貴洛紙，報愧乏齊瓊。

得己堂

爲己終成物，爲人適喪己。得之以爲重，喪者深可耻。與其乞墦生，不若蒙袂死。貧賤勿失色，富貴亦勿競。窮達本無心，安於義與命。人受命於天，顔孟獨能正。

性齋二首爲分湖陸提舉作

孔門性不聞，學者失其義。上中下爲三，善與惡爲二。鄒洛異而同，韓揚同而異。不指理不明，不兼氣不備。理無智無愚，氣有駁有粹。本體在涵養，工夫由克治。立義以居敬，存誠以去僞。曾思兩卷書，學問千古事。性外無餘天，齋中有樂地。

吾宗家湖曲，虚齋納天光。清源瀉活水，中有菡萏香。我欲袖兩圖，再拜升公堂。先天揭右序，太極列左方。見草憶春陵，看花思洛陽。花草各有性，指圖試參詳。

怡顔亭曹若晦子無易爲奉親作

冬青有何好，婆娑歲寒姿。每愛淵明句，獨樹乃爲奇。朝陽紫翠交，夕月光陸離。幽懷聊所寄，宴生輒移時。陶寫得真性，絲竹亦何爲。歡趣不自覺，况令兒輩知。

雜詩五首

田叟不知書，指望升平年。一生把鋤犁，忽聞鑄戈鋋。早晚征傜起，驚訛走相傳。腐儒寒窗下，風雨正鼾眠。

夜半更相呼，巷南連巷北。人語何喧喧，陰風何窣窣。猛虎下山來，掉尾逐不得。村中雞犬盡，行擇小兒食。

何處人夜歸，一犬穿籬吠。狺狺聲四起，似各應其類。月寒人影空，帖耳循牆去。家家防穿窬，披衣不得睡。

秋聲何颼颼，乃在枯柳邊。疇昔韻鸝鶊，歲晚棲窮蟬。張緒少年時，春風正可憐。流光不相待，白首淚潸然。

定遠未封侯，發憤投其筆。老儒七十餘，毫秃手不釋。才器有長短，志器各自適。遥思玉關外，萬里風沙隔。

次善卿雜詩五首

貞女不自媒,蛾眉爲誰掃。春風吹年華,閉户綠芳草。靈脩不我顧,覽鏡紅顏槁。焉得北堂萱,聊用寬憂抱。又懼青蠅讒,善使黑白倒。遂令親者疏,我欲俾有昊。

東坡譏舉子,有類候蟲鳴。退之譏詩人,謂作蒼蠅聲。制策直而核,聯句新且清。自作復自譏,持論終未平。無人解此意,起我懷古情。

蛙從井底語,豹在管中見。若遇大方家,一笑真自獻。饋漿意已驚,抱甕力殊倦。因知巧若拙,頗覺狂次狷。玉以德保瑕,珉以多故賤。

火雲吐赤日,旱勢千里闊。古人救荒術,貨食知本末。家家算口賦,殆類僧持鉢。激水活肆枯,植木蔭道暍。諸公善努力,赤子正飢渴。

棄兒啼草間,瘦妻卧路傍。公廩已告匱,私户猶多藏。嗟哉守錢奴,盜竊勢且昌。莫保千金軀,汝富安得長。鍊炭不及炊,寶玦空自將。獨有黃巾寇,不入鄭公鄉。高賢古所貴,薄俗今可傷。

婺州傅仁贄詩求見依韻和之

髮燥始出游,心期結明主。天方窮畸人,世不喜生語。絕絃恨伯牙,抱璞泣和氏。獨憐身皓皓,不救俗靡靡。競趨聲利途,孰蹈仁義軌。寘之勿復道,作者敦竊比。自注:來詩鄙班、馬而況孟氏。婺女寶氣明,箕尾德星聚。自注:謂傅説也。雜遝貢棘闈,高明識芝宇。鑑衡付有司,尺度失奇士。少需知我者,一第溷子耳。瓠樗嗟無用,車斗可勝數。老矣何能爲,欲然徒自視。安得善及人,共勉學爲己。

和陸振之見贈韻

我懷陶元亮,早棄彭澤令。寧甘柴桑餓,不受宋人聘。晚詩題甲子,繞著義熙正。得書晉徵士,千載論始定。吾宗佳公子，世祿讓千乘。高眠九思齋，清節故可敬。寄來停雲篇，詞與意俱勝。耿耿好賢心，頗似緇衣鄭。居家未得閒，歎歲講荒政。良苗困螟螣，兇暴過梟獍。閭里不聊生，一髮寄微命。閉閤憂攢眉，懷哉我同姓。惜無勳業志，不必頻看鏡。吾衰畏殘暑，一雨秋意盛。拏舟泝流歸，帆飽風力勁。田蕪且莫問，但恨荒菊徑。明月近中秋，雲掃天宇淨。素蛾惜皓髮，把酒呼不應。何當共攜手，盡此南樓興。效顰輒捧心，拙句酬佳詠。

和丁師善韻時奉省檄檢災

轍鮒活斗升，莫向肆中索。已無秋成望，況復歲暮迫。蓉城一小縣，舞袖折旋窄。針芒萬畝青，席卷一川白。苦腸真食蓼，枵腹思啖柏。蒙袂嗟飢氓，胠篋畏暴客。將懷轉壑憂，誰任求芻責。爲政推仁心，匹婦無弗獲。登途祗王命，東西固不擇。漢網殊闊疏，掛一直漏百。但令大綱正，潛使宿弊革。斯民本同體，難以一膜隔。發奸雖有術，救急豈無策。不憚原隰驅，要知閭里阨。消平蛇龍居，安集鴻雁宅。庶免愁歎聲，謠誦沸廣陌。

辛卯二月記異

客子遊吳中，步上姑蘇臺。是日天雨土，四面集坌埃。微明日漏出，半朗風吹開。癡兒戲團沙，智士疑劫灰。天意復如此，人事信悠哉。

有感

六月南風盛，秋意雖未多。長養會有極，搖落將如何。高槐鳴衰蟬，況乃蒲與荷。一老坐太息，群兒笑且歌。笑歌恐未終，歲月已蹉跎。

春日不出

春風不著人，微寒帶微和。落梅枝上稀，桃李園中多。桃李尚爲容，青草被陵阿。時至氣自應，美惡同一科。無聲花蝶拍，有韻山鳥歌。老人閉門坐，如此景物何。

清明日偕趙雲壁張仲實顧伯玉張見山游分韻得好字以百家衣補之趙故嘉禾宰今爲學官坐中多及學校事

清明花亂開，今日風日好。吾得及春游，相期拾瑤草。城市多囂塵，客衣日杲杲。何時一樽酒，且試開懷抱。王孫丈人行，生世何用早。爲樂當及時，蹉跎覺年老。虛名復何益，棄捐勿復道。但願崇明德，藏身以爲寶。

三月旦日出遊

季春已一日，寒氣猶襲人。齋中偷小暇，陌上追餘春。金華古精廬，幾劫化微塵。入門何所見，修竹出牆鄰。迤北過崇明，殿閣何嶙峋。山房閉不啓，俗客來輒嗔。徐歸偃藤牀，息我定力勻。殘書了一卷，古意含酸辛。山芽聊止渴，起瀹石泉新。

三月一日偕善之無逸遊南山桃園分韻得源字

白雲起南山，隨我度溪園。園丁荷鋤去，季女出應門。汲泉供香茗，掃石開清樽。人靜禽聲樂，春深花事繁。蛾眉映修竹，掩袂嬌欲言。吾親白雲外，未敢訪桃源。

癸卯二月仲實諸人游野外飲花下得家字

散步逐芳草，小酌慰殘花。土銼野人居，茜裙蠶婦家。汲流澗水渾，挽樹花梢斜。園童貢新蔬，復邀啜杯茶。我興偶然盡，汝意良可嘉。

申港道中

兀兀乘肩輿，西風掠老鬢。雲涷山色暝，水寒江聲近。籬根盈尺雪，晴釋纔及寸。人事日相酬，客路歲將盡。急歸掩柴門，地爐撥餘燼。

茅山道中

蜿蜒西北來，土阜餘百里。怪石聳巉岩，勢距三峰止。大峰東南傾，中峰伏龍起。綿綿亘不斷，小峰平而峙。名雖漢代立，山自開闢始。我來春雨餘，峰色有如喜。綠鬟光可鑑，櫛沐初出水。縹緲三仙人，婆娑一老子。情知隔凡聖，頗亦達生死。埋金何必問，採藥聊復爾。洞乳滴丹泉，手掬漱吾齒。

游崇禧觀南塢真人置酒索詩

粉牆繚而曲，轉入寶珠林。卷簾爐香出，竹日淨沉沉。天人一代師，功行夙所欽。掀髯顧我笑，呼酒得細斟。雲廚薦黃獨，飽慰飢蟲吟。相攜鑑正室，試聽玉泉琴。

京口訪郭義山出示陸丞相遺墨

寶祐丙辰榜，季世尚詞章。功業已衰謝，氣概猶堂堂。壯士死海島，尤勝死睢陽。遺翰落人間，姓字透紙香。甲子行一周，復見文運昌。遺黎存一二，往事空茫茫。寒燈客窗夢，飛墮硇山洋。留眼看中原，且勿悲故鄉。

渡黃河舟子作難久之乃渡

四瀆水中大，尋源河最長。未必通漢津，支機事荒唐。導流始積石，以西入要荒。龍門久東狹，橫潰走徐梁。奔流俟其定，勢可一葦航。我來桃源渡，渾渾流濁黃。艤舟不肯濟，奈此黄帽郎。石瀨投千金，貞女可憐傷。

宿遷道中遇雪

登車宿遷北，萬頃鋪瓊田。黑雲湛水光，上下玻璃天。六花時時飄，集我車上氈。左右拍手笑，翁似白鶴仙。失卻翁白髯，頓覺翁少年。

入杭苦雪二首

雪天無晨昏，尤難辨西東。高低賦萬象，偶爾一色同。會覩日與月，終愁雨兼風。居人掩關卧，況乃逆旅中。買薪呼斗酒，黧頰生微紅。

年年西湖上，梅柳得春多。新正十日雪，重陰壓微和。皓潔混泥途，輕盈赴寒波。危橋驢失腳，不如坐吟哦。推窗無傑句，奈此玉峰何。

至元重光單閼之歲春正月隴西郡太夫人介壽八十子侍郎帥其昆弟子姪内外姻族寮友賓客奉觴上壽如儀州人士相與嘉歎争爲歌詩詠其事而繡使紫山胡公爲之序云

斷機碎錦纈，短髩剪青絲。殷勤謝師友，老婦得佳兒。長宦客四方，鶴髮在高堂。安得凌風翼，高飛至母傍。春暉不可報，萱草日日長。今夕知何夕，門有車馬跡。堂下羅鐘鼓，堂上合賓客。春風吹緑酒，起舞兒獻壽。客問年幾何，舊歲七十九。此去三千年，蟠桃始開花。花開又結實，瑶池度歲華。客起再拜言，遺核幸分甘。小人亦有母，八十又加三。核中有瓊漿，飲之勝啜菽。懷歸滿袖香，仙霞燭幽谷。

壽理伯雍同知

理侯人之父，亦復兼母慈。束吏如頑奴，煦民猶嬰兒。闔門無雜賓，鈴下生蛛絲。内聞讀書聲，日晏忘晨炊。上馬出署事，坐看棠陰移。人靜報休衙，閉閤方退思。廷中相戒言，慎勿干以私。但祝公百歲，長爲良吏師。公言撫字勞，良吏安可爲。方當上印綬，自與赤松期。

壽李仲明同知

新息父賈彪，南陽母杜詩。束吏如官奴，護民如嬰兒。李侯妙政術，千古同襟期。高寒月半弓，清粹玉一規。掘菜朝爲虀，脱粟暮作糜。但聞讀書聲，不聞兒啼飢。褚衣敝再浣，櫪馬瘦莫騎。今朝侯生辰，父老持酒卮。廚傳寂如水，不知侯所之。介壽古有言，此意亦復辭。獨立古梅下，遙赴天仙期。

庚寅臘月二十九日餞孫晋卿宿清孝里晨起呈岩隱

驅馬四十里，悵然臨別情。舉酒坐太息，歲月空崢嶸。河流日浩浩，此地幾送迎。老我白板扉，卿等致太平。窗風吹酒醒，起視天未明。小星爭餘光，殘月西南傾。

皆山樓分韻得坐字

無詩山不喜，無樓猶自可。樓上著詩人，青山皆屬我。得句山禽鳴，落筆山花墮。翠屏招我隱，欲往輒不果。推窗呼與飲，醉吸雲一朵。須臾成五采，吐出驚滿坐。

爲劉君符賦樂山詩

山體本至靜，仁體亦如之。樂者有深味，魯論無費辭。目玩唯自得，心契若有期。逝川同一旨，妙理無容窺。劉公本好古，雅志非好奇。諸君爲著語，殆類愛山詩。泉石涵清思，松柏媚幽姿。古來山中人，此道未必知。蠟屐毋乃癖，拄笏殆成癡。獨有首陽高，薇苦甘如飴。得仁即無怨，千載真吾師。

壬辰端陽後一日會潛齋以竹深留客處荷淨納涼時分韻得淨字

日透朱櫻明，雨拭白蓮淨。布席開清樽，授簡遞新詠。謀樂須及時，養拙聊適性。傳聞度遼師，鎧甲冒暑盛。

贈劉宗道自金陵來遊茅峰

君家汴水陽，弔古游秣陵。秦淮映江月，歷代幾廢興。古人所樹立，今人愧未能。嗟我搔白髮，空齋對書燈。邂逅接餘論，談笑得良朋。我如蜩與鳩，睨鯤化爲鵬。歲晏落蓬蒿，安得齊飛騰。東望積金峰，春遊記吾曾。鶴仙遲子來，丹井嗽寒冰。

贈翟良甫洛人南遊

瀍洛天地中，父老升平年。清游盤石坐，自注：謝絳《游嵩山寄梅聖俞書》。醒酒落花眠。自注：邵伯溫《聞見録》。勝地已陳迹，故事空遺編。銅駝泣秋雨，禍機始杜鵑。耆英日凋謝，嵩少無人烟。懷古笑我迂，慕學嗟子賢。購書或千金，卧榻餘一氈。低頭肯揖吏，閉口不言錢。情已寄丘壑，足猶履山川。駕言遠尋師，胡爲近捨旃。煌煌邵程業，百世誰能傳。

贈柯山夏梅月

五星配五行，占法具春秋。參以四暗耀，不知始所由。經緯十二辰，一國係一州。三河即豫地，係宋復係周。晉自居太原，衛本都帝丘。借問益與并，古有二國不。三晉俱屬冀，韓衛不見收。嘗以扣日者，不語輒掉頭。渠未通古今，敢問儒者流。氣化互生尅，躔度有遲留。因之别貴賤，庶人與王侯。既云命在天，何以身不修。經籍古格言，較此殊不侔。殃慶有所積，禍福皆自求。理數各一家，二家果孰優。論數每多驗，言理或不售。忠信人爵從，孟軻老於鄒。仁者必有壽，牖下死伯牛。殺人取印綬，嬖主乘軒輶。將貂續狗尾，以冠加沐猴。市朝日洶洶，乾坤意悠悠。璇穹列高真，星月侍宸游。朝裾曳明霞，從珮鳴蒼璆。居然視世濁，不肯分天憂。以此司罪福，反自招愆尤。我願叫閶闔，再拜面凝旒。貪淫屏月孛，兇惡驅羅睺。仁賢迭生旺，憸邪永休囚。帝閽不可扣，金鎖閉玉樓。龍眠正齁睡，鳥語徒喧啾。路逢柯山翁，深碧明雙眸。笑我地下臣，何豫天上謀。今夕有佳月，且共登羅浮。

贈季清隱道人

虞山絚西城，尚湖繞其趾。青屏照玉鏡，屈摺十八里。傳聞漢真人，丹成飛入水。到今水不腥，魚鱉長而美。往年山中人，夜半忽驚起。神鋒閃烈電，爍爍光不已。平明斸山骨，石函半鑱毀。土花蝕蒼龍，歲月不可紀。玄靈啓幽秘，結構此經始。雲香染衣佩，嵐翠襲巾履。道人方晏坐，秋葉打窗紙。西風送詩句，吹入千岩裏。收拾費工夫，遠來將舉似。見叟卻忘言，爐烟生棐几。徐云乘興出，興盡行當止。山中有緣事，比欲相料理。白鶴數日飢，吾今且歸耳。

贈筆生楊日新

雪屋夜明寒，引紙一長吁。貧無食肉相，頗悔身業儒。晨出生謁入，被褐而長鬚。穎脱殊可喜，文翰定自娛。自言中山徒，常與陳玄俱。醉曾揮草聖，閒或寫桃符。最愛王逸少，勉隨劉寄奴。嗟生不自惜，貌澤神亦枯。世多宏肇輩，幸我非二蘇。

贈筆生林君實

我愛古人巧，創物揜前聞。遐哉蒼頡氏，賴此蒙將軍。將軍絶地脈，乃解開人文。模寫不得力，制作空云云。秖今千載下，藝圃專策勳。貶黜毛錐子，褒進中書君。工拙無定在，好惡有殊分。老我翻墨瀋，落紙無煙雲。有生來被褐，倩客試書裙。雙金慚報贈，隻字寄殷勤。

題宋學古九天玄女數自云其師鍾堯臣得之襄城柳下老翁所授

天九積陽數，玄女夫何爲。廣陵亦健將，乃惑一用之。彼術信誕謾，此遇尤希奇。珍重柳下翁，仙隱未可知。言天以人證，言數以理推。守正死不避，居貞凶可移。堯富與堯壽，此理始無私。顔貧與顔夭，此性終無虧。姑慎君子術，勿與老人期。

別李宰

句曲一山縣，東西俱百里。三茅地有靈，出宰多才美。前有趙與謝，今有程與李。李爲山東望，聲價高莫比。清明一古鏡，冷浸玉泉裏。敏哉製錦手，洗御鳴琴耳。仁心非邀譽，直道不容毁。慈妁牧細民，謙撝揖多士。學館盛文風，講席究經旨。有客東北來，空齋兀書几。彈鋏笑馮驩，下榻慚孺子。樂雖足一瓢，飽不望四簋。既爲邑之氓，是亦吾所耻。饑餓欲賙之，餽餽斯受已。將歸重回首，決去負知己。冉冉楚山雲，悠悠斷江水。

留別義塾諸公

婆娑七十翁，已矣將焉求。麋鹿違本性，一朝出林丘。故園在何許，駕言東南游。人才盛吳會，講貫多儒流。内顧衰朽質，汙渠映清溝。坐有歌驪駒，將貽識者羞。溽暑困朱夏，偃息時歸休。南窗小容膝，卧對紅葵榴。年華不我待，青鏡照白頭。衹今已後死，巨海吹浮漚。諸君幸少壯，勗學追前修。

寄申屠御史

時謝御史被誅原按：申屠御史名致遠，字大用，以至元二十年庚子拜江南行臺監察御史。

御史帝耳目，監察沿隋唐。臺閣迥清風，筆簡凌秋霜。澄清一攬轡，驅狸走豺狼。賢哉故安侯，廉介尤剛方。閉門杜私謁，上殿肅朝綱。今侯有祖風，學術尤章章。出擁簿書塵，入薰書傳香。胸襟漢石渠，人物魯靈光。終然百鷙鶚，不及一鸞凰。奉國信孜孜，問塗何皇皇。往歲金陵轍，前年古浙航。嗚犢有餘哀，河水空洋洋。行役山川苦，歸興桑麻長。廣陵挹雄勝，平山弔凄涼。瘦馬乏芻櫪，寒妾無帛囊。家瘠道愈肥，躬瘁名逾芳。昔在東都季，憸佞沉忠良。知幾獨子龍，絶迹棲梁碭。瞻烏止誰屋，亦復可憐傷。

寄録事王君玉 時管押北人歸鄉

風沙眯行人，日腳黄無光。愁鴟蹲古木，凍雁拾餘糧。荒城雞犬寂，古堠荆蒿長。瘦馬兀冰塗，龍塞天一方。今晨發申浦，何日抵漁陽。道傍轉徙氓，啼哭勢倉黄。惰游散不歸，信美非吾鄉。錦衣雖云樂，無褐可憐傷。南泝江悠悠，北視天茫茫。遠煩公護視，雨雪上河梁。從事豈獨賢，簡書詎能忘。嗟爾居者逸，擁氈坐高堂。且置勿復道，擊筑飲離觴。

送周宣差除陝西廉訪僉事 長安人

昔人比貴宦，綉錦以爲衣。當晝與夜行，故鄉歸不歸。每評會稽章，不及相州記。公今往三秦，身是綉衣使。玉衡直而平，寶瑟和而清。當知九州外，生此千人英。南人去勿悲，西人來勿喜。明年當入覲，垂紳佐天子。

送陸同知北上二首

浙尾帶荒江，土與材俱薄。吴季獨終隱，楚黄亦晚錯。餘子不足數，眼明見卓落。騄駬初歷塊，青萍新淬鍔。齒少逾老心，事邇存遠略。百金重氣義，千里赴言諾。可期功名會，兼受生死託。宦途入幽薊，詩句留殿閣。出佐紫陽城，一麾真小卻。炳燭照吏奸，良劑痊民瘼。一庭秋水淨，萬户春風樂。河内泣留恂，并州永思郭。歸裝乍林丘，趣騎已沙漠。梅花古驛寒，别酒故人酌。徑北道邳徐，迂西趨汴洛。宫闕覩盛麗，山川想寥廓。成皐歎楚戰，砥柱窺禹鑿。舊邦弔二號，古邑辨三亳。望諸墓猶存，戲馬臺如昨。燕趙誇蛾眉，雲代珍狐貉。壯士多屠沽，逸人或岩壑。訪古記宜勒，登高賦須作。訂訛青簡在，得句錦囊著。明年衣繡歸，頗願聞其略。鴻鵠看高翔，苕枝伏燕雀。贈言愧非顔，出處其志略。

淳風日已薄，恩義不相維。吏無得於民，民顧吏有辭。政化本不立，刀筆事愈卑。李侯今之人，而行古所爲。外有屠嘉直，内無五倫私。鋤奸如惡草，護民猶嬰兒。瀹河甦彼旱，勸粟哺爾饑。從容方報政，代者俄及期。庸吏推不去，良吏去復思。誰歟觀民風，入境採吾詩。

送郝仲明代歸

古之州縣吏，久任各稱職。任久則化行，吏與民相得。民或不安業，咎在吏數易。代者如傳舍，吏民不相識。王嘉朱浮疏，每讀三太息。暨城有賢佐，温良而端直。爲政知大體，人方飲其德。瓜猶未及期，旌已催行色。中州固多士，此士去可惜。老稚候城隅，相邀卧車側。

送葉仲實赴鹽官州判

我舟餘杭遊，君馬薊北驟。我衣素染塵，君衣錦炫晝。江湖著閒散，郡國需雋茂。才高真小試，儒腐乃大繆。鞭讓祖生先，策甘之反後。

送王安之無錫州判

龍峰鄰吾州，赤子久失乳。或加手斵削，誰肯頂摩拊。有客來嘉禾，談我讀書塢。口稱王侯賢，可配循吏古。廉不受私謁，公不畏强禦。素秋下嚴霜，陽春沃膏雨。澤國鱸正肥，山泉茗尤苦。州縣徒勞人，揚歷安足數。莫思金帶横，長學彩衣舞。

送宋春卿之官湘陰

乾霜落丹楓，潮水清且淺。雅志君山高，離思湘江晚。利名登津要，孤介分自注：去聲。疏遠。來暮彼雖嗟，去思此難挽。何當升臺端，繡斧煩臨遣。

送顧伯玉麻陽簿

放州清江闊，及此新雨涼。故人得邂逅，好語傾肺腸。惜哉廊廟器，漂泊落湖湘。前途阻勳業，末技呈詞章。營營百年短，浩浩萬古長。共惜天下寶，得志無相忘。

送陳茂卿赴興國教授

彭城陳師道，三州一學官。高文曾蘇敬，偉節章趙歎。百世有斯人，嫡孫承後山。君材中梓漆，壞錯榛與菅。藻芹味苦淡，輒當粱肉餐。莫終三釜養，竟墮一氈寒。榮枯數前定，出處身兩難。腐鼠或青冥，枳棘棲孔鸞。升高足易蹶，恬處寢亦安。逆君散花洲，西上捲雪灘。臯比第一義，子佩正聚觀。士方從北學，音已變南冠。俎豆器疑朴，詩書味轉酸。何人力不變，此道獨追還。金溪有陸叟，昔仕乾淳間。自注：陸曾爲興國教。

送焦君實之采石學官

江水日以遠，山花日又新。先吾不復少，後我皆成人。之子如良金，出礦以精純。又如山中木，始遇雪發春。送子啓長途，跋子升華津。青雲題柱客，白髮倚閭親。有志皆騰逸，非才獨隱淪。山林雙鬢古，井臼一生貧。宇宙無窮事，行藏各自身。因風傳短句，望月弔詞臣。

送王行可赴宣城學官

閉關坐十年，扣門得一士。自言貧爲養，非謂學優仕。執手問何之，贈言聊復爾。清溪生芹藻，流入泮宮水。先令我清心，次令人潔己。自注：太白宣城詩：清溪清我心，水色異諸水。鑄金師範巧，琢玉士習美。六經懸日月，顏孟元不死。君欲從之遊，青燈茅屋底。相逢莫相問，擾擾鼓篋子。

送嚴陵邵叔忠學録歸侍二首

薄官如秋菰，冷淡不堪食。學宮如傳舍，敝漏棲不得。訪君橋水東，一榻可容膝。中吴多佳士，三載誰與適。可憐泮林鴞，止醉桑葚黑。東書歸去來，釣臺秋風夕。黄甲舊書生，明廷推一鶚。歲莫戢羽翰，靜聽華亭鶴。盛衰今昔異，出處老少各。乃翁信奇士，之子亦不惡。斥鷃伏卑枝，寄聲謝寥廓。

送華仲實譯史入京

蒼頡何代人，後乃有冰斯。智者能創物，此理不復疑。國朝重文字，設官如經師。君才實楚産，北學尤恢奇。冥鴻登翰音，威鳳呈羽儀。青雲睨子貴，皓首笑吾衰。尚白玄空守，飛黄勢莫追。祖行遲出郭，東畎正耘耔。

送吴仲寶前詩作實**入京**

余年長汝父，汝季復余從。季也難爲兄，文史日從容。兄也實競爽，立身期亢宗。可念玉雪子，五月上盧龍。棗榆曝西日，塵土吹炎風。爾欲副爾志，安得寧爾躬。有方遊可遠，揚名孝乃終。歸來拜嘉慶，我酌壽汝翁。

送趙季舒之燕

有客東南來，白馬嘶北風。問客將何之，舉鞭指盧龍。云是漢家子，出入明光宫。古宫今焉在，廢堵生秋蓬。

送道成北遊

從游十載前，總角君尚少。相逢十載後，我鬢雪爭曜。修鱗縱巨壑，倦羽落荒嶠。盛衰各自異，巧拙更相誚。義理浩無涯，經綸孰知要。立身如處女，被服善窈窕。止令公子慕，莫博千金笑。

送錢君瑜歸嘉禾

海東有孤鶴，玉羽青冥間。衝風揚黃塵，吹落蓉城山。蓉城何寥廓，山木多高寒。石泉翳荒蘚，飲啄常苦艱。矯首復南飛，涼秋生羽翰。願隨鴻鵠游，不共雞鶩餐。嗟爾不群志，全身良獨難。遠避鷹與鶚，近防弋與彈。仙機縱不誤，雲路終漫漫。

送輔若晦南遊

天令中和春，錦花柳絲織。江山回淑氣，車馬有行色。問君今何之，白髮在高堂。韔弓箙兩矢，出門志四方。丈夫信有志，遊近不堪遠。錫穴綆冷泉，館娃弔荒畹。青青三吳道，急雨飄客衣。縱無譏小草，恐有遺當歸。

送袁仲野赴毘陵

儒吏不相得，異器如薰蕕。儒視吏不屑，吏嫉儒爲仇。俗儒不知變，譊譊孔與周。事叢委不理，言大作不酬。嗟乎鉛槧生，謝此刀筆流。安得經濟手，一洗吾儕羞。當路有達官，鄰境逢仁侯。留情案牘間，舉人拔其尤。君抱汲古學，才識推兼優。肯隨雞鶩爭，會偕鸞鵠游。高風動寥廓，玆土豈淹留。獨憐老知己，青燈守荒丘。不堪明時用，空懷當世憂。斯文付後死，已矣復焉求。

送黃雲心游松江

吾宗兩才子，世亂身不免。絶憐華亭鶴，竟類東門犬。客行因弔古，寒日下荒坂。井邑今豪雄，往事海濤遠。

送陳公南之松江并東山齋

我衰惜別離，數日輒作惡。老懷自當爾，嘗恐兒輩覺。君器如璠璵，似可寘臺閣。莫辭簿書苦，亦有宦游樂。久厭黃田魚，去聽華亭鶴。亭下有高士，滴露草玄學。持詩道甫訊，進拜復前卻。問我今何如，癡頑勝如昨。

古意二首送朱鶴皋

雁蕩英英雲，孤鳳雲中吟。風吹五色羽，墮此半水林。桐花作秋枯，野桑空綠沉。苦甚不致醉，鴞食予何心。鳳兮歸去來，岐山有高岑。

蓬首寒機女，枉顧生光輝。一登君子堂，松蘿相因依。茂陵喜新聘，中路忽有違。願垂堂上鏡，照妾心中微。生死要有託，悠悠空是非。出門念遠道，歲晏將安歸。膏沐更誰容，爲君疊羅衣。

送陳子高

稜稜玉壺冰，瑩潔絶纖罅。無人手自將，寘之霜臺下。海東聞鶴唳，清思方在野。遲明有公事，匆匆催上馬。

送吴寬齋併謝惠詩

衰年八十一，草露骨垂朽。有客款荆扉，甘言許吾壽。假如活百歲，祇欠十有九。辛勤拋書册，散誕耽棋酒。時時課小詩，不自覺妍醜。袖中出新句，見客驚欲走。反顧仍疾讀，佳處輒肯首。呼兒急傳觴，晚喜得此友。久之來告别，秋懷掛衰柳。百金無所贈，五言聊藉手。

送天台陳審中

陳爲台望族，不數謝與錢。此以科甲貴，彼以婚姻連。吾猶及乃祖，執鞭慕先賢。亂後識嚴君，握手吾同年。事功竟落落，世慮日日煎。衣冠一不振，抱恨埋重泉。君如丹鳳雛，五采何翩翩。久客滄江上，窮秋思浩然。文運今再明，六甲一周天。老我終白屋，看子收青氈。浙水東西流，北風送南船。赤城幾日到，雁影夕陽邊。

送楊伯可

齊魯多平原，江浙田高下。戢戢如魚鱗，土籍誰主者。富人擅其利，失業悯孤寡。方今用周禮，天官出經野。古法雖可行，必得奉行者。楊君古循良，曁陽小民社。原隰遍咨詢，辭色每寬假。經營始不擾，期集乃多暇。實惠甦困窮，先聲走豪霸。隴牛閒卧書，邑犬不驚夜。當年經行處，愛此憩棠舍。鳩功首上計，列郡居其下。傾城出送君，饑童控羸馬。坐中有狂生，出位獨難咤。均爲受廛氓，闕市不親稼。鄉胥上下手，輕重意取捨。仁公力救弊，立法宜少借。聖朝天廣大，焉用究纖罅。議政罪甘誅，矧避官長罵。

送張仲實

持斧上東山，伐木鳥群呼。道義不相敦，朋友良可無。嗟我聚糠粃，從君味膏腴。方轡蹈先軌，聯綬趨正塗。事功期遠致，詩翰亦小娛。但令交久長，不恨别須臾。歲律陰崢嶸，客程路盤紆。人事況寡歡，月異時復殊。疏梅憶孤嶼，新柳懷清湖。

送師本竹

魯國幾男子，陋巷稱顔淵。簞食何從出，賴有負郭田。養志本無求，求人志可憐。蜀翁古奇士，束書裹寒氈。客來擁氈坐，客去挾書眠。索供廣文飯，催送司業錢。玉瓶何處酒，翠釜誰家烟。我乃遭數奇，彼胡鍾美偏。厄窮不自憫，靜退猶爲賢。揖士撤講席，呼兒買歸船。後游記何日，今别已高年。感翁出處跡，撫几心茫然。握手出門去，梅雨暗江天。

送徐允伯

古有淳寂鄉，君與陶阮到。每評伯倫頌，謂勝周公誥。山間童負鍤，臺下人拾帽。短鞭跨遼碣，破毯眠雪窖。歸來四壁立，挾册坐鄉校。悠悠泮宮水，羮有芹可芼。案上方醉吟，室中已飢告。長鉼卧虛簷，破釜架空竈。翠眉方與齊，頳頰忽自悼。愁踏布衾裂，羞拆海圖倒。先生樂陶然，美睡呼不覺。達士多迂拙，庸兒競嘲噪。豈知海上鯤，姑隱霧中豹。歲晚空齋人，杖履辱相好。百錢呼兒沽，一榻爲君掃。浩興忽長歌，哀意亦旁譟。銜杯孤月落，椎壁四鄰鬧。明當遠行役，寒雨映客棹。秋江蒲稗深，佇子平安報。

徐觀伯遠將徙海陵介吾姪來索詩徐故家兵後流落三十年長子依許監倉客淮南因贅于海陵迎二親就養坡公謂此事今無古或聞者也感歎之餘爲賦二首

甲與吾同生，君子行一周。少年各豐裕，歲晚懷百憂。菜地古城下，我今手鋤耰。君當往海陵，絕江汎漁舟。駕言彼就養，逝將老菟裘。哀哉隨陽雁，止爲稻粱謀。君看橫江隼，萬里凌高秋。

慈烏昔哺雛，日夜望雛長。安知風雨橫，故巢墮草莽。烏羽日摧頹，雛饑竟何往。其一止海隅，雌飛鳴相向。反哺若天性，迎烏致其養。我衰髮盡白，兒長忽先喪。贈君慈烏篇，老淚滴紙上。

竹友以其季子將有遠行丐余一言余與翁游視其季猶姪也爲之言以勵其志

我生髮未燥，汝父以詩鳴。憂患涉世老，襟義猶崢嶸。晚乃得二雛，美不減徐卿。季也纔弱冠，詩壇將父兵。愈湜氣如虹，候門識奇英。下馬呼小友，相顧各自驚。騄駬不受羈，歷塊千里行。分臺柏森森，霜氣壓百城。汝游何所挾，兩字直而清。鋭進年倍壯，靜退事飽更。欲令從雅操，端肯迂修程。遠游重垂戒，顯親須揚名。但酬化鵾志，足慰舐犢情。

送信講師

余先世崇德人，大父以上數世皆葬青鎮，與習上人有香火緣。己巳歲，上人訪先子于暨，嗣孫信講師實侍杖履。余兒時侍側，彷彿記其鬚眉，兵火後絶不相聞。丙申歲，師來自密印，問訊丘壠無恙，而上人塔松長數十尺矣。己巳距丙申二十有八年，如隔一世，余與師白髮相對，舉似舊話，感慨久之。師爲留數日，將行，索詩爲別。師號古民，性淳質，不茹葷飲酒，博極群書，講説亹亹不倦，信而好古，方外之逸民也。

達士脱名檢，高人落林丘。體性未應殊，作用終不侔。講師得三昧，宗學貫九流。曾對樹説法，解使石點頭。劫火焚地水，慈雲護松楸。報恩心種種，閲古事悠悠。香火三生願，因縁再世游。文辭重柳請，衣服許韓留。殷勤翻短褐，博雅愧前修。

題質夫竹居

西園一叢竹，歲久枝幹繁。會見鸞鳳棲，莫厭鳥雀喧。玉聲寒雨碎，翠色朝烟昏。蕭蕭黄素葉，風吹擁籬根。主人避俗客，青苔坐柴門。勁節諒無比，幽懷不可言。

跋徐知事所藏褉帖徐，山陰人

辨才將九十，及見開皇初。不知虞褚輩，得似老僧書。尤物世希有，昭陵劫灰餘。玉函人不見，繭紙乃蠹魚。梅花一片石，猶自寶璠璵。定武久荆棘，長安復丘墟。茂林有陳迹，今誰山陰居。

題沈華父送行詩卷乙卯九月

孟陽索吾錦，景純奪吾筆。老我嘆才盡，秀句吐不出。東陽有行卷，展玩已盈帙。乘雁豈爲多，買菜復求益。嗟君乃佳吏，家世本經術。一從冠惠文，不肯事佔僤。貞廉嚙苦蘗，和勁調玉瑟。簿書謝囂塵，車馬動行色。君如擊水鵾，我似退風鷁。出處兩忘言，黄花秋淅瀝。

題月心詩卷併記遇仙事云

東軒記待月，縱筆説性命。豈惟不知月，實亦不知性。文雖歐蘇工，理至關洛定。人心如明月，塵垢失清淨。霧收海氣澄，天迥風力勁。持我光明珠，照此大圓鏡。鏡中雙綵鸞，翔立請驂乘。御宴影娥池，神飈忽吹醒。鸞飛曉鏡空，龍睡淵珠靜。依舊碧潭心，無復瓊樓興。韓郎固有言，仙人未賢聖。

題百雁圖

青天一張紙，群雁飛來遠。秋渚蘆瀟瀟，徘徊下清淺。若烹不能鳴，一一俱不免。

詠　風

好風何處來，天籟出衆竅。披襟懷楚臺，擊筑思高廟。扶摇九萬里，自謂一息到。安知大鵬運，不滿斥鷃笑。終當謝蓬蒿，振翼絶海嶠。

夏　雨

仲夏井泉溢，雨聲集虚堂。銀竹瀉高簷，静聽何浪浪。蓮葉不受水，盤珠走低昂。溽潤逼衣篝，縫我新葛裳。媿彼作田人，蓑笠排青秧。出户懶著屐，掃地燒木香。白晝生睡思，徐徐到羲皇。夢覺聞鼓吹，草蛙怒方塘。竹尾起寒烟，濕螢度微光。鄰翁閉門卧，中夕啼蒼黄。三日絶薪賣，積潦勢頽牆。

秋　感

遙夜百感集，白露下空庭。秋風入草木，衆葉會飄零。甘液始潤物，履霜漸陰凝。哀哉石榴樹，讖語成添丁。蘭艾既同焚，孰别臭與馨。皇天默不語，今古常青青。

月

青天一片玉，上有衆星列。夜中光漸小，讓此玻璃月。白兔卯時生，桂子秋後結。天上有山河，兩界隔吳越。何當御嫦娥，萬里駕飛轍。太白爲前驅，綵鸞相繼發。

徐德文索雪岡詩云已得而復失余尋舊稿亦無見想滕六遣六丁取之去矣再賦一首

雪飛不擇地，因高勢易積。玉龍二百丈，橫卧前山脊。隨香去尋梅，路白無行跡。鐵笛吹一聲，驚裂蒼崖石。

新移瑞香不得雨有嘆

瑞香兒女花，艷潔而芳妍。得之古精廬，移置列檻前。易地費人力，不出花自然。深慮本先撥，枝葉隨之顛。是時夏久旱，不雨龜坼田。林木且憂枯，弱植豈自全。既已厄於人，況復遭此天。天與人仇之，命也花自憐。井筒灌朝夕，小潤培芳年。封植豈無心，榮枯自有緣。何時回春風，笑挽司花仙。攜手共樽酒，醉卧雲錦邊。

生意堂賦玉簪花得相字時陳無逸將之官攸州

娟娟秋蘭花，緑葉何披猖。沙鷺明玉羽，冰蠶吐絲腸。倩盼宜素絢，追琢少金相。居然鐵石心，愛此風露香。何當競春華，亦復委朝霜。折花三太息，援筆臨清觴。明年花好在，坐客忘瀟湘。

老桂古字韻

人受氣之精，百歲驚風雨。少壯會有衰，神散無復聚。木受氣之偏，生旺寄於土。枝幹老更奇，花葉落仍吐。君看山中桂，秋露滴金乳。種者是何人，賞者經幾主。天香入酒冽，吸月空懷古。素娥笑白髮，對影獨起舞。

詠松

老松如枯骸，短松覆兒髮。城中薪價高，斤斧不時伐。難長虬龍姿，免藏虎豹穴。樵童出山暮，步擔挑新月。

泗濱石

荆山石有玉，楚國無人知。再獻猶弗售，抱璞空自悲。他日遇良工，乃始稱其奇。寶傳數百載，邯鄲又得之。秦人請城易，趙氏以爲疑。不予寧負曲，予之恐見欺。相如奉使往，持璧指瑕疵。衝冠遽如許，睨柱欲何爲。衣褐已歸趙，湯鑊安足辭。奇哉古若人，掩卷空嗟咨。是非定百世，成敗止一時。天生此尤物，前後成禍基。有美當韞匵，衒鬻誠非宜。和氏不待價，刖足將尤誰。人才國輕重，璧豈係安危。相如真暴虎，雖死悔莫追。二子有遺憾，仲尼真吾師。泗濱一片石，不染自成緇。上有華林字，疑是故物遺。春官雅好古，傳載煩文移。主人不敢惜，持貢白玉墀。埋光經幾年，不與賞音期。無意博連城，得失輕毫釐。二事擬非倫，聊以資吾詩。

車

舟止奔牛堰，始識丹陽車。規製殊草草，力不任馳驅。淮安距宿遷，代之牛與驢。軒蓋乃差大，雙輪夾一輿。軏衡輗軏軫，名物與古殊。梓人不知經，多以方言拘。輪載亦稍豐，日行百里餘。御者非王良，隉杌不安車。蒲輪召申公，養老宜徐徐。干祿以爲榮，愧我非純儒。小兒問金根，其制復焉如。輿服漢最詳，具載班范書。愼勿似韓昶，問學當勤渠。

挽趙益之

汝父昔吾友，汝翁昔我師。汝時侍親側，楚楚玉雪兒。稍長從吾游，學問乃大奇。風木不待養，垣室空遺基。成立汝有望，修短吾莫推。四世積善心，一門無龐眉。俯仰三十載，三喪路人悲。受氣各有終，勞生嗟奚爲。牆東荷鋤叟，夙受汝翁知。老懷念疇昔，不覺哀涕垂。欲誌殿中墓，健筆慚退之。

挽鄧友梅

簫鼓何闐闐，西風弔客船。主人辭華屋，輤車落荒阡。芙蓉一片石，千古懷人賢。喚醒梅花魂，薦之秋菊泉。

以上《牆東類稿》卷一五

全宋詩卷三七〇九

陸文圭二

北入穆陵關皆山石崩沙北風塵起行人良苦因作

大風北來沙觸面，行人咫尺不相見。寒日無光天地晦，一似項劉睢水戰。四山确犖路摧車，磵壑涓流長一線。土簷烟突兩三家，鬼貌鵠形何物變。葛盧牛語誰能别，公冶禽言難復辨。古磁濁酒時招飲，破甕酸虀聊自薦。吾聞臨菑稱鉅麗，十二山河據形便。姑尤聊攝舊提封，夷吾小白初營建。三歸反坫侈國中，九合衣裳出幽鄄。孟姜洵美共翱翔，稷下群遊逞雄辯。盛衰氣脈不可測，往來今古更相禪。干戈流徙人物换，水火崩騰陵谷轉。會使雍門重感慨，無復蘇秦昔誇羨。山東負海猶如此，六合茫茫難覩遍。安得長劍倚白雲，手抉狂飇清九縣。

出鎮口止見小峰

鎮東小峰獨無侶，中峰徐來顧其弟。大峰偃蹇背面去，似嫌俗客不與語。無奈我行節節高，山欲藏身恐無所。

訪何庵觀水陸功德

山收雨腳雲氣濕，葛藤刺履穿徑入。精廬桃李花漫山，磬鐘聲繞落花間。野僧淨設伊蒲供，譯説西方如説夢。我方談笑耳不聞，寒窗暮對西山雲。

即　事

南窗陰陰日色薄，北窗烈烈風聲惡。破衲蒙頭睡正濃，地爐煮餅鐺折脚。小奴驚叫老婢嗔，我愧口腹煩他人。豪家香閣暖生春，人乳蒸豚蠟代薪。

壬辰六月旦日記異

六月朔旦昧爽天，我夢蝴蝶飛翻翻。一聲驚覺不可執，鏗然有物墮我前。陰風蕭蕭榻震動，褰帷一咤聲寂然。向空抹漆無所覩，堂上呼燈人自眠。一生學道心勿動，養氣未敢輕先賢。元忠昔日鬼移牀，廳廡之下凡三遷。稚圭卧内見匕首，金帶忽置城頭邊。二公名德余不及，鬼賊揶揄空自憐。神姦無復照金鼎，偷兒何暇哀青氈。二端是否吁莫辨，一夕倉卒嗟何緣。吟哦未斷紙窗白，山寺風雨鳴鐘懸。起來搔首空四壁，濕薪竈婢愁炊烟。

庚子七月書事

今年低窪水生魚，去年高亢旱坼龜。陰陽似屬天公事，廟堂可是無臯夔。勸分納粟令如火，老稚依然鵠形餓。嗟汝命薄獨可憐，穹官巨室無凶年。

臘月二十九日作

夜漫漫，塵冥冥。大車道上檻檻聲，三十餘里天未明。一軒一輊不得寧，倚坐兀兀搖心旌。天寒歲暮霜雪零，嗟哉客子誰汝令。

和曹士開侍御見寄韵

原按：曹士開名伯起，至元中以潘昂霄、王俟交薦，拜西臺御史。

南臺御史忠貫日，當晝妖狐屏無跡。端方自是廊廟器，錯落天球間宏璧。記曾緩帶理江城，猶憶尊前坐談客。春樹相思白日晚，月梁入夢青燈夕。乘車戴笠高與下，倚樓看鏡今非昔。壯心無復夜聞雞，莫比司空鬢恨赤。

壽王君明

去年中秋月色高，吳山痛飲推文豪。今年依舊故鄉月，紛紛青紫誇兒曹。世間兒曹何足數，芙蓉仙人在江浦。握荃懷瑾遺世紛，黄卷日與聖賢伍。曾攀月桂臼邊枝，素娥夜半睡不知。覺來薄怒禎自持，與仙重約三秋期。一朝功成九霄去，小黠肯顧偷桃兒。城東白髮龍鍾叟，瓣香來祝仙人壽。長生辟穀未要學，千載與君期不朽。

察罕布哈忠翊父殁王事母表門閭本官棄職侍養守制三年一門節孝人所難能作詩美之

王氣初不限中華，至性未嘗根六籍。門閭節行世所欽，父子忠孝天應惜。連環解玉理堅緻，老蚌剖珠光的皪。伯也執殳萬人敵，血染征衣歸不得。空留明鏡照孤鸞，妾顏如花心如石。鬢雲漸變蠶絲白，蓬首何曾御脂澤。北堂手植忘憂草，幸有斑衣可娛老。不須遣使寄當歸，兒無遠志歸來早。事親日短當愛日，祇今三年已素韠。宰予衣錦殊未安，溫嶠絶裾非小失。

雅宜山在城西五十里有德慶庵在其下穹窿山福順寺長老紹堯翁作詩取以雅宜爲號求詩

雅宜山低一拳石，氣壓華嵩千丈碧。不論城市與林丘，愛山例是詩人癖。寒泉修竹蒼崖底，青山解與高人語。花落猿吟總是機，舉似山僧盡成句。山僧來獻詩人號，百種不如山色好。德慶禪牀明月夜，館娃人海紅塵曉。我知山心雅好靜，犖确不容車馬造。草堂宜雨又宜晴，藜杖芒鞋時一到。

贈道人周大方雙鳳人

道家者流雙鳳仙，迂訪牆東老田叟。叟讀儒書五十年，一事不成今白首。道人過門何所求，期將汗漫東北游。青蛇三尺風雷吼，玄鶴一聲天地秋。吏商奔走日百里，區區嗜利與名耳。道眼視之海中漚，炎夏長途何必爾。吾師之師柱下史，紫氣曾驚關尹喜。當時剩卻五千言，焉用老人詩一紙。

贈潘道士祈雨

人天相距尺有咫，雷電六丁繞吾指。藥師馬上寄小瓢，夜半一滴灑千里。古湫源竭老蛟泣，新秧秀濯田畯喜。匣收寶劍捲陰符，師歸宴坐茅峰裏。

贈鄭元明術士自言安晚之孫故詩及之鄭安晚，初爲教授，謁襄帥趙方，一見即以宰相期之，且以二子爲託。端平初，鄭果大拜，范與葵皆擢大閫

梁灝八十有二歲，自從天福逮雍熙。中更乾德五星聚，晚賜龍頭拜玉墀。吾今之年灝相若，布衣落拓何能爲。吟詩獨與熊兒和，作賦那求狗監知。龍鍾久納少年侮，耿介尤爲諂子嗤。吾聞長沙趙彥仁，豫知鄭相秉化鈞。從容杯酒託二子，端嘉之際俱名臣。是時宋德已衰謝，扶顛江左尚有人。安晚之孫今爲庶，嗟我與子俱邅迍。不須諛我有許壽，且道何時脱子貧。清和四月天氣新，共買一醉拋青春。窮通壽夭俱莫問，蓋世英雄一窖塵，草間惟有石麒麟。

贈張明德星士

二曜五緯萬古懸，甘石之學今不傳。術家能以天占人，聖人乃以人占天。仁義禮智性所具，吉凶禍福命使然。命天傣賦定不易，性我受用修則全。經文二百有五字，明德乃在新民先。君從何處講此學，直遡建洛窺先賢。工夫潛深秋日静，本真瑩静霜月圓。市聲初散簾欲下，龜筴未收客下馬。一人妄計秩崇庳，一人猥算資高下。縱横二位布逆順，錯落五行分制化。先生拊掌笑且答，二客相看面如赭。徐言至

善同一初，非愚不足智有餘。萬物不齊氣雜揉，是心本明如太虛。不須詹尹就決疑，客如不信問子輿。

壬申冬晦叔譯史歸別小詩奉餞

蒼頡製字傳羲皇，鬼神夜哭殊倉黄。語言聲律未易下，嗟君楚産學北方。又能經術飾吏事，筆墨豈足盡所長。郵亭一夕飲離觴，他年富貴勿相忘。天無烈風海波静，白雉九譯貢越裳。盛時努力早出仕，成誦姬旦坐明堂。

從聖國寶二茂才叙别

龍門世家史學祖，足涉淮湘到鄒魯。兒生墮地弧在左，婦閉車中爲誰苦。二君雁蕩游虎林，逆旅一笑論古心。地爐晝灰事未竟，推窗看天雪意深。山寒約共梅花語，江水東流予北去。明年春風上石渠，道傍爲我弔望諸。

留别山村樂閑菊存愛山梅村并寄景初慎與國華

南來飛雪如柳花，北歸柳花如飛雪。乾坤傴仄困羈旅，江山蒼莽驚歲月。白雲冉冉千里外，滴盡春林子規血。故人回首亂峰青，古堠斜陽照離别。

送馬伯亨西省郎中

驚吾學問非少年，羡君功業當壯年。曾聞雞聲共起舞，老我輸君獨著鞭。臘寒枯柳不堪折，欲别未别心茫然。關塞黑風虎方嘯，江湖白浪龍正眠。洪都西統數千里，俊乂如林足驅使。好將舊榻拂塵埃，佳客可能無孺子。

送干壽道同知北上

甲寅詔下興賢才，吳中多士轟春雷。門外鵠袍那可數，一人獨上黄金臺。宦途詰曲容不得，直向東海窺蓬萊。蓬萊水闊雲氣浮，眼看健翮摩天游。故鄉六載不歸去，老盡西風菊徑秋。歸來四壁亦不惡，人羨錦衣君不覺。館娃茂苑正淒涼，古汴黄河復漂泊。問鄉安在遲一見，承恩内直金華殿。從容薇閣演絲綸，花間應隔同年面。自恨山中老樗櫟，擁腫不堪逢匠石。枯梢無復起春風，一生空負吹嘘力。

送祝君晟之官昌化

九里河梁昔攜手，酒酣共折城南柳。春風六載忽吹過，浮雲萬事無不有。餘生閉户忍寒餓，薄宦隨方困奔走。徑從蓮幕换青衫，猶勝兔園嘲白首。我床昨夜破卻甕，君印何時大如斗。肯將車服耀故人，未覺來往煩佳友。從今出處可忘言，柳邊重飲城南酒。

送經之偕義齋兩舍人入燕併呈善之待制

君馬三渡白溝河，溝水東流青草多。踞鞍顧盼聊試耳，伏櫪悲歌奈老何。古人千金重然諾，把臂況受生死託。肯先申白獨辭楚，且伴機雲雙入洛。道遠始知離别苦，地僻應思宦游樂。榮名日久當日厭，浮生花開又花落。平世應無戰國材，選賢何日到金臺。寄聲玉堂老仙伯，桂樹秋風歸去來。

送節之衡之兩舍人入燕

龍駒鳳雛兩陸子，並駕秋風鞭騄駬。老眼一見失驚喜，定知乃翁元不死。生子真足慰人心，景升諸兒豚犬耳。滿朝譽翁不容口，世禄固應傳不朽。爲官豈計多得錢，取印終須大如斗。我是韓家十八郎，里中曾拜北平王。碧梧停鵠已飛去，玉雪娟娟今在傍。往事傷懷淚如水，矻矻窮年吾老矣。欲追霞佩小頡頏，手倦束書攜不起。

送楊起之安豐録判

芍陂茫茫古邊城，雞犬相聞今樂土。交兵往事空流水，避亂居民尚遺堵。似聞此地歲豐穰，要得清官手摩拊。君才天馬足神駿，老大去年參選部。閩中實歷裨風憲，淮右先聲動官府。爭看祖道車騎衆，力疾登途霜月苦。牆東故人懶出門，濁酒黄花對誰舞。

送黄子高常熟教授

儒科一廢四十年，甲寅詔下初興賢。雞窗夜半同起舞，竟讓祖生先著鞭。去乘騄駬首燕路，歸騎赤鯉游琴川。川中疑有古文學，子游故里今依然。采芹思樂絃且歌，官况雖清奈冷何。省臺袞袞豈足羨，燕雀喧啾入網羅。殘春積雨困花柳，天氣昏昏如中酒。怕逢北客問新事，更恨東人奪佳友。暮年離別意鮮歡，追思得失空長歎。詩成寫寄掩關卧，夢逐飛絮黏征鞍。自注：時宰輔多被誅。

奉餞子華教授北上時癸酉三月

清明上巳三月中，一春天氣少冲融。曈曈初日翳復吐，黄塵漲起西北風。有客束書挾兩童，南來兩馬一馬驄。舉鞭蕭蕭易水東，博徒劍客時相逢。怪君體弱心甚雄，聲名壯健驚老翁。元英磨室渺無蹤，黄金誰爲隗築宫。茫茫宇宙今古同，天時人事安有終，江柳自緑山花紅。

送吏員遷調松江

吏員務選才具良，不問他邦與吾鄉。珠金出産已足貴，蘭桂移根亦自香。諸君此行良不惡，居家何如宦游樂。季鷹曾憶松江鱸，士龍空歎華亭鶴。昔人還鄉苦不早，今人離鄉涉遠道。漁舟泛澤青茫茫，客衣吹霜白皜皜。朱甍結構井邑富，畫戟清閑官府好。紛紛刀筆心自厭，落落功名身未老。要看入海運大鵬，不恨出山成小草。

送吴子長入京

乙亥江城守宵遁，連營錦帳排鋒刃。丁男釋耒兒女啼，朱門一夕黄金盡。我時擁卒護鄉井，紵袍白馬君來省。石牀試劍人血腥，地爐傳酒牛炙冷。手揮談麈看落月，平明索飯出門別。虎林山頭卻寄書，一字不問家何如。乾坤風雨旦復旦，家家昇平喫飽飯。君才莞庫久繁劇。我老詩書更憂患。肯將出處問猿鶴，自覺高低笑鵬鷃。浩蕩炎風扇區野，斜日征鞍古榆下。功名不復念遠道，富貴自覺顏色好。俯仰疇昔予何言，梅雨敲窗濕詩草。

送羅秋崖

宰相昔起富春山，門生四海皆達官。牋書爭寶朵雲樣，題詩便隔紗籠看。知君相與有瓜葛，絶口不道人所難。何不跨鼇上金鑾，胡爲采芹坐江干。群鴞飛來爭野葚，三鱣不足供朝餐。人生榮悴何足歎，海水會使桑田乾。當軒下馬昔日盛，閉門羅雀今朝閒。群兒瑟縮手不熱，先生落魄氈猶寒。范陽城南丹旐歸，何人送者車班班。羊曇獨灑西州淚，孟嘗空感雍門彈。老樹春殘蝴蝶去，滄江歲晚白鷗還。北風吹雪被長巒，詩囊酒榼隨征鞍。請君讀詩飲美酒，歸日謝客牢閉關。世間萬事不須問，西湖柳色差可觀。

送吴君遠

暨陽幕職無他奇，置蓮一本水一盂。鐘鳴張燭起署事，坐看日落庭西隅。雁行鉗紙走卻立，高懸明鏡分絲銖。長官堂上口嘯諾，時時隔舍聞歌呼。荒村人閒花自落，圜扉晝靜草欲蕪。褰帷使者上治狀，爲出清冰置玉壺。小兒踉蹌老翁怒，細問代者如君無。楚苔漬雨古驛寒，酒酣寫出陽關圖。君行上馬慎勿驅，梅水緑漲南興湖。

送黄子高如泰州謁朱南伯

采采江蘺步石磵，東望海堤青不斷。故人泮上誰飲酒，尺素不來魚尾短。黄子卓犖文更奇，命駕千里赴相思。長江梟雁不足數，曠野虎兕將何之。景德寺前讀書閣，彥國九原不可作。寄聲故人加餐食，昨夜秋風淮水惡。

送張子野

江淮落南俯閩嶠，山水相背風馬牛。間關草就北征賦，日暮彈鋏君何求。袖中漫刺通姓名，猶及慶曆思中州。子京永叔老交友，白首鶯燕陪風流。今無花月聽水調，但見滿目森戈矛。長歌送君萬里游，天荒地老令人愁。

送徐舜輯父果齋，出入信庵中齋之門

彦霖父子魏公客，持國之兄招不得。豪華落盡漳水流，主人眠石扃醉白。天傾地拆古今愁，浣花窮殺老參謀。窗寒雪壓燈昏夜，門靜蟲吟葉落秋。平生故人渺江浦，誰往省之遺宗武。惜哉赤白兩洪崖，敢道交情棄如土。回舟蘋浦思依依，空憶桃花鱖鱠肥。竹西騎鶴不可去，西州萬里將安歸。南山之陽木已老，南山之陰木尤槁。不信春風吹不蘇，珍重歲寒宜自保。

送仲華葛兄

蓉城諸葛何綿綿，一門青紫三百年。聞孫流落湘江上，手握美瑾懷香荃。夜行衣綉豈足榮，歸夢皛皛經山川。君家元有紫荆樹，一枝兩枝枯或妍。當暑歸來憩其下，俯仰陳迹心茫然。牆東野人頭雪白，乃翁坐上琴書客。鳳毛一見眼雙明，豚犬吾兒空自責。追思老少各時異，坐閲興衰疑世隔。江湖來往慎風波，他年重會銅駝陌。

送北禪釋天泉長老入燕

金身夢覺白馬東，西來禪教各一宗。講師高據獅子座，緇素群集驚盲聾。天華咫尺飛墜地，夜燭神光滿室紅。遠師道林嗣宗風，專談義學離禪鋒。三葉五性總超詣，一枝擘與天泉翁。不泥筌蹄求解脱，不執文字迷本空。黄梅四月上盧龍，騎驢不下莫相逢。徐州麥飯足可飽，青州布衫誰與縫。盧溝橋邊石頭滑，飛錫徑入明光宫。手揮玉塵天顔喜，身被紅綃帝渥濃。回頭卻笑虎丘石，夜半不憶寒山鐘。君不見懶殘昔住衡山峰，使者召之終不從，天寒垂涕石窟中。

己卯題吴江長橋二首 舊有一橋亭曰垂虹，兵亂毁之，復創兩橋亭相對

瓜步投鞭濕馬尾，吴江猶是衣帶水。陽侯不敢駕風濤，神劍自斷長虹死。木罌夜半飛渡軍，縛筏驅丁命如蟻。波心兩龍忽跳出，一聲金鼓波神泣。興廢相望五六載，斜陽獨倚欄干立。酒酹波神叫不應，劍鋩冷浸秋蒲碧。江頭朱欄四千尺，一望初疑幾十里。左約江流右截湖，橋東出日橋西雨。漁歌答響遠相失，群雁旅泊迷葭葦。荒村獨木横野渡，深厲纔能濕衣履。乘輿足受兩三人，猶當杠梁涉溱洧。書生眼力小如甕，一覩巨麗心驚喜。吁嗟人力不可到，毋乃神功役山鬼。憶昔燕兵下江浙，馬逸風騣卷灘尾。長驅水陸一時進，錢塘破竹從風靡。川流衰竭王氣盡，成敗反復固其理。汴師平南將彬美，南人死恨樊若水。采石浮橋一夕成，曉出降幡人姓李。自注：事見《長編》。若水名若冰，又改名知古。

寧晉李照磨築室奉親名曰芝室索客賦之

口誦嚴君口授書，手提慈姥手縫衣。寸草安能報春暉，遠志不敢回當歸。嗟兒客宦游有方，舅姑晨興婦在旁。手供鮭菜晡下堂，几席代汝親扶將。白雲英英趙州山，玉琴石榻窗户間。上池飲罷燕坐間，生香滿室光照顔。鍾英毓秀自乃翁，草木臭味將毋同。借鋤取箒面發紅，偕飲甘露薰祥風。

寄題俞氏草堂

浣花老人溪上住，野梅官柳橋西路。碧雞坊外少人行，曉帶春星自來去。荒基蘚合無尋處，峽川萬古流詩句。紫芝之孫居澄江，瓊茅結宇青竹窗。南牆夜深塔鈴語，古寺白鶴飛來雙。索我新吟寫君趣，開卷

悠然起幽思。我嘗十年卜山居，經營未有瀼西地。風流縱似老參謀，資給應無賢錄事。願君分借半間雲，勝日當攜茶具至。

題南夫四時佳致園亭

桐川博士老文學，出處乃在可否間。舍東支徑劣百步，牆北危亭俯兩山。風花辭枝黏草碧，雨竹卸籜連苔斑。林皋紅葉白雁早，江國瓊英翠羽寒。一年天與四時景，百歲人無半日閒。擾擾鳴鐘戒晨起，昏昏秉燭愁夜闌。蜉蝣生死寄黄壤，烏兔飛走凋朱顏。主人自得靜中趣，物理常於動處觀。從容琴書寓真樂，邂逅樽前追清歡。良時佳友不易得，惡客未至門先關。

題立齋不礙雲山亭

英英山中雲，蒼蒼雲外山。雲山偃蹇若高士，不傍貴人門户間。藕堂老人家四壁，詩句曾參浣花客。一亭半落平疇外，拾盡乾坤眼猶窄。樵歌斷處起寒青，鳥影明邊際空碧。玉鸞不入巫陽夢，滿榻凝塵室生白。昨宵礎潤卜雨來，岸巾欄角小徘徊。忽然一片黑模糊，失卻萬丈青崔嵬。有風颯然起林薄，如覺天日徐徐開。推窗看山色如故，斷雲飄零不知處。

書范石湖白髭行後

渡江莫盛乾淳間，虞范諸賢鬢未斑。功名草草負遺恨，老死不見鞏洛山。我近經行石湖路，范家水名王家墓。風流一代竟澌盡，手澤何人爲珍護。直當慷慨論興亡，奚暇悲歌嘆衰暮。

題程子充少監家藏二詩遺墨

前一詩，程御史臨終遺其子端甫詩也，後一詩，元遺山女初適端甫時送別詩也。端甫子充之父，元氏子充之母，翰苑諸公題述遍矣

教子惟欲諂，嫁女惟欲官。床屏觸頭乃翁怒，文書衒袖媒姥謾。癡人一笑可絶倒，古訓相傳良獨難。大

夫有愧程監察，上谷敢望元遺山。易簀微言尚典刑，出門別語重丁寧。子無橐裝與寶劍，女無綉褥與金屏。各贈驪珠五十六，藏在肺腑爲深銘。梓喬俯仰俱莫及，冰玉清潤尤相形。水衡使者直而溫，遺山宅相監察孫。禔身務學承先志，範世傳家示格言。正大去今八十年，流風遺俗猶有存。誰能題詩墓柏下，使兩仙翁起九原。

甲申春張菊存遊洞霄諸公餞詩盈軸越明年余過故都補行卷之末

春申下邑荒江濱，有眼不識錢塘春。竭來南北兩高峰，乍見西施真美人。曉妝濃淡看不足，誓結鶉衣老湖曲。安知湖曲有高人，如此仙姿尚嫌俗。別尋大滌登天柱，氣壓群峰三十六。歸來書窗風雨夕，潛聽三竺山靈哭。瞪言玉局老飛仙，摩挲銅狄今幾年。神蛟飛鼠亦何有，金堂玉室空茫然。天風吹醒丹泉酒，碧桃津遠人回首。石上禽餘擣葯聲，絕憐無訣授長生。今年卻被山靈笑，依舊湖堤拾芳草。

題金陵海月潮卷

太陰朔望有盈虧，海外隨之互消長。夜半秦淮湧月來，一輪卻掛鍾山上。山中那得有潮音，尊師鼻息如雷響。

題尹存庵行卷

尹居賈門下鍊金，敗後流落海南，依陳、文二公，寓廬陵。中齊須溪贈之記銘甚善，復回杭州，道過索詩

錢塘築塢高於郿，黃金鑄成九鼎移。木棉羈魂招不得，方士入海從安期。廬陵二老當時在，翰墨光芒透紙背。爾後空聞化鶴歸，我今欲見啼鵑拜。長安市上重經過，逢人問是伯休那。勸君且尋遂初賦，人家國事竟如何。

題分宜謝草廬行卷

袁曹官渡爭雌雄，荆州僑寄大耳翁。涕流髀肉消不盡，試與元直游隆中。隆中自有躬耕者，布衣抱膝茅簷下。從容一曲梁甫吟，不覺將軍三枉駕。室中屏人纔數語，跨荆包益成鼎峙。南陽陌上龍出雲，永安宫中魚得水。古今成敗真郵傳，英傑千年不一見。識拔端由品藻公，位置無嫌草茅賤。山中謝客江烟昏，誰攜行卷到柴門。手披康樂草廬賦，知是蘭庭佳子孫。春塘柳禽成昨夢，炎興相業更誰論。洞庭三江風浪奔，鯨魚出没相吐吞。何爲四方歸來些，山堂鶴怨能移文。

題張南山慶九十詩卷丙寅六月，余年七十五矣

翁今百歲少十年，我少公年二十五。天與翁齡百二十，我已化作原頭土。延年賸得飲食樂，損壽多應作詩苦。梅開儻獲登公堂，一醉猶能戴花舞。兒孫拍手向我語，公漆點鬢貝齊齒。降原陟巘步如飛，飽飯何曾飲人乳。夢中猶記前朝事，二老相逢必歡喜。

題王復初所藏子昂臨禊帖

昭陵玉函出人間，開平經今四百年。永和遠距貞觀先，俯仰陳跡俱可憐。古人學書如學仙，筆鋒誰入玄之玄。水晶宫裏佳公子，風流翰墨皆天然。我評逸少非真逸，史載深謀并絶識。獨留繭紙博千金，似是藝成能掩德。名士由來贋逼真，書空咄咄彼何人。遺才流落稽山下，修竹娟娟萬古春。

題登瀛圖

世傳閻公學士圖，意象曠雅難形模。山僧臨本持索句，展卷復掩空長吁。秦王功高塞宇宙，搜攬豪雋供馳驅。内懷矛甲伺同氣，外示閒暇耽文儒。臨城開館構傑閣，坐見瀛海移西都。分番夕宿無厭倦，珍膳日給何豐腴。天光下照天策府，煌煌星象經天衢。房喬夜半進危計，平明一矢驚臨湖。群賢崛起輔貞觀，亦有淹滯如顔蘇。惜哉燕翼謀未善，祥麟接武容妖狐。殿階置笏怒未解，田舍收麥言何諛。策名書

府真有靦，空與老姥扶天樞。貴人一代骨已朽，史筆千載心猶誅。閻公絶藝今亦無，長安落日明榛蕪。

跋明皇貴妃並馬圖

聲殘玉笛梨花月，笑指驪泉浴香雪。宣來天駟玉花驄，醉傚金勒搖東風。阿環並轡微相顧，一點芳心倩鶯訴。五溪老奴侍鞍側，招搖先入華清路。行幸東西春復秋，那知憂樂兩相酬。朝元警蹕猶清道，胡馬長嘶出薊幽。猿聲霜冷巴山曉，錦襪遺香清渺渺。南内凄涼稀進御，海雲空闊蓬萊小。淚濕花容春雨餘，縱有丹青畫不如。

跋趙太祖與韓王蹴踘太宗石守信楚昭輔党進環而觀之

紫微垣近一小星，作戲敢與太陽敵。諸將旁觀信雄武，不逃書記收兵策。開封府尹真天人，受譖朱崖疑老臣。幸自宮中啓金匱，忍使涪陵竟隕身。

題萬户府瑞麥圖

河中之野木連理，文人作頌何所美。鯉湖之水蓮雙葩，史臣紀異不足誇。木葉饑來豈堪食，蓮花遠觀空有色。由來上瑞是豐年，芙蓉池外麥連天。一莖三穗攢秀穎，好事軍中萬口傳。閲武堂成政多暇，刀劍不如牛犢價。老農噉飯看昇平，奇祥異産從天下。香餌先收夏隴雲，雪匙可卜秋田稼。絶憐西蜀杜參謀，困饑空懷當世憂。崆峒麥熟無人穫，且問王師休未休。

題劉晦卿月樓圖并餞秋闈之行仍不犯月樓字

君不見劉越石，晉陽鐵騎圍城急。一聲長嘯震山谷，抛弓散走群兒泣。又不見庾元規，武昌僚佐相追隨。坐據胡牀夜笑語，不知賓主竟爲誰。枕戈待旦成何事，終讓著鞭先士稚。況復西風塵污人，茂宏舉扇思還第。嗟嗟二子逢世亂，誤長清談空致患。争如今夕倚闌人，一生飽喫升平飯。百城桴鼓夜不鳴，萬里山川秋愈明。黄鶴孤飛白鷗睡，捲簾露氣下三更。初聽笛聲何激烈，再聽書聲更清越。素娥密約無人知，今秋丹桂來先折。

題金君澤家山飛雲圖

吴姿楚態誰使然，白石齒齒山娟娟。孤雲欲斷不斷處，中有萬斛瀟湘烟。黄榆日晚長洲路，木葉山頭幾風雨。一聲寒雁江南書，萱草靈椿解相語。解相語，君應知。山風獵獵遊子衣，畢逋有待何當歸。

應昌路驛傍有古松一榦生十八枝爲斧所傷江西胡生圖以示州長官命余作詩

盧龍迤北道應昌，八月飛雪六月霜。陰風蕭颯百草僵，牛羊隴坂狐兔岡。破郵古廟人鬼靜，傍植巨木百尺强。孤根綿綿蟄幽土，枝榦直上凌穹蒼。何年堂堂十八公，會朝侍立冠劍長。中有二公能死節，張許崛强存睢陽。餘生幸或逃斤斧，遠地何由選棟梁。西江行客苦好事，一見攜之袖裏藏。摩挲老眼識奇怪，興作萬里神蒼茫。寒齋無復丁生夢，腹内惟聞葵藿香。

唐人洗馬圖

君不見雀鼠谷抵介休壁，馬甲不解王不食。又不見泰山馬色别爲群，東封望之如錦雲。英雄角力多相值，嬖倖承恩思自媚。不辭汗血千里勞，驅死塵沙那得避。何如落日清水灣，驊騮獨步春草閒。圉人袒肩没兩踝，控轡欲上未上間。静觀物理坐歎息，玉花慘淡何人筆。少陵野老最善評，弟子曾入將軍室。

跋牧馬圖

平原淺陂，水草甘美。枯梢吹風，日落塵起。物色祁連山前路，又似踰關渡隴水。一人解鞍枕欲睡，一人褶袴手仰指。一人持轡卻回頭，萬馬攢蹄行復止。飲者嚙者各自然，馳者忽在立者前。駒而幼者隨壯者，浴者出没晴波川。風騣雪尾不受鞭，並驅逐者如爭先。須臾兩騎獨殿後，戎笠持兵相格鬬。老羝挾乳自成群，牧羝人遠傍無救。何人丹青手摸寫，礧磚胸中有全馬。陸子作詩配騶野，千古傳流好事者。

栽桑

細聽鄰婦低眉説，年年育蠶苦無葉。山童執筐入市賣，一稱百錢猶未愜。更兼春雨土窗寒，忍見蠶饑頭戢戢。買絲織絹輸官外，空借鄰機閒一月。阿姑卒歲無繻袴，小兒露骭風吹裂。今時縣官清且明，課民務本令必行。擔桑楨肩荷鋤去，青青布種環郊城。明年家養一百箔，巷響繰車楝花落。滿籠新絲白雪香，聽賽蠶官鼓聲樂。

賦燒筍竹字韻

先生朝槃厭苜蓿，筍味得全差勝肉。蒼頭掃地犀角出，赤燄騰烟龍尾禿。土膏漸竭外欲枯，火候微溫酒已熟。撥灰可惜衣殘錦，解籜猶憐膚躍玉。青青無日長兒孫，草草爲人供口腹。盧家丞相蒸葫蘆，石家無人煮豆粥。去毛留頂有何好，擣韭作虀空自速。不如野人工食淡，自辦行廚入修竹。句裏曾參玉版禪，胸中會著篔簹谷。主人不問不須嗔，昨夜西風響林屋。

竹鶴窺棋雪字韻

秦馬投鞭江可竭，別墅從容謀已決。蘭階小兒呼與棋，敵手不覺平時劣。青岡鶴唳走先聲，捷書上牀屐齒折。局中勝負俄今古，身後功名謾豪傑。何如山中靜相對，風度幽篁韻清絕。林深有客遇神機，柯爛無人傳妙訣。白頭老姥獨解事，化作仙禽欲饒舌。石枰落子忽驚飛，五月驪山啄殘雪。

以上《牆東類稿》

全宋詩卷三七一〇

陸文圭三

四月八日偕張菊村鄧匪石洪樂閑遊城西諸寺以山高水長分韻得長字

門外青山寺，西行半里强。童分泉茗潔，僧供飯蔬香。地僻紅塵静，心閑白日長。少年餘氣習，棋酒愧疏狂。

春雨歎

山城春强半，雨脚亂如麻。潤麥還傷麥，催花又落花。閑來憂歲事，老去惜年華。卧聽空簷滴，應無夢到家。

驟雨

絳帳虚堂設，簷牙雨驟傾。已過驚蟄日，未聽候蟲聲。向晚飛蚊出，偏工傍耳鳴。山靈戲窮士，邀喝夜相迎。

立冬

早久何當雨，秋深漸入冬。黄花猶帶露，紅葉已隨風。邊思吹寒角，村歌相晚舂。籬門日高卧，衰懶愧無功。

夏港道中

微暖背曝日，輕寒面受風。人行官路側，鵲起野田中。細草陳根緑，疏林病葉紅。故人雲水隔，來往愧衰翁。

高郵寶應道中

長淮昔戰爭，廢地少人耕。野壁三家市，官亭十里程。田夫時識字，水鳥不知名。薄暮宿何處，孤雲又一城。

客中度歲

歷遍青徐路，東風送入京。車中守殘歲，道上拜新正。椒酒今誰獻，桃符舊未更。故園梅正發，不見玉崢嶸。

喜雨上理同知

蒼蒼雖莫測，誠意儘能回。履草穿雲去，爐香帶雨來。神龍如有喜，旱魃不成災。四野車聲歇，歡聲卻似雷。

贊王容溪

勁竹持高節，餘花表晚香。一瓢顏子巷，六籍鄭公鄉。後學師珪行，先天發寶藏。空攜經世具，獨立暮山蒼。

和宋春卿寄詩韻二首

練江詩酒社，聚散十年春。君作并州客，身爲絳縣人。一牛甘送老，五馬未全貧。出處嗟殊異，相思意卻真。

壯游不知倦，老境怕逢春。自分無知己，何堪從避人。飛花空有恨，巢燕不嫌貧。獨憶延陵客，風流似季真。

和誼齋惠詩

鴞室徒勞甚，鳩居奈拙何。田園空歲晚，梅柳得春多。徑合思除蔓，墉高許附蘿。呼兒淨掃地，恐有故人過。

和心淵雷雨地震詩

天公惡作劇，翻手變炎涼。海運三山動，江高數尺彊。震雷驚失匕，漏雨苦移牀。不慮填溝壑，真成老更狂。

奉和子華秋懷四首

九日秋懷惡，那禁暑氣隆。苦吟愁作祟，多病藥無功。有客來相訪，扃門弗爲通。怕談當世事，遺患及孩童。

況值艱難日，那當老病身。後生欺舊輩，俗吏笑高人。易掃張超霧，難清庾亮塵。鹽梅正相得，鼎鼐盍調新。

痛飲消愁酒，愁城未肯降。陰風吹北户，斜日上西窗。艱食懸禾畝，苛征及葦江。何曾入官府，深愧鹿門龐。

得志瘳民瘼，何期與願違。青燈疏簡册，黄土污征衣。道路嗟于役，山川賦式微。秋風動鱸興，應不踐危機。

和唐人閑字韻詩卷

鼎鼎百年内，何由一日閑。衝冠無怒髮，攬鏡已蒼顏。未易桴浮海，應難屐上山。春逢甲子雨，愁聽溜潺潺。

贈游士艾介翁

三江懷故國，七澤弔孤臣。有客詩招隱，何心賦問鈞。明時無棄士，晚節少全人。游子歸何日，農工已及春。

丁酉春識慶上人于錢塘鄧君善之索余同賦孝僧詩余請以二十字盡記其實既成善之喜而書之不知何人持去後二年上人訪余江上復書以遺之

襁褓已離乳，干戈復異居。關河行欲盡，母子遂如初。卓行先賢傳，前緣釋氏書。悲歡知已極，讚詠欲何如。

贈潘道士祈雨

日者旱太甚，天乎禱有諸。震雷驚破柱，驟雨喜隨車。精意通無間，神功斂不居。魯侯明德頌，好接有年書。

送劉青壁湖北道按察

飄然南去客，使者趣揚舲。白帝秋雲滑，黄牛暮雨腥。尋詩行楚甸，問酒宿巴汀。北道人多朴，無詞到訟庭。

送班同知

專城鎮西土，世祿食南方。紈袴洗餘習，簪纓襲舊芳。高風仰喬木，遺愛指甘棠。他日循良傳，應留姓字香。

送楊伯可赴省

秋水芙蓉幕，時聞嘯諾歌。簿書精力盡，臺省故人多。别酒禁愁得，交情奈久何。懷君四德備，廉正復謙和。

丙申歲侯仲達之官洪澤

淮楚俗輕揚，蕭蕭古戰場。殘兵空壁壘，曠野失農桑。魚蟹西風市，菰蒲淺水塘。君山足詩景，何事訪漁郎。

送王縣尹之官湘潭

江亭重執手，雪壓暮潮平。臺閣踰三載，絃歌又一城。遺鄉因楚俗，令尹似湘清。别駕余知己，分廷託寄聲。

送郭仁卿之官三衢

憲府自清要，胡爲墮冗曹。平反猶用恕，糾録肯辭勞。才富家何瘠，官卑志愈高。青雲遲得路，勝我落蓬蒿。

送吴次尹惠州巡檢

萬古羅浮洞，江樓著老坡。子西相繼出，廷秀晚經過。欲訪先賢去，其如遠道何。天寒與君别，莫聽庡歌。

察罕布哈教授滿别丁卯鄉試第一，三舉不中，保充掌書

小卻官雖晚，先登藝最優。文章九州外，科目萬人頭。桂折金天月，芹空泮水秋。澄清賴君輩，憲府正旁搜。

送廣平孫教授

廣平河水北，古曁浙江南。兩地音郵闊，三年官况諳。采芹聊共樂，食蘖豈能甘。別酒黄梅浦，情懷老不堪。

送句景范教授之官澧浦

南楚離騷國，清風澧有蘭。相從泮水樂，獨棹一江寒。遠地重逢少，新知欲別難。高平讀書室，好爲掃荒殘。

送張愼與歸海陵侍養二首

湖風吹柳絮，記別一年餘。君出當歸養，吾窮久索居。乍逢論繾綣，欲別又躊躇。一葦長江隔，時時卜鯉魚。

英才銷落盡，世事一凭欄。以我相思切，知君欲別難。暮雲南國暝，早雁北江寒。獨羡萊衣樂，春風鬢未皤。

送周子華南歸二首

江城少公事，幕府得詩人。乍見顔如舊，相思意轉親。不堪時事改，赢得鬢毛新。後夜孤舟別，西風漾月輪。

此日與君別，重逢未有期。衰年行欲盡，近事或難知。浩蕩風雲會，蕭條草木悲。三吳多俊傑，試與問安危。

送魏叔華歸越

閲世滄江上，柴門幾送迎。雲泥雖異路，車笠見交情。春雨西興渡，梅花古粤城。寄聲賣樵叟，莫羡錦衣榮。

送長蘆穆生歸鄉來別

聞君返桑梓，老我屏丘樊。命駕輕千里，臨岐贈一言。爲山方進簣，有水必觀瀾。顔孟千年在，遺經得盡繙。

送張仁卿二首

四海張公子，騰書盛贊賢。論心纔幾日，屈指遂經年。鶩案翻新牘，雞窗理舊編。暹君得小暇，已索贈遊篇。

作縣徒勞爾，飛黄服短轅。棄官真不惡，惜别卻無言。再試知何地，孤生老是村。去逢南國友，梅嶺正花繁。

送李正齋

龔黄吁已遠，循吏捨公誰。臥轍留行色，歸裝減到時。朝爭馳薦剡，郡議立生祠。寂寂燕臺客，難酬國士知。

送唐子華

海内多英俊，交情得似君。慇懃别後語，嗚咽病中聞。吟棹秋溪月，歸帆晚浦雲。可憐江樹隔，何日更論文。

送龐西山

行李不盈車，西風兩鬢華。歷官多在考，歸蜀已無家。人去空芹水，舟行及藕花。飛騰君有日，吾計老桑麻。

送汪太無道人

面帶青山色，道人何處來。一壺懸日月，兩袖裹風雷。鉛鼎養活火，寒爐撥死灰。出尋方外友，不語又空回。

送麻姑山道人

麻姑一女子，處處有仙壇。地古留遺跡，君今住此山。流泉清澗底，落日亂峰間。聞有蔡經者，時時得往還。

病中寄諸友

五福人間有，吾兼疾與貧。死寧遭疫鬼，生不媚錢神。採藥思方士，貽書荷故人。城東有別墅，風雨失殘春。

病枕

瀟瀟風雨夜，病枕厭長更。輾轉終無寐，呻吟不絕聲。鼠牙乘壁暗，雞翼報窗明。辛苦牀前婢，頻呼睡不驚。

病枕不寐

大率憂兼病，尤非老所宜。吟愁枯兩鬢，時事鎖雙眉。瘦削嫌衾薄，醒眠覺漏遲。拒霜三五朵，應愛北風吹。

病足

筋寒苦蹣蹙，尊足詎能勝。誰謂行多露，全如履薄冰。城非靴可踢，階豈襪堪登。設有蒲輪召，安車未易乘。

許正卿傷臂

危機在平地，險不是丘陵。偶爾一投足，幾乎三折肱。鞠躬難盡力，攘臂必須繩。他日三公貴，軺車好穩乘。

題張招討墓碑

輕兵戒深入，險寇勿窮追。失勢因魚服，留名有豹皮。空歸先軫面，竟裹伏波尸。廟食真無愧，嵯峨死節碑。

題孔平山墓銘葬金陵臺下

東魯家猶在，尼山道最尊。教能行萬世，福不庇諸孫。薄宦三千里，遺銘數百言。不埋防墓側，空弔雨花魂。

挽閑閑真人父司徒

堂堂遺一老，五福壽而康。系出安仁譜，身居榮祿鄉。春山樵獨隱，晚圃菊尤香。有子知何憾，騎龍下大荒。自注：樵隱、晚香，堂名。

挽朱自齋總管

郡紱雖重綰，齋銘祇自修。陰功淮海積，遺愛浙江留。世事桑田水，人生薤露秋。蓋棺奚復憾，簫鼓咽原頭。

挽貢仲章學士

才優如貢禹，經行復精純。海内多知己，江東尚有人。林泉隱君子，臺閣古名臣。九轉丹成去，青山宰木春。自注：貢臨終夢九轉丹成生羽翼之句。

挽吳朝奉

幼時桑梓敬，耆舊惜凋殘。蕭誠師吾儉，龐言遺以安。天乎非不壽，命也亦何歎。誰筆延陵墓，嗚呼永不刊。自注：申浦季子墓有嗚呼有吳延陵君子之墓十字，相傳夫子之筆。

挽許士元州判

有數應前定，浮生難豫期。爲親嘗藥去，俄自載喪歸。循吏堪爲傳，遺民議立祠。靈輀無路送，老淚不勝揮。

李君美夫婦挽詩二首

君家全盛日，父子佩金魚。太母嘗甘旨，曾孫列起居。榮華既消歇，憂患卻乘除。執紼門生老，何堪數輓車。

一死人誰免，如君獨可哀。離鸞不忍訣，止鵬併成災。從吏聯翩去，喪車寂寞回。淵明本無疾，早歲賦歸來。

挽孔東岡

此老典刑在，粹然瞻德容。百年守經學，一邑號儒宗。泗水乾別派，泰山摧小峰。孝哉廬墓子，滴淚死青松。

挽沈梅溪 其子元從予學

未游通德里，曾識謝家兒。鄉邑推先輩，山林養令姿。梅花記開落，江水閱興衰。耆舊凋零盡，西風老淚垂。

挽趙石居

地望掄魁重，冰銜博士清。棄官爲隱計，因謗得詩名。水竹方成趣，松楸忽愴情。鄉中耆舊盡，老淚灑銘旌。

挽李德夫

一種金籯業，相傳五世餘。貧同司馬壁，富有善和書。四子供甘旨，諸生問起居。典刑無復在，丹旐泣隨車。

挽柴青山

衣冠百世祀，齒德一時尊。白馬朝京客，青山負郭門。廢興疑有數，生死復何言。空有懷賢淚，西風滴古原。

挽何漢卿

被服安儒素，行藏任性真。終于太平世，奪我老成人。喬木蒼蒼古，孫枝奕奕新。西鄰聞夜笛，衰淚一霑巾。

挽朱南伯

爵齒不踰德，天乎奪此君。官纔稱主簿，郎已轉修文。玉質埋黄壤，葩辭散彩雲。從今書帶草，不獨鄭公墳。

挽謝竹所

江左稱群謝，青山幾夕陽。田園遺一老，詩禮訓諸郎。勝日攜樽樂，清風隱几忘。靈輀無路送，東望涕霑裳。

挽杜華父

鄉里多遺老，朝廷少用儒。公初升國學，官止教生徒。衛道心猶壯，憂時骨已臞。遙知埋玉處，風雨暗山隅。

挽趙鼎之

太息佳公子，樽中了此生。吐茵人不怒，駡坐客皆驚。北闕名垂就，南柯夢已成。老親併弱子，此恨若爲平。

挽榕山陳同年

勞勞百年内，人物老滄洲。大志生難測，微官病即休。江花自終古，榕樹不禁秋。雌甲嗟猶在，哀詞涙不收。

挽邱景游二首

粹德如金玉，鄉人稱善人。百年蔭喬木，五子拱靈椿。桂管經行路，蒲龕宴坐身。今歸兜率去，弔客謾霑巾。

游公門下久，公亦眷吾深。疾病煩憂卜，詩詞辱賞音。衰年空滴涙，舊事獨傷心。秉筆書潛德，空疏力不任。

挽俞時齋

襄陽耆舊傳，一覽涕無從。入社深衣叟，齋居糲食翁。市朝終不到，林澗或相逢。有子能傳業，棺衾得愼終。

立齋挽詩

少日增庭秀，暮年山澤臞。吟魂繞花竹，客淚灑江湖。莫唱貞元曲，空遺洛社圖。絶憐埋片玉，幸喜産雙珠。

挽陳葵心

遺才今已老，生計晚方宜。卧病經旬月，孤墳寄一隅。逢原惟有女，伯道竟無兒。執紼嗟何及，哀詞與淚俱。

挽何有開

捧檄垂三考，還家甫一旬。風雲千里志，露電百年身。講席辭多士，帷堂泣老親。三生有遺恨，五福少全人。

代挽奉政陳公

江淮離舊隱，遼碣著新功。騄耳非凡馬，蒼髯獨老龍。韓銘空紀實，曾簀遂長終。先世盟猶在，寒山淚滴松。

故夫人陳氏挽章四首

誓節攜孤幼，塵奩不復妝。夜機同婦織，曉隴課僮秧。甘旨期終養，哀榮畢後喪。前岡指陶墓，弔鶴重凄涼。

白首萱堂上，兒孫卓有成。膝前分栗果，枕上聽書聲。鳳誥將金闕，鸞驂遽玉京。舍西蘿月夜，嗚咽隴泉鳴。

憶昨升堂拜，通家指舊盟。爲言兒有立，多賴友相成。喜檄方形色，哀銘忽愴情。生芻一掬淚，端爲玉人傾。

萱草北堂深，霜風一夕侵。斷機思往訓，捧檄負初心。仙府雲軿遠，佳城月魄陰。平生五鼎養，空復美衣衾。

送衛月山歸鄉 大魁涇之孫

臚傳居第一，科目艷當年。慷慨誅奸佞，從容秉政權。諸孫今白屋，舊物止青氈。幾見黄粱熟，何當鐵硯穿。書聲月廡下，燈影雨窗前。學者師王式，時人老伏虔。不令官濟濟，空負腹便便。桑葚鴞偏惡，桐花鳳可憐。縱無當食禄，猶有可耕田。卒卒纔傾蓋，依依願執鞭。二翁俱耄矣，一别重凄然。握手出門去，桂花香滿船。

挽張宗師

鳳歷歸明主，龍韜識老臣。衣冠朝日月，劍履步星辰。極品躋黄閣，齋居入紫宸。存心妙經緯，贊化極彌綸。道教崇簪笏，詞林壓搢紳。儉慈爲世寶，安樂是天民。夢卜親如見，祈禳立有神。穀城黄石老，衡岳白衣人。密勿天心契，便蕃帝渥新。壽尊來玉醴，法樂宴崇真。重錦頒衣襲，精糜享膳珍。青溪合瑤草，玄圃植靈椿。化鶴聲逾遠，飛鳧跡已陳。松青凋晚歲，林縞失殘春。世事柯山局，人生桑海塵。十齡傳正印，一德鏤堅珉。

挽吴野堂

保護兵衝日，焦勞歲歉時。江湖一老重，州里百年思。家尚玄元學，人遵義役規。陰功宜有後，隱德固

應祠。擬作榮鄉記，誰鐫有道碑。碧梧雖未識，宿草尚堪悲。偶泊梅江堰，空吟薤露詩。（以上《牆東類稿》卷一七）

全宋詩卷三七一一

陸文圭四

洛中鄭慤三伏之際率賓僚避暑于使君林取大蓮葉盛酒以簪刺葉令與柄通屈莖輪囷如象鼻焉傳吸之名碧筒杯故坡詩云碧碗猶作象鼻彎白酒時帶蓮心苦出《雞跖集》丙寅五月宜興州賞誠以此爲題爲賦十一首

外直中通異衆芳，嗅來葉氣勝花香。一杯先吸鑑湖月，滿口潛消玉井霜。尤勝朱櫻煎作蜜，何須紫蔗壓爲漿。細看象鼻彎彎曲，刺手猶嫌緑柄長。

昔宴賓僚避暑林，傳杯故事到如今。屈莖聊當黄金杓，刺葉先抽碧玉簪。聞得鼻端香馥馥，流從舌底味森森。坡仙愛釀柑爲酒，卻道清蓮帶苦心。

有客相傳避暑方，採蓮不用採花房。緑盤擎重盛珠露，碧管虚中溜玉漿。象鼻捲風隨手曲，麝臍入水透肌香。醒來忽憶涪翁句，摘實分甘共母嘗。

碧雲影裏倚欄干，鯨吸詩人酒量寬。惟有鑑湖堪避暑，遥知玉井正生寒。簪開翡翠微通竅，滴下真珠滿走盤。一葉偶因風颸破，帕羅香沁幾時乾。

荷亭避暑約傳杯，醉引清風入手來。象鼻形彎通曲柄，鴨頭色重潑新醅。中擎玉液休傾滿，半捲青心莫展開。春酒一江能吸盡，始知李白是仙才。

當年避暑使君林，暇日諸賢肯過臨。荷帶露香須緩折，酒無風韻莫輕斟。玉簪先透玲瓏玉，金注徐傾瀲灩金。葉底可能甘勝蜜，卻憐小苦是蓮心。

不須酒盞吸雲紅，刺葉潛令與柄通。碧色輪囷彎到底，黄流瀲灩注當中。醉來欲捉波心月，醒後因吹水面風。卻笑求仙求不得，金莖半折露盤空。自注：魏明帝移長安金人露盤，盤折，聲聞百里。

露盤淨植水中央，好借詩人引玉觴。象鼻巧能通葉柄，馬蹄更與摘蓮房。自注：温公《蓮子》詩形如大馬蹄。吸川不覺西湖闊，漱石尤便玉井涼。醉裏興來休折遍，也留數葉覆鴛鴦。

越溪女子翠紅裳，來與群仙侑一觴。葉展圓盤如許大，絲連曲柄更能長。清高勝飲金莖露，甘滑疑餐玉蕤霜。醉手傳杯猶未穩，碧痕微損迸瓊漿。

樽罍自古宴嘉賓，末世風流意轉新。筒葉捲來由鄭氏，杯荷製出始唐人。一時花草空傳玩，他日賓僚但飲醇。外直中通比君子，輸他光霽滿懷春。

刺葉爲筩製頗奇，鄭公故事老坡詩。擎來入手成欹器，注在當心即漏卮。玉露有香黏翡翠，碧雲無影浸琉璃。假饒吸盡西江水，鉢内生蓮是幾時。自注：佛圖澄取水燒香呪之，鉢中生青蓮花。

孟德孔明

孔明孟德兩馳驅，三國人才信有餘。未肯草廬終此世，不知精舍讀何書。木牛古不傳遺法，銅雀今成一廢墟。畢竟忠邪天不識，當年成敗復何如。

與琴師談琴

至樂無聲識者希，有聲終是假人爲。一時得趣惟元亮，千載知音欠子期。欲寫性情初動處，當原律呂未生時。夜寒月照虛堂壁，鶴唳猿吟總是詩。

癸酉三月園亭小飲之明日又適澹齋所薄暮醉歸廣文寄佳句二首走筆次韻

名花濃淡總相宜，對此如何不醉歸。絲竹既無娛朗日，園林可是樂清時。蛙聲閣閣那成部，蝶陣團團戲作圍。酸杏不堪嘗煮酒，纍垂空自壓青枝。

綠陰未暗漸紅稀，逢閏春遲一月歸。古有惜花如子美，今無好客似當時。酒雖薄薄聊澆渴，棋亦平平旋解圍。斜日倚闌人半醒，試尋青子摘梅枝。

同善之仲實無逸遊飲夜歸分韻得星字

歲華搖落江頭樹，客子漂流海上萍。盡染緇衣無復素，空留白眼爲誰青。對牀便可供高卧，把酒何妨弔獨醒。太息此心徒炯炯，奈何余髮已星星。

八月初游君山誼齋有詩同賦二首

曉渚風移畫舫輕，秋原日射繡衣明。自攜玉麈看山色，盡屏繁絃聽水聲。季子高風喬木古，春申往事暮潮平。塔鈴自語無人會，飲散江空霽月生。

此山猶姓楚春申，珠履風流幾斛塵。樽俎一時俱上客，興亡千載屬何人。蕭蕭病葉悲霜木，采采幽花識澗蘋。白鷺不知今古事，臨江一笑岸綸巾。

句容賦歸

誰教老子誤諸君，幸自庵中卧白雲。舊令尹非新令尹，今將軍是故將軍。相知自謂樂莫樂，一見不如聞所聞。逋客急須回俗駕，北山早已有移文。

迴途入玉晨觀圖經云周時太史郭真人宅周安得有真人哉有丹井養龍池白馬老君瑞像在焉壁間刻林靈素塵字韻詩戲次二首

洗淨人間萬斛塵，玉虛壇上夜朝真。井深莫探丹泉髓，屋小難容老檜身。自注：廊下有晉檜一株，小屋圍之。符召得龍聊小戲，料分與鶴未全貧。名山採藥無空返，不見仙方見異人。太虛自是隔凡塵，惟恨神霄事不真。泥馬空遺玄聖像，池魚恐是小龍身。久知天上仙官貴，不救山中道士貧。舊宅固應存太史，徽稱早已號真人。

無文上人捨財鳩工建新安橋普濟衆生聞者讚歎隨喜賦詩一首

高僧自有神通力，杖錫横空搭兩堤。會見大夫乘駟馬，寧無學士助腰犀。一溪帆影浪花轉，百尺欄杆石筍齊。有客天津閑信步，杜鵑聲裏夕陽西。

七月二十九日夜大醉宿陸宣慰廨旦日以一詩謝之

夜行被酒止公亭，耳熱呼烏坐盡驚。甕下自慚非畢子，吐中不覺卧王生。相寬吏舍情何厚，誤污車茵罪亦輕。戲馬倘容賓落帽，更拚投轄飲天明。

東人索酒

不到青州已月餘，麴生風味近何如。東坡杯小君應怪，北海樽空客漸稀。奇士正堪來問字，癡人那復肯還書。分田種秫嗟何晚，獨盼庭柯望白衣。

中秋見梅

雁叫霜寒木葉飛，西風亭下立瑤姬。從來冷淡能禁雪，不意孤高也競時。松友舊盟寒歲晚，桂華佳約赴秋期。倚窗索笑空姝媚，汝解能寬宋玉悲。自注：坡詩奔月偶桂成幽香。

十月下旬驟寒小雪

朔風翻屋浪喧豗，潑墨濃陰掃不開。天下撒來雲母粉，人間喚作豆稭灰。細民共喜宜新麥，老子先須探早梅。爲怕玉容禁不得，數枝和淚折將來。

雪江獨釣

極浦寒雲壓雁低，石磯老叟手如龜。茫茫沙上銀千頃，裊裊風前玉一絲。鷺失蘆花驚月早，魚吹柳絮上冰遲。故人物色嫌相認，縱有羊裘不敢披。

虎丘留題辛卯三月書于劍池

霸業荒丘春草長，只聽兒女話真娘。虎來墓上猶應怪，鹿入宫中儘可傷。太息乾坤空浩蕩，不留豪傑管興亡。屬鏤抱恨沈江底，潭碧猶生古劍光。

辛卯入杭呈王察判

中州人物古猶今，復見風流正始音。當日乘驄持繡斧，他年化鶴度青林。誰知救世安民術，即是求仙訪道心。鯨浪駕風吹未散，溪山何處獨追尋。

古人糟粕在遺經，聖學非由積累成。每向同中參孔釋，時於異處别朱程。一川水滿源頭活，半夜天高月色明。下學工夫遲十載，小儒終是霧中行。

入杭懷古呈史药房

某丘某水記兒時，陳迹迷茫問不知。觀裏看花空有菜，山南種豆落爲萁。林疏想弋逋仙鶴，壁壞應墁坡老詩。只怪西湖頑面目，濃妝猶自學西施。

浙西道院并題雙檜詩和子華韵

黄堂曾著宰官身，彷佛兒時記不真。圖誌雖存千載舊，棟梁安有百年新。繁華開落無三日，雙檜輪囷經幾春。應比首陽高節士，採薇不食爲求仁。

苦雨

積雨能令朱夏寒，少曾見日上三竿。風吹滄海俄然立，水瀉銀河透底乾。誰辦好心來拯溺，姑留老眼去觀瀾。蛙聲只在牆根草，卻怪泥龍不久蟠。

居高明

每愁仲夏多溽暑，更逢今歲少南風。身無臺榭可獨處，眼到山川便不同。直從月令高明處，參透中庸問學功。虛靜若能超物外，炎涼何必介胸中。

七夕祈雨

彩雲朵朵西風散，銀漢昭昭北斗傾。車上耕夫愁欲泣，橋邊織女笑相迎。蝗飛近境行將及，龍卧深淵自不驚。病枕怕聞簫鼓鬧，誰家乞巧到天明。

偶書邸壁

俯仰隨人似桔槔，功名落落倦英豪。婆娑僅可供賓戲，寂寞安能免客嘲。空有雲心懷鶴髮，竟無風力舉鴻毛。祖劉起舞成何事，歲晚柴桑是故交。

效後村體

十載村居學養恬，未忘習氣有人嫌。課僮薙草心先快，助僕移梅力尚兼。不分烏鴉啼錦樹，絶憐紫燕傍茅簷。路逢野老閒相問，新歲凶穰可豫占。

有感三首

場屋當年負雋聲，白頭牢落竟何成。一生受用兔園册，千載應無麟閣名。被服易招山鳥怪，題詩難學野狐精。羊裘老棄漁灘上，印綬新加少傅榮。自注：桓榮也。

子美間關離亂際，堯夫生長太平年。可憐橡栗天寒拾，不似鶯花日晏眠。憂樂在人均是命，盛衰有數總由天。腐儒老矣無奇計，獨立斜陽意惘然。

歲晚田園半已蕪，緇塵袞袞落征途。送窮不見昌黎富，乞巧翻成子厚愚。甑下早知嘲尚白，缶邊何似醉呼烏。鳶肩枉作常何客，只合新豐伴酒徒。

闕　題

區區抱甕不辭勞，俯仰安能似桔槔。兒子從教耀車服，丈夫何用樹旌旄。但思有酒身無事，始信求田策最高。妄想虛憍無處著，退然斂手是英豪。

黄山上先冢舊葬處

一盂麥飯一豚肩，寒食風花淚眼邊。倘得黄泉相見母，勝如白日上升天。萬家置去成何用，雙鶴飛來亦偶然。事死如生莫言孝，幾曾廬墓過三年。

庚午三月初九日寒食有感

祭筵跪拜膝難擡，連歲何曾上冢來。老子七旬看又過，幻身多病復相催。人間願棄姑云耳，地下從遊亦壯哉。寒食江村舊行路，道旁相弔總悲哀。

連日食粥兒輩愠見示之以詩

抄書燈下語吾兒，歎歲艱辛汝未知。坡老忍飢常并日，少游厭粥亦多時。但令後世師吾儉，深怪諸人遺以危。天意從今吾儘解，窮人大抵欲昌詩。

耳聵二首

幾年本分做家公，雖是癡頑幸不聾。何必張皇驚鬬蟻，更須辛苦望攀龍。濕窗暗想催花雨，開户遥知戛竹風。問夜何其將夜半，元來野寺已鳴鐘。

血氣衰微性不靈，非非是是幾曾聽。胸中不著許多事，天下本來無正聲。但覺颼颼戰風雨，誰知虩虩震雷霆。先生耐靜坐終日，怪底作勞吾耳鳴。

齋科詔使臣索詩

紫泥詔下九重天，文治初興正急賢。草木輝光霑雨露，鳶魚鼓舞樂天淵。雲衢接武懷新渥，雪案潛心理舊編。禮樂三千攄素藴，丹墀他日聽臚傳。

贄楊子裕中丞

堂堂四世三公後，今日乘驄出案臨。坐上即時聞減樂，袖中雖暮不懷金。官民乘訪皆公論，獄卒平成有恕心。古柏臺邊霜氣冽，肯分春意到寒林。

贄尤端木二首

漢家陵闕已蒼烟，魯國靈光獨巋然。衛玠音聞永嘉末，陶潛詩著義熙前。可憐閣下投幾死，不及車中寢獲全。自注：范粲事。寄語牙郎莫酬價，匱中韞玉可求旃。

萬里梯航走貢珍，乾坤無地著孤臣。湘江空記庚寅渡，石壁曾題癸巳人。國士猶嫌先事范，仙家莫問幾經秦。願提草履從君後，煮茗寒泉代拾薪。

代上樂平傅知州初庵

一代風流獨老庵，再扶道脈起東南。家聲可與諸洪繼，易學曾同小阮參。晝錦羨君榮世胄，寒氈容我坐清談。願爲藥籠中間物，才匪芝苓愧不堪。

壽常州路達嚕噶齊

蓬山閣上冠群賢，出擁朱旛浙水邊。但看兩州歌善政，宜膺多福享遐年。當生自是長生佛，未老應爲不老仙。欲就瓣香稱壽去，梅林一夕漲江天。

壽與可録判

濯錦峨嵋詩最勝，子昂太白記前生。一川風雨睡正熟，千頃波濤心不驚。手試功名棋勝負，眼看富貴槿枯榮。壽杯肯向人間飲，攜傍蓮峰玉井傾。

壽陸雲閑道判

誕日曾生陸地花，自注：關尹喜生時陸地生蓮花。雙鸞扶下五雲車。安期共約游三島，方朔應留醉九霞。盛集儒流勝仙侶，多培陰德種丹砂。冷齋書客來稱壽，自笑東風兩鬢華。

史药房壽與東坡同日

日月同生豈偶然，聲名不減雪堂仙。岷峨西去八千里，蘇史相望二百年。赤壁舊磯如昨否，李生新曲至今傳。祝公壽比南飛鶴，共結梅花歲歲緣。

壽陸義齋 乙巳九月自五羊歸

歸棹石門江水長，肯留一片廣州香。不須人祝千年壽，但願公流百世芳。長侍潘輿游故里，勝持漢節落南荒。芙蓉金菊秋風遲，好和陶辭引玉觴。

緑髮仙童馭彩鸞，九秋彌節下人間。明分月影山河動，清入霜華草木寒。已報除書來北闕，不妨拄笏看西山。霞杯淺注黄花酒，留取餘香晚節看。

壽李侍郎母

雙成遥下五雲車，獻壽仙杯吸紫霞。愛惜孫枝長萱草，摩挲老樹著桃花。斑衣就養榮三釜，錦誥分封備六珈。他日肩輿扶上殿，侍郎正踏相堤沙。

寄戴帥初先生

詞章科目溯當年，璧水名流孰子先。杜甫生逢天寶末，陶潛空憶義熙前。明庭結綬懷新渥，暗壁移燈理舊編。約對青山譚出處，一冬澗雪長新泉。

和陳無逸見贈草堂詩韻

綈袍誰念故人寒，轉徙蕭然老伯鸞。幸喜雲山無屋礙，始知天地出門寬。悠悠歲月蟻旋磨，落落功名魚上竿。金谷已無歌舞地，輞川猶有畫圖看。

郡幕請講書和药房先生韻

不爲祁寒暫輟冬，肯移蓮幕下芹宫。深青豈必從藍出，美玉何煩就石礱。殘雪五更侵几白，一燈深夜照書紅。他年共赴長安召，正恐諸儒卻誚通。

和蔣公秉思歸韻時寓普明後寺

不愁世路太行難，自歎行藏愧孔顔。借榻寺中分兩寺，自注：白樂天詩兩寺元從一寺分。思鄉山上又重山。凄然碧草天連遠，輸與白雲僧對閒。我亦天涯流落客，何時同賦大刀還。

和郭有章見贈韻郭，宣城人

敬亭山屬謝家詩，太白重來又一奇。天既生才宜用世，士多有志不逢時。屠龍合讓高人手，捫虱纔堪童子師。大廈支頗要梁木，獨甘杞菊老天隨。

和陸振之見寄韻

日長不廢讀書功，我與宗人老頗同。病起自羞黃面老，興來人笑白頭翁。剖瓜未信能祈巧，結柳終須學送窮。樽酒論文定何日，碧雲暮合憶江東。

代和翟知事舟中寄登光陽樓詩韻

登臨送目際天涯，人物風流勝永嘉。已泝清流乘畫鷁，尚留醉墨看塗鴉。長空黯淡吹雲葉，別浦微茫蹴浪花。老守江城閑兀坐，秋宵短夢苦思家。

和劉濬見贄韻

踽踽涼涼莫我知，讀書漸懶任嘲師。荷鋤亦欲耕綿上，把釣因思入漢陂。姑讓著鞭先士稚，何須舉扇障元規。巴人白雪難同調，今古應無兩子期。

和鄧善之寄王一初并見柬韻

抱拙投閑計未疏，但看歲晏復何如。丹山碧水吟招隱，白髮蒼顏賦遂初。逸少幽情誰與暢，元龍豪氣未全除。柴門有客迂雙屐，何不相逢許史廬。

和戴帥初寄詩韻詩云：清江一日走千艘，獨有閑仙不喜遨。幾處白雲思暮合，數行紅樹又秋高云云

入海逢車陸用艘，仁人不遇歎游遨。登龍有意師元禮，刻鵠何心效伯高。每笑囚山非國語，絕憐投閣反離騷。此身幸免官驅使，兩手猶能把酒螯。

次樊晉山長贄見韻二首

閉户柴車久不巾，但思言行謹書紳。可憐麋鹿山中友，不是麒麟閣上人。作賦也應曾感舊，爲師那敢望知新。老饕誰獻先生壽，自酌蒲桃舞鬱輪。

我羨君才桂一枝，天門步擔束書歸。藥方按古藏芝籠，花樣翻新織錦機。不恥緼袍身自責，能知璞玉世尤稀。天寒野曠來時路，一笑應疑吾道非。

次韻袁艮所投贈

意氣冲霄義薄雲，白頭傾蓋即相親。耳邊久不聞瑰論，眼底初驚見玉人。歷代文章空自變，致君風俗幾時淳。世間别有經綸手，不屬柴門老病身。

次鄭前山絲字韻

人笑學官如兔絲，自注：出《南、北史》。誰能千里遠尋師。歸田便覺知機早，春市應嫌見事遲。縱欲著鞭何所往，奚須按劍復相疑。世人多享容容福，白璧從來不可爲。

留别王伯洪平章高顯卿左丞

幼從翰墨場中出，晚見車書宇内同。四十年前沾雨露，三千里外犯霜風。蛾眉共妬嬋娟女，鶴髮誰憐矍鑠翁。回首東書歸舊隱，江南笋蕨滿山中。

别管韶夫

胸中耿耿挾孤征，刺口逢人輒論兵。投筆少年真燕頷，著鞭中夜忽鷄聲。功名險處方成就，節義窮時要講明。别有中庸書一卷，勸君西謁范高平。

送元帥移屯太倉

十乘元戎又啓行，澄川老稚送傾城。北風吹轉旌旗影，東海歡騰鼓吹聲。桑麥千村無吠犬，波濤萬里息奔鯨。新年鳳詔催歸覲，殿内金甌覆姓名。

送陸誼齋按察

使星出照三吳地，原隰馳驅遠有光。鷹擊何如學鸞鳳，狐多且莫問豺狼。懷金昌邑難污震，置酒清河反怒章。今日故人無請託，他年鴻燕勿相忘。

送葉敏卿提領

牆東老檜屋三間，几案亭亭背遠山。時事浮雲蒼狗變，機心滄海白鷗閒。歸與乍出紅蓮幕，行矣催歸玉筍班。老子婆娑今得計，底須坐客唱陽關。

送嚴簡卿之燕爲司徒掾

漢儒多辟司徒掾，掾屬雖卑地望高。聞有袁安在公府，可無陳寵作辭曹。自注：漢陳寵，少爲州郡吏，辟司徒鮑昱府。是時三府掾屬專尚交游，以不肯視事爲高，寵獨勤心物務。昱高其能，轉爲辭曹，掌天下獄事。修鯨未肯隨鱗介，威鳳終須現羽毛。少壯功名當拾取，金臺落日射征袍。

送劉侯之官吉州

曁州美政不三年，江右遺民借二天。皂蓋朱旛新牧守，青原白鷺舊山川。邦衡奏疏雲中有，永叔詩章洛下傳。故里諸孫無恙否，下車第一表先賢。

送侯仲逵安豐之任

江上故人今送別，淮頭往事獨凄涼。陂成孫叔能強楚，城破劉公不負唐。千載與君期事業，一區憐我老耕桑。昇平幕府應多暇，書問時時遠寄將。

送州官解任

小郡凋零不可爲，長官賢厚莫能欺。政聲鄰邑皆傳説，心事同僚盡得知。堪笑青蠅工點污，敢將白璧强瑕疵。清時公論終難泯，遺愛空留去後思。

送張文友州判

太息君侯有祖風，棲棲五載簿書叢。功臣昔繪雲臺上，循吏今標漢傳中。綠水江風送行色，紫金關月照孤忠。預人家國非吾事，但喜詩書氣味同。

送丘景唐赴安豐教宗卿，宣撫樞密之孫

元樞出督宣威地，名姓江淮草木知。今見聞孫騎款段，去爲博士擁臯比。詩書澤遠真難繼，功業時來亦可爲。往事百年無處問，慶豐亭下稻連陂。

送朱伯海入京

燕黍寒生春未回，可堪早别故園梅。新豐斗酒馬周去，京兆束書韓愈來。賦就不須呈狗監，敕除先合拜鸞臺。青雲附驥非吾願，自守書燈撥冷灰。

送朱鶴皋入京

故人天上調金鼎，應念先生苜蓿盤。博士不煩重講席，拾遺無復歎儒冠。蓬萊海闊還須險，太華峰高不道寒。茅屋三間老書客，逢人懶問日長安。

送王居實遊金陵

破氈吟雪擁清寒，有客虬髯急扣關。歲月蒼茫千里暮，乾坤博大幾人閑。依乘自許風雲際，邂逅相逢草

澤間。西上月林春未半，白鷗黄鵠看江山。

送李義夫出遊二首

與君丱角志相期，歲晏行藏各有違。老樹晚花空自媚，秋林病葉更先稀。時情淡薄元無味，世路艱危總是機。門外北風吹自冽，旅人瑣瑣欲安歸。

少年有志東山卧，晚歲方圖北海遊。餬口飢寧甘半菽，拄胸氣尚食全牛。問唐元振今誰在，欲趙平原何處求。赤白洪崖兩相厄，不妨詩句各風流。

送魏叔華歸杭州得行字

青山出郭兩相迎，潮去潮回客子程。門外送車今幾輛，筵中祝酒已三行。對牀有弟酬佳約，擁髻何人訴別情。桂樹結花當灑掃，重來曾指白鷗盟。

杜康橋下水如傾，九里岡頭路轉城。風雨小樓清夢遠，山河古道幾人行。别懷漸覺傷安石，祖席何曾傲正平。自注：是日饒之不至。珍重去逢南國友，爲言白髮老書檠。

餞劉繼明西歸同知子

人生有三事如一，父子師友皆人倫。入向親闈奉甘旨，出當書案服辛勤。老成識見無如子，少壯功名肯讓人。老我卑枝棲鷃爵，仰看黄鵠上青雲。

送劉中齋孫歸三衢

百花頭上和羹手，乃祖聲名似孝先。太息北朝開府老，真成故里爛柯仙。慶流冢嗣承先澤，學到孫枝又一傳。野叟臨岐無别語，勤修世業復青氈。

題桃源手卷武陵，今鼎州常德路，桃源山在縣北二十里，古跡無復遺。或謂此記淵明寓言，即義熙

題甲子，耻事二姓之驗也，豈爲束帶見鄉里小兒然後歸隱哉。師總管出示此圖，爲述此意

種柳栽桃總是春，興亡千古一沾巾。只評隱者非仙者，莫悟秦人即晉人。年號記曾題甲子，兒孫肯使識君臣。南陽高士空遐想，不向柴桑去問津。

題三洲詩卷

潮擁寒沙疋練長，東南人物老江鄉。藕花秋晚吴霜落，杜若春深楚水香。閑對漁樵談治亂，貪看鷗鷺失興亡。無人會得乘桴意，東面區區嘆海洋。

題陸義齋雙蓮圖

紅粉香中雙並蒂，碧絲藕下暗連株。主人一笑偶然爾，客子競誇前所無。堂上塤篪兄友弟，房中琴瑟婦隨夫。君家和氣濃如酒，此即雙蓮瑞慶圖。

强南坡自作墓銘生求挽詩

年光催客過郵亭，八十餘翁尚典刑。見説近成遺老傳，未當上應少微星。履香竊笑空題墓，寶玩何須自乞銘。今古達觀惟一士，山童負鍤醉劉伶。

挽吉州劉總管

畫戟清香彼一時，歸舟素幔不勝悲。墳成共負揵爲土，堂在空留蜀郡祠。亂起赤眉徐自定，憂侵白髮已先衰。平原歲晚多賓客，泉下難酬國士知。

挽李宣慰

公騎箕尾上秋旻，忍見龜趺對石麟。盛德固應祠百世，陰功何止活千人。壯圖落落心空在，華髮蕭蕭事轉新。耆老凋零關世運，可能知己獨沾巾。

挽晉千户

燐草原頭十七霜，宛丘改卜日辰良。可憐先軫如生面，疑住靈均不死鄉。抔土豈能埋宿憤，遺民聊與發幽光。護喪諸子皆稱孝，萬室他年置墓傍。自注：啓櫝面如生。

挽唐可竹亡宋兩魁鄉薦，歸附後溧水丞，終于燕

穿楊折桂黄粱夢，庭下哦松白髮秋。興廢乃關千古事，榮枯肯爲一身謀。江南有客朝金闕，天上無人記玉樓。丹旐西風范陽路，行人回首憶林丘。

挽孫石山二首壬辰年卒

今年星度歲爲龍，掩袂竟嗟吾道窮。正始遺音從此絶，貞元舊曲爲誰工。飾棺不待百年盡，隱几元知萬事空。里有水心銘筆古，宜書潜德賁幽宫。

榮華露槿落紛紛，蒼狗依然是白雲。荆渚止稱前進士，灞亭不識故將軍。人間無樂徒勞子，天上求文即召君。楚些西風將淚去，隻鷄他日酹秋墳。

弔李古巖

堂堂山立萬人英，一夕霜風玉樹傾。公去隱然關世道，客來何止哭交情。安知死不如生樂，但恨才難與命爭。幸喜肯堂丹雘手，隴西依舊振家聲。

挽闞南夫號實軒，乙巳年卒

惡夢無端歲在蛇，先賢遺落重堪嗟。粹然踐履終身實，老矣婆娑兩鬢華。不見鯉庭人獨立，忽驚鵩舍日西斜。窆碑好爲書潜德，窮巷誰尋仵作家。

挽陸義齋二首

四持憲節遍南方，屢表陳情返故鄉。殊俗今猶歌德政，老天胡不愛忠良。山空虎逝狐狸出，春去花殘蛺蝶忙。五十人生不稱夭，獨憐華髮在高堂。

生平意氣每相期，歲晚行藏各自知。見事略同因撫掌，憂時不語共攢眉。闔棺已矣公何憾，聞笛悽然我獨悲。回首秋山寒雨外，青松滴淚作枯枝。

挽東平張彦明女事曹安卿

夢覺黄粱僅一炊，人生適意不多時。杜陵老病親桃竹，白傅清閒憶柳枝。有意出山尋樹櫝，傷心歸櫬賴門楣。秋風淚滴長江水，遥寄東原薤露詩。

挽黄子高

場屋初興選異才，先生闊步上金臺。蓬山渺渺仙舟隔，泮水悠悠講席開。同是甲辰雌正伏，胡然庚子鵩爲災。天寒病叟那能出，一束生芻寄淚來。

挽丘景南

紫荆庭下列三株，十五年中次第枯。餘慶後來英俊有，老成先輩典刑無。每懷素志甘瓢飲，不覺長身要杖扶。頭白少公門下客，酸風吹淚灑輤塗。

蔡梅邊挽詩二首代作

樽酒吟梅憶舊遊，忍聽笳鼓咽原頭。曾廬柏下三年墓，退卧花間百尺樓。自注：所居有前後樓。淮海壯心空落落，山林晚興寄悠悠。寒窗寂寞留孤月，勸孝坊前客淚流。

憶昔艱難共避兵，轉於貴賤見交情。長江一水分南北，異姓兩家真弟兄。回首忽驚人世换，傷心敢負歲寒盟。空亭花月如春夢，惟有清溪一帶横。自注：葬在清溪。醉月、坐花，亭名。

挽張州尹夫人

新頒五色金花誥，彩服兒孫正滿堂。不見魚軒隨五馬，空令鸞鏡照孤凰。車中鬢老愁潘岳，案上眉低憶孟光。流水無情飄素幔，涼宵燕寢獨凝香。以上《牆東類稿》卷一八

全宋詩卷三七一二

陸文圭五

絶句三首

車薪勝杯水，輿羽重鈎金。物理元無定，權衡只在心。
買絲繡平原，傾金鑄子期。君子病無能，不病人不知。
杜欲誅雲師，韓將訟風伯。水旱不由天，那是詩人責。

雪夜不寐偶成短句十首用渭北春天樹江東日暮雲爲韻

丈夫慎出處，功成乃身退。古人夫何如，八十釣清渭。
四時循化機，萬物隨動息。衆星紛熒熒，天運齊拱北。
縞素製野服，誤染京華塵。舊業在何處，梅花江上春。
男兒不得志，壯心惜徂年。長空起鵰鶚，目送入寥天。
布衾生淒寒，夜夜夢歸去。心恐秋風深，摧殘紫荆樹。
吟苦不成寐，寒窗凝夜缸。千古誰知心，遙遙賈長江。
此身如斷蓬，飄蕭隨北風。錢塘一望地，家住西湖東。
客慮千萬端，長吁愁不出。誰能事低首，揮杯送白日。
幾欲膏吾車，老眼不識路。弟妹今何之，蕭蕭白髮暮。

昨日家書至，慰我久離群。游子眼欲斷，日日望白雲。

東　風

東風何太急，日落黄塵起。篝燈吹欲滅，驟雨打窗紙。

秋塘觀魚

野塘落芙蕖，下有潛鱗躍。漁多罟日深，圉圉方自樂。

戲書所見

雲英捧玉液，真是裴郎偶。不知幾萬錢，買得玉杵臼。

送祝君晟湖州提領案牘

幕府今何處，青山水繞城。烏程有美酒，還肯餉春耕。

題李義夫無鎖亭二首

清風四無邊，曠然此君宅。可不問主人，不可容俗客。

昨日蒼溪叟，曾來斫釣竿。山童尋鶴去，失卻報平安。

題畫二首

雲巢八十翁，觀化得三昧。無聲涼月下，適意芳草外。

物物具天機，緣何紙上生。有時掛素壁，自動亦自鳴。

題畫春景

青山多喬木，柳枝低婀娜。春風在毫端，高遷無不可。

題月汀圖二首

太陰水之精，浴水光愈潔。常怪市中人，不識沙頭月。

露垂蘭葉光，風翻藕花影。灘前白鷺睡，夜半莫搖艇。

題畫梨花

淡容露如洗，生色春欲動。紙帳小屏低，同入梅花夢。

題碧桃手卷

爛枝空有色，飛羽本無情。獨立春風裏，如聞三兩聲。

寫竹

傳神疑有月，著色淡無烟。此是詩人筆，胸中有渭川。

題南宫子中畫鶯

金衣何璀璀，飛向垂楊樹。久立卻無聲，東風吹不去。

題畫白雁二首

蘆花秋半黄，三兩下寒塘。北風正蕭瑟，書遠不曾將。

未曾至雁門，安知食雁美。若讀潛夫論，當不保此紙。

赤壁圖二首

公瑾子瞻二龍，文辭可敵武功。卻怪紫烟烈焰，不如白月清風。

烏臺夜雨傷神，赤壁秋風岸巾。此老眼空四海，舟中二客何人。

題蕭照山水

閉門十日風雨，神遊湘浦峽川。樹影分開草店，雁聲吹落漁船。

王黄華山水小景二首

試問滄洲漁叟，長松山崦誰家。終日挐舟不語，江風吹老蘆花。

此紙無脂粉氣，之子有山水淫。當時以意摸寫，今我以目登臨。

題鷹捕雀圖 其一已擒，其一驚去，鷹復回顧

一雛已飽毒手，反顧又欲其餘。大貪得隴望蜀，小貪取熊兼魚。

死生命判須臾，一去一不得去。兩三竹葉成叢，被毆復向何處。

題戴嵩牛圖

隴上躬耕力倦，歸坐茅齋展卷。耳邊如聞笛聲，卻看牧童不見。

讀史六首

逐鹿紛紛盡向秦，東門牽犬亦無人。月宮穩上青冥去，桂樹秋風老此身。

暮年百事已心降，牀下無人拜老龐。病眼欲開還又閉，偷看日影下西窗。

曠懷雅思人人有，濟世經邦事事無。終日醉眠呼不醒，明朝典午代當塗。

廣陵琴與山陽笛，哀怨千年尚未平。正始諸賢零落盡，山王去作晉公卿。

曉看嵩少玉嶙峋，枉駕應憐處士貧。令尹若能爲保障，長衾盡覆洛城人。

司徒太尉總三公，奢儉由來性不同。錦帳羊羔酣未省，誰能偃卧里門中。

偶作

姦雄往往墮危機，成敗安能論是非。空笑狂生投益智，絶憐老母遺當歸。

偶書

憂時耿耿丹心在，無事悠悠白日過。萬里山河音信少，一春風雨悶懷多。

舊題

賸得清明一半春，蜂銜蝶使往來頻。東風自動鞦韆索，不見海棠花下人。

戲秋懷英

花樣精神月樣妝，妖魂不敢近忠良。如何鳳閣平章老，卻事宫中嫵媚娘。

己巳新春

鞭春已罷燒燈近，十日西風未轉東。料得化工無别意，衹因不放小桃紅。
年年春色先催柳，萬紫千紅次第開。零落牆陰人不問，可憐殘雪一株梅。

山村示暮春三絶句和韻

懷哉春晚故山薇，冉冉江雲日暮低。爲問柳橋看燕舞，何如松嶺聽猿啼。
樵兒拾樵不畏虎，隔溪看花如隔霧。鷓鴣聲在柘崗西，落日腰鐮下山去。
畫簾朱箔燕爲家，青草門庭只產蛙。一樹櫻桃紅半落，園丁愁殺雨如麻。

王祈伊中秋不見月四首

秋空碾上一輪冰，積雨連宵洗更清。縱有浮雲容易散，吹開不待管絃聲。

家家望月試停杯，怪底濃雲撥不開。身入廣寒人不見，卻從袖裏裹將來。

中秋萬里共陰晴，曾記坡翁最善評。誰信九霄風雨外，群仙正賞月華明。

開元以後可堪憂，秋雨霪霖稼不收。此際霓裳歌一曲，君王正在月宮游。

臘月二十六日立春

隴梅未寄江南信，鄒黍先回燕谷春。忽憶少陵巫峽句，菜盤思見玉纖人。

丁丑元夕

入夜不聞簫鼓聲，千門月色爲誰明。無端邏騎階前過，錯認戎家櫪馬鳴。自注：余居與起潛姪相鄰。

石湖留題三絶

仙子驂鸞不可呼，故園花石久應蕪。不知綠野何人買，試問平泉有子無。

高築詩壇據越城，醉呼楊陸主文盟。至今月下蒼苔石，時有先生杖履聲。

當年彬父遺詞臣，列戟傍觀色怒嗔。穀水曾無歸璧日，稽山已有摸金人。

望三峰

笋輿咿軋下山田，遙指三峰返照邊。安得肉身生兩翅，霎時飛過此山前。

大茅峰四絶句

懸崖石磴刷苔青，空谷無仙鬼亦靈。聞説遊人多好事，誰能扶直半山亭。自注：勢傾將壓。

風吹天朗見秋毫，足力窮時所歷高。老子何曾煩一步，輿夫攀陟不辭勞。

羊腸九折路盤嶇，不覺騰身上太虛。失腳從知高處險，西風斜日早回車。

一家兄弟入仙門，誰把名山鼎足分。我讀儒書知長幼，瓣香先禮大茅君。

露筋娘子廟

玉真仙子雪爲膚，枉被群兒識塞酥。寂寞扶風三尺土，可憐香火至今無。

桃源縣

張家橋西車馬塵，北風刮地眯行人。籬落枯桃三五樹，不應此地可逃秦。

文安縣

平生知己富歐韓，辛苦修書博一官。自是朝廷重科目，且教主簿到文安。

夜宿何莊唐主事宅

扶風豪士不知名，樽酒相逢意便傾。爭似何莊今夜宿，梅花燭影照三更。

夜宿范以善提舉雲林清遠風大作偶成二絶句

猿啼夾澗聲逾遠，鶴啄荒苔跡更清。身在千林頭上立，忽從脚底白雲生。

雲峰頂上玉仙家，誤入修廊一逕斜。夜半月寒風力勁，滿山松影走龍蛇。

臨沂沂水道中塵沙眯目不可行聞東北有温泉即浴沂處不及往

臨沂以北沂水東，行人揚袂塵沙中。縱有溫泉能自潔，雩壇安得可乘風。

除夕二首呈北溪

臘雪窮途一月中，明朝老鬢又春風。遥知兒女團圞處，飲遍屠蘇憶乃翁。

杯盤今日偶相逢，客路飄飄過一冬。爲問玉堂春帖子，不知學士有誰供。

清明日泊舟甲馬營

細柳東風甲馬營，鞦韆花下笑相迎。舟中自有傷春客，暗數歸家幾日程。

清　明

花開花落總無情，贏得詩人百感生。今日東闌看梨雪，坡仙去後幾清明。

宿黄村士人索詩

塵沙終日意昏昏，落日炊烟又一村。客子倦游求止宿，主翁搔首更無言。
黄村落日下山低，宿鳥歸林亦倦飛。夜半驅車投北去，誰能慷慨泣牛衣。

入京二首

舢稜棲雀五雲深，此日江湖向闕心。朽骨不堪重拂拭，涓人莫枉費黄金。
手攜布被入關中，頗似菑川六十翁。未必漢廷推第一，不須側目事轅公。

舟中追和遜卿早春即事十首

柳色鵝黄蘸碧沙，隔溪遥指四娘家。故園春事如今晚，可見東欄芍藥花。
清江漠漠漾晴沙，門對青山買酒家。檣外一聲金彈子，流鶯驚起落庭花。
莫惜春衫污酒痕，欲將遺恨寄芳樽。清明客裏匆匆過，不記桃花笑倚門。
草色青青没燒痕，山川滿目酒盈樽。只愁逋客回家日，先被春風緊閉門。
乍別親朋似久違，西風塵起染緇衣。不須杜宇聲聲勸，如此江山胡不歸。
壯圖落落與時違，不信經綸起布衣。縱使鵾魚從北化，也隨烏鵲向南歸。
客至從容奉笑談，晚知蔗境味尤甘。曲江進士題名遍，安用山人起水南。
虎溪何必與禪談，唯有東籬菊味甘。東帶肯爲兒輩屈，悠然興在此山南。

科斗臨池學篆文，燕雛帶雨掠香芹。春閨應恨歸來晚，南浦當時錯送君。
草堂未可便移文，自煮清香碧澗芹。更向白雲深處宿，山頭回首謝諸君。

賦歸四絶呈句容諸友

興盡歸期漸有涯，夢中昨夜已還家。兒童笑引池西去，菡萏猶餘一朵花。
故里青松百尺强，亭亭三徑儼成行。東籬雨後無人葺，舊菊多應一半荒。
我與茅君宿有緣，四年五度過山前。元符直下崇禧路，回首三峰意愴然。
一見諸賢蓋便傾，秋風猶動故鄉情。餘生無復重來日，再世何當結弟兄。

題禹廟

來尋禹穴何容易，卻上龍門得許勞。擬借梅梁浮海去，坐登三級浪頭高。

仲冬雪夜偶書三絶句

城樓戍鼓盡三更，燈射齋窗一黍明。窗下有人勤不寐，隔牆猶聽讀書聲。
擁衾危坐夜沉沉，門外誰知雪寸深。掩卷不言空太息，静中忽見古人心。
長廊風緊雨冥冥，花落寒燈酒半醒。但覺晨光何太早，不知飛霰集窗櫺。

諸生和韻復吟三絶

荒城戍卒打殘更，道上無人天未明。一似銜枚蔡州去，只無鵝鴨混軍聲。
猿啾鬼哭杳冥冥，夜半何人弔獨醒。歌罷離騷心正苦，陰風吹雨響疏櫺。
地爐無分爇香沉，畫盡殘灰夜正深。窗外梅花消息動，要知子半是天心。

自笑

既聾不用誇三耳，純白安能辨二毛。自笑先生書案上，又將論語教兒曹。

丁卯新正紀懷四首

懶將詩句上桃符，柏葉椒花一例無。卻笑簡齋元不簡，舟中猶自飲屠蘇。

土潤耕牛不受鞭，風和花鳥各忻然。老人猶記兵戈日，自後昇平五十年。

紛紛兒女競新年，老去思親獨愴然。墓上只堪供灑掃，無由綵服拜堂前。

魯史曾書雨木冰，坤爻切切戒陰凝。衡門空把憂時志，無奈華軒盡鶴乘。

窺　園

先生日日好窺園，學圃工夫細討論。賣李不須先去核，耘瓜只恐誤傷根。

井　竭

坎蛙曉渴上苔欄，石甃泥渾底欲乾。焦稼不爲簞食計，一瓢飲水亦良難。

啓山掃松

一妻一妾閟泉扃，老柏蒼蒼蔓草青。我肯墦間求饜足，魂歸不必訕中庭。

病中四絶

南山處士老尤貧，頗恨故交無一人。若使知心得良友，更因多病轉相親。

老去無憀病轉多，櫻桃楊柳奈情何。故人又比佳人薄，莫怪門前雀可羅。

葉落蕭蕭壅樹根，疏林帶郭半疑村。卧聞車馬牆邊過，無事呼兒早閉門。

浪説蘇公久已仙，豈知翁自厭餘年。雪堂二客能相從，姓字當時惜不傳。

追和四絶

文士多嬰疾與貧，浩然東野即其人。唱酬從此詩筒簡，炮炙時於藥裹親。

餔餟糟醨醉者多，獨醒無奈衆人何。寒窗細讀離騷語，遺恨千年弔汨羅。

三十尋思擬學仙，蹉跎已過古稀年。一生只作邯鄲夢，枕上奇方秘不傳。

卧看山雲起石根，意行隨犬至前村。廛居自是無人識，何必移家上鹿門。

以上《牆東類稿》卷一九

陸文圭六

丁亥壽药房先生四首

賀客門闌刺莫傳，日高廚傳尚蕭然。遥知獨鶴蒼苔舞，自點丹砂註内篇。
蜀苑梅花號兩龍，千年矯立受霜風。若爲健步能移取，遠供寒香壽乃翁。
出處窮通若命何，月居南斗類東坡。底須内翰還公做，勘破已輪春夢婆。
曲度珠簾懷吕相，廡排紅榜媚韓王。先生清隱心如水，消得編詩一瓣香。

折梅壽宋春卿

南枝春早爲誰容，遠供寒香壽乃翁。不信廣平心似鐵，能禁索笑倚東風。

又口號四首

原案：此詩壽陸義齋作，時乙巳九月。前有七言律詩一首，編入十八卷。

洛陽亭下昔埋輪，當道豺狼不避人。今日黄花故園酒，獨攜野鶴伴閒身。
仁挾翔風勇駕霆，皇華使者出祥刑。福星一夕遷吴分，卻向龍山現壽星。
華堂捧勸紫霞杯，紅粉回頭御史來。直道素知嫌嫵媚，羞將白鶴放籠開。
幼安伯可號文雄，詞壽秦韓枉自工。賢相肯交窮處士，何如魏野祝萊公。

贈松窗

故交皆疏柳子厚，新貴不識王元之。袖中刺字已漫盡，一童猶負囊中詩。

贈復初二首

昨夜春風到柳枝，客衣偏愛薄寒欺。囊錐穎脱無人見，欲繡平原未有絲。
有客袖中懷短刺，何人門下曳長裾。每評陸子毁茶論，大勝顔公乞米書。

寧華張尉衛輝人也因寇失官妻子爲擄行乞歸鄉贈以二絶句

葛藟綿綿長道邊，獨行踽踽亦堪憐。邯鄲正近君鄉里，好借仙翁一枕眠。
南來憔悴一身存，歸雁哀鳴久失群。莫怪夜行人不問，形容豈似故將軍。

桂松巖以子平星禽二術推人多驗戲贈二絶

十二支辰配十干，此專主日論財官。豈無辭祿安貧者，説與先生仔細看。
異類于人總不干，止聞列宿應郎官。區區女蝠并危燕，卻與蛟龍一例看。

贈星禽趙顯微詩三絶

顯微元是紫微仙，天上星辰手斡旋。爲向人間多漏洩，謫下茅峰五百年。
莫把行藏問斗牛，年將八十更何求。願言奎宿長明健，文治從今遍九州。
奎宿如何號木狼，尾箕虎豹若爲祥。獸心人面凡皆是，瑞物如何無鳳凰。

和史药房三絶

莫倚承恩賦上林，記曾薄倖託琴心。白頭又欲輕相背，令蹙山眉作苦吟。
出處何如漢二疏，返耕聊以遂吾初。虎頭未可輕搖筆，牛角何妨且讀書。
春被山顛與水涯，盡供物料入詩家。陸劉近世升沉異，一爲梅花一杏花。

和張仲實絶句四首

江梅歲晚獨清妍，南國相逢亦偶然。料得知心有寒月，不消重霧與輕烟。
平生夢不到黄扉，安得京塵染素衣。只把一竿江海去，相看鷗鳥亦忘機。
十年講席坐無氈，盡把行藏付與天。策馬已甘之反後，着鞭莫競祖生先。
兀坐書林閉董帷，時尋佳句寫烏絲。兒時論語今忘卻，且讓安昌作帝師。

山村贈禮敬龍澤上人詩有幾年不踏澄江路者舊唯存陸子方之句和之二首

西抹東塗衒一鄉，阿婆羞憶少年妝。如今閉户無人識，旋學仙翁卻老方。
西山爽氣入吾詩，拄頰含毫有所思。欲把求田語玄德，莫因學圃笑樊遲。

次伯機絶句

梅天風雨一江寒，濕卻灘頭舊釣竿。自着漁蓑沽酒去，路逢賈客問長安。

留別袁伯長待制凌德庸少監周南翁待制諸公三絶句

待詔明廷百有餘，一人釋褐向江都。諸生對策無奇語，田竇何曾不喜儒。
書生骨相太邅迍，地位還須有福人。老我終身友麋鹿，看君他日上麒麟。
獰獰虎豹守天關，月殿蟾宫不可攀。歸路春風無限好，一聲啼鳥破青山。

絶句留别善之仲實併呈松澗雲仲無逸四首

今夜征帆淺渚邊，何時樽酒落花前。白雲繞舍歸心切，不爲春林聽杜鵑。
手拈花草弄春愁，兒女安知稼穡秋。山北山南游未遍，歸歟且復事西疇。
江上春雲生暮寒，故城回首離長安。殘桃剩柳應無分，留與諸君取次看。

老檜榮枯不計春，好花開落止經旬。莫將文翰誇餘子，共擬勳名及古人。

古意四首寄張可與孫晋卿

長安城頭紅日斜，王孫金彈打烏鴉。寄聲翠鳳穿雲去，霜寒莫戀梧桐花。

長松百尺蔭官街，街吏斧鋸充官柴。高寒自是飽風雪，歲晚只合居窮崖。

老翁持鏡向市賣，銅光的皪秋水清。醜婦鑑容驚墮地，想渠嫌殺太分明。

牧兒狹逕礙樵枝，樵兒格鬬暮不歸。於菟一聲嘯篁谷，兩兒驚散走如飛。

夜得一絶寄子華

送客征衫秋八月，懷人病枕夜三更。牀頭稚子呼不覺，窗外瀟瀟風雨聲。

雞鳴風雨思君子，雁過瀟湘憶故人。別去情懷渾欲醉，夢回詩筆已如神。

絶句一首寄紹堂求巧石

籬根怪石起層雲，淺帶春泥碧蘚紋。乞與詩人時醒酒，也勝豪奪任監軍。

幾年石友卧蒼苔，曾受南宫雅拜來。老子暮年行腳倦，只宜窗裏看崔嵬。

送唐孟方教授三首

泮水三年惟飲水，不知芹藻味何如。群鴞無故爭桑葚，挾彈何人莫問渠。

禦兒溪北浣征衣，重拂蒼苔舊釣磯。有弟對牀思久別，呼兒置酒話遲歸。

城東老圃舊書生，緊閉柴門懶送迎。獨袖篇詩與君別，相看白首不勝情。

送李義夫出遊一首

梅花卸玉春寒淺，柳色描金雪意消。老子偶然詩興動，又挑行李過溪橋。

三千丈髮從渠脱，九十日春須我遊。出郤草堂三五里，囊中無得一錢留。

送吴仲魯回烏江二首吳學易

老人白帽子青衿，二水相滋兑澤深。易學已隨丁氏去，金蘭何日慰同心。

黄田西望歷陽城，風水蕭蕭數日程。紙上陳言刊落盡，滄浪時聽棹歌聲。

送留君玉高雲卿自江陰還松江四絶

二君才斡俱優裕，數載相從意未休。短棹西風吹過泖，相思霜月落南州。

江浦買鱸秋正美，山亭聞鶴夜尤清。送君此去因懷古，海水東來意未平。

老我卑枝甘伏鷃，羡君喬木又遷鶯。清平官府無公事，分我絲蓴一箸羹。

暨州風土今非昔，安得珠犀賈客船。莫笑歸裝無一物，江頭魚蟹亦論錢。

鑒止堂

流水涓涓止水停，要令漱玉結層冰。深溪不泛桃花出，誰識仙源在武陵。

西　苑

雪花剪白忘安蒂，自注：古詩雪花無蒂。霜葉雕紅不戀枝。爭似隋家宫樹上，四時錦綵不曾離。

丘莊多稼樓二首扁庸田僉事所書

樓上西風野望時，冥冥禾黍没高低。勸農使者來行水，還凭朱欄憶舊題。

萬畝耕耘卒歲勤，可曾一飽慰農人。催租令急如風火，輸入官倉化腐塵。

喜客泉二首

幽篁夾道少人居，山骨清寒草木疏。泉見客來空自喜，春懷渺渺正愁余。
一飲懷金出嶺南，自注：廣東貪泉。蓮花峰下絶清甘。自注：廬山廉泉。我來欲與流泉約，獨喜廉人莫喜貪。

四時佳興題徐景陽園堂五首

溶溶川上花光午，冉冉窗前草色春。能識此中真樂處，聖門只有兩三人。
門前車馬客方散，堂下樽罍酒半醒。不信鏡中添白髮，君山依舊去年青。
窮秋破屋簷頭雨，殘臘征夫陌上霜。公子閒居無一事，可能憂樂兩相忘。
華陽洞口金泉水，流入宫牆作小渠。任轉秦淮出江去，不應久住化龍魚。
半奩玉鏡照鬚眉，長笑東坡與水嬉。直下琤然投小石，一波先動萬波隨。

題園亭

把酒看花貧亦樂，攜琴對竹静相宜。客來若問朝家事，回首東風謝不知。

同善之仲實無逸共賦雪中香亭

冷雲低壓翠禽巢，碎玉玲瓏不耐敲。蜂蝶遲來探芳信，暖風已逼杏花稍。

鶴皋詩爲振之作

鸛鳴于垤婦長歎，鴻漸于陸夫遠征。何似山亭聞鶴唳，無人静坐月三更。

劉澮齋求米船謾賦二絶

文士清高數米顛，蔡公門下詎能賢。探囊萬一逢江盗，錯認真州發運船。
靈寶生平愛虎頭，每傍戰艦繫輕舟。晚無書畫真無益，洗手莫嫌寒具油。

臨山谷帖不似

曾草華清妙入神，涪翁以後更無人。捧心終是西施好，里婦何緣輒效顰。

危金仙示容齋清暉堂詩求跋洪景盧乃危驪塘之座主也因成二首

卷中人物想乾淳，老筆題詩意轉新。卻怪洪楊交不合，誠齋亦自是詩人。

清暉何處有園堂，消得先生句發揚。百世空留遺墨在，後生併不識驪塘。

題敬威卿參政贈許正卿針詩卷末敬公之章許卿之藝諸君發揮盡矣終以二絶貂續尾蛇添足乎

江左知名許叔微，公來示之衡氣機。天下呻吟尚未息，公持肘後將安歸。

正人一脈係安危，溫公身事亦付醫。此身强健無着處，不如枕卧看兒嬉。

題李兄課卷

集中有句儘堪傳，一夢科名十二年。音好空聞永嘉末，命乖不遇竟陵前。

題趙子德修屋疏二首

公子王孫逞富豪，連雲甲第競相高。誰是錦里秋風客，不辨三重屋上茅。

神有青囊號救貧，如何無術自謀身。道南大宅今安在，欲向龍舒覓主人。

戲題聽琴手卷

流水高山不用彈，巴人下里衆皆歡。只今何處求鍾子，多向文闈作考官。

題昭君畫卷五絶

當時隨例與黄金，不遣君王有悔心。近使來傳延壽死，回思終是漢恩深。
妍醜何須問畫工，美人終日侍宫中。奉春初計真堪恨，欲望單于敬外翁。
青冢千年恨不埋，琵琶馬上幾時回。宇文高氏爭雄日，突厥柔然獻女來。
已恨丹青誤妾身，何消更與妾傳神。那知塞北風塵貌，不似昭陽殿裏人。
嚙雪中郎妾不如，脱身無計謾相於。勸君莫射南飛雁，欲寄思鄉萬里書。自注：畫中有一人射雁。

題二喬手卷二絶

國色嬌嬈畫不如，風流二婿儘消渠。阿承醜女無人聘，自挈衣裝過草廬。
小郎斫案怒生嗔，亞婿提兵算若神。借使横江風不便，可能銅雀鎖佳人。

淵明像

宋文心腹寄王宏，來刺江州卻有聲。不怪孤臣書甲子，時時送酒賞淵明。

小銅屏鑄淵明歸去詩并坡和章以贈子華侑以絶句

五斗區區肯折腰，眉山早計不如陶。小屏一枕還鄉夢，五柳門前月正高。

移居圖二首

潛夫兩跋最窮研，通老安身是契玄。偶向晴窗展臨本，無人當日扣龍眠。
細君散髻抱嬰兒，底事移家不皺眉。有句曾嘲窮處士，四婆元自解吟詩。

江陰有桃源圖方圓尺許宫室人物如針粟可數相傳有仙宿民家刻桶板爲之一夕而成明日遁去友人以本遺余戲題二絶

不自柴桑記裏來，似傳晨肇入天台。世間多少荒唐事，何獨神仙有是哉。自注：韓詩桃源之説，誠荒唐。

人説桃源是隱民，神仙幻景即非真。如何谷口漁舟路，不許人間再問津。自注：洪駒父諸人論桃源，謂陶記中本言避秦者，初非仙也。東坡、荆公詩得之，如王摩詰、退之、夢得皆誤。然余考之，本記亦有可疑。如漁人回舟，竟不能認前路，後有問津者輒死。桃源果在世間，何不可復見耶。

題子昂學士小景

蕭蕭落木壞無枝，冉冉細竹愛風欹。疑非松雪齋中畫，似是唐人野望詩。

馬道士爲詹仲明作柳城春色圖城門外柳樹連堤桃花夾竹小橋漁艇茅屋下有讀書人不知何處景也爲題二絶

渭城客舍柳烟遮，漁叟桃源去路賒。松竹林中讀書處，一圖風景屬三家。

城外春風野水渾，橋頭雙槳下孤村。柳桃紅緑撩人眼，獨坐書齋懶出門。

題牡丹梨花手卷

沉香宴罷索人扶，重向銀屏覩雪膚。一笑不償千古恨，玉環當日倚闌圖。

王隱齋墨梅

曾看月下挂疏影，更憐雪後折横枝。逋仙此詩真是畫，王生非畫卻成詩。

題補之梅

含章殿裏雪中開，曾共君王索笑來。着在荒蹊枯竹畔，可知凖敕號村梅。

題扇有所贈

圓如寶月潔如霜，素手輕摇玉體涼。報道明朝秋節至，婕好無復望專房。

亭下玉蘭花開

初如春笋露纖嬌，拆似紅蓮白羽搖。亭下吟翁步明月，玉人虚度可憐宵。

梨　花

粉香初試曉妝勻，花貌參差是玉真。茅屋詩人嗟老去，東風勿送一枝春。

枯　松

誰見當年長髮鬚，變成龍虎卧交衢。雖然擁腫無人問，投老猶堪作大夫。

鹿葱絶句

丹葩信不類苹蒿，雨後常抽緑玉條。此草豈宜充鹿食，瘦莖卻比沈郎腰。自注：沈約作鹿葱詩云：「爾非苹與蒿，豈充麑鹿食。」讒者取此詩以白，梁武帝大怒，約以憂死。今按此詩亦未見顯然譏刺，何爲得罪。但此花丹色，略有斑點似鹿紋，所以得名，非謂可以供鹿之食也。　以上《牆東類稿》卷二〇

偶　題

少年不更事，新學多誤人。桓冲成繆語，張禹豈純臣。

旋沽臘醑供園菜，小簇春盤擷土蔬。老子興來猶不淺，故人病後肯相疏。遠書每勸加餐食，新學多承問起居。大息吾年餘幾耳，閒愁不樂復何如。　明《永樂大典》卷九〇〇〇引《陸子方集》

過朝天門留題茶肆壁

飛龍殿闕何崔嵬，黄鬚龍種去不回。只見長安不見日，不聞人從日邊來。軟紅濕雨騰香霧，歌童舞女錢塘路。沙磧秋乾雁落群，日光寒薄西風暮。　同上書卷三五二五引《陸子方集》

甲子三月二日出白羊門將遊茅山詩

我來古茅州，未登三茅峰。自愧塵中人，遽希雲外踪。明日作寒食，命駕吾欲東。白羊古城門，坡隴何重重。我行涉其顛，忽下澗井中。一曲復一曲，直道何由逢。時於荆棘裏，小樹櫻桃紅。茁茁丘中麥，類我頭髮蓬。髮白日日脱，麥青長芃芃。安得長生訣，稽首華陽翁。兩唐古君子，居鄰昇元宫。探仙在何許，爲我作先容。　同上書卷三五二七引《陸子方集》

贈曹德玉子達卿父子同赴錫山館

故籯無黄金，子弟政欲佳。芬芳聞數里，譬若蘭當階。念昔登高門，始見玉在懷。顧余齒髮盡，歎子頭角乖。妙齡探學海，浩博無津涯。翁季遥相望，燈雪分一齋。翳翳山陽木，春風幾時回。嫋嫋北堂萱，日暮意悠哉。游方非遠道，心動數歸來。　同上書卷一一三一三引《陸子方集》

深山佳處子昂爲宣城友人書

濁流不受美女鑒，醜石乃似頑夫形。行盡溪山千百里，只宜此地結茅亭。巖花半識玄暉面，溪聲細和謫仙詩。行雲流水自今古，漁叟樵童了不知。　同上書卷一四五四四引《陸子方集》

姑蘇懷古和鮮于伯機韻

會稽俯伏遺行人，吴國池臺日日新。幕下盟歸金甲散，宫中舞罷翠眉顰。悠悠今古三江水，寂寂英雄一窖塵。笑問鴟夷身退後，漁商何苦勸齊民。　明錢穀《吴都文粹續編》卷四九

（孟憲忠整理）

全宋詩卷三七一四

繆　鑑

繆鑑，字君實，號苔石，江陰（今屬江蘇）人。生於宋末，與同巴陸文圭、張端遊。入元隱居。有《效顰集》，毁於元至正兵火。後裔孫蓮集遺詩爲《苔石詩》。今存《苔石效顰集》一卷。事見《墻東類稿》卷九《跋苔石翁詩卷》、本集附録明湯沐沂跋。

繆鑑詩，以《雲自在龕叢書》本爲底本，校以《元詩選》三集《效顰集》，與新輯集外斷句合編爲一卷。

自題小像

白髮蒼顔，谿籐兔穎。水月光中，梅花弄影。

詠　妓

花木最無情，春風一番好。人憐新態度，一歲一回老。

題　竹

甚矣吾衰矣，深居不用名。瘦因詩思苦，貧爲利心輕。有竹堪醫俗，無花可問盟。醉眠閒聽雨，饑鼠齧書檠。

簷　馬

錚錚金鐵夜交鋒，酷《元詩選》作哭敲秋聲殺氣雄。戰退曉天塵不動，依然横架待西風。

鬼燈檠花

老死儒生習未除，殘膏分得燎原餘。一枝冷焰搖清夜，要讀生前未了書。

懷歸

折柳期春春便歸，叮嚀好與護柴扉。東風怪我歸鞍晚，調撥楊花到處飛。

紙帳

龜紋薄薄勝紈紗，不用銷金學党家。卻似矮篷晴載雪，白雲橫幅亂梅花。《元詩選》作隔簾疏影弄梅花

詠《元詩選》作惜雞

數載書窗伴讀鳴，群中剛雉羽毛新。今朝命試《元詩選》作不知誰命牛刀手，望斷函關夜度人。

無題

漠漠冥鴻萬里飛，倚闌身與白雲齊。中原山色青如舊，惟有時人眼力低。

海棠

滴滴妖嬈睡未醒，碎花猶帶馬嵬塵。少年正抱憂時恨，更有因花比太真。

寄劉澹齋

聞説商山有隱仙，劉郎引入洞中天。誰知白石蒼苔客，獨守孤燈夜不眠。

詠鶴

青山修竹矮籬笆，彷彿林泉隱者家。酷愛綠窗風日美，鶴梳輕氄亂楊花。

詠菊

誰去東籬號菊莊，飢來三嗅飽詩腸。何如陶令歸南圃，天賜西風萬斛香。

詠圍棋

午香簾影靜浮華，對面機心萬里賒。夾騎倒戈窺虎穴，亂烏横陣占鷗沙。當人不讓爭先着，袖手須饒老作家。欲訪爛柯山下客，洞深春染碧桃花。

解嘲

莫笑詩翁懶出門，詩翁樂事在原校：一作幽興寄山村。鶯啼楊柳金原校：一作春歌舞，蝶宿梨花雪夢魂。罨畫丹青分曙色，壓醅醽醁漲溪痕。燕簾風裏茶煙外，自選唐詩教子孫。

端居

修竹垂楊映户栽，清風長送午陰來。門因好客時時掃，窗爲看山面面開。此樂恐於兒輩覺，長貧能免俗情猜。儒衣不似牛衣好，叮囑糠《元詩選》作分付山妻放窄裁。

白髮

老矣無心競寸陰，不知公道爲何人。晴梳櫛齒千絲雪，靜掩梨花一鏡春。鑷處癡兒愁是種，染來因藥怪無嗔。兒曹共日誇頭角，笑説非熊有渭濱。

題悟空寺

不到招提二十霜，眼明猶《元詩選》作還識魯靈光。雲餐已供伊蒲塞，風鐸猶傳替戾岡。新寺金湯龍化遠，舊家王謝燕飛忙。行人指點簪犀地，十里春風土尚香。

得女

得駒未必真權奇，中雀未必有淑姿。男兒未必勳鼎彝，女子未必光門楣。吾今素髮紛如絲，得此一笑春生眉。蒼蒼天道不我遺，猶勝伯道全無兒。

春　題

江雲《元詩選》作天漠漠水悠悠，望斷春風燕子樓。書寄碧雲千里雁，鏡分明月半奩秋。來時楊柳陰連陌，歸路蘋花雪滿洲。遙想瑣窗挑錦字，淚珠如《元詩選》作和粉冷銀鉤。

梅　花

鐵石槎牙玉粒姿，詩中圖畫畫中詩。半稜山色初晴後，一截谿煙欲暝時。流水帶雲棲瘦影，小窗和月上橫枝。老來自覺吟情拙，莫遣孤山怨鶴知。《元詩選》作處士知

月　屋

一室虛明萬境《元詩選》作境自寬，水晶簾映玉闌干。不從此處逢仙子，爭信人間有廣寒。梅影夜窺霜鏡滿，桂香秋吸酒壺乾。客來試問推敲字，《元詩選》作客來靜坐無塵到笑指湖光上下看。

咏　妓

誰去江雲問牧之，玉樓人醉半離披。燭搖窗影三更月，人醉花陰十二時。訪杜秋娘惟我老，夢揚州鶴有誰知。臨風笑卻垂楊下，重解連環寄所思。

春　雪

撩亂春風作陣飛，曉來餘片尚離披。細看山色空明處，應似乾坤混沌時。一轉陽和回土脈，十分清氣入詩脾。芒鞋蹋碎瓊瑤窟，問着梅花總不知。

贈僧

兩脚行來鐵石堅，相逢去住總隨緣。談空舌本原無語，打破機關不用拳。山檻看雲齋鼓後，竹窗聽雨夜燈前。客來瀹茗煨寒柮，味勝廬峰第一泉。以上《苕石效顰集》

句

雁沈秋驛雨，鷄送曉窗燈。客況

門當車馬道，簾隔利名塵。書壁

病猶有葯扶持老，貧爲無心俯仰人。寄友人

門因好客時時掃，窗爲看山面面開。遣興　以上元陸文圭《牆東類稿》卷九《跋苕石翁詩卷》

既能事漢識真主，何必下齊求假王。詠韓信　明湯沐沂《苕石效顰集跋》

（漆永祥整理）

全宋詩卷三七一五

張玉孃一

張玉孃，字若瓊，號一貞居士，松陽（今屬浙江）人。適沈佺，未婚，夫早死（本集卷下《哭沈生》）。玉孃宋亡後尚存世（本集卷上《王將軍墓》序），未幾亦卒，年二十八。有《蘭雪集》二卷。事見本集附明王詔《張玉孃傳》。

張玉孃詩，以李氏宜秋館據曲阜孔氏藏舊鈔本校刊本爲底本，校以清光緒八年松陽縣刊本（簡稱松本）。

川上女

川上女，行踽踽。翠鬢濕輕松本作楚雲，冰肌清溽暑。霞裾瓊佩動春風，蘭操蘋心常似縷。卻恨征途輕薄兒，笑隔山花問妾期。妾情清澈川中水，朝暮風波無改時。

古別離

把酒上河梁，送君灞陵道。去去不復返，古道生秋草。迢遞山河長，縹緲音書杳，愁結雨冥冥，情深天浩浩。人云松菊荒，不言桃李好。澹泊羅衣裳，容顏萎枯槁。不見鏡中人，愁向鏡中老。

結襪子

閨中女兒蘭蕙性，寒冰清澈秋霜原校：狄本作露瑩。感君恩重不勝情，容光自抱悲明鏡。

拜新月二章

拜新月，拜月願月圓。新月有圓時，人別何時見。拜新月，新月下庭除。欲祝心間事，未語先慘悽。

白雪曲

簾白明窗雪，風急寒威冽。欲起理冰絃，如凝指尖折。霜松本作孀幃眠不穩，愁重腸千結。閒看臘梅梢，埋没清塵絶。

搗衣曲

入夜砧原作站，據松本改聲滿四鄰，一天霜月秋松本作楚雲輕。自憐歲歲衣裁就，欲寄無因到遠人。

明月引

明月度天飛，團團散清暉。中有后羿妻，竊藥化蟾蜍。碧海心如夢，瀶瀶生寒虚。關山一夜愁多少，照影令人添慘悽。

雙燕離

白楊花發春正美，黄鵠簾垂低。燕子雙去復雙來，將雛成舊壘。秋風忽夜起，相呼度江水。風高江浪危，拆散東西飛。紅徑紫陌芳情斷，朱户瓊窗旅夢違。憔悴衛佳人，年年愁獨歸。

採蓮曲

女兒採蓮拽畫船，船拽水動波摇天。春風笑隔荷花面，面對荷花更可憐。

班婕妤和王摩詰韻二章

一自憐捐棄，香跡玉階疏。聞道西宫路，近亦絶鸞輿。

翠箔玉蟾窺，天街仙籟絶。抱恨坐夜長，銀釭半明滅。

塞下曲 橫吹曲辭

寒入關榆霜滿天，鐵衣馬上枕戈眠。愁生畫角鄉心破，月度深閨舊夢牽。愁絶驚聞邊騎報，匈奴已牧原校：狄本誤收隴西還。

塞上曲 橫吹曲辭

爲國勞戎事，迢迢出玉關。虎帳春風遠，鎧原作凱，據松本改甲清霜寒。落雁行銀箭，開弓響鐵松本作月響鐮環。三更豪鼓角，頻催鄉夢殘。勒兵嚴鐵騎，破虜燕然山。宵傳前路捷，游馬斬樓蘭。歸書語孀婦，一宵私昵難。

從軍行

二十遴驍勇，從軍事北荒。流星飛玉彈，寶劍落秋霜。畫角吹楊柳，金山險馬當。長驅空朔漠，馳捷報明王。

幽州胡馬客

幽州胡馬客，蓮劍寒鋒清。笑看華海靜，怒振河山傾。金鞍試風雪，千里一宵征。韔底揪羽箭，彎弓新月明。仰天墜雕鶚，回首貫長鯨。慷慨激忠烈，許國一身輕。願繫匈奴頸，狼烟夜不驚。

以上凱歌樂府，俱閒中效而不成者。丈夫則以忠勇自期，婦人則以貞潔自許，妾深有意焉。

山之高三章

山之高，月出小。月之小，何皎皎。我有所思在遠道，一日不見兮我心悄悄。

采苦采苦，于山之南。忡忡憂心，其何以堪。

汝心金石堅，我操冰雪潔。擬結百歲盟，忽成一朝別。朝雲暮雨心去來，千里相思共明月。

王將軍墓

宋王將軍，名遠宜，松陽人。宋亡，與元兵戰于望松嶺，死之，遂葬於此。

嶺上松如旗，抉疏鐵石姿。下有烈士魂，上有青菟絲。烈士節不改，青松色愈滋。欲識烈士心，請看青松枝。

鳴雁二章

鳴雁征征，白露既零。猗嗟清兮，懷彼春冰。

鳴雁嗥嗥，涼風飄飆。猗嗟變原校：狄本作寒兮，懷彼春宵。原校：狄本作聲斷中宵

瑶琴怨

涼蟾吹浪羅衫濕，貪看無眠久原作冬，據松本改延立。欲將高調寄瑶琴，一聲絃斷霜風急。鳳膠難煮令人傷，茫然背向西窗泣。寒機欲把相思織，織又不成心愈戚。掩淚含羞下階看，仰見牛女隔河漢。天河雖隔牛女情，一年一度能相見。獨此絃斷無續期，梧桐葉上不勝悲。抱琴曉對菱花鏡，重恨風從手上吹。

秋江辭

烟迷浦口人跡稀，老松瘦竹横斜暉。舟人鱠切蓴羹美，竹葉香清蟹正肥。醉眠篷底呼不醒，一任春風吹鬢影。起來霜月白滿天，松本作滿江天淅瀝蒹葭涼夜靜。

春曉謡

到枕一聲鶯，曉窗生虚白。烟柳影參差，薔薇紅半拆。乘風雙蛺蝶，欲入珠簾隔。獨向花下吟，翠篠刺羅襟。徘徊吟不就，婢子整瑶琴。撫弦不堪彈，調别無好音。一弦腸一斷，斷盡幾回心。

牧童辭

朝驅牛，出竹扉，平野春深草正肥。暮驅牛，下短陂，谷口烟斜山雨微。飽采黃精歸不飯，倒騎黃犢笛橫吹。

幽居四景

山　色

遠山翠不減，滿庭搖空青。坐對太古色，終日有餘情。

水　光

渺渺涵秋色，澄澄生曉烟。四山潦初歇，寒玉一溪完。

窗　月

山月流素暉，小窗絕囂響。四壁寂無聲，合座生靈爽。

蛩　音

落木舊山寺，霜清葉掃風。已無雞犬聲，虛殿鳴秋蛩。

龍鱗石在西屏山

古石橫青壁，蒼蛟松下蟠。日斜山氣濕，瘦甲動餘寒。

梅　花

瀟原校：狄本誤滿灑石池邊，清標出自然。東風零亂後，蛻甲玉蜿蜒。

題畫小景

山合雲初盡，溪陰下夕陽。貪看無限好，柳底坐秋光。

竹亭納凉

獨坐幽篁陰，停繡更鳴琴。葉齊林影密，惟有清風心。

西樓晚眺

向晚登高樓，簾閒樓上頭。白烟凝野水，望斷使人愁。

哭沈生

中路憐長别，無因復見聞。願將今日意，化作陽臺雲。

夜鷺

白鷺宿秋陂，夜寒如墮雪。松本作知自潔久立不飛去，月明霜氣冽。

閒坐口謡

獨坐看花枝，無言雙淚垂。痴婢不知意，問我心恨誰。

秋夜長

秋風生夜凉，風凉秋夜長。貪看山月白，清露濕衣裳。

聽琴原校：狄本作聽彈琴

竹外結枯桐，琅琅生松風。聽來還自惜，坐對燭花紅。

華清宫

柳暗春風遠，花飛香夢殘。夜深明月度，寂寞玉雕闌。

長信宮

珠箔疏流月，螢歸定繡裳。宮西燈火合，歌吹起昭陽。

春曉

夜雨連階碧草，東風滿院飛花。湘竹簾凝曉色，石楠樹散棲鴉。

春殘

簾外落花萬點，枝頭啼鳥一聲。喚轉枕邊春夢，倚闌終日凝情。

幽居漫賦

細雨吹涼入户，閒花扶影移階。愁人紫燕相語，古道清風去來。

詠楊柳

裊裊斜籠寒雨，年年縈亂愁腸。相對不堪憔悴，畫眉羞鬬纖長。

閒謡

蘭徑香薰幽佩，竹風涼度疏簾。情長錦瑟絃斷，繡倦金絨倒拈。

春思

玉勒雕鞍燕北春，閒愁空自惜芳塵。楊花入户還飛去，應笑虚幃翠被新。

晝寢

南窗無事倦春妍，繡罷沉香火底眠。清夢卻同飛絮杳，悮隨雙蝶度秋千。

端午

曉糝蒲玉泛瓊漿，臂結紅絲暗自傷。莫漫相逢宜楚節，獨憐清夢隔瀟湘。

秋思

秋入銀牀老井梧，能言鸜鵒日相呼。蘭閨半月閒鍼線，學得崔徽一鏡圖。

春曉和徐氏潤然作

夢回隔竹漏聲殘，春起移燈看牡丹。無力東風暗吹燭，獨披清露倚雕闌。

香閨十詠

桃花扇

濃花粧點一枝春，影拂瀟湘月半輪。歌徹霓裳風力軟，釵橫鬢亂曉寒新。

鮫綃帨

半幅生綃雪色寒，鮫人相贈比琅玕。華清浴罷恩波媚，南浦傷時淚雨斑。

鵲尾爐

漢宫早送瑶池信，荀令堂前夜氣浮。憑仗花間拜新月，重添新篆炷春愁。

扶玉椅

繡罷南窗睡思催，花生銀海玉山頽。東風斜倚嬌無力，夢入湘江隔楚臺。

凌波襪

天孫夜半剪雲羅，翠幄春分巧思多。一束金蓮微印月，香塵不動步凌波。

梅花枕

玉膚冰骨獨英英，繡向珊瑚照睡屏。疑有暗香生紙帳，羅浮夢斷曉魂驚。

紫香囊

珍重天孫剪紫霞，沉香羞認舊繁華。紉蘭獨抱靈均操，不帶春風兒女花。

玉壓衾

匠出崑山一片珍，白虹氣爽晚涼新。鴛鴦不作湘波夢，幽獨還嫌錦繡裀。

青鸞鏡

雲奩初展曉光寒，幽思重重獨舞鸞。自是傷秋憐瘦影，不慚綵筆寫春山。

鳳頭釵

金蹙釵頭雙鳳凰，曉來巧拂鬢雲光。自憐不帶蕭郎思，獨對菱花學淡妝。

題畫

伯牙

山家茆屋隔寒林，獨抱枯桐覓舊吟。門掩無人飛蛺蝶，白雲垂地結晴陰。

蔡確

楚水吳山作勝游，竹牀石枕寫離愁。晚烟何處吹漁笛，猶憶琵琶怨碧秋。

蘇子

天白山高月滿川，蘆花風漾木蘭船。倚原校：狄本作依舷一曲嗚嗚調，驚起潛蛟夜不眠。

子猷

日暮天寒白雪頻，扁舟夜半未歸人。想因松本作應不盡山陰興，留向丹青入夢清。

漁舟

秋水秋空一樣明，柳陰不繫小舟輕。玉堂金馬非吾夢，月色蘆花同醉醒。

海棠宿鳥

幽禽底事倦春芳，相與棲遲宿野棠。風攪一枝香夢醒，四天烟景夜茫茫。

詠史原校：狄本作古

謝東山

風捲胡沙動地塵，薔薇深洞藹餘春。棋終偶折登山屐，方信風流社稷臣。

綠珠

珠易佳人勝阿嬌，香塵微步獨憐腰。危樓花落繁華盡，總付春風舞柳條。

倩桃

愛賞佳人白雪辭，雲綾一束費春機。翻然席上呈詩句，羞殺歌喉與舞衣。

黨奴

江雪寒連酒思豪，歌傳錦帳醉烹羔。爭如取水陶承旨，茗椀清新興味高。

伏生

楚炬秦坑六籍埃，芳心爭忍不同灰。若非斯道終難墜，雪鬢應消異世才。

馬融

堂下青衿日就文，帳中絲竹遏行雲。豈應魯壁遺經日，雅奏洋洋滿耳聞。

樂　羊

自剪冰絲譬遠歸，學成何異此成衣。妾身不是輕恩愛，祇恐蘇郎戒下機。

賈浪仙

乘驢迢遞走紅塵，十二街中草色春。不是眼空京兆尹，敲推原已入詩神。

陳圖南

避名高卧白雲深，扶醉騎驢下碧岑。一笑披袍驚墮處，遯時知有濟時心。

孟浩然

風剪銀潢雪滿天，蹇驢騎過灞橋邊。詩愁萬斛應難載，非爲馳驅老不便。

林和靖

飲盡春觴興轉賒，竹陰扶日印窗斜。騎驢踏遍吴山曲，處處東風出杏花。

暮春偶成

草香雲暖雨初晴，對竹敲詩坐小亭。晝永人閒啼鳥靜，花飛無語春冥冥。

聞　笛

小樓吹夜笛聲飛，暗度梅花入翠幃。曲罷夢回腸欲斷，起看秋月色凝衣。

無題二首

征雁初聞廢織梭，支頤機杼恨偏多。溪頭返影留斜日，湖上行舟蕩芰荷。

悶來彈鵲漫停梭，竹島花潭思轉多。秋老莫言春度盡，若邪猶自惜涼松本作菱荷。

暮春聞鶯

膏雨初乾風日晴，綠陰深處一聲鶯。喚回午枕傷春夢，起向薔薇花下行。以上《蘭雪集》上

張玉孃二

暮春夜思

夜涼春寂寞，淑氣浸虚堂。花外鐘初轉，江南夢更長。野春鳴澗水，山月照羅裳。此景誰相問，飛螢入繡牀。

游春

侍兒傳野約，趣伴出鄰姬。竹外花迎佩，溪邊柳笑眉。春隨流水遠，日度錦原校：狄本作碧雲遲。拾翠人爭問，含羞獨有詩。

秋夜

暮聲雜鳴葉，靈籟生郊墟。白霧脆楊柳，秋水翻芙蕖。蟾蜍澹簾箔，機杼織寒虚。幾度思蘋藻，茫然愧鹿車。

夏夜園亭納涼

南園有涼氣，移席散餘情。新月隱修竹，清風開小亭。水骨靜香汗，霜紈撲亂螢。忽然微雨至，爽籟拂簷楹。

春睡

繡倦南窗下，翛然睡思催。紅日過牆去，清風入幕來。幽夢迷原作逃，據松本改莊蝶，荒雲隔楚臺。覺來香縷在，虚室絶塵埃。

新夏納凉

薰風初轉夏，緑樹老春鶯。暗溜穿花入，輕松本作溪雲隔竹生。倚凉攲畫扇，拭淚聽秦筝。素襪香塵暗，槐陰樹底行。

清晝

晝静春偏遠，詩成興轉賒。看山凭畫閣，問竹過鄰家。摘翠閒驚鳥，燒烟曉煮茶。無端雙蛺蝶，遶袖錯尋花。

元日

瞳日破寒天，紅光生紫烟。詩情歸草夢，春色染桃牋。眉月添明鏡，梅粧静松本作艶翠鈿。堂開諸弟集，相對笑迎年。

詠竹四首

風

滿庭修竹動秋風，掠地無痕一徑通。影弄緑窗金瑣碎，聲歸寶瑟玉玲瓏。流雲不礙湘妃佩，隔水還疑蔡女桐。曲罷豈知鸞鶴在，翠霞飛去玉臺空。

烟

數枝瀟灑碧溪寒，水氣冥冥日欲昏。青玉案前雙翡翠，紫絲帳裏萬琅玕。湘江舊事迷歸夢，陸海春陰無羽翰。晚來獨倚闌干望，暝色連天何處村。

雪

凍雪霏霏墮九皋，竹枝垂地翠旋銷。玉龍戰退飛鱗甲，青鳳翻成白羽毛。歲晚餘寒知勁節，夢回佳興訝清標。隔雲誰弄柯亭笛，落盡梅花風韻高。

月

幽幽萬籟竹千竿，涼夜宜從月裏看。翠節參差邀玉兔，金波晃漾浴青鸞。半簷蒼月催詩思，一徑寒輝醒醉魂。吹徹霓裳清露下，嫦娥猶自對芳樽。

詠案頭四俊

馬肝硯

一貢西支路八千，端溪無石玉還堅。龍媒帶雨滴秋月，霜兔和雲染翠烟。鳳味山荒幽草合，雀臺春老野花妍。丹砂不用醫繁釁，留爾芸窗觮草玄。

鳳尾筆

近來覓得管城子，修竹枝頭彩影高。氣挾風雲驅陣勢，光搖文彩動旌旄。詩成覽德三書俊，夢入生花五色豪。聖代祇今皆有象，晴窗處處鳳凰毛。

錦花牋

薛濤詩思饒春色，十樣鸞箋五采誇。香染桃英清入觀，松本作硯影翻藤角眩生花。涓涓錦水涵秋葉，苒苒剡波漾晚霞。卻笑迴文蘇氏子，工夫空自廢韶華。

珠麝墨

蘭煤薰透漏星房，蒼壁無痕暈漆光。萬杵龍珠凝海水，十分麝淚泣玄霜。松烟入硯還矜色，江雨翻雲別有香。風靜月林秋氣逼，滿天詩思動清商。

燈夕迎紫姑神

淑氣回春雪漸融，星河天上一宵通。芙蕖萬點交秋月，鼓角三更度曉風。燭影暈迷光綽約，簾環聲徹珮玲瓏。不妨鳥篆留仙迹，鳳輦殷勤出紫宫。

春　夜

松花香度漏初沈，人靜庭空落暗金。一枕嫩風清曉露，半窗涼月弄輕陰。坐移十二闌干曲，興入千層積翠深。彈罷雲和重問夜，薔薇影裏復長吟。

晚樓凝思

鴛鴦繡罷閣新愁，獨抱雲和散畫樓。風竹入絃歸別調，湘簾捲月笑銀鈎。行天雁向寒烟没，倚檻人將清淚流。自是病多鬆寶釧，不因宋玉故悲秋。

和謫弟三三峽曉征寄回韻

鳥道縈紆原作行，據松本改入劍門，謫居惟汝獨憐恩。鎖天烟黑疑無地，隔樹人言知有村。聽雨不生池草夢。看雲應斷故鄉魂。平安日問南歸雁，三峽清秋依曉猿。

春粧凝思

春來常是見花羞，終日簾垂懶上鈎。淑氣薰人饒舊夢，柳條縈帶綰新愁。情歸野草泥寒雨，目斷長江送去舟。笑比南金身自許，鏡鸞獨抱下粧樓。

新燕憶女弟京娘

三月江南綠正肥，陰陰深院燕初歸。亂銜飛絮營新壘，閒逐花香避繡幃。卻笑秋風紅縷在，獨憐舊事玉京非。蘭閨終日流清原校：狄本作香淚，愧爾雙飛拂落暉。

海棠月

永夜無人玉漏遲，團團月上海棠枝。月留涼露芳塵暗，花弄清暉淑影移。粉黛三千春對鏡，銀波萬頃曉凝脂。深閨爲爾牽愁興，坐問容光强賦詩。

閨情四首

卜歸

南浦蕭條音信稀，百勞東去燕西飛。玉釵敲斷燈花冷，游網乘空蟢子非。沉水齋心燃寶鼎，金錢纖手卜靈龜。數期細認先天課，甲乙爻加歸未歸。

倦繡

綠窗春睡起常遲，繡罷鴛鴦聽子規。斜倚睡屏閒悵望，慵臨鸞鏡獨支頤。工餘綵線日空永，愁伴珊瑚夢已違。細數目前花落盡，傷心都付不言時。

沐髮

膩滑青螺寶髻黏，金盤香水吸寒蟾。指尖巧弄琅玕影，楚髮輕披雲母簾。掠霧暗疑星點點，拂波深見玉纖纖。起來亂綰慵雙鳳，熏徹沉檀强自添。

秋千

瘦腰春病不成圍，閑逐秋千蕩畫衣。香散天風蘭佩墮，聲搖環玉綵繩飛。飄飖似跨雙鸞去，閑雅宜從月殿歸。無力尚憐扶不起，翠蛾猶蹙怨斜暉。

石榴亭諸父夜酌

永漏報高閣，榴亭出夜筵。紫檀熏寶鼎，銀燭散青烟。靈籟生修竹，香風入夏絃。露濃羅袖重，歌遏酒杯傳。諸婦酣春夢，雙娥失翠鈿。玉山推不倒，看月背花眠。

詠夏雨

頭上雲俱黑，一片雨浪浪。慘澹隱高樹，霏微迷綠楊。冷冷添澗水，點點落危檣。簾捲山流翠，郊虛草自香。靜嫌聲間竹，醉愛爽凝觴。殿閣羅閒扇，池亭送嫩涼。荷珠圓復碎，蘭芷脆還芳。拂埃亂天際，度雲喧草堂。乘空曳輕練，向晚洗炎光。幽徑荒苔滑，短簷飛鳥忙。湛湛翻萍影，溶溶浸柳塘。無心留石洞，有夢惱襄王。暝色欺明月，高飆透薄裳。入更生閴（原作間，據松本改）寂，欹坐訝清商。潤氣清（松本作侵）湘簟，徘徊怯繡牀。

游春

護檻花濃夢欲欹，五更清露鎖寒扉。明朝恐負尋芳約，拂曉平瞻霽影依。貼翠自憐羞舞鏡，送春無奈聽啼規。金蓮破蘚留芳跡，梨萼翻風作雪飛。沙上晴鳧窺淺渚，松邊黃蝶繞疏籬。催吟片雨雲俱黑，狂絮欺人故點衣。心事肯隨流水盡，新愁不與酒尊宜。青梅已結梢頭實，驛使難傳隴外枝。笑折野花輕插鬢，卻嫌溪柳妬修眉。因過竹院參禪意，覓得雲林舊日詩。聽徹游郎歌古調，停看漁父下苔磯。紫山迢遞行應好，蒼磴縈迴出每遲。羅袖翩翩香氣滿，綠陰冉冉鳥聲微。等閒無限傷春思，芳草天涯腸斷時。

夢遊龍闕

香魂夜靜趨龍闕，天風吹袂凌波襪。鮫人愁織雪綃衣，飛瓊笑問青華髮。肌澈冰霜玉樹寒，步搖環珮玻璃滑。一聲夢覺曉鶯啼，簾篩半枕梨花月。

池邊待月

待月月未升，看池池水清。冰夷吹海浪，薄霧約雲英。惟見寒波動，嫦娥明鏡行。

秋　思

爽籟生靈逕，清秋澹碧空。乘涼賒月色，問夜出簾櫳。獨坐憐團扇，羅衣吹暗風。

哭沈生

仙郎久未歸，一歸笑春風。中塗成永絶，翠袖染啼紅。悵恨生死異，松本作别夢魂還再逢。寶鏡照秋水，明此一寸衷。素情無所著，怨逐雙飛鴻。

以上《蘭雪集》下

梅花村 爲羅公望賦

羅浮山下玉千株，十里長洲五里湖。嘉樹留人舒嘯地，飛花送客醉歸途。影横烏帽月隨步，香襟羔裘水在鬢。夢想湖山身不到，詩成憑寄老申屠。

明《永樂大典》卷三五八〇引《續編蘭雪軒詩集》

（馬秀娟整理）

沈　佺

沈佺，與張玉孃爲中表親，曾定婚約。未婚，感寒疾卒，年二十二。事見明王詔《張玉孃傳》。

病中贈張玉孃

隔水度仙妃，清絶雲爭飛。嬌花羞秀質，秋月見寒輝。高情春不染，心境塵難依。何當飲雲液，共跨雙鸞歸。　宋張玉孃《蘭雪集》附

（虞行整理）

全宋詩卷三七一七

江砢

江砢（一二五一—？），字石卿，號巢枝書室，婺源（今屬江西）人。愷族弟。元世祖至元二十五年（一二八八）以詩文向方回請益，回爲之跋，時年三十八。有《古瓢詩丸》，已佚。事見《桐江集》卷四《跋江石卿詩文》。

句

西風野如赭，見者輒吐舌。
太傅數日别，劉公一紙書。
讀書三年艾，逢世四角輪。

以上宋方回《桐江集》卷四《跋江石卿詩文》

（漆永祥整理）

鄭君老

鄭君老（一二五二—？），字邦壽，福寧（今福建霞浦）人。度宗咸淳四年（一二六八）進士，時年十七。乞歸養。入元，交薦不起。有《梅壑集》，已佚。事見明嘉靖《福寧州志》卷八、一一。

哭妹貞娘節烈

哀哉吾妹兮，生不逢時。痛哉吾妹兮，死此亂離。灰塵漲空兮，鐵騎南馳。旌旗蔽野兮，日色無輝。兇徒蜂起兮，濁亂民彝。恣行劫掠兮，四野傷悲。我妹遇兹兮，尚在閨闈。若逃患難兮，計無可爲。恐被污辱兮，決死無疑。一刀自刎兮，濺血淋漓。死仆於床兮，不變容儀。刀不落地兮，手尚堅持。英烈如生兮，人誰敢欺。嗟我獨生兮，於世何裨。汝危莫援兮，恨無窮期。悠悠我思兮，泣涕漣如。人皆有死兮，特出異宜。哀哉痛哉兮，噫嘻。獨存汝名兮，萬古無遺。民國徐友吾《霞浦縣志》卷二五

（孟憲忠整理）

王炎午

王炎午（一二五二—一三二四），初名應梅，字鼎翁，號梅邊，宋亡後改名，安福（今屬江西）人。度宗咸淳十年（一二七四）補太學生。文天祥募兵勤王，炎午毁家抒難，入天祥幕，旋以母病歸。宋亡，奉母隱居。有《梅邊集》一卷、《吾汶稿》十卷。元泰定元年卒，年七十三。事見《圭齋文集》卷七《吾汶稿序》、《吾汶稿》卷一〇附傳。

贈戴石玉

琢之磨之，玉汝于成。孰爲玉工，師友父兄。他山之石，今則在我。彼璞之棄，我責之墮。爲瑚爲璉，如珪如璋。山澤之潤，邦家之光。玉不自毁，人自喪寶。聞士稱名，不離其道。清曾燠《江西詩徵》卷二三

韓信同

韓信（一作性）同（一二五二—一三三二），字伯循，號古遺，寧德（今屬福建）人。從陳普學。元仁宗延祐四年（一三一七）應江浙鄉試，不合。歸，杜門不求。寧宗至順元年卒，年七十九。《兩宋名賢小集》卷三五六收有《古遺小集》一卷。事見明嘉靖《寧德縣志》卷四。今録詩五首。

岳王墓

妖星隳地芒角赤，龍劍悲吼風蕭瑟。中原王氣挽不回，將軍一死鴻毛擲。秦家小兒真戲劇，播弄造化搖樞極。指讎爲親忠且逆，隻手上遮天眼碧。九重茫茫隔天日，無由下燭臣愚直。臣愚萬死不足惜，國恥未湔猶憤激。古墳埋冤血空瀝，西風年年土花蝕。我恐精忠埋不得，白日英魂土中泣。請將衰骨斲苔痕，獻作吾皇補天石。

翠屏霽雪

寒林靜對展翠屏，六花粧點風景清。四山簇簇瓊瑤樹，恍然照映芝蘭庭。寒生晴光色爍爍，含輝照耀銀海明。巉岩石化崑山玉，負暄猿猱出深谷。可憐不老山白頭，梅萼藏春暗香馥。紫陽留識歌翠寒，中有玉人在其間。道傳前聖發未發，教開來學難亦難。豁然胸次冰雪釋，白照紅日上團團。

蓬萊飛峰

海上神山名自昔，來去隨潮無定迹。天人俯覽念虛浮，六鰲頂戴窮神力。群仙貝闕蕊珠宮，多種瑤芝瓊草碧。依然根著不堅牢，飛入石堂作南壁。螺紋蠣迹石龍存，雲氣隨潮時雨濕。仙風颯爽生羽翰，招納霓裳羽衣客。試登絶頂望五湖，高樓洞天纔咫尺。藥爐灰冷多登真，九轉丹成人未識。雲間鶴迹託來篇，王鄧真人久相憶。

棋盤仙迹

唐山絶頂棋盤石，戲局流傳名自昔。殷勤細問白髮翁，云是仙人曾對奕。苔封石磴不敢移，竹引清風時拂拭。箇中黑白子不留，想是仙童爲收拾。又不聞樵採之人王子質，邂逅仙人執手談，贏輸未決藏機密。貪看柯爛不知時，少憩山中方七日。誰識囊中日月長，歸來塵世無相識。

雙柱擎天

白鶴岧嶢枕江曲，接岫連峰衍林麓。石堂峻峭萬山雄，擁翠亭亭多喬木。雙撑石柱峙東南，勢力擎天名不俗。鍾英特産棟梁材，不墜簪纓美如玉。左接蓬萊右洞天，峰前水帶縈九曲。依然幻出武陵源，擬就峰傍新卜築。鶴歸錯認華表存，應笑世人枉追逐。

以上宋陳思《兩宋名賢小集》卷三五六《古遺小集》

文起傳

文起傳，字果山。理宗景定間隨侍其父子璋官道州。事見《八瓊室金石補正》卷九六。

澹山巖

拭目澹巖景，鶯花三月時。洞堆鍾乳石，林擁梵宮基。泉瑩宜烹茗，崖穹好筆詩。勝遊情未倦，又促解舟維。

清陸增祥《八瓊室金石補正》卷九六

（以上漆永祥整理）

劉邊

劉邊，字近道，建安（今福建建甌）人。詩文與同邑虞韶、虞廷碩、毛直方齊名，與熊禾友善。應月泉吟社徵詩，署名自家意思（《月泉吟社·摘句圖》）。有《自家意思集》，已佚。事見《元詩選》三集甲、《閩中理學淵源考》卷三七。今録詩十二首。

仙船巖

仙舟等鼻盪，萬仞架雲表。木石渾莫分，風雨能不朽。恐因堯年水，艤櫂寄巖竇。猶勝夜壑藏，有力莫負走。奈何苦海深，忍袖慈航手。我欲遡靈源，乘槎問牛斗。

仙機巖

嘗聞昔天孫，謫落人世間。雲霞入組織，機杼空留山。朅來巧相逢，遺我錦繡端。欲報乏綺語，再拜重捲還。我有大布衣，可以禦歲寒。

會仙巖

青山解隨人，遠近互相對。寒潭入陵谷，龍去知何處。歷歷沙上石，群仙昔來會。日暮一童歸，橫吹卧牛背。

茶竈

仙人足戲劇，盤石留渦房。紫陽此來遊，與客煮茗嘗。青烟久消歇，白雲時飛揚。至今潭中水，猶作笑語香。蒙茸履跡在，欲步不敢翔。三吸此清泠，回首入空蒼。

林泉寺

采芳仍漱潔，散策到來遲。客坐自相語，僧禪了不知。疏風潛入户，暗水細鳴池。小作石牀夢，夢中還覓詩。

天遊峰

紫翠飛來石蕊間，何年幻出小瀛寰。崖懸瘦瀑一千尺，峽束寒流八九灣。蒼壁向人如有待，白雲何事未知還。歌酣更挹浮丘伯，坐對中臺話半間。

梅仙山

已是吳門變姓名，後來誰更識先生。一抔漢土丹墟在，萬古閩山劍氣横。步入白雲秋石瘦，坐分黄葉午風清。逃奴不返松門静，隔水寒烟起暮城。

伏羲洞

一水之玄去復歸，衆峰向背儼相持。天荒地老無從問，鬼刻神劖未解奇。丹嶂漫留仙幻跡，白雲仍似太初時。欲窮畫底羲皇意，一束靈蓍萬古知。

玉女峰

不作巫陽雲雨羞，風鬟霧鬢亂蕭颼。行人莫問當年事，獨立寒潭空幾秋。

答彦修

九曲溪邊玉女峰，年年獨倚落花風。何因不駕青鸞去，佇立空山皓月中。

仙掌峰

銅盤捧露幾何年，渭水秋風淚泫然。已向山中閒袖手，爲誰半壁更擎天。

釣磯石

百尺臺磯瞰碧流，紫陽仙子幾經秋。遊魚何事偏深逝，不道人間有直鈎。以上清顧嗣立《元詩選》三集甲

句

耕鋤曉雨有餘地，應接東風無暇時。春日田園雜興　宋吳渭《月泉吟社詩·摘句圖》

（孟憲忠整理）

陳紀

陳紀（一二五五—？），字景元，號淡軒，東莞（今屬廣東）人。庚弟。弱冠領度宗咸淳九年（一二七四）鄉薦（民國《東莞縣志》卷八七郭應本《越吟斐稿序》）。次年登進士第。宋亡，隱居不仕。有詩詞集《越吟斐稿》及《秋江款乃》，皆佚。事見《廣州人物傳》卷九《陳庚傳》附、《宋東莞遺民録》卷下補遺《陳氏族譜》。今録詩二十六首。

早秋有懷寄趙華頫

一葉井梧落，微涼生瘦藤。老兼秋共至，衰與病相仍。砌近蟲號枕，簷疏雨翳燈。熏爐對經卷，清似住山僧。

遊深溪龍潭

危磴上嶙峋，泉聲靜更聞。雨添三尺水，僧卧半間雲。境勝詩難好，林深日易曛。忘言觀衆妙，一縷起爐熏。

暮春山行

幽興忽不愜，山蹊策杖遊。林深樹疊影，溪漲水重流。對酒愁先醉，看花老卻羞。平生倚樓意，搔首轉悠悠。
不具看花眼，蕭然緑暗郵。貧來疑筆硯，老去信乾坤。日澹樹無影，潮回草有痕。詩成鷗没處，鴉外又黄昏。

早起

星斗淡欲落，銀河白向斜。人間猶夢蟻，樹杪已聞鴉。池水偷山影，朝陽襌月華。升沈無限事，秋草滿天涯。

雨中出廓

幽人寧免俗，踸踔且泥行。雲過溪流動，雨餘池草生。長身成跼蹐，暮景學將迎。應被鄰翁笑，有田胡不耕。

哭月橋兄

前輩風流盡，鄉枌孰表儀。如公又凋謝，末俗恐澆漓。幼學皆真踐，瀕危屬近思。端爲吾道慟，不但哭吾私。

輓趙秋曉

鵬運南來駐海涯，熟聞諸老説瑰奇。周瓜正接雲仍瓞，郗桂駢生父子枝。閱世忽更龍漢劫，蓋棺猶見義熙詩。每嗟嶺海無英特，况失斯人重可悲。

摩室興居問亦詳，祇言永訣語琅琅。情知豎子膏肓病，謾試庸醫補瀉方。華屋邱山真俛仰，長瓶短管付凄涼。平生曾賞窮吟者，莫訝銜哀入此章。

年頭歲尾足追隨，暢飲高歌送落暉。賡詠每思彈丸句，談諧常落箭鋒機。漸成瓜葛緣方熟，共看茱萸事已非。數尺茅簷楊柳岸，故應經此尚依依。

窮吟

窮吟之外百無功，鬢髮蕭蕭漸已翁。自枕書眠聽夜雨，偶披襟去納雌風。男兒未死身難量，豪傑雖貧氣未窮。緩步短筇誰會得，野花啼鳥夕陽紅。

甲辰元日

屋角雞聲一歲分，起搔吟鬢惜芳辰。江山有恨英雄老，天地無私草木春。柏葉又傾新歲酒，梅花同是隔年人。東風着物能多少，寫入清詩句句新。

夜夢遊一野人家萬竹蒼寒老翁款留意甚厚予題詩贈之獨記一聯云與誰共住只明月所可論交惟此君覺足成之亦夢中意也

一徑蒼寒長綠筠，雞聲人語隔林聞。與誰共住祇明月，所可論交惟此君。世事乘除天已定，人生勞逸念中分。卜鄰儻許通來往，分我南山一片雲。

題李竹隱山齋

法界人寰共一邱，欲窮遠目更登樓。蒼藤碧蘚樹容晚，涼月好風山意秋。莎徑荒寒聞鶴唳，竹叢搖落見漁舟。一聲橫笛碧天暮，詩在滄波蘆荻洲。

舟行

落日殘霞島嶼明，淡烟衰草古今情。青山偏向意中遠，白鳥正當吟處橫。歲晚梅花和我老，愁來竹葉向誰傾。浪遊無奈徂年感，遠浦晚風潮又生。

夜起

萬籟沈沈見息機，輕寒獵獵入單衣。新霜欲落露痕重，缺月漸高河影微。村犬驚寒時自吠，水禽失侶夜猶飛。更須景物完詩句，莫訝更闌未掩扉。

初夏

梅子黃時雨又晴，春衫未脱暑猶輕。天橫遠岫半眉綠，雲漏斜陽一眼明。野樹晚風清蝶夢，曲池芳草亂蛙聲。浮生囂寂何窮已，搔首蓬窗感慨生。

和趙華顛梅花

起舞簪花老尚狂，梅花應記舊高陽。蕊宮仙子無塵韻，幽谷佳人有靚粧。斜月半簷微弄影，斷橋深夜忽聞香。真成坐對被渠惱，不信先生鐵石腸。

謝謝疊山惠杜詩紙被

貪詩如蜜睡如餳，二既偕來敢不登。錦軸一編夔府稿，雪衾萬杆剡溪藤。朝來誦句能驅瘧，夜半眠雲稱伴僧。只恐癡兒驕踏裂，起來仍喚讀書燈。

春感

唾壺壯氣已休休，呼酒田翁與勸酬。九十日春長是雨，三千丈髮總緣愁。棱棱顔面塵埃滿，渺渺山河歲月遒。谷飲芝餐皆可飽，人生何必稻粱謀。

秋懷

書劍飄零學稼遲，吾儕捨此欲安之。愁懷慣對寒燈話，老態惟應曉鏡知。中散不堪長忤俗，陶潛所好每違時。西風落日蘋花岸，獨立蒼茫自詠詩。

夜宿增江松鶴庵

木落風高夜欲冰，襆衾來此愛幽清。壁燈未滅見花影，山雨忽來聞竹聲。謾憶同遊期後會，因思往事悟前生。自憐粗帶山林骨，坐待寒鐘吼五更。

寄朱滄洲

不見滄洲已十霜，夢中炯炯此靈光。青山拄杖尚能否，華髮與秋俱老蒼。夜雨豐湖吟浩蕩，夕陽鶴觀弔興亡。通家有子今頭白，此意堪君累十觴。

早春有懷亡友秋曉恕齋小山諸公

詩成誰與共賡酬，又綠前汀杜若洲。舊友凋零渾似夢，新春蕭索亦如秋。陰晴氣候惟供睡，今古乾坤只載愁。我與東風俱是客，肯緣華屋茹山邱。

以上清張其淦《東莞詩錄》卷二

餞黎希明赴興寧教諭

冷官仍冷地，况味淡於僧。泮水無一畝，亂山知幾層。樹雲侵絳帳，山雨翳青燈。若有登臨句，寄予能不能。

梅　花

冰霜骨格玉精神，索笑巡簷不厭頻。清瘦絶如人有韻，品題除是筆無塵。一枝影裏溪山晚，萬斛香中天地春。幾度見渠詩便好，此花前世定詩人。

以上陳伯陶《宋東莞遺民録》卷下補遺

（劉雯整理）

汪斗建

汪斗建（一二五五—一三二六），字昌辰，淳安（今屬浙江）人。元兵圍襄樊，率太學同舍生七十人伏闕上書，不報，遂歸。入元，從方逢辰學。後典教鄉里，又教遂陽三載，歸家居授徒。元泰定帝泰定三年卒，年七十二。有《雲留小稿》，已佚。事見《安雅堂集》卷一二《汪先生墓誌銘》、《宋季忠義録》卷一三。

錢唐懷古

江上城低烟樹紅，江潮西去幾時東。吴王花草隨春暮，禹會樓臺入夢空。萬里孤雲留夕照，千年遺恨訴秋風。鳳凰飛去無消息，漠漠遙岑烟雨中。　清萬斯同《宋季忠義錄》卷一三引《還淳嘯詠集》

（漆永祥整理）

鍾克俊

鍾克俊（？—一二七六），龍南（今屬江西）人，柔父。宋末太學上舍生，聞三宫北遷，糾集義旅勤王。知勢不可爲，乃登馬祖巖投龍頭江而死。事見《文憲集》卷二三《故龍南一峰先生鍾府君（柔）墓碣銘》。

句

自許有身埋漢土，終憐無淚哭秦廷。　明宋濂《文憲集》卷二三《故龍南一峰先生鍾府君墓碣銘》

（高秀芳整理）

陳宗傳

陳宗傳（？—一二七六），長樂（今屬福建）人。公榮子。端宗景炎元年（一二七六）蒲壽庚以城降元，宗傳隨父討之，戰死。事見清同治《長樂縣志》卷一六《陳公榮傳》。

軍中行　景炎初募兵勤王作

胡馬出幽燕，風塵起北陬。天兵偶不利，王氣黯然收。六龍守沙漠，誰復爲報仇。耿耿孤臣衷，長懷麥秀憂。回首望京闕，血淚相和流。安得衆猛士，盡如穰苴儔。戮力共廝殺，梟取可汗頭。掃清犬羊群，釐復舊神州。奇功勒燕石，芳名播千秋。　清彭光藻同治《長樂縣志》卷一九

（漆永祥整理）

全宋詩卷三七一八

徐瑞一

徐瑞（一二五五——一三二五）（生年爲理宗寶祐二年十二月），字山玉，鄱陽（今江西波陽）人。度宗咸淳間應進士舉，不第。元仁宗延祐四年（一三一七）以經明行修推爲本邑書院山長。未幾歸隱於家，巢居松下，自號松巢。卒年七十一。今《鄱陽五家集》中存有《松巢漫稿》三卷。事見本集卷首小傳。

徐瑞詩，以影印文淵閣《四庫全書·鄱陽五家集》本爲底本，參校民國胡思敬《豫章叢書》本（簡稱豫章本）。新輯集外詩附於卷末。

義合寺二首

峭壁空翠濕，幽林煙霏清。峰巔忽長嘯，疑是孫登聲。

枯根絆老石，槁葉填古逕。四山悄無人，鏗然一聲磬。

尋幽

尋幽烏石谷，曳杖白雲岡。野燒半空赤，西風萬葉黄。

己丑正月二日入山中題岩石二首

一掬岩下水，不滿數寸深。當其伏坎時，已有東注心。

我訪桃源人，桃源在何處。世上無桃源，何必移家去。

余自入山距出山五十五日竹屋青燈山陰杖履忘其癡不了事矣隨所賦録之得二十首庚寅

入山

石浪嚙我足，山雨濕我衣。冥行果爲誰，笑撫桄榔枝。

解包

投裝即虚館，簷溜猶浪浪。主人眼爲青，熾薪燎衣裳。

看雲

濛濛穿石罅，片片宿簷端。如示變滅相，時出復時還。

對雪

晃晃紙窗明，簌簌時聞落。出户欲尋詩，瘦驢雙耳卓。

聽雨

疏聲連永夜，寒意薄吟身。惆悵三生夢，彭城古木春。

聽泉

出山静而清，遇石何不平。誰能攜素琴，爲我寫此聲。

聽簫

嗚嗚傳素恨，渺渺起新愁。臺空鳳已去，楚山千頃秋。

聽笛

有客攜笛來，一聲山石裂。老子據胡床，東峰方吐月。

論　詩

大雅久寂寥，落落爲誰語。我欲友古人，參到無言處。

煮　茶

枯樵生活火，清瀑薦靈芽。且賞此味永，從渠客未嘉。

蘭

綠葉映芳蕤，貞姿在空谷。紛紛世人同，寂寂君子獨。

老　梅

枯根寄斷崖，槎牙老風雪。疏花如高人，斂衽不敢折。

苦　菜

采苦南山下，載咏采苦詩。舍旃復舍旃，此味人得知。

芹

離離生澗底，薇蕨敢雁行。人皆美其羹，我獨采其芳。

劉郎菜

天台採藥客，此地菜留名。流水年年恨，春風歲歲生。

黄　精

東風抽靈芽，厚土長黄玉。我欲勤服食，從此長辟穀。

鷹爪菜

何人品小草，乃以鷹爪名。吾舌安用甘，且得吾眼明。自注：山中人云能明眼。

蒲花

綠毿糝輕黄，隨風墮霏屑。富貴未足道，看取十二節。

石窪

飛泉所舂撞，懸崖偶成窾。信似太山溜，吾欲銘其坎。

出山

坐覺日月長，還疑宇宙隘。長嘯出山來，如在太虚外。

用仲退韻奉寄三首

懷人耿青燈，兀兀香事已。夢繞明月灣，水清見石底。

與君外形骸，更自離言説。此聚雖難常，此意終不別。

約略古堰西，坡陀山外路。相從十二年，迎送幾來去。

大德二年戊戌正月梅始花

老樹冰霜晚，孤花天地心。翛然懷遠韻，相對意彌深。

已亥重九夜歸篝燈獨酌因思乙未歲是日陪余敬可携趙定庵馬寧卿王叔文雲隱二三道伴登芝山駐接仙亭蔬盤果食清談竟日今諸道萍散而敬可九原不可作對酒凄然殆無以爲懷也

重陽當痛飲，對酒更生悲。惆悵芝山夢，死生俱別離。

書芳洲題長江萬里圖詩後

萬里朝宗勢，其源可濫觴。從來不在險，畫裏論興亡。

庚子九月十四日陪芳洲觀山中泉石次韻

問酒竹籬深，尋詩土花碧。石上更盤桓，長嘯情何極。

書　壁辛丑

佳木交稗綠，小閣掩春深。唯有山西叟，相看識此心。

夜坐與劉信翁清談

清坐不知疲，相對忘賓主。他年記此夜，青燈聽疏雨。

十一月十五山行見梅一枝丁未

老樹千年意，枯槎一點春。相逢驚別久，佇立重凝神。

周德言游小廬山觀余壁間詩次韻示教走筆奉謝壬子，皇慶元年

美人塵外姿，胸次澹孤清。空堂語三日，隱隱金石聲。

蘭茗尋舊題，媿我昔好遻。妙語爲湔祓，清越泗濱磬。

舟行即景丁巳

江流千丈碧，崖樹一枝紅。臨眺延緣久，扁舟我欲東。

宿常山

小樓臨水際，一塔出林端。爲報山僧喜，無勞問數灘。自注：有僧同舟，每舟上一灘，必計之。自桐江至常山，歷灘百餘。

燈影照白髮，清酤浣旅顔。半生堪一笑，四度宿常山。

秋懷二首 己未

細雨沾庭濕，驚風入袖寒。黄花有佳色，獨自倚闌看。

門巷鳴乾葉，階除吟候蟲。幽懷不可奈，絲雨更濛濛。

夜坐

丈原作文，據豫章本改室四壁靜，孤燈永夜明。蒲團清坐穩，簷鐵兩三聲。

夏日六首 己亥

屋上小山叢桂，門前緑水芙蕖。問事唯唯否否，逢人睢睢盱盱。

客散幽庭鳥集，日長高樹蟬嘶。有士懷戴安道，無人鑄鍾子期。

世眼看朱成碧，人情覆雨翻雲。寧甘頭責子羽，莫教腹負將軍。

偶自棲遲偃仰，誰無歷落嵚崎。兩刖足見美玉，九折臂爲良醫。

我生尚友千載，不願爭名一時。閉門寫范滂傳，飽飯和淵明詩。

宇宙千年遺事，江山幾段閒情。一笑無人領略，杖藜竹外徐行。

六言四首 庚子

脚下行萬里路，胸中貯千卷書。到底只供一笑，屋烏何似除胥。

畜耳何如畜眼，觀人孰與觀頤。遠道紛紛飛鞚，深山有客爭棋。

悟得字中有筆，卻參畫外無詩。今人見謂癡絶，異世神交特奇。
隱几反觀唯我，出門與語者誰。飲酒止酒俱達，借書還書一癡。

故夏與南翁往來里社共聽松風盤旋久之欲作數語不果近日偶至其下悵然興懷追賦六言一首辛丑

夜語連床未了，村醪時復一鍾。不怕石頭路滑，要聽古社松風。

送醫士方存方歸弋陽癸丑

俗子紛紛束閣，此客亹亹逼人。未論探丸起死，壺中刀匕通神。
桔梗時而爲帝，昌陽或笑引年。無用乃知有用，妙處當是不傳。
但識身中大藥，不須肘後奇方。我欲與君談此，暑途行計何忙。

偶　題

曾駐金華傲紫烟，偶來此地了塵緣。春風白石岡頭路，虛老松花過一年。

舟行書感壬午

斷崖斗絶小舟行，煙樹崔嵬草一汀。宛是釣臺臺下路，楊梅、盧橘正青青。自注：余甲戌三月登釣臺，楊梅盧橘青青兩山間。

東溪舟中呈石齋癸未

兩山盤屈水中分，紫翠深深日欲曛。孤枕短蓬吟夢曉，一鶯啼破半溪雲。

東湖枕上

雲邊假息竹方床，天地詩翁一枕涼。杳杳磬聲清入夢，上方老衲起燒香。

丙戌除夜泊舟東湖用白石歸苕溪韻書懷

客夢朦朧酒力銷，梨雲漠漠路迢迢。醒來便欲尋春去，楊柳江南十五橋。

空山歲晚足堪娛，殘雪千峰水半湖。明發臨風想諸弟，共扶白髮進屠蘇。

出山歸隱計無成，舟泊菰叢膠斷冰。記取東湖風雪夜，青熒一點隔林燈。

津亭空樹集饑鴉，望斷孤雲是我家。暮角吹寒風漸落，自呼斗酒對梅花。

一卷陰符偶自隨，奴星解事亦忘歸。參橫斗轉吟魂瘦，愁絕寒梢兩綠衣。

城郭人家餞歲寒，裁紅剪翠饌春盤。湖濱老圃無時態，繞屋畦蔬向曉看。

隔岸重門笑語微，搖搖燭影颭簾衣。翠環玉指箜篌夢，尚識輕舟天際歸。

勞生可笑類原蠶，世路羊腸更熟諳。自古詩人例如此，咸陽客舍老青衫。

歸撫蒼松笑一場，誓無滋味博西涼。春風爛熳春雲熱，釀取松花一甕香。

封侯幾見夢魂銷，千萬徒勞重壓腰。只待區中緣了盡，攜家採藥住中條。

丁亥正月二日自東湖泛舟歸鵲湖

貰酒張帆古渡頭，半篙新水送歸舟。梅花惜我漂零久，一片飛香入柁樓。

正月晦日泛舟詣東湖興盡而返戲作

古渡開帆破暮烟，平明回棹浪鳴舷。可憐煙雨東湖興，絕似山陰雪夜船。

小齋前老梅至二月半花猶未落餘香最可愛

瘦樹枯枝蘚暈青，嫩寒清曉雨冥冥。道人不管花開落，獨愛殘香繞硯屏。

讀蘇黄集戊子

胡兒原作邊人，據豫章本改爭問大蘇集，仙官解作太史書。當時同朝人欲殺，所能者天信不虛。

書懷五首

伊優骯髒子自擇，籧篨戚施我不能。試看洛陽紅紫國，何如空谷豫章本作王屋一枯藤。

朱雲豈是丞相吏，子房偶作帝者師。去就誰能明此道，西風落木鬢成絲。

文章意造乃天趣，學奇學澀爲誰妍。皮毛落盡真實在，千載誰續鵾雞絃。

曹劉沈謝易摸索，楊王盧駱哂未休。眼底輪囷能有幾，蛛絲塵網百尺樓。

枯桐三尺寄古意，懸崖夜半鳴風泉。廣陵散曲世不傳，五柳先生更無絃。

秋晚對牽牛花懷友

蘸碧輕綃一捻垂，蜿蜒細蔓滿枯籬。曉來風露深深巷，記得相看覓句時。

聽雨

歲戊子，聽雨山中，枕上賦小詩云：竹屋浪浪急雨鳴，道人睡美夢魂清，恍然身在廬山下，夜半飛泉落澗聲。庚寅秋晚，結茅郭仙峰之下東偏，斷壑飛泉，接竹注之窗外，以便汲取。夜聽泉聲，凄然有感，賦詩云：窗前斷壑落飛泉，絶似高簷曉溜懸，忽憶故山聽雨夢，繩床孤坐不成眠。今年復歸山，獨卧小齋，夜半雨至，簷溜浪浪，夢中恍然山間茅屋之下泉聲不絶，不知吾身之在此也。覺而悲感不已，賦此自解。壬辰五月廿八夜也。

聽泉聽雨不須悲，聲本無情我自癡。夢覺不同均是夢，寂然妙在不聞時。

偶潔甆鼎煮芽茶可玉弟以雲松吟藁至且啜且哦就成小絶并以卷錦

活火枯樵煮露芽，瓢盂顛倒岸烏紗。君詩味永加嚴苦，可恨山中客未嘉。

甲午夏日讀爾雅有感

梁間客燕一采芑，鞲上飢鷹肉不肥。愛殺前溪雙屬玉，羽毛如雪背人飛。

丙申二月既望仲退再來山中意行談舊送別悵望寄兩絶句其一云別君烏石岡頭路一樹梨花照晚煙總是舊來携手處東風回首十二年其二云入山不遠六七里老我應行千百回昨日與君談未了今朝策蹇又重來讀之黯然次韻用謝

東風滿眼皆陳迹，老樹荒園更斷煙。今昔相看只如此，但拚痛飲過年年。

夢中幾度尋安道，也似當年泛剡回。可是山中緣未斷，又從雲外寄詩來。

程明大送枸杞數本侑以古詩兩絶奉謝丁酉

故人念我忍饑坐，送我靈苗意甚勤。便作深根千歲計，雲間要聽吠狺狺。

坡翁尚感黄柑意，杜老深知菜把恩。此意世間寥落久，自哦詩句繞荒園。

書壁

愛山日凭西樓角，聽雨長來破寺中。可恨無人同此味，繞簷疏竹鳥呼風。自注：林艾（原作父，據豫章本改）軒云：聽雨是人生如意事，聽雨須山寺破屋中。

尋梅十首戊戌

去年冰雪梅開晚，立春半月始見花。只今至後未五日，南枝已破兩三丫。

冰溪凍合路迢迢，雪片疏疏著地消。幽香襲人無覓處，信步行過獨樹橋。

山中峭壁孤絶處，瘦樹獨立殊風標。我行矯首坐嘆息，正似高人不可招。

石梁溪上鴛鴦樹，昔年樵斧摧爲薪。詩翁賦詩慰不遇，險語至今驚鬼神。自注：歲戊寅，余與芳洲翁意行見之。翁賦長句見集中，今廿一年矣。

牆東一株蒼蘚身，故人手斸山中雲。封植敢忘角弓賦，每到花開如見君。自注：吾家牆東矮梅，壬午仲退手植。

首陽食薇千古瘦，商山茹芝絶世清。誰能嚼花卧空谷，一物不向胸中横。

項里苔梅妙天下，蜀苑原作花，據豫章本改梅龍天下無。放翁詩酒白石笛，二老風流不可摹。

種性還如賦苦筍，趣味一似傳冰壺。持此問梅翻絶倒，荔支瑤柱有同無。

烟蕪牧笛不勝哀，夢繞西湖幾百回。應是詩人有餘恨，斷橋流水爲誰開。

十畝荒園野水邊，盡栽梅樹不論錢。珍重木瓢任真率，年年攜此醉花前。

九月廿五夜小雨成雪己亥

秋來多病怯新寒，香冷衣篝夢易殘。夜半忽驚風雨惡，開門雪已滿前山。

寄芳洲先生庚子

山中二十三年約，今日尋詩始得來。舉瓢酌水爲君壽，從此登臨歲一回。

周郎折簡應難致，退叟高騫招不來。石上留題有神護，不教雨漬長蒼苔。

時人近日多輕士，造物從來亦忌名。只有青山無世態，與君一見若平生。

官銜雅似何水部，文學老于元道州。如此身名應貴重，世間清濁易同流。

生來道義勝紛華，晚抱遺經學種瓜。猶有愛山心不厭，時時幽夢到煙霞。

雪中夜坐雜詠十首

數間老屋雲松下，半畝方塘水竹村。先生觀化耿獨坐，不覺寒深雪塞門。

簷頭風鐵響錚錚，簷外浪浪槁葉鳴。別有宮商人未識，一爐活火聽瓶笙。
讀書聲歇茶初熟，古鼎香銷詩未成。起喚歐蘇索白戰，天高海闊不勝情。
古人何者是不朽，舉世何人善打乖。總是流連光景處，天分幽事屬吾儕。
文章有皮有骨髓，欲參此語如參禪。我從諸老得印可，妙處可悟不可傳。
古人骨爛心猶在，欲觀古人觀其心。我讀古書忘寢食，去之千載一如今。
何人求死不得死，有士欲生而舍生。誰謂古今人品異，要於出處自權衡。
穀粟桑麻里俗淳，農談竟夕意彌真。半壺濁酒陶陶醉，便是羲皇以上人。
絶憐山北松間寺，門逕漫漫雪作堆。衲僧定起夜將半，自撥寒爐分芋魁。
看梅不睡非愁夜，對酒高談别是春。水北山南清興發，遲明踏雪度煙津。

二月望暫寓山中感舊辛丑

出山兩足涴塵土，幾夜夢聽山中泉。行到向來結茆處，瘦藤枯樹仍風煙。
茆茨高下倚蒼石，略彴原誤作約，豫章本作杓參差跨碧流。白髮前坡兩翁媪，相逢漫説十春秋。
野花緑水紅香動，石壁晴霞倒影奇。好句詩人曾拾得，重來絶笑劍痕癡。自注：仲退丙戌觀山有云：微波蕩晴墩，倒影動懸壁。
石臼凝泉瑩似冰，山椒雲氣起如蒸。小溪流出桃花片，我欲窮源客不能。

病瘧新差仲退折梅一枝冒雪跨驢訪我松下且賦詩一首次韻以謝臈月廿八日也

破雪折梅相料理，要將春信報新年。獨跨瘦驢披鶴氅，更於何處覓神仙。

臈月廿九日芳洲寄緑萼梅一枝詩二首次韻爲謝

故人雪裏寄梅花，妙句清寒逼齒牙。睡起病隨殘臈去，坐看神水長金華。

鶴背從來不載錢，老梅風雪是忘年。春風若肯留相待，定趁灣頭水上船。自注：仲退有泛舟往見之約。

挽李思宣壬寅　原注：三首錄其一。

芝山攜酒詩猶在，芹泮横經夢已空。篋底更藏書數紙，不堪和淚對秋風。

次韻謝拙逸見寄癸卯　原注：二首錄一。

魚雁迢迢不一書，尋真豈爲出無驢。去年偶誤梅花約，心密何須泥迹疏。

與弋陽徐覺民主簿

昔年熟看靈山面，常恠寶氣充其間。此行乃與公相識，不負平生識此山。

文章政事本一貫，道在從教俗論譁。爲問匆匆赴期會，何如騎馬看煙霞。自注：覺民見任處州遂昌簿，因訟省委修造上清宫。

送從弟蘭玉視牘柳州時大德七年　原注：三首錄二、三。

向來自許千年鶴，老去真成六日蟾。且喜宗盟今日合，歸程不惜爲公淹。

柳侯種柳柳江邊，歲歲春風歲歲妍。若訪韓碑尋柳廟，爲持菊蘂薦寒泉。

折花呼酒醉南樓，草草三年一笑留。今日要游難似舊，玉釵占喜白雲秋。

再用韻送謝拙逸

久悟看山勝看書，夢中猶愛倒騎驢。武夷夙有煙霞侶，目斷晴雲雁影疏。

辟俗尋常晝掩門，弄丸聊復了朝昏。折梅且寄春風信，終待相逢慰渴魂。

馬天心遠游而歸椎髻變而巾幘袖衣變而逢掖名字號俱變書亦學顏作二詩寄

紙上磊落太師字，行間突兀玄晏名。斯人變幻不可測，卒然見之令人驚。

之甲辰　原注：三首錄其一、其三。

風流千載賀知章，晚歲黄冠歸故鄉。三島煙霞鏡湖月，此意與之誰短長。自注：馬所居號三島。

送馬君采赴忠定書院教諭乙巳　原注：三首錄其一、其三。

孤城上與白雲齊，唐宋諸人舊有題。弔古不須深感慨，但教殘剩付歸奚。

吾鄉灣頭有明月，照映空山草木寒。頗怪近來光采變，乃知珠徙上餘干。自注：馬所居名珠灣。

贈别高則山王叔浩原注：四首錄三、四。

采詩直須别具眼，論人尤貴平其心。莫重所聞輕所見，四方岩穴有知音。自注：則山常采詩四方。

孤洲蘭蕊春風晚，老樹絲苓夜雨寒。何日抱琴重過我，焚香煮茗聽君彈。

題小齋壁丁未

賣藥城南二十秋，得錢取醉酒家樓。近來不敢出山去，怕有人呼韓伯休。

題鄧梅邊買驢卷後庚戌

出市難逢陳處士，叩門誰識傅先生。此行若遇孫郎宴，借筆不妨題子名。

次韻怡如解嘲

子敦尚受坡翁謔，山谷何心戲炳之。抵掌相看成一笑，折肱始信是良醫。

過歇嶺丁巳

四山竹樹與雲齊，澗水東流江水西。獨策短筇過歇嶺，亂峰叠叠翠禽啼。

晚行三橋

晚涼信步十三灣，疏柳高荷欲半殘。時有小舟橋下過，無言獨倚石闌干。

靈芝寺

爲愛嘉名似故鄉，芒鞋日日此徜徉。非關貪禮瞿曇相，自是三生有願香。

八月十八日觀潮

海門乍見一線白，江下濤頭十丈黄。數點紅旗爭出没，千艘飛櫓下滄浪。

登釣臺

雪手升堂讀古碑，先生應笑鬢成絲。滿庭黄葉無人掃，唯有清風似舊時。

欲薦山中十九泉，荒榛塞路上無緣。凄涼不盡懷賢意，黄帽催呼蚤下船。自注：泉在山頂，舊有扁，此行不及見。

舟行不勝節物之感

客中無酒浣羈愁，想見家山菊自秋。記取今年重九日，大郎灘下泛孤舟。

次馬初心韻

良朋難合易參差，處獨頻頻入夢思。歲晚得君相料理，老懷磊落更誰知。

濁酒陶陶時一鍾，柴門牢鍵畏迎逢。夜來風雪敲窗紙，喜見前山玉作峰。

戊午元日

爆竹聲殘曉色分，漫天雪片報新春。絶憐今日屠蘇酒，不見丁年共飲人。

屋角紅梅雪裏香，索人管領意深長。老松秀出千林表，甲裂皮皺色轉蒼。

次韻月灣東湖十咏

兩堤柳色

廢壘迢迢睥睨連，兩堤横截鎖蒼煙。柳絲繫得春光住，畫舫時時雜釣船。

雙塔鈴音

浮屠雙筆仰書天，簷鐸吟風破曙煙。似爲衆生説般若，興亡莫問劫灰年。

孔廟松風

蒼然五鬣東海來，直幹參天不可回。堂上不聞金石韻，空中時聽殷晴雷。

顔亭荷雨

急雨高荷汞走盤，顔公一去歲如千。天公不爲游人計，端爲忠臣雪怒肝。

湖中孤寺

崔嵬銀屋漭相圍，突兀禪房水半扉。便是金山古蘭若，坐看孤鳥斷雲飛。

洲上百花

後臺花發映前臺，紅紫成林綠作堆。三日一花尤胡本作猶盡在，願言均作四時開。

薦福茶煙

老衲松根拾槁枝，石鐺煮茗日舒遲。青青亭上晴雲散，正是禪僧出定時。

新橋酒旆

裊裊垂楊映小樓，吴姬唤客酒新篘。倚簷高揭青帘處，認取牆東最上頭。

江城暮角

梅花三疊暮雲横，戍客懷鄉夢自驚。縱是時平爭戰息，不堪吹出入雲聲。

芝嶠晴雲

深谷透迤縹緲中，白衣遥映曉暾紅。時清不嘆唐虞遠，可有商山四老翁。

七月十七夜夢中見亡孫概覺而悽愴不已時延祐五年也，予年六十五矣

夢汝頎然立我傍，言辭慷慨巧趨蹌。覺來落月明窗户，撫枕潸然泪滿床。

對菊用先大父雲巖先生仰高堂壁間韻

小圃秋花孰是强，唯餘老菊殿年光。寒英不獨華予晚，九死猶能不改香。

讀靖節和靖詩偶成寄仲退

逋仙只住西湖上，靖節終身栗里中。千古修名垂宇宙，何曾南北與西東。

次韻江道可見寄五絶原注：録其三、其五。

戎壓塵沙汗血勞，君如孤鶴立危梢。何時過我長松下，共候風爐湧雪濤。

世間萬事匪人爲，消長神機祇自知。飲酒不求千日醉，讀書空悔十年遲。

次韻寄題文溪許氏秋圃庚申

我看黄花意甚長，紛紛蕭艾不能荒。無論楚晉韓家事，萬古秋風只自芳。

飯牛

飯牛夙志老方酬，看似潙山水牯牛。水草尋常自調伏，鼻端不用拽繩頭。

腰痛苦甚戲作二絶句原注：錄其一。

十萬腰纏不足珍，腰圍頓減可憐人。折腰不爲五斗米，彭澤元來解忍貧。

正月廿七月灣來訪折千葉紅梅一枝爲贈

喜聞環佩響然臻，笑語芬芳絶世塵。林壑荒涼無所有，殷勤送似一枝春。

七月十六夜對月有感合上俱壬戌

神遊赤壁水光浮，想見元豐壬戌秋。甲子四周月長好，更無人續宋風流。　以上《松巢漫稿》卷一

全宋詩卷三七一九

徐　瑞二

次韻吴仲退見貽戊寅

瘦竹相隨立，輕堅九節青。川平雲澹澹，風定樹亭亭。汩没悲流俗，驅馳累有形。拚闢差有味，危坐玩羲經。

天豫章本作去秋分袂後，擾擾似年時。竟負梅花約，空哦春樹詩。斷崖粘凍雪，碎石漾流澌。豫章本作澌悵望灣頭路，扁舟樂泳思。

溪上晚眺

望逐飛雲去，天低落景黄。江湖流不盡，宇宙事何長。帆影行空闊，漁歌出莽蒼。沙平秋草遠，鷗鷺未相忘。

秋　夜

沉沉秋夜静，輕策步中庭。止酒天真澹，烹茶世夢醒。風枝繞驚鵲，露草度流螢。物化猶如此，浮生可得停。

臨泉寺

扁舟駐寒瀨，輕策到臨泉。僧説黄巢事，碑鑱慶曆年。幽花荒甃晚，落木古城煙。興廢俱陳迹，相看一惘然。

重過鐘潭寺月灣有詩次韻癸未

五年三到此，門逕怪頻移。絶壁何年樹，空廊異代碑。微瀾生古瀨，浮翠擁修眉。煮茗談時事，山僧總未知。

無庵道人贈硯報之以詩

别去驚離索，重來更劇談。送人還有硯，住世卻無庵。白鶴千年化，黄粱萬枕酣。區中緣未畢，一見一回慚。

求余敬可字與小兒習不至

點鼈今誰妙，波戈古莫稽。要令識陣馬，不是厭家雞。鄴瓦玄雲濕，溪藤暮雨凄。媿無鵝可换，萬一付歸奚。

月磵自杭歸以詩問訊

記别秋風裏，聞歸禁火初。深慚聊爾耳，久闕問何如。梅雪西湖鶴，潮風東海魚。經行入詩否，早晚叩精廬。

涉　世

涉世頭將白，耽詩貌欲枯。晨齋參玉版，夜渴飲冰壺。咄咄知今是，栖栖媿故吾。窮通端有命，一笑視平蕪。

題舊藁

書向愁邊著，詩添病後吟。不成千古事，空費一生心。華髮江湖晚，青燈風雪深。鍾期那可鑄，塵網斷紋琴。自注：坡詩火急著書千古事。唐詩吟成五字句，用破一生心。

醉中作

歲月驚虛擲，風霜信飽更。蚤知窮有命，惟以飲留名。人事宜藏拙，天工亦惡盈。浩歌因起舞，月到紙窗明。

戊子元日

歲歲春風面，年年山澤儒。不知老將至，但有醉如愚。殘雪明岡阜，新晴樂鳥烏。身安即如願，何必問清湖。

雨中對酴醾

隱隱滃綠霧，盈盈積玉塵。濃香欲醉客，妙質不爭春。已是園林晚，那堪風雨頻。先生如有素，終日澹相親。

讀畫史

子敬因成駮，曹興偶畫蠅。初非有意作，竟以絶倫稱。鑄錯吾何恨，求全古所懲。中年思爛熟，巧力不須矜。

題王朝英修竹齋

文章虎豹皮，標格雪霜枝。孤立天所賦，一清人得知。勿論千户等，可忍十年飢。會得箇中趣，何須汗漫期。自注：對此莫論無肉瘦，閉門可忍十年飢。坡（原作枚，據豫章本改）翁詩也。

與陳善從

出門小天下，知子欲昌詩。廬阜孤雲眼，芝山夜雨思。勿輕千里別，動是隔年期。萬一踰淮去，毋忘橘頌詞。自注：陳尊人家廬阜，其弟寓鄱陽。

庚寅正月十六携家入山大雪彌旬止既月叔祖東緑翁以那知風雨夜復此對床眠分韻瑞得那眠字

辟俗過逢少，離居感慨多。豈伊泉石勝，奈此簡書何。風雪日如此，乾坤理則那。鄰翁能貰酒，一笑且酣歌。

骨肉終青眼，一林有素緣。偶來成許日，此聚豈非天。悟解由災疾，遲留費歲年。東風方作惡，萬事付佳眠。

夏五有旨徙豪右郡邑以吾家充數與章正卿同泊舟琵琶洲下

去國羈懷惡，開帆眼界新。同爲萬里客，猶是一鄉人。浪説王孫富，誰憐郭解貧。江妃應笑我，從此素衣塵。

故友湯景文別六年乃十月廿一尋我松下臨別見贈次韻奉答丁酉　湯名琛，東澗公從弟

占氣頻翹首，青牛忽度關。相看雙眼碧，劇論寸心丹。時俗容遲鈍，交情見往還。盟言天爲聽，萬一莫辭難。自注：景文與瑞有讀書山間、尋真方外之約。

次韻景文社屋留題

四海誰知己，江濤正渺然。山林聊偃息，歲月易流連。行李清霜曉，荒祠落木天。留題不盡意，感激尚君賢。

馬可卿棄家學道衲衣椎髻飄然有物外之思賦二詩爲贈戊戌

去去休驚俗，循循且任真。端能一宿覺，不負百年身。有種穀斯熟，深根樹自春。向來陳處士，還帶華陽巾。

我祖徐從事，君家馬自然。何曾絶倫誼，皆得列神仙。四百金丹字，參同鼎器篇。能通言外意，即此是單傳。自注：魏伯陽以《參同契》授徐從事，張平叔以金丹四百字授馬自然。

次韻芳洲見寄

地偏寡迎送，書至慰蹉跎。此世知音少，吾生可悔多。虚懷忘寵辱，遇物任誰何。未了山中約，期君難重過。

次仲退賦牡丹韻詩中有欲將傾國色故惱在家禪之句己亥

雨餘春意足，睡起曉光懸。衆卉自開落，吾心無醜妍。掃空方是道，下語已非禪。隱几翛然久，疏林起淡烟。

吴義甫號宜山以星躔推賤庚并遺以詩次韻奉謝庚子注原缺，據豫章本補

爲愛山宜隱，從教世莫知。虚心觀象緯，戲墨出蛟螭。詩卷今餘事，丹爐彼一時。宜山子姚子，千載共風期。自注：吴尊人常營别墅，館方外士，雅意丹學。陳后山集有《送姚先生歸宜山三絶》，姚蓋得道之士，而宜山乃其隱所也。

十月乙酉西山訖事悼亡二首

渺渺筌簑夢，茫茫石鏡緣。斷絃終莫續，浮沫更堪憐。濕土新阡雨，啼鴉老樹煙。一聲鄰笛起，凄咽泪如泉。

我已空諸幻，君今斷後緣。圓明應頓悟，成壞不須憐。玉宇行孤月，冰溪破冥烟。兒曹修菲薦，再拜酹

寒泉。

送姚聖可歸盱江丙午

識面三年久，論心此日同。相從方款款，索去又匆匆。宇宙塵機息，江湖老眼空。南枝春信早，歸路載東風。

未了區中事，先留方外盟。仙才雖有數，大器豈無成。白髮高堂夢，青山故國情。君歸相慰藉，未及水初生。

次韻東皋雨後行

久雨書闈坐，初晴竹伴行。遠林更舊綠，流水帶新聲。隨境皆天趣，無心任世情。芒田公獨樂，吟嘯了浮生。自注：芒田，東皋寓居。

梅山周公挽章戊申　原注：三首錄二、三。

才力千鈞弩，襟期百尺樓。吾生能幾見，異世有同流。起起悲前夢，堂堂閟一丘。哀榮動州里，外此復何求。

東閣游從久，西州慟哭頻。感君敦古誼，待我異他人。對酒言猶在，看山迹已陳。惟應舊賓客，相對一沾巾。

寄周南翁用月灣寒食韻

獨夢雲千里，清愁雨一林。江山空有約，桃李易成陰。自是乖幽賞，何由話苦心。興來當逕造，剪燭夜堂深。

夏日讀陶韋詩偶成庚戌

詩道貴和平，由來寫性情。要知衡口出，絶勝撚髭成。理到辭須達，神超韻自清。無人融此趣，庭户綠陰生。

吴長裕惠詩次韻爲贈丙辰　月灣之長孫

此士睽違久，流年倏忽更。詞章如水進，談笑喜風生。無以小害大，當期實勝名。傳家有師法，晦木定春榮。

李田道中

老樹圍修竹，清流浸白沙。沿山石磊磈，隔岸路丫叉。漸漸鄉音别，迢迢去意賒。瀹茶誰氏女，鬒髮墮烏鴉。

除夜哭仲孫概

階庭皆秀發，念汝獨敦龐。處事怯藏勇，臨機智若戇。痛渠二豎惡，何日片心降。硯席凝塵滿，依然在北窗。

我老那堪哭，吞聲泪一襟。應門差慰眼，伏枕獨傷心。白璧歸黄壤，孤墳寄古林。凄涼重泣痛，臨絶有遺音。

次劉東仲見寄咏戊午

丰原作手，據豫章本改姿明玉樹，清論瀉秋泉。霧豹文何澤，風鸞意自仙。超然由静悟，妙處可言傳。倘遂卜鄰願，游從不計年。

用月灣咏寄題江儀仲心遠堂辛酉

湛湛秋潭静，沉沉夜璧光。歛之不盈握，舒則可包荒。今古事無盡，乾坤夢正長。爐香清晝永，物我兩俱忘。

歸　來丁亥

歸來便覺此身尊，傲世猶嫌習氣存。已是半生走風雨，但持一笑信乾坤。貪閒且復逃空谷，自衒終羞倚市門。庭院緑陰生午寂，坐聽禽語對清樽。

東緑叔祖得園池之勝於萬山深處將拔宅而居焉以詩奉餞時至元二十四年丁亥歲

兩僮自足負琴書，載具何勞遠借車。客至未妨投轄飲，地荒正好帶經鉏。欲從隱者歸盤谷，尚念先人有敝廬。擇勝懷居竟誰是，定知明哲笑迂疏。

東緑翁既居山中而瑞方葺敝廬再用前韻

見説移居只載書，高人從此可懸車。看松北崦風吹面，種豆南山月滿鉏。拙計不能爭子所，癡心尚自愛吾廬。辟人辟世將焉擇，獨立西風鬢影疏。

留汪子明戊子

美人渺渺隔秋水，六年不見心茫茫。麥昂黍低各自媚，鶴長鳧短庸何傷。荷鉏未厭素業在，讀書從來真味長。是間偪仄不稱意，待晴攜酒登重岡。

次韻寄題李氏月心精舍

坎陽爲心亦爲月，妙質一點何玲瓏。君看靈光湛止水，孰與明鏡行秋空。萬古娟娟不改色，百年忽忽俱成翁。盈虚如彼莫消長，試參此語將無同。

次韻陳心田郊居即事二首

想見從來種種迂，讀書採藥灌園蔬。看山不厭風期別，與世相忘機事疏。正自未妨犀首飲，足豫章本作定知不作子公書。詩名莫落江湖去，怕有人來畫子廬。

五老亭亭翠塞門，煙霏雲氣濕前軒。浮華安有千年實，至潔何如一尺渾。曉瀑分寒歸茗椀，春江瀉綠入藤樽。君詩已是肱三折，爲我探囊試合昏。

用仲退韻別周南翁壬辰

薄俗難諧祇自知，百年幾見費心思。平生鮑叔深憐我，後代揚雲不並時。春雨情懷惟有酒，男兒歲月但供詩。汀洲草長東風軟，一笑旗亭又語離。

癸巳二月寓城與趙希文趙名禎遠，號菊泉

城郭春深午夢醒，覺來玄思獨冥冥。靜中自笑渠非我，醉裏渾忘影答形。有客不傳皇極數，何人獨愛太玄經。古今此意誰能會，雨暗豫章本作兩岸長堤草樹青。

壁侍者來訪作此贈之丙申

俗論卑卑不足聞，相從松下慰離群。喜師一吸西江水，許我平分華嶽雲。更向鋒前來妙悟，莫于紙上泥陳文。純陽石薛黄龍老，肥瘦何曾彼此分。自注：張乖崖未第時，致書陳希夷，欲分華山一半。純陽真人參黄龍禪師，石杏林真人度薛道老和尚。

寄芳洲先生

秋入郊原四望空，石梁老樹立西風。文章子不減班掾，丘壑吾能過庾公。池上紛紛成底事，尊前兀兀有奇功。山中芋栗今朝熟，萬一尋盟帽柮紅。

用前韻寄仲退

虛堂宴坐萬緣空，疏竹泠泠度晚風。政自悠悠隨世運，無論憒憒到天公。病來茗枕豫章本作椀成奇祟，老去蒲團策雋功。忽憶樂平吳直學，八年不共地爐紅。

芳洲寄示和章且及方外之學再疊奉謝

前修零落典刑空，堆筆須君振古風。敢意嚴詩編杜集，但希顏詠黜山公。自注：顏延年評竹林七賢，山濤、王戎以貴盛，黜而不取，仍作《五君詠》。區中隨順何妨道，物外佯狂更有功。安得相攜登岱嶽，天門夜看海濤紅。自注：芳洲次韻云：欲寄音書碧宇空，幾回溪上佇秋風。離愁自嘆三千丈，飛夢長隨十八公。尚喜蘭孫（豫章本作蓀）懷舊好，頗疑梨棗闕新功。寅君近況知何似，想見丹爐夜夜紅。以公乃寅生也。

三月廿夜同徐月齋讀參同契次所贈詩韻以謝丁酉

天高地下物林林，生化無過陽與陰。誰向一中窺竅妙，君于靜處見幾深。蟾烏有象明生鏡，桐梓何情音在琴。正好小留論此事，可堪杜宇促歸吟。

對酒

坎止流行信此身，只憑詩酒過殘春。地偏自覺日成趣，道在何妨歲食貧。且養金丹娛晚境，難將白髮事時人。但餘未了名山債，竹杖芒鞋入夢頻。

余自戊子至丁酉十年之間詩不及百首而困窮流落之狀歷歷可見雖然政使歲得百首亦不過流連光景而已焉攸用感嘆之餘賦此自警

吾生汩汩何所就，祇送流光添鬢絲。起尋諸老已半鬼，回首十年無百詩。刻意文章終害道，無心世路任多岐。便須擘畫三千歲，不住青城即武夷。

寄宗玉弟

日長獨坐耿相思，每報平安慰我飢。舉動豈知遭齒舌，送迎誰念用符移。轉丸鳴鏑應無滯，絅錦弢旌未是癡。更著加餐題紙背，晚成在子莫憂遲。

偶　題

陶公恒得法外意，張顛獨悟書中神。口耳不到方是妙，言動可擬皆非真。寒泉泠泠出空谷，幽鳥疊疊鳴陽春。政索解人不可得，舉似俗子翻成嗔。

余與仲退讀書山間壬午至戊子無一日相捨己丑仲退去此余亦連年憂患回首已九寒暑念此樂不可復得感慨不已作字寄仲退覬其蚤賦歸來也

獨聽松風度九夏，兩鬢無情生二毛。渠儂翰墨流聲遠，老我山林畜眼高。往日相從不知樂，只今説夢竟徒勞。男兒肯受人拘束，相見頻頻賦大刀。

自　省戊戌

閉閣焚香一欠伸，晴窗如鏡暖如春。平生自有會心處，後世豈無知我人。漫註蟲魚消白日，莫緣蠻觸喪天真。客來指點牆東柏，雪壓風欺色轉新。

仲退示芳洲閒居律詩三首并示和章次韻寄芳洲一笑并簡仲退己亥

契豫章本作問闊難逢笑口開，溪雲山雨首頻回。未能千橘爲身計，尚笑三槐待子栽。我道從來高勇退，君詩况自耻嗟來。有親可養人生樂，拚取餘年學老萊。

老子文章興尚狂，看花可復夢名場。誰憐用意平生苦，欲俟知音來世長。郢俗但能聽下里，騷人更待賦高唐。年來頗欲焚吾硯，蓑笠田間百念忘。

翟公莫厭雀羅門，杜老甘居獨樹村。諤諤固應賢唯唯，昭昭元不似昏昏。窮居有分行吾意，君子觀人論所存。未必鍾期曠千載，興來一再撫桐孫。

讀仲退和胡秀才詩有感斯文用韻

文章聖處無誰語，獨立蒼茫祇屢顰。從渠高眼空四海，自古名家能幾人。愛烏怒蟹言何淺，畫虎雕龍技漫新。吾道澹成終雋永，莫矜盛氣怨私貧。

次韻寄題嚴氏尋古齋庚子

馬圖龜畫未是易，龍文鳥章豈其書。能窮有象有數外，始識無聲無臭初。身從浩劫得所賦，神遊太虚以爲居。吾人尋古儻悟此，以後觀今非古與。

次韻金壁夫見寄

萬緣勘破等飛煙，習氣消除得聖顛。撲滿無情又佚老，鴟夷有味可留年。美人渺渺空勤夢，吾道悠悠莫問天。上界從來足官府，山林自好更求仙。

二月廿九日收宗玉弟京口書還家有日喜而賦詩大德三年

半歲無書界我胸，短蓬念汝過殘冬。官情但可京口酒，客夢應隨浮玉鐘。棄縱向來緣底事，妍粧今日爲誰容。書來賸喜歸期近，伴我清吟倚老松。

壬寅和謝拙逸寄芳洲韻謝名維熊，武夷人

塵埃野馬謾勞形，遠想高標愧此生。已許過從陪杖屨，敢辭來往涉途程。幔亭山色長如畫，破衲秋風自有情。更待焚香參太極，朱絃端爲發奇聲。自注：余與芳洲有秋杪往訪之約，而近書論太極，故云。

正月十五豫章本作二**日月灣偕胡茂元來訪别後用月灣韻寄贈茂元**癸卯

敲門驚怪有此客，清似金莖秋露盤。名驥已超千里疾，老松甘卧故山寒。共商今古須臻極，遠溯風騷不作難。從此頻頻相料理，案頭苜蓿對闌干。

寄徐逢原求墨甲辰

北李骨朽呼不起，老石珍藏癡可憐。松身鏡面徒外美，犀紋玉質知誰傳。古今賞覽那復有，舉世繆幻何由湔。一螺點漆倘寄我，會見枯筆生春煙。

送表弟王復翁赴武陵教諭

漢朝最貴文學掾，況遇明時早及瓜。鄉國幾年工取友，詩書累世克承家。斜飛聊展天南翼，逸興應隨海上槎。聞説秦人遺跡在，更尋漁父問桃花。

胡和卿用所贈王復翁韻見寄叠韻奉謝乙巳

世味居然如嚼蠟，貪閒猶愛故丘瓜。寸心自欲期千載，一理端能貫百家。爲山功夫在進簣，窮源消息問乘槎。此去相從須有日，裂牋聊當寄梅花。

送從祖還黃州桃花鎮寓居

禮服悠悠歲月深，歸來城郭豈堪尋。葬防不背先師訓，居穎能知前輩心。古驛桃花勞遠夢，征途柳色動新吟。秋風儻有南飛雁，莫惜頻頻一寄音。

仲春留周氏館中與仲退怡如劇論旬日而後返二君寄詩次韻爲謝

番君遠韻衆辟易，崖仙清致莫誰何。二士共談敦古誼，一夫獨醉許高歌。人疑桑下留何久，我喜鋒前悟已多。會見漁樵成保社，典衣先自買青蓑。

從弟楚玉來言將有湘陰之役蘭玉見寓衡陽甚適求詩送行爲賦長句

南嶽崚嶒太古色，青湘窈窕千尺深。山川絶勝宜嘉客，兄弟相望愜素心。共看驊騮誇汗血，從知朝市遠雲林。高堂白髮能無念，可是朝朝候鵲音。

用仲退韻寄芳洲

早年厭俗不免俗，老去求閒未遂閒。學道已輸先得髓，讀書空媿僅窺班。逍遥我欲遊塵外，屈曲渠能自世間。目斷漢廬煙樹老，悠悠白鳥獨飛還。

客中清明丙午，大德十年

光陰迅速一百六，老境侵尋五十三。千里懷人黯風雨，五更歸夢到松柟。丹爐火足心兵息，茗椀香濃舌本甘。次第盡償芒竹債，結茅歸老此山南。

次韻仲退木犀一首

門前老樹繁秋英，濃香醉客我獨醒。空山無人境寂寂，蕭齋如水風冥冥。清標自是欠花譜，遠韻差堪著酒經。君家剛猛兩荒幻，且挹危露培修齡。

吾族盤石將挾堪輿家出遊索詩送行

天星墜地化爲石，盤石即是星之精。觀天必識經緯象，相地始知流峙情。豹林將軍累世顯，龍岡文章千載名。古人妙中非浪漫，發抉幽微在此行。

春日感興有懷芳洲丁未

老去空驚歲月遒，桑榆雖晚尚堪收。鬢霜任自桃花笑，客意難憑燕語留。勝地有緣頻入夢，清吟無興獨登樓。故人家住滄洲上，幾夜相思欲泛舟。

劉元輔寄詠史詩六十首賦此爲謝

永嘉諸老不可作，史傳紛紜孰與評。一字不輕嚴衮鉞，千年如見審權衡。常憂此道無人識，忽得公詩老眼明。雪手焚香三讀罷，小樓坐對晚山横。

贈别彭東臯

芝山相識廿年前，我齒如冰子鬢玄。顔貌頓驚俱醜老，光陰自嘆祇流連。近來酒渴應剛制，此去詩篇莫浪傳。語别有期頻作惡，預憐清夢繞新田。自注：新田，東臯寓居。

次韻題南翁悠然閣戊申

去家幾度憶瓜丘，付與閒人一壑秋。林下定知無俗駕，室中應自有天游。幽懷時撫竹根枕，清賞堪浮蓮葉舟。夜直玉堂明月冷，迴光還是照高樓。

題節婦馮氏傳後用南翁韻馮本東平王氏婦，夫早死兵，馮能保遺腹子，守節不嫁。及見其子成立，以壽終。是爲金吾郡推官王耀卿之祖母。方虚谷爲其作傳

夫征婦孕判居行，夫没兒存婦節清。不背所天終此義，信知有欲甚于生。芳名真足留千載，百僞無如仗一誠。定謚何人敢當筆，春秋萬古自昭明。

月灣約遊鵝塘不果再約送南翁北上共了盧臯之債以詩訂盟

鵝塘阻趁登山屐，廬臯端隨下水船。况是故人當送遠，不乘清興待何年。英雄埋没龍長卧，道學榛蕪鹿自眠。訪古歸來春意動，倚峰要了看山緣。

送南翁待制北上

生來畏别不堪聞，十四年中三送君。挂席壓平彭蠡浪，載家喜見太行雲。對揚入掌絲綸寵，紀頌行看金石文。猶有鵝塘遺意在，一麾須早乞江濆。

次韻月灣午坐偶成 庚戌，至大三年

年來與世亦嬰兒，衆欲紛紛看朵頤。簡策祇留遺事在，英雄空有大名垂。斲輪老去誰堪付，彈鋏歸來未覺遲。少約林泉今白髮，不償素願待何時。

月灣闢地山中誅茅歸隱怡如賦詩次韻贊决 豫章本無贊决二字

一去山中廿二年，重來有約竟茫然。窮居笑我頑同石，文事多君彩印椽。今日開山作宗祖，向來彈鋏等風煙。餘齡賸喜遊從樂，更結青烏白鶴緣。

作意歸來孰謂非，挹芳有地復何疑。遲留固是全交道，勇退方知識事宜。尚用侍郎書户契，肯求節度買山貲。風流莫遣諸兒覺，共被同行又一奇。

題周南甫草窗吟卷後 辛亥

水中鹽味誰能識，鐸裏宮聲未易聽。正惜無人繼風雅，忽傳佳句到林坰。雲開灊岳撐千仞，春入雷江漲四溟。遥想清吟得天趣，窗前草色自青青。

許季高怡如相繼而逝仲退有詩悼之亦復次韻

嗚呼二子遂如此，里閈凄凉誰與歸。生養死藏情永痛，自注：季高父未葬，怡如父尚存。雷號野哭涕徒揮。久悲前輩存無幾，今嘆斯文事轉非。獨到青燈哦楚些，西風獵獵颭簾衣。

送凌霽雲赴餘姚州學正 癸丑，皇慶二年

天門振鐸聲彌遠，越上横經任更專。頗怪風雲紆宦轍，故因山水著名賢。圩田秋足先生飯，海月春浮坐

客氈。聞有世南遺墨在，歸鴻儻一寄林泉。

元日題仲退漫游四藁後丙辰，延祐三年

夫君汗漫路萬里，翰墨游戲詩百篇。高歌不覺屢擊節，畫寫似曾親執鞭。奇探馬遷作史意，老氣杜陵出峽年。何當囊筆撰杖屨，與君題徧名山川。

次韻仲退元日

松根坐穩逢元日，雲外詩來寄此翁。入眼辛盤春意綠，多情蜜炬曉光紅。兒孫拜舞歡聲洽，節物暄妍往日同。卻憶少年觴柏酒，䑸船到手吸長虹。上元曾記昔年游，歌曲如山浩莫收。公子喜陪蒼玉佩，佳人笑指水晶球。一天星斗飄仙樂，萬頃芙蓉簇彩樓。風雪與誰豫章本作無涯堪説夢，酒闌驚覺在吾州。

梅　巖丁巳

不見此山四十載，巖石相看亦粲然。顧我丹心今不改，信渠鐵面晚猶堅。人生出處無非數，文運昌明自屬天。尚恨山靈知我淺，小樓呼酒對嬋娟。

王辛甫示朱敬堂釣臺詩卷次韻

七里灘光照客裘，雙臺登覽意難休。當時蔑視麒麟楦，季漢反成黨錮鉤。山水何心供弔古，奸雄有面肯包羞。摩挲蒼峭追陳迹，四十四年重泛舟。

江道可用前韻見屬再叠謝之

秋風吹破木綿裘，一棹東遊興未休。幼學古人徒自好，遺經深義不能鈎。槐黄滿路君宜往，髮白盈簪我亦羞。共飲番江不相識，富陽磯下卻聯舟。

月灣以路學正攝番江長收租長洲有懷杇鈍賦詩遠寄次韻爲謝

學道如撑上峽船，蹉跎富貴與神仙。對床猶記聽風雨，講席何堪數歲年。少日朋儕隨化盡，晚塗老病有誰憐。故人厚問今何似，筋力雖衰尚服田。

閏八月望日登青陽峰觀可玉所得天池之勝己未

天風吹我上崔嵬，凍面灑塵亦快哉。止水泓澄金鏡淨，遠峰羅列畫屏開。幽奇定有神仙到，險怪從教俗子咍。莫道此中無勝槩，會看變化起風雷。

石林董先生年八十七厚齋詹先生年八十四會于文溪月灣賦詩次韻奉寄

石林居士詹山老，鶴骨山清出秀眉。己卯相逢芹泮日，戊申共醑菊花枝。年華迅若東流去，道貌巋然太古遺。不恨文溪不同會，續貂猶得寄篇詩。自注：歲己卯，遇石林翁于泮宮，從容久之，時泛舟，以禮樂詩書自隨。戊申九月，與厚齋翁會梅山堂，爲言今居尖下，去吳氏五里許，易尖爲詹云。

李俊民三十年前凡兩寄詩時困于世故俱不克和常抱此欠近理敗篋忽見兩詩歲月可驚凄然有感輒賦長句附便以謝不敏

囊錦當時兩度傳，篋藏中襲墨尤鮮。高情應怪詩郵斷，末路那禁俗累纏。過客談君吟轉妙，閉門笑我病堪憐。擘牋漫寄西風去，喚起鄉盟三十年。

門外意行有感書示二孫壬戌

門前老樹飽風霜，封植良勤不可忘。累世衣冠流澤遠，百年基緒慶源長。穉松怒長堪藏屋，新筍初抽已過牆。珍重先人有遺訓，讀書餘力及耕桑。

夏五寄趙菊東

溪堂相望一百里，音問相疏十五年。眼底浮華俱已矣，籬東老菊獨依然。登臨不減青山興，陶寫猶懷白石編。待得秋風稍涼冷，方壺深處扣真玄。

寄山村仇公

山村老子知何似，想見龐眉鶴骨清。千里相望勞遠夢，六年不見耿深情。雲歸山翠沾衣濕，雨過湖光照眼明。最是湖山圖畫裏，輸公吟嘯了平生。

李俊民寄詩一首次韻答之

世途險隘任崖顛，萬古人心只一天。桂辣何須分老嫩，蜜甜自是透中邊。多君歌嘯酬風月，顧我呻吟了歲年。何日相從討幽事，松醪滿意泛觥船。

以上《松巢漫稿》卷二

全宋詩卷三七二〇

徐瑞三

雜感

夸父以渴斃，夌杖終死兵。項王稱拔山，霸圖竟無成。區區諸勇力，如何與天爭。子房類婦人，談笑立功名。去去從穀城，迢遙學長生。

阿瞞事鞍馬，横槊尚賦詩。淮淝政交鋒，别墅方圍棋。何哉情事迂，俗論乃嗤嗤。斯人機械深，政爾未易窺。

長公不肯仕，曼容亦辭官。高車與駟馬，祇可誇外觀。玄鳳棲崑崙，杳杳天風寒。沆瀣以爲飲，朝霞以爲餐。

六根本清淨，人自滓六根。傾奪相糾結，不如此身尊。梯空智愈鑿，金注道逾昏。稽首劉伯倫，酒放過一生。

獻璞乃取刖，求封而得黥。進退當以道，自售胡爾輕。堪嗟賤良貴，甘作狼藉人。寄語張季鷹，見幾已近神。

壬午清明拜先君墓下

鏘鏘澗水鳴，陰陰宰木春。晨興羞清酌，酹我柏下人。山蹊塞欲斷，呼童剪荆榛。斷甃土暈碧，古瓦垣衣青。席草再俛伏，泫然淚沾巾。音容一以遠，魂夢何由尋。終天不可報，九原諒斯聞。願言領諸孤，年年拜清明。

五月初一日煮茶偶作

讀書了清暇，空齋長閉門。冥冥晚雨潤，喈喈時禽喧。悠悠白雲度，沉沉綠陰繁。枯桐覓古意，石鼎烹山泉。清吟振巖木，亂以離騷篇。此道無不在，但覺山林尊。意根漸無有，世累何時捐。即事良可娱，一笑俱忘言。

松　風

屋山老髯龍，雪霜不能死。長身傲林壑，翠雲屯萬壘。夜半天風生，颯颯動窗几。秋江響怒潮，春空行急雨。須臾逗餘音，九霄笙鶴起。虚庭坐落月，欲去還復止。獨恨世間人，無此天籟耳。

夜月如晝與仲退坐松巢煮茶

河淡星欲無，碧展天一幅。天孫分錦章，薦此半規玉。明入千家窗，此興幾人足。慷慨商聲歌，主客俱不俗。泠泠古松根，枯樵煮寒瀑。清嘯拍闌干，悲猿挂高木。

九月初七夜寓雙溪精舍

深巷足秋意，市聲寂無譁。門前籬落間，淡淡牽牛花。老樹罷西風，羈鴻叫寒沙。念我同袍子，渺焉天一涯。别離悵交情，漂零惜年華。清坐撫遺編，行吟岸烏紗。世味嘗已熟，呼童烹靈芽。

客枕有感

寒闈掩秋寂，幽齋俗塵空。沉沉夜將半，孤燈結花紅。衣杵響深巷，塔鈴哦天風。依依訴幽恨，四壁惟秋蟲。市人競刀錐，奔走猶憧憧。衆欲何有涯，百年會須窮。高眠道心長，無言候晨鐘。

癸未三月初七日泛舟東溪尋訪趙石齋於方壺山中臨分留呈

短篷載煙雨，鼓棹過東溪。盤桓萬山間，乘興信所之。桃花流水岸，繚繞路欲迷。隱隱雞犬聲，時時出翠微。支筇試幽討，中有高人居。平湖湛寒碧，疏林擢新枝。始至俗眼明，延緣遂忘疲。方瞳綠髮翁，一笑深相知。高譚漱芳潤，探囊出新詩。拍手孤鴻翔，拄杖凌空飛。舉酒對東風，獻酬各不辭。欲去不忍去，綠樹鳴催歸。我欲從公住，奈此塵鞅羈。

晚步用簡齋韻

沉沉萬竹間，舟行欲佳適。樵兒未歸來，笛聲在蒼壁。我本非隱淪，偶得喧中寂。延緣不知疲，小逕光已夕。

田園

結茅北山下，竹樹深以幽。門前二頃田，躬耕遂吾謀。東風二三月，綠水如潑油。戴星事犁鉏，戮力期有秋。經行彼何人，黃金絡馬頭。停鞭略躊躇，爲問幾時休。所得不償勞，胡不從我遊。再拜謝行人，此意何綢繆。相從良不惡，違己誠所羞。卿宜用卿法，吾亦飯吾牛。

去年種麥時，瘦骨寒欲折。芃芃麥苗青，貿貿積霜雪。今年麥上場，鄰家粒已絕。我麥難堪飯，我耕力已竭。我力雖已竭，我計未爲拙。

山下十畝陂，可灌十頃田。頻年費修築，堤堰久不完。泥沙況填壅，旱歲無源泉。凶荒貴有備，烏可盡付天。呼兒運木石，及此冬日暄。悠悠最害道，努原作弩，據豫章本改力勿辭難。

斲桐作秧馬，斷木刳泥船。咄此至微物，當趁歲月閒。阿童御觳觫，吹笛前山前。迎我相指似，村西吹豫章本作炊晚煙。

屋山東南偏，手種一區芋。炎炎六七月，挈瓶事灌注。兹焉有佳思，役役不知暑。寒夜羹玉糝，聊用娱歲暮。

連筒通稻渠，分溉五畝園。桑麻日青青，畦蔬亦已繁。晨興荷鉏出，日入荷鉏還。所樂固有在，辛苦不足言。鄰翁笑相勞，子乃不憚煩。

寒溪横略彴，窄徑通村墟。樵夫下山來，俗氣鄙且麤。野花鬢闌斑，藍縷寒無襦。賣薪招我飲，醉倒相攜扶。明日復入山，真樂孰爾如。

種茶石岡上，草盛茶欲枯。劬躬自薅薙，青青復厥初。新雷破幽鬱，一雨土脈蘇。槍旗漸堪摘，纖纖出香腴。此物不救飢，此味何可無。

方湖涵深碧，移種水芙蕖。壤沃不待培，周回已芬敷。豈惟花實美，根葉尤所須。今年種菱芡，明年種菰蒲。生涯日已廣，而不勞耘鋤。月明撑舴艋，長嘯足自娱。

送八家叔之蘄春

飛梅收宿潤，曉氣含晴暉。摩挲鐵如意，一笑千里期。江山信如昨，興廢良可悲。執手言遠別，念當何時歸。利害况同途，舉足皆危機。爰陳素履戒，爲誦行路詩。行行重回首，莫忘孤雲飛。

雨坐城邸登葆真院小樓望湖山清坐至暮

濕雲低古城，絲雨迷寒空。平湖北風惡，雁叫菰蒲叢。疑有隱君子，孤舟釣空濛。煙波渺蒼莽，欲往嗟無從。道人數龜息，默坐飢腸充。湖東古招提，暮鼓鳴鼕鼕。

修禊後三日與仲退坐小齋煖雨初歇忽聞異香於是花事已罷春在塵土意其爲草木暢茂有自然之香而卒莫詰其所從來明日仲退以心清聞妙香爲韻作五

詩奉次一噱丁亥

齋居屏塵迹，讀易洗我心。微風逗天香，縹緲不可尋。時時觸鼻觀，恍恍生空林。掩卷坐床側，桂樹交繁陰。
金華太史公，隱几降心兵。濛濛香事已，吟事方施行。我方慕高致，澹境奇趣生。不知何從來，乃有如許清。
異時參上乘，成種芸自薰。茫茫世界中，變幻如浮雲。豈知無盡法，真修不在聞。我猶未免俗，志一誰能分。
眼纈龜甲屏，耳聞蚯蚓竅。二者本無有，客感足悲弔。君看此幽芬，無情尤可笑。只作偶然觀，冥冥會衆妙。
何年有野人，聞香未肯忘。世俗誇富貴，爭費枏櫨黄。我雖一掃空，奈此風韻長。一笑與神遇，底用譜異香。

次韻仲退山中小景四首

夕陽煙樹

暝煙出山阿，返照映紅樹。微茫極有態，目盡鴻飛處。迢遞溪西鐘，繚繞溪上路。惟聞喚渡人，兩岸爭來去。

荒陂鳬鴨

古埭浸寒漪，日至凡數四。沼洄沙水嚙，蕪廢歲復歲。野鳬以爲宗，出没有閒思。誰能靜處觀，爲我畫其意。

霜林月影

中天行素月，炯炯白玉團。空林現百怪，滿地龍蛇盤。超然立於獨，亭亭老蒼官。有形亦是幻，一笑凌高寒。

屋山夜雨

我昔浪漫遊，一葉浮虚空。短篷雨聲來，凄然念山中。巢居遂初志，静聽忘吾窮。青燈亦多情，伴此滄浪翁。

次韻仲退對月感懷四首戊子

方池納明月，坐看雲影移。孤光動寒碧，一洗搖落悲。耽耽吾喪我，役役子爲誰。往來皆外物，妙質何曾虧。

一鏡行中天，地籟寂不動。影散家家窗，萬枕酣短夢。何爲紅塵裏，綠酒笑鉛汞。嗽齒吸英華，龍虎出妙用。

水火互爲宅，此理不在遠。君看烏與兔，可以悟一本。吾將罪儵忽，何事鑿混沌。大笑睨八荒，落木西風晚。

日月兩彈丸，萬古春復秋。遷次有始終，合符無遲留。舉酒邀明月，浮子白玉舟。願毋渝此盟，坐待天運周。

壬辰社日芳洲領客梁必大湯景文吴德昭吴仲退李思宣周南翁遊芝山寺登五峰亭瑞在其間羽士洪和叟方君用載酒來會以雲飛江外去花落入城來分韻

賦詩瑞得江字

昔我落城市，日厭塵滿腔。攜書歸故山，三年師老龐。興來復此遊，名勝萃一邦。東風三日雨，孤吟倚篷窗。晴天澹新碧，扶藜度危矼。同袍二三子，聲應不待撞。意行得古寺，共尋葛藤樁。天風鳴珮環，冉冉白鶴雙。坐看廬山雲，大醽傾酒缸。欲去復裴徊，返照明春江。

仲退對月有懷芳洲景文至不忘僕爲古詩三首語意濃至次韻以謝并寄芳洲景文

我行溪上路，行雲爲徘徊。天高北風惡，叫叫鴻雁來。起望杜若洲，渺渺絶沿洄。孤芳據其勝，修潔無纖埃。俗子不敢近，石梁尚崔嵬。我如剪翎鶴，老志空低回。又如渴蠹木，枯根莽難培。巧拙有定賦，神功若爲栽。豫章本作裁持此欲叩君，溪寒雪皚皚。

景文大兄行，世念如浮雲。自讀仲退詩，夜夜夢見君。憶昨初識君，所見溢所聞。促席傾底裏，談諧意彌勤。尚論三湯公，剪燭夜達分。共悲風流遠，纍纍北邙墳。今年芝山聚，有感蘭亭文。醉墨出三昧，逸氣凌鵝群。玆聞賦遠遊，應接當紛紜。中洲盛吟事，群公氣如焚。勗哉爭長雄，吾衰不能軍。

丈夫貴意氣，豈必在合并。琅琅對月篇，中有伐木聲。夫子黎湯流，事事誇奇情。未忘雷張舊，蒯緱媿青萍。向來在匣時，雌雄互悲鳴。分離未云遠，涇渭判濁清。精靈諒密契，歲月空崢嶸。吾方師漆園，因劍論養生。時時呼斗酒，磊落澆使平。

丁酉正月九日省謁家叔潔山居士于郭仙峰下是日仲退亦省其叔四山翁於是偕行潔山既留飯送別烏龍潭上裴回久之絶壁梅花炯然獨立如高人招之不來凍泉泠泠下巖竇如瑟筑聲相顧絶賞因以春山多勝事分韻約四山父子同

賦時四山留外未歸也韻以齒次瑞得多字

新年未入山，今晨風日和。況復得勝友，發興凌嵯峨。冰澌激陰湍，草色明陽坡。老梅高標致，疏花自巖阿。樵兒與牧豎，迎笑相誰何。問我結茅意，何年此婆娑。悠然會深情，臨風發清歌。回首紅塵中，孰與青山多。

次韻芳洲先生題法雲寺流玉閣

危簷面長洲，晴雨各有趣。灘鳴九霄珮，江瀉千丈素。笑問流玉師，歲月不知度。心空忘境勝，力定得實悟。師云住是間，非住非非住。更問有句無，寒藤倚枯樹。自注：湯山云：有句無句，如藤倚樹。

芳洲寄古詩一首中山中之約次韻奉謝

憎欲毋已甚，同塵正自佳。我如張仲蔚，蓬蒿滿荒階。觀化有妙悟，委運增曠懷。鴻飛正冥冥，雞鳴漫喈喈。美人芳杜姿，玩世善打乖。曲肱有真樂，俟命且潔齋。身屈道則尊，不事塹與崖。平生山中約，高致許我儕。此語二十年，此事行當諧。試看紅塵客，踏破幾鐵鞋。自注：歲戊寅，洲翁寄詩云：結廬溪水上，日夕對郭璞。清曉林霏開，碧玉峭如削。幾欲乘輿遊，不見雲山鶴。青鞵動高興，安得踐斯約。尊酒不須攜，岩泉清可酌。今二十年矣。

君子法天運戊戌

君子法天運，小人昧時幾。法天貴自强，時哉幾甚微。强則無退惰，微則有是非。終期德業成，無爲小人歸。

次仲退韻己亥

達士樂夷曠，俗子尚矜持。緬懷同心人，春風久別離。辭章五色線，絢爛逢明時。顧我何所事，不耕復不菑。屢空良可笑，我道固如兹。但憂德未進，名浮亦奚爲。周遊豈不佳，去去當從誰。有酒但痛飲，莫問醇與醨。

次韻南翁出郊

聽雨不出户，不知春已深。綠水漲洄塘，翠氣明遙岑。我家樹遶屋，庶蕃原作萬，據豫章本改來時禽。觀其引吭鳴，何如結舌瘖。物理存比興，人事有升沉。丈原作夫，據豫章本改夫趣詣遠，道德遂初心。知行貴兩盡，論說何足欽。

次韻芳洲蘭花

殘雪消陰崖，柔風被晴麓。蘭根得天和，芳蕤出叢綠。澹然如幽人，皎皎在空谷。味薄趣自長，香遠韻更足。尚嫌荃蕙伍，肯與桃李瀆。中洲有吟仙，自愛稱初服。丘壑賞孤清，泥塗憐久辱。乃知松柏姿，均此受命獨。石君瘦欲涸，毛穎老不沐。爲子操猗蘭，清商出枯木。

辛丑二月初晴與仲退從芳洲縱遊溪山間私念吾黨會聚殆不偶然賦古詩一首後五百歲有知音者於吾詩物色可乎時大德五年

天地以氣合，人物以類從。孰是同類中，道同志復同。槃槃石梁翁，閱世如老松。若士古溪灣，豫章本作潭水月印心胸。相去不十里，而我居其中。既無山川阻，隨此心迹融。譚諧屢參伍，杖屨時從容。巖下酌秋泉，溪上行春風。奇文辨魚魯，古學窺鴻濛。玄同執尤豫章本作元契，妙中值箭鋒。從今不厭數，曠代或一逢。願言各自珍，慎勿攖樊籠。會同拾瑤草，更約摩金銅。賦詩俟來者，物色傳畫工。

題金翁牧牛歌後

我幼在田間，頗識牧牛趣。寒蓑煙雨林，短笛斜陽路。十年陷世網，自悔一念悮。歸來丘壑中，幸不失吾素。平生愛顏闔，寧戚非所慕。古今樂此事，僂指自有數。阿翁老無營，尺箠了朝暮。絶勝介葛盧，未鳴意已悟。長謠遠屬我，真實見情愫。勿遣兒輩覺，千載有知遇。

鄰翁王道人送武夷圖

客從建安歸，遺我武夷圖。開圖掛素壁，風煙生座隅。奇峰三十六，拔起凌天衢。一水從中來，九折何縈紆。想見岩壑間，縹緲藏仙都。荒哉武與夷，遼遼不可呼。尚聞雲谷仙，舊跡未深蕪。櫂歌留絶唱，遺書鎮精廬。高操誰能攀，幽致或可摹。三年規一遊，神往形尤拘。便須理行纏，勿遣歲月徂。山靈有夙契，清風爲前驅。

今日行我圃 辛丑

今日行我圃，欣然會吾心。町畦分燥濕，種蒔論淺深。柔脆置其陽，堅實值其陰。瓜芋既蓊蓊，桑麻亦森森。晚菘與早韭，鬱然起如林。雖無五畝勝，寸寸皆黄金。學圃聖所鄙，勢塗力難任。不辭鋤鉏勞，且免蒿艾侵。君看門前客，此樂無由尋。

夜中不成寐

夜中不成寐，披衣步前庭。煢煢無塵雜，四面敞且平。俯聽衆竅靜，仰視疏星明。眇然寓其間，一粟浮大瀛。滔滔匯衆濁，涓流若爲清。矧今六八年，華髮日夜生。平生信古學，及此將何成。妄動多險阻，深居來譏評。和同豈不願，矯揉非其情。世眼自醜好，千載有重輕。所志不可移，坐待鄰雞鳴。

有酒相與飲

有酒相與飲，無酒但啜茶。人情貴真實，豈在崇浮夸。高人賞我趣，謂悃愊無華。世士乃不然，傳食謗且誇。更欲論施報，終身置齒牙。乾餱或速愆，口體亦可嗟。清風郭與茅，千古無以加。去去欲語誰，挈瓶灌吾瓜。

六月三日赴周南翁之招時芳洲留梅山堂述行實僕與觀焉臨别以高山流水四字分韻約仲退同賦瑞得山字

人事恒有數，一聚百阻難。朅來集斯堂，主客俱蕭閒。明公圖不朽，盤礴筆墨閒。諏求逮耆耄，采録及蒯菅。論述本至公，不待潤與删。居然是傳信，可但起澆頑。古今文章家，我粗窺一斑。兹事未易言，千載有相關。周旋得所願，欣快忘幽孱。炎塵屏四野，清風洗沈瘝。佳興殊未極，延緣念當還。呼童夙嚴駕，東明映青山。

辛丑九月十二與芳洲留宿雅山堂歲且周矣芳洲再往賦古詩十二韻奉寄壬寅九月十一日也

山林或塵土，城郭無市譁。境勝固繇人，況是詩書家。小齋貯虚明，景物亦可嘉。怪石卧贔屓，修藤綰龍蛇。清泉纖纖草，小樹疏疏花。主人古衣冠，宴坐勝紛華。群從儼連壁，學子鏗衝原作衡，據豫章本改牙。喜我味稍同，下榻煮秋茶。道充韻更長，身退心自遐。豈惟擅清致，當在勤與差。别來入夢頻，急景令人嗟。寄詩寫幽懷，勿與世俗誇。

送余晋仲游廬山甲辰

登山信有道，游山誠好奇。胸中無丘壑，歷覽將何爲。廬君倚天立，秀甲東南垂。非有千里遙，匯澤同津涯。平生幾入夢，未往神先馳。玄煙鎖青牛，鹿場草離離。竹林隱雲表，真漢不可窺。子行勿浪漫，尋訪宜舒遲。靈扃憑誰啓，絶學從誰師。老我世味淡，愛山心不移。床頭赤藤杖，時作龍吟悲。爲我謝廬君，行當赴幽期。

次韻仲退見貽一首

先慮所不到，事乃謬不然。兩失竟相當，富貴與神仙。真意寓採菊，苦心懷食蓮。古來賢達人，何適而非天。惟君淡世味，胸中著千年。衆濁紛其前，每以至理湔。憐我根器鈍，未試麻姑鞭。時時出匕劑，欲俾沈疴痊。歲晚有深期，逝川無西還。何事更留衣，必待夜半傳。

饒娥祠戊申

三極勢雖異，一理實貫通。人極苟不立，天地亦將窮。饒娥小家子，至老根彝衷。精誠裂金石，冥感驅魚龍。予幼讀柳碑，凄其仰英風。兹焉訪遺蹟，山椒峙靈宮。灘石既嵯峨，古木亦蘢嵸。乃知一念烈，天地同其功。天地不可盡，此念曷有終。再拜下山去，日射春江紅。

九月四日偕弟可玉外甥張敏修吾孫棟游西山訪古追懷甲戌舊游感嘆不已紀事五十韻丁巳

秋日清且厲，發興山西游。步出錢塘門，纍纍但荒丘。繁華欻消歇，王氣竟誰收。寂寞石函橋，小水清淺流。秦皇纜船處，螺髻現佛頭。雖非凌雲像，雄偉亦罕儔。開示一指禪，觀者領悟不。作禮三皈依，將行復綢繆。浮屠踞山巔，何年困鬱攸。返步遵大路，叢薄新篁抽。前有佛足泉，一竇清瀏瀏。凄涼鄂王祠，墓道鎖松楸。可憐忠烈魂，寄此土一抔。遺像儼中堂，怒氣橫雙眸。誤國彼何人，寸斬不足酬。迤邐訪玉泉，泓澄湛靈湫。老龍閟原作悶，據豫章本改神蹤，金鱗自夷猶。白詩揭楣間，三嘆歲月悠。荆榛何王府，自注：賈、史二相府第。瓦礫誰家樓。當年歌舞地，今縱羊與牛。或爲少僧廬，或爲老圃樓。徑趨九里松，吳筆勁且遒。自注：九里松三字，吳説書。靈鷲號飛來，自注：飛來峰。荒幻不可諏。直北抵靈隱，殿宇壯岩陬。高峰堪遠眺，欲上畏攙樓。冷泉貯清寒，自注：冷泉亭。古木扶盤樛。瀹茗鬒髮婦，呼猿白頭嫂。自注：呼猿洞。岩洞千佛相，黄金飾琱鎪。古人留姓字，興懷仰先猷。但恨芳穢雜，殘缺難盡收。自注：彭汝礪、范峋、王祖道、林希六人，爲鐫佛者所壞，今缺其二。賈似道領客東元嘉、俞明、張濡、黄公紹、王庭、于德生、廖瑩中姓名尚存。面南歷三竺，氣象恰相侔。山石劇犖确，竹樹含清幽。蒼藤蔽白日，略彴臨清溝。小憩流觴亭，飲泉雪入喉。上竺擅翠密，嘯壑風颼飅。修然白衣仙，自注：上竺靈感觀音寺。坐閲塵世浮。寺有野處碑，文章粲炳彪。陸子亦有記，日晚讀不周。匆匆回六橋，勝處難窮搜。三賢堂久蕪，湖山跡空留，自注：賈似道宴集之所。玲瓏一片石，屹立獨忘憂。遙睇孤山雲，高致希前修。憶昔縱游賞，冰盤羅珍羞。畫舫載娉婷，簫鼓擁俳優。回首煙塵飛，四十又四秋。朋儕愴丘首，桑海驚風漚。山川無古今，撫事增羈愁。買船絶湖歸，城市燈火稠。同行二三子，小酌雜嘲謳。詩成漸挂漏，醉墨如蟠虯。

次韻江道可贈别古詩二首

我家白雲中，幽興何蹁躚。惟有十八公，共結三生緣。苓珀誰能待，風霜逼彫年。忽聞笙鶴音，忘我食與眠。

千金買鉛刀，佩者增意氣。豈知豐城匣，雲深不知處。道逢張與雷，握手笑相謂。靈物寧終潛，時來會飛去。

九月廿一自虎林回同程曉崖游梅巖

弛擔息虚館，釋屩解行纏。一笑得妙士，揖我謂我儇。相攜履巉岩，共訪梅花仙。石門欻谺豁，空洞别一天。徐行呼二竪，秉炬導其前。沿崖異草垂，繞逕秋香妍。行行漸深入，響答殊清圓。下有苔磴峙，上有孔穴穿。深處窅如穽，曠處平如田。或如人坐立，或如獸蹲跧。古石列怪狀，時聞滴幽泉。向來開天牖，坐看日月旋。兒童撞嵌岩，如鐘鼓咽咽。領覽不能盡，荒幻難言宣。我從虎林來，足繭歸心懸。舉瓢挹危露，塵肺聊用湔。清寒不可留，欲去還延緣。賦詩紀兹游，絶筆憑誰鐫。

次韻月灣見寄古詩一首戊午

白石煮不爛，飢來意楚萍。流落固應爾，敢恨鬢星星。鴻飛一何高，矯翮凌青冥。下視蜩與鳩，意趣自徑庭。松間乖舊約，三霜五秋螢。來章敦古誼，吟諷慰漂零。羡公筆有口，遇我眼終青。殷勤爲發藥，非芝朮參苓。豈惟起衰懦，誠足制頹齡。感激絃清商，調古無誰聽。

戊寅雪中有感

五更窗白鳴早鴉，北風獵獵號谽谺。凍雲不開天雨雪，漫空作態紛橫斜。披衣起立儘蕭散，睥睨神巧令人嗟。深山荒怪號狐兔，古木蜿蜒蟠龍蛇。空林野鵲棲又起，寒簷飢雀喧且呀。斷橋古埭欲無路，孤城疊鼓方停撾。老農嘻嘻慶豐樂，羈旅瑣瑣愁荒遐。酒壚群聚澆氍毹，市樓歌吹聞嘔啞。縱觀山川絶塵土，坐嘆造物真空花。世間萬事蕉覆鹿，回首二曜如奔車。老仙騎鯨東海去，誰尚風雅排淫哇。遺音妙寄不可續，嗟我悵望迷天涯。蕭蕭竹屋白晝閴，俗子不到山人家。呼童屏置勿舉飲，石鼎且試曾坑茶。

聞促織有感

莕花露重銅鋪濕，深閨蠟盡豫章本作爐紗籠碧。嗷嗷四壁候蟲鳴，促人早織聲不停。君不見宫中自置機與絡，儘君有絲難得著。

城上謡癸未

北風吹沙湖水黄，離離衰草覆女牆。曼纓紫鬢馬上郎，腰間短劍明秋霜。城西砧杵登登處，夫君已戍交河去。角聲漸起鼓聲住，亂鴉啼斷斜陽樹。

三月十一夜仲退留宿山中即景賦詩次韻己丑

夫夫去尋桃李逕，老我卧雲彌歲年。遠志何妨作小草，破鏡且喜飛上天。誦詩只今病自失，抱琴一笑醉欲眠。山空月落天未曙，幽夢耿耿聞啼鵑。

余敬可示汪子明諸君大雪詩卷次韻子明號雲松，敬可號臨湖道人

當年聚星堂上雪，醉翁一時盛賓客。賦詩下令自作古，寸鐵不持渠戰白。坡翁晚出繼風流，號令尤嚴筆尤特。兩翁高蹈二百年，對雪興懷足悲惋。癡雲漠漠落未已，忍聽窮閻嗟困踣。寒江短艇釣空濛，孤城暮角傳嗚咽。獵徒原上肆鷹犬，幽士坐窗唯一默。豪門夜醑不知旦，粧樓曉鏡驚明豁。眼前種種總堪詩，歐蘇故事成闊絶。剨聞雲君出新語，字如瘦竹行欹仄。臨湖道人口業在，宛然箎仲賡塤伯。何如松下觀幻質，仰天大笑累墮幘。吾家兒女況能貧，海圖爭把波濤拆。

璧侍者歸自廬山以詩問訊乙未

璧公挑雲廬山去，自我不見今三年。出家本是丈夫事，成佛不作文章禪。西竺東震非道二，心宗教意難言傳。何時尋我青陽巔，分我一滴廬山泉。

丙申元日貞元原作元真二年

丙申正月初一日，巢君豫章本作居野人拈禿筆。塗窗作鴉憶少年，不知老魄光陰疾。退藏未了桑蠶繭，生涯僅似崖蜂蜜。小兒怪我不同塵，進不能寸退盈尺。豈知窮通自有命，我手可斷不書乞。安道何事竟碎琴，管寧何意至割席。五斗不换東籬菊，千户寧如江陵橘。蚊虻甕盎互起滅，歡樂幾何長鬱鬱。我從方外得天游，始嘆世緣如沐漆。縱横妙用劍兩枝，出入無方馬一隻。老師雲邊親授記，許我虚空轟霹靂。東風吹動老虬枝，笑拂蒼髯雙眼碧。

大德元年丁酉歲六月大雨前所未見父老云百八十年無此水矣仲退賦長句紀

事次韻

曾將太乙推主客，不眠坐數蓮花滴。今年春夏甲子雨，白髮無端爲憂國。乘船入市讖不虚，平陸成江勢何斥。乃當六月初五夜，天意冥冥難察識。直疑女媧功未完，石破天穿地維折。飛廉上助澎湃威，馮夷不闢泉源脈。城中魚鱉混生人，樓堞瀰漫不計尺。彭城當年二丈八，蘇公隄衛無遺蹟。喜聞賢守力賑濟，安得神人拔其塞。不然帝復陸渾怨，特遣五龍施此溺。

次景文聽松風韻

萬壑蒼烟深閉閣，此客入山童放鶴。天球琬琰一代珍，合止笙鏞九成樂。胸懷正自小滄溟，風骨端宜寘岩壑。三年烏帽塾京塵，至今夢裏喧車鐸。渴來醉卧白雲根，飽聽松風中夜作。空中起用一何奇，聲外生聞本無著。閒情空自貞白癡，雅罰何妨半山謔。知君此興復不淺，安得松間相倚薄。君山吟嘯早歸來，蛟鱷縱横風水惡。自注：景文將有鄂渚之役。

夏五門外小池白蓮盛開有一莖雙花巋然出于群花之上賦長句志之戊戌

方塘風露清泠泠，萬荷嶷立森高青。群花迎日各有態，一莖出水初亭亭。雙苞並蒂發天巧，雕飾盡去殊瞻聽。風標自是絶塵土，道氣直欲凌青冥。恍然兩仙來帝庭，翠雲綠霧浮輜軿。飄飄羽服共蕭散，隱隱水珮爭瓏玲。同輿鄙笑岳及湛，專城彷彿石與丁。看花何啻日千轉，屬辭含意行且停。涪翁食蓮寄深感，如此妙質誰當銘。我歌此詩百其聆，一洗千古脂粉腥。自注：昔人賦並頭蓮，多以婦人爲比。

己亥二月仲退寄桃花雪倡和詩卷次韻

天公笑子成詩顛，雕琢肝腎窮歲年。桃自成蹊天何言，桃開雪落無媸妍。我呼斗酒看花飲，酒酣停杯爲問天。正色蒼蒼以意對，癡人説夢真可憐。陰陽迭運有饒乏，化機妙斡存經權。茫茫下土汩聲色，九河翻倒不足湔。偶然相值等戲劇，過眼變滅如飛煙。炎天梅蘂發冷趣，冬月齏韭誇賓筵。天時人事古如此，水陸何必病車船。萼華阿母在何許，若事狡獪奚其仙。莫將幻語駭聾俗，東風有恨應難傳。還君此卷三嘆息，坐看綠色歸平田。自注：仲退用阿母事，南翁和用萼綠華事，故篇中及之。

題劉東仲所藏長江圖丙辰

誰將匊素尺有咫，萬里屈盤歸筆底。江天漠漠水雲寬，樓堞微茫煙樹裏。岷山濫觴東入海，自古興亡難盡紀。詩人莫作畫圖看，中有英雄淚如洗。

餘干學録徐君名桂蟾號月齋能游人善文詞善談方外之學春晚來山中談七日乃別今重到玄妙寄樂府一闋賦此爲別丁酉

博雅南州士，風流小隱仙。横經越水夢，會弁鵠湖緣。蕩蕩乾坤理，明明日月懸。鈎深發奇藴，觀象洞真詮。不謂宗盟合，能令古道還。肯來留七日，遽別半年。流水高山趣，陽春白雪篇。朗吟驚玉立，抱玩美珠連。更憶彈馮鋏，兼懷訪戴船。續貂吾豈敢，韞匵爾宜專。老驥思騰櫪，潛鱗樂在淵。邯鄲正炊黍，黄石有遺編。撫己懷難盡，忘言意已傳。會同速風馭，去採華山蓮。

馬君采封羊置酒作九日之會少長咸集主勸賓酬飲酒樂甚明日成小詩寄君采己亥

節序催成歲，朋曹阻異方。幽懷興獨感，舉俗愛重陽。有美珠灣客，能勤秋月章。華堂開晚集，勝友侑清觴。饌設羊肪白，杯持菊蘂黄。髤盤行棗栗，甆玉進齏粻。擊缶歌呼雜，飛觥賞罰忙。群豪矜爪利，二老鬪身强。且用酒爲日，何妨鬢欲霜。風松薦琴石，水竹煉丹房。境勝身宜適，心閒味自長。明年應更健，此會未渠央。

芳洲先生挽詞己酉，大德三年

宇宙靈光在，山川爽氣銷。天公奪此老，人望絶今朝。蚤歲收名第，華章爛慶霄。晚成端有待，穎出一何超。風浪鰲山動，煙塵翠水遙。退藏工用拙，小試略舒翹。講學重師席，咨謀贊使軺。奇書萃鐘鼎，雅道播咸韶。匱美誰能賈，知音不恨焦。瓜園秋寂寞，梅逕雪蕭條。丘壑情深重，功名意自消。春暉娱寢膳，夜雨樂朋僚。老走違時好，深心託久要。共期采杜若，幾度寄蘭苕。每疾浮文陋，還驚末俗澆。頹波回渺渺，古韻振寥寥。舊夢南柯蟻，英魂東海潮。凄凉留筆塚，零落付詩瓢。戲墨人爭購，遺編手自標。神交惟宋玉，哀意寓三招。以上《松巢漫稿》卷三

表兄王俊夫客當塗以古詩見寄賦此奉謝

自嘆離群淹在兹，詩來一讀一相思。人言毛遂早成事，我怪何蕃久不歸。燈火十年俱舊夢，江湖萬里有新知。秋風蕭颯蘋花老，目斷晴雲片片飛。

客邸呈諸友癸未

不用猖狂放泣岐，回車復路未爲非。客愁無奈唯憑酒，口業未除猶説詩。騎鶴吹笙初志在，聞雞舞劍壯心違。秋風紅葉青山下，準擬相攜把菊枝。

客談西湖舊事感而賦詩

湖上輕風颭酒旗，水光山色漾晴暉。紅塵駿馬青絲鞚，畫舫佳人白紵詞。錦瑟兩行春宴罷，玉笙十里夜遊歸。錢塘一枕繁華夢，回首凄凉鬢欲絲。

王子賢疲於役移家彭澤示詩索和

何人筆削晉東西，豈是王家父子癡。可奈秋風吹破屋，誰憐夜月揀寒枝。載書共羨知幾早，懷土空慚見事遲。欲理瘦筇尋五柳，摩挲方竹已成規。

以上豫章本《松巢漫稿》卷二

（李菁整理）

全宋詩卷三七一一

馮澄

馮澄，字澄翁，號來清，義烏（今屬浙江）人。宋亡，吴渭居吴溪立月泉吟社，至元二十三年（一二八六）徵賦春日田園雜興詩，限五七言律體，延方鳳、謝翱、吴思齊評選揭榜。澄爲第二名，署名司馬澄翁。事見《月泉吟社詩》。

春日田園雜興

編闌春思倩吟鞭，著面和風軟似綿。黄犢烏犍秧穀候，雄蜂雌蝶菜花天。把鉏健婦踏烟壟，抱甕丈人分野泉。忙事關心在何處，流鶯不聽聽啼鵑。 宋吴渭《月泉吟社詩》

（漆永祥整理）

梁相

梁相，字必大，杭州（今屬浙江）人。元成宗大德二年（一二九八）爲鎮江路儒學教授。五年，遷教紹興。升婺州知事（《吴文正集》卷九三《送梁必大知事之婺州》）。爲月泉吟社第三名，署名高宇；又爲第十三名，署名魏子大。事見《月泉吟社詩》、《至順鎮江志》卷一七。今録詩二首。

春日田園雜興二首

膏雨初晴布穀啼，村村景物正熙熙。誰知農圃無窮樂，自與鶯花有舊期。彭澤歸來惟種柳，石湖老去最能詩。桃紅李白新秧緑，問著東風總不知。

麥疇連草色，蔬逕帶蕪痕。布穀叫殘雨，杏花開半村。吾生老農圃，世事付兒孫。但遇芳菲景，高歌酒滿尊。《月泉吟社詩》

仙村人

仙村人，真名不詳。月泉吟社第四名。事見《月泉吟社詩》。

春日田園雜興

芳草東郊外，疏籬野老家。平疇一尺水，小圃百般花。青箬閑耕雨，紅裙鬬采茶。村村寒食近，插柳遍檐牙。《月泉吟社詩》

楊本然

楊本然，號龍溪，金華（今屬浙江）人。從王應麟學。入元隱居，爲月泉吟社第七名，署名栗里。事見《詞苑萃編》卷一四引姚雲文《江村賸語》、《月泉吟社詩》。

春日田園雜興

春風建業馬如飛，誰肯田園拂袖歸。栗里久無彭澤賦，松江僅有石湖詩。踏歌椎鼓麥秧綠，沽酒裹鹽菘芥肥。吴下風流今莫續，杜鵑啼處草離離。《月泉吟社詩》

全璧

全璧，字君玉，號遯初子，山陰（今浙江紹興）人。度宗全皇后戚屬。曾官侍從、直秘閣。入元不仕，入孤山社，交接遺民故老。爲月泉吟社第九名，署名全泉翁。事見《月泉吟社詩》、《結埼亭集》外編卷四七《乞詳示》。

春日田園雜興

倦遊歸隱白雲鄉，芳草庭閑晝日長。晉氏衣冠門外柳，豳人風俗屋邊桑。青林伐鼓村村社，綠水平疇處處秧。未分東風欺老眼，一編牛背卧斜陽。《月泉吟社詩》

呂文老

呂文老，東陽（今屬浙江）人。月泉吟社第十名，署名呂澹翁。事見《月泉吟社詩》。

春日田園雜興

月箭紀閏附青煒，民野陶然化日熙。祀備枌榆祈稔歲，宴酣花柳樂清時。洛中富貴斜陽恨，綿上勳勞千古思。浩興歸來吟不盡，陶詩和後和豳詩。《月泉吟社詩》

方德麟

方德麟，號藏六，桐江（今浙江桐廬）人，徙居新城（今浙江富陽西南）。月泉吟社第十一名，署名方賞。事見《月泉吟社詩》。今録詩二首。

春日田園雜興

繞畦晴緑弄潺湲，倚杖東風卻黯然。往夢更誰憐秀麥，閒愁空自託啼鵑。犁鉏相種地力盡，花柳無私春色偏。白髮老農猶健在，一蓑牛背聽鳴泉。《月泉吟社詩》

題鄭所南老子推蓬竹圖

雅操端如金鐵，幾度凌霜傲雪。風前略露烟梢，未許人窺全節。清卞永譽《式古堂書畫匯考》卷四五

何鳴鳳

何鳴鳳，字逢原，分水（今浙江桐廬西北）人。宋末爲分水縣學教諭（《潛齋集》卷八《分水縣學田記》）。入元不仕。月泉吟社第十四名，署名喻似之。又爲第四十五名，署名陳緯孫。事見《月泉吟社詩》。今録詩二首。

春日田園雜興二首

東風轉屬又東臯，久賦將蕪力未薅。古木原校：一作屋陰深巢燕弱，荒陂水淺怒蛙豪。兒癡方擬半栽秫，身隱尚嫌全種桃。何許蕨薇君欲采，飢眠堪羡華山高。

星明天駟兆興農，稼圃犁鉏處處同。播穀競趨新禹甸，條桑猶記舊豳風。草緣疆畎縱横緑，花隔藩籬深淺紅。自笑偷生勞種植，西山輸與采薇翁。《月泉吟社詩》

翁合老

翁合老，字仲嘉，建德（今浙江建德東北）人。月泉吟社第十五名，署名躡雲。事見《月泉吟社詩》。

春日田園雜興

韶華到處入冥搜，郭外人家事更幽。土脈正融催觳觫，林陰微合聽鉤輈。誰家酒熟社公醉，明日桑空蠶妾愁。祇恐春工原校：一作東風忙裏度，又吟風雨原校：一作催租又迫滿城秋。《月泉吟社詩》

劉蒙山

劉蒙山，崑山（今屬江蘇）人。月泉吟社第十七名，署名田起東。事見《月泉吟社詩》。

春日田園雜興

桑風吹綠滿原頭，西崦東臯暖氣浮。村婦祈蠶分麵絸，老農占歲説泥牛。田烏飛逐耕烟犢，桑扈鳴隨喚雨鳩。鄰叟原校：一作曲相邀同社飲，旋將新酒向花篘。《月泉吟社詩》

周暕

周暕，字伯陽，號方山，泰州（今屬江蘇）人。宋亡，流寓秀水、錢塘、吴郡等地（《養蒙文集》卷二《送周方山序》）。元世祖至元二十四年（一二八七）執教餘姚（《桐江續集》卷一三《送周君暕之餘姚講授》）。武宗至大三年（一三一〇）爲白珽《湛淵静語》作序（《湛淵静語序》）。月泉吟社第十九名，署名識字耕夫。事見《月泉吟社詩》。今録詩六首。

春日田園雜興

蛙聲似吹雨初足，桑葚欲紅風始和。少婦每憂蠶利薄，老夫惟喜秫苗多。舊栽花木山鶯識，新買陂塘野

鷺過。此境東風元自好，當年金谷事如何。《月泉吟社詩》

送僧歸蜀

詩禪寄杖錫，不問道途難。到水浮杯渡，逢山卸笠看。悟空諸念寂，傳佛一燈寒。蜀國又歸去，令人憶道安。

寄悦上人

一錫千峰遠，聞師住少林。雲生坐處石，佛見定時心。清福人間少，紅塵山外深。何當重問訊，來借朱堂吟。

次秋山月上人韻

十指曾彈月下琴，已知太古有遺音。三乘四諦無非道，萬法千門只此心。得句何妨聞鼓□，□機不復有魔侵。近來□□□□□，無奈□□三尺深。

次僧韻

曾對寒爐細畫灰，幾番回首重徘徊。山間已有幽人占，門外寧教俗子來。老杜句留修覺寺，東坡詩在妙高臺。新涼擬辦登山屐，莫待黄花逸興催。

聞平湖僧紹義自嶺歸又入浙

曾寫當年送別詩，小窗幾度夢魂飛。句從薝蔔林中得，人在梅花嶺外歸。禮罷祖師無有相，遍參老宿悟來機。歸舟久駐西湖上，聞道新來景又非。以上元劉應李《事文類聚翰墨全書》癸集卷六

（以上漆永祥整理）

趙必范

趙必范，號古一，桐江（今浙江桐廬）人。月泉吟社第二十名，署名學古翁。事見《月泉吟社詩》。

春日田園雜興

一歲農功只在春，夫夫婦婦幾艱辛。青門舊有種瓜地，綠野新添躬稼人。早把牛衣教諸子，欲修蠶具問良辰。夜來谷口東風過，只恐逢人問子真。

句

卜歲聊憑六壬課，有生未識五辛盤。元日

幸有漁樵同此樂，苦無車馬自相諠。元夕

幾點飛花芳徑雨，一雙新燕荻簾風。社日

茭白生苗藏蛤地，桑黃含葚浴蠶天。清明　以上《月泉吟社詩》

（陳曉蘭整理）

姚潼翔

姚潼翔，釣臺（今浙江桐廬西）人。月泉吟社第二十一名，署名社翁。事見《月泉吟社詩》。

春日田園雜興

壁寫新年百事昌，春盤次第蓼芽香。燒燈過了爭挑菜，祭社歸來便撒秧。布穀幾聲催耜畝，吳蠶三伏正條桑。一春忙過無多日，又聽鸝鶊報麥黃。《月泉吟社詩》

高鎔

高鎔，字聲玉，號悦雲，三山（今福建福州）人。宋末爲婺州教官。月泉吟社第二十二名，署名騎牛翁。事見《月泉吟社詩》。

春日田園雜興

已學淵明早賦歸，東風吹醒夢中非。鶯聲睍睆來談舊，牛背安閑勝策肥。時聽樵歌時牧笛，間披道氅間農衣。篇詩那可形容盡，何似忘言對夕暉。《月泉吟社詩》

吴瑀

吴瑀，字貴叔，義烏（今屬浙江）人。天祐姪。月泉吟社第二十三名，署名天目山人。事見《月泉吟社詩》。今録詩二首。

春日田園雜興

野水渾邊戲乳鵝，疏籬缺處曬耕蓑。草青隨意牛羊卧，門静無人燕雀多。夫倦倚犁需婦饁，翁歡擊壤和孫歌。新來别有營生計，又喜巡檐住蜜窠。《月泉吟社詩》

游鑪山

通都無羊腸，鑪中有羊腸。都人有羊腸，鑪人無羊腸。發原馬之肝，委蛇豸之背。曲曲達藍橋，意與仙靈會。静夜非笙簧，依微送天籟。清王錫祺《小方壺齋輿地叢鈔》第四帙《游鑪山記》

胡南

胡南，字景山，號比心，義烏（今屬浙江）人。月泉吟社第二十四名，署名安定書隱。事見《月泉吟社詩》。

春日田園雜興

世數有遷革，田園無古今。鳥喧爭樹暖，牛倦憩牆陰。水活土膏動，風微花氣深。淵明千古士，佇立此時心。《月泉吟社詩》

姜霖

姜霖，字仲澤，金華（今屬浙江）人。元成宗元貞元年（一二九五）爲蘭溪縣學正。月泉吟社第二十六名，署名姜仲澤。事見《月泉吟社詩》、清光緒《蘭溪縣志》卷四。

春日田園雜興

老盆傾酒試新嘗，社鼓村村鬧夕陽。麥隴風微牛睡穩，芹塘泥滑燕歸忙。半村飛雨斷烟濕，一徑落花流水香。鼎貴安知此中意，徒能學犬吠村莊。《月泉吟社詩》

東必曾

東必曾，字孝先，號潮原，杭州（今屬浙江）人。月泉吟社第二十七名，署名陳柔著。事見《月泉吟社詩》。

春日田園雜興

嘤綠郊原春事深，治生幽趣豁塵襟。聲聲禽語耕人意，種種花開老圃心。桑葉漸舒梯欲整，麥苗暗長路難尋。日長雖有荷鉏倦，薄暮歸來常醉吟。《月泉吟社詩》

方子静

方子静，桐江（今浙江桐廬）人。月泉吟社第二十八名，署名方尚老。事見《月泉吟社詩》。

春日田園雜興

東臯雨後土膏肥，夙駕烏犍出短扉。秧水平疇蛙閣閣，菜花滿稜蝶飛飛。比鄰社酒歡猶在，牆壁農書事已非。獨喜桑麻今正長，淵明歸去最知幾。《月泉吟社詩》

朱孟翁

朱孟翁，東陽（今屬浙江）人。月泉吟社第二十九名，事見《月泉吟社詩》。

春日田園雜興

餖飣蔬槃已竹萌，如何布穀未催耕。牧兒懶散騎牛過，遊子牽連信馬行。秧際窺魚翹白鷺，花間捎蝶下黄鶯。東風歲歲添新綠，獨我霜髯多幾莖。《月泉吟社詩》

趙必拆

趙必拆，杭州（今屬浙江）人。月泉吟社第三十名，署名愛雲仙友。事見《月泉吟社詩》。

春日田園雜興

一段佳山水，芳時事正原校：一作事妍。犢耕青燒雨，鶴卧碧桃烟。社老邀嘗煮，鄰僧伴摘鮮。莫嫌陶令拙，農圃得餘年。《月泉吟社詩》

劉時可

劉時可，雙溪（今浙江餘杭北）人。月泉吟社第三十二名。事見《月泉吟社詩》。

春日田園雜興

土膏初動雨初收，草徑茅亭趣最幽。坐睡略無朝市夢，踏歌時有里閭遊。半丘秧秫醉堪酒，五畝樹桑寒可裘。老圃老農誠足學，不成吾道付滄洲。《月泉吟社詩》

（以上漆永祥整理）

釋了慧

釋了慧，字岳重，入武林九友會，住寶覺寺。月泉吟社第三十三名。事見《月泉吟社詩》。

春日田園雜興

平疇水遶徑微分，小圃雲深景不繁。此處農桑雖是僻，多情鶯燕不嫌村。倦眠芳草閑黄犢，静對幽花倒綠樽。見説弓旌方四出，欲更名姓掩衡門。《月泉吟社詩》

（許紅霞整理）

許元發

許元發，義烏（今屬浙江）人。與謝翱有交（《晞髮集》卷六《寄東白許元發》）。月泉吟社第三十四名，署名雲東老吟。事見《月泉吟社詩》。

春日田園雜興

片雲豈是出山時，曾被東風誤一吹。歸意不煩啼鴂勸，閑情只許落花知。桑麻窮巷扉長掩，烟火空林黍自炊。栗里輞川非謬計，晴窗子細味渠詩。《月泉吟社詩》

洪貴叔

洪貴叔，義烏（今屬浙江）人。月泉吟社第三十五名，署名避世翁。事見《月泉吟社詩》。

春日田園雜興

棄官杜甫罹天寶，辭令陶潛歎義熙。暖日浣溪仍舊迹，春風栗里只前時。苗生阡陌培嘉種，花繞林塘發故枝。佳興二公能領會，可能胸次太多詩。《月泉吟社詩》

楊舜舉

楊舜舉，金華（今屬浙江）人。與父本然同出王應麟之門。與許謙有交（《白雲集》卷一《游山》）。月泉吟社第三十六名，署名觀我。事見《詞苑叢編》卷一四引姚雲文《江村賸語·楊觀我詞》。

春日田園雜興

露畦烟陌裏，名利等秋毫。引犢隨牛放，祈蠶望繭繅。和根挑薺菜，帶葉摘櫻桃。讀罷歸來賦，臨風欲和陶。《月泉吟社詩》

徐端甫

徐端甫，義烏（今屬浙江）人。月泉吟社第三十七名。事見《月泉吟社詩》。

春日田園雜興

曉出東郊跨蹇驢，弄晴微雨潤如酥。犬依桑下烏犍卧，鳩雜花間黄鳥呼。楊柳嫩搖風氣力，稻秧新著雨工夫。農家滋味誰知得，飽飫豚蹄酒一盂。《月泉吟社詩》

朱釋老

朱釋老，號龜潭，金華（今屬浙江）人。月泉吟社第三十八名。事見《月泉吟社詩》。

春日田園雜興

家山萬象春歸好，詩筆拈來感物情。泉脈動時毋待灌，土膏起處正宜耕。無窮懷抱風和暢，不盡形容雨發生。試問封侯萬里客，何如守拙晉淵明。《月泉吟社詩》

李 蕚

李蕚，桐江（今浙江桐廬）人。月泉吟社第三十九名，署名樵逸山人。事見《月泉吟社詩》。

春日田園雜興

村居只是舊衣冠，北墅南園熟往還。雨外泥深牛觳觫，花邊風暖鳥閒關。躬耕自得莘郊樂，日涉誰知陶逕閑。只説桑麻元自好，不須釋耒歎時艱。《月泉吟社詩》

陳公凱

陳公凱，字君用，號竹朧，浦江（今屬浙江）人。元初爲月泉書院山長。與其弟公舉日與方鳳、吴思齊爲文字交。月泉吟社第四十名，署名柳圃；又爲第四十六名，署名陳鶴臯。事見明嘉靖《浦江志略》卷七《陳公舉傳》、《月泉吟社詩》。今録詩二首。

春日田園雜興二首

春風冗我田園務，野思芳情約不齊。檢點瓜邱仍芋壟，按行桑墅更秧畦。偶陪靈運山前屐，或學東坡雨外犂。薄暮倦歸專一事，旋誅生菜甕黄虀。

世事不挂眼，寄情農圃中。鉏犁衝曉雨，杖屨立東風。芽穀驗仁脈，澆花攢化工。獨餘真意味，濁酒自燒菘。《月泉吟社詩》

（以上漆永祥整理）

蔡潭

蔡潭，號熙山，杭州（今屬浙江）人。月泉吟社第四十一名，署名冷泉僧志寧。事見《月泉吟社詩》。

春日田園雜興

雲過催花雨，風收困麥烟。一鋤天地裏，三月翠紅邊。朝市雖無夢，郊墟似有緣。種瓜何代叟，豈識趣熙然。　宋吴渭《月泉吟社詩》

俞自得

俞自得，號吟隱，金華（今屬浙江）人。月泉吟社第四十二名。事見《月泉吟社詩》。

春日田園雜興

暄和春景好供詩，日暖風輕土脈肥。白鷺時窺秧刺刺，黄鶯頻説柳依依。幾回野水聞姑惡，數樹春英叫姊歸。物態滿前看不足，等閑吟詠對斜暉。　《月泉吟社詩》

東湖散人

東湖散人，姓名未詳，杭州（今屬浙江）人。月泉吟社第四十三名。事見《月泉吟社詩》。

春日田園雜興

物色天成畫不如，東風又到野人廬。蜜蜂辛苦供常課，科斗縱横學古書。小雨杏花村問酒，澹煙楊柳巷巾車。汀洲水暖蘆芽長，更買扁舟伴老漁。《月泉吟社詩》

感興吟

感興吟，姓名未詳，桐江（今浙江桐廬）人。月泉吟社第四十八名。事見《月泉吟社詩》。

春日田園雜興

兒結蓑衣婦浣紗，暖風疏雨趲桑麻。金桃接種連花蕊，紫竹移根帶筍芽。椎鼓踏歌朝祭社，賣薪挑菜晚回家。前村犬吠無他事，不是搜鹽定榷茶。《月泉吟社詩》

王進之

王進之，建德（今浙江建德東北）人。月泉吟社第四十七名，署名臨清。又爲第四十九名，署本名。事見《月泉吟社詩》。今録詩二首。

春日田園雜興二首

桑田滄海幾興亡，歲歲東風自扇揚。細麥新秧隨意長，閑花幽草爲誰芳。午橋蕭散名千古，金谷繁華夢一場。滿眼春愁禁不得，數聲啼鳥在斜陽。

東君私我此閑身，脱卻青衫野服更。桑可以絲麻可績，麥宜饋食韭宜羹。分甘壟上耕雲隱，夢不湖邊拾翠行。物意豈知滄海變，曉風依舊語流鶯。《月泉吟社詩》

陳希聲

陳希聲，義烏（今屬浙江）人。月泉吟社第五十名，署名元長卿；又爲第五十一名，署名聞人伯仲。事見《月泉吟社詩》。今録詩五首。

春日田園雜興五首

香紅眩眼纈蕤英，竹杖扶吟縱步行。桑眼蟆含青蕾小，麥鬚蝦礫翠芒輕。黄花菜圃午風軟，綠水秧畦春野平。芳樹幾聲鳩雨過，蒼蒼柳色弄烟晴。

犁鉏徧野沸耕農，血吻鵑聲一樹紅。畦蟲秧針青剡剡，隴翻麥浪翠芃芃。雞鳴晝寂花村雨，蛤吠朝寒草岸風。溪外雲過横笛亂，微煙野色樹蘢葱。

田園興在早春時，眼纈生紅喜上眉。門巷日高人掃雪，池塘煙漲水流澌。杯柈新歲歡同社，燈火元宵鬧古祠。野老告余春事及，夜來小雨過前陂。

田園興在半春天，春事關心夜不眠。護撒秧畦須擁水，闢栽蔬圃更隄川。青囊子粒鄉風舊，翠箬靈芽社雨前。獨立斜陽無限意，一聲撥穀野橋邊。

田園興在晚春頭，且説田蠶兩事休。榆莢雨酣新水滑，楝花風軟薄寒收。青楓蛾子催桑月，綠樹鸝鶊報麥秋。但願花村無吠犬，時呼薄酒背眠牛。《月泉吟社詩》

戴東老

戴東老，月泉吟社第五十二名。事見《月泉吟社詩》。今録詩三首。

春日田園雜興（三首）

飲了椒盤收了燈，翁攜稚子步新晴。茅柴初熟勝臘醞，萊菔久齏宜晚羹。伏卵雞留上春種，出欄牛試吉辰耕。去年官賦今年罷。寂甚門前犬吠聲。

昨夜西郊雷隱鳴，金穰檢歷兆秋成。槍旗味向茶畦蓄，餅餌香從麥隴生。拂去梁塵招燕乳，撥開檐網看蜂營。誰家子女群喧笑，競學賣花吟叫聲。

野花村醞賞清明，挑菜踏青魚隊行。禊水戲浮觴白羽，廚煙不禁飯黄精。田功宜早秧勤插，桑價方高繭告成。莫道犁鉏忘學問，讀書聲間織機聲。《月泉吟社詩》

陳文增

陳文增，號襄慶，苕水（今浙江湖州）人。月泉吟社第五十四名。事見《月泉吟社詩》。

春日田園雜興

熙熙壠畝扇和風，簇簇人煙野意濃，培溉桑麻沿汲路，經行薺麥省耕農。飲牛澗暖山搖影，接果枝青蘚拆封。酒熟花香村欲社，芒鞵藤杖儘從容。《月泉吟社詩》

九山人

九山人，姓名未詳，寓杭州（今屬浙江）。月泉吟社第五十五名。事見《月泉吟社詩》。

春日田園雜興

軒裳一夢斷塵寰，桑柘陰陰静掩關。種秫已非彭澤縣，采薇何必首陽山。因憐社鼓剛催老，轉覺儒冠不負閑。君看浣花堂上燕，芹泥雖好亦知還。《月泉吟社詩》

桑柘區

桑柘區，姓名未詳，金華（今屬浙江）人。月泉吟社第五十六名。事見《月泉吟社詩》。

春日田園雜興

粟爵瓜官懶覬覦，生涯雲水與煙腴。晚風一笛麥秧隴，春雨半鉏桑柘區。可是樊遲宜請學，肯教陶亮歎將蕪。斜陽芳草關情處，更把新詩弔石湖。《月泉吟社詩》

柳州

柳州，姓名未詳，月泉吟社第五十七名。事見《月泉吟社詩》。

春日田園雜興

東風生意鬧，農圃正宜勤。稻種開包曬，菊苗依譜分。疇西曉耕雨，舍北暮鉏雲。莫待荒三徑，歸歟陶令君。《月泉吟社詩》

草堂後人

草堂後人，姓名未詳，杭州（今屬浙江）人。月泉吟社第五十八名，事見《月泉吟社詩》。

春日田園雜興

桑眼已開芳晝長，西疇東墅足相羊。麥風初暖燕爭壘，林雨忽晴蛙滿塘。野老新衣逢社喜，山妻椎髻爲蠶忙。紛紛遊騎踏花去，誰識吾家舊草堂。《月泉吟社詩》

君瑞

君瑞，姓名未詳，桐江（今浙江桐廬）人。月泉吟社第五十九名。事見《月泉吟社詩》。

春日田園雜興

白粉牆頭紅杏花，竹槍籬下種絲瓜。廚煙乍熟抽心菜，篝火新乾捲葉茶。草地雨長應易墾，秧田水足不須車。白頭翁嫗閑無事，對坐花陰到日斜。《月泉吟社詩》

青山白雲人

青山白雲人，姓名未詳，居杭州（今屬浙江）。月泉吟社第六十名。事見《月泉吟社詩》。

春日田園雜興

昨夜東風雨一犁，曉晴鄰巷共熙熙。遮門賸喜有桑柘，輸國不憂無繭絲。小婦餉耕因廢織，老夫觀社忽成詩。眼前物物是生意，卻恨淵明歸計遲。《月泉吟社詩》

無機老農

無機老農，姓名未詳。應月泉吟社徵詩（《月泉吟社詩》）。

句

名利有危機，老於農圃宜。春日田園雜興《月泉吟社詩·摘句圖》

子問

子問，姓名未詳。應月泉吟社徵詩（月泉吟社詩》）。

句

驅卻餘寒碎土牛，田園生計又從頭。春日田園雜興《月泉吟社詩·摘句圖》

田農夫

田農夫，姓名未詳。應月泉吟社徵詩（《月泉吟社詩》）。

句

桃李場中已免參，只將農圃繫頭銜。春日田園雜興《月泉吟社詩·摘句圖》

唐人機軸

唐人機軸，姓名未詳。應月泉吟社徵詩（《月泉吟社詩》）。

句

風暖柴荆鳥語幽，麥高麻矮野桑柔。春日田園雜興《月泉吟社詩·摘句圖》

忘懷老人

忘懷老人，姓名未詳。應月泉吟社徵詩（《月泉吟社詩》）。

句

寸地不可棄，東風何處無。春日田園雜興《月泉吟社詩·摘句圖》

五雲山人

五雲山人，姓名未詳。應月泉吟社徵詩（《月泉吟社詩》）。

句

種瓜思夏實，分菊待秋花。春日田園雜興《月泉吟社詩·摘句圖》

老農

老農，姓名未詳。應月泉吟社徵詩（《月泉吟社詩》）。

句

幸存耕雨地，况值養花時。春日田園雜興（《月泉吟社詩・摘句圖》）

劉存行

劉存行，生平未詳。應月泉吟社徵詩（《月泉吟社詩》）。

句

麥苗花下緑，犢子草邊黄。春日田園雜興（《月泉吟社詩・摘句圖》）

石姥寄客

石姥寄客，姓名未詳。應月泉吟社徵詩（《月泉吟社詩》）。

句

水暖眠秧珥，風香竪茗旗。春日田園雜興（《月泉吟社詩・摘句圖》）

雙　澗

雙澗，姓名未詳。應月泉吟社徵詩（《月泉吟社詩》）。

句

雨露桑麻清夜話，晴明花柳少年心。春日田園雜興（《月泉吟社詩·摘句圖》）

雲　水

雲水，姓名未詳。應月泉吟社徵詩（《月泉吟社詩》）。

句

晴雨花時遊子意，寒暄秧信老農心。春日田園雜興（《月泉吟社詩·摘句圖》）

白雲人

白雲人，姓名未詳。應月泉吟社徵詩（《月泉吟社詩》）。

句

犢外醉分芳草卧，鶯邊吟踏落花行。春日田園雜興（《月泉吟社詩·摘句圖》）

傅宣山

傅宣山，生平未詳。應月泉吟社徵詩（《月泉吟社詩》）。

句

耕鉏曉雨有餘地，應接東風無暇時。春日田園雜興（《月泉吟社詩·摘句圖》）

柳者

柳者，生平未詳。應月泉吟社徵詩（《月泉吟社詩》）。

句

野犢正忙犁曉雨，谷鶯才出管東風。春日田園雜興《月泉吟社詩·摘句圖》

俞如山

俞如山，生平未詳。應月泉吟社徵詩（《月泉吟社詩》）。

句

鳥隨牛後窺秧穀，蝶趁蜂來戀菜花。春日田園雜興《月泉吟社詩·摘句圖》

跨犢者

跨犢者，姓名未詳。應月泉吟社徵詩（《月泉吟社詩》）。

句

有酒便嘗烹筍蕨，無花聊自賞桑麻。春日田園雜興《月泉吟社詩·摘句圖》

佚名

佚名，應月泉吟社徵詩(《月泉吟社詩》)。

句

社近記穿黄繭子，雨前鑽摘紫槍旗。春日田園雜興(《月泉吟社詩·摘句圖》)

山野人

山野人，姓名未詳。應月泉吟社徵詩(《月泉吟社詩》)。

句

鶯藏楊柳金歌舞，蝶宿梨花雪夢魂。春日田園雜興(《月泉吟社詩·摘句圖》)

盤隱末子

盤隱末子，姓名未詳。應月泉吟社徵詩(《月泉吟社詩》)。

句

桃林我憶放牛日，葵圃誰思逸馬時。春日田園雜興(《月泉吟社詩·摘句圖》)

扶杖夫

扶杖夫，姓名未詳。應月泉吟社徵詩(《月泉吟社詩》)。

句

一生甘作扶犁手，萬變寧移抱甕心。春日田園雜興《月泉吟社詩·摘句圖》

廷雲

廷雲，姓名未詳。應月泉吟社徵詩（《月泉吟社詩》）。

句

蛙鳴莫夜官何爲，蝶戀芳菲夢不知。春日田園雜興《月泉吟社詩·摘句圖》

翁自適

翁自適，姓名未詳。應月泉吟社徵詩（《月泉吟社詩》）。

句

鴉趁犁翻爭啄食，蜂粘絮落苦貪香。春日田園雜興《月泉吟社詩·摘句圖》

郭建德

郭建德，生平未詳。應月泉吟社徵詩（《月泉吟社詩》）。

句

烟連草色迷平野，雨趁鳩聲過别村。春日田園雜興《月泉吟社詩·摘句圖》

駱儒賓

駱儒賓，生平未詳。應月泉吟社徵詩（《月泉吟社詩》）。

句

烹羆犨龍新上筯，修來秧馬尚依牆。春日田園雜興（《月泉吟社詩·摘句圖》）

陳公舉

陳公舉，浦江（今屬浙江）人。公凱弟。元世祖至元末爲本邑儒學教諭，累選江浙儒學副提舉。曾應月泉吟社徵詩，署名陳帝臣。事見《月泉吟社詩》，明鄭柏《金華賢達傳》卷一〇有傳。

句

清曉蛙聲引啼鴂，夕陽牛背立歸鴉。春日田園雜興（《月泉吟社詩·摘句圖》）

晚靜

晚靜，姓名未詳。應月泉吟社徵詩（《月泉吟社詩》）。

句

牛飲芳陂鴉立背，馬過秀野蝶隨蹄。春日田園雜興（《月泉吟社詩·摘句圖》）

竹簑笠翁

竹簑笠翁，姓名未詳。應月泉吟社徵詩（《月泉吟社詩》）。

句

蠶一二眠催出伏，秧三四葉尚憂風。春日田園雜興《月泉吟社詩·摘句圖》

俞野處

俞野處，生平未詳。應月泉吟社徵詩（《月泉吟社詩》）。

句

郎罷耕歸呼囝牧，阿翁眠起問姑蠶。春日田園雜興《月泉吟社詩·摘句圖》

藍田道人

藍田道人，姓名未詳。應月泉吟社徵詩（《月泉吟社詩》）。

句

晴原望新麥，一片綠雲香。春日田園雜興《月泉吟社詩·摘句圖》

林泉生

林泉生，姓名未詳。應月泉吟社徵詩（《月泉吟社詩》）。

句

桃李公門者，將蕪胡不歸。春日田園雜興（《月泉吟社詩·摘句圖》）

傅九萬

傅九萬，生平未詳。應月泉吟社徵詩（《月泉吟社詩》）。

句

笑他思著蓴鱸者，卻感秋風始去官。春日田園雜興（《月泉吟社詩·摘句圖》）

才人

才人，姓名未詳。應月泉吟社徵詩（《月泉吟社詩》）。

句

山翁不識時宜甚，猶學淵明裹葛巾。春日田園雜興（《月泉吟社詩·摘句圖》）

（以上漆永祥整理）

全宋詩卷三七二三

宋無

宋無（一二六〇—？），原名尤，字晞顔，宋亡後易名，改字子虚，吴（今江蘇蘇州）人。少從歐陽守道學，致力于詩。入元，隨歐陽至台州，識鄧光薦，爲鄧器重。曾舉茂才，以奉親辭。以詩跋涉南北，世祖至元末至燕，識趙孟頫，趙爲其詩作序。晚年隱居翠寒山，自删定其詩爲《翠寒集》。卒年八十餘。事見本集卷首趙孟頫序。順帝至元二年（一三三六）自序，明正德《姑蘇志》卷五四、《宋季忠義録》卷一五有傳。

宋無詩，以影印文淵閣《四庫全書》本爲底本，校以毛氏汲古閣《元人十集》本（簡稱汲古閣本）。

烏夜啼

露華洗天天墮水，燭光燒雲半空紫。西施夜醉芙蓉洲，金絲玉簧咽清秋。鼙鼓鞭月行春雷，洞房花夢酣不迴。宫中夜夜啼栖烏，美人日日歌吴歈。吴王國破歌聲絶，鬼火青熒生碧血。千年壞塚耕狐兔，烏銜紙錢掛枯樹。髑髏無語滿眼泥，曾見吴王歌舞時。烏夜啼，啼爲誰。身前歡樂身後悲，空留瑟怨傳相思。烏夜啼，啼别離。

自君之出矣二首

自君之出矣，妾不出閨門。懷君不敢恨，惟有感君恩。

自君之出矣，妾自奉尊嫜。知君不思妾，亦當思故鄉。

公無渡河

九龍爭珠戰淵底，洪濤萬丈湧山起。鱷魚張口奮靈齒，含沙射人毒如矢。寧登高山莫涉水，公無渡河，公不可止。河伯娶婦蛟龍宅，公無白璧獻河伯，恐公身爲泣珠客。公無渡河公不然，憂公老命沉黄泉。公沉黄泉，公勿怨天。

戰城南

漢兵鏖戰城南窟，雪深馬僵漢城没。凍指控弦指斷折，寒膚著鐵膚皸裂。軍中七日不火食，手殺降人吞熱血。漢懸千金購首級，將士銜枚夜深入。天愁地黑聲啾啾，鞍下髑髏相對泣。偏裨背負八十創，破旗裹屍横道旁。殘卒忍死哭空城，露布獨有都護名。

公莫舞

公莫舞，公莫舞，鴻門王氣歸真主。何人睚眦赤龍子，手循玉玦目相語。令公莫舞公楚舞，劍光射日白虹吐。人發殺機天不與，撞斗帳中唉汲古閣本作咳亞父，霸業明朝棄如土。

長門怨

金壺咽淚蓮花澀，銀箭浮遲渴烏泣。知更阿監羅襪冰，瞑對星河玉階立。内官唱漏催曉籌，芙蓉夢破燕支愁。起來妝罷窺繡户，三十六院殘燭幽。建章風傳鳳吹遠，翠華晨幸昭儀館。箜篌不語心自語，愁長如天恨天短。紅裀暖踏楊花雪，絳縷閒封守宫血。鶗鴂空猜警蹕聲，春寒緊護流蘇結。

寶劍謡

鐵精蒼玉龍，景潛萬丈虹。孤電走白日，老冰立秋空。提出天地愁，八極來清風。未逢龍準帝，古匣塵土蒙。大蛇當道兮若斷秋蓬，嗚呼寶劍兮亦將遇乎英雄。

枯魚過河泣

北溟有鯤，歕薄崑崙，氣呑積石摧禹門。過河河水枯，蹤跡困泥塗。垂涎向海若，能濟涓滴無。中流有魴鯉，不貸斗升水。巨口走喚喁，逆游莫若鮪。鯤兮鯤兮，爾泣何由。龍伯知決雨，津倒天池。洚水横行，隨鯤所之。揚鰭爲謝魴與鯉，還有桃花春漲時。

玉津園棄景鐘歌

炎精不靈火不德，赤熛怒帝喪英魄。羿弓射日日無光，黄金大鏞破釜色。天崩七廟移神虚，鬼哭長陵一抔土。十二盤傾夜月寒，漢銅仙人淚如雨。六龍屈曲眠秋草，草根蟪蛄語昏曉。紫苔滿地愁古春，東風吹得乾坤老。蝸涎鳥篆銀泥剝，烏啄蒲牢戲左角。更殘漏斷聲莫聞，凡鷄司晨尊鐵鐸。

妾薄命

雲母屏，琢春冰，鮫女織綃蟬翼輕。比妾妾薄命，比君君薄情。紅綿拭鏡照膽明，還疑妾貌非傾城。傾城從來有人妒，況復君心不如故。故人心尚峰九疑，汲古閣本作疑峰九新妾那能無故時。補天天高，填海海深。不食蓮菂，不知妾心。

天馬歌

天馬天上龍，駒生天漢間。兩目夾明月，蹄削崑崙山。元氣飲沆瀣，躍步超人寰。天上玉帝老不騎，饑食虎豹曉出關。滅没流彗姿，欻忽紫電顔。黄道三十六萬里，日馳週天去復還。時乎降精渥洼中，龍性變化終難攀。天馬來，瑞何朝。化爲龍，應童謠。騶虞仁獸耻在坰，龍亦絶跡歸赤霄。風沙豈無大宛種，雖有八極安能超。天馬來，雲霧開。天廄騕褭鳴龍媒，龍媒不鳴鳴駑駘。

古硯歌

神媧踏雲補天去，遺下一團蒼黑天。千年萬年乾不得，長帶盤古青紫烟。玉工剖天天化石，石内星精有餘魄。琱光發炯成禹璧，海王川后輸玄液。帝青呵霧坤倪濕，匣月不開太陰泣。破天殘缺無人補，一穴絲絲漏春雨。空藏老石磨今古，補天何時與天語。

五雜組

五雜組，角黍絲。往復還，借書瓻。不得已，居九夷。

五雜組，冠冕纓。往復還，戍卒更。不得已，困平城。

湖上意

晚過鴛鴦浦，無心唱採蓮。莫嗔蘭槳急，爲要趁前船。

江上意

朝來暮還去，寒潮不曾住。江水亦有情，佳期幾番誤。

甘露寺放船至瓜洲風作

天造西來險，山迴北固形。斷崖纏赤日，孤柱擘蒼溟。此地何能限，長江或有靈。然犀夜照浪，飲馬曉吞星。鐵鎖沈寥廓，樓船没杳冥。乾坤一衣帶，吳楚兩郵亭。擊楫人人倦，吹笳處處聽。海門沙自白，瓜步草猶青。夢墮浮家樂，魂遭捩柁醒。計程秋獺地，問舍暮漁汀。倏忽波濤變，匆忙網罟停。疾飆移蚌室，暗雨卷龍庭。贔屭黿鼉壯，谽谺樹石腥。危檣連偪仄，高岸失竛竮。世事無深測，生涯獨未寧。愁煩復消釋，題咏紀曾經。

送鄧侍郎歸江西 光薦

中國衣冠盡，孤臣蹈海迴。秦思魯連操，漢憶賈生才。天遠文星隱，江平畫鷁摧。人尋芳草去，雁到故鄉來。山色催行櫂，波聲送客杯。身還蘇武節，夢泣李陵臺。水落蛟龍縮，城空鼓角哀。蒼梧雲浩蕩，黄屋浪崔嵬。夜雨江蘺濕，春風杜若開。衹令少微動，愼莫應三台。

李翰林墓

嗜酒傲明時，何因賀監知。承恩金馬詔，失意玉環詞。名與三閭並，身將四皓期。匡山有書讀，應亦嘆歸遲。

一騎紫鯨去，空掩謝山塋。落月今誰弔，長庚夜自明。乾坤沈秀氣，江水帶哀聲。天上多宮府，文章不可輕。

長相思

昨夜相逢處，朦朧春夢中。遼西書不到，莫是戍遼東。

月上人還西湖

南峰歸度夏，舊業在烟霏。半夜聞清磬，一燈明翠微。雲蘿尋寺遠，猿狖見人稀。想到經行處，天花繞錫飛。

次友人春別

波流雲散碧天空，魚雁沈沈信不通。楊柳昏黄晚西月，梨花明白夜東風。秋千庭院人初下，春半園林酒正中。背倚欄杆思往事，畫樓魂夢可曾同。

答王子長

病後得書頻，情知未立身。孤燈風雨夜，兩處别離人。乙鳥歸來社，辛夷開過春。如逢元白問，莫説爲詩貧。

廢　宅

金谷花開得幾春，東風吹逐路傍塵。蛙鳴私地爲官地，燕認新人是故人。珠履賣錢豪客散，玉釵乘傳舞娥顰。獸環一鎖歌鐘斷，時有鴞聲恐四鄰。

春　愁

金雁塵香暗鳳絃，紅繩風緊閣秋千。園林寂寞無鶯燕，一段春愁是杜鵑。

南峰宴坐僧

空巖槁木形，入定掩松扃。鵲供銜來果，猿看誦罷經。雲霞埋衲重，苔蘚上鞋青。只有樵人識，曾因採茯苓。

訪山中隱者

遥聞擣藥聲，知有幽人家。相尋卻無路，又隔一谿花。

别惠上人

秋歸虎谿月，攜錫入雲松。又向深山住，還聞古寺鐘。出生供野鳥，持呪伏潭龍。好去東林下，吟看五老峰。

銅陵五松山中

樵聲聞遠林，流水隔雲深。茅屋在何處，桃花無路尋。身黄松上鼠，頭白竹間禽。應有仙家住，避秦來至今。

浦口

浦口晚潮來，佳期那可待。浪急行蘭舟，蘋花更難採。

山中書事

學道志雲霄，自然塵念拋。雨寬琴上線，風響樹間瓢。果熟供猿食，松高任鶴巢。看他陳處士，終被華山招。

泰伯廟

古者吾夫子，曾稱三讓名。後來秦失鹿，劉項死相爭。

三高祠

退能合天道，隱亦是人豪。借問祠前水，如今幾個高。

金陵送倪水西之江陵

楚江江上暮雲東，萬里春波去意濃。桃葉歌殘秣陵酒，梨花夢斷景陽鐘。沅湘水落瓊瑤合，巴蜀山來錦繡重。回雁峰前見歸雁，相思何處再相逢。

戍婦言

姑嫜有妾奉，征戰盍郎行。早取封侯去，封侯妾亦榮。

送葛鍊師遠遊

仙翁去醉碧桃春，鶴背風吹萬里身。洞裏棋高饒幾子，瓢中詩好寄何人。三峰紫翠浮芒屩，五岳烟霞染葛巾。歸日定知能縮地，莫教青竹化龍鱗。

雲雨

雲雨朝朝暮暮新，襄王魂斷楚江春。武丁曾有中宵夢，惟覓巖前版築人。

華蓋峰逸人

十步九巖壑，結茅無四鄰。山中春雨過，水上落花新。採藥逢毛女，焚香對羽人。時攜一瓢酒，醉著去朝真。

岳陽夜泊圖

長憶巴陵山水秋，老來看畫卻成愁。箇中無聽猿啼處，若聽猿啼更淚流。

江南思

暮雨娥皇廟，春風西子城。相思行不得，更聽鷓鴣聲。

寄王子長

薄宦仍依楚，長聞傍酒壚。客愁三月盡，春夢五更初。吟卷看花掩，行牀並竹鋪。江湖有佳句，知我每相於。

明皇並轡圖

三郎沉醉玉環隨，不上金輿索馬騎。老大獨歸南内裏，風流無復並鞍時。

贈皖山道士

世人曾不識，頭帶樹皮冠。閒種藥來賣，醉將琴去彈。鶴銜仙果下，猿竊玉書看。莫服丹砂好，恐師生羽翰。

送謝士良之江東

謝安遊賞去，別酒惜臨分。萬里甘爲客，三春苦送君。風帆攲逆水，江樹入空雲。若過青山下，須題李白墳。

春　閨

閒畫金釵記遠人，杜鵑啼血又殘春。琵琶絃上無多字，近日相思彈不真。

送僧還天目

瓶錫亂峰西，藤蘿晝掩扉。山藏翠微寺，僧向白雲歸。梵寂風沉磬，禪深雪到衣。想曾行道處，猿鳥共忘機。

破　窗

蘚晝蟲絲紙半無，雨分錢點入櫺疏。秋風吹得青燈滅，螢火飛來照讀書。

寄郴陽廖有大

遠宦身安不，題書淚幾行。千山萬水路，一日九迴腸。鶗鴂懷春語，蘼蕪入夢香。王孫歸未得，歸得早還鄉。

沙門島

孤嶼壓滄海，風濤直下危。蛟人依蜃市，魚女祭龍祠。月黑犀牛鬭，波紅蝃蝀垂。登臨有奇觀，感慨但言詩。

漢宮

武帝昇遐玉殿空，金人夜泣月明中。三千嬪御無行幸，猶費丹砂飼守宫。

沙上

四望無邊際，中浮一片沙。人家居釣艇，官賦種蘆花。渚綠紅蒿短，江清白鳥斜。乘流欲東去，萬里寄生涯。

墻頭杏花

紅杏西鄰樹，過牆無數花。相煩問春色，端的屬誰家。

金陵懷古

宫磚賣盡雨崩牆，苜蓿秋紅滿夕陽。玉樹後庭花不見，北人租地種茴香。

墨梅寄因上人 六言

寒枝香在天外，疏花影流水中。梨雲夜深清夢，草玄筆底春風。

夢覺霜林墮月，眼明野水浮枝。横玉不吹春去，斷綵閒寫相思。

長信秋

長信秋來月自圓，夜香猶拜玉階前。妾今不願君王寵，惟願君王壽萬年。

句曲王尊師

不與俗人接，草堂雲自封。有時鍊丹去，無處覓行蹤。樹暖猴捫蝨，花香鹿養茸。曾期尸解後，終隱大茅峯。

萍

風波長不定，浪跡在天涯。莫怨身輕薄，前生是柳花。

山中僧

雪頂霜眉齒半稀，跏趺苔石看雲歸。山童掃葉鶴飛起，狼籍松花滿衲衣。

唐人四馬卷

金銜初脱齒新齊，蹄玉無聲赤汗微。昨日杏園春宴罷，滿身紅雨帶花歸。
簇仗回來玉勒閒，黄門牽向落花間。君王不愛長楊獵，嘶入春風十二閑。
霜蹄踏月早朝回，尾弄紅絲拂紫苔。日暖龍池初洗罷，尚方聞進御鞍來。
太僕新調試錦韉，九重日色照連錢。春來興慶池邊路，偏稱宫中軟玉鞭。

宫人斜

步搖明月冷無光，骨掩春泥草亦芳。艷魄不隨紅粉盡，化爲蝴蝶舞昭陽。

遊楞伽寺

蘿逕入蒼靄，鐘聲來翠微。招提在何許，雲外一僧歸。

猿

巴峽聞聲愁斷腸，冷泉照影緑陰凉。藤搖亂雨領兒過，樹曬斜陽拾蝨忙。獻果去尋幽洞遠，攀蘿來撼落花香。空山月暗無人見，啼入白雲深處藏。

鶴

毛骨珊珊白雪清，千年世上頂丹成。晴飛碧落秋空闊，露立瑶臺夜月明。仙島雲深歸有信，天壇花落步無聲。時來華表何人識，依舊翻身上玉京。

遊天姥山

欲去不得路，自將蘿蔦捫。相逢採藥叟，偶入落花村。晴草鹿眠軟，雨潭魚上渾。無人動烟火，應取曉霞吞。

寄題無照西園

近地棲禪室，祇園草木薰。鞋香花洞雨，衣潤石欄雲。松吹和琴雜，茶烟到樹分。遙知道林輩，來此論玄文。

寄斷江上人

長江瀉百灘，句截斷狂瀾。片石青松下，孤風白日寒。空花隨麈落，曉月對棋殘。誰共清吟癖，巖扉敞夜闌。

寄錢翼之

作賦擬相如，何人誦子虛。琴彈中散操，扇玩右軍書。北闕青雲近，南冠白髮疏。煩君傳遺逸，著我入樵漁。

揚州即事

玉壘開方面，金湯控上游。連營驃騎宅，重柝雁行樓。彊弩虚空發，飛橋日夜浮。烟生烽燧地，草死虎狼秋。此處兵威震，當時國步憂。六年襄郡守，三策藎臣謀。大將深圍陷，長江萬里休。兩淮先按堵，孤注獨橫籌。破竹纔乘勢，聞風已置郵。乾坤機軸轉，海嶽版圖收。春變山堂柳，波通汴水鷗。平坡南下馬，遠渡北來舟。無復瓊花夢，猶餘芍藥愁。塵埃何竪子，還擁黑貂裘。

商人婦

日日湖頭望，望夫夫未回。無情春水恨，祇送別船來。

玉環病齒圖

一點春寒入瓠犀，海棠花下獨顰眉。内廚幾日無宣喚，不問君王索荔枝。

琵琶

一片相思木，聲含古塞秋。琵琶是誰製，長撥別離愁。

杜工部祠

老病思明主，乾坤入苦吟。秋風茅屋句，春日杜鵑心。詩史孤忠在，文星萬古沉。祇應憶李白，到海去相尋。

山中

半嶺松聲樵客分，一溪春草鹿成群。採芝人入翠微去，丹竈石壇空白雲。

湘竹杖寄無住

采向舜妃江廟前，得來賈客木蘭船。老宜泉石搘慵態，吟稱烟霞倚瘦肩。宴坐夜和金錫憩，經行春卓紫苔穿。知師道價神龍護，莫漫騰空去九天。

老將

殺氣消磨暗鐵衣，夜看太白劍無輝。舊時麾下誰相問，半去封侯半不歸。

老馬

瘦蹄生入玉門關，病放沙場戰骨閒。歸齕殘芻應有淚，將軍頭白戍天山。

老農

倩搔背癢坐深村，愛説前朝賜帛恩。縣帖不來尋社長，自攤牛契教玄孫。

老牛

草繩穿鼻繫柴扉，殘喘無人問是非。春雨一犁鞭不動，夕陽空送牧兒歸。

如鏡伐竹架過墻葡萄斷竹插地復生枝葉無住序曰瑞竹余以詩贈之

爲引寒藤延晚翠，試栽碧玉動秋根。鳳梢依舊生虛籟，龍籜相將添遠孫。林月過庭窺斷影，茶烟潤色到啼痕。湯休麗藻題還徧，貝葉應多此處繙。

無題

花影玲瓏滿繡牀，自調綠綺背紅窗。惆悵佳期學紘線，七條哀怨不成雙。

寄衣曲

聞有宮袍賜，翻令閨意傷。良人在行伍，祇待妾衣裳。征衣須早寄，遥憶藁砧寒。莫訝啼痕少，相思淚已乾。

贈竺鍊師

姓疑乾竺古先生，霞外幽栖近四明。履斗星移冠劍影，步虚風引珮環聲。藥宫夜唤青鸞降，花洞朝騎白鹿行。長使芝童看藥竈，爲耽瓊液過蓬瀛。鶴傳仙語歸華表，魚寄丹書上赤城。怪石醉中拈筆畫，險棋静裏按圖爭。玉桃竊慣慵留種，瑶草尋多盡識名。縮地日攜龍作杖，卧雲時約鳳吹笙。海邊定與安期遇，關上當逢尹喜迎。我本翠寒山道士，相隨便欲採黄精。

送翟山人

聖代容高尚，山林隱去休。方知堯舜日，亦自有巢由。

贈日東僧

肄業重溟外，隨緣大夏中。錫飛鯨海静，杯渡蜃樓空。音信千峰隔，華夷一水通。秋深故國夢，應與逝川東。

江山萬里圖

只尺寒流千萬峰，湍聲寂寂暮猿空。買船欲泛春潮雨，楚樹吴雲是畫中。

江南曲

遥天碧蕩蕩，遠草緑愔愔。併作相思海，春來一様深。

蕃釐觀感瓊花

后土祠南裔，坤維媲室家。國封嚴典禮，宫祀尚褒嘉。不是神靈異，焉能眷邇遐。應須有玉女，到此賞瓊葩。麗服從空降，明粧倚日斜。同揮五雲扇，共駐七香車。月姊羞調粉，風姨罷散花。青童迴絳節，金母屏彤霞。故事唐時盛，佳名數代誇。塵根雖下界，天意在中華。雪讓瓏璁巧，冰銷刻鏤瑕。人間惟獨爾，地上更何加。萬蘤殊寥落，群芳避艷邪。玫瑰誠執御，芍藥等泥沙。聖運俄驚輟，兵强忽肆拏。舛訛難核實，真贋遂聱牙。雷雨還驚蟄，潛藏重發芽。旁枝微舊崛，新葉漫榮荂。尤品終蕪没，珍菝逐水涯。兩朝成草莽，九廟雜龍蛇。古殿蘭旗暗，殘爐桂燎賒。舜顔愁想像，珠樹絶驕奢。寂寞無雙譽，徘徊但自嗟。八仙聊免俗，消得寶欄遮。

送毋丘秀才自黔中歸益川

黔南萬里地，劍外去寧親。蜀魄花成血，山魈樹隱身。竹枝歌峽夜，椰子醉蠻春。歸訪王孫宅，彈琴有故人。

郊外晚望

野曠行人少，林荒夕照微。烟中一聲笛，何處牧兒歸。

揚州

紅橋二十四，明月照笙歌。若是迷樓在，遊人應更多。

寄山中僧

名山舊隱巖巒秀，精舍蕭閒殿閣虚。像禮旃檀千古佛，經翻貝葉五天書。獸依草座跏趺後，禽下花臺施食餘。空翠濕衣横榔栗，紺泉澄鉢涌芙蕖。鷲峰夢遶雲中寺，鹿苑身栖物外居。清梵夜迴松月冷，孤禪晝起柏烟疏。曙鐘寒韻侵虚籟，午供春香入野蕪。道念有時憐老病，塵緣無計問真如。遠公若許來同社，陶令何妨去結廬。便向東林傍尊宿，菩提從此發心初。

遊三茅華陽諸洞

冠帶寒星帔剪霞，步虚去宴玉宸家。醉歸卻跨青鸞下，衝落碧桃無數花。

玉案清香徹夜焚，紫烟成蓋覆茅君。數聲金磬秋壇霽，敲碎遙天一縷雲。

書滿琅函秘汲古閣本作閉不開，雲窗霧閣鎖青苔。門前白鹿將麛過，定是避秦人引來。
淡染雲霞五色衣，杏壇朝罷對花披。洞中養隻千年鶴，長被仙人來借騎。

墨梅

生意玄烟裏，春工毛穎中。枝頭兩三蕊，開不假東風。似到孤山下，斜枝入眼中。分明幾點雪，欲折又成空。

杭州

錦繡波翻太液空，一池寒雨落芙蓉。内前尚有中官住，卻聽西蕃寺裏鐘。

羅嗊曲

玉井荷花碧，中藏偶意深。綠房千萬菂，多少可憐心。

四皓

四老本英雄，來成羽翼功。向令秦重士，未必隱山中。

子陵

乾坤罷戰塵，漁釣可藏身。何事劉文叔，猶來覓故人。

孔明

有心興漢室，不意託孤兒。帝昔曾三顧，臣今表出師。

淵明

心寄羲皇上，生逢晉宋時。風流千古意，只有杜鵑知。

春歸

報道春歸去，忙來看落紅。豈知春不去，還在緑陰中。

漁父

紉草成春服，汲湘供晚炊。人間風浪險，醉裏幾曾知。

馬塍

桃李宫城近，偏承雨露恩。至今耕種地，一半作花園。

蘇堤

漢苑花何處，唐陵柏已空。相逢大堤柳，令我憶蘇公。

玉津園

御愛花無主，長生樹幾時。青青輦路草，盡屬牧羊兒。

武穆墳

若論將軍勇，神京反掌圖。中原數千里，可惜葬西湖。

祚德廟

祀典當時盛，忠曾保趙孤。誰知宋祚絶，今與廟俱無。

景靈宫

孟月祠原廟，都人憶故宫。當年駕幸處，喬木鳥呼風。

杭州

山勢猶龍鳳，行宮已劫灰。北人偏悵望，曾見汴京來。

建業懷古

離居迫馳道，晨往內西門。屏營無顧問，偶逢路人言。昔有六代宮，今爲百姓園。阿閣餘故基，層城但頹垣。金鋪失嚴邃，玉座變荒原。陳昏蚤墮滅，隋奢亟崩奔。樂極終復悲，替興相覆翻。結綺徒構恨，臨春工鎖冤。貴嬪艷亦無，麗華皆不存。高堧鳥烏集，沃壤蓬麻繁。鵑如拜月魄，蝶化尋芳魂。草遺舊裙色，花泫新啼痕。空餘龍津水，流入魚藻渾。猶涵睿澤在，尚感陽和恩。孰知涓滴微，曾悦萬乘尊。坐令芻蕘賤，禊飲汙其源。念彼禾黍地，凄然難具論。寵深乃見辱，涕下還成吞。

海上自之罘至成山覽秦皇漢武遺跡

霧氣沈坤極，濤聲撼北溟。雲霞五色水，丹碧萬重屏。脈絡華夷秀，并吞宇宙青。石梁橫地户，洞構壓風霆。砰磕紛鳴鼓，瀰淪疾建瓴。提封思霸主，巡狩陟遐坰。黔首何多難，皇居不少寧。山驅麟避藪，海塞蜃遷庭。鹵簿周荒服，鱗蟲畏典刑。天吳驚象駕，精衛泣鑾鈴。浪激秦嬴怒，崖崩漢武靈。空悲祖龍死，但覺鮑魚腥。采藥終驕妄，求仙竟杳冥。惟聞傳二世，無復享千齡。古昔飛騰客，能存變化形。解交烏兔髓，定翳鳳凰翎。玉檢微藏旨，金丹別有經。東華司筭歷，南岳考功銘。億劫開玄闕，三宫護紫扃。睿仁斯可冀，淫暴詎堪聽。漫致安期舄，虛邀阿母軿。昆池波鼎沸，阿閣土花零。夜雨蛇升樹，春潮蛤上汀。茂陵迷亂草，禁苑暗流螢。奢侈如飄電，危亡若炳星。明君當至治，方士或來停。火宅休生棘，情河易轉萍。願逢清靜化，昌運幾時丁。

憶舊寄金陵馮壽之

憶昔江東日，離居託孟鄰。儒家見君好，談席偶情親。南斗文昌近，西山爽氣新。驪珠驚俗眼，瓊樹倚芳晨。大雅今重覩，奇才豈易倫。珊瑚生海網，汗血出天津。句滿鷄林賈，名齊雁塔人。傳經心入聖，用筆意凝神。射策應先手，藏環定後身。巨流思待濟，吾道詘當伸。落魄傷遲邁，依棲笑隱淪。三年爲倦翼，萬里作窮鱗。伏枕思霜橘，歸溪戀紫蓴。鴻稀石城信，魚隔太湖濱。故宅閒多草，空船獨採蘋。夜吟酬蟋蟀，暮景歎麒麟。老恐襟期斷，悲懷轍跡陳。舊峰還似洛，淮水想猶秦。勝地登臨數，殊鄉夢寐頻。潮吞李白月，花動謝安春。有興須相覓，無聊漫自呻。休疑交契闊，尚覺膽輪囷。遠物那堪贈，佳音欲細詢。勞歌因奉寄，題罷更沾巾。

詠石得天字

肢脈崑崙析，胚渾混沌先。靈分玄島峙，秀聚景雲鮮。覆壓風雷窟，枝撑宇宙穿。崚嶒敧篠霧，歷棘聳蘿烟。嶫嶫棲危壁，磷磷過瘦涓。雨攻繩眼斷，浪擊彈窩圓。筆架珊瑚竪，屏圍瑪瑙偏。骨攢獰鬼竦，脊凸老蛟跧。劍卓空蒼色，矛森紫翠顛。醜宜鐫鳥篆，剛可利龍泉。怪漬潮紋濕，頑和地軸連。篔簹梢映帶，薜荔葉縈纏。磊磈蛇身縮，崩崢鳳勢偏。蘚侵題字處，藤絡倚笻邊。碎礫鋪文貝，尖峰斫黛蓮。竇深膏乳滴，甃潤土花沿。儼若峨冠者，昂如峻士焉。磴危欺木屐，磯滑怯苔氈。移恐嵐光動，捫嗔野蔓牽。衝湍聲類磬，瀉瀑韻成絃。硬性辭斤鑿，嵌形欠畫傳。鼓歌傷莫續，鼎句嘆難聯。砥礪誠由著，磨礱學及遷。畜奇希抱璞，煉餌詫飛仙。寸勢垂千仞，嵬胎結幾年。巖暉知産玉，峽束見奔川。織女支機穩，山人作枕便。隕星沈戰域，敲火出漁船。異或稱羊化，疑應訝虎眠。龜埋遺碣下，麟仆古塋前。屹立中流壯，平施大礎堅。懷沙嗟放逐，凝魄惜嬋娟。德必穹碑紀，詞當巨硯研。險思經灩澦，功擬勒燕然。嵩岱歸諸掌，蓬瀛寄一拳。不須填碧海，直欲補青天。

答無住和太初韻見寄

寶地人來少，樫陰自晚晴。片雲依石潤，孤磬出花清。竹筧分泉細，檀烟上氍輕。勒銘留水寺，應供宿江城。適楚濤喧定，歸吳雪滯行。雨苔粘凍屐，廊葉覆閒枰。琴爲蛇紋買，書因鳥跡評。眼高無佛祖，詩癖有山兄。句妙唐風在，心空漢月明。畫禪休樹影，夜梵雜松聲。夏減遊方興，秋添住岳情。何時修白業，去結嬾殘盟。

簡翼之

碧樹綠蕪空亂雲，故人何處隔江村。舊書在手再三讀，新恨從頭又一番。竹幘隨行家具活，蘭亭摹出典刑存。幾時定訪揚雄宅，爲問太玄經裏言。

送陳衡中之越

見説會稽郡，風流如晉時。貧惟將母去，清不要人知。修竹王猷宅，春風夏禹祠。到官游有暇，好寄剡中詩。

蟬

高柳夕陽收，繁絃奏未休。數聲風露飽，一殼古今愁。涼思知秦樹，哀鳴亂渭流。年年離別處，幾曲送殘秋。

上馮集賢

忠言如海膽如山，趣（汲古閣本作輒）入金門虎豹間。玉筍曉班聯鷺序，紫檀春殿對龍顏。氣凌百辟星辰動，賦就三都造化閒。豈向長沙淹賈傅，淳風會見筆追還。

送閔思齊浙東帥府掾 希賢

南越連閩徼，東瀛貢百蠻。軍營威帥閫，記室比官班。之子稱時彥，群公譽早攀。詩壇堪白戰，幕府政朱顔。横槊金飈動，談兵玉帳閒。貨通夷舶富，民羨國風還。夜柝鯨潜海，春旗豹隱山。攜琴遊有暇，挈榼酒休慳。將佐知書貴，勳名待詔頒。孟堅詞訟作，留照汗青間。

喜馬伯庸待制扈從還京祖常

嚴蹕傳聲入建章，漢官趨陛肅鴛行。鴛迴黄道清塵動，人在金鑾白日長。承詔曉聞天語近，賜衣春覺聖恩香。馬卿賦獵兼忠諫，獨許驂乘錫尚方。

送陳行之之信州推官

漢守曾懸榻，家聲復世綸。贊廉推雅士，列郡重嘉賓。昭代詳刑讞，賢僚體聖仁。袴襦憐故老，狴犴念冤人。英幹登時望，文華異等倫。固宜膺寵渥，豈但活罷民。江左名藩舊，風流佐幕新。平反須有頌，剛決看如神。郄鑒初榮養，黄香早締姻。錦還鄉已晝，綵戲室俄春。自補尋山屐，誰親墊雨巾。拊循恩易洽，煦嫗俗當淳。曲動陽關疊，樽移祖帳陳。未能忘手握，何得更情親。羨爾丹霄貴，悲余白髮貧。尚期金鼎藥，猶客素衣塵。巖壑將幽賞，烟霞欲隱淪。交游千古事，離别百年身。楚澤寒多雁，吴波暖見鱗。相思不相見，音問莫辭頻。

寄翰苑所知

多士當文治，明良際盛時。騷壇先佩印，策陣已搴旗。西極蹄千里，南溟翼四垂。疾雷天地破，崩嶽鬼神移。學過三都賦，神超七步詩。陰何須大賞，鮑謝只平欺。尺璧光難掩，華鐘響發遲。人遊丹桂窟，鳳噦碧梧枝。漢室方虚席，枚臯復擅詞。數承恩詔見，趨赴重官儀。黄閣登清要，蒼生息舊疲。星辰侵履舄，桃李傍階墀。珂里豪家逐，銅駝樂部隨。行歌金騕褭，醉舞玉參差。杜曲花偏滿，蓬壺酒不辭。弓開射熊館，劍倚化龍陂。秀彦居同寀，軒車出共馳。侯門相雜遝，寒素獨吁嘻。塵榻應容下，仙舟可待追。亦慚才莫逮，終負志難衰。攀附羞蘿蔦，徬徨向路岐。未酬題柱興，徒抱練絲悲。幽谷音猶澀，鹽車力尚卑。泥途淹騄駬，荆棘困黄鸝。睍睆還求友，騰驤卻避羈。愁吟長鋏伴，閒夢矮牀知。縫掖今誰貴，乘桴任所之。短章非善頌，聊以展吾私。

尋貞白先生舊居

百折歷雲嶠，千花通水源。寒藤垂到地，怪石立當門。白壤煉丹赤，清池磨劍渾。曾來誦經處，片雨滴苔痕。

江干暮泊

野色隨墟落，江皋烟景饒。遠村明晚燒，高岸没春潮。覽鏡芳年去，援毫藻思銷。琴書苦行役，不敢問漁樵。

子陵祠堂

一見故人歸去來，漁竿不肯博三台。漢陵今日無抔土，惟獨先生有釣臺。

己亥秋淮南饑客中懷故里朋遊寄之

行李依吳榜，飄蓬更楚鄉。山川歲云暮，風雨夜何長。此地從兵革，斯民復旱蝗。薦饑懷賑粟，久渴望攜漿。船婦爭遺穗，樵童拾棄芒。哭喪多藁葬，征旅少贏糧。豈有災重併，而無户損傷。一年租幸免，衆口飯誰將。生晚羞干祿，憂時念彼蒼。悲歌思請劍，頽墮輒椎牀。宵枕當寒溜，晨梳候曙光。牧羊人戢戢，放馬草荒荒。木落明秋野，江空月照霜。城烏頭併白，水樹葉先黄。羈客情難遣，朋儕興不忘。投瓊花院内，博塞竹林傍。尚恐詩盟淺，猶嗔吏鞅妨。偏提隨款段，笭箵下滄浪。稍遂田園計，終須蘿薜藏。松筠親戚輩，麋鹿弟兄行。春寺尋暄暖，晴波泛渺茫。清泉濯足冷，紫菊染巾香。醉任王侯貴，閒辭禮數忙。龐公厭州府，陶令樂柴桑。酬答幽期愜，交游素願償。短章應得附，真賞莫能量。頗似岑參句，多（汲古閣本作名）因杜甫揚。流傳千載後，直欲繼前唐。

南峰歸雲庵

雲伴老僧居翠微，老僧應共白雲飛。杖藜西去雲東去，日暮僧歸雲亦歸。

建業閒居春思

杜曲芳菲早，江城店舍烟。雨青榆莢地，風白柳花天。愁結丁香上，醒餘禁酒前。病多遊冶少，春事亦留連。

寄眠雲處士

聞説華陽洞，人間第八天。茅君旌屢降，弘景駕常延。地吐黄金氣，潭流碧玉泉。神丹光夜發，朱草葉春妍。羽客家相接，麟洲脈共連。山遺秦女藥，鋤得漢朝錢。處士懷貞遯，長生契宿緣。童顔曾辟穀，鶴相合成仙。嘯傲三峰上，披研萬象先。囊攢五行物，劍握七星權。石銚青精飯，風爐紫朮烟。赤松齊遠躅，玄俗並遐肩。九轉功將就，雙親念復虔。卻攜瓊笈轉，歸枕白雲眠。薊子家嘗歷，壺公訣盡傳。路回蓬島下，杖化葛陂邊。經案苔侵徧，閒枰雨滴穿。池留洗瓢水，壁挂斷琴絃。蕙帳猶空怨，蘿窗月自懸。巖存容悵望，澗去意潺湲。局久棋多變，寰清鼎又遷。衲衣期異日，築室定他年。季世嗟予晚，幽栖志獨堅。欲隨蒲坐具，已辦布行纏。學道無如此，遊方恐未然。尚遲甘旨奉，更被苦恩牽。腦慮精難滿，心憂影或偏。蘚壇情願掃，茶竈手能煎。根究嬰兒後，參同混沌前。求真不易遇，師匠早哀憐。

辟支巖道人

髮寒多不剃，門雪少曾開。瓦鉢幾星芋，石牀三面苔。緣衣蝨嬾拾，避獵鹿長來。見説巖頭樹，前生手自栽。

水驛

水驛相連曉夜行，渾無心記短長亭。莫笑楊花道飄泊，人生自有一浮萍。

李陵臺

寒風揚塵走沙石，朔氣僵人馬辟易。五千步卒當數萬，空拳奮張爭無敵。單于趣降聲疾呼，道窮矢盡身爲俘。歸無面目見天子，築臺何顏懷故都。義血不染戰場草，寧甘北首陰山老。空垂遠涕望漢天，難洒茂陵松柏邊。

靈巖寺上方

霸業銷沈烟樹濃，吳王臺殿梵王宮。屧廊人去土花碧，香徑僧歸秋葉紅。颶母射巖風動地，蛟精徙穴霧迷空。明朝江郭重回首，寺在翠微蒼靄中。

大滌山道士

童顏幾寒暑，編葉當衣裳。琴古面無漆，柏枯身有香。樹精爲老僕，石髓作乾糧。不語坐松下，天風吹髮涼。

西湖酒家壁畫枯木

衡岳喬松道途遠，成都古柏山川隔。忽驚老樹刺眼來，疑是頽崖壓東壁。拗怒風雷龍虎氣，盤摺造化乾坤力。陰連滄海一片秋，秀奪西湖兩峰色。寒雲苒惹霾晝影，湅蘚緣沿借春碧。醉翁睥睨欲掛衣，禪伯經營思憩錫。烏鳶冥下踏枝空，猿猱夜過嗔藤仄。鐵榦銅柯嗅不香，蒼雪玄烟潤將滴。便擬攀蘿解糾纏，何煩平地生荆棘。直須掃去曲碌姿，揮作昂霄數千尺。

客夜思親

老妻病女去淮西，慈母居吳鶴髮衰。我獨天涯聽夜雨，寒燈三處照相思。

梁隆吉遺馮筆并詩答以長句

吳剛夜入廣寒闕，生擒老兔出秋月。嫦娥泣雨蟾影孤，靈藥不舂玉杵歇。桂花凝毫拔蒼緑，蜀絲纏金縷湘竹。紫蘭蕊笑春風愁，蓮花仙冠墜簪玉。松腴點漆光照眸，藤肪搗雪滑欲流。樂毅小帖排銀鉤，天馬歷塊無九州。夢中忘筆那有花，古錐畫地飛龍蛇。覺來尋錐亦無處，但見鳥跡留平沙。

二喬卷

國色雙花相並栽，周郎分得小枝來。漢宫早有君王見，金屋須教一處開。

南岳李道士畫雙松圖

道士醉卧天柱峰，睥睨石上千年之老松。松精相感入夢寐，化作蒼髯雙老龍。酒腸空洞生鱗角，飛出兩龍醉不覺。須臾霹靂撼五岳，豐隆縮手不敢捉。神靈頃刻歸虚無，壁上但見雙松圖。松耶龍耶莫能詰，棟梁霖雨藏秃筆。

明皇卧吹簫圖

珊瑚枕上玉簫横，一曲霓裳萬里行。漫道九重宫殿遠，幾曾掩得外邊聲。

僧日觀畫蒲萄

玉山道人蒼壁立，胸豬萬斛松煤汁。吐作千年古怪藤，猶帶西湖烟雨濕。元氣淋漓草木活，太陰菌蠢蟲蛇蟄。鬚縈翠霧瘦蛟走，睛抉玄珠黑龍泣。神剜鬼刻字崛奇，水精火齊光陸離。天魔擎來帝青寶，鯨波涌出珊瑚枝。墨花酣春馬乳漲，醉夢渴想西涼姿。風窗秋疑蠹葉語，露架夜憶虬柯垂。須臾掩卷何所見，月落庭空無影時。

喜虚碧自龍虎歸

雨巾風帽别真師，雪滿天壇駕鶴遲。囊佩山圖行幾日，棋逢仙客看多時。丹房芝朮春英長，玉洞烟霞夜夢離。定有壺公遠相送，瓢中添著幾篇詩。

琵琶亭

聽徹哀絃淚兩行，香山居士未心降。當年杜老吞聲哭，恨不相逢在曲江。

雨篷爲吟友題

家分半席並鷗眠，興墮吴頭楚尾天。機杼曉聲柔櫓月，簾帷暝色片帆烟。魚龍窟宅同春夢，鷄犬圖書當夜船。咫尺五湖晴景好，釣竿閒在草堂前。

昭君曲

氈城萬里風雪寒，妾行雖危漢室安。漢室已安妾終老，妾顔穹廬豈長好。漢家將相多良策，更選嬋娟滿宫掖。單于世世求和親，漢塞自此無風塵。

虎丘

吴晉豪華冷劫灰，竺乾金刹壓崔嵬。玄黄半夜虎精泄，紫翠一峰鰲背來。池水暗通浦海入，巖扉寒枕白雲開。輪蹄未散鬼吟寂，萬壑松風僧定回。

送金華黄晉卿之諸暨州判官 溍

夫子今衡鑒，斯文屬在兹。擅場年鼎盛，抱業器瓌奇。鶚薦嶄頭角，鶯遷奮羽儀。詞源傾渤澥，筆陣偃蛟螭。太極鈎深賦，先儒射策辭。秋闈前決勝，春榜後名馳。激切波瀾立，鑴鑱物象危。光芒牛斗宿，標格鳳凰池。袍色宫花稱，才華制草宜。馬驕曾杏苑，臚唱果丹墀。王事勤州佐，官聯逼郡麾。談經猶寶地，視篆必瓜期。漸覺要章寵，徐看利澤施。治應黄霸最，民定邵棠思。郢雪聆高調，郇雲喜近披。晚陪靈運屐，早訪董生帷。梓匠寧辭斵，樗材忝辱知。塵凡勞點化，傳玩指瑕疵。我自哀王粲，伊誰説項斯。碧山招未隱，白髮病相欺。歲晏空江急，風迴落木悲。雨來孤枕夜，夢别故人時。留滯飄蓬梗，攀援折桂枝。願言多善政，尚得播聲詩。

觀沈氏盆開雙頭蓮花戲作

一枝傾國又傾城，笑並香腮百媚生。湘浦二妃窺寶鏡，星宫雙六下銀泓。金波影儷嬋娟巧，玉露心分沆瀣清。曾向鴛鴦屏上看，野花空得合歡名。

送宗上人游金陵別傳

千峰亂水上，一榻到應分。古像焚香禮，寒鐘出定聞。瓶離劍池月，錫入秣陵雲。好去北山住，草堂休勒文。

吴中菊花盛開

菊花三百六十種，處處名園花不同。安得化身千百億，一花著取一吟翁。

悼郭祥卿録判麟孫

燕臺氣槩汾陽裔，赤驥騰驤彩鳳飛。吏鞅晚淹彭澤米，酒錢春典杜陵衣。西山手板情還適，東里角巾身不歸。空有遺文落人世，朱絃聲絶賞音稀。

題玉環聯轡圖

赭袍紅映縷金衣，笑並花驄酒力微。試問六龍西幸日，有人曾侍翠華歸。

閲張上卿仙遊録

漢祖龍飛日，真人豹隱中。綸音來薊北，驛傳起江東。聖德深弘教，玄門厚植功。垂衣軒帝治，問道廣成風。獸夢符坤極，鴻門建震宫。雨敷皇澤意，雪應紫宸衷。白玉刊章重，黄金範榼雄。制詞天藻豊，冠佩露華濃。宣室繁釐受，高禖敬祀恭。嚴齋迎景祚，正念格晨穹。宇宙樞機運，雷霆寂默通。扈驂鑾從近，恩賚上方隆。裔演留侯系，經開柱史蒙。五朝膺顯渥，百辟仰精忠。宗戚勳封盛，師生祿秩崇。力辭君九錫，首邁爵三公。第宅仙官府，逍遥綺皓翁。漆園春未老，蓬島藥何窮。詔下瑤京鶴，神昇絳闕虹。自期冲舉去，誰識壽齡終。霄駕烟霞遠，星壇杖履空。圖容曾翰苑，遺蹟漫崆峒。太上元無象，微謡詎得工。獨存清淨化，爲國致年豐。

答無住上人

隱去看看白髪新，草堂資盡篋生塵。五陵亦有閒相識，只把黄金笑買春。

吴江石橋新成

五色何年補泬寥，百弓無地駕瓊瑤。老龍千尺卧寒玉，雌霓半空横彩綃。天路行看星象逼，江濤怒息水犀囂。騎鯨便欲超銀漢，直踐台階挹斗杓。

淵明像

環堵蕭然瓢屢空，不詳姓字一衰翁。此身自謂羲皇上，卻墮閒人畫卷中。

答馬懷秀兄弟見訪

移家連晚歲，屏跡值春寒。舊業遺松逕，幽棲遠杏壇。數椽容膝易，五斗折腰難。有客來排闥，無人爲整冠。諷詩稱鮑照，卧雪念袁安。下里余誰汲古閣本作誰余和，高山爾自彈。迎門屐齒折，扶病帶圍寬。乍喜交時彦，相尋到冷官。鄰驚都騎盛，僕出草堂看。光價連城璧，風流藝苑蘭。老嗟傾蓋晚，貧覺布衣單。午竈添茶具，烟蓑罷釣竿。傳呼聞杜曲，榮耀滿江干。文雅多歆艷，殷勤少接歡。長鯨鈎上掣，巨闕匣中蟠。筆力千鈞弩，襟懷百丈瀾。籍通金馬選，詔待紫泥乾。樂毅曾强趙，夷吾遂霸桓。貴應聯萬石，功定服三韓。留取刊彝鼎，勳名未汝闌。

太白扁舟圖

錦袍烟艇夜郎西，酒思金鑾入直時。不道相思杜陵老，愁吟落月屋梁詩。

雨夜懷虚碧

共有烟霞疾，襟期江海分。故人年老别，寒雨夜深聞。地肺潛通嶽，峨眉秀拂雲。何時負笈去，稽首五千文。

清明病中

少年令節醉花前，老病花前服藥眠。自檢銅人試榆火，午窗燒艾起新烟。

簡無功

種種念予髮，垂垂懷老禪。公卿既無分，巾鉢欲隨緣。布襪雲門寺，銅瓶雪竇泉。他年調水牯，鼻孔不煩穿。

春歸

釀蜜筒香蜂報衙，杏梁泥歇燕成家。浮萍斷送春歸去，盡向東流載落花。

漁莊爲魏濟民賦

彭澤歸來菊未荒，便投簪紱弄滄浪。一篷烟火蓴鱸興，數畝茅茨橘柚香。欸乃幾時歌古調，籧篨何處避殘陽。釣閒若枕圖書卧，應被人稱是墨莊。

雪夜有懷

雪壓狐裘醉玉京，夜聞歌吹到天明。寒窗病起今頭白，始聽春蠶食葉聲。

竹枝詞

莫折閶門楊柳條，帶將離恨過楓橋。向道春愁不禁蕩，蘭舟長放櫓輕搖。

唐宫詞補遺

海内昇平服四夷，遠邦貢物盡珍奇。近頒手詔俱停罷，獨許南方進荔枝。

罷朝輕輦駐花邊，催唤黄門住静鞭。三十六宫人笑語，上前爭索洗兒錢。

昭陽仙仗五雲中，遥聽笙簫起碧空。夜半月明人望幸，君王自在廣寒宫。

宫娥隨駕蜀山迴，春日還從内苑來。聞道上皇憂寢食，御前休報海棠開。

髮白解嘲

吴霜兩鬢早先秋，聞道愁多會白頭。溪上鷺鷥渾似雪，想應無那一身愁。

大禹祠

力平水土勢回天，功業三千五百年。四海九州皆禹跡，獨留陵寢越山邊。

青衣洞隱者

清泉自盥沐，丱髮不冠巾。看盡世間事，爭如林下人。嘯雲巖谷應，坐石鹿麋親。莫棄茅庵去，白桃花又春。

西湖所見

綠闌干護水鱗鱗，蘇小門前柳弄春。聽得語聲嬌不見，隔簾伴喚賣花人。

貞義女廟

貞女浣紗日，行人去國悲。生前漂母餽，身後謫仙詞。白月沈魂在，黄金報德遲。如何孟少府，到此不題詩。

題許山人居

葺茅栖碧巘，梯路上雲危。樹影池搖曲，泉聲石礙遲。鳥銜丸罷藥，猿拾著殘棋。見説仙家伴，時來覓紫芝。

江東客中

詩人不是欠生涯，野性從前嬾在家。冷眼春來元有分，看山看雪看梅花。

秣陵晚眺

天塹鴻流擁積沙，石城虎踞漫雄誇。山陵青草六朝地，巷陌烏衣百姓家。紫蓋黄旗消王氣，瓊枝璧月弔庭花。孤雲更作降旛勢，目斷樓船日又斜。

田間見

破屋無茅柱腳斜，一農頭白病看家。年來水澇秧難莳，卻傍湖塍種藕花。

公子家

朱門當道擁高槐，拂曉鳴騶散乳鴉。紅叱撥驕矜匼匝，黑崑崙黠解琵琶。姬將銀蠟燒明月，犬帶金鈴卧落花。不信銅駝荆棘裏，百年前是五侯家。

宫　詞

月照芙蓉水殿秋，仙韶一曲奏涼州。高皇尚愛梨園舞，宣索當年菊部頭。

條脱金寒翠袖冰，羊車夢裏轆轤聲。薰爐宿得沈香火，暖卻春纖暖玉笙。

姑蘇臺

妖艷分明搆禍胎，黄金壞麗更危臺。笙歌夜倚東風醉，粉黛春從南國來。原草翠迷行輦跡，野花紅發舞衣灰。豪華肯信今爲沼，烟水翻令後世哀。

長　卿

一病文園渴思深，祇應惆悵爲鳴琴。老來減盡凌雲氣，卻賦長門易酒金。

席上贈歌者

十疋吳綾賞水新，一聲歌歇杏梁塵。家徒四壁門如水，那得明珠换美人。

垂虹亭秋日遣興

滿袖玉皇香案烟，綵霓背上俯晴川。紅黄霜樹珊瑚海，黑白雲花玳瑁天。玄圃空離樓十二，丹墀罷對字三千。吟豪醉蘸吳江水，寫與騎鯨李謫仙。

阿房宫圖

千門萬户矗青冥，六國脂膏四海兵。豈但此中非帝業，當時猶更有儒坑。

送牟都事景陽赴浙東帥幕 應復

蜀郡方齊魯，文翁邁雋賢。箕裘承憲業，星宿近台躔。宇宙汾陽鼎，風雲祖逖鞭。閫威分海徼，節制控閩川。餽餉功曾立，廉能蹟屢傳。儒冠真耀武，帥府重芳年。參畫旌麾右，馳驅將相前。豪揮驚草檄，燕集見華篇。吏牘分占授，軍機妙轉旋。百蠻元震讋，諸校益貞堅。訓練群材進，鈞陶衆彦遷。柳營兵鎮肅，蓮幕紱光鮮。除内恩終許，安邊詔必憐。酒容山簡醉，騎想葛强聯。日月新堯曆，車書舊漢天。揚雄兼賦頌，嘉什到甘泉。

騾綱圖

劍閣清塵犯屬車，綱騾馱得荔支無。卻嫌畫史才情少，不作承平舞馬圖。

初夏别業

别墅清深無俗人，蛛絲窗户綱游塵。緑陰鏤日新歡夏，紅雨鏖花故惱春。病去情懷逢酒惡，困來天氣與茶親。壁間烏帽長閒卻，肯學陶家戴漉巾。

燕

銜得香泥去，花間日午時。玉人方睡起，莫訝卷簾遲。

謝僧遺石鎗

遠寄奇鎗紫玉形，寒翁歡喜欲鐫銘。茅峰道士傳茶訣，林屋山人送水經。崖瀑松風添瑟縮，地鑪槐火共青熒。矮瓶未罄長鑱健，且傍雲根飽茯苓。

荷　錢

拾來虛費藕絲穿，暴富池塘積萬千。人世不平如買得，夏天那有蓋鷗眠。

春日野步書田家

翳日檥陰翠幄遮，葑園高下奕枰斜。陂塘幾曲淺深水，桃李一溪紅白花。赬尾自跳魚放子，綠頭相並鴨眠沙。春郊景物堪圖寫，輸與烟樵雨牧家。

客燕雨懷

薊門飛雨布袍泥，遊子魂銷幾夢歸。賦有聲華羞狗監，淚無氣概笑牛衣。客愁萬斛添杯量，春瘦三分減帶圍。不似江南烟艇小，柳花如雪荻魚肥。

寒　食

十日花時九雨風，年年百五病愁中。春寒不禁香篝火，紅蠟青烟憶漢宮。

舊内臣家老馬

罷直奚官雪滿腮，少年曾扈上之回。金砧戍削蹄多裂，玉秣辛酸齒半摧。苜蓿地閒春草遍，葡萄宮廢野花開。病嘶破櫪秋風夜，猶憶先朝較獵來。

蠶　婦

繅得新絲白，將來織素縑。自慙非錦綺，尚被舞人嫌。

端石硯

千年巖璞斬新硎，一片琳腴截紫青。雲漢帶星來玉匣，墨池蒸雨出滄溟。烟開霧斂天晶彩，海靜江澄地典刑。要與陶泓作佳傳，老磨松液寫黄庭。

東　風

東風吹綠上汀洲，染出江南一片愁。長到春來問芳草，不知何地可忘憂。

無題效李商隱

粧淺蠒深凭綺疏，小郎新拜執金吾。絃中言語分明怨，裀上腰肢準擬扶。翠履鴛寒慵鬭草，紅牙馬暖罷樗蒱。無人商略心頭事，潛向花間卜紫姑。

早鄉田父言

疲牛病喘餓桑間，磽确閒眠麥地乾。殘税驅將兒子去，豆畦卻倩草人看。

雙　陸

金縷紋桑蹔局堅，紅雲倒浸一池蓮。星環紫極無多點，月印銀潢有兩弦。行采砧聲鳴素練，計籌花片落牙錢。箇人慣受卑棲苦，長爲歸遲罰綺筵。

秣陵寓居

荒園日日涉蓬蒿，破屋年年蓋把茅。向石側生花倚勢，緣牆直上豆攀高。歸兮春草蕪三徑，老矣松風有二毛。莫笑家貧拙於事，長鬚能壓榨頭糟。

春病起即事

壯懷玉具劍空攜，老去金門獻賦遲。服藥身軀多病日，養花天氣半陰時。愁鄉塵積瑤琴嶽，夢境寒生翠被池。春事幾何公事急，可憐蝴蝶掛蛛絲。

孟能静席上出四物分韻得牙背抓花字詩成贈

天女纖纖罷散花，嬰兒一掌玉藏瑕。寒生鈎弋兩三指，春屈柔荑四五芽。骸垢有瘡膚起粟，臂風無力手長麻。老夫技癢煩消遣，休忤仙姑打蔡家。

蘭

分向湘山伴野蒿，偶并香草入離騷。清名悔出群芳上，不入離騷更自高。

許山人家

桐君種藥隱蘅皐，竹祖生孫共養高。茶腳碧雲凝午椀，酒聲紅雨滴春槽。休糧貌古添清瘦，餌朮身輕長綠毛。仙詔未頒遲拔宅，家資猶戀一溪桃。

答無功歲暮見寄

豆稭灰動擁罏天，品字煨殘榾柮烟。詩草病多删枕上，眼花書久廢燈前。老依蕭寺僧留宿，相對蒲團夜不眠。筋力漸衰餘習在，夢中去趁暗門船。

書趙集賢詩翰後

九天宮闕鬱嵯峨，公昔騎龍上大羅。文在玉堂多煥爛，泪經銅狄一滂沱。原陵禾黍悲酆鎬，人物風流繼永和。今日吳儂拜遺墨，只堪哀怨不堪歌。

以上《翠寒集》

全宋詩卷三七二四

陳深

陳深（一二六〇—一三四四），字子微，號清全，吴（今江蘇吴縣）人。宋末習舉子業。宋亡，篤志古學，閉門著書，精於書法。弟子甚衆，學者稱寧極先生。元文宗天曆間以能書薦，不出。有《讀春秋編》、《寧極齋稿》。事見《吴下冢墓遺文》卷二陳植《先人壙志》，明正德《姑蘇志》卷五五有傳。

陳深詩，以《四庫全書》本爲底本，校以清鮑廷博家抄本（簡稱鮑本，藏北京圖書館），編爲一卷。

我思古人

陸君承之，余畏友也。其好古嗜學與余同，而天資爽朗邈不可及。暇日，撰此辭遺之，冀有以勵我也。

緊古人之寥寥兮，夫何思之弗諼。蹇余生之獨後兮，曾不得與之周旋。曠斯世而勿見兮，故增欷而永歎。撫遺籍而玄覽兮，幸所聞之可尊。彼丹心之耿著兮，諒雖亡而實存。苟遡風而遐契兮，尚何有於古今。覽元化兮無窮，感徂景兮如駛。余髮兮種種，余懷兮亹亹。騆黄虬兮遐征，仰超然之高軌。猗聖言兮如天，至道兮如海。超鴻濛兮何極，窺浩茫兮無涘。孰導余以正適兮，遵坦涂而容曳。惟諒友之昭昭，庶訂余之憒憒。嗚呼噫嘻，古之人兮，惠我無疆。忽不見兮心之傷，余之思兮曷云其忘。往者不可及，來者猶可望。非夫君之相和兮，誰逍遥以徜徉。

送曹叔時歸淮東

羲農去我遠，醇風日以澆。遺經祕幽旨，千載空寥寥。濂洛導其源，百川始東朝。我生性顓蒙，望道彌堅高。鍼砭無良友，窮居困煩囂。東平曹叔子，妙年振英翹。古心默相契，一語神情超。高堂奏綠綺，長空激商飈。譚玄探要妙，力學勘虚驕。方期拾瑤草，歸袂何飄飖。淮水白浩浩，楚山青遥遥。相思意無盡，贈子一長謠。

重玄寺旃檀林桂花

有桂生祇園，團團擁旌蓋。靈根挺盤錯，翠色深晻藹。疑從鷲峰移，迥與峨石對。自注：寺有峨眉山石。商飈動閶闔，夜氣凝沆瀣。清芬彌六合，芳意函纖芥。華飄廣寒府，金布如來界。天空氛翳滅，冏冏涼月挂。幽人夜禪起，淨想須脱解。鮑本校：一作得妙解清遊時獨行，真賞聊自愛。妍華易銷落，徒抱貞心在。蒼鸞寧復來，臨風發深慨。

姑蘇臺晚眺分韻得高字

殘陽古城曲，岌岌荒臺高。不知何年創，尚爾結構牢。青山擁危楯，白水環空壕。美哉此山谿，慘澹悲雄豪。當時一戰霸，意氣何矜驕。蛾眉坐傾國，忠魄隨怒潮。空餘故宫苑，寒雀飛野蒿。佳辰晤良友，清眺舒煩勞。夕風振叢薄，鴻雁中天號。永懷五湖客，一舸凌雲濤。浩歌滄浪詞，願言從遊遨。

送釋存遊苕川兼懷子昂學士

吴興山水邦，杳藹雲氣萃。岡巒抱縈迴，溪流瀉清駛。逍遙烟中客，縹渺雲際寺。振錫赴幽尋，攬袂接遐契。是時秋正中，曠朗天宇霽。明月射神珠，光彩難自閟。漁歌和遺音，茶經詑幽事。欲從煙屩遊，苦爲塵鞅繫。緬懷金坡英，歸來雲壑媚。采采白蘋花，因風爲遥寄。

次韻陸承之歲暮述懷

鶗鴂晨先鳴，絡緯夜虚織。物情固有殊，亦各競時急。遙遙丘中士，荆扉晝常閉。賦詩悲徂年，開卷懷往昔。廓然一言得，不願千金易。大江流湯湯，白日如過翼。虚堂拂朱絃，再鼓三嘆息。西山遺清風，潁水有奇迹。勖哉望前修，猛志庶可及。自當葆天和，政不慕人益。

孤鳳篇上静軒閣學士

南山有孤鳳，丹羽何葳蕤。朝餐瓊樹實，夕飲天津池。岐陽曾一鳴，千載今無期。將從和風翔，俯視塵壤卑。粱藻匪君食，枳棘匪君棲。遐舉崑丘陽，肯爲雲蘿羈。坐遲簫韶成，振翮還來儀。

送周必明北上

天寒霜霰繁，歲晏日月駛。周子何倉皇，孤征詣燕薊。寥寥抱遺經，皦皦蓄幽志。青雲既交薦，白首期一試。蒼松多勁枝，老鶴負奇氣。扶搖信可搏，高冥不難致。泮林日彫疏，子衿氣淪替。側佇典型人，復理俎豆事。明年候薰風，矯首江南澨。願偕魯諸生，敬攬叔孫袂。

隴西太夫人八十壽

恒山鎮朔野，積翠凌太虚。中有仙子宅，霞光抱雲鮑本作瓊居。怡怡伯陽姥，八十顔猶朱。神交殷玉女，祕字傳金書。逍遥人間世，靜壽仙者徒。令子返烏哺，專城綰菟符。金章映彩服，錦障承雕輿。前有命婦掖，後有玄孫扶。春風溢慈幄，曉日暉慶圖。海桃摘霞實，靈芝掇雲腴。南山爲爾壽，北斗爲爾斞。人生天壤内，菽水歡有餘。矧兹壽且貴，身與五福俱。厚德獲隆報，彼蒼默相孚。詩人頌燕喜，此樂不可渝。

寄題天與清香臺

芳園矗層臺，宛在江之曲。何年植瓊樹，粲粲紛在目。美人芙蓉裳，超遙處空谷。時登月中觀，玩此枝上玉。幽芳忽吹來，妙契心自足。維皇豈虛畀，真意蓋有屬。夜闌耿無眠，霜霰天地肅。寥寥翠禽語，葱隴曉光旭。

簡秦章甫章甫中飛文之禍得釋，詩以道之

楚楚洛陽生，清介常寡與。宦遊江之南，移家寄吳渚。辛勤奉旨甘，言動無過舉。陽春萬物新，霈澤均施普。乘風方高翔，摧翅墮網罟。飛文中善類，橫逆夫孰禦。白日照丹心，皦皦中自許。有能辨治長，終然脱石父。操存諒深固，夷險咸善處。涉難知彌明，履變德益聚。靜探元化心，憂患真玉汝。

慰陸子順喪偶

歲晏登禹陵，山水清遊縱。迴艫艤西湖，壎篪諧伯仲。旅窗燈焰青，炊臼感幽夢。絶絃聞遺聲，據藜發哀慟。重憐遊子情，懼乏尊章奉。凄風動虛幌，斜月照飛棟。芳膠解鈿朵，流塵昏翠鳳。荀香悵未歇，潘詩應屢諷。孤獸駭哀鳴，離禽感幽哢。蒙莊亦何人，傲倪自驚衆。遺情信良難，至理堪折衷。

題梅圖

玉妃還絳闕，委珮煙江濱。瑶華振英采，照曜山水春。海若不敢受，謂是天上珍。掌管倩姮氏，封護煩滕神。風標二公子，素服靚且新。邂逅蓬萊使，翩然與相親。畫師何從見，泚筆開清真。數幅懸高堂，一洗凡格塵。我欲商妙語，喚起逋仙人。

曹叔時見過索餞篇

泄雲蒙朝日，微雨霑庭除。幽人掩關卧，門外無來車。曹子别經歲，枉道過我廬。謂余抱文藝，胡爲守鄉閭。余曰匪高尚，褊性涉世疏。上奉白髮親，餘暇讀我書。豈如叔時甫，妙年美名譽。詞華爛絺繡，問學滋新畬。奉子一巵酒，聊爲譚斯須。威鳳翔高閣，逸驥騰雲衢。及時樹遠業，臨事毋踟躕。

壽元俞治中

凱風蕩清淑，秦溪鍾妙英。世德裕後遠，盛年振清聲。余昔客君家，君甫十二齡。期君世濟美，事業如甘卿。微言副深望，榮涂踐修程。東吳大藩地，政繁任匪輕。剸裁得終賈，游刃新發硎。勉奉兢兢戒，毋著赫赫稱。臨下必以莊，事上必以誠。勤勞慎細事，惠愛甦疲氓。制動由靜一，養心貴和平。嘗聞公輔量，允矣王休徵。自注：王祥爲別駕，世以公輔期之。

題梁中砥詩畫圖

中砥有送存書記詩云：一聲兩聲松子落，一片兩片楓葉飛，夕陽在山新月上，道人相伴一僧歸。趙公子昂畫而爲圖，中砥索詩，漫賦一首

山昏歸雲斂，葉落夕飈驟。疏松漏微月，清光照巖竇。烟中二仙師，一笑欣邂逅。行行撲空翠，杖屨相先後。清景適與期，得句若天授。畫成詩逾絶，開卷消鄙陋。如飲中泠泉，可噏不可嗽。我懷陶貞白，日夕夢三秀。何年卓茆庵，餌朮衍遐壽。

丁酉元日

夜中不成寐，卧覺風刿刿。殘寒賈餘勇，飛雪猶厲慘。黎明卷新霽，旭日光晻晱。窮陰得陽和，春氣已先感。負暄南軒下，余生亦云忝。高門誰能走，蓬户鎮常掩。馳車聽奔湊，慶語絶媚諂。自甘守疏慵，豈復嘆坎壈。濡毫寄桑翰，隱几坐文毯。壺傾酒不竭，爐擁火始錟。吐詠探清新，研書味真澹。流光信難駐，華髮那可染。拊己欣有得，感時能無憾。貞吉宜嘉遯，心亨由習坎。浮雲鮑本作榮易盈歇，神鑒常淵湛。黽勉奉吾親，力學深自貶。

送沈彦楚

清才不數見，世固未易識。如玉在荆山，落落混於石。沈君義興彦，恨我未良覿。陸子不妄交，稱許斯

爲得。况有闕里孫，延之致經席。比聆道吳閶，捧檄建德國。高歌誦唐虞，諸子有矜式。嚴灘浩煙霞，山水澄鮮碧。暇日一登臨，清賞慰愁寂。

别衛山齋

何處桃花源，超然欲高舉。永懷塵外遊，遐契煙中侶。時從清夜闌，默探元化祖。尋幽得佳勝，將期結茅宇。任公五十犗，朅來向江渚。投竿魚不食，歸興浩莫禦。遙岑下落日，薄雲閣清雨。揚舲吳淞濱，褰裳采芳杜。長歌去英淑，未卜重晤語。相期會有時，散髮卧雲嶼。

送許希元尉德清

士生天壤内，所抱者奇氣。當觀人品高，豈尚原作向，據鮑本改名爵貴。子真第一流，淪迹南昌尉。至今疑仙去，風節照百世。希元人中豪，未識我深愧。嘗聞畜愛馬，童子刺而斃。略不動聲色，度量有餘地。豈易議淺深，是固余所畏。陸子少許可，欣然紀其事。邇聆尉山邑，芒刃聊小試。苕水清且迅，苕民號難治。願言化以德，勿但施法制。今聞起在今，微言毋我棄。

題鄭柏窗所藏蓮社圖

白蓮生清池，至潔塵不汙。當時取名社，亦以清淨故。樂國初無有，莽莽果何處。陶公寄醉鄉，蓋深得其趣。公何挽不入，謝何推不去。遠師信高識，心雜固不取。盜循彼何人，一見乃深許。士固未易知，身鮑本作聲名期歲暮。遺風驚千祀，流落見緗素。永懷名山遊，樂與善人遇。匡廬青拂天，江水日東騖。我將解世纏，已辦登山具。載酒酹淵明，問津桃源路。

内人臂白鸚鵡圖

華清宮中歌既醉，南海奇禽遠爭致。玉環最愛雪衣孃，當時曾得龍顔媚。璿房雕檻春日長，繡裀嬌兒在傍戲。君王憐汝解語言，懷恩不説宮中秘。臨風鷙鳥何軒軒，嘆惜純良遭猛厲。茗翁寫出當時事，側立紅衫内人臂。江花滿地不忍看，空拂畫圖憐俊慧。

壽金仁叟

嬌黄著柳回東鮑本作春風，玉霙協瑞飛璇穹。金猊嘘暖香霧濛，銅槃蜜炬光如虹。尊前笑挹南極翁，海桃壓袖朝霞紅。蒼蒼五柱雲龍嵸，南山翠色摩青空。仁者静壽如山崇，世間凡語難形容。

書駿馬圖

王良伯樂骨已朽，曹霸丹青亦希有。開圖欻見神駿姿，對酒高歌雄劍吼。祇今騏驥困鹽車，落日長鳴漫昂首。嗤嗤俗眼迷天機，相士嫌貧馬嫌瘦。

贈道眼相士

岳生年少精悍姿，雙眸照人炯秋水。氣直雲天亦自奇，口譚風鑒政可喜。一鶚盤空勢輕矯，夕風吹波雲欲起。海岸相逢話不休，一笑人間五百祀。方瞳祇合相山中，燕頷自堪侯萬里。人生出處難豫期，浮雲變化無窮已。巫咸一去不可追，歸來心服壺丘子。

南遊

驅車登遠道，白日忽西流。宇宙驚新夢，山河感舊遊。雲迷江令宅，月澹庾公樓。已已知何奈，長歌去國愁。

晚望

莽莽荒城下，悠悠古道傍。秋風吹草木，落日下牛羊。感慨悲新事，登臨嘆異方。長吟意無極，回首一霑裳。

春日即事

忽忽春將晚，幽窗趣亦佳。山蜂時入座，野鼠晝緣階。俗事何能已，浮生信有涯。莊書讀一尺，聊復散幽懷。

次韻贈錢德鈞

嗜書仍好古，亹亹一生心。搜抉無遺隱，幽憂不廢吟。雲鴻渺何許，煙海浩難尋。悵望高深意，秋空起暮陰。

寄友

山中太玉子，比日復何如。自恨數年別，無因一寄書。江湖驚老大，日月暗銷除。會晤無期在，憑詩問起居。

寄友

海内皆兄弟，情深莫若君。那知經亂後，翻作久離群。皎皎雲中月，悠悠巖上雲。相思不可見，清夢遶江濆。

懷錢德鈞

城南寡徒侶，錢子數來過。翰墨相娛玩，文章互切磨。交遊常不厭，間闊竟如何。風雨懷君夜，空齋秋思多。

登陽山妙净院

野寺雖牢落，山僧亦自如。幽栖鄰虎空，靈跡近龍居。地勝軒楹古，天寒草木疏。憑高望城郭，把酒一欷歔。

賦月中桂

天上何年種，婆娑碧樹幽。根盤蟾窟古，花落鷲峰秋。祇恐冰輪礙，時煩玉斧修。素娥久延佇，攀折使人愁。

江上

放跡清江上，悲歌惜歲窮。孰能回白日，我欲問蒼穹。天地遺民老，山河霸業空。清愁無著處，卷入酒盃中。

次韻沈沖叟見訪之什

卧疾蕭齋冷，門深一逕苔。空庭小雨過，瘦馬故人來。把酒悲新事，論詩畏逸才。未能親往謝，病眼怕風埃。

次韻沈沖叟閑居即事

晨起盥櫛罷，焚香默坐餘。朝陽上窗户，寒雀下庭除。隱几商清句，開緘閲素書。吁嗟望塵客，徒解賦閑居。

會霜晴詩

旭日照蕭晨，凄清不受塵。冷光明似雪，冬暖勝如春。紅葉輝相照，黄花色愈新。南窗差可愛，曝背豁天真。

朝暾上高樹，霧卷海天遥。勁氣乘寒凝，嚴威見日銷。鐘清出遠寺，馬滑恐危橋。稍逼南枝暖，疏花破寂寥。

次韻陸承之寒夜有懷

客心驚歲暮，不奈送愁頻。茅屋夜來雪，梅花江上春。驅車斷行旅，閉户有高人。奚待扁舟興，風期暗與親。

壯志寥寥在，流年冉冉催。寒燈和夢照，暗雨挾愁來。白雪詞難和，青山首重回。夜闌渾不寐，慨想陸機才。

挽王伯英

之子尤謙抑，親曾奉酒巵。懷才嗟未用，抱疾竟難治。歲暮風霜慘，天寒草木萎。壯年今已矣，慷慨有餘悲。

送張德美北上

廓落江海客，素懷經濟才。年高勞治邑，道直恨無媒。白髮絲千縷，清風水一盃。功名須老大，行矣莫遲回。

晚步 分韻得吟字

偶偕二三子，曳履古城陰。遠慕求羊迹，永懷江海心。殘陽隱深巷，積雨歇高林。自笑黄岑曲，那追白雪吟。

送馮茂叔分教豐城

晉朝雷煥地，君去是清遊。神物今何處，滄江空自流。客程二千里，吾道一扁舟。徐孺祠前過，汀蘋爲薦羞。

陳深

贈孝廉

海内知名士，乘時各樹勳。辭華咸彙進，節行乃今聞。清月升林表，白華開水濆。緬懷純茂德，遙睇楚山雲。

送耕存大參使日本

東隅久不庭，抗疏出忠誠。不憚殊方使，期休四海兵。長虹貫日白，巨鷁壓波清。笑下扶桑國，歸來致泰平。

陸賈初馳詔，終軍已請纓。上方顓委任，南國誦威名。挂席鵬風順，敲舷蜯月明。陽侯應拱護，不遣海濤驚。

挽褚雪巘高士

嶠嶠環中叟，自注：號環中子。清強八十餘。平生山水趣，盡力老莊書。自注：嘗注老莊。黄鵠人間世，白雲天上居。蕉花吹又落，回首一欷歔。自注：所居種芭蕉，又號蕉池叟。

王太古偕遊靈巖余以事中止先還

峭峭孤峰起，蒼寒倚太虛。尚嫌凡子到，那被美人汙。霸業消磨盡，浮屠突兀居。憑高怕淒愴，興盡即迴艫。

題潘躍齋容安書院

屋上即青山，柴扉鎮日關。煙霞三徑足，天地一身閑。歸去詞堪和，閒居賦可删。簞瓢差自樂，高視眇塵寰。

送范竹所赴吴江學職

多士乘時出，亨涂志業優。名家傳舊學，文治佐新州。六月江湖冷，三山風雨秋。應懷霸越祖，落日望扁舟。

送趙仲明還山東

東吴隱散曹，解印脱煩勞。案上留丹訣，罇中有白醪。北風淮水疾，落日太行高。遥睇雲飛處，歸心正鬱陶。

次韻高龍洲入道

軒車絶華念，野服遂幽情。白鷺臨溪迥，玄蟬餘飽本作飲露清。自注：時龍洲不茹葷。棄家師季偉，蒔藥友通明。且結烟中客，誰論世上名。

皋橋巖中道院與梁中砥商巖翁會飲

夙有巖中約，今晨得得來。幽窗六人坐，清思一時開。雪下宜看竹，天寒未見梅。人生良會少，莫惜共持盃。

送王從政赴番昜慈湖講席

楊子清而粹，遥遥江漢靈。無人繼絶學，有客抱遺經。霜冷鴻飛磧，秋晴馬在坰。東逢山似象，回首靜儀刑。

從政和韻來謝復就答之

并州沈厚士，氣質得天靈。吴下留三祀，軍中講六經。微雲點霄漢，清月出林坰。載鼓汾亭曲，令人識典型。

牆東甘靜處，詩思妙通靈。堂有慈親奉，門無冗客經。佳兒誦書史，深巷類郊坰。應解莊周學，全生不近刑。

贈張受益檢校

山水經行遍，蕭閑吏隱情。劍寒光不泯，鶴老骨逾清。傾蓋逢知己，論詩盍讓卿。從來説張祐，不是浪傳名。

德刑相濟用，自古意尤深。肅殺冬神令，慈祥使者心。月明清驛路，風色定寒林。善政民應化，毋忘魯叟箴。自注：時受益監刑諸盜。

悼亡

短日一何急，寒宵不肯明。霜寒那有夢，月落重傷情。壁凍琴絲斷，風驚燭淚盈。微言憶王衍，達理悟莊生。

次韻贈友

柴門饒野興，不逐世浮沉。父子詩書樂，山林木石心。玩雲聯晚句，卧雪擁寒衾。又欲移家去，幽棲恐未深。

深居

閉關屏人事，褊性樂深居。琴罷更無事，晝長宜讀書。粉牆苔色古，棐案竹行疏。漸喜相知少，門無冗客車。

題沈華溪詩集

暑夕坐無寐，把君詩獨謠。才堪敵冰柱，韻不減江䖴。瘴海三年隔，風沙萬里遙。相逢欣有得，傾篋盡瓊瑤。

挽沈氏母夫人

允矣夫人德，傳家慶有餘。生存黄鵠操，死葬白龍居。落月沉滄海，浮雲散太虚。曾爲陶侃客，酹酒重欷歔。

曉望吴城有感

嗚嗚寒角動城頭，吹起千年故國愁。才見專諸操匕首，旋聞西子載扁舟。霜寒古寺鐘聲早，月落南園樹影秋。一笑浮華易盈歇，白雲長在水東鮑本作長流。

送劉梅溪遊句曲

華髮蕭蕭兩鬢秋，醉眠花竹舊風流。天心橋畔行將老，自注：劉居吴天心橋。地肺山中隱去休。半嶺白雲容可玩，一庵明月尚空留。自注：劉有故庵山中。西風趣赴方臺約，巖下遥看二老遊。自注：句曲有四平山，亦名方臺。劉故人吕江蟾，號四平翁。

次韻叔時述懷

文學淵源百行餘，浮誇深陋漢相如。性靈偏愛居山水，才大難堪奉簡書。毛義仕來身暫屈，揚雄老矣計全疏。强顔微禄營甘旨，已約煙霞共結廬。

次韻子封承之遊桃花塢二首

二仲相從共此遨，濛濛花氣襲征袍。幾家緑暗藏深塢，一徑紅芳落野桃。春色暗隨流水去，客懷空逐暮雲高。臨溪忽動秦源興，應嘆浮生何太勞。

闔門行樂送韶華，閑訪城陰野老家。黄蝶得晴飛菜葉，翠禽隔浦啄桃花。衡門倒屣臨官路，古渡横舟閣淺沙。亦有詩人時一到，醉吟行盡夕陽斜。

賀胡西軒入道

世外塵鮑本作烟霞淨綺紈，天風吹夢遠笙鸞。清名久上丹臺籙，散秩新除紫府官。九醞霞觴分帝所，千秋銀牓表仙壇。蔡經一見心相契，應許親傳蜕骨丹。自注：胡禮蔡君爲師。

次韻王松陵

江上青山擁縣城，江頭結屋放歌行。散人昔有陸魯望，處士今無禰正平。萬頃雲濤聊自賞，百年肝膽定誰傾。何時適有扁舟興，趁得垂虹夜雪晴。

和龔翠巖雨中述懷韻

風流翰墨傳千古，議論文章自一家。静愛雲林披白苧，懶趨閶闔草黄麻。江山故國閑停櫂，風雨僧窗自瀹茶。甚欲從翁俱隱去，雲深何處問桃花。

雪後遊石湖

衆峰戴雪玉崔嵬，風定湖光鏡面開。山色可堪西子笑，溪聲曾送越兵來。天寒野水摇孤艇，日落浮圖對古臺。回首風塵翳城闕，愁來誰伴倒清罍。

范公農圃堂

振屐重來事已非，却憐清景不相違。晴湖盡屬盟鷗樂，夜月還驚化鶴歸。萬里吳船空野水，百年庾宅尚斜暉。醉哦昔日三高些，千載何人復見幾。

送鄧覺非赴金陵學職

城南不得遂相羊，又著綸巾出草堂。李白杯中停月影，米家船上貫虹光。西來江水知鄉近，北望淮山引興長。應傍荆公祠下過，向來松竹尚蒼蒼。

送潘臞齋赴會稽講席

四十臞仙鬢未班，譚經海上看青山。曹江韲臼漫難讀，禹廟梅梁去自還。叠嶂曉晴詩筆鋭，平湖風定酒船閑。曾聞百粤多奇士，暇日清遊盍叩關。

湯梅山爲道士歸吴還山賦一詩以餞

三年獨向孤山住，應爲梅花滯水濱。滄海鶴歸空有語，荒城草長又逢春。芝田火暖丹砂熟，松嶠花香白醸新。安得與君俱隱去，煙蘿深處著閑身。

舟行邂逅周西園出示迴文詩就次韻

遊遨適興隨幽境，笑語相逢忽並船。流急濺袍飛帶雨，岸回迷草暗浮煙。樓高近水涵飛鳥，樹密藏雲咽恨鵑。愁破已空尊酒緣，醉吟同眺晚晴天。

贈吴江學掾

萬丈垂虹阿那邊，君來山水愈清妍。洞庭雲氣浮樽俎，震澤濤聲答誦絃。汀柳垂遮靈運笠，江花飛落廣文氊。此行適有稽山興，漫繫春風載酒船。

宿真元觀

汎汎春風湖上舟，幽尋不覺到瀛洲。碧桃花落門前地，翠柳陰垂水際樓。半夜鶴鳴松院静，一天星照石池幽。瑤林疑有神仙隱，願得相從物外遊。

贈陸稼村

風雨鷄鳴江上村，祇今遺叟幾人存。煎茶陸羽忘塵世，學稼樊遲老聖門。百尺蒼松心不朽，千年古井水無渾。丹崖翠壁何從見，一笑相逢醉竹根。

澄虛觀玉皇閣次韻

巋然高閣鎮吳州，妙手應煩玉斧修。萬疊紅雲凝寶座，一輪白日抱璃樓。濛濛灝氣疑浮蜃，炯炯神光遠射牛。終待留侯辭富貴，還來相伴赤松遊。

又代賦

狼藉風煙知幾秋，巍巍（鮑本作中天）傑閣煥然修。移來世外神仙宅，幻出雲中天帝樓。眺遠但知觀萬象，養生應悟解全牛。帝觴他日分餘瀝，咫尺鈞天得夢遊。

贈周山人

牀頭曾不置黃金，野褐綸巾善陸沉。七十康强疑有道，一毫榮辱不驚心。草根露冷沾芒屨，柏子烟清暖布衾。時啓青囊看山水，行（鮑本作浩）歌行入白雲深。

郭范寥寥數百年，地仙還復出人間。豁開天外一雙目，看盡江南千萬山。玉指暗攢烏兔定，金盤活捉虎龍環。我今欲卜神仙宅，霧豹何妨露一班。

餞楊世章

阿章年少懋才猷，柏府當年與贊籌。高卧久無求仕想，閑曹聊作讀書謀。風煙坐度吳江晚，山水重（鮑本作窮）探禹穴幽。正喜相逢又相別，飛花不分灑離愁。

送信甫之江東

僦屋吴城不厭貧，江東初奉薦書新。壯年才略須名世，異國光陰肯滯人。官舍草生三月晚，遺宫花落六朝春。到時公事期程暇，應有新詩寄我頻。

輓湯桂橋

三楚名家有異孫，昔年射策對君門。青衫佐幕聲名重，白首譚經道義尊。天壤忽驚遺老盡，衣冠今復幾人存。小山桂樹傷愁絶，賴有清香爲返魂。

又代輓

壯歲名登進士科，青雲直上趁鳴珂。子真遐舉神仙隱，自注：作尉歸隱。玄晏閑居製作多。空掩高齋藏漫藁，竟無良藥起沉疴。諸郎毁瘠銜哀切，爲報門人廢蓼莪。

送悦心北上

便乘天驥上通逵，笑拂吴鈎氣益奇。徐庶交遊盡名士，王維才藝重當時。西風星斗寒芒動，落日川原秋興悲。莫向黄金臺上望，霸圖消歇草離離。

寄東皋叟

移家東去寄田廬，始見高情與世疏。愛酒定從焦革飲，卜鄰應近仲長居。天寒掃雪催煎茗，秋雨臨溪命罩魚。静裏獨全山野樂，人間榮利不關渠。

題秋塘圖二首

寒塘淨如鏡，雲冷水潆秋。溪鳥無情物，悠悠不解愁。

水落秋菰老，夕寒烟樹微。絶憐雙白鷺，飛去似知幾。

題畫扇騎驢踏雪

雪没驢腰白，行行詩興催。不因太清絶，那肯犯寒來。

題錢舜舉寫生五首

石榴

萬里乘槎來，錦衣驚晝炫。相逢秋風中，忽發一笑粲。

青瓜

蒼然藍田姿，幽懷瑩冰雪。邂逅青門翁，曾救人間暍。

水仙蘭

翩翩凌波仙，静挹君子德。平生出處同，相知不易得。

菊花

百卉盡摇落，獨傲清霜裏。披榛見黄花，淵明元不死。

戲嬰圖

祕矣宫中戲，人間那得窺。開圖付一笑，能不類兒嬉。

送人遠宦思親還鄉

堂有期頤母，天涯事遠遊。人生歸養樂，薄宦一萍浮。

題王立章雲山卷

岌岌兩峰峙，嵐光照寺門。青山無今古，白雲自朝昏。

題扇上畫

老樹千年古，精靈變化奇。純陽有道士，猶且被渠知。

古木排山立，幽窗傍水開。直疑林處士，獨棹小舟回。

題秋塘小景

寒溪上下碧，水鳥去來輕。衰柳傷秋色，應知畫不成。

題習齋先生扇上畫

石罅修篁蕭爽，水邊老樹槎牙。氣味與翁相似，歲寒長對蒼華。

題扇上畫

蹇驢欲往何處，落日空山暮鐘。行到水邊幽寺，白雲低覆青松。

小園即事

淡黄楊柳著烟輕，細草茸茸襯屐行。行到水邊心會處，夕陽一樹杏花明。

南湖史君製暗香湯奇甚賦二絶求之

飛盡梅花重惜芳，仙房想像製新湯。猶疑清淺溪頭汲，石鼎煎來水亦香。

霧閣雲窗深閉春，微聞玉杵擣清聲。玄霜秖許雲（原作英，據鮑本改）英見，地上詩人渴夢生。自注：時侍姬新至，故戲及之。

和南湖史君煙景墨梅圖 時聞有惠州新除

依約羅浮翠嶺前，美人玉立破蒼烟。畫圖未許分明見，一夜春風入夢先。

夏日南軒

並水軒窗宜夏居，夜涼如水似秋初。科頭枕石卧明月，仰面迎風看太虚。

出城道上有感

岸上征人水上舟，古今行役夢悠悠。恰如河畔青青草，死盡還生那得休。

鄰圃求桂花并收墜英

萬里西風桂樹秋，蟾宫雲箔夜香浮。何當淨洗紅塵夢，乞取一枝遮醉眸。
收拾殘英擣作湯，小山風味不能忘。敢煩即遣蒼頭去，掃取黄金一斛强。

題唐圉人調馬圖

飛龍天廄隘雲稠，一匹驕馳掣電流。櫪下髯奴真廝養，眼中元不識驊騮。

賦桂山其人善琴書大字

小山桂樹碧雲西，三疊琴心月未低。曲罷便乘蒼鳳去，廣寒瓊牓要新題。

贈恒齋葛太醫

吴下謙謙抱樸孫，妙年應遇長桑君。素心皦皦恒如月，一寸靈苗手自耘。
人間無地不巉嶔，刺眼醫門劍戟森。操術不爲流俗變，始知夫子有恒心。
少小烟霞痼疾深，已將鐘鼎等山林。年來更有躭玄癖，煩向膏肓爲一鍼。

濟南趙君成南使羈留三紀得還其猶子録其遺事求詩爲賦一絶

三十六迴秋月明，年年望斷雁南征。蘇郎皓首還鄉去，媿殺當年李少卿。

吴市售藥

山夫聊作市廛居，漫學壺公計已疏。收卷向來經濟策，案頭唯集古方書。

題山水扇

青山綠樹蔽層樓，應有高人隱一丘。客子門前過何急，古今行役未曾休。

江上層峰擁翠螺，人烟隱隱見巖阿。泊舟二子登平陸，遮莫風波奈爾何。

以上《寧極齋稿》

（漆永祥整理）

全宋詩卷三七二五

汪炎昶

汪炎昶（一二六一——一三三八），字懋遠，婺源（今屬江西）人。幼勵志力學，受學於孫嵩，得程朱性理之要。宋亡，與同里江凱隱於婺源山中，名其所居爲雪矼，自號古逸民，學者稱古逸先生。元惠宗至元四年卒，年七十八。有《古逸民先生集》二卷。事見本集附録《汪古逸民先生行狀》。

汪炎昶詩，以《宛委别藏》本爲底本，並新輯集外詩編爲一卷。

擬唐臣春苑池應制

唐太宗幸春苑池，有大鳥容與波間，命閻立本圖其形，而群臣賦詩，今無所見。友人江尚質擬作，予因和之。

聖君垂拱殿，遊豫及時和。輦駐花邊静，舟攢柳外多。泛遙齊解纜，載重密垂河。傳楫輕篙手，夔韶譜棹歌。魚方充鎬沼，禽亦感殷羅。唼藻翎頻刷，看雲首屢峨。大疑鵬與似，瑞比鳳來過。鳺鷺欣相狎，鳧鷖許繼哦。微臣亦□幸，共爾沐恩波。

次韻補柳子厚八愚詩

同郡胡君敬存，賦《八愚詩》以補柳集之亡。意謂子厚以愚觸罪遭謫，其放情邱壑，雖若自得，然於去鄉懷土之思，殆有不能免者。予則以爲子厚固誠愚矣，而於愚溪一序，卒能大悟其愚，良由得是泉石以澡雪其胸襟故也。因次韻以寄意云。

嗜幽獵奇闋，身忘落天涯。光吸泛霞瀨，清弄浸月陂。襟懷屢蕩滌，性情漸愉怡。孱顔謝往惑，晃朗還澄思。右詠愚谿

故邱墮蒼茫，得玆賴居人。竹氛淨媚曉，蘚績綠染春。藤蘿設野幕，猿鳥卜近鄰。豈不愜吾愚，彌使懷所親。右詠愚邱

撞玉鏘斷石，濺珠懸稗松。色資耳目淨，聲碎塵土空。靜窺發奇趣，飽飲生異容。詎知愚所樂，適與智者同。右詠愚泉

何以施吾愚，溝泉甃苔石。渦溢分冷光，池呀注晴碧。箕潁計已失，滄浪遠難即。敢慕洗耳翁，聊爲濯纓客。右詠愚溝

愚泉我所愛，規此須其來。但因坳窒勢，不以智巧開。鷗馴如故知，魚浮了無猜。感激平生懷，與爾同徘徊。右詠愚池

海仙憐憨癡，相嬉幻蓬島。池懸孤影直，雲增危勢好。鶴盤意欲下，樹滋色難老。春風慎披拂，勿俾生凡草。右詠愚島

晨興氣澄穆，池影涵幽堂。泉從松下來，漱齒生微香。内揣澹無得，外檢倏已忘。即此冥其愚，樂如還故鄉。右詠愚堂

拂翳藤裊風，灑澡松助雨。幽抱逼池光，妙趣味禽語。愚豈異曩日，優惟絶浮慕。當有來者知，泉石良可撫。右詠愚亭

晦庵先生遺墨

予先世凡兩娶朱氏，一韋齋從姑，一晦庵從妹。至大父，僅存先生四帖。今幸存其二於吾宗，感而有賦。

刊除浮習語丁寧，洙泗餘風刮地清。孔李通家爭幾許，當時獨未作門生。

久遠知誰更解珍，即今猶見墨如新。難懷白璧歸秦國，尚喜烏嘷屬楚人。

汪炎昶

待制詩章雕玉雪，郎中筆陣布雲霞。獨於妙蹟留遺恨，澗石嵯峨叠蘚花。自注：待制吕廣問，郎中凌唐佐，皆靖康時人。二公所贈先世詩，今皆有石刻存焉。

訪人不遇

寥寥空谷噓紫霞，誰知此有幽人家。洞門深鎖蒼蘚滑，風藤簌簌吹殘花。東林筍蕨香更肥，西林鵓姑鳴復飛。廚煙漸冷飯已過，驟雨欲作翁未歸。

絶　句

樹借看書影，蟬供隱几聲。人稀忘屋小，地淨覺涼生。

送斗山兄隱居石耳山

遥望石耳山嶙峋，咆哮虎豹林澗深。山屏倚翠障殘日，石劍攢鋒鏤太陰。豈有漁人可問訊，苦憐木客長哀吟。似聞更欲住絶頂，他日瘦笻何處尋。

秋懷二首

劇暑逢添閏，微涼忽值秋。年爭飛鳥疾，雲共此生浮。多難仍懷古，他鄉獨倚樓。可能天下慮，政有一身憂。

乾瓦鳴疏雨，虚檽受遠風。平生負奇志，此地託微躬。人笑書成癖，吾疑道未窮。數峰青入眼，天際失孤鴻。

六言二首

撼竹露喧餘滴，度荷風挾微香。醉袂拂開雲影，釣絲牽動潭光。

暮雨帶雲凄澀，歸時不脱漁蓑。鄰犬誤疑客至，數聲吠出煙蘿。

香巖院

犖确疲幽逕，扶持仗瘦筇。斷崖何處路，細雨隔山鐘。猿竊垂簾果，僧樵卧澗松。人言深僻處，别更有靈蹤。

睡起

花陰匝地鳥聲閑，睡起柴扉斷往還。意定忽如千古上，欲尋已墮渺茫間。

戲題江沖陶池亭

寒蔭竹梢雲，清分稻畦水。無令鷗鷺知，驚散菰蒲雨。

詠友人竹

拂雲何日種，蕭灑傍茅堂。翠重煙分渭，痕乾淚染湘。塹鞭枝倒發，徑篠筍斜行。地緊根相絡，莖高籜漸長。山僧冬覓種，鄰叟夏偷涼。泛户陰開闔，掀風勢簸揚。杖侵鏗瘦玉，爪刮聚浮霜。禽踏枝𣯶屋，松添影壓牆。箾韶如不棄，或可佐宫商。

初　夏

小雨清初夏，榴花著意紅。短篁齊遠樹，輕燕接飛蟲。睡眼雲招去，餘寒酒掃空。苦無羈思迫，端與故園同。

齒痛戲成三首

齒應宜脱落，鬢已舊蒼浪。肉食定無分，茹蔬猶見妨。動疑難再穩，痛似忽微長。舌在吾何患，休看肘後方。

療法人爭授，奇功竟未遭。嚼侵驚已折，漱撼喜猶牢。幸不妨黄奶，惟當釂濁醪。子荆泉石約，一笑我將逃。

强把殘編閲，支頤坐北堂。味從中夜永，痛偶暫時忘。意外逢奇藥，人間欠此方。倉公如欲覓，寄語不珍藏。

六月二十一日大雨數里外旱如故是歲淮浙皆大旱

見説他州旱，孤懷尚慘然。泉泫分脈細，稻壠劚泥堅。墟落纔連壤，陰晴若異天。蒼茫千里隔，甘澤固應憐。

喜雨

窗竹斂晚影，雲起天冥冥。一雨輸微涼，收盡蚊蚋聲。生意落原野，焦黄返新青。滂沱更三日，端可□年登。呼兒具樽酒，喜劇不暇傾。長風捲歸雲，隙月忽微明。葉端留餘滴，不滿一餉聽。

復熱

昨暮北窗雨，未辨欹枕聲。今晨東郊日，依作□炎□。神龍伏窟宅，獨忍遺吾民。却恐空山雷，散入饑腸鳴。皇天亦何意，水旱頻相仍。疲羸易凋瘵，可使失歲登。憂民豈吾責，甽畝心未寧。

暑夜聞松聲

老松葉閒風所藏，露氣引風風正狂。吹雲去作何處雨，餘力猶能爲此涼。來從月裏覺愈爽，助以谿聲聽更長。椎牀撫几喜欲絶，赤日杲杲升扶桑。

編就荆公律

半山松菊黯風煙，猶有新詞世共傳。暗叶宫商那有韻，絶無脂粉却成妍。趨朝玉佩行行整，入手驪珠顆顆圓。老子平生端崛强，可能著句獨渾然。

梅子

又是江南煙雨時，黄梅正解蹙人眉。平生謾説和羹事，一騎紅塵屬荔枝。

上嶺

客程不遑息，犯暑凌嶔崟。微風不足涼，汗流被衣襟。忙行趁雲影，已過他山陰。疲極覺更高，攀躋力不任。幽蟬若相勞，屢作淒楚吟。

南山

宣平隱處今始過，煙霞城郭路幾何。野渡誰浮夕陽艇，空山尚響樵人歌。石壇荒涼叠苔蘚，谷鳥啁哳深松蘿。何當更值買酒至，一笑使我朱顔酡。

登樓

木末孤蟬鳴不休，客子正倦還登樓。斷虹閣盡芳草雨，孤雁點破南雲秋。城頭笳聲撼落葉，渡口霞影搖輕舟。浮生擾擾事無限，搔首坐看斜陽收。

壬辰冬識孫元京於郡城劇談甚得因約余至其家已而不果明年春早聞已下世哭以詩

屈指驚前輩，春來倍感傷。斯文雖未墜，此老復云亡。更覺新詩重，逾思别話長。相知誰遺晚，舊約墮蒼茫。

同張趙二山長及郡城諸友小飲紫陽溪上分韻賦詩得金字

出郭未云遠，野趣覺已深。溪聲洗塵夢，樹影涼絺襟。師模炯連璧，士價逾兼金。杯行孰爲侑，間關愛幽禽。

五月二十三日雷雹大作

午熱蒸崖嶂，晡時驟雨來。仍年頻見雹，中夏始聞雷。地撼山疑壓，林昏鳥誤回。吾寧識天意，吟苦自生哀。

奉和江沖陶隱居二十韻

雲深行欲迷，但逐樵夫去。遙聞雞犬聲，人家在何處。右緣雲徑
斷石倚枯柳，古色凝空青。落日借猿坐，清晨同鶴登。柳磯
入谷但杳冥，欲忘人寰近。煙霞誰與娛，煩君賦招隱。伴塢
青冥風露淒，玉笙浮縹緲。石蘚蝕秋花，蘿月淡清曉。鶴碥
雪瀑下平地，便作人間去。石潭如有情，少遣潺湲住。沖瀑潭
昭崖泫泉液，勃勃上雲氣。未遂朝宗願，先有爲霖意。作雨泉
蒼然隔塵世，正對幽人家。絶宜疏雨餘，斜陽點寒鴉。蒼屏山
割雲石棱銛，纏藤松骨槁。少華且未登，昌黎應絶倒。少峰
山鳥戛曙烟，扶桑掛初日。巖棲學仙侶，應試餐霞術。暘晰山
前浮芙蓉翠，後汎石耳雲。君欲竟幽討，絶壁更一捫。倚天石
清泠石泉飛，蕭瑟松風到。雖未叶宫商，總是沖陶操。琴臺
石壁倚蒼峭，香蓀濕蒙茸。聞名九歌裏，識面此山中。蓀壁

看雲已堪眠，待月兼宜坐。誰令作棋局，却使蒼苔破。棋石

以我鼻端氣，觀此石間風。理固未易辨，妙處要相同。風自石自注：泉激爲風，出自石竅。

數點廬峰雪，吹入沖陶雲。山靈定驚怪，佳景被子分。雪砿

人世紛喧囂，空山自茅棟。煩君固扃鐍，保此曲肱夢。樂此堂

高人厭塵紛，不肯棲平地。木末敞軒窗，託此超然意。沖陶草

崵來雪砿頭，眼隨林麓轉。意定衆境生，一笑前峰遠。攸山

窈窕東北峰，到眼佳有餘。行人日攀緣，豈知供我娱。芙蓉峰

截斷浙東雲，朝昏變奇狀。平生採芝心，復此一惆悵。石耳山

友人江順德見子

久矣劉郎怯畫眉，錦棚今始見嬌兒。真成令氣何妨少，猶及中年未是遲。應笑雍端惟覓果，定傳江鮑總能詩。人言釋氏親攜送，問取論功屬阿誰。自注：或謂禱僧伽所致，故戲之。

送江天多之淮東梁縣迎先尉公柩兼陳言行省二首

淮縣當年逼塞垣，乃翁采棒此懸門。餘威尚可消奸猾，故老應思識子孫。幾歲荒邱埋月冷，九秋丹旐逆風翻。訪求合有遺文在，歸與鄉閭共討論。

復有憂民意未忘，欲從分省拜封章。馬周筆下文章妙，賈誼書中太息長。治世可能無利病，吾徒自此卜行藏。亦知自繫蒼生福，聊復臨風倍激昂。

冬至

草草歡娱共一觴，葭灰昨夜煦初陽。民貧絶喜冬猶煖，客倦翻嫌日漸長。造化不停聊闔闢，人情自此隔

炎涼。欲占歲稔渾無雪，兒詫晴雲曉色黄。

山家律琯在寒梅，香襲幽窗報乍開。客夢併隨殘夜盡，鄉心潛傍一陽回。幡垂稍喜春當近，竹爆先驚臘又催。從此東風無限緣，不妨吹上鬢毛來。

余年二十餘即有二毛蓋亂離間關所致感而有作

兩鬢寧逃雪色明，何須種種即關情。故應弱質生來早，未信窮愁染得成。偶脱亂離真已幸，更添憔悴亦休驚。鏡中幸有朱顏在，尚用孤懷起不平。

吴氏碧松亭

娱親何煩羡三釜，種松築亭真自賢。昔人固願甘旨具，有子正須名節全。月摹碎影當奇畫，風送寒聲供醉眠。庭前雨露挾和氣，明年定有枝相連。

奉和族祖紫巖翁謾興十首

九州落編簡，愁來得眺望。古人果有無，名存實全喪。去古日已邈，來期方浩蕩。

古聖道雖周，莫能保興廢。鼎中著乾坤，堂上納邊鄙。萬古遞相扇，征伐與侈靡。

鏗鏘國風始，孰云墮微茫。秖今寂寥中，滿耳猶洋洋。聾俗自無聞，此音初不亡。

地卑山故崇，河黄濟故清。彼豈超世才，但媿吾無能。我家壁中書，不如相牛經。

衆心異向背，如口紛嗜好。競守一隅僻，不悟竟至老。何由破其惑，所貴皆爲寶。

氣節固難量，出處已可視。一挽即致之，定非棟梁器。文王不親屈，漁竿老於渭。

愚夫恬其愚，智者役於智。寧爲坎井蛙，勿作鹽車驥。擾擾誇健捷，纔堪一噱耳。

寒士勵苦行，不能動鄰里。彼或外貌飾，即與時髦齒。激獎道已微，孰振頹波起。

桃李貴以色，蘭蕙貴以香。蚌胎祕奇彩，螢火耀寸光。中心固了了，竟莫辨否臧。兀兀守陋説，依依望奇功。適秦轍東首，欲至當何從。爲謀止一身，茫然如捕風。

讀孫元京詩集

佐時猶幸識斯人，不爾終身憾不禁。詩裏重逢神骨峭，老來更覺語言深。鬼吟似有聲堪聽，風過渾無跡可尋。死去豈餘毫髮恨，生前親獲遇知音。自注：謂虚谷。

送友人江和叔調閩海憲掾二首

使幕須材掾，君今有此行。蠻烟山樹遠，驛雨海蟬鳴。持贈端何有，愚言慎勿輕。奮飛無異術，惟在保清貞。

莫歎纔爲掾，雲霄自此初。會能舒所藴，且復試其餘。黄葉山村雨，青燈竹几書。平時學經濟，誰不笑迂疏。

江伯幾新覆雪矼草堂

山人新覆草堂成，便覺烟霞别有情。鑿牖先思當瀑布，看雲旋擬著桃笙。龐公隱處攜妻子，匡氏同來有弟兄。鶴背仙人應錯愕，世間亦自有蓬瀛。

聞笛

荒村犬吠人猶行，驚烏亂啼山月明。南鄰擣碪適復罷，何處吹笛秋更清。疑含白龍堆外怨，恨不黄鶴樓中聽。螢飛露下百草濕，倚風激烈思平生。

次韻題張氏耆逸堂

遊戲壺天歲月深，人間又見謫仙人。鏡中商嶺飄蕭髮，物外箕山自在身。安石少徒輕冕紱，伏波老未厭風塵。輸君物外全雙美，洛社耆英漢逸民。

俞氏朝爽軒

西山入拄頰，終帶板綬累。悠悠軒中人，心閑得真趣。

先世藏減筆畫馬甚精妙因亂失之追悼賦此

老韓妙筆見無由，一馬長鳴塞草秋。敗素烟昏誰解惜，鹽車猶自困驊騮。

過往歲避地之所屋燬人遷

依舊蒼苔小徑斜，當時從此入山家。心疑謬誤還疑是，雨溼棠梨一樹花。

次友韻

達人憂樂但隨時，往事猶須入夢思。實行難磨姑致力，空言無補莫耽詩。水終易起濤風浪，松暫微低偃雪枝。李在道傍遭衆棄，蘭生谷底有人知。

咀叢間新茶二絶

溼帶烟霏綠乍芒，不經烟火韻尤長。銅瓶雪滚傷真味，石磑塵飛泄嫩香。

盧仝陸羽事煎烹，謾自誇張立户庭。别向人間傳一法，吾詩便把當茶經。

春　寒

漠漠陰雲匝地垂，年年怯過禁烟時。曉風幸自渾無力，柳外微微弄酒旗。

友人俞伯初夢余立懸崖飛瀑之下謂曰吾緣澗曲折而來泉聲忽左忽右子其爲我賦所未能伯初即句曰石根行步轉耳畔水聲移遂足成短篇見示次韻答之

事往孰非夢，豈必夢見之。安知非攜手，勝處真哦詩。而子以爲夢，確固不可移。竟亦莫能辨，鴉影横空陂。

次韻約登里中蓮花峰

時有徐道者，託佛自神，開山于於潛之龍塘山，其徒亦來開山於此。

青蓮界敞白雲巔，乘興難追雪夜船。孰肯忘懷當鬧處，人當慕道向中年。即翻貝葉吾猶倦，更策筇枝子亦賢。可是此生凡骨重，丹梯無計一攀緣。

同儕堅挽同遊用韻爲謝然終不能從也

道人結廬青山巔，如望蓬萊無渡船。石棧天梯欲千仞，流水桃花知幾年。闢佛誰持退之論，入社豈廢淵明賢。亦聞曾破虎溪界，暫往勿謂吾無緣。

次韻俞伯初古松篇

挺植今幾世，追數邈不逮。盤古始分畫，已見數抱大。繁荄茁朽壤，力竊孕貞外。靈椿爾何知，詫閱寒暑代。深根謝撼拔，毅色支挫敗。心堅素藴直，貌古自類怪。梢優軸厚地，皮是船下瀨。五嶽空崢嶸，可納枯竅内。緣獰攢礫髯，紋皴蹙腥背。蘿蔦獲引援，蕭艾藉覆蓋。枝抽尚未已，著恐宇宙隘。餘韻落塵寰，海濤讓砰磷。此豈臃腫賤，莫肯發衆快。材大固難容，不伐豈憐愛。阿房得附枝，豈見亟圯壞。卑魏若遁藏，醜惰事恬退。枯柏不自量，小器競衒賣。負荷力不給，摧折自貽害。造化久培植，亦以邦國賴。山靈慎愛惜，勿使妄剪拜。大物不虚生，天意終有在。賦才巧爾殊，落落出行輩。所希亟遭逢，葉卷雲影碎。

歙南汪叔和示以新吟掇其卷首一篇次韻歸之

鉅帙賦新篇，語闢冰玉潔。未用咀根莖，固已駭枝葉。淵源一羅間，風雅未淪歇。手弄紫陽雲，齒漱石梁月。陳腐痛刮磨，巧麗工采擷。郡有桐廬侯，毋辭迂步屧。

梅雨

蕭瑟連朝暮，淒涼抵客居。疏渠防更驟，綻屋趁微疏。潤起荒廚䤈，腥傳僻巷淤。遣愁吾有策，閉户卧看書。

竹徑

竹陰清入骨，消得此閑行。不待鋤蒼蘚，頻來徑自成。

里人俞退翁自號南山南菊逸嘗賦詩以道其志繼有和者一日示兩鉅編則有故文丞相長句冠於其首蓋君謁丞相於燕京時所贈也謹次韻以歸之

山人舊隱南山南，家具惟存賦詩筆。瓮浮清醞夜□雲，菊泛寒香秋滿室。模放已逼東籬真，經營况似南村宅。懶從乾蘚灑窗户，豪厭溼雲黏几席。銅鞭敲□秋韻鏗，蕙帳圍寒曉光寂。張公十策未風雲，周家六典姑泉石自注：君纂《周禮綱目》云。此與淵明亦何似，似處難將語凡客。世間塵土涴人衣，明日雲深惆悵極。

七夕明日次退翁韻

牽牛織女定虛傳，快意惟須向目前。仰腹曬書真自苦，掛褌隨俗底須然。長生殿冷新蛩咽，乞巧樓空破月懸。何不昨宵來就我，嫩涼恰與醉相便。

友人山莊

便覺塵囂隔，煙霞寧幾深。樹招憐翠眼，水發嗜清心。石暈團枯蘚，崖芳簇碎金。知非罇酒聚，寵我以幽尋。

三洪遺墨石刻并序

先武翼介然公，紹興初從沈侍郎昭遠使金國，時洪忠宣方留敵中，音問隔絶，公能得其蠟丸書，剖股納之以歸。比忠宣南還，使諸子執子弟禮環拜，其居宅亦洪公适倅本郡時所爲築也。三洪諸帖，今皆無恙，而石刻則已散逸。或偶得二石於廢溝中，感歎爲賦三首。

弟兄落落峙雄名，字落青珉定有靈。地下可能□□劍，人間喜似出蘭亭。

物殊壽夭故難知，誰欲寬爲久遠期。塵土未能昏故楮，泥沙先已蝕殘碑。

幾錢典質樂毅論，十鼓尚闕周宣詩。響急黃樓須徹夜，碑埋峴首豈無時。

早雪

起晚寒猶力，衣稜刮肉銛。吟豪須火逼，汲甕被冰粘。犬卧貪依竈，烏窺欲下檐。遙峰驚變狀，琢玉闖疏簾。

曹主簿涇自卜壽藏追范石湖韻謹依虛谷使君例各一再和

一抔早已瞰陬隅，君子從渠自犬烏。誰泄天機似文展，爭持地券與堯夫。新阡競奪前人隴，高冢多踰舊日模。隨分安排吾事了，咄哉俗子謾狂圖。

醉吟且傍釣磯楸，墳上何曾酒到劉。從古英雄皆地下，幾家掃拜尚原頭。光陰且靳私顏子，螻蟻那知聖孔丘。名在丹臺公勿慮，會嗤蓬顆露溥秋。

百年孰不寄荒隅，螻蟻歡欣悵野烏。畏死固知非達士，輕生斷亦是狂夫。樂天陶令詞堪續，荷鍤劉伶跡易模。石槨同知罪司馬，荼毗乃至羨浮圖。

何遽卜塋兼樹楸，壽如黄綺閱炎劉。九州骨豈皆黄壤，百歲人誰盡白頭。貴賤一時膏野草，賢愚後代指荒丘。因公重慨浮生事，落葉寒雲渺渺秋。

輓畢宰二首

奥學深探本，亨衢早著鞭。浮雲時事改，皦日大名全。馥舉霜籬菊，清瓢雪竇泉。善人終不起，猶謂有蒼天。

極窮如自慮，篤養有餘歡。動以古爲法，事皆人所難。凶姦多上壽，庸鄙或高官。爲喜才堪恃，叢深謝砌蘭。

和友人論詩二首

原自風騷濬，根從李杜尋。煙雲裁體製，月露洗胸襟。所施殊高下，論功繫淺深。儘饒材力贍，政要苦留心。

蒲團與檀版，拈著足家風。性覺隨資近，人難盡己同。奇非居正外，易正在難中。意近語須遠，形離神暗通。自注：許月卿云：凡詩，形離神貫者上也，形神俱貫者次也，神離形貫則非詩矣。

初冬

城頭鐘斷漏初長，布被寒生一夜霜。已劇淒涼猶似較，後來風色更淒涼。

友人江順德連日留飲分韻賦詩得日字操筆立成

峰巒秋翠穠，禾黍晚露濕。雖然詩興多，其奈歸情急。清逼蓼花風，熱薄桐陰日。社酒欲娛親，豈不懷宴集。

冬夜聞雷

人事正難料，天時仍可猜。仲冬連日雨，中夜數聲雷。窮谷無薪賣，深村有虎來。疲民饑饉極，逃徙哭聲哀。

題吴判官澹齋

老氏無爲宗，高人養心妙。寂寞味無味，寡欲近道要。囂靜兩皆然，任物曾無矯。蠹簡五千言，以約揅汗渺。爰用得其微，一言詎爲少。深功何從驗，治民以無擾。更能極異效，迥立西京表。靖漢皮膚掇，謚齊土莫剽。

哭直方兄二首

到門忽怪不相迎，堂上驚聞有哭聲。始悟已非生死隔，幾年來往弟兼兄。

今人萬事欲心灰，憂患君曾遍歷來。親戚送將山下去，歸來一餉哭聲哀。

次韻寄俞伯初

足繭問津路，肩纔息奚跛。醉鄉託一廛，學海浮單舸。觀心竦前瑕，斂躁入危坐。猶欣未窮極，早獲挫剛果。愚徒巧掩拙，語每泄魘卧。所須補罅隙，亦纔廢星瑣。智不給籌運，力難任敗贏。汲汲欲爲謀，政恐無時可。

謝梅庵汪御史免絲分得交字韻

僻郡鮮夷曠，人稠厥壤墝。藝纔謀黍稷，緝欲待菅茅。賦重已前代，政寬猶樂郊。繭絲囂駟騎，杼軸罥蟏蛸。君子謀斯達，邦人睫始交。霑恩陋河海，履坦失函崤。事匪塈鄰國，慈惟戀故巢。枌榆叨密蔭，棠棣挺新梢。已喜疽初決，寧容禍有苞。簡書貽遠則，永賴脱鞭敲。

偶憶徽外琴聲妙入神之句而失記爲何人詩愛其善於模寫琴聲沉吟數過是夕夢一偉丈夫爲余鼓琴音調清越非復世所常聞因以紀之

偉甚衣冠貌特奇，數聲清越弄瑤徽。尚求人世知音聽，地下鍾期可亦稀。

贈鳳林院海月師

早已逃俗類，從今始清絶。皎皎不可侵，如看海□月。

次韻胡庭芳别考亭夫子祠下

與易俱遯無何鄉，紫陽風采猶堂堂。伊洛諸老前慷慨，字落琬琰嗅有香。餘或闖首藩籬傍，占辭象例終茫洋。公剪蓁棘披羊腸，後顧萬世不能忘。攘却異論拓我疆，片言隻字揮琳瑯。安定嗣法兀老蒼，漁獵四裔搜中央。蹴孔躒鄭傾文場，霜刀與劂玉版方。姓名無翼已四翔，鏘然孤鳳鳴朝陽。不忝考亭斯故邦，再□足慰公所望。筍鞋踏穿山雨涼，九曲烟霞落錦囊。曩吾有易騰青箱，乍驚幽渺出煒煌。湛弼愧遁遺齎裝，子雲未許窺鄰牆。不獨暗陋分餘光，後來企慕心彷徨。

食筍

乃□蘤躍玻璃寒，體被頑甲流腥涎。甦槁爲穰功莫論，帝曰報汝後嗣蕃。或居渭水或淇園，一派逃入荒磯灣。厥後生子子生孫，頭角嶄然闖吾藩。拂雲力鬱數寸間，精液不洩真味全。祝融玄冥效駿奔，茭心蘆芽靦以慚。竹葉與汝本同根，以膠投漆無間言。當家清風洒乾坤，不敢涴以葷與羶。

滄洲白鷺圖五首

畫角聲中意欲迷，酒闌客思晚凄凄。恍然生我紅塵外，滿眼滄洲白鷺棲。

雲影天光匝釣磯，毿毿微展雪毛衣。不知妙得天然趣，只道驚人意欲飛。
遙空幾見落斜行，多在蘋汀蓼岸傍。認得聳身烟雨態，數聲相伴戛斜陽。
聯拳一足傍菰蒲，照影秋波雪點孤。荷響滴殘篷外雨，遠應有夢落江湖。
荷葉浦寒烟漠漠，蘆花洲晚雨疏疏。雖然亦有魚蝦志，難把鸕鷀比並渠。

客歸二首

繞牆煙樹色蘢葱，燕入鶯過路不通。客子歸來誤驚喜，移家別住綠陰中。
臘甕香濃未遣開，琴書先自撲塵埃。偶然俗事都忘却，似有微凉拂面來。

梨花

殘雪浮光瑩曉枝，肯隨紅紫鬬妍姿。年年寒食風和雨，天遣開花值此時。

次韻謝敬存見寄

鏘然新詩墮崖谷，一片寒光浮越羅。字搜珠璣竭貝闕，筆捲波浪乾銀河。未能力學自知媿，正使工詩奚足多。矧兹小技尚未至，議論我私當如何。

哭雲泉俞君

君今四十有九，以墜馬死。好上書當路詬貪吏，不娶無子。

踏雪相過似語離，歲俄在巳可勝悲。買臣富貴天慳與，賈誼才名衆誤期。奉養慈闈纔有弟，流傳家學更無兒。羸驂偶跨身爲累，穩騣雕鞍竟是誰。

讀書感憤四首

廣廈或不足，陋巷乃有餘。毫牟惴螯手，鸞噦疑災膚。華裾製大布，盛饌庖荒蔬。先聖遺禮法，甚能閑腐儒。孔道貴平治，藜羹戹於陳。回也得其術，回也亦最貧。微言墜編簡，又以詒我人。徒能相困悴，未能澤斯民。癡嘗泥編簡，謂世無難爲。家國共條貫，聖賢類我欺。鬢彩斑斷雨，燈影清涼颸。吾道適自爾，貧賤豈所期。四載即五十，無聞了可知。身有俯仰責，書無毫髮裨。癡猶未能棄，嗜若可療饑。彼哉一何智，莫或效我爲。

晚出山澗

樹崩崖更豁，澗曲路增長。片雨暝遙壑，疏蟬淒夕陽。竹潭初月影，蘿谷稍秋光。適嘆炎蒸劇，絺衣已怯涼。

次早再入山用前韻

苔深行愛軟，藤曲挽驚長。松健根拏石，花繁樹向陽。屨香霑藥氣，衣膩染嵐光。病骨凛清意，無風亦自涼。

望澗中田舍

本不爲幽尋，松邊世外心。翠明山欲近，碧暗水疑深。鳥觸嵐光破，魚驚屐響沈。輸他茅舍好，徑轉綠蘿岑。

晚出田間

疑有沮溺輩，耦耕尚依依。倘遂一晤語，足慰千載思。散策靡所值，田間步委蛇。草露裛棕履，荇風淒葛衣。遥空已新月，高原尚斜暉。

雨夜言懷

淅淅復淅淅，雨微聲不休。蛩長遠村夜，風早疏櫺秋。委蛇世路窄，隱忍吾道羞。時逢一笑適，豈足償多憂。

二月食筍

土底尋鞭剖茁來，花敲社雨乍聞雷。髯奴功過難相掩，夭閼中郎笛管胎。

哭中彝兄三首

涉世纔知命，菱花鬢尚青。天如憎善類，君又促餘齡。病以憂虞積，和因學力形。奚從覘慎密，閭里涕交零。

我方纏世故，而已返於真。亦豈異流俗，自難逢若人。病多猶嗜學，客至不知貧。毫髮猶無媿，情鍾骨肉親。

追隨從早歲，終始只真情。責善古朋友，恤災親弟兄。靡酬虧大義，重聚倘來生。淚盡哭吾父，情傷忽屢傾。

江如松曩用胡敬存韻寵以佳章未及答而先人下世三四載不復作事今次韻以謝

子豪於詩我所畏，發興況逢金叵羅。勢侔疾雷驅猛雨，思湧巨浪輸長河。自藏珠璣篋笥媚，未報璚玖憂虞多。別離已久未遽歎，少須相與遊無何。

中彝兄於余至厚奄隔幽明因過其門追悼口述

山色花香總是愁，當年此地幾同遊。偶來恍似君猶在，足擬過門却復休。

次韻竹米并序

父老相傳，前丙午、丁未皆大饑。今大德丁未夏，仍丙午之饑，民用困甚。自里之南入窮山，處處皆有竹實，始或采以自給，卒轉相告，無老穉畢往，日至數千百人，涉旬乃已。其竹甚細，野人呼爲苦油竹。露苞攢緑，既實而槁，實圓大，色深紫，酷侔麥粒，鑿則燦如，可淅可糜，氣味宛類赤小豆，或屑爲湯餅。自窮源迤邐而東北，踰休寧界，民得之尤多，通計户與丁日採不下三千石，民賴以安，而壤與衢接，彼數未預也。或云方麥熟時，其實正蕃，至是所得纔十二三耳。聊因暇日，次石卿江先生韻，因并紀其事云。

天災集午未，豈意非虚傳。忽從坦夷中，如墮崔嵬巔。年年稻半穫，間日民一飦。性命毫毛輕，骨肉草芥捐。惟類偶遺脱，此君所安全。春花簇墜露，夏實攢荒烟。陟危虎豹怒，縋峻蘿葛纏。採揉簸殼淨，蒸曝舂粒堅。捉筐兒羸股，力杵婦聳肩。功與稻粱並，狀如牟麥然。俚語漫紀實，敢希輯爲編。

次頌符術致雨之韻

術乃轟雷電，時方切禜雩。感通渠自諉，造化本無拘。翻想匙明雪，量同斛糶珠。天公應有語，爾力不關吾。

喜雨

欲雨天如惜，先爲數日陰。碎聲纔滿樹，殘照已穿林。暫喜還成悶，因嗟已作吟。固應私此壤，潛灑待更深。

憫旱

一身兼百慮，旱暵最關心。稻穫饑逾甚，民貧禍轉深。偷生庸可必，此咎杳難尋。苦被浮雲惱，時時謾作陰。

豪右方懷懼，疲羸豈易禁。力田逢屢歉，禱雨得微陰。氣運寧無復，天災匪獨今。居然懷抱惡，滿耳是呻吟。

即事

次韻遊山寺

龕暈描輕蘚，檐陰冪翠藤。追涼時有客，避難晝無僧。法界魔爲祟，宗風冷欲冰。不知緣底事，還復有傳燈。自注：時僧徒有徵求之苦。

種蓼

莫道山家渾索寞，化工原不鄙山家。却須豫作秋光地，自向窗前種蓼花。

次韻戲族兄存耕翁再納寵姬

買得輕盈一樹春，畫堂歌舞又翻新。慈烏哺母情兼洽，彩鳳將雛色總珍。髮鬌應梳雲作髻，嬋娟想琢玉爲人。素知靜婉矜佳麗，肯向羅敷意獨親。香風輕漠繡簾春，樂事從來不厭新。已有昭華君未愜，若逢嫫母我猶珍。虛煩設醴長爲客，幸不聞歌足惱人。欲賦高唐追宋玉，終嫌想像未如親。

記蝗并序

至大己酉，江浙大饑，疫死者衆。自徽衢以南，則稍安，然多艱食。明年夏六月，有蝗自東北蔽天而南，其稍遲回於此者，惟食野草及竹葉粟苗而已，禾黍無大傷也。

饑疫災方息，飛蝗又作群。攙空吹密雪，障日度輕雲。瀕死欣纔脱，偷生駭乍聞。分官嚴捕瘞，吏卒日紛紛。

俞伯初見訪示吴體詩既去而江和叔至甚恨相後先也是夕用韻寄二君子

一日二子各兩屐，踏碎一徑松花黄。人好禽魚亦光耀，山空水石逾荒涼。胸次似滌冰雪瑩，笑語欲染烟霞香。癡絶猶嫌不聯袂，此已天幸寛愁腸。

次韻答伯初

世網無端巧見遮，路岐何處出褒斜。遊山斷合先廬阜，築室寧當舍若耶。此事豈難吾未遂，中年漸近累仍加。還應倏爾貌如雪，病眼新來似有花。

余於汪推官别墅覩壁間蜀道山水欲賦未能一夕忽夢如所見而有作覺記門字韻一聯就枕上續之

滿壁蠶叢墨未昏，牽情一夜役吟魂。舟掀波浪經巫峽，袖撲雲烟度劍門。九折乍驚身出險，三聲猶似耳聞猿。無端一事留遺恨，欠覓浣花溪上村。

同張李二同知及諸學官游石龍潭以韓公炭谷湫詩爲韻分賦得捧字

鬼斧淬霜鋩，嶔洞，石壘津□□清湩。一潭紺影浸秋寒，雲染龍腥罥枝重。鑴瑤□□四巑岏，雄壓坤維妥以鞏。人言曾見華陽兒，突□□濛珠尚捧。雲璈丁當雜梵唄，僩澗戞枯乞靈寵。虚無怪電搖青光，谷攬崖搜雷雨□。地儲精英固如是，豈必盤渦龍所擁。石蘚鍍緑歆風磴，跼步下窺毛髮疏。蟠鱗潛角見無由，魚弄戲腮微浪湧。

汪顔復秋江堂

其先世由祁門徙鄱陽，摘唐人新安江正秋句扁其堂，示不忘也。

拂衣何必歸滄洲，黟水不減滄江流。本有漁磯帶蒼蘚，且無疊鼓驚眠鷗。風漾霞光笛聲晚，雲壓雁影蘆花秋。客子還能念鄉土，今年更作新安遊。

送澹齋吴判官還臺

佐郡清聲播，巡臺應辟除。施爲多近古，恬澹不渝初。政每尋無跡，□□□□餘。撫摩殊搏擊，去蠹肯躊躇。

山　行

林磴詰曲蘿蔦纏，蒼翠逼人詩思鮮。烟雲改變異狀出，草樹點綴疏花妍。景好初疑未經涉，路熟忽記曾攀緣。杖藜興來不可禦，前有百尺風崖泉。

秋　懷

白露洗空河漢溼，耳目瑩淨無纖埃。秋聲溢出澗谷外，野色迸入軒窗來。多感間吟亦凄婉，自謀有策常迂回。傲然高視萬物表，黄花濁酒聊一咍。

山園戲書三物

雨餘露雙角，戴角緣欹危。吾疑甚爲累，失此將何依。荒涼一畝宫，晨出暮來歸。雖不著我體，爲累豈異兹。應有露卧翁，竊視復見嗤。右詠蝸牛

名著雖已古，形模絶醜怪。應視坎井卑，不啻河海大。時作高雄聲，如泄肝腸快。欲逃鼎俎烹，絶技惟一□。何勞努兩目，怒氣常不殺。右詠蝦蟆

群動各矜奮，爾獨聊優游。引頸欲出穴，忽縮尋無由。物資爪牙利，一飽纔能謀。爾形獨何殊，宜有餒死憂。乃能樂清夜，和我商聲謳。右詠蚯蚓

題江伯幾雪矼

杖藜下入空谷瞑，仰從樹罅窺危矼。風葉吹滿樵客徑，石泉洒到幽人窗。舊且疑無潁川許，今兼信有襄陽龐。況是清風接襟袂，政使異世心已降。

古銅小鼎硯滴銘

泗水没寶鼎，此豈其雲仍。煅頑煉鈍凝，赤精小瓠斷。壼枵以盛篆，細丹霞疑古。銘如蟲嚙餘，滲枯青石液。迸雲吸紺清，溉我毛穎波。陶泫豕腹仰，呀外膨亨蝌。而不注聞戞，羹量函合龠。三趾獰入屢，出繼常如盈。

哭俞伯初

母老妻單妾稚年，一朝無主淚潺湲。終身在困庸非命，遺腹承家尚繫天。自注：妾有遺腹。門户故應終有託，琴書可得遂無傳。不知造物端何意，禍慘吾徒不少憐。

休寧朱肖巖葺其先大父岐山書堂爲藏修之所而徵詩於余余聞其先伯父由釋褐職教姑蘇今其父子能世家學不墜遺基是可敬已爲賦二章

閉門讀書非俗人，政使未見猶傾心。斑窺已駭文彩異，流長要自根源深。松比靈椿健霜骨，草連玉樹輝庭陰。岐山紫陽近相接，逸響流入花間琴。

乃翁讀書功未收，大兒收功纔□流。三年刻楮豈無用，一鳴驚人姑少留。大伸紆鬱數應值，但力根本吾何求。書聲夜雜嶺猿苦，想見燈火虛堂秋。

壁間古木新篁影有可愛走筆戲題

韋偃工古松，與可善枯竹。豈如君家素壁上，有此天然畫兩幅。一株古木欹牆東，狀如峨嵋山巔千歲萬歲之枯松。旁有筈材拔孤玉，扶疏枝葉帶露而篩風。天知君愛畫，欲爲發一哂。呼取羲娥作畫師，借此二物爲畫本。戲從君家壁間摹寫之，一枝一葉俱無遺。傍人來見道是畫，問如何畫無能之。元來畫時不用諸葛筆、梁杲墨，别有妙法匿形跡。偷兒雖甚愛，看得捲不得。或全劉亮或模糊，隨時明暗有卷舒。報君若欲觀此畫，請跨金烏玉兔來其下。

書興四首

汪氏德慶曰：古逸詩語苦而意深，形離而神貫，未能脱山林之氣象者，所處之地然也。

山如斲新稜，泉如注新碧。醉卧便妥帖，似換松根石。混俗悼昔遺，嗜靜竦今獲。吸鯨滌煩想，飫奇甦憊力。追往忽悟咎，持慮日增惕。

時時溪上行，或與幽人遇。手把一編書，共倚崖邊樹。鷺近始蹔飛，魚驚却重聚。佳景不待求，足熟自知處。稚子愛相隨，似亦耽幽趣。

興逼不暇卧，躡屐鳴雞先。裛袂碧氛潤，襲襟爽概繁。噫餒出故氣，咽甘漱新泉。骨瘦易酸楚，體虛覺輕便。樵子隔嶺見，寧謂吾非仙。手持白羽扇，笑坐青崖巔。

積陰斂荒霾，崖崿詭秘闡。潑光潤綠漾，錯彩嵐翠閃。蘚槎鷺鶻巢，露撲裹蟲繭。布棋出田廬，灑墨凝鴉點。每恨前山逼，遐眺不得展。意纔豁危陟，日車已欹轉。畏與俗人逢，歸途取迂遠。

自注：去聲。

寄山臞滕主簿

臞仙非臞惟少肥，風骨聳峭無妍姿。有口不餐世上味，頗黎琢盌盛珠璣。手挼腳踏思爛熳，筆頭芳香擷江蘺。出古彝鼎或莫識，欲爲平淡愈崛奇。論攢衆口每如此，近日始讀閱古詩。瘦勁老硬鐵詰曲，齟齬不棘險不巇。此天與才未易學，太白吻喉賀肝脾。我喜欲絶彼乃怪，頸被驚縮牢如龜。深閟龍宮足瑰詭，犀燃惜僅一二窺。詠歌盛功代有作，吉甫宗元愈奚斯。鏗轟炳耀震宇宙，蕩滌萬世清風吹。先生筆力妙如許，模雲繪月豈所宜。何不飛霞綴爲佩，駟以玉虯翼兩螭。直從崑崙閬風苑，横絶四海窺荒維。左拔太華取巉絶，右抉星宿分芒輝。一跳突入東壁府，滌硯倒瀉銀河漪。咀盤嚼誥繼雅頌，音被簫韶記之夔。與儀鸞鳳舞百獸，垂億萬載無窮期。夜夢群仙領此語，曰不如此材無施。先生首塗定何日，願執鞭弭長相隨。

次韻題琴譜三首

三峽嘯猿恨滿編，樂於此外本來全。累雖猶泥調兼操，高在已忘徽與絃。紙上陳言奚足恃，指間妙趣不容傳。須知自有天然韻，寄在風泉與露蟬。

鐫瓊鏤玉綴爲編，積雪涵秋調總全。聽處孰忘身有耳，彈時自以意爲絃。大音不泄琴何預，至妙無形操豈傳。忽觸悠揚徽外趣，冷風凄雨滋孤蟬。

競誇珠貝溢吟編，豹管微窺惜未全。月瑩寒光磨曉鏡，風鏗逸調脆秋絃。才惟漸少逾堪愛，詩不須多貴可傳。囊裏新篇還有幾，不妨容我嘒蜩蟬。

程森甫見示同伯幾遊雪矼觀海棠之作伯幾嘗與余有此約次韻寄之

風中霧屨拂銀灣，滿貯烟霞洞府寬。物外山供情宛轉，吟邊海讓思瀰漫。岫雲影壓龍湫暝，澗瀑聲吹鶴夢寒。喚醒海棠花畔約，不堪饒舌有豐干。

陪諸公携酒山家用壁間韻三首

小試登臨脚，嵐光飾嫩情。跨虚橋緩渡，避險路迂行。端被狂爲累，虚將飲得名。醉鄉前日近，纔稍認途程。

雪濤奔兩澗，毛髮竪清寒。鼻裂花香勁，衣牽棘刺攢。步崖青壁滑，憩樹緑陰團。莫忘兹遊好，題詩後日看。

玉屑輝群彥，衣冠儼數翁。禮嚴推讓際，情洽笑談中。物外來真趣，罇前□古風。無端狂態發，從此憶新豐。

寄贈張吏目

咀霞嚼雲香滿髯，魏公之孫顔朱覘。嵐光染秋迸疏簾，哦詩屢禿霜毫尖。岷峨清風颯帷幨，刮磨幽翳輝銀蟾。剖析不鬱雁鶩鉗，或馬驟䟐迂銜箝。鹿門烟蘿扃鐍嚴，猿鳥未許逃幽潛。勁翮刷雲不可淹，情曷能忘波濤漸。

次韻遊龍潭

我謾懷清賞，君誇是勝遊。倦猶攀鳥道，渴欲飲龍湫。墨客工傳信，山靈覬闡幽。敢云希作者，强把記文修。

題王伯畏清心堂

記語簡以遒，饒舌泄幽秘。洗盡闤闠腥，闡此林壑氣。曰予炯靈臺，頗已窺彷彿。聲利汹金鼓，耳目易烽燧。未用死灰渠，我道故自異。耿耿終莫易，當如濁時水。濁匪却而澄，濁自靡所寄。子本不避俗，而俗若子避。共袖剝啄手，爲子成僻邃。任物解外梏，冥心藴真諧。亦不謝塵囂，亦不膠吾意。豈但靜所守，經世可如是。

七夕讀牛女事

天澄灝氣輝銀灣，驚鴻未陣點紺寒。畢逋之孫嗜穢腐，爲梁豈無鵷與鸞。暫抛機梭息鞅靷，别久未愜須臾懽。聚落擾擾集蟣蠓，小智未易鐫孱頑。蓬顆牛羊半餒飫，雲路險澀託足艱。增虧益庳禱乃遂，未見仁憫遺私干。經緯森羅藴精耀，寧論匹偶騰欺謾。帝降厥孫責禮幣，曷自貸予期追還。輜輧沓颯倡河鼓，雖異臨邛亦疵瘢。政使流光夜奔迸，寸心尚在狐疑間。如何東西兩相望，躔次不動光芒攢。

次韻王子植見寄

心親跡難前，視曩勇不逮。夢往謂知路，佶屈迷晻曖。俄鏘澗中作，如爪癢爬背。語抵珠顆圓，落祇臢磊磊。豈去陶韋遙，一切剗華彩。寧辭詠情性，責有庭幃在。寸禄足爲娱，遲子董晁配。磨礲蓄精鋭，堅忍勿少退。濟時我所懵，有靦類沈晦。孤懷鬱不平，傾寫尚子待。三山詎云遙，風帆渺雲海。

張子京扁其先大父居琴之竹軒曰琴琅玕

自停伶倫雙鳳鳴，陰分嶰谷涼幽庭。淫哇不能屈其貞，睆霜節堅挺疏莖。骨含五音堪九成，欲泄未得鬱不平。嶧陽孫枝感精誠，壓絲與俱徽玉明。爲引虞薫發其聲，却寄猗蘭和誙韺。陶絃在趣非耳聽，韓腹曾思披以呈。厥妙可藴求無形，必與俱傳物斯榮。張公之孫餘典刑，所寶不忝貽嘉名。彼局耳目塵滿纓，泥琴琅玕挹餘清。

程存虚夢與六人飲酒賦詩余亦與焉而眉長夾鼻下與髯齊覺而記其詩以見示或以此爲余壽徵因憶羅漢中有長眉尊者戲次韻

莫是阿羅漢，前身住化城。夢猶形法相，業未剗詩情。矧復論修短，真當外死生。世人寬作計，端欲俟河清。

程申齋夢與江和叔詠余近作明日以二韻續所寄見示次韻酬之併呈和叔

片片緑剪湘潭烟，點點露滴秋涼天。正厭堆阜矻太華，欲避嬌吭啞孤蟬。卷曲離奇且朽老，餘習蟠錯未剗掃。夢寐不忘我湔祓，謂曷一語能近道。

以上《古逸民先生集》卷一

上李侯

歙不宜蠶，絲賦折估，其來已久。蝗至之夏，或以土產欺。省下徵絲令，民駭懼不知所爲，侯晨夜兼馳，力還其舊。民德侯甚，皆言自始附版圖逮今，未見牧守愛民有如此者。謹掇民謠，爲歌四言一篇以獻。其辭曰：

貢以土作，法奠于禹。篚纊與絲，青兗暨豫。制有常經，無斯焉取。世降土蹙，德不遠柔。或九州賦，萃于一州。貿無爲有，薄人于尤。維皇啓運，蠲我疾苦。視青兗豫，不物而估。上便下安，踵以爲故。虺蜮肆欺，矇人瞭己。幾創繭絲，塗我赤子。我侯曰嘻，害無我始。藴隆揮汗，義動省闈。萬鈞回斡，民以恬熙。匪人實難，孰心疲羸。維此陋邦，桑稀田瘠。苟重以此，其何能息。自今寸縷，皆服侯德。弭蝗固德，今茲之康。此而非侯，篚貢是常。吏因以蝗，厥禍彌長。

明程敏政《新安文獻志》卷五〇

（漆永祥整理）

汪炎昶

全宋詩卷三七二六

蘇壽元師

贈伯鸞

伯鸞蘇氏子，年少勤經史。下筆如有神，氣概邁前古。切勿恃其長，囊麝自然香。如有周公美，使驕不足揚。　元蔣易《元風雅》卷二七蘇壽元詩末附

《元風雅》：蘇壽元，小字伯鸞，九歲能屬文，十三歲通《春秋》大義，月旦評嶄然諸老上，其師以詩勗之云云。

蘇壽元

蘇壽元，字仁仲，小字伯鸞，號北溪，福安（今屬福建）人。弱冠入太學，宋亡，隱於建陽之唐石，著書授徒以終。事見《元風雅》卷二七。今録詩三首。

水退

轉眼江流已昨非，便隨鷗鷺省漁磯。飛花無復浪千頃，倒影依然山四圍。不向静中觀物理，更於何處覓天機。興來倚杖斜陽外，弄徧潺湲未肯歸。

和雷壑先生韻

青紫過如拾芥輕，今吾非辱故非榮。海波忽與桑田改，書眼空如秋月明。只可一丘容鶴隱，何須萬里較鵬程。到頭更要深山住，不作終南捷徑名。

贈風鑒

空有奇胸貯石渠，功名不許老頭顱。憑君細閲寒窗下，還有它年房杜無。以上《元風雅》卷二七

（以上漆永祥整理）

尤山

尤山，字終慕，號元鎮，無錫（今屬江蘇）人。焴曾孫。宋末太學生。宋亡隱居。事見清光緒《無錫金匱縣志》卷二六。

雞冠花

秋雨初晴後，雞冠早放花。飛鳴欲何向，艷冶自堪誇。僻地栽紅錦，遥天墮彩霞。金門多絳幘，分與野人家。清顧光旭《梁溪詩鈔》卷二

朱南强

朱南强，字德方，句容（今屬江蘇）人。宋末太學生。宋亡隱居句曲古隍溪。自號東溪，别號駣𩥇。卒年七十三。有《駣𩥇稿》，已佚。事見《金陵詩徵》卷八，清乾隆《句容縣志》卷九有傳。

古隍行

茂林修竹恒蒼蒼，畦蘭畹芷騰幽芳。鬱葱佳氣藹禎祥，小小一村名古隍。屋西有山名虎耳，東流挹抱長溪水。三峰筆架卓面前，背後駒驪翠屏倚。繞簷數頃祖遺田，儘可容儂耕曉烟。摘山釣水美且鮮，南窗笑傲北窗眠。三餘衹把子孫教，不俾趁炎競浮躁。先於道誼後文章，事長謙恭事親孝。桑麻芋栗小園

收，社醞茅柴逐旋篘。但得官清徭役省，此生溫飽復何求。清曹襲先乾隆《句容縣志》卷一〇

（以上孟憲忠整理）

蔣粹翁

蔣粹翁，名不詳。宋末太學生（《全閩詩話》卷五）。

滿月山龍見

千載聖人閩海出，喜看龍馬亦騰驤。首懸魚目星光燦，脊散虎文金線長。道統再傳天有意，素王重見世應康。惜哉靈物山中失，漠漠烟林使我傷。清鄭傑《閩詩錄》卷一六引《福建通志》

《全閩詩話》：九蓬山，其最高峰葱翠雄峙者，龍馬峰也。宋末太學生蔣粹翁先世家此山之下。舍側有龍潭，所養牝馬與龍媾，生駒焉，龍首馬身，狀如河圖。父老語之曰：「此瑞物也。昔仲尼筆削《六經》，而麒麟出；今晦翁表章《四書》，而龍馬生。蓋其應平。」粹翁先世聞之，養馬殊謹，後牧放林中，竟失所在。粹翁有詩云云。

蔡士裕

蔡士裕，字子後，號古梅。度宗咸淳間丹陽學正蔡必薦長子（清光緒《丹陽縣志》卷一八）。事見《曲阿詩綜》卷八。今録詩七首。

題所藏趙清獻公梅花圖

鵝溪白繭光昭回，上寫羅浮山南絶壁之寒梅。霜臺鐵面太孤峭，槎牙詰曲可望不可摧。我疑華光道人雲水絶，爲花傳神惟有月。胸中若無一片冰雪心，焉能寫此萬古冰雪骨。

贈琴士周芝田 芝田，浙人

吾誦老韓聽穎詩一章，琴中意味深且長。縱橫變態浩無盡，穎絃韓筆相發揚。二賢往矣五百載，俯視六合空茫茫。今有芝田嗣穎傳宮商，一彈令我喜，再彈令我傷。世多善手無善耳，使我百感煎中腸。高岡不聞鳴老鳳，江湖夜雨啼寒螿。

郊　行

無計遠塵囂，尋幽過野橋。風刀削林杪，雲帶束山腰。水抱孤村迴，舟迴斷岸遙。幾時忘俗慮，來此伴漁樵。

秋夜宿田家夜久不寐

涼涵詩魄瑩蒼旻，散髮吟商月滿襟。風葉順行蘆葉尾，露華逆上稻花心。千山歐子秋聲賦，一室希公夜氣箴。坐待河傾天欲曙，鄰翁起汲井桐陰。

秋日溪上

蕭蕭涼意滿西洲，緩步搜吟興頗幽。豆葉黄深田病雨，蓼花紅淺岸知秋。蹁躚影若孤馴鶴，漂泊身如不繫舟。自喜浮生只如此，任渠談笑覓封侯。

友人遠遊

慵爲香蘭讀楚騷，俊遊不憚着鞭勞。千鈞弩底機方彀，百尺樓中氣正豪。水激魚龍江月暗，雲翻雕鶻海風高。相逢要把精神對，應笑狂吟短髮搔。

詠　梅

風饔雪虐大江頭，苔蘚鱗鱗綰鐵虬。清絶一枝先百卉，密攢萬蕊傲千秋。本無烟火塵氛氣，洗盡鉛華脂粉羞。月夜攜樽相對飲，恍疑身世在羅浮。以上清劉會恩《曲阿詩綜》卷八

黄超然

黄超然，字立道，號壽雲，黄巖（今屬浙江）人。師事王柏。宋末兩與鄉貢。入元不仕，晚年築西清道院以居。英宗至治初卒，年六十二。事見明萬曆《黄巖縣志》卷五、《宋季忠義録》卷一三。今録詩四首。

古風

不知乃不愠，古人歎難能。我謂直易事，學道非干名。本無求知心，愠亦何從生。所以茅簷下，高枕曲吾肱。琴書坐中友，雲山門外朋。肺腑欣有得，耳目諒無憎。願同子揚子，白首太玄經。

遣興

䴌麥有餘粒，雙鳩下庭際。知我無殺心，相忘兩無礙。風暝物意樂，雲薄花影晦。試知春色深，粗覺靜可愛。紛紛門外客，經過不相詣。不邀亦不却，有酒當共醉。

鴟梟獲腐鼠

鴟梟獲腐鼠，歡喜同八珍。鳳凰遨千仞，琅然落清音。事有適相值，梟遂生歡心。仰首噱一嚇，謂鳳當見侵。鳳凰睹腐鼠，掩鼻方微顰。投惠且不納，奮攫豈所任。崑崙有竹實，去去不可尋。

秋夜

秋近園林風露涼，蟲聲無數出頹牆。前朝舊事過如夢，不抵清秋一夜長。以上清顧嗣立《元詩選》癸集甲

（以上漆永祥整理）

徐元娘

徐元娘（一二六一——一二七六），江山（今屬浙江）人。應鏕女。恭宗德祐二年元兵破臨安，隨父兄投井死，年十六。事見清同治《江山縣志》卷一〇。今録詩二首。

絶命詩

毓秀含華十六齡，慈幃口授十三經。奇文不欲撑天地，大節偏教揭日星。何姓移劉亡漢室，誰人復楚乞秦廷。願從一死明忠孝，碧血應留萬古青。

弱質原歸玉女峰，家亡國破恨重重。椿萱已遂抒忠願，昆弟先教殉難從。熱血千年啼杜宇，寒泉三尺照芙蓉。堪憐宫院齊收北，忍聽天朝長樂鐘。清王彬同治《江山縣志》卷一一

（孟憲忠整理）

黄景昌

黄景昌（一二六一——一三三六），字清遠，一字明遠，晚號田居子，浦江（今屬浙江）人。長從方鳳、吴思齊、謝翱游。有《田間古調辭》，已佚。元順帝至元二年卒，年七十六。月泉吟社第二十五名，署名槐窗居士。事見《月泉吟社詩》，《浦陽人物記》卷下有傳。

春日田園雜興

野色搖春麥正肥，烟村閑寂往還稀。未多桑葉蠶初浴，更小茅茨燕亦飛。行市緑蛆花潑眼，卧依黄犢草

侵衣。數聲桐角歸來晚，楊柳移陰月半扉。宋吳渭《月泉吟社詩》

（漆永祥整理）

陳堯道

陳堯道（一二六三—？），字景傳，號山堂，義烏（今屬浙江）人。年長黄溍十五歲。月泉吟社第八名，署名倪梓（《月泉吟社詩》）。事見《黄文獻公集》卷四《跋景傳遺文》。

春日田園雜興

化日村田樂，春風耕織圖。秧肥科斗動，桑暗鵓鳩呼。罷社翁分胙，占蠶媼得符。傍花隨柳處，此事不關吾。《月泉吟社詩》

（戴螢整理）

陳舜道

陳舜道，字景宗，義烏（今屬浙江）人，堯道弟。入元，以耕讀自給。月泉吟社第三十一名，署名陳希邵。事見《黄文獻公集》卷四《跋景傳遺文》、《月泉吟社詩》。今録詩十首。

春日田園雜興十首

春來非是愛吟詩，詩是田園漫興時。無事花邊繙兔册，有時桑下課牛醫。乍隨父老看秧去，還共兒童鬭草嬉。偶物興懷渾不奈，春來非是愛吟詩。

春來非是愛吟詩，詩是田園樂興時。清入吟懷花月照，紅生笑面柳風吹。村聲盪耳烏鹽角，社酒柔情玉練槌。閑悶閑愁儂不省，春來非是愛吟詩。

春來非是愛吟詩，詩是田園飲興時。草酌乍舒情眊矂，花生陡覺眼迷離。才呼枌社人同醉，又問杏邨家有誰。長日作勞無不得，春來非是愛吟詩。

春來非是愛吟詩，詩是田園懶興時。放草地牛眠易熟，聽花村鳩起來遲。蠶桑辛苦從渠婦，稼穡勤勞任我兒。疏散情懷收不起，春來非是愛吟詩。

春來非是愛吟詩，詩是田園引興時。聞布穀聲驚綠野，聽提壺語憶青旗。曾因鬭草爭心起，每爲看花樂意隨。景物撩人禁不定，春來非是愛吟詩。

春來非是愛吟詩，詩是田園寄興時。稼穡但憑牛犢健，陰晴每付鵓鴣知。託尋花去將予樂，借卷桐吹寫所思。撫景寓言良不淺，春來非是愛吟詩。

春來非是愛吟詩，詩是田園乘興時。得暇分畦秧韭菜，趁晴樊圃樹棠梨。山煙青笠等閑去，沙地烏犍和醉騎。一片野情羈不住，春來非是愛吟詩。

春來非是愛吟詩，詩是田園遣興時。行傍山翁驅犢父，坐觀鄰嫗試鵝兒。看秧時測水深淺，行菜閑占春早遲。白日漸長消不去，春來非是愛吟詩。

春來非是愛吟詩，詩是田園盡興時。蓐食出門天欲曙，荷鉏歸路月相隨。踏青漫有心情在，耕綠寧甘體力疲。箇段工夫償不足，春來非是愛吟詩。

春來非是愛吟詩，詩是田園感興時。草地耕牛方有犢，花村吠犬那生氂。麥青未必三時粥，桑綠其如二月絲。觸物興懷言不盡，春來非是愛吟詩。　宋吳渭《月泉吟社詩》

（漆永祥整理）

俞肇

俞肇（一二六六—？），字伯初，號復庵，婺源（今屬江西）人。宋遺民，與汪炎昶爲友，多有唱和。事見《桐江集》卷四《跋俞伯初詩》、《桐江續集》卷三〇《俞伯初復庵詩并説》。

句

石根行步轉，耳畔水聲移。夢中作　宋汪炎昶《古逸民先生集》卷一《友人俞伯初夢余立懸崖飛瀑之下……》詩題引

（虞行整理）

宋恭宗

宋恭宗趙㬎（一二七一—一三二三），度宗子。咸淳九年（一二七三）封嘉國公。十年即位，謝太后臨朝稱詔，建元德祐。二年（一二七六），元兵入臨安，與三宫同被虜入燕，降瀛國公。元世祖至元十八年（一二八一）徙上都（《元史》卷一一《世祖本紀》九）。二十五年，學佛於吐蕃（同上書卷一五《世祖本紀》一二），僧名合尊。英宗至治三年賜死於河西，年五十三。事見《宋史》卷四七《瀛國公本紀》、《佛祖歷代通載》卷二二。今録詩二首。

在燕京作

寄語林和靖，梅花幾度開。黄金臺下客，應是不歸來。　元陶宗儀《輟耕録》卷二〇　按：明瞿佑《歸田詩話》卷中《汪水雲賜還》條引此詩作「黄金臺上客，底事又思家。歸問林和靖，寒梅幾度花。」

鸚鵡

毛羽自然可數，仙禽不受凡籠。銜得梧桐一葉，中含無限秋風。　明偶桓《乾坤清氣》卷一四

（漆永祥整理）

全宋詩卷三七二七

郊廟朝會歌辭一

郊廟朝會歌辭，是古代所謂的「大著作」，每一新朝建立，都必須重撰新樂新辭，以示改朝換代。宋朝建立伊始，于太祖建隆元年（九六〇）二月，翰林學士兼判太常寺竇儼即上言：「三五之興，禮樂不相沿襲。洪惟聖宋肇建皇極，一代之樂宜乎立名，樂章固當易以新詞，式遵舊典。」從之，因詔儼專其事。儼乃改周樂文舞《崇德之舞》爲《文德之舞》，武舞《象成之舞》爲《武功之舞》，改樂章「十二順」爲「十二安」，蓋取「治世之音安以樂」之義。祭天爲《高安》，祭地爲《靜安》，宗廟爲《理安》，天地、宗廟登歌爲《嘉安》，皇帝臨軒爲《隆安》，王公出入爲《正安》，皇帝食飲爲《和安》，皇帝受朝、皇后入宫爲《順安》，皇太子軒縣出入爲《良安》，正冬朝會爲《永安》，郊廟俎豆入爲《豐安》，祭享酌獻、飲福受胙爲《禧安》，祭文宣王、武成王同用《永安》，籍田、先農用《靜安》。此後樂章名稱迭有增加和變化，至仁宗康定二年（一〇四一），已擴展爲「自《景安》而下七十五章，率以安名曲」。歌辭一般則由皇帝親撰或分命大臣與兩制儒館之士撰述。

郊廟朝會歌辭，前八卷以中華書局排印本《宋史》爲底本，酌校《宋會要輯稿》（簡稱會要）等。編排規格，則酌參考《全唐詩·郊廟歌辭》予以調整。《宋會要輯稿》多出底本之詩，編爲第九卷。

建隆郊祀八首

會要樂六之一注：建隆元年，竇儼撰八曲。

降神用《高安》。

在國南方，時維就陽。以祈帝祉，式致民康。豆籩鼎俎，金石絲簧。禮行樂奏，皇祚無疆。

皇帝升降用《隆安》。

步武舒遲，陞壇肅祗。其容允若，于禮攸宜。

奠玉幣用《嘉安》。

嘉玉制幣，以通神明。神不享物，享于克誠。

奉俎用《豐安》。

筌鏞備樂，繭栗陳牲。乃迎芳俎，以薦高明。

酌獻用《禧安》。

丹雲之爵，金龍之杓。挹于尊罍，是曰清酌。

飲福用《禧安》。

潔兹五齊，酌彼六尊。致誠斯至，率禮彌敦。以介景福，永隆后昆。重熙累洽，帝道攸尊。

亞獻、終獻用《正安》。

謂天蓋高，其聽孔卑。聞樂歆德，介以福禧。

送神用《高安》。

倏兮而來，忽兮而迴。雲馭杳邈，天門洞開。

見楊億《武夷新集》卷五。

咸平親郊八首

會要樂六之一注：咸平五年諸臣撰八曲，曲名同建隆元年。按：自皇帝升降至飲福五首，亦

降神用《高安》。

圜丘何方，在國之陽。禮神合祭，運啓無疆。祖考來格，籩豆成行。其儀肅肅，降福穰穰。

皇帝升降用《隆安》。

禮備樂成，乾健天行。帝容有穆，佩玉鏘鳴。

奠玉幣用《嘉安》。

定位毖祀，告于神明。嘉玉量幣，享于克誠。

奉俎用《豐安》。

有牲斯純，有俎斯陳。進于上帝，昭報深仁。楊億詩作柔嘉登薦，昭事惟寅

酌獻用《禧安》。

大報于帝，盛德升聞。醴齊良潔，粢盛苾芬。

飲福用《禧安》。

祀帝圜丘，九州獻力。禮行于郊，百神受職。靈祇格思，享我明德。天鑒孔章，楊億詩作昭玄祉昭錫。

亞獻、終獻用《正安》。

羽籥云罷，干戚載揚。接神有恪，錫羡無疆。

送神用《高安》。

神駕來思，風舉雲飛。神馭歸止，天空露晞。

景祐親郊三聖并侑二首《宋史·樂志》一：于時制詔有司以太祖、太宗、真宗三聖并侑，乃以黄鍾之宫作《廣安之曲》以奠幣、《彰安之曲》以酌獻。會要樂六之一注：仁宗御製。

奠幣用《廣安》。

千齡啓運，三后在天。嘉壇並侑，億萬斯年。

酌獻用《彰安》。

皇基締構，帝系靈長。躬薦鬱鬯，子孫保昌。

景祐常祀二首

《宋史·樂志》一：至日祀圜丘，太祖配，以黄鍾之宮作《定安》以奠幣，《英安》以酌獻。會要樂六之五注：仁宗御製二曲。

太祖配位奠幣用《定安》。

翕受駿命，震疊群方。侑祀上帝，德厚流光。

酌獻用《英安》。

誕受靈符，肇基丕業。配享潔尊，永隆萬葉。

元符親郊五首

餘同咸平，凡闋首皆用舊詞。《宋史·樂志》一：（仁宗景祐元年）帝乃親製樂曲，以夾鍾之宮、黄鍾之角、太簇之徵、姑洗之羽作《景安之曲》以祀昊天，更以《高安》祀五帝日月。皇帝出入作《乾安》，罷舊《隆安之曲》。

降神用《景安》，六變辭同。

無爲靡遠，深厚廣圻。祭神恭在，弁冕袞衣。粢盛豐美，明德馨輝。以祥以佑，非眇專祈。

升陛用《乾安》，盥洗、飲福並奏。會要樂六之二注：景祐元年中書門下撰。

神靈擁衛，景從雲隨。玉色溫粹，天步舒遲。周旋陟降，皇心肅祗。千靈是保，百福攸宜。

退文舞、迎武舞用《正安》。此首亦見《武夷新集》卷五

左手執籥，右手秉翟。進旅退旅，萬舞有奕。

徹豆用《熙安》。

陟彼郊丘，大祀是承。其豆孔庶，其香始升。上帝時歆，以我齊明。卒事而徹，福禄來咸。

送神用《景安》。

馨遺八尊，器空二簋。至祝至虔，穹祇貺祉。

政和親郊三首《大寧》不詳。按《宋史·樂志》一有「順祖惠元皇帝室奏《大寧之舞》」之説，系舞曲名，非用爲配祀。另仁宗景祐元年有「以林鍾之宫、太簇之角、姑洗之徵、南吕之羽作《寧安之曲》，以祭地及太社、太稷，罷舊《靖（當作靜）安之曲》」之説，亦非用于配享。

皇帝升降用《乾安》。

因山爲高，爰陟其首。玉趾躩如，在帝左右。帝謂我王，予懷仁厚。眷言顧之，永綏九有。

配位酌獻用《大寧》。

於穆文祖，妙道九德。默契靈心，肇基王迹。啓佑後人，垂裕罔極。合食昭薦，孝思維則。

於皇順祖，積德累祥。發源深厚，不耀其光。基天明命，厥後克昌。是孝是享，申錫無疆。

高宗建炎初祀昊天上帝《宋史·樂志》一：太祖乾德元年祀感生帝，「亞獻、終獻用《文安》」。仁宗景祐初「孟春祀感生帝，宣祖配，以太簇之宫作《皇安》以奠幣，《肅安》以酌獻」。亦不用于徹豆。

降神用《景安》。

〔圜鍾爲宫三奏〕蒐講上儀，式修毖祀。日吉辰良，禮成樂備。風馭雲旗，聿來歆止。嘉我馨德，介茲繁祉。

〔黄鍾爲角一奏〕我將我享，涓選休成。執事有恪，惟寅惟清。樂既六變，肅雍和鳴。高高在上，庶幾是聽。

〔太簇爲徵一奏〕禮崇禋祀，備物薦誠。昭格穹昊，明德惟馨。風馬雲車，肸蠁居歆。申錫無疆，賚我思成。

〔姑洗爲羽一奏〕惟天爲大，物始攸資。恭承禋祀，以報以祈。神不可度，日監在兹。有馨明德，庶其格思。

皇帝盥洗用《正安》。

靈承上帝，厲意專精。設洗于阼，罍水以清。盥以致潔，感通神明。無遠弗居，其饗兹誠。

升壇用《正安》。

皇矣上帝，神格無方。一陽肇復，典祀有常。豆登豐潔，薦德清香。粜誠居歆，降福穰穰。

上帝位奠玉幣用《嘉安》。

治極發聞，不瑕有芬。嘉玉陳幣，神居欣欣。誠心昭著，欽恭無文。以妥以侑，篤祜何垠。

太祖位奠幣用《定安》。

茫茫蒼穹，孰知其紀。精意潛通，雖遠而邇。量幣薦誠，有實斯篚。睠然顧之，永錫繁祉。

皇帝還位用《正安》。

典祀有常，昭事上帝。奉以告虔，逮迄奠幣。鍾鼓既設，禮儀既備。神之格思，恭承貺賜。

捧俎用《豐安》。

祀事孔明，禮文惟楙。爰潔犧牲，載登俎豆。或肆或將，無聲無臭。精祲潛通，永綏我后。

上帝酌獻用《嘉安》。

氣萌黄鍾，萬物資始。欽若高穹，吉蠲時祀。神策泰元，增授無已。群生熙熙，函蒙繁祉。

太祖位酌獻用《英安》。

赫赫翼祖，原校：疑藝祖之誤受命于天。德邁三代，威加八埏。陟配上帝，明禋告虔。流光垂裕，於萬斯年。

文舞退、武舞進用《正安》。

大德曰生，陰陽寒暑。樂舞形容，干戚籥羽。一弛一張，退旅進旅。神安樂之，祉錫綿宇。

亞、終獻用《文安》。

惟聖普臨，順皇之德。典禮有彝，享祀不忒。籩豆靜嘉，降登肸飭。神具醉止，景貺咸集。

徹豆用《肅安》。

內心齊誠，外物蠲潔。神來迪嘗，俎豆既徹。燕及群生，靡或夭閼。降福穰穰，時萬時億。

送神用《景安》。

於赫上帝，乘龍御天。惟聖克事，明饗斯虔。薦豆云徹，靈焱且旋。載錫休祉，其惟有年。

望燎用《正安》。

靈承上帝，精意感通。馨香旁達，粢盛既豐。登降有儀，祀備樂終。神之聽之，福祿來崇。

紹興二十八年祀圜丘

紹興十三年，初舉郊祀，命學士院製宮廟朝獻及圜壇行禮、登門肆赦樂章，凡五十有八。至二十八年，以臣僚有請改定，於是御製樂章十有三及徽宗元御製仁宗廟樂章一，共十有四篇。餘則分命大臣與兩制儒館之士，一新撰述，并懿節別廟樂曲，凡七十有四，俱彙見焉。

皇帝入中壝用《乾安》。

帝出于震，巽惟齊明。律曰姑洗，以示潔清。我交于神，蠲意必精。既盥而往，祈鑒斯誠。

降神用《景安》。

陽動黄宮，日旋南極。天門蕩蕩，百神受職。爰熙紫壇，熉黄殊色。神哉沛來，蓋親有德。

盥洗用《乾安》。

帝顧明德，監于克誠。齊戒滌濯，式示潔清。郊丘合祛，享意必精。既盥而薦，熙事備成。

升壇用《乾安》。

帝臨崇壇，嫗神其從。稽古合祛，並侑神宗。升階奠玉，誠意感通。旣施鼎來，受福無窮。

昊天上帝位奠玉幣用《嘉安》。御製。

上穹昊天，日星垂曜。照臨下土，王國是保。維玉與帛，寅恭昭報。永左右之，欽若至道。

皇地祇位奠玉幣用《嘉安》。御製。

至哉坤厚，隤然止靜。柔載動植，資始成性。玉光幣色，瑑若其映。式恭禋祀，有邦之慶。

太祖皇帝位奠幣用《廣安》。御製。

明明翼祖，並侑泰壇。肇造綿宇，王業孔艱。表正封略，上際下蟠。躬以大報，亦止于燔。

太宗皇帝位奠玉幣用《化安》。御製。《化安》爲仁宗景祐時所創，見《宋史·樂志》一

赫赫巍巍，及時純熙。昊天成命，后則受之。登邁邃古，光被聲詩。有幣陟配，孫謀所貽。

降壇用《乾安》。

躬展盛儀，天步逡巡。樂備禮交，嘉玉既陳。神方安坐，薦祉紛綸。陟降有容，皇心載勤。

還位用《乾安》。

克昭王業，命成昊天。泰畤禋燎，八陛惟圓。肅然威儀，登降周旋。是謂精享，神監吉蠲。

奉俎用《豐安》。

至大惟天，云何稱德。展誠致薦，牲用博碩。誠以牲寓，帝由誠格。居歆降祥，時萬時億。

再詣盥洗用《乾安》。

帝出于震，巽惟潔齊。神明其德，迺稱禋柴。惟兹吉蠲，昭事聿懷。重盥而祀，敷錫孔皆。

昊天上帝位酌獻用《禧安》。御製。

謁款壇陛，祇祀泰禋。丘圜自然，可格至神。桂尊登酌，嘉薦芳新。靡福菲眇，敷佑下民。

皇地祇位酌獻用《光安》。御製。仁宗康定元年改《慶安之曲》爲《光安》，見《宋史·樂志》二

厚德光大，承元之明。兹潛莩吹，升于昭清。冰天桂海，咸資化成。恭酌彝醪，報本惟精。

太祖皇帝位酌獻用《彰安》。

於赫皇祖，創業立極。肅肅靈命，蕩蕩休德。嘉觴精潔，雅奏金石。丕顯神謨，惟後之則。

太宗皇帝位酌獻用《韶安》。御製。《韶安》爲仁宗景祐時所創，見《宋史·樂志》一

丕鑠帝宗，復受天命。羣陰猶黷，一戎大定。奠鬯斯馨，功歌在詠。佑啓後人，文軌蚤正。

還位用《乾安》。

肆類上帝，懷柔百神。稾秸既設，珪幣既陳。精誠潛交，已事而竣。佑我億載，基圖日新。

入小次用《乾安》。

恭展美報，聿修上儀。禮樂和節，登降適宜。德焉斯親，神靡不娭。海内承福，式固邦基。

文舞退、武舞進用《正安》。

泰元尊臨，富媼繁祉。於皇祖宗，既昭格止。奏舞象功，靈其有喜。永言孝思，盡善盡美。

亞獻用《正安》。

陽丘其高，神祇並位。既奠厥玉，既奉厥醴。亦有嘉德，克相毖祀。旨酒載爵，以成熙事。原注：終獻同，止易「再(載)酌」爲「三酌」。

出小次位用《乾安》。

爰熙紫壇，天地並貺。來燕來寧，畢陳鬱鬯。承神至尊，精意所鄉。告靈饗矣，祉福其暢。

詣飲福位用《乾安》。

帝臨崇壇，媪神其從。祖宗並歆，福祿攸同。兵寢刑措，時和歲豐。其膺受之，將施無窮。原注：降壇同，止易「將」作「以」。

飲福用《禧安》。

八音克諧，降神出祇。風馬雲車，陟降在茲。錫我純嘏，我應受之。一人有慶，燕及羣黎。

還位用《乾安》。

帝出于震，孝奏上儀。燔燎羶薌，神徠燕娭。肅若舊典，罔或不祇。既右饗之，翕受蕃釐。

徹豆用《熙安》。

燎薌既升，焫膋以潔。于豆于登，焄蒿有飶。紫幄煩黄，神其安悦。將以慶成，薄言㿻徹。

送神用《景安》。

九霄眇邈，神不可求。何以降之，監德之修。三獻備成，神不可留。何以送之，保天之休。

望燎用《乾安》。

謂天蓋高，陽嘘而生。日月列宿，皆天之神。肆求厥類，與陽俱升。視燎于壇，以終其勤。

望瘞用《乾安》。

謂地蓋厚，陰翕而成。社稷羣望，皆地之靈。肆求厥類，與陰俱凝。視瘞于坎，以終其勤。

還大次用《乾安》。

舞具八佾，樂備六成。大矣孝熙，厲意專精。已事而竣，回軫還衡。我應受之，以莫不增。

還内用《采茨》。

五輅鳴鑾，八神警蹕。天官景從，莫不祗栗。祲威盛容，昭哉祖述。祚我無疆，叶氣充溢。

寧宗郊祀二十九首

皇帝入中壝用《乾安》。

合祀丘澤，登侑祖宗。顧諟惟精，靈承惟恭。有嚴皇儀，有莊帝容。監于克誠，肅肅雍雍。

降神用《景安》。

〔圜鍾爲宫〕天門蕩蕩，雲車陰陰。百神咸秩，三靈顧歆。神哉來娭，神哉溥臨。饗時宋德，翼翼小心。

〔黄鍾爲角〕華蓋既動，紫微洞開。星樞周旋，日車徘徊。靈兮顧佑，靈兮沛來。載燕載娭，式時壇垓。

〔太簇爲徵〕泰尊媪鼇，祖功宗德。辰躔陪營，嶽瀆受職。神哉來下，神哉來格。饗德惟馨，留虞嘉席。

〔姑洗爲羽〕金石宣昭，羽旄紛綸。潔火夕照，明水夜陳。娭哉惟靈，娭哉惟神。風馬招摇，惟德之親。

皇帝盥洗用《乾安》。

皇帝儉勤，盥用陶瓦。禮神頌祇，奠幣獻斝。月鑑陰肅，醴液融冶。挹彼注兹，禮無違者。

升壇用《乾安》。

崇臺穹窿，高靈下墮。慶陰彷彿，從坐嶪峨。宵昇于丘，時通權火。維天之命，百祿是荷。

降壇。

帝饗于郊，一精二純。紫觚陟降，嘉玉妥陳。神方留娭，瑞貺紛綸。申錫無疆，螽斯振振。

還位。

肅肅禮度，鋗鋗宮奏。天行徐謐，皇儀昭懋。光連重璧，物備簋豆。於皇以饗，無聲無臭。

尚書奉俎。

列俎孔陳，嘉籩維實。鼎煁陽燧，玉流星液。我牲既碩，我薦既苾。神監下昭，安坐翔吉。

再詣盥洗。

帝登初觴，禮嚴再盥。精明顯昭，齊顒洞貫。靈娭留俞，神光炳煥。我宋受福，永壽於萬。

再升壇。

紫壇嶽立，神光夜燭。有儼旒采，有鸞佩玉。霄垠顧佑，祖宗熙穆。對越不忘，俾爾戩穀。

降壇用《乾安》。

天容澄謐，景氣晏和。瓚斝薦醇，鋗璆叶歌。帝降庭止，夜其如何。神助之休，宜爾衆多。

還位用《乾安》。

甘露流英，卿雲舒采。靈俞有喜，神光晻曖。穆穆來蒞，洋洋如在。帝用居歆，澤及四海。

入小次用《乾安》。

聽惟饗德，監惟棐忱。顧諟思明，靈承思欽。永言端蒞，肅對下臨。上帝是皇，毋貳爾心。

文舞退、武舞進用《正安》。

羽籥陳容，干戚按節。德閑而泰，功勞而決。虡我神祇，揚我謨烈。盡美盡善，福流有截。

亞獻用《正安》。

帝臨中壇，神從八陛。華玉展瑞，明馨薦醴。亦有嘉德，克相盛禮。獻茲重觴，降福瀰瀰。

終獻用《正安》。

敬事天地，升侑祖宗。陳盥于三，介觴之重。秉德翼翼，有來雍雍。相予祀事，福嘏日溶。

出小次用《乾安》。

孝奏展成，熙儀畢薦。光流桂俎，祥衍椒奠。風管晨凝，雲容天轉。拜貺于郊，右序詒燕。

詣飲福位用《乾安》。

所饗惟清，所歆惟馨。靈喜留俞，天景窈冥。福祿來成，福祿來寧。皇用時斂，壽我慈庭。

飲福用《禧安》。

瓚斝觩觩，觥罍氤氳。有醴惟香，有酒惟欣。肸蠁豐融，懿懿芬芬。我龍受之，如川如雲。

降壇用《乾安》。

天錫多祉，皇受五福。言瞻瑤壇，迄奉瑄玉。昭星炳燿，元氣回復。帝儀載旋，有嘉穆穆。

還位用《乾安》。

璇圖天深，鼎文日輝。慶流皇家，象炳紫微。乾回冕旒，雲煥袞衣。何千萬年，式于九圍。

尚書徹豆用《熙安》。

藺豆既升，簠簋既登。禮備俎實，饗貴牲膋。時乃告徹，器用畢興。祚我皇基，介福是膺。

送神用《景安》。

神輔有德，來燕來娭。禮薦熙成，三靈逆釐。神饗有道，言旋言歸。福祉咸蒙，百世本支。

詣望燎位用《乾安》。

莫神乎天，陽嘘而生。日月星辰，皆乾之精。肆求厥類，與陽俱升。眡燎于壇，展也大成。

詣望瘞位用《乾安》。

地載萬物，陰翕而成。山嶽河瀆，皆坤之靈。克肖其象，與陰俱凝。眡瘞于坎，思求厥成。

還大次用《乾安》。

福方流胙，祈方欽柴。鹵簿載肅，球架允諧。帝祉具臨，皇靈允懷。端御于次，降福孔皆。

還内用《乾安》。

八神呵蹕，千官景從。回軫還衡，祲威盛容。妥飾芝鳳，御朝雲龍。歸壽慈闈，敷時民雍。

景祐上辛祈穀一首

仁宗御製《宋史·樂志》一：景祐元年祈穀祀昊天，太宗配，作《仁安》以奠幣，《紹安》以酌獻。

太宗配位奠幣用《仁安》。

天祚有開，文德來遠。祈穀日辛，侑神禮展。

酌獻用《紹安》。

於穆神宗，惟皇永命。薦醴六尊，聲歌千詠。

紹興祈穀三首

會要樂六之八注：紹興中分館職撰三曲，降神、盥洗樂曲同冬祀圜丘，升壇内止易第三句則曰三陽交泰，上帝位奠玉幣、還位、捧俎、文舞退武舞進、亞終獻、徹豆、送神、望燎樂曲並同圜丘。

太宗位奠幣用《宗安》。《宋史·樂志》二：康定元年更常所用寓祭明堂《誠安之曲》曰《宗安》。

於穆思文，克配上帝。涓選休成，遵揚嚴衛。祇薦明誠，肅陳量幣。享兹吉蠲，申錫來裔。

上帝位酌獻用《嘉安》。

三陽肇新，萬物資始。精誠祈天，其聽斯邇。願均雨暘，田疇之喜。如坻如京，以備百禮。

太宗位酌獻用《德安》。

天錫勇智，允惟太宗。功隆德盛，與帝比崇。禮嚴陟配，誠達精衷。尚其錫祉，歲以屢豐。

孟夏雩祀二首

仁宗御製《宋史·樂志》一：孟夏雩上帝，以仲呂之宮作《獻安》以奠幣，《感安》以酌獻。會要樂六之九注：降神、盥洗樂曲同圜丘，升壇内止易第三句則曰豢龍夕見，上帝位奠玉幣、太宗位奠幣、還位、捧俎樂曲並同圜丘。

太祖配坐奠幣用《獻安》。

昊天蓋高，祀事爲大。嚴配皇靈，億福來介。

酌獻用《感安》。

龍見而雩，神之來格。犧象精良，威靈赫奕。

紹興雩祀一首

上帝位酌獻用《嘉安》。

蒼蒼昊穹，覆臨下土。欽惟歲事，民所依怙。爰竭精虔，禮典斯舉。甘澤以時，介我稷黍。

冬至孟春孟夏季秋四祀上公攝事七首

降神用《景安》。二章。

天何言哉，至清而健。默定幽贊，降祥福善。夙設圜壇，恭陳嘉薦。貞馭下臨，儲休錫羨。生物之祖，興益之宗。于國之陽，以禋昊穹。六變降神，於論鼓鍾。親德享道，錫羨無窮。

太尉行用《正安》。此首及下一首，《宋史·樂志》八《常祀皇地祇五首》重出

禮經之重，祭典爲宗。上公攝事，登降彌恭。庶品豐潔，令儀肅雍。百神萃止，惟吉之從。

司徒奉俎用《豐安》。

禮崇禋祀，神鑒孔明。牲牷博腯，以炰以烹。馨香蠲潔，品物惟精。錫以純嘏，享兹至誠。

飲福用《廣安》。此詩亦見楊億《武夷新集》卷五

簠簋既陳，吉蠲登薦。洗心防邪，肅祇祭典。陟降惟寅，籩豆有踐。百福咸宜，淳耀丕顯。

亞、終獻用《文安》。

秩秩禮文，肅肅嚴祀。仰洽神休，式協民紀。灌獻有容，叙其俎簋。明德惟馨，以介丕祉。

送神用《景安》。會要樂六之五注：哲宗朝差官撰。上辛、雩祀、常祀、明堂當同用此。

帝臨中壇，肅恭禋祀。靈景舒光，飛龍旋軌。送神有章，神心具醉。輔德惟仁，永錫元祉。

景德以後祀五方帝十六首

青帝降神用《高安》。六變。

四序伊始，三陽肇新。氣迎東郊，蟄户咸春。功宣播殖，澤被生民。祝史正辭，昭事惟寅。

奠玉幣、酌獻並用《嘉安》。

條風始至，盛德在木。平秩東作，種獻穜穋。律應青陽，氣和玉燭。惠彼兆民，以介景福。

送神用《高安》。

備物致用，薦羞神明。禮成樂舉，克享克禋。

酌獻用《祐安》。《宋史·樂志》一：景祐元年，以姑洗之角、林鍾之徵、黄鍾之宫、太簇之角、南吕之羽，作《祐安之曲》以酌獻五

帝。

條風斯應，候曆維新。陽和啓蟄，品物皆春。篪簧協奏，簠簋畢陳。精羞豐薦，景福攸臻。

赤帝降神用《高安》。

長嬴戒序，候正南訛。功資蕃育，氣應清和。鼎實嘉俎，樂備登歌。神其來享，降福孔多。

奠玉幣、酌獻用《嘉安》。景祐用《祐安》，辭亦不同。

象分離位，德配炎精。景風協律，化神含生。百嘉茂育，乃順高明。神無常享，享于克誠。

送神用《高安》。

籩豆有踐，黍稷惟馨。禮終三獻，神歸杳冥。

黄帝降神用《高安》。

坤輿厚載，黄裳元吉。宅中居正，含章抱質。分王四季，其功靡秩。育此羣生，首兹六律。

奠玉幣、酌獻用《嘉安》。景祐用《祐安》，辭亦不同。

中央定位，厚德惟新。五行攸正，四氣爰均。笙鏞以間，簠簋斯陳。爲民祈福，肅奉明禋。

送神用《高安》。

土德居中，方輿配位。樂以送神，式申昭事。

白帝降神用《高安》。白帝三首，亦見《武夷新集》卷五

西顥騰晶，楊億詩作精天地始肅。盛德在金，百嘉茂楊億詩作阜育。彍弩射牲，築場登穀。明靈格思，旌罕紛屬。

奠玉幣、酌獻用《嘉安》。景祐用《祐安》，辭亦不同。

博碩肥腯，以炰以烹。嘉栗旨酒，有瀰斯盈。肴核楊億詩作蔌惟旅，肅肅烝烝。吉蠲備物，享于克誠。

送神用《高楊億詩作理安》。

飈輪戾止，景燭靈壇。金奏繹如，白露溥溥。

黑帝降神用《高安》。

隆冬戒序，歲曆順成。一人有慶，萬物由庚。有旨斯酒，有碩斯牲。報功崇德，正直聰明。

奠玉幣、酌獻用《嘉安》。景祐用《祐安》，辭亦不同。

大儀斡運，星紀環周。三時不害，黍稷盈疇。克誠致享，品物咸羞。禮成樂變，錫祚貽休。

送神用《高安》。

管磬咸和，禮獻斯畢。靈馭言旋，神降之吉。

紹興以後祀五方帝六十首

青帝降神用《高安》。

〔圜鍾宫三奏〕於神何司，而德于木。肅然顧歆，則我斯福。我祀孔時，我心載祇。匪我之私，神來不來。

〔黄鍾爲角一奏〕神兮焉居，神在震方。仁以爲宅，秉天之陽。神之來矣，道修以阻。望神未來，使我心苦。

〔太簇爲徵一奏〕神在途矣，習習以風。百靈後先，敢一不恭。奔走癘疫，祓除菑凶。顧瞻下方，逍遥從容。

〔姑洗羽一奏〕溫然仁矣，熙然春矣。龍駕帝服，穆將臨矣。我酒清矣，我肴烝矣。我樂備矣，我神顧矣。

升殿用《正安》。

在國之東，有壇崇成。節以和樂，式降式登。潔我珮服，璆琳鏘鳴。匪壇斯高，曷妥厥靈。

青帝奠玉幣用《嘉安》。

物之熙熙，胡爲其然。蒙神之休，迺敢報旃。有邸斯珪，有量斯幣。于以奠之，格此精意。

太昊氏位奠幣用《嘉安》。

卜歲之初，我迎春祇。孰克侑饗，曰古宓戲。於皇宓戲，萬世之德。再拜稽首，敢愛斯璧。

奉俎用《豐安》。

靈兮安留，煙燎既升。有碩其牲，有俎斯承。匪牲則碩，我德惟馨。緩節安歌，庶幾是聽。

青帝酌獻用《祐安》。

百末布蘭，我酒伊旨。酌以匏爵，洽我百禮。帝居青陽，顧予嘉觴。右我天子，宜君宜王。

太昊酌獻用《祐安》。

五德之王，誰實始之。功括造化，與天無期。酌我清酤，盥獻載飭。神鑒孔饗，天子之德。

亞、終獻用《文安》。

貳觴具舉，承神嘉虞。神具醉止，眷焉此都。我歲方新，我畝伊殖。時暘時雨，緊神之力。

送神用《高安》。

忽而來兮，格神鴻休。忽而往兮，神不予留。神在天兮，福我壽我。千萬春兮，高靈下墮。

赤帝降神用《高安》。

〔圜鍾爲宮〕離明御正，德協于火。有感其生，維帝是何。帝圖炎炎，貽福錫我。鑒于妥虡，高靈下墮。

〔黄鍾爲角〕赤精之君，位于朱明。茂育萬物，假然長嬴。我潔我盛，我蠲我誠。神其下來，雲車是承。

〔太簇爲徵〕八卦相蕩，一氣散施。隆熾恢台，職神尸之。肅肅飈御，神戾于天。於昭神休，天子萬年。
〔姑洗爲羽〕煒煒其光，炳炳其靈。窅其如容，欻其如聲。扇以景風，導以朱斿。我德匪類，神其安留。

升殿用《正安》。

除地國南，有基崇崇。載陟載降，式虔式恭。燎煙既燔，黻冕斯容。神如在焉，肆予幽通。

赤帝奠玉幣用《嘉安》。

太微呈祥，炎德克彰。佑我基命，格于明昌。一純二精，有嚴典祀。于以奠之，以介繁祉。

神農氏奠幣用《嘉安》。

練以纁黄，有篚將之。肸蠁斯答，有神昭之。維神於民，實始貨食。歸德報功，敢怠王國。

奉俎用《豐安》。

有牲在滌，從以騂牡。或肆或將，有潔其俎。神嗜飲食，飶飶芬芬。莫腆于誠，神其顧歆。

赤帝酌獻用《祐安》。

四月維夏，兆于重離。帝執其衡，物無癘疵。於皇帝功，思樂旨酒。奠爵既成，垂福則有。

神農氏酌獻用《祐安》。

猗歟先農，肇兹黍稷。既殖既播，有此粒食。秬鬯潔清，彝罇疏冪。竭我瑶斝，莫報嘉績。

亞、終獻用《文安》。

盥爵奠斝，載虔載恭。籩豆静嘉，於樂鼓鍾。禮備三獻，神具醉止。孰顯神德，揚光紛委。

送神用《高安》。

神來何從，馺然靈風。神去何之，杳然幽蹤。伊神去來，霧散雲烝。獨遺休祥，山崇川增。

黄帝降神用《高安》。

〔圜鍾爲宫〕維帝奠位，乃咸于時。孰主張是，而樞紐之。穀我腹我，比予于兒。告我冠服，追其委蛇。

〔黄鍾角〕蓀無不在，日與我居。孰不可來，肸蠁斯須。象服龍駕，淵淵鼓桴。蓀不汝多，多汝意乎。

〔太簇徵〕樂哉帝居，逝留無常。爾信我宅，爾中我鄉。乃眷兹土，於赫君王。翩然下來，去未遽央。

〔姑洗羽〕澹兮撫琴，啾兮吹笙。神之未來，肅穆以聽。繽紛羽旄，姣服在中。神既來止，亦無惰容。

升殿用《正安》。

民生地中，動作食息。與我周旋，莫匪爾極。捕鰈東海，搴茅南山。彼勞如何，矧升降間。

黄帝奠玉幣用《嘉安》。

萬櫝之寳，一絢之絲。孕之育之，誰爲此施。歸之后神，神曰何爲。不宰之功，蕩然四垂。

有熊氏位奠幣用《嘉安》。

維有熊氏，以土勝王。其後皆沿，兹德用壯。黼黻幅舄，裳衣是創。幣之玄纁，對此昭亮。

奉俎用《豐安》。

王曰欽哉，無愛斯牲。登我元祀，亦有皇靈。以將以享，或剝或烹。大夫之俎，天子之誠。

黄帝酌獻用《祐安》。

黍以爲翁，鬱以爲婦。以侑元功，以酌大斗。伊誰歆之，皇皇帝后。伊誰嘏之，天子萬壽。

有熊氏酌獻用《祐安》。

昔在綿邈，有人公孫。登政撫辰，節用良勤。所蓄既大，所行宜遠。載其華罇，從以簫管。

亞、終獻用《文安》。

羽觴更陳，厥味清涼。飲之不煩，又有蔗漿。夜未艾止，明星浮浮。願言妥靈，靈兮淹留。

送神用《高安》。

靈不肯留，沛兮將歸。玉節猋逝，翠旗並馳。顧瞻佇立，悵然佳期。蹇千萬年，無斁人斯。

白帝降神用《高安》。

〔圜鍾爲宮〕白藏啓序，庶彙向成。有嚴禋祀，用答幽靈。風馬雲車，來燕來寧。洋洋在上，休福是承。

〔黄鍾角〕素精肇節，金行固藏。氣沖炎伏，明河翻霜。功收有年，禮薦有章。祇越眇冥，鴻基永昌。

〔太簇徵〕昊天之氣，揫斂萬彙。涓日潔齊，有嚴厥祀。有牲維肥，有酒維旨。神之燕娭，錫兹福祉。

〔姑洗羽〕執矩斯兑，實惟素靈。受職儲休，萬寶以成。饗于西郊，奠玉陳牲。侑以雅樂，來歆克誠。

升殿用《正安》。

素猋諧律，西顥墮靈。肇復元祀，晨煬肅清。下土層陔，嘉薦芳馨。以御蕃祉，介我西成。

白帝奠玉幣用《嘉安》。

惟時素秋，肇舉元祀。禮備樂作，降登有數。洋洋在上，神既來止。神之格思，錫我繁祉。

少昊氏位奠幣用《嘉安》。

西顥肅清，羣生茂遂。有嚴報典，孔明祀事。珪幣告虔，神靈燕喜。賚我豐年，以錫民祉。

奉俎用《豐安》。

洽禮既陳，諧音具舉。有滌斯牲，孔碩爲俎。維帝居歆，介我稷黍。樂哉有秋，緊神之祐。

白帝酌獻用《祐安》。

徂商肇祀，靈蓋孔饗。恭承嘉禧，湛澹秬鬯。監此馨香，靈其安留。疇惠下民，匪靈之休。

少昊氏位酌獻用《祐安》。

沆碭西顥，功載萬世。乘金宅兑，侑我明祀。嘉觴布蘭，牲玉潔精。神之燕虞，肅用有成。

亞、終獻用《文安》。

肅成萬物，沉寥其秋。惟兹祀事，戾止靈斿。酌獻具舉，典禮是求。冀福斯民，黍稷盈疇。

送神用《高安》。

沆碭白藏，順成萬寶。有來德馨，於昭神妥。露華晨晞，飈馭聿還。介我嗣歲，澤均幅員。

黑帝降神用《高安》。

〔圜鍾爲宮〕吉日壬癸，律中應鍾。國有故常，北郊迎冬。乃蕆祀事，必祗必恭。明默雖異，感而遂通。

〔黄鍾爲角〕良月盈數，四氣推遷。帝於是時，典司其權。高靈下墮，降祉幅員。神之聽之，祀事罔愆。

〔太簇爲徵〕北方之神，執權司冬。三時務農，於焉告功。禮備樂作，歸功于神。風馬來游，永錫斯民。

〔姑洗爲羽〕天地閉塞，盛德在水。黑精之君，降福羡祉。洋洋在上，若或見之。齊莊承祀，其敢斁思。

升殿用《正安》。

昧爽昭事，煌煌露光。滌溉蠲潔，容儀肅莊。牲肥酒旨，薦此芬芳。降陟有序，禮無越常。

黑帝奠玉幣用《嘉安》。

晨曦未升，天宇肅穆。祇若元祀，將以幣玉。神之格思，三獻茅縮。明靈懌豫，下土是福。

高陽氏位奠幣用《嘉安》。

飈馭雲蓋，神之顧歆。丕昭禮容，發揚樂音。祀事既舉，仰當神心。申以嘉幣，式薦誠諶。

奉俎用《豐安》。

辰牡孔碩，奉牲以告。祕祝非祈，豐年宜報。至意昭徹，交乎神明。降福穰穰，用燕羣生。

黑帝酌獻用《祐安》。

赫赫神游，周流八極。德馨上聞，於焉來格。不腆酒醴，用伸悃愊。神其歆之，民用嚮德。

高陽氏酌獻用《祐安》。

十月納禾，民務藏蓋。不有神休，民罔攸賴。孟冬之吉，禮行不昧。神降百祥，昭著蓍蔡。

亞、終獻用《文安》。

萬彙揫斂，時惟冬序。蠢爾黎氓，入此室處。酌獻告神，禮以時舉。賴此陰騭，民有所怙。

送神用《高安》。

神之戾止，天門夜開。禮備告成，雲軿亟回。旗纛晻靄，萬靈喧豗。獨遺祉福，用澤九垓。

乾德以後祀感生帝十首《宋史·樂志》一

曲名，降神用《大安》，太尉行用《保安》，奠玉幣用《慶安》，司徒奉俎用《咸安》，酌獻用《崇安》，飲福用《廣安》，亞獻、終獻用《文安》，送神用《普安》。

乾德元年，翰林學士承旨陶穀等奉詔撰定祀感生帝之樂章、

降神用《大安》。

和均玉管，政協璿衡。四序資始，萬物含生。皇猷允洽，至德惟明。爲民祈福，克致精誠。

太保行用《保安》。

衣冠儼若，步武有容。公卿濟濟，率禮惟恭。

罍洗用《正安》。

昊天降康，云何以報。斯謀斯惟，雍雍灌鬯。身之潔兮，神斯來止。神之享兮，民斯福矣。

奠玉幣用《慶安》。

籩豆有踐，玉帛斯陳。神無常享，享于精純。

奉俎用《咸安》。

俎實具列，明德惟馨。肅容祇薦，神其降靈。

酌獻用《崇安》。

樂調鳳律，酒浥犧尊。至靈斯御，盛德彌敦。

飲福用《廣安》。

三陽戒律，萬彙騰精。既蘇昆蟲，畢達勾萌。具陳犧象，式薦誠明。錫以蕃祉，永保咸平。

亞、終獻用《文安》。

大君有命，祀典咸脩。薦獻式叙，淑慎優柔。

徹豆用《肅安》。以下二首政和中製。

奉承明祀，惟羊惟牛。印盛于豆，備陳庶羞。鍾鼓喤喤，神具醉止。其徹嘉籩，永綏福祉。

送神用《普安》。

既臨下土，復歸于天。神之報貺，受福無邊。

景祐祀感生帝一首《宋史·樂志》一：景祐元年孟春祀感生帝，宣祖配。以太簇之宮作《皇安》以奠幣，《肅安》以酌獻。

宣祖配位奠幣用《皇安》。

濬發長源，粵惟始祖。五運協圖，萬靈來護。

酌獻用《肅安》。

龍德而隱，源流則長。宜乎億祀，侑享彌昌。

元符祀感生帝五首

降神用《大安》。六變。

二儀交泰，七政順行。四序資始，萬物含生。皇朝創業，盛德致平。爲民祈福，潔此精誠。

初獻升降用《保安》。

冕旒儼若，步武有容。公卿濟濟，韶濩邕邕。

帝位酌獻。

樂和鳳律，酒奠犧尊。神明斯享，禮盛難論。

亞、終獻用《文安》。

大君有命，闕典咸脩。帝歆明祀，佑聖千秋。

送神用《普安》。

俯臨下土，迴復上天。觸類而長，荷福無邊。

紹興以後祀感生帝十六首

降神用《大安》。

〔圜鍾爲宮〕炎精之神，飛軿碧落。駕以浮雲，丹書赤雀。禮備豆籩，樂諧簫勺。神具醉止，佑我景鑠。

〔黄鍾爲角〕宋德惟火，神實司之。上儀申蒇，迎方重離。瑤幣告潔，秀華金支。啾啾神龍，來介繁禧。

〔太簇爲徵〕於物司火，於方峙南。璇霄來下，羽衛毿毿。祠官祝釐，聯珮合簪。本支有衍，則百斯男。

〔姑洗爲羽〕惟神之安，方解羽鑾。赤旂霞曳，從以炎官。居歆嘉薦，肸蠁靈壇。神之格矣，民訖多盤。

盥洗用《保安》。

衡牙鏘鳴，肅容專精。交神之義，罔敢弗誠。設洗于阼，罍水惟清。盥以致潔，感通神明。

升殿用《保安》。

三陽交泰，日新惟良。大建厥祀，茲報興王。禮嚴陟降，德薦馨香。聿懷嘉慶，降福穰穰。

感生帝位奠玉幣用《光安》。

肅肅嚴祀，神幽必聞。駢駕臨饗，將歆飶芬。嘉玉陳幣，欽恭無文。永綏多祐，國祚何垠。

僖祖位奠幣用《皇安》。

於穆文獻，景炎發祥。啓茲皇運，垂慶無疆。篚幣有陳，式昭肅莊。神之格思，如在洋洋。

奉俎用《咸安》。

籩豆大房，秩秩在列。奉牲以告，既全既潔。樂均無爽，牲醴攸設。神兮燕娭，霓旌孑孑。

感生帝位酌獻用《崇安》。

盛德在火，相我炎祚。典祀有常，牲玉維具。風馬雲車，翩翩來顧。式蕃帝祉，後昆有裕。

僖祖位酌獻用《肅安》。

皇矣文獻，開國有先。德配感生，對越在天。練日得辛，來止靈壇。神其錫羨，瑞應猗蘭。

文舞退、武舞進用《正安》。

苾苾芬芬，神具醉止。笙磬鏗鏘，干旄旖旎。鬷假無言，神靈惟喜。申錫蕃釐，暨我孫子。

亞、終獻用《文安》。

偉炎厥初，緣感而系。慶衍式崇，昭融有契。樂功既諧，觴獻斯繼。歆類不違，克昌百世。

徹豆用《肅安》。

潔陳斯備，昭格惟禋。神歆以飫，宰徹其餕。清歌振曉，叶氣流春。永錫祚嗣，以渥烝民。

送神用《大安》。

豐祀孔飾，肅來自天。蘭尊既徹，飈馭載遄。騎雲縹緲，聆樂流連。惟邁惟顧，降福綿綿。

望燎用《普安》。

禮文既洽，熏燎聿升。嘉氣四塞，丹誠上騰。惟類之應，惟福之興。永熾天統，億載靈承。　以上《宋史》卷一三二《樂志》七

全宋詩卷三七二八

郊廟朝會歌辭二

景祐大享明堂二首

《宋史·樂志》一：景祐元年季秋大享明堂，真宗配。以無射之宮作《誠安》以奠幣，《德安》以酌獻。

真宗配位奠幣用《誠安》。

思文聖考，對越在天。侑神作主，奉幣申虔。

酌獻用《德安》。

偃革興文，封巒考瑞。威烈巍巍，允膺宗祀。

皇祐親享明堂六首

《宋史·樂志》二：皇祐二年五月，内出明堂樂曲及二舞名。迎神曰《誠安》，皇帝升降行止曰《儀安》，昊天上帝、皇地祇、神州地祇位奠玉幣曰《鎮安》，酌獻曰《慶安》，太祖、太宗、真宗位奠幣曰《信安》，酌獻曰《孝安》，司徒奉俎曰《饎安》，五帝位奠幣曰《鎮安》，酌獻曰《精安》，皇帝飲福曰《胙安》，退文舞、迎武舞、亞獻、終獻皆曰《穆安》，徹豆曰《歆安》，送神曰《誠安》，歸大次曰《憩安》，文舞曰《右文化俗》，武舞曰《威功睿德》。

降神用《誠安》。

維聖享帝，維孝嚴親。肇圖世室，躬展精禋。鏞鼓既設，籩豆既陳。至誠攸感，保格上神。

奠玉幣曰《鎮安》。

乾亨坤慶育函生，路寢明堂致潔誠。玉帛非馨期感格，降康億載保登平。

酌獻曰《慶安》。

肅肅路寢，相維明堂。二儀鑒止，三聖侑旁。靈期訢合，祠節齊莊。至誠並貺，降福無疆。

三聖配位奠幣用《信安》。

祖功宗德啓隆熙，嚴配交修太室祠。圭幣薦誠知顧享，本支錫羨固邦基。

酌獻用《孝安》。

藝祖造邦，二宗紹德。肅雍孝享，登配圜極。先訓有開，菲躬何力。歆馨錫羨，保民麗億。

送神用《誠安》。

我將我享，辟公顯助。獻終豆徹，禮成樂具。飾駕上遊，升煙高騖。神保聿歸，介兹景祚。

嘉祐親享明堂二首

降神用《誠安》。

燁燁房心，下照重屋。我嚴帝親，匪配之瀆。西顥沆碭，夕景已肅。靈其來娭，嘉薦芳鬱。

送神用《誠安》。

明明合宫，莫尊享帝。禮樂熙成，精與神契。桂尊初闌，羽駕倏逝。遺我嘉祥，於顯萬世。

熙寧親享明堂二首

英宗奠幣用《誠安》。

於皇聖考，克配上帝。永言孝思，昭薦嘉幣。

酌獻用《德安》。

英聲邁古，德施在民。允秩宗祀，賓延上神。

元符親享明堂十一首

皇帝升降用《儀安》。

嚴父配天，孝乎明堂。與奠升階，降音以將。天步有節，帝容必莊。辟公憲之，禮無不臧。

上帝位奠玉幣用《鎮安》。

聖能享帝，孝克事親。於皇宗祀，盛節此陳。何以薦虔，二精有煒。何以致祥，上天鑒止。

神宗奠幣用《信安》。

合宮禮備，時維哲王。堂筵四敞，明德馨香。聖考來格，降福穰穰。承承繼繼，萬祀其昌。

奉俎用《禧安》。

奕奕明堂，天子即事。奠我聖考，配于上帝。凡百有職，疇敢不祗。俎潔牲肥，其登有儀。

上帝位酌獻用《慶安》。

惟禮不瀆，所以嚴親。惟孝不匱，所以教民。陟配文考，享于大神。重禧累福，祚裔無垠。

配位酌獻用《德安》。

隆功駿德，兩有烈光。陟配宗祀，惠我無疆。

退文舞、迎武舞用《穆安》。

舞以象功，樂惟崇德。文經萬邦，武靖四國。一張一弛，其儀不忒。神鑒孔昭，孝思維則。

亞獻用《穆安》。

於昭盛禮，嚴父配天。盡物盡誠，莫匪吉蠲。重觴既薦，九奏相宣。神介景福，億萬斯年。

飲福用《胙安》。

莫尊乎天，莫親乎父。既享既侑，誠申禮舉。戛擊堂上，八音始具。天子億齡，飲神之胙。

徹豆用《歆原誤作欽安》。

穆穆在堂，肅肅在庭。於顯辟公，來相思成。神既歆止，有聞無聲。錫我休嘉，燕及羣生。

歸大次用《憩安》。

有奕明堂，萬方時會。宗子聖考，作帝之配。樂酌虞典，禮從周志。釐事既成，於皇來曁。

大觀宗祀明堂五首

奠玉幣用《鎮安》。

交于神明，内心爲貴。外致其文，亦效精意。嘉玉既陳，將以量幣。肅肅雝雝，惟帝之對。

有邦事神，享帝爲尊。内心致德，外示彌文。嘉玉效珍，薦以量幣。恭欽伊何，惟以宗祀。

配位奠幣用《信安》。

肇祀明堂，告成大報。顒顒祇祇，率見昭考。涓選休辰，齊明朝夕。於惟皇王，孝思罔極。

酌獻用《孝安》。

若昔大猷，孝思維則。永言孝思，丕承其德。於昭明威，侑于上帝。賚我思成，永綏福祉。

配位酌獻用《大明》。《宋史·樂志》一：仁宗以《大明之曲》尊真宗。

於昭皇考，大明體神。憲章文思，宜民宜人。嚴父之道，陟配于天。躬行孝告，有孚于先。

紹興親享明堂二十六首

皇帝入門用《儀安》。

惟我有宋，昊天子之。三年卜祀，百世承基。施及沖眇，奉牲以祠。敢忘齋栗，偏舉上儀。

升堂用《儀安》。

於赫明堂，肇稱禋祀。祖宗來游，亦侑于帝。九州駿奔，百辟咸事。斂時純休，錫我萬世。

降神用《誠安》。

噫神何親，惟德是輔。玉牲具陳，誠則來顧。我開明堂，遵國之故。尚蒙居歆，以篤宗祜。

盥洗用《儀安》。

肇開九筵，維古之做。皇皇大神，來顧來享。庶儀交修，百辟顯相。微誠自中，交際天壤。

上帝位奠玉幣用《鎮安》。

皇皇后帝，周覽四方。眷我前烈，燕娭此堂。金支秀發，黼帳高張。世歆明祀，曰宋是常。

皇地祇位奠玉幣用《嘉安》。

至哉坤元，持載萬物。繼天神聖，觀世治忽。頌祇之堂，薦以圭獻。孰爲邦休，四海無拂。

太祖位奠幣用《廣安》。

推尊太元，重屋爲盛。誰其配之，我祖齊聖。開基握符，正位凝命。於萬斯年，孝孫有慶。

太宗位奠幣用《化安》。

帝神來格，靡祀不從。侑坐而食，獨升祖宗。在庭祇肅，展采錯重。三獻之禮，百年之容。

徽宗位奠幣用《泰安》。《泰安》及下《成安》，未知所始，《宋史·樂志》五：紹興十四年始上徽宗徽號，特製《顯安之樂》。

於穆帝臨，至矣元造。克配其儀，惟我文考。仁恩廣覃，奕葉永保。宗祀惟初，以揚孝道。

皇帝還位用《儀安》。

耳聽鋗玉，目瞻熉珠。樂備周奏，儀參漢圖。神人並況，天地同符。亦既見帝，王心則愉。

尚書捧俎用《禧安》。

展牲登俎，簫韶在庭。差陳五室，意徹三靈。匪物斯享，惟誠則馨。永作祭主，神其億寧。

昊天上帝位酌獻用《慶安》。

日在東陸，維時上辛。肇開陽館，恭禮尊神。蒼玉輝夜，紫煙煬晨。祖宗並配，天地同禋。

皇地祇位酌獻用《彰安》。

地祼泰折，歌同我將。黝牲純潔，絲竹發揚。博厚而久，含洪以光。扶持宗社，曰篤不忘。

太祖位酌獻用《孝安》。

一德開基，百年垂統。中天禘郊，薄海朝貢。賓龜相承，器鼎加重。澤深慶綿，帝復命宋。

太宗位酌獻用《韶安》。

紹天承業，繼世立功。帷幄屢勝，車書始同。武掃氛霧，文垂日虹。遺澤所及，孰知其終。

徽宗位酌獻用《成安》。

欽惟合宮，承神至尊。祇戒專精，儼然若存。奠茲嘉觴，茝蘭其芬。發祉隤祥，以子以孫。

皇帝還小次用《儀安》。

匏尊既舉，秸席未移。有德斯顧，靡神不娭。物情肅穆，天宇清夷。宅中受命，永復邦基。

文舞退、武舞進用《穆安》。

神之欻至，慶陰杳冥。風馬雲車，恍若有承。備形聲容，於昭文明。庶幾嘉虞，來享來寧。

亞獻用《穆安》。

四阿有嚴，神既戾止。備物雖儀，潔誠惟己。有來振振，相我熙事。載酌陶匏，以成毖祀。

終獻用《穆安》。

誠一爲專，禮三而稱。孰陪邦祠，惟我同姓。金絲屢調，圭玉交映。是謂熙成，福來神聽。

皇帝飲福用《胙安》。

孰謂天遠，至誠則通。孰謂地厚，與天則同。惠我純嘏，克成大功。握圖而治，如日之中。

徹豆用《歆安》。

工祝告休，笙鏞云闋。酒茅既除，牲俎斯徹。幽明罔恫，中外咸悦。禮成伊何，天地同節。

送神用《誠安》。

奕奕宗祀，煌煌禮文。高靈下墮，精意升聞。熙事既畢，忽乘青雲。敢拜明貺，永清世氛。

望燎用《儀安》。

載酌載獻，以純以精。歌傳夜誦，物備秋成。報本斯極，聽卑則明。願儲景貺，福我羣生。

望瘞用《儀安》。

禮協豐融，誠交彷彿。辟公受膰，宗祀臨瘞。貽我來牟，以興嗣歲。山川出雲，天地同氣。

還大次用《憩安》。

應天以實，已事而竣。氈案朝帝，竹宮拜神。靈光下燭，協氣斯陳。福祿時萬，基圖日新。

紹興淳熙分命館職定撰十七首

〔圜鍾爲宮〕上直房心，時惟明堂。配天享親，宗祀有常。盛德在金，日吉辰良。享我克誠，來格來康。

〔黄鍾爲角〕合宮盛禮，金商令時。備成熙事，蒐揚上儀。駿奔在庭，精意肅祇。來享嘉薦，神靈燕娭。

〔太簇爲徵〕休德孔昭，靈承上帝。孝極尊親，嚴配于位。嘉薦芬芳，禮無不備。神其格思，享茲誠至。

〔姑洗爲羽〕霜露既降，孝思奉先。陟降上帝，禮隆九筵。有馨黍稷，有肥牲牷。神來燕娭，想像肅然。

盥洗用《正安》。

禮經之重，祭典爲宗。上公攝事，進退彌恭。庶品豐潔，令儀肅雍。百祥萃止，惟吉之從。

升殿用《正安》。

皇祖配帝，歲祀明堂。冕服陟降，玉佩瑲瑲。疾徐有節，進止克莊。維時右享，日靖四方。

上帝位奠玉幣用《嘉安》。

大享季秋，百執揚厲。明明太宗，赫赫上帝。祗薦忱誠，式嚴圭幣。祚我明德，錫茲來裔。

太宗位奠幣用《宗安》。

穆穆皇祖，丕昭聖功。聲律身度，樂備禮隆。祗薦量幣，祀于合宮。玉帛萬國，驩心載同。

捧俎用《豐安》。

備物昭陳，工祝告具。維羊維牛，孔碩孔庶。有嘉維馨，加食宜飫。斂時五福，永膺豐胙。

上帝位酌獻用《嘉安》。

燁彼房心，明明有融。維聖享帝，禮行合宫。祀事時止，粢盛潔豐。昭受申命，萬福攸同。

太宗位酌獻用《德安》。

受命溥將，勳高百王。寰宇大定，聖治平康。有嚴陟配，宗祀明堂。神保是格，申錫無疆。

文舞退、武舞進用《正安》。

溫厚嚴凝，於皇上帝。文德武功，列聖並配。舞綴象成，肅雍進退。秉翟踆踆，總干蹈厲。

亞、終獻用《文安》。

總章靈承，維國之常。禮樂宣鬯，降升齊莊。竭誠盡志，薦茲累觴。於昭在上，申錫無疆。

徹豆用《肅安》。

於皇上帝，肅然來臨。恭薦芳俎，以達高明。烹飪既事，享于克誠。以介景福，惟德之馨。

送神用《景安》。

帝在合宮，鑒觀盛禮。黍稷惟馨，神心則喜。禮備樂成，亦既歸止。億萬斯年，以貺多祉。

高宗位奠幣用《宗安》。《宋史·樂志》六：光宗受禪，高宗身濟大業，乃季秋升侑明堂，奠幣用《宗安之樂》，酌獻用《德安之樂》。

赫赫高廟，于堯有光。覆被萬祀，冠冕百王。有量斯幣，蠲潔是將。在帝左右，維時降康。

酌獻用《德安》。

炎運中興，蒼生載寧。九秩燕豫，三紀豐凝。精祀上帝，陟配威靈。錫羨胙祉，萬世承承。

孝宗親享明堂樂曲並同，惟天地位奠幣、酌獻及太祖酌獻、皇帝入小次、還大次、亞獻、送神等篇各有删潤。又以太祖奠幣曲改名《廣安》，酌獻改名《恭安》，太宗奠幣改名《化安》，酌獻改名《英安》。

景德祀皇地祇三首 會要樂六之二一注：景祐三年諸臣撰三曲。

降神用《靜安》。會要作迎神用精安

至哉厚德，陟配天長。沈潛剛克，廣大無疆。資生萬物，神化含章。同和八變，神靈效祥。

奠玉幣、酌獻用《嘉安》。

於昭祀典，致享坤儀。備物咸秩，柔祇格思。功宣敏樹，日益鴻禧。持載品彙，率土攸宜。

送神用《靜安》。

妙用無方，倏來忽逝。蠲潔寅恭，式終禋瘞。

景祐夏至祀皇地祇二首 仁宗御製《宋史·樂志》一：景祐元年夏至祭皇地祇，太祖配，以蕤賓之宮作《恭安》以奠幣，《英安》以酌獻。

太祖《會要》樂六之二一下有配座二字奠幣用《恭安》。

赫矣淳耀，俶載帝基。一戎以定，萬國來儀。寅恭潔祀，博厚皇祇。威靈攸在，福祿如茨。

酌獻用《英安》。

丕命惟皇，萬物咸覩。卜年邁周，崇功冠禹。有燁炎精，大昌聖祚。酌鬯祈年，永錫繁祜。

熙寧祀皇地祇十一首 熙寧祭地改變樂曲，未見《宋史》記載

迎神用《導安》。

昭靈積厚，混混坤輿。配天作極，陰慘陽舒。齊明薦享，百福其儲。庶幾來止，風馬雲車。

升降用《靖安》。

有來穆穆，臨此方丘。其行風動，其止霆收。躬事匪懈，豐盛潔羞。百昌咸殖，允矣神休。

奠幣用《釐安》。

純誠昭融，芳美嘉薦。肅將二精，以享以奠。休光四充，靈祇來燕。其祥伊何，永世錫羨。

太祖用《肇安》。

於皇烈祖，維帝所興。光輝宗祀，如日之升。告靈作配，孝享烝烝。錫茲祉福，百世其承。

司徒奉俎用《承安》。

我修祀事，於何致誠。罔敢怠佚，視玆碩牲。納亨薦俎，侑以和聲。格哉休應，世濟皇明。

酌獻用《和安》。

猗嗟富媪，博厚含弘。發榮敷秀，動植兹豐。爰酌兹酒，肸蠁交通。衆祥萃止，垂祐無窮。

太祖用《佑安》。

光大含弘，坤元之力。海宇咸寧，烈祖之德。作配方壇，不僭不忒。子孫其承，毋替厥則。

飲福用《禔安》。

載登壇阼，載酌尊彝。牲酒嘉旨，福祿純熙。其福維何，萬物咸宜。其祿維何，永承神禧。

退文舞、迎武舞用《威安》。

雍雍肅肅，建我采旄。舞以玉戚，不吴不敖。其將其肆，脾臄嘉肴。何以侑樂，鍾鼓管簫。

亞、終獻用《儀安》。

折俎在籩，胾羹在豆。何以酌之，酒醴是侑。何以錫之，貽爾眉壽。何以格之，永爾康阜。

徹豆用《豐安》。

曳我黼黻，履舄接武。鏘我珩璜，降升圉圉。其將肆兮，既曰不侮。其終徹兮，恭欽惟主。

送神用《阜安》。

神兮來下，享此苾芬。酌獻雍雍，執事孔勤。神之還矣，忽乘飛雲。遺我祺祥，物象忻忻。

常祀皇地祇五首

迎神用《寧安》。八變。《宋史·樂志》一：景祐元年以林鍾之宮、太簇之角，姑洗之徵、南呂之羽作《寧安之曲》，以祭地及太社、太稷，罷《静安之曲》。會要樂六之二一注：景祐元年呂夷簡撰迎神、送神二曲，八變。

坤元之德，光大無疆。一氣交感，百物阜昌。吉蠲致享，精明是將。介兹景福，鼎祚靈長。

升降用《正安》。此首及下一首已見上卷《冬至孟春孟夏季秋四祀上公攝事七首》

禮經之重，祭典爲宗。上公攝事，登降彌恭。庶品豐潔，令儀肅雍。百祥萃止，維吉之從。

奉俎用《豐安》。

禮崇禋祀，神鑒孔明。牲牷博腯，以炰以亨。馨香蠲潔，品物惟精。錫以純嘏，享兹至誠。

退文舞、迎武舞用《威安》。

進旅退旅，載揚干揚。不愆于儀，容服有章。式綏式侑，神保是聽。鼓之舞之，神永安寧。

送神用《寧安》。

物備百嘉，樂周八變。克誠是享，明德斯薦。神鑒孔昭，蕃禧錫羡。回馭飄然，邈不可見。

紹興祀皇地祇十五首會要樂六之二一注：紹興中分館職撰一十五曲。

迎神用《寧安》。

〔函鍾爲宫〕至哉厚德，物生是資。直方維則，翕闢攸宜。於昭祀典，致享坤儀。禮罔不答，神之格思。

〔太簇爲角〕蕆事方丘，舊典時式。至誠感神，馨非黍稷。肸蠁來臨，鑒兹明德。永錫坤珍，時萬時億。

〔姑洗爲徵〕至哉坤元，乃順承天。厚德載物，含洪八埏。日北多暑，祀儀吉蠲。式昭毋事，敢告恭虔。

〔南吕爲羽〕蕆事方丘，情文孔時。名山大澤，侑祭無遺。牲陳黝犢，樂備咸池。柔祇皆出，介我繁禧。

盥洗用《正安》。

於穆盛禮，肅肅在宫。蕆事有初，直于東榮。滌濯是謹，惟寅惟清。祇薦柔嘉，享兹克誠。

升殿用《正安》。

景風應時，聿嚴毖祀。用事方丘，鏘鏘濟濟。登降有節，三獻成禮。神其格思，錫我繁祉。

正位奠玉幣用《嘉安》。

坤元博厚，對越天明。展事方澤，亶惟顧歆。嘉玉量幣，祇薦純精。錫我繁祉，燕及函生。

太祖位用《定安》。

毖祀泰折，柔祇是承。於赫藝祖，道格三靈。式嚴配侑，厚德惟寧。爰昭薦幣，享于克誠。

捧俎用《豐安》。

丕答靈貺，蕆事方丘。豆登在列，鼎俎斯儔。牲牷告具，寅畏彌周。柔祇昭格，飈至雲流。

正位酌獻用《光安》。

祇事坤元，飭躬敢憚。爰潔粢盛，載嚴圭瓚。清明内融，嘉旨外粲。介我繁釐，時億時萬。

太祖位酌獻用《英安》。

皇矣藝祖，九圍是式。至哉柔祇，萬彙允殖。保兹嘉邦，介我黍稷。酌鬯告虔，作配無極。

文舞退、武舞進用《正安》。

於穆媪神，媲德彼天。我修毖祀，以莫不虔。肆陳時夏，干羽相宣。靈其來游，降福綿綿。

亞、終獻用《文安》。

禮有祈報，國惟典常。籩豆豐潔，降升齊莊。備物致志，式薦累觴。昭格來享，自天降康。

徹豆用《娱安》。

承天效法，其道貴誠。牲羞黄犢，薦德之馨。芳俎告畢，禮備樂盈。既静既安，庶物霑生。

送神用《寧安》。

至厚至深，其動也剛。精誠默通，或出其藏。神之言歸，化斯有光。相我炎圖，萬世無疆。

宋初祀神州地祇三首 會要樂六之二三注：景德三年諸臣撰三曲。

降神用《靜安》。

膴膴郊原，茫茫宇縣。晝野分疆，禹功疏奠。靈祇是臻，豆籩祗薦。幽贊皇圖，視之不見。

奠玉幣、酌獻用《嘉安》。

肸蠁儲靈，肅恭用幣。鏘洋導和，洪休允契。嘉氣雲蒸，浹于華裔。式薦坤珍，聿符明世。

送神用《靜安》。

獻奠云畢，純嘏祁祁。威靈藏用，邈矣何之。

景祐孟冬祭神州地祇二首 會要樂六之二三注：仁宗御製二曲。

太宗位奠幣用《化安》。

削平僞邦，嗣興鴻業。禮樂交修，仁德該洽。柔祇薦享，量幣攸攝。侑坐延靈，神休允答。

酌獻用《紹會要作化安》。

有煒彌文，克隆宏構。貽此燕謀，具膺多祐。嶰律吹莩，彝尊奠酒。佐乃沈潛，永祈豐楙。

元符祭神州地祇二首 會要樂六之二三注：景祐元年呂□撰二曲，八變。

迎神用《寧安》。　八變。

膴膴浚邦，皇天是宅。必有幽贊，聰明正直。布列籩豆，考擊金石。中外謐寧，緊神之力。

送神用《寧安》。

都邑浩穰，民物富盛。主以靈祇，昭乃丕應。玉帛牲牷，鼓鍾莞磬。祇薦攸歆，歸于至靜。

紹興祀神州地祇十六首 會要樂六之二三注：紹興中分館職撰十六曲。

迎神用《寧安》。

〔函鍾爲宫〕芒芒下土，恢恢方儀。富媪統攝，潛運八維。爰稱元祀，告備吉時。揭兹虔恭，僾其格思。

〔太簇爲角〕洪惟坤元，道著品物。上配紫旻，厚載其德。良月肇蕆，祭器布列。必先皇祇，以迓景福。

〔姑洗爲徵〕坱圠無垠，磅礴罔測。山盈川沖，自生自殖。其報惟何，率禮靡忒。億萬斯年，功被無極。

〔南吕爲羽〕翕闢以時，協氣陶蒸。播之金石，鏘厥和聲。冥冥眑眑，孔享純誠。是聽是娭，邦基永寧。

盥洗用《正安》。

晨煬致煙，涥然四施。飄飄風馬，彷彿來斯。祀事維清，沃之盥之。載涓載肅，罔有愧辭。

升殿用《正安》。

崇崇其壇，屹矣層級。佩約步趨，降登中節。左瞻右睨，祥風藹集。旍旆羽紛，昭鑒翊翊。

神州地祇位奠玉幣用《嘉安》。

璇璣諧序，籍斂薦嘉。昭答柔祇，迭奏雅歌。幣琮以侑，儀腆氣和。靈其溥臨，容與燕嘉。

太宗位奠幣用《嘉安》。

穆穆令聞，溥博有容。澤被萬宇，靡不率從。恭陳量幣，明薦其衷。禮亦宜之，享德攸同。

奉俎用《豐安》。

肅肅嘉承，唯德其物。工祝以告，緊民之力。神哉廣生，孔蕃且碩。奠于嘉壇，吐之則弗。

神州地祇位酌獻用《嘉安》。

恭承明祀，嘉薦令芳。亦有桂酒，誠慤是將。瑟瓚以酌，效懽厥觴。庶乎燕享，永懷不忘。

太宗位酌獻用《化安》。

宗德含洪，方祇可儗。闢土開疆，八埏同軌。是用作配，有永無紀。祼獻以享，茂格蕃祉。

文舞退、武舞進用《文安》。

奕奕綴兆，咸池孔彰。丕闡文德，靡忘發揚。進退有節，乃容之常。樂備爾奏，煒煒榮光。

亞、終獻用《文安》。

縮酌以祼，既旨且多。三獻有序，情文愈加。黄祇臨享，錫以休嘉。廣兹靈禔，覃及邇遐。

徹豆用《成安》。

展牲告全，酒登于俎。竣事而徹，侑以樂語。奉釐宣室，祚我神主。斂敷庶民，並受其祜。

送神用《寧安》。

雲馭洋洋，既歆既顧。悠然聿歸，曷求厥路。欽想頌堂，跛立以慕。賚我肸蠁，莫不懌豫。

望瘞用《正安》。

神罔怨恫，燕其有喜。蔵事告成，爰修瘞禮。樂闋儀備，休氣四起。尚謹不愆，念終如始。

景德朝日三首 楊億《武夷新集》卷五亦載此三首

降神用《高安》。六變。

陽德之母，羲御寅賓。得天久照，首兹三辰。正辭備物，肅肅振振。淪精降監，克享明禋。

奠玉幣、酌獻用《嘉安》。

醴齊良潔，有牲斯純。大采玄冕，乃昭其文。王宫定位，粢盛苾芬。民事以叙，盛楊億詩作玄德升聞。

送神用《高安》。

縣象著明，照臨下土。降福穰穰，德施周普。

夕月二首

降神用《高安》。六變。

凝陰稟粹，照臨八埏。麗天垂象，繼日代明。一氣資始，四時運行。靈祇昭格，備物薦誠。

奠玉幣、酌獻用《嘉安》。

夕耀乘秋，功存宇縣。金奏在縣，以時致薦。祀事孔寅，明靈降眷。潔粢豐盛，倉箱流衍。

送神用《高安》。

夙陳籩豆，潔誠致祈。垂休保佑，景祚巍巍。

大觀秋分夕月四首

降神用《高安》。

至陰之精，虧而復盈。輪高僊桂，階應祥蓂。玉兔影孤，金莖露溢。其駕星車，顧于茲夕。

奠玉幣。

玉鈎初彎，冰盤乍圓。扇掩秋後，烏飛枝邊。精凝蟾蜍，輝光嬋娟。歆于明祀，弭芳節焉。

酌獻。

名稽漢儀，歌參唐宗。往于卿少，乘秋氣中。周天而行，如姊之崇。可飛霞佩，下瑠璃宮。

送神。

四扉大開，五雲車立。霓裾娣從，風翻童執。搖曳胥來，鏘洋爰集。歆我嚴禋，西面以揖。

紹興朝日十首

降神用《高安》。

〔圜鍾爲宫〕玄鳥既至，序屬春分。朝于太陽，厥典備存。載嚴大采，示民有尊。揚光下燭，煜爚東門。
〔黄鍾爲角〕升暉麗天，陽德之母。率無頗偏，兼燭下土。恭事崇壇，禮樂具舉。頓御六龍，裴回容與。
〔太簇爲徵〕周祀及鬧，漢制中營。肸蠁是居，禮神以兕。我潔斯璧，我肥斯牲。神兮燕享，鑒觀孔明。
〔姑洗爲羽〕屹爾王宫，泛臨翊翊。惠此萬方，豈惟五色。以修陽政，以習地德。雲景杳冥，施祥無極。

初獻升殿用《正安》。

天宇四霽，嘉壇聿崇。肅祗嚴祀，登降有容。仰瞻曜靈，位居其中。既安既妥，沛哉豐融。

奠玉幣用《嘉安》。

物之備矣，以交於神。時惟炎精，不忘顧歆。經緯之文，瑠琳之質。燦然相輝，其儀秩秩。

奉俎用《豐安》。

扶桑朝暾，和氣肸飾。奉此牲牢，爲俎孔碩。芬馨進聞，介我黍稷。所將以誠，兹用享德。

酌獻用《嘉安》。

匏爵斯陳，百味旨酒。勺以獻之，再拜稽首。鍾鼓在列，靈方安留。眷然加薦，惟時之休。

亞、終獻用《文安》。

禮罄沃盥，誠意肅將。包茅是縮，冀畢重觴。煥矣情文，既具醉止。熙事備成，靈其有喜。

送神用《禮安》。

羲和駕兮，其容杲杲。將安之兮，言歸黄道。光赫萬物，無古無今。人君之表，咸仰照臨。

夕月十首

降神用《高安》。

〔圜鍾爲宮〕金行告遒，玉律分秋。禮蕆西郊，毖祀聿修。精意潛達，永孚于休。神之聽之，爰格飈斿。

〔黃鍾爲角〕時維秋仲，夜寂天清。實嚴姊事，用答陰靈。壇壝斯設，黍稷惟馨。雲車來下，庶歆厥誠。

〔太簇爲徵〕遡日著明，麗天作配。潔誠以祠，禮行肅拜。光凝冕服，氣肅環珮。庶幾昭格，祗而不懈。

〔姑洗爲羽〕穆穆流輝，太陰之精。盈虧靡忒，寒暑以均。克禋克祀，揆日涓辰。牲碩酒旨，來燕來寧。

升殿用《正安》。

猗歟崇基，右平左墄。祇率典常，居茲秋夕。陟降惟寅，威儀抑抑。神其鑒觀，穰簡是集。

奠玉幣用《嘉安》。

少采陳儀，實曰坎祭。禮備樂舉，嚴恭將事。于以奠之，嘉玉量幣。神兮昭受，陰騭萬彙。

奉俎用《豐安》。

縠旦其差，有牲在滌。工祝致告，爲俎孔碩。肸蠁是期，祚我明德。備茲孝欽，式和民則。

酌獻用《嘉安》。

白藏在序，享惟其時。躬即明壇，禮惟載祇。斟以瑤爵，神靈燕娭。歆馨顧德，錫我蕃釐。

亞、終獻用《文安》。

肅雍嚴祀，聖治昭彰。清酒既載，或肆或將。禮匝三獻，終然允臧。神具醉止，其樂且康。

送神用《理安》。

歌奏云闋，式禮莫愆。以我齊明，罄其吉蠲。神保聿歸，降康自天。蘿圖永固，億萬斯年。

熙寧以後祀高禖六首

降神用《高安》。六變。

容臺講禮，禖宮立祠。司分居後，帶韣陳儀。嘉祥萃止，靈馭來思。皇支蕃衍，永固邦基。

升降用《正安》。

郊禖之應，肇自生商。誕膺寶命，濬發其祥。天材蕃衍，德稱君王。本支萬世，與天無疆。

奠玉幣用《嘉安》。

昔帝高辛，先禖肇祀。爰揆仲陽，式祈嘉祉。陳之犧牲，授以弓矢。敷祐皇宗，施于孫子。

酌獻用《祐安》。

昭薦精衷，靈承端命。青帝顧懷，神禖儲慶。祚以蕃昌，協于熙盛。螽斯衆多，流于雅詠。

亞、終獻用《文安》。

赫赫高禖，萬世所祀。其德不回，錫兹福祉。蕃衍椒聊，和平芣苢。傳類降康，世濟其美。

送神用《理安》。

禮奠蠲衷，祭儀竣事。丕擁靈休，蕃衍皇嗣。

紹興祀高禖十首

降神用《高安》。

〔圜鍾爲宮〕聿分春氣，施生在時。禖宮肇啓，精意以祠。禮儀告備，神其格思。厥靈有赫，錫我繁釐。

〔黄鍾爲角〕眷此尊祀，實惟仲春。青圭束帛，克祀克禋。庶蒙嘉惠，嗣續詵詵。神之降鑒，雲車來臻。

〔太簇爲徵〕猗歟禖宮，祀典所貴。粤自艱難，禮或弗備。以迄于今，始建壇壝。願戒雲車，歆此誠意。

〔姑洗爲羽〕春氣肇分，萬類滋榮。惟此祀事，皆象發生。求神以類，式昭至誠。庶幾來格，子孫繩繩。

升壇用《正安》。

有奕禖宫，在國之南。壇壝既設，威儀孔嚴。登祀濟濟，神兮顧瞻。佑我皇祚，宜百斯男。

奠玉幣用《嘉安》。

青律載陽，有覐頡頏。祈我繁祉，立子生商。三牲既薦，玉帛是將。克禋克祀，有嘉其祥。

奉俎用《豐安》。

祇祓禖壇，潔蠲羊豕。博碩肥腯，爰具牲醴。執事駿奔，肅將俎几。神其顧歆，永錫多子。

青帝位酌獻用《祐安》。伏羲、高辛酌獻并同。

瑞覐至止，祀事孔時。酌以清酒，祼獻載祇。神具醉止，介我蕃禧。乃占吉夢，維熊維羆。

亞、終獻用《文安》。

中春涓吉，蕆事禖祠。禮備樂作，籩豆孔時。貳觴畢舉，薦獻無違。庶幾神惠，祥啓熊羆。

送神用《理安》。

嘉薦令芳，有嚴禋祀。神來燕娭，亦既醉止。風馭言還，栗然歘起。以祓以除，錫我蕃祉。

景德祀九宫貴神三首

降神用《高安》。

倬彼垂象，照臨下土。躔次運行，功德周普。九宫既位，惟德是輔。神之至上，皇皇斯覩。

奠玉幣、酌獻用《嘉安》。

靈禋既肅，明神既秩。在國之東，協日之吉。升歌有儀，六變中律。懷和萬靈，降兹陰騭。

送神用《高安》。

祇薦有常，惟神無方。回飈整馭，垂休降祥。

元祐祀九宫貴神二首

降神用《景安》。六變。

上天貴神，九宫設位。功德及物，乃秩明祀。望拜紫壇，赫然靈氣。奠玉薦幣，歆之無愧。

送神用《景安》。

天之貴神，推移九宫。厥位靡常，降康則同。來集于壇，顧歆恪恭。歌以送之，飈靜旋穹。

紹興祀九宫貴神十首

降神用《景安》。

〔圜鍾爲宫〕紫闕幽宏，惟神靈尊。輔成泰元，贊役乃坤。曰雨曰暘，緼豫調紛。享薦隕光，蒙祉如屯。

〔黄鍾爲角〕載陽衍德，農祥孔昭。賚兹元嘏，穰穰黍苗。象輿眇冥，金奏遠姚。無閟厥靈，丹衷匪恌。

〔太簇爲徵〕於赫九宫，天神之貴。煌煌彪列，下土是蒞。幽贊高穹，陰騭萬類。肅若舊典，有嚴祗事。

〔姑洗爲羽〕練時吉良，聿崇明祀。粢盛潔豐，牲碩酒旨。肅唱和聲，來燕來止。嘉承天休，賚及含齒。

初獻升壇用《正安》。

於昭毖祀，周旋有容。歷階將事，趨進鞠躬。改步如初，没階彌恭。左墄右平，陟降雍雍。

太一位奠玉幣用《嘉安》。

煌煌九宫，照臨下土。陰騭庶類，功施周普。恪修祀典，禮備樂舉。嘉玉量幣，馨非稷黍。原注：攝提、權星、招搖、天符、青龍、咸池、太陰、天乙位，樂曲並同。

奉俎用《豐安》。

靈鑒匪遠，誠心肅祗。是烝是享，俎實孔時。禮行樂奏，肸蠁是期。雲車風馬，神其燕娭。

太一位酌獻用《嘉安》。

惟天丕冒，彪列九神。財成元化，陰騭下民。有酒斯旨，登薦苾芬。昭哉降鑒，茀禄來臻。原注：九位並同。

亞、終獻用《文安》。

均調大化，陰騭下民。駿功有赫，誕舉明禋。嘉觴中貳，執事惟寅。清明鬯矣，福禄攸臻。

送神用《景安》。

薦獻有序，降登無違。禮樂備舉，昭格燕娭。雲車縹緲，神日還歸。報以景貺，翊我昌期。以上《宋史》卷一三三《樂志》八

全宋詩卷三七二九

郊廟朝會歌辭三

建隆以來祀享太廟十六首

《宋史·樂志》一：建隆元年五月，有司上言：僖祖文獻皇帝室奏《大善之舞》，順祖惠元皇帝室奏《大寧之舞》，翼祖簡恭皇帝室奏《大順之舞》，宣祖昭武皇帝室奏《大慶之舞》。從之。

迎神用《禮安》。

肅肅清廟，奉祠來詣。格思之靈，如在之祭。克謹威儀，載嚴容衛。降福孔皆，以克永世。

皇帝行用《隆安》。

工祝升階，賓尸在位。祗達孝思，允修毖祀。顯相有儀，克恭乃事。儼恪其容，通此精意。

奠瓚用《瑞木》。《宋史·樂志》一：乾德六年，和峴奏：國朝，合州進瑞木成文，馴象由遠方自至，秦州獲白烏，黄州獲白雀，并合播在管絃，薦于郊廟。詔峴作《瑞木》《馴象》《玉烏》《皓雀》四樂章。

木符啓瑞，著象成文。於昭大號，協應明君。靈命有屬，鴻禧洞分。歌以升薦，休嘉洽聞。

又用《馴象》。

嘉彼馴象，來歸帝鄉。南州毓質，中區效祥。仁格巨獸，德柔遐荒。有感斯應，神化無方。

又用《玉烏》。

素烏爰止，淳精允臧。名符瑞牒，色應金方。潔白容與，翹英奮揚。孝思攸感，皇德逾張。

奉俎用《豐安》。

維犧維牲，以炰以烹。植其鞉鼓，潔彼鉶羹。孔碩茲俎，於穆厥聲。肅雍顯相，福祿來成。

酌獻僖祖室用《大善》。

湯湯洪河，經啓長源。鬱鬱嘉木，挺生本根。大哉崇基，出乎慶門。發祥垂裕，永世貽孫。

順祖室用《大寧》。

元鍾九千，生於仲呂。崇臺九層，起於累土。赫日之升，明夷爲主。孝孫作帝，式由祖武。

翼祖室用《大順》。

明明我祖，積德攸宜。肇繼瓜瓞，將隆本支。爰資慶緒，式昭帝基。於穆清廟，永洽重熙。

宣祖室用《大慶》。

艱難積行，綿長鍾慶。同人之時，得主乃定。既叙宗祧，乃修舞詠。經武開先，永昭丕命。

太祖室用《大定》。

猗歟太祖，受命于天。化行區宇，功溢簡編。武威震耀，文德昭宣。開基垂統，億萬斯年。

太宗室用《大盛》。

赫赫皇運，明明太宗。四隩咸暨，一變時雍。睿文炳煥，聖德温恭。千齡萬祀，永播笙鏞。

飲福用《禧安》。此首亦見楊億《武夷新集》卷五

嘉粟楊億詩作粟旨酒，博腯牲牷。神鑒孔昭，享兹吉蠲。夙夜毖祀，孝以奉先。永錫純嘏，功格于天。

亞獻用《正安》。《武夷新集》卷五《迎武舞入奏武功之曲》有「已象文治，乃觀武成，總干山立，七德以貞」四句。前二句見本詩，第三句見下詩

已象文治，乃觀武成。進退可度，威儀克明。

終獻用《正安》。

常武徂征，詩人所稱。總干山立，厥象伊凝。

徹豆用《豐安》。

肥腯之牲，既析既薦。鬱鬯之酒，已酌已獻。祝辭亦陳，和奏斯徧。享禮具舉，徹其有踐。

攝事十三首自降神至太宗室及送神十一首，亦見《武夷新集》卷五

降神用《禮楊億詩作理安》。

肅肅清廟，昭事祖禰。粢盛苾芬，四海來祭。皇靈格思，令容有晬。降福孔皆，以克永世。

太尉行用《正安》。楊億詩作皇帝行奏隆安之曲

祼鬯溥將，賓尸在位。帝德升聞，孝思光被。公卿庶正，傅御師氏。至誠感神，福禄來暨。

奠瓚用《瑞安》。楊億詩作皇帝奠幣奏瑞文之曲

淳清育物，瑞木成文。元氣陶冶，非煙鬱氛。玄貺昭格，至和所熏。登歌祼獻，肸蠁如聞。

奉俎用《豐安》。

麗碑割牲，以炰以烹。博碩肥腯，薦羞神明。祖考來格，享于克誠。如聞聲欬，式燕以寧。

酌獻僖祖室用《大善》。

肅肅藝祖，肇基鴻源。權輿光大，燕翼貽孫。載祀惟永，慶流後昆。威靈在天，顧我思楊億詩作司存。

順祖室用《大寧》。

思文楊億詩作文思聖祖，長發其祥。錫羡蕃衍，德厚流光。眷命自天，卜世聿昌。祗肅楊億詩作肅祗孝享，降福無疆。

翼祖室用《大順》。

明明我祖，積德累仁。居晦匿曜，邁種惟勤。帝圖天錫，輝光日新。寢廟繹繹，昭事同寅。

宣祖室用《大慶》。

洸洸我祖，時惟鷹揚。潛德弗耀，發源靈長。肆類配天，永思不忘。來顧來享，百福是將。

太祖室用《大定》。

赫赫太祖，受命于天。赤符啓運，威加八埏。神武戡難，功無間然。翼翼丕承，億萬斯年。

太宗室用《大盛》。

穆穆太宗，與天合德。昧旦丕顯，乾乾翼翼。敷佑下民，時帝之力。永懷聖神，孝思罔極。

真宗室用《大明》。

煌煌真宗，善繼善承。經武耀德，臻于治平。對祀禮樂，丕昭鴻名。陟配文廟，皇圖永寧。

徹豆用《豐安》。

鼎俎既陳，豆籩既設。金石在庭，工師就列。備物有嚴，著誠致潔。孝惟時思，禮以雍徹。

送神用《理安》。

神之來兮風肅然，神之去兮升九天。排淩兢兮還恍惚，羽旄紛兮蕭燔煙。

真宗御製一首

《宋史·樂志》一：大中祥符五年，上又取太宗所撰《萬國朝天曲》曰《同和之舞》，《平晉曲》曰《定功之舞》，親作樂辭，奏于郊廟。自是厥後，仁宗以《大明之曲》尊真宗，英宗以《大仁之曲》尊仁宗，神宗以《大英之曲》尊英宗。

奠瓚用《萬國朝天》。

鴻源濬發，睿圖誕彰。高明錫羨，累洽延祥。巍巍藝祖，溥率賓王。煌煌文考，區宇大康。珍符昭顯，寶曆綿長。物性茂遂，民俗阜昌。甫田多稼，禾黍穰穰。含生嘉育，鳥獸蹌蹌。八紘統域，九服要荒。沐浴惠澤，祗畏典常。隔谷分壤，望斗辨方。並襲冠帶，來奉圭璋。峨峨雙闕，濟濟明堂。諸侯執帛，天后當陽。何以辨等，袞衣繡裳。何以褒德，輅車乘黄。聲明煥赫，雅頌汪洋。啓兹丕緒，祐我無疆。大統斯集，大樂斯揚。俯隆宗祏，仰繼穹蒼。

亞獻、終獻用《平晉樂》。

五代衰替，六合攜離。封疆竊據，兵甲競馳。天顧黎獻，塗炭可悲。帝啓靈命，濬哲應期。皇祖丕變，金鉞俄麾。率土執贄，獷俗來儀。瞻彼大鹵，竊此餘基。獨迷文告，莫畏天威。神宗繼統，璿圖有輝。尚安蠢爾，罔懷格思。六飛夙駕，萬旅奉辭。徯來發詠，不陣行師。雲旗先路，壺漿塞岐。天臨日照，宸慮通微。前歌後舞，人心悦隨。要領自得，智力何施。風移僭冒，政治淳熙。書文混一，盛德咸宜。干戈倒載，振振言歸。誕昭七德，永定九圍。

真宗告饗六首

《宋史·樂志》一：大中祥符元年九月，時以將行封禪，詔改酌獻昊天上帝《禧安之樂》爲《封安》，皇地祇《禧安之樂》爲《禪安》，别製天書樂章《瑞安》《靈文》二曲，每親行禮用之。

告受天書用《瑞安》。

寶命自天，鴻禧錫祚。昭晰綠文，氤氳黄素。玄感薦彰，靈休誕布。寅奉珍符，聿懷永慕。

太祖、太宗加上尊謚用《顯安》。

報既陟封，聿昭典禮。讓德穹厚，歸功祖禰。丕顯尊稱，盡善盡美。寅威孝思，以介蕃祉。

東封畢躬謝酌獻用《封安》。

奕奕清廟，錫羡詒謀。升中神嶽，顯允皇猷。歸格藝祖，昭報靈休。奉先追遠，盛德益修。

祀汾陰畢躬謝酌獻用《顯安》。

於昭列聖，休德清明。威靈如在，享于克誠。報功厚載，馨薦惟精。歸格歆至，禮備樂成。

聖祖降親告用《瑞安》。

於赫聖祖，景靈在天。神遊來暨，睟容穆然。誨言昭示，帝胄開先。齊明欽若，延鴻億年。

六室加謚用《顯安》。

欽崇太霄，肅奉徽册。大禮克誠，鴻猷有赫。令芳爰薦，明靈斯格。照謝垂祥，永懷何極。

景祐親享太廟二首

迎神用《興安》。《宋史·樂志》一：景祐元年，以黄鍾之宫、大吕之角、太簇之徵、應鍾之羽作《興安》以獻宗廟，罷舊《理安之曲》。

追養奉先，納孝練主。金奏鳳鳴，關雎樂舞。奠鬯恭神，肥腯展俎。積慶聰明，降景寰宇。

酌獻真宗室用《大明》。

於穆真皇，宅心道粹。和戎偃革，焕乎文治。操瑞拜圖，封天祀地。盛德爲宗，烝嘗萬世。

至和祫享三首

迎神用《興安》。

濡露降霜，永懷孝思。祫食諦叙，再閏之期。歌德詠功，八音播之。歆神惟始，靈其格兹。

奠瓚用《嘉安》。

昭穆親祖，自室徂堂。禮備樂成，肅然祼將。瑟瓚黄流，條鬯芬芳。氣達淵泉，神乎來享。

送神用《興安》。

四祖基慶，三后在天。薦侑備成，靈娭其旋。孝孫應嘏，受福永年。送之懷之，明發惻然。

嘉祐祫享二首

迎神用《懷安》。《宋史·樂志》二：嘉祐四年九月，御製祫享樂舞名，迎神、送神用《懷安》。

躬兹孝享，禮備樂成。神登于俎，祝導于祊。展牲肥腯，奏格和平。靈其昭格，肅僾凝情。

送神用《懷安》。

靈神歸止，光景肅然。福祥裕世，明威在天。孝孫有慶，駿烈推先。佑兹基緒，彌萬斯年。

熙寧以後享廟五首

酌獻英宗室用《大英》。

在宋五世，天子嗣昌。躬發英斷，若乾之剛。聲容沄沄，被于八荒。垂千萬年，永烈有光。

送神用《興安》。

鍾鼓惟旅，籩豆孔時。衎我祖宗，既右享之。神亟來止，孝孫之喜。神保聿歸，孝孫之思。

禘祫孟享、臘享宗正卿升殿用《正安》。

進退有容，服章有儀。匪亟匪遲，降登孔時。

祫享仁宗用《大和》。

於穆仁廟，聖澤滂流。華夷用乂，動植蒙休。徽名冠古，奕世垂謀。帝躬祼獻，盛典昭修。

英宗用《大康》。

赫赫英皇，總提邦紀。濬發神功，恢張聖理。仙馭雖遙，鴻徽不弭。永言孝思，竭誠躬祀。

常祀五享三首

迎神用《興安》。九變。

奕奕清廟，昭穆定位。霜露增感，粢盛潔祭。神靈來格，福祉攸暨。追孝奉先，本支百世。

太尉奠瓚用《嘉安》。

有秩時祀，匪怠匪瀆。有來宗工，載祗載肅。厥作裸將，流黄瓚玉。是享是宜，永綏多福。

送神用《興安》。

皇祖皇考，配帝配天。駿奔顯相，神保言旋。祝以孝告，嘏以慈宣。去來永慕，宗事惟虔。

紹興以後時享二十五首

《宋史·樂志》五：朝饗太廟，歌《興安》。僖祖廟用《基命之樂舞》，翼祖廟用《大順之樂舞》，宣祖廟用《天元之樂舞》，太祖廟用《皇武之樂舞》，太宗廟用《大定之樂舞》，真宗、仁宗廟樂舞曰《熙文》、曰《美成》，英宗、神宗廟樂舞曰《治隆》、曰《大明》，哲宗、徽宗、欽宗廟樂舞曰《重光》、曰《承元》、曰《端慶》，皆以無射宫奏之。

迎神用《興安》。

〔黄鍾爲宫〕奉先嚴祀，率禮大經。時思致享，肅薦芳馨。竭誠備物，樂奏和聲。真馭來止，熙事克成。

〔大吕爲角〕聖靈在天，九關崇深。風馬雲車，紛其顧臨。擁祥儲休，昭答孝心。孝孫受祉，萬福是膺。

〔太簇爲徵〕嘉承和平，秩祀爲先。乃練休辰，祝史告虔。内心齊明，祀具吉蠲。交際恍惚，如在後前。

〔應鍾爲羽〕道信於神，神靈燕娭。酒有嘉德，物惟其時。緩節安歌，樂奏具宜。欣欣樂康，福禄綏之。

奉俎用《豐安》。

王假有廟，子孫保光。奉牲以告，玉俎膏香。專精厲意，神其迪嘗。休承靈意，申錫無疆。

初獻盥洗用《正安》。

恪恭祀典，涓選休成。設洗致潔，直于東榮。嘉觴祇薦，明德惟馨。祖考來格，享玆孝誠。

升殿用《正安》。

冠佩雍容，時惟上公。享于清廟，陟降彌恭。籩豆靜嘉，粢盛潔豐。孝孫有慶，萬福來同。

僖祖室酌獻用《基命》。

於穆文獻，自天發祥。肇基明命，錫羨無疆。子孫千億，宗社靈長。神之格思，如在洋洋。

宣祖室酌獻用《天元》。

天啓炎曆，集我大命。長發其祥，篤生上聖。夷亂芟荒，乾坤以定。時祀聿修，孝孫有慶。

太祖室酌獻用《皇武》。

赫赫藝祖，受天明命。威加八紘，德垂累聖。祀事孔明，有嚴笙磬。對越在天，延休錫慶。

太宗室酌獻用《大定》。

明明在上，時維太宗。允武允文，丕基紹隆。於肅清廟，昭報是豐。皇靈格思，福祿來同。

真宗室酌獻用《熙文》。

於穆真皇，維烈有光。丕承二后，奄奠萬方。威加戎狄，道格穹蒼。歆時禋祀，降福無疆。

仁宗室酌獻用《美成》。

至哉帝德，乃聖乃神。恭己南面，天下歸仁。歷年長久，垂裕後人。祀修舊典，寶命維新。

英宗室酌獻用《治隆》。

炎基克鞏，赫赫英宗。紹休前烈，仁化彌隆。篤生聖子，堯湯比蹤。烝嘗萬世，福禄來崇。

神宗室酌獻用《大明》。

於昭神祖，運撫明昌。肇新百度，克配三王。遐荒底績，聖武維揚。永言執競，上帝是皇。

哲宗室酌獻用《重光》。

於皇濬哲，遹駿有聲。率時昭考，丕顯儀刑。功光大業，道協三靈。永綏厥後，來燕來寧。

徽宗室酌獻用《承元》。

天錫神聖，徽柔懿恭。垂衣拱手，遵制揚功。配天立極，體道居中。佑我烈考，萬福攸同。

欽宗室酌獻用《端會要樂六之一八作瑞慶》。

於皇欽宗，道備德宏。允恭允儉，克類會要作艱克明。孝遵前烈，仁翊函生。歆茲肆祀，永燕宗祊。

高宗室用《大德》。《宋史·樂志》五：及高宗之喪，高宗廟昉奏《大德之樂》。

於皇時宋，自天保定。高宗受之，再僕景命。紹開中興，翼善傳聖。何千萬年，永綏厥慶。

孝宗室用《大倫》。《宋史·樂志》六：理宗享國四十餘年，先是，孝宗廟用《大倫之樂》，光宗廟用《大和之樂》，至是寧宗祔廟，用《大安之樂》。

聖人之德，無加於孝。思皇孝宗，履行立教。始終純誠，非曰笑貌。於萬斯年，是則是傚。

光宗室用《大和》。

維宋洽熙，帝繼于理。萬姓厚生，三辰順軌。對時天休，以燕翼子。肅唱和聲，神其有喜。

文舞退、武舞進用《正安》。

肅肅清廟，於顯維德。我祀孔時，我奏有翼。秉翟載駿，有來干戚。神之燕娭，休祥允格。

亞、終獻用《文安》。

觀德宗祏，奕世烈光。有嚴祀典，粤循舊章。樂諧九變，獻舉重觴。燕娭如在，戩穀穰穰。

徹豆用《興安》。

禮備樂成，物稱誠竭。相維辟公，神人以説。歌雍一章，諸宰斯徹。天子萬年，無競維烈。

送神用《興安》。

霜露既降，時思展禋。在天之御，睠然顧歆。樂成禮備，言歸靡停。既安既樂，福禄來成。

祫享八首

迎神用《興安》。

〔黄鍾宫〕時維孟冬，霜露既零。合食盛禮，以時以行。孝心翼翼，惟神來寧。肅倡斯舉，神具是聽。

〔大吕角〕於穆孝思，嘉薦維時。誠通兹格，咸來燕娭。神之聽之，申錫蕃釐。於萬斯年，永保丕基。

〔太簇徵〕於昭孝治，通乎神明。寒暑不忒，熙事備成。牲牷孔碩，黍稷惟馨。以享以祀，來燕來寧。

〔應鍾羽〕苾芬孝祀，薦灌肅雍。致力於神，明信咸通。靈之妥留，惠我龐鴻。廣被萬宇，福禄攸同。

初獻、順祖酌獻用《大寧》。

於赫皇祖，濬發其祥。德盛流遠，奕世彌昌。孝孫有慶，嘉薦令芳。神保是享，錫羡無疆。

翼祖酌獻用《興安》。

上天眷命，佑我丕基。翼翼皇祖，不耀其輝。積厚流長，福禄攸宜。祀事孔時，曾孫篤之。

光宗室酌獻用《大承》。

於皇光宗，握符御極。昭哉嗣服，惟仁與德。勤施於民，靡有暇逸。萬年之思，永奠宗祏。

送神用《興安》。

合祭大事，因時發天。翼翼孝思，三獻禮虔。神兮樂康，飇馭言旋。永福後人，於千萬年。

上仁宗英宗徽號一首

入門升殿用《顯安》。

於穆仁祖，寵綏萬方。執競英考，迄用成康。圖徽寶册，有烈其光。庶幾億載，與天無疆。

上英宗尊號一首會要樂七之六注：治平四年有司撰一曲。

入門用《正安》。

在宋五世，天子神明。羣公奉册，迺揚鴻名。金書煌煌，遹昭厥成。思皇多祜，與天同聲。

增上神宗徽號一首哲宗朝製

升殿用《顯安》。

於惟禰廟，乃聖乃神。秉文之士，作起惟新。建宫稽古，一視同仁。庶幾備號，以享天人。

紹興十四年奉上徽宗册寶三首

册寶入門用《顯安》。

於鑠徽考，如天莫名。迨兹丕揚，擬純粹精。溫玉鏤文，來至于祊。有嚴奕奕，禮備樂成。

册寶升殿用《顯安》。

金字煌煌，瑤光燦燦。羣工奉之，登此寶殿。對越祖宗，式遵成憲。威靈在天，來止來燕。

上徽號用《顯安》。

惟精惟一，乃聖乃神。鴻名克揚，茂實斯賓。如禹之功，如堯之仁。孝思永慕，用詔無垠。

淳熙十五年上高宗徽號三首

册寶入門用《顯安》。

於穆高皇，功德兼隆。稱天以誄，初謚未崇。載稽禮典，揚徽垂鴻。涓日之良，登進廟宫。
冊寶升殿用《顯安》。

有瑑斯寶，有編斯册。導以麾仗，奏以金石。祲威盛容，煌煌赫赫。巨工奉之，高靈來格。
上徽號用《顯安》。

中興之烈，高掩商宗。揖遜之美，放勳比隆。字十有六，擬諸形容。威靈在天，裕後無窮。

慶元三年奉上孝宗徽號三首

冊寶入門用《顯安》。

巍巍孝廟，聖德天通。同符藝祖，克紹高宗。有儀有册，載推載崇。鏤玉繩金，登奉祏宫。
冊寶升殿用《顯安》。

文金晶熒，册玉輝潤。統紹乎堯，德全于舜。勤崇推高，子孝孫順。冠德百王，萬年垂訓。
上徽號用《顯安》。

金石充庭，珩璜在列。繪畫乾坤，形容日月。巍巍功德，顯顯謨烈。垂億萬年，鴻徽昭揭。

高宗郊祀前朝享太廟三十首

按：盥洗、尚書奉俎、皇帝再盥洗三首，亦見周麟之《海陵集》卷一二。

皇帝入門用《乾安》。後還前殿並同。

於皇我后，祗戒專精。假于有廟，祖考是承。趨進惟肅，僾思惟誠。神之聽之，來燕來寧。
皇帝升殿用《乾安》。詣室、降殿並同。

皇皇大宮，丕顯於穆。休德昭清，元氣回復。芝葉蔓茂，桂華馮翼。孝孫假斯，受茲介福。
盥洗用《乾安》。

維皇齊精，嚴假于廟。觀盥之初，會要六之一六作功惟以潔告。衎承祖宗，恤祀昭孝。誠心有孚，介福斯報。

迎神用《興安》。

秬鬯既將，黄鍾具奏。肅我祖考，會要作若真游祇栗以俟。於皇列聖，在帝左右。二句原缺，據會要補監觀于兹，雲車來下。會要注：大呂爲角二奏，太簇爲徵二奏，應鍾爲羽二奏，詞同上。

尚書奉俎用《豐安》。

有碩其牲，登于大房。肅展以享，庶幾迪嘗。匪腯是告，我民其康。保艾爾後，垂休無疆。

皇帝再盥洗用《乾安》。

盥至于再，潔誠愈孚。帝用祇薦，靈咸嘉虞。騰歌臚歡，會于軒朱。觀厥顒若，受福之符。

僖祖室酌獻用《基命》。

思文僖祖，基德之元。皇武大之，受命于天。積厚流光，不已其傳。曾孫篤之，於萬斯年。

翼祖室酌獻用《大順》。

天命有開，維仁是依。迺睠冀邦，于以顧之。其顧伊何，發祥肇基。施于孫子，虔奉孝思。

宣祖室用《天元》。

昭哉皇祖，源深流長。雕戈圭瓚，休有烈光。天祐潛德，繼世其昌。永懷積累，嘉薦令芳。

太祖室用《皇武》。

爲民請命，皇祖赫臨。天地並貺，億萬同心。造邦以德，介福宜深。挹會要樂六之一七作施彼惟旨，真游居歆。

太宗室用《大定》。

皇矣太宗，嗣服平成。益奮神旅，再征不庭。文武秉德，仁孝克明。以聖傳聖，對越紫清。

真宗室用《熙文》。

思文真宗，體道之崇。憺威赫靈，遵制揚功。真會要作珍符鼎來，告成登封。盛德百世，於昭無窮。

仁宗室用《美成》。徽宗御製。

仁德如天，徧覆會要作福無偏。功濟九有，恩涵八埏。齊民受康，會要作福朝野晏然。擊壤歌謠，四十二年。

英宗室用《治隆》。

穆穆英宗，持盈守成。世德作求，是纘是承。會要作成齊家睦族，偃武恢會要作修文。於薦清酤，酌之欣欣。

神宗室用《大明》。

烝哉維后，繼明體神。稽古行道，文物一新。潤色鴻業，垂裕後人。靈斿沛然，來燕來寧。

哲宗室用《重光》。

明哲煌煌，照臨無疆。紹述先志，寔宣重光。詒謀燕翼，率由舊章。苾芬孝祀，降福穰穰。

徽宗室用《承元》。御製。

於皇烈考，道化聖神。堯聰舜孝，文恬武忻。命子出震，遺駿上賓。罔極之哀，有古莫倫。

降會要樂六之一八作升殿用《乾安》。

明德惟馨，進止回復。裼襲安恭，會要作恭安嚴若惟谷。會要作齊肅誠意昭融，羣工袂屬。成此祲容，生乎齊肅。會要作荷天百祿

入小次用《乾安》。

於皇我后，祇戒專精。躬製聲詩，會要作鴻儀繹陳文思聰明。雍容戾止，玉立端誠。會要作明庭神聽如在，福祿來寧。

文舞退、武舞進用《正安》。

八音諧律，綴兆充庭。進旅退旅，肅恭和平。盛薦祖宗，靈監昭升。象功崇德，遹觀厥成。

亞獻用《正安》。

威神在天，享于克誠。申以貳觴，式昭德馨。籩豆孔嘉，樂舞具陳。庶幾是聽，福禄來成。

終獻用《正安》。

疏冪會要作冪巾三舉，誠意一純。孰陪予祀，公族振振。神具醉止，燕娭窈冥。於萬斯年，綏我思成。

皇帝出小次用《乾安》。

夙戒告備，禮節俯成。妥侑惟乾，氛氳夜澄。有嚴有翼，列聖靈承。於穆清閟，肅肅無聲。

皇帝再升位詣飲福位用《乾安》。

維皇親享，至再至三。禮備樂奏，層陛森嚴。粢盛芳潔，酒醴旨甘。雲車風馬，從衛觀瞻。

飲福用《禧安》。

赫赫明明，維祖維宗。鑒于文孫，維德之同。日靖四方，亦同其功。億萬斯年，以承家邦。

還位用《乾安》。

帝既臨享，步武鳴鑾。陟降規矩，顒昂周旋。登歌一再，典禮莫愆。神之聽之，祉福綿綿。

尚書徹豆用《豐安》。

熙事既成，嘉籩告徹。洋洋來臨，藹藹布列。配帝其功，在天對越。允集叢釐，萬邦和悦。

送神用《興安》。

神之來游，風馬雲車。淹留彷彿，顧瞻欷歔。神之還歸，鈞天帝居。監觀于下，何福不除。

降殿用《乾安》。

於皇上天，欽哉成命。集于沖人，丕承列聖。爰熙紫壇，于廟告慶。肸蠁潛通，休祥荐應。

還大次用《乾安》。

盛德豐功，一祖六宗。欽翼燕詒，禋享是崇。厲意齊精，假廟惟恭。率禮周旋，福祿來同。

寧宗朝享三十五首

皇帝入門用《乾安》。

王假有廟，四極駿奔。鼎俎宵嚴，虡簴雲屯。積厚流廣，德隆慶蕃。是則是繩，保我子孫。

升殿用《乾安》。

於穆清宮，奕奕孔碩。芝莖蔓秀，桂華馮翼。八簋登列，六瑚貢室。皇代擁慶，啓佑千億。

盥洗用《乾安》。

天一以清，地一以寧。維皇精專，承神明靈。娥御墮津，瀆祇揚溟。盥事允嚴，先祖是聽。

詣室用《乾安》。

丹楹雲深，芳勺宵奠。樂華淳㒜，禮文炳絢。有容有儀，載肅載見。維時緝熙，世世以燕。

還位用《乾安》。

旅楹有閑，人神允叶。福以德昭，饗以誠接。六樂宣揚，百禮煒燁。對越在天，流祚萬葉。

迎神用《興安》。九變。

〔黄鍾爲宫〕咸英備樂，簋席列罼。詩歌安世，聲叶皇雅。翠旗羽蓋，雲車風馬。神其來兮，以燕以下。

〔大吕爲角〕勾陳旦闢，閶闔夜分。軫風挾月，車駟凌雲。瑞景晻靄，神光耀熅。神其來兮，以留以忻。

〔太簇爲徵〕穆穆紫幄，璜璜清宫。旱麓流詠，鳧鷖叶工。道閎詒燕，業綿垂鴻。神其來兮，以康以崇。

〔應鍾爲羽〕文以謨顯，武以烈承。聖訓之保，祖武之繩。有肅孝假，式嚴衎烝。神其來兮，以宜以寧。

捧俎用《豐安》。

簋豆薦牲，鉶籩實饋。其俎孔庶，吉蠲爲饎。惟德達馨，以忱以貴。神既佑享，祉貺來暨。

再詣盥洗用《乾安》。

精粹象天，明清鑒月。再御兹盥，益致其潔。齊容顒若，誠意洞徹。百禮允洽，率禮不越。

真宗室用《熙文》。

天地熙泰，躋時昇平。闡符建壇，聲容文明。君臣賡載，夷夏肅清。本支百世，持盈守成。

仁宗室用《美成》。

在宋四世，天子聖神。用賢致治，約己裕民。海内富庶，裔夷肅賓。四十二年，堯舜之仁。

英宗室用《治隆》。

明明英后，仁孝儉恭。丕顯丕承，增光祖宗。繼志述事，遵制揚功。萬邦作孚，盛德形容。

神宗室用《大明》。

厲精基治，大哉乾剛。信賞必罰，内修外攘。禮樂法理，號令文章。作新之功，度越百王。

哲宗室用《重光》。

於皇我宋，世有哲明。元祐用人，遹駿有聲。紹述先志，思監于成。受天之祜，王配于京。

徽宗室用《承元》。

帝撫熙運，晏粲協期。禮明樂備，文恬武嬉。道光授受，謀深燕詒。駿命不易，子孫保之。

欽宗室用《端慶》。

顯顯令主，輝光日新。奉親以孝，綏下以仁。兢兢業業，誕保庶民。於穆不已，之德之純。

高宗室用《大德》。

昊天有命，中興復古。治定功成，修文偃武。德隆商宗，業閎漢祖。付託得人，系堯之緒。

孝宗室用《大倫》。

藝祖有孫，聰睿神武。紹興受禪，歸尊于父。行道襲爵，百度修舉。聖德曰孝，光于千古。

光宗室用《大和》。

維宋洽熙，帝繼于理。萬姓厚生，三辰順軌。對時天休，以燕翼子。肅唱和聲，神其有喜。

還位用《乾安》。

在周之庭，設業設虡。酒醴惟醹，爾殽伊脯。帝觴畢勺，天步旋舉。丕顯丕承，念兹皇祖。

降殿用《乾安》。

黼幄蟬蜎，飈斿寧燕。尊彝獻祼，瑚簋陳薦。睟儀天旋，淳音韶變。遹求厥寧，福祿流羨。

入小次用《乾安》。

皇容肅祇，天步舒遲。對越惟恭，敬事不遺。陟降蒞止，永言孝思。上帝臨女，日監于兹。

文舞退、武舞進用《正安》。

明庭承神，鞉磬柷敔。玉梢飾歌，佾綴維旅。既肖厥文，復象乃武。祖德宗功，惟帝時舉。

亞獻用《正安》。

尊斝星陳，罍冪雲舒。來貳鸞觴，玉佩瓊琚。相予嚴祀，秉德有初。對揚王休，何福不除。

終獻用《正安》。

秉德翼翼，顯相肅雝。疏冪三舉，誠意益恭。光燭黼繡，和流笙鏞。子孫衆多，福祿來從。

出小次用《乾安》。

廟楹邃嚴，夜景藻清。文物炳彪，禮儀熙成。帷宮載敞，珮珩有聲。帝復對越，將受厥明。

再升殿用《乾安》。

明明維后，詒厥孫謀。系隆我漢，陳錫哉周。以孝以饗，世德作求。介以繁祉，萬邦咸休。

飲福用《乾安》。

玉瓚黄流，有飶其香。來假來享，降福穰穰。我應受之，湯孫之將。有百斯男，福祿無疆。

還位用《乾安》。

聖圖廣大，宗祊光輝。假于有廟，帝命不違。僾若有慕，夙夜畏威。嘉樂君子，福祿祁祁。

徹豆用《豐安》。

升饌有章，卒食攸序。庭鏘金奏，凱收鉶筥。其獻惟成，其餕維旅。禮洽慶流，皇祖之祐。

送神用《興安》。

珠幄熉黄，神既燕娭。監觀于下，福祿來宜。雲車風馬，神保聿歸。啓佑我後，福祿來爲。

降殿用《乾安》。

聖有謨訓，詒謀燕翼。奉天酌祖，萬世維則。維皇孝熙，乾乾夕惕。禮既式旋，惟福之錫。

還大次用《乾安》。

王假有廟，對越在天。帷宮旋御，率禮不愆。泰畤展祠，雲陽奉瑄。齊居精明，益用告虔。

理宗朝享三首

皇帝升降用《乾安》。

於皇祖宗，清廟奕奕。威靈在天，不顯惟德。垂裕鴻延，詒謀燕翼。孝孫格斯，受祉罔極。

迎神用《興安》。九奏。

秬鬯既將，黄鍾具奏。瞻望真游，僾若有慕。於皇列聖，在帝左右。雲車具來，以妥以侑。

寧宗室用《大安》。

帝德之休，恭儉淵懿。三十一年，謹終如始。升祔在宫，祖功並美。民懷有仁，何千萬世。

高宗祀明堂前朝享太廟二十一首

皇帝入門用《乾安》。

於皇我后，祗戒專精。齊肅有容，祖考是承。造次匪懈，孝思純誠。神聽有格，福禄來寧。

升殿用《乾安》。

肅哉清宫，煟珠照幄。神之來思，八音振作。赤舄龍章，奉玉惟恪。匪今斯今，先民時若。

盥洗用《乾安》。

於皇維后，觀盥之初。精意昭著，既順既愉。圭鬯承祀，卿士咸趨。目視心化，四方其孚。

迎神用《興安》。

涓選休成，祖考是享。夙夜專精，求諸惚恍。洋洋在上，惟神之仰。鬯矣清明，應之如響。

捧俎用《豐安》。

來相于庭，鳴鍹鏘鏘。奉牲而告，登彼雕房。非牲之備，民庶是康。神依民聽，上帝斯皇。

僖祖室酌獻用《基命》。

何慶之長，實兆于商。由商太戊，子孫其昌。皇基成命，宋道用光。詒厥孫謀，膺受四方。

翼祖室用《大順》。

上帝監觀，維仁是依。繼世修德，皇心顧之。其顧伊何，在彼冀方。施于子孫，降福穰穰。

宣祖室酌獻用《天元》。

昭哉皇祖，駿發其祥。雕戈圭瓚，盛烈載揚。天錫寶符，俾熾而昌。神聖應期，赫然垂光。

太祖室用《皇武》。

猗歟皇祖，下民攸歸。膺帝之命，龍翔太微。戎車雷動，天地清夷。峨峨奉璋，萬世無違。

太宗室用《大定》。

煌煌神武，再御戎軒。時惠南土，旋定太原。車書混同，聲教布宣。維天佑之，億萬斯年。

真宗室用《熙文》。仁宗室曲同郊祀，送神亦同。

於皇真宗，體道之崇。游心物外，應迹寰中。四方既同，化民以躬。清淨無爲，盛德之容。

英宗室用《治隆》。

噫我大君，嗣世修文。維文維武，諟繼虞勳。天錫丕祚，施于後昆。於薦清酤，酌之欣欣。

神宗室用《大明》。

烝哉維后，繼明體神。憲章文武，宜民宜人。經世之道，功格于天。子孫嚴祀，無窮之傳。

哲宗室用《重光》。

明哲煌煌，照臨無疆。丕承先志，嘉靖多方。朝廷尊榮，民庶樂康。珍符來應，錫茲重光。

徽宗室用《承元》。

聖考巍巍，光紹丕基。禮隆樂備，時維純熙。天仁兼覆，皇化無爲。功成弗處，心潛希夷。

文舞退、武舞進用《正安》。

作樂合祖，筍簴在庭。衆奏具舉，肅雝和鳴。神靈來格，庶幾是聽。皦繹以終，永觀厥成。

亞獻用《正安》。

威神在天，來格于誠。既載清酤，有聞無聲。相予熙事，時賴宗英。肅肅雝雝，允協思成。

終獻用《正安》。

疏冪三舉，誠意一純。孰陪予祀，公族振振。明靈來娭，樂舞具陳。奉神所佑，昭孝息民。

飲福用《禧安》。

赫赫明明，德與天通。施于孫子，福祿攸同。日靖四方，民和年豐。有秩斯祜，申錫無窮。

徹豆用《豐安》。

歆我齊明，威德如存。牲牷是享，圭玉其溫。羣公執事，亦既駿奔。禮成告徹，咸福黎元。

還大次用《乾安》。

神明既交，怳若有承。欽翼齊莊，福祿具膺。王業是興，祖武是繩。佑我億年，以莫不增。

孝宗明堂前享太廟三首

徽宗室酌獻用《承元》。

明明徽祖，撫世升平。制禮作樂，發政施仁。聖靈在天，德澤在民。億萬斯年，保佑後人。

高宗室用《大德》。

於皇時宋，自天保定。高宗受之，再僕景命。紹開中興，翼善傳聖。何千萬年，永綏厥慶。

還大次用《乾安》。

禮既行矣，樂既成矣。維祖維妣，安且寧矣。皇舉玉趾，佩鏘鳴矣。拜貺總章，于厥明矣。

理宗明堂前朝享二首

寧宗室奠幣用《定安》。

皇矣昭考，聖靈在天。稱秩宗祀，有嚴恭先。奉幣以薦，見之僾然。仁深澤厚，厥光以延。

酌獻用《考安》。

假哉皇考，必世後仁。嘉靖我邦，與物皆春。之純之德，克配穹旻。餘慶淵如，佑我後人。

皇后廟十五首

迎神用《肅安》。

閟宮翼翼，雅樂洋洋。牲器肅設，几筵用張。飾以明備，秩其令芳。神兮來格，風動雲翔。

太尉行用《舒安》。

服章觀象，山龍是則。容止蹌蹌，威儀翼翼。

司徒捧俎用《豐安》。徹同。

恪恭奉祀，祗薦犧牲。九成爰奏，有俎斯盈。

酌獻孝明皇后室用《惠安》。

祀事孔明，廟室惟肅。錋登籩豆，金石絲竹。既灌既薦，允恭允穆。奉神如在，以介景福。

孝惠皇后室用《奉安》。

初陽作配，内助惟賢。柔順中積，英徽外宣。神宮有侐，明祀惟虔。歆誠降祐，於萬斯年。

孝章皇后室用《懿安》。

猗那淑聖，象應資生。配天作合，與日齊明。椒宫垂範，彤史揚名。聿修毖祀，永奉粢盛。

懿德皇后室用《順安》。

王門稟慶，帝族惟賢。功存内治，德協静專。流芳圖史，垂範紘綖。新廟有侐，祀禮昭然。

淑德皇后室用《嘉安》。

明明英媛，德備椒庭。籩豆有踐，黍稷匪馨。静嘉致薦，容與昭靈。精意以達，顧享來寧。

莊穆皇后室用《理安》。

曾孫襲慶，柔祇育德。正位居體，其儀不忒。教被宫壺，化行邦國。祝史正辭，垂裕無極。

莊懷皇后室用《永安》。

淑德昭著，至樂和平。登豆在列，膋香薦誠。六變合禮，八音諧聲。穰穰景福，佑我休明。

元德皇后室用《興安》。

爲太宗后，爲天下母。誕聖繼明，膺乾作主。玉振金相，蘭芬桂芳。於萬斯年，永奉烝嘗。

飲福用《禧安》。

彝尊鬯酒，慶佑遂行。介以純嘏，允答明誠。

亞獻用《恭安》。

宗臣率禮，步玉鏘鏘。吉蠲斯獻，百禄是將。

終獻用《順安》。

薦獻有終，禮容斯穆。以奉嘉觴，以膺多福。

送神用《歸安》。

明禋告畢，靈輅難留。升雲杳邈，整馭優游。誠深嘉栗，禮罄欽修。豐融垂佑，以永洪休。

景祐以後樂章六首

《宋志·樂志》一：景祐元年，躬謁奉慈廟章獻皇后之室，作《達安之曲》以奠瓚、《厚安》以酌獻；章懿皇后之室，作《報安之曲》以奠瓚、《衍安》以酌獻。

章獻明肅皇太后室奠瓚用《達安》。

肅肅閟宮，順時薦事。鬱鬯馨香，如見於位。

酌獻用《厚安》。

祥標曾麓，德合方儀。萬邦展養，九御蒙慈。孝恭祊祏，美播聲詩。淑靈顧享，申錫維祺。

章懿皇太后室奠瓚用《報安》。

青金玉瓚，祼將于京。永懷罔極，夙夜齊明。

酌獻用《衍安》。

翊佐先朝，章明壼教。淑順謙勤，徽音在劭。樹風不止，劬勞匪報。黍稷令芳，禋茲乃告。

奉慈廟章惠皇太后室奠瓚用《翕安》。

祼圭既陳，酌鬯斯醇。音容彷彿，奠獻惟寅。

酌獻用《昌安》。

內輔先猷，夙昭壼則。保祐之勞，慈惠其德。榮養有終，芳風無極。享獻閟宮，載懷悽惻。

真宗汾陰禮畢親謝元德皇后室三首

迎神用《肅安》。

閟宮奕奕，韶樂洋洋。牲幣虔布，几筵肅張。醴泉淳美，嘉肴潔香。俟神來格，降彼帝鄉。

奉俎用《豐安》。

樂鏗金石，俎奉犧牲。九成斯奏，五教爰行。

送神用《理安》。

鸞驂復整，鶴駕難留。白雲縹緲，紫府深幽。廟雖載止，神無不游。垂佑皇宋，以永鴻休。

元德皇后升祔一首

《顯安之曲》。

顯矣皇妣，德侔柔祇。升祔太室，協禮之宜。耀彼寶册，列之尊彝。惟誠是厚，永佑慶基。

崇恩太后升祔十四首

入門用《顯安》。

俔天生德，作配元符。儀刑壼則，輔佐帝圖。登崇廟祏，勒號璠璵。烝嘗億載，皇極之扶。

神主升殿用《顯安》。

曰嬪于京，天作之配。進賢審官，克勤其志。於穆清廟，本仁祖義。億萬斯年，神靈攸暨。

迎神用《興安》。四章。

〔黄鍾宮二奏〕閟宮有侐，堂筵屹崇。靈徽匪遐，精誠感通。苾芬維時，登兹明祀。泠然雲車，有來其馭。

〔大吕角二奏〕羽旄風翔，翠蕤飄舉。儼其音徽，登兹位處。笙鏞始奏，合止柷敔。是享是宜，永求伊祜。

〔太簇徵二奏〕枚枚閟宮，鼎俎肆陳。烝畀明靈，登其嘉新。鼓鍾既戒，旨酒既醇。攸介攸止，純禧荐臻。

〔應鍾羽二奏〕旨酒嘉肴，于登于豆。是享是宜，樂既合奏。衎我懿德，執事溫恭。靈兮允格，有翼其從。

罍洗用《嘉安》。

列爵陳俎，芬芳和羹。摐金擊石，洋洋和聲。禮行伊始，我德惟明。既盥而往，於昭斯誠。

升降殿用《熙安》。

笙簫紛如，陟彼廟庭。鏘鏘佩玉，懷兹先靈。神保聿止，音容杳冥。繁禧是介，萬年惟寧。

酌獻用《兹安》。

雝雝玉佩，清酤惟良。粢盛具列，有飶其香。懷其徽範，德洽無疆。於兹燕止，降福穰穰。

亞獻用《神安》。

嬪于潛邸，爰正坤儀。關雎化被，思齊名垂。柔德益茂，家邦以熙。皇心追崇，永羞牲粢。

退文舞、進武舞用《昭安》。

翩然干戚，揚庭陳階。文以經緯，武以威懷。其張其弛，節與音諧。迄兹獻享，妥靈綏來。

終獻用《儀安》。

珩璜之貴，褘褕之尊。天作之合，内治慈溫。元良鍾慶，祉福乾坤。以享以祀，事亡如存。

徹豆用《成安》。

鏘洋純繹，於論鼓鍾。周旋陟降，齊莊肅容。維罍既旨，維籩伊豐。歌徹以雍，介福來崇。

送神用《興安》。

黍稷維馨，虡業充庭。既欽既戒，靈心是承。顧予烝嘗，言從之邁。申錫無疆，是用大介。

上册寶十三首

册寶入門用《隆安》。

威儀皇止，庶尹在庭。爰舉徽章，遹觀厥成。勒崇揚休，寫之瓊瑛。迄于萬祀，發聞惟馨。

册寶升殿用《崇安》。

有猶有言，順承天則。聿崇號名，再揚典册。朱英寶函，左右翼翼。千秋萬歲，保兹無極。

迎神用《歆安》。

〔黄鍾宫〕籩豆大房，犧尊將將。馨香既登，明靈迪嘗。其樂伊何，吹笙鼓簧。靈來燕娭，降福無疆。

〔大吕角二奏〕吉蠲惟時，禮儀既備。奉璋峨峨，羣公在位。神之格思，永錫爾類。展彼令德，於焉來暨。

〔太簇徵二奏〕雍雍在宫，翼翼在庭。顯相休嘉，肅雍和鳴。神嗜飲食，明德惟馨。綏我思成，式燕以寧。

〔應鍾羽二奏〕犧牲既成，籩豆有楚。摐金擊石，式歌且舞。追懷懿德，令聞令儀。靈兮來格，是享是宜。

罍洗用《嘉安》。

嘉肴旨酒，潔粢豐盛。既盥而往，以我齊明。有孚顒若，黍稷非馨。神之格思，享于克誠。

升降用《熙安》。

佩玉鏘鏘，其來雝雝。陟降孔時，步武有容。恪兹祀事，神罔時恫。綏我邦家，福禄來崇。

酌獻用《明安》。

旨酒嘉栗，有飶其香。衎我淑靈，歆此令芳。德貽彤管，號正椒房。神具醉止，降福穰穰。

退文舞、進武舞用《昭安》。

籥翟既陳，干戚斯揚。進旅退旅，一弛一張。其儀不忒，容服有光。以宴以娭，德音不忘。

亞、終獻用《和安》。

望高六宫，位應四星。輔佐君子，警戒相成。禕衣褒崇，琛册追榮。于以奠之，有椒其馨。

徹豆用《成安》。

濯濯其英，殖殖其庭。有來羣工，賚我思成。嘉肴既將，旨酒既清。雍徹不遲，福禄來寧。

送神用《歆安》。

禮儀既備，神保聿歸。洋洋在上，不可度思。神之來兮，肸蠁之隨。神之去兮，休嘉是貽。

上欽成皇后册寶六首

入門、升殿用《顯安》。

上帝錫羨，寔生婉淑。輔佐神皇，寵膺天禄。誕育泰陵，劬勞顧復。於昭徽音，久而彌郁。

迎神用《歆安》。

於顯惟德，徽柔懿明。嬪于初載，有聞惟馨。肆我鼓鍾，萬舞在庭。神保是格，來止來寧。

盥洗用《嘉安》。

有煒柔儀，率履不越。惠于初終，既明且達。我將我享，相盥乃登。胡臭亶時，攸介攸寧。

升降用《熙安》。

苾苾其芳，殽核維旅。陟降孔時，有秩斯所。雍容内化，維神之明。明則不渝，綏我思成。

酌獻用《明安》。

天維顯思，有相于内。右賢去邪，夙夜儆戒。猗歟追册，重翟禕衣。既右享之，百世是儀。

亞、終獻用《和安》。

酌彼玉瓚，有椒其馨。鬷假無言，雍容在庭。生莫與崇，於赫厥聲。祀事孔明，神格是聽。

上明達皇后册寶五首

迎神用《歆安》。

恭儉宜家，柔順承天。德昭彤管，憂在進賢。寶册褘翟，追榮壽原。四時祼享，何千萬年。

酌獻用《明安》。

清宫有嚴，廣樂在庭。鍾鼓筦磬，九變既成。縮茅以獻，潔秬惟馨。靈遊可想，來燕來寧。

退文舞、進武舞用《昭安》。

秉翟竣事，萬舞摐金。總干揮戚，節以鼓音。禮容有煒，肸蠁來歆。淑靈是聽，雅奏愔愔。

徹豆用《成安》。

登獻罔愆，俎豆斯徹。神具醉止，禮終樂闋。御事既退，珊珊佩玦。介我繁祉，歆此蠲潔。

送神用《歆安》。

備成熙事，虚徐翠楹。神保聿歸，雲車夙征。鑒我休德，神交惚恍。留祉降祥，千秋是享。

紹興别廟樂歌五首

升殿用《崇安》。

新廟肅肅，蒇事以時。陟降階墄，雍容有儀。鞠躬周旋，罔敢不祗。祝史正辭，靈其格思。

奉俎用《肅安》。

肇嚴廟祀，爰圖遺芳。物必稱德，或陳或將。有縟其儀，有苾其香。靈兮來下，割烹是嘗。

懿節皇后室酌獻用《明安》。

曾沙表慶，正位椒庭。徽音杳邈，宫壼儀刑。虔修祀事，清酤惟馨。縮以包茅，昭格明靈。

亞、終獻用《嘉安》。

霄漢月墮，郊原露晞。徽音如在，延佇來歸。有酒既清，累觴載祇。神具醉止，燕衎怡怡。

徽豆用《寧安》。

仙馭弗返，眇邈清都。薦此嘉殽，既豐既腴。奠享有成，鼓樂愉愉。徹我豆籩，率禮無踰。

乾道別廟樂歌三首

詣廟用《乾安》。

涓選休辰，于秋之杪。既齊既戒，爰假祖廟。有侐儀坤，舊章是傚。享祀奚爲，天子純孝。

升殿用《乾安》。

宗祀九筵，先薦閟宮。陟自東階，煌煌袞龍。於穆聖善，監兹禮容。是享是宜，介福無窮。

懿節皇后室酌獻用《歆安》。

丕顯文母，厚德維坤。仙馭雖邈，徽音固存。瑟彼玉瓚，酌此鬱尊。簡簡穰穰，裕我後昆。

紹熙別廟二首

安穆皇后室酌獻用《歆安》。

祥發俔天，符彰夢日。有懷慈容，孝享廟室。泰尊是酌，旨酒嘉栗。靈其格思，祚以元吉。

安恭皇后室酌獻用《歆安》。

美詠河洲，德嬪嬀汭。徽音如存，肇修祀事。縮以包茅，酌以醴齊。靈來顧歆，降福攸備。

紹興二十九年顯仁皇后祔廟一首

酌獻用《歆安》。

恭惟聖母，躋祔孔時。陳羞宗祏，徼福坤儀。鍾鼓惟序，牲玉載祇。於皇來格，永介丕基。

開禧三年成肅皇后祔廟一首

酌獻用《歆安》。

天合重華，内治昭融。承承繼繼，保佑恩隆。歸從阜陵，登祔太宫。燕我後人，福禄來崇。以上《宋史》卷一三四《樂志》九

郊廟朝會歌辭四

真宗奉聖祖玉清昭應宮十一首御製

《宋史·樂志》一：大中祥符五年，聖祖降，聖製薦獻聖祖文舞曰《發祥流慶之舞》，武舞曰《降真觀德之舞》。自是玉清昭應宮、景靈宮親薦皆備樂。

降聖用《真安》。

巍巍真宇，奕奕殊庭。規模太紫，炳煥丹青。元命祇答，大猷是經。多儀有踐，丕應無形。肆設金石，聲聞杳冥。佇迴飈馭，永祐基扃。

奉香用《靈安》。

芳氣上浹，飈馭下臨。紹承丕緒，永勵精明。氤氳成霧，葱鬱垂陰。虔恭對越，介祉攸欽。

奉饌用《吉安》。

發祥有自，介福無疆。紛綸丕應，保佑下方。嘉薦斯備，雅奏具揚。寅威洞達，監眄昭章。

玉皇位酌獻用《慶安》。

無體之體，强名之名。監觀萬宇，統治九清。真期保祐，瑞命昭明。乾乾翼翼，祇答財成。

聖祖位酌獻用《慶安》。

於昭靈貺，誕啓鴻源。功濟庶彙，慶流後昆。蘭肴登俎，桂酒盈尊。俯迴飈駕，永庇雲孫。

太祖位酌獻用《慶安》。

赫赫藝祖，受命高穹。威加海外，化浹區中。發祥宗祏，錫祐眇冲。欽承積德，勵翼精衷。

太宗位酌獻用《慶安》。

明明文考，儲精上蒼。禮樂明備，溥率賓王。功德累洽，歷數會昌。孝思罔極，丕祐無疆。

亞、終獻用《冲安》。

太初非有體，至道本無聲。降迹臨下土，成功陟上清。至仁敦動植，丕緒啓宗祊。紫禁承來格，鴻基保永寧。發祥垂誕告，致孝薦崇名。廣樂伸欽奉，儲休固太平。

飲福用《慶安》。

明明始祖，誕啓慶基。翼翼後嗣，虔奉孝思。精潔斯達，祉福咸宜。于以報貺，于以受釐。

徹饌用《吉安》。

雕俎在御，飈駕聞聲。真遊斯降，旨酒斯盈。大樂云闋，大禮云成。徹彼常薦，罄此明誠。

送聖用《真安》。

精心既達，真遊允臻。禮容斯舉，福應惟醇。將整僊馭，言還上旻。永存嘉貺，用泰烝民。

迎奉聖像四首并用《慶安》

玉皇位。

玉虚上帝，金像睟容。宅真雲構，練日龜從。維皇對越，率禮寅恭。靈心丕應，福祿來崇。

聖祖位。

總化在大，保昌厥緒。降格皇闈，瓊輪載御。藻仗星陳，睟容金鑄。佑我慶基，宅兹靈宇。

太祖位。

烝哉大君，聿懷帝祖。鎔範真儀，奉尊靈宇。至感祥開，洪輝物覩。瞻謁盡恭，飛英率土。

太宗位。

於顯神宗，德洽區中。祥金爍冶，範兹睟容。殊庭胥宇，備物致恭。明威有赫，降福來同。

玉清昭應宫上尊號三首

奉告用《隆安》。

登隆妙號，欽翼淵宗。茂宣德禮，有恪其容。奉璋升薦，垂佩彌恭。揚休詠美，以間笙鏞。

太初殿奉册寶用《登安》。

皇靈垂祐，洪福彌隆。祗率綿宇，潔祀真容。嚴恭奉册，對越清躬。睟容肅穆，懿號尊崇。禮成樂舉，福祿來同。

二聖殿奉絳紗袍用《登安》。

赫赫列聖，盛德巍然。彤彤靈宇，睟儀在焉。奉以龍衮，被之象天。重慶宗稷，億萬斯年。

朝謁太清宫九首

題原缺，據《通考》卷一四三《樂考》補

太尉奉聖號册寶用《真安》。

上旻降監，介祉實繁。邦家修報，妙道歸尊。增名霄極，奉册靈軒。茂宣聖典，永祐黎元。

寶册升殿用《大安》。

圖書昭錫，典禮紹成。烝民何幸，教父儲靈。欽承景貺，祗奉崇名。致虔寶册，垂祐基扃。

降神用《真安》。

猶龍之聖，降生厲鄉。教流清淨，道符混茫。大君肅謁，盛儀允臧。森羅羽衛，躬薦蕭薌。簪紱濟濟，鍾石洋洋。高真至止，介福誕祥。

奉玉幣用《靈安》。

琳宫奕奕，黼坐煌煌。玉帛成禮，飈馭延祥。鴻儀有則，景福無疆。嘉應昭協，丕猶誕揚。

奉饌用《吉安》。

金奏以諧，飈遊斯格。靈監章明，皇心勵翼。肅奉雕俎，來升綵席。享德有孚，凝禧無斁。

酌獻用《大安》。

欽崇至道，肅謁殊庭。順風而拜，明德惟馨。飈馭來格，尊酒斯盈。是酌是獻，心通杳冥。

飲福用《大安》。

彼渦之壤，指李之區。千乘萬騎，來朝密都。躬陳芳薦，款接仙輿。飲酒受福，永耀鴻圖。

亞、終獻用《大安》。

邈矣道祖，冥幾惚恍。常德不離，至真無象。引位清穹，降祥神壤。酌醴薦誠，控飈來享。

送神用《真安》。

醴醆在户，金奏在庭。籩豆有踐，黍稷非馨。義盡蠲潔，誠通杳冥。言旋風駟，祚我修齡。

太極觀奉册寶一首

《登安之曲》。

薦號穹冥，登名祖禰。陟配陽郊，協宣典禮。感電靈區，誕聖鴻懿。册寶斯陳，福禄來曁。

景靈宫奉册寶一首

《登安之曲》。

穆穆真宗，錫羡蕃昌。飈輪臨貺，諄誨洞彰。虔崇懿號，祗答景祥。至誠致享，降福無疆。

景祐元年親享景靈宮二首

降真用《太安》。

真館奉幣，潔齊致馨。靈因斯格，社稷慶寧。

送真用《太安》。

椒漿尊享，珍饌精祈。晬容杳邈，瑶輅霞飛。

大觀三年朝獻景靈宮二首

奉饌用《吉安》。

威靈洋洋，靡有常嚮。於惟欽承，來假來饗。博碩芬香，是烝是享。奉器有虔，載德無爽。

爾牲既充，是烹是肆。爾肴既具，是羞是饋。非物之重，惟德之備。神之格思，歆我精意。

高宗郊前朝獻景靈宮二十一首（會要樂六之一六載前三首，注曰嘉定二年，文字略有出入　按：還位（帝臨闕庭）、徹饌、降殿、還大次四首亦見周麟之《海陵集》卷一二。）

皇帝入門用《乾安》。

維皇齊居，承神其（會要作明厥）初。顒顒昂昂，（會要作有穆其容）龍步雲趨。景鍾鏗如，肅覲清都。肸蠁之交，（以上三句會要作華光爛如，精神之符，注茲酌茲）神人用孚。

升殿用《乾安》。

帝既臨饗，罄茲精意。對越在天，爰升紫陛。孔容翼翼，保承丕緒。孝奉天儀，永錫爾類。（會要後六句作陟降左右，維天是契，齋明乃心，祇肅在位，於萬斯年，百福來備）

降聖用《太安》。

惟德馨香，升聞八方。會要作被蒼穹會要作緊神臨之，來從帝鄉。萬靈景衛，有燁其光。監我精純，降會要作錫福穰穰。

盥洗用《乾安》。

齋居皇皇，瓊琚鏘鏘。承祭之初，其如在旁。挹彼注兹，儲禧迎祥。神之聽之，欣欣樂康。

聖祖位用《乾安》。

涓選休辰，有事嘉薦。琅琅瓊珮，陟降巖殿。其陟伊何，幣玉斯奠。周旋中禮，千億儲羨。

聖祖位奉玉幣用《靈安》。

上靈始祖，雲景元尊。嚴祀夙展，六樂朱軒。明玉之潔，豐帛之溫。暢乃繼序，承德不愆。

還位用《乾安》。

我后臨饗，奠幣攸畢。式旋其趨，榘度有式。禮容齋莊，孝思純實。天休滋至，時萬時億。

奉饌用《吉安》。

百職駿奔，來相于庭。奉盛以告，登兹芳馨。際天蟠地，默運三靈。神兮來歆，祚我休平。

再盥洗用《乾安》。

有嚴大禮，對時休明。情文則粲，蠲潔必清。再臨觀盥，以專以精。真游來格，永觀厥成。

再詣聖祖位用《乾安》。

於赫炎宋，十葉華耀。屬兹郊報，陟降在廟。其降伊何，椒漿桂酒。再拜斟酌，永御九有。

聖祖位酌獻用《祖安》。御製。

瑶源誕啓，玉牒肇榮。覆育羣有，監觀圓清。酒醴既洽，登薦惟誠。無有後艱，駿惠雲仍。

還位用《乾安》。

奠斝告成，式旋厥位。天步雍容，神人燕喜。九廟觀德，百靈薦祉。子孫其昌，垂千萬祀。

文舞退、武舞進用《正安》。

於皇樂舞，進旅退旅。一弛一張，笙磬具舉。豈惟玩聲，象德是似。神鑒孔昭，福祿來予。

亞、終獻用《沖安》。

五音飭奏，神既僾康。澹其容與，薦此嘉觴。有來顯相，鋗玉鏘鏘。奉承若宥，罔不齋莊。

飲福用《報安》。

嘉薦既終，神貺斯復。賚我思成，靈光下燭。孝孫承之，載祇載肅。敷錫庶民，函蒙祉福。

還位用《乾安》。

帝臨閟庭，逆釐上靈。神鴹（周麟之詩作保）安坐，肅若有承。嘉觴既申，德聞惟馨。靈光留俞，祚我億齡。

徹饌用《吉安》。

普淖既薦，苾芬孔時。神嗜而顧，有來燕娭。饗矣將徹，載欽載祇。展詩以侑，益臻厥熙。

送真用《太安》。

雍歌既徹，熙事備成。神夕奄虞，忽乘青冥。靈心回睠，監我精禋。誕降嘉祉，休德昭清。

降殿用《乾安》。

我秩元祀，上推靈（周麟之詩作鴻）源。展事有恤，祲威肅然。丹（周麟之詩作升）墟既降，秉心益虔。荷天之休，于千萬年。

望燎用《乾安》。

奕奕靈宮，有嚴毖祀。燔燎具揚，禮儀既備。帝心肅祇，天步旋止。對越在天，永膺蕃祉。

還大次用《乾安》。

帝將于郊，昭事上祀。爰兹畢觴，復即于此。周麟之詩作次颿游周麟之詩作斿載旋，容旌杳騎。維皇嘉承，錫祚昌熾。

高宗明堂前朝獻景靈宮十首

降聖用《大安》。

德惟馨香，升聞八方。粤神之從，燦然有光。驂飛乘蒼，啾啾蹌蹌。消搖從容，顧予不忘。

升殿用《乾安》。

帝既臨享，龍馭華耀。孝孫承之，陟降在廟。誠意上交，慶陰下冒。天休駢至，千億克紹。

聖祖位奠玉幣用《靈安》。

玉氣如虹，豐縉充笥。既奉既將，亦奠在位。有永羣后，實相祀事。何以臨下，心意不貳。

奉饌用《吉安》。

瓊琚鏘鏘，玄衣繡裳。薦嘉升香，粢盛芬芳。禮儀莫愆，鼓鐘喤喤。曾孫之常，綏福無疆。

聖祖位酌獻用《祖安》。

裴回若留，靈其有喜。薦我馨香，挹兹酒醴。我祖在天，執道之紀。申佑無疆，奏神稱禮。

文舞退、武舞進用《正安》。

進旅退旅，載執干戚。不愆于儀，容服有赫。式妥式侑，神保是格。靈鑒孔昭，孝思維則。

飲福用《報安》。亞、終獻《冲安》用舊辭。

於赫大神，總司元化。監我純精，威光來下。延昌之貺，千億馮藉。曾孫保之，丕平是迓。

徹饌用《吉安》。

洋洋降臨，肅肅布列。熙事既成，嘉籩告徹。九天儲慶，垂佑無缺。寢明寢昌，綿綿瓜瓞。

送真用《太安》。

高飛安翔，持御陰陽。幽贊圓穹，監觀四方。元精回復，奄虞孔良。畢觴降服，偃蹇于驤。

望燎用《乾安》。

奕奕原祠，有嚴毖祀。禮儀孔宣，燔燎斯暨。帝心肅祇，天步旋止。熙事既成，永膺蕃祉。

孝宗明堂前朝獻景靈宫八首

盥洗用《乾安》。會要樂六之一六注曰：嘉定二年。

合宫之饗，報本奉先。欽惟道祖，濬發璿源。駕言謁款，其盥惟虔。尚監精衷，錫祚綿綿。

聖祖位用《乾安》。

駿命有開，慶基無窮。祇率百辟，仰瞻睟容。鼓鐘斯和，黍稷斯豐。靈其居歆，福祿來崇。

還位用《乾安》。

嘉玉既設，量幣既陳。彷彿靈游，來顧來寧。對越伊何，厥惟一純。佑我熙事，以迄于成。

奉饌用《吉安》。

發祥仙源，流澤萬世。曷其報之，親饗三歲。相維列卿，潔粢是饋。匪物之尚，誠之爲至。

再詣盥洗用《乾安》。

華燈熒煌，瑞煙氤氳。威神如在，蠲潔必親。再盥于罍，再帨于巾。皇心肅祇，其敢憚勤。

再詣聖祖位用《乾安》。

歲逢有年，月旅無射。我將我饗，如幾如式。肅爾臣工，諧爾金石。本原休功，垂裕罔極。

還位用《乾安》。

旨酒思柔，神具醉止。工祝既告，孝孫旋位。何以酢之，純嘏來備。燕及雲來，蕃衍無已。

文舞退、武舞進用《正安》。

象德之成，有奕其舞。一弛一張，進旅退旅。嘒以管簫，和以鏞鼓。神其樂康，永錫多祜。

寧宗郊前朝獻景靈宮二十四首會要樂六之二注：嘉定五年。八年、十一年、十四年並同此。

皇帝入門用《乾安》。

閟幄邃深，雲景杳冥。天清日晬，展容玉庭。締基發祥，希夷降靈。神其來燕，是饗是聽。

升殿用《乾安》。

帝居瑤圖，璇題玉京。日月經振，列宿上熒。桂篚飶芬，瑚器華晶。𥶡承禋祀，用戒昭明。

降神用《太安》。六變。

〔圜鐘爲宮〕會要下有三奏二字四靈晨耀，五緯夕明。風雲晏和，天地粹清。靈兮來迎，靈兮來寧。啓我子孫，饗于純精。

〔黄鐘爲角〕會要下有一奏二字芬枝揚烈，熉珠叶陶。闓珍闡符，展詩舞箾。神哉來下，神哉來翱。肅若有承，靈心招搖。

〔太簇爲徵〕會要下有一奏二字龍車既奏，鳳馭載翔。帝幄佇靈，天衢騰芳。神來留俞，神來蹇驤。禮图樂明，奏假孔將。

〔姑洗爲羽〕會要下有一奏二字虹旌蜺旄，鸞旗翠蓋。星樞扶輪，月御叶衛。靈至陰陰，靈般裔裔。來格來饗，福流萬世。

盥洗用《乾安》。

禮文有俶，祀事孔明。將以潔告，允惟齊精。自盥而往，聿觀厥成。靈監下臨，天德其清。

詣聖祖位用《乾安》。

維宋肖德，欽天顧右。於皇道祖，丕釐靈祐。葛藟殖繁，瓜瓞孕茂。克昌厥後，世世孝奏。

皇帝還位用《乾安》。　聖祖位奉玉幣用《靈安》，高宗御製，見前。

桂宮眈眈，藻儀穆穆。天回袞彩，風韶璜玉。咸英皦亮，容典炳煜。假我上靈，景命有僕。

奉會要樂六之二奉上有尚書二字饌用《吉安》。

我簋斯盈，我簠斯實。或剝或烹，或燔或炙。有殽既將，爲俎孔碩。禮儀卒度，永錫爾極。

再盥洗用《乾安》。

觴澮初勺，禮戒重盥。假廟以萃，取象于觀。清明外暢，精肅中貫。我儀圖之，三靈攸贊。

再詣聖祖位用《乾安》。

肇基駿命，鞏右鴻業。鼎玉龜符，垂固萬葉。靈貺具臻，神光燁燁。暉祚無疆，規重矩疊。

還位用《乾安》。　聖祖位酌獻用《祖安》，高宗御製，見前。

皇帝瑞慶，長發其祥。纂系悠遠，遡源靈長。德之克明，休烈有光。配天作極，孝饗是將。

文舞退、武舞進用《正安》。

持翟成象，秉朱就列。旄乘整溢，鳳儀諧節。揮舒皇文，歌蹈先烈。合好效懽，福流有截。

亞獻用《沖安》。

光熉紫幄，神流玉房。秉文侑儀，嘉虞貳觴。震澹醉喜，彷彿迪嘗。璇源之休，地久天長。

終獻用《沖安》。

靈輿蹇驤，畢觴泰筵。貳饗允穆，裸將克竣。垂恩儲祉，錫羨永年。將以慶成，燕及皇天。

詣飲福位用《乾安》。

若木露英，清雲流霞。蔓蔓芝秀，馮馮桂華。綿瑞無疆，産嘏孔奢。皇則受之，犖我帝家。

飲福酒用《報安》。

旨酒惟蘭，勺漿惟椒。福流瓚斝，光燭琨瑤。拜貺清宮，凝輝慶霄。神其如在，徘徊招搖。

還位用《乾安》。

烝哉我皇，繼天毓聖。逆釐玄都，對越靈慶。如天斯久，如日斯盛。瑤圖濬邈，永隆駿命。

徹會要徹上有尚書二字饌用《吉安》。

房鉶陳列，室簋登奉。告饗具歆，展徹惟拱。祥光奕奕，嘉氣幪幪。受嘏不僭，燕天之寵。

送真用《太安》。

雲車風馬，靈其來游。天門軼蕩，神其莫留。遺慶陰陰，祉發祥流。康我有宋，與天匹休。

降殿用《乾安》。

璇庭爛景，紫殿流光。禮洽乾回，福應日昌。聖系厖鴻，景命溥將。德茂功成，率祀無疆。

詣望燎位用《乾安》。

厥初生民，淵濬唯祖。芳薦既輟，明燎具舉。德馨升聞，靈貺蕃詡。懷濡上靈，佑周之祜。

還大次用《乾安》。

帝假于宫，彝承清祀。天暉臨幄，宸衛森峙。行繇大室，旋趨紫畤。率禮不違，式旉靈祉。

理宗明堂前朝獻景靈宮二首 餘用舊辭

升殿登歌《乾安》。

我享我將，罄兹精意。陟降左右，維天與契。齋明乃心，祇肅在位。於萬斯年，百福來備。

亞獻宮架《冲安》。

慶雲鬱鬱，鳴璆琅琅。澹其容與，申薦貳觴。奉承若宥，神其樂康。錫以多祉，源深流長。

大中祥符封禪十首 餘同南、北郊

《宋史·樂志》一：時以將行封禪，詔改酌獻昊天上帝《禧安之樂》爲《封安》，皇地祇《禧安之樂》爲《禪安》，飲福《禧安之樂》爲《祺安》。別製天書樂章《瑞安》、《靈文》二曲，每親行禮用之。

山上圜臺降神用《高安》。

巖巖泰山，配德于天。奉符展采，翼翼乾乾。滌濯靜嘉，罔有弗蠲。上帝顧諟，泠風肅然。

昊天上帝坐酌獻用《奉安》。

皇天上帝，陰騭下民。道崇廣覆，化洽鴻鈞。靈文誕錫，寶命惟新。增高欽事，式奉嚴禋。

太祖配坐酌獻用《封安》。

於穆聖祖，肇開鴻業。我武惟揚，皇威有曄。四隩混同，百靈震疊。陟配高穹，明靈是接。

太宗配坐酌獻用《封安》。

祇若封祀，神宗配天。禮樂明備，奠獻精虔。景靈來格，休祥藹然。於昭垂慶，億萬斯年。

亞獻用《恭安》。

因高定位，禮修物備。薦鬯卜牲，虔恭寅畏。八音克諧，天神咸暨。降福穰穰，永錫爾類。

終獻用《順安》。

浩浩元精，無臭無聲。臨下有赫，得一以清。備物致享，薦兹至誠。泰尊奠獻，夙夜齊明。

社首壇降神用《靖安》。

至哉坤元，資生伊始。博厚稱德，沈潛柔止。降禪方位，聿修明祀。寅恭吉蠲，永錫蕃祉。

皇地祇坐酌獻用《禪安》。

坤德直方，博厚無疆。秉陰得一，靜而有常。寶藏以發，乃育百昌。肅祇禪祭，錫祉穰穰。

太祖配坐酌獻用《禪安》。

皇矣聖祖，丕赫神武。秉運宅中，威加九土。德厚功崇，頌聲載路。陟配方祇，對天之祜。

太宗配坐酌獻用《禪安》。

毖祀柔祇，報功厚載。思文太宗，侑神嚴配。鐘石斯和，籩豆咸在。永錫坤珍，資生爲大。

汾陰十首 會要樂六之二五注：大中祥符三年諸臣撰十曲。

降神用《靖安》。 會要作后土迎神用靜安

茫茫坤載，粤惟太寧。資生光大，品物流形。瞻言汾曲，允宅神靈。聖皇躬享，明德惟馨。

奠玉幣登歌《嘉安》。

至誠旁達，柔祇格思。奉以琮幣，致誠在兹。

奉俎用《豐安》。

博碩者牲，載純其色。體薦登俎，聿崇坤德。

后土地祇坐酌獻用《博安》。

秉陰成德，敏樹宣功。應變審諦，神力無窮。沈潛剛克，流謙示中。潔兹奠獻，妙物玄通。

太祖配坐酌獻用《博安》。

坤元茂育，植物成形。於穆聖祖，功齊三靈。嚴恭配侑，厚德攸寧。永懷錫羨，歆此惟馨。

太宗配坐酌獻用《博安》。

報功厚載，祀事惟明。思文烈考，道濟羣生。侑神定位，協德安平。馨潔並薦，享于克誠。

飲福用《博安》。

寅會要樂六之二六作宣威寶命，明祀惟虔。協神備物，罔不吉蠲。后祇格思，靈飈肅然。誕受景福，遐哉億年。

亞、終獻用《正安》。

至哉柔祇，滋生蕃錫。滌濯靜嘉，寅恭夕惕。金奏純如，萬舞有奕。立我烝民，莫匪爾極。

后土廟降神用《靖安》。

博厚流形，秉陰成德。柔順利正，直方維則。明祇格思，素汾之側。祇載吉蠲，宸心翼翼。

酌獻用《博安》。

至哉物祖，設象隆脽。動靜之德，翕闢攸宜。嘉栗以薦，精禱洪釐。茂宣陰貺，五穀蕃滋。

祗奉天書六首

朝元殿酌獻用《瑞安》。

妙道非常，神變無方。惟天輔德，靈貺誕章。玄文昭錫，寶曆彌昌。禮崇明祀，式薦馨香。

含芳園用《瑞安》

運格熙盛，將封介丘。禮神之域，瑞命殊尤。靈文荐降，丕顯皇猷。聖心肅奉，永洽鴻休。

泰山社首壇升降用《瑞安》。

玄穹眷懷，寶符申錫。垂露騰文，粲然靈迹。發祥吉圖，純熙寫奕。登薦欽崇，式昭天曆。

奉香酌獻用《瑞安》。

謂天蓋高，惟皇合德。倬彼靈章，圖書是錫。眷命諄諄，被以遐曆。膺籙告成，虔恭欽翼。

地居興王，祥開圖籙。典禮昭成，祺祥交屬。大輅逶迤，卿雲紛鬱。祐我含靈，錫兹介福。原注：祥符七年奉祀畢，天書迴至應天府，有雲物之瑞，命製是曲，以紀休應。

升降用《靈文》。

旻穹無聲，惟德是輔。降監錫符，垂文篆素。孝瑞紀封，英聲載路。既壽而昌，篤天之祜。

祭九鼎十二首

詩中僅及八鼎，據《宋史》卷一〇四《禮志》，當奪立春祭牡鼎之辭

帝鼐土王日祀降神用《景安》。

日號丙丁，方號中央。德惟其時，蠲吉是將。夫何飲之，黄流玉瓚。夫何食之，有陳伊饌。

奉饌用《豐安》。

粢盛既豐，牲牢既充。展兹熙事，溫溫其恭。惟明欣欣，燔炙芬芬。保乎天子，繁祉荐臻。

亞、終獻用《文安》。

工祝致辭，黄流協鬯。爰登清歌，載期神享。噫予誠心，精禋是虔。嘉予陳祀，豐盈豆籩。

春分，蒼鼎亞、終獻用《成安》。

法乾剛兮，鑄鼎奠方。涓嘉旦兮，齊明迎祥。胡爲持幣，維篚及筥。胡爲和羹，有錡維釜。

立夏，罔鼎迎神用《凝安》。

我方東南，我日朱明。爰因其時，鼎以罔名。粢盛既馨，牲牷既盈。佑我皇家，巽令風行。

亞、終獻用《成安》。

夏至，彤鼎酌獻用《成安》。

黃流在中，惟馨香祀。於薦于神，爰祇厥事。禮從多儀，以進爲文。尊斝三獻，昭示孔勤。

立秋，阜鼎酌獻用《成安》。

犧尊將將，俎基自堂。牲牷肥腯，鼓鐘喤喤。肆予醴齊，椒馨飶香。聿來歆顧，天祚永昌。

明德崇享，磬筦鏘鏘。鏗兮佩舉，峨冠齊莊。肆陳有序，承篚是將。其牲伊何，籩豆大房。

秋分，晶鼎亞、終獻用《成安》。

神宮巍巍，庭燎有輝。聲諧備樂，物陳豐儀。清酤既載，酌言獻之。惟神醉止，聿來蕃釐。

立冬，魁鼎迎神用《凝安》。

時運而冬，乃神玄冥。陰陽相推，豐年以成。越陳嘉肅，牲牢粢盛。來享來依，監于明誠。

酌獻用《成安》。

罍之初登，其儀昭陳。罍之既祼，其香升聞。神心嘉止，於焉欣欣。貽我有年，穰穰其仁。

冬至，寶鼎奠幣用《明安》。

秉心齊明，奉牲博碩。匏絲鏗陳，冠佩儼飾。其肆其將，明神來格。執奠維何，猗歟幣帛。　以上《宋史》卷一三五《樂志》一〇

全宋詩卷三七三二

郊廟朝會歌辭五

大中祥符五嶽加帝號祭告八首

迎神用《静安》。

鍾石既作，俎豆在前。雲旗飛揚，神光肅然。當駕飇欻，來乎青圓。言備縟禮，享兹吉蠲。

册入門用《正安》。

節彼喬嶽，神明之府。秩秩威儀，肅肅靈宇。懿號克崇，庶物咸覩。帝籍升名，式綏九土。

酌獻東嶽用《嘉安》。

節彼岱宗，有嚴廟貌。惟辟奉天，依神設教。帝典焜煌，嘉薦普淖。至靈格思，殊祥是效。

南嶽。

作鎮炎夏，畜兹靈光。敷與萬物，既阜既昌。爰刻溫玉，式薦徽章。昭假神意，福熙穰穰。

西嶽。

瞻言太華，奠方作鎮。典册是膺，等威以峻。上公奉儀，祀宗薦信。介祉萬邦，永配坤順。

北嶽。

仰止靈嶽，鎮于朔方。增崇懿號，度越彝章。祗薦嘉樂，式陳令芳。永資純佑，國祚蕃昌。

中嶽。

巖巖神嶽，作鎮中央。肅奉徽册，尊名孔章。聿降飈駕，載獻蘭觴。熙事允洽，寶祚彌昌。

送神用《靜安》。

祗薦鴻名，寅威明祀。有楚之儀，如在之祭。奠獻既終，禮容克備。神鑒孔昭，福禧來暨。

天安殿册封五嶽帝一首

神出入用《正安》。

名嶽奠方，帝儀克舉。吉日惟良，九賓咸旅。溫玉鏤文，纁裳正宁。禮備樂成，篤神之祜。

熙寧望祭嶽鎮海瀆十七首

東望迎神用《凝安》。

盛德惟木，勾芒御神。沂岱淮海，厥功在民。爰熙壇坎，裒對庶神。于以歆格，靈貽具臻。

升降用《同安》。

紳韠襜兮，玉珮欒兮。于我將事，神燕喜兮。帝命望祀，敢有不共。往返于位，肅肅紳[illegible]。

奠玉幣用《明安》。

祀以崇德，幣則有儀。肅我將事，登降孔時。精明純潔，罔有弗祇。史辭無愧，神用來娭。

酌獻用《成安》。

肇兹東土，含潤無疆。維時發春，嘉薦令芳。祭用薶沈，順性含藏。不涸不童，誕降祺祥。

送神用《凝安》。

神之至止，熙壇爲春。神之將歸，旂服振振。欻兮迴飈，窅兮旋雲。祐于東方，永施厥仁。

南望迎神用《凝安》。

嵩嵇衡霍，曁厥海江。時維長養，惠我南邦。肆嚴牲幣，神式來降。以侑以妥，百福是龐。

酌獻用《成安》。

景風應律，朱鳥開辰。肅肅明祀，嘉籩列陳。牲用牷物，樂奏蕤賓。克綏永福，祐此下民。

送神用《凝安》。

鼓鍾云云，龡管伊伊。神既醉飽，曰送言歸。山有厚藏，水有靈德。物其永依，往奠炎宅。

中望迎神用《凝安》。

維土作德，維帝御行。含養載育，萬物以成。有嚴祀典，薦我德馨。神其歆止，永用億寧。

酌獻用《成安》。

高廣融結，實維中央。宣氣報功，利彼一方。坎壇以祀，六樂鏘鏘。靈其有喜，酌以大璋。

送神用《凝安》。

言旋其處，以奠中域。無替厥靈，四方是則。神永不息，祀永不愆。以享以報，于萬斯年。

西望迎神用《凝安》。

品物順說，時司金行。于郊迎氣，以望庶靈。雅歌維樂，圭薦惟牲。作民之祉，永相厥成。

酌獻用《成安》。

西顥沆碭，執矩司秋。諏言協靈，時祀孔修。禮有薦獻，爰視公侯。秩而祭之，百福是遒。

送神用《凝安》。

我樂我神，簠俎腥饔。曰神之還，西土是宫。于蕃禽魚，于衍草木。富我藪隰，滋我高陸。

北望迎神用《凝安》。

帝德乘坎，時御閉藏。爰潔牲醴，兆兹北方。海山攸宅，神施無疆。具享蠲吉，降福孔穰。

酌獻用《成安》。

淒寒凝陰，隕籜滌場。百物順成，黍稷馨香。款于北郊，爰因其方。何以侑神，薦此嘉觴。

送神用《凝安》。

維山及川，奠宅幽方。我度其靈，降止靡常。肅肅坎壇，既迎既將。促樂徹俎，是送是望。

紹興祀嶽鎮海瀆四十三首

東方迎神用《凝安》。

帝奠九壚，孰匪我疆。緊我東土，山川相望。祀事孔時，肅雍不忘。巃嵷濛鴻，郁哉洋洋。

初獻盥洗用《同安》。

青陽肇開，祀事孔飭。鬱人贊溉，其馨苾苾。敬爾威儀，亦孔之則。神之格思，無我有斁。

奠玉幣用《明安》。

司曆告時，惟孟之春。爰舉時祀，旅于有神。鼓鍾既設，珪帛具陳。阜蕃庶物，以福我民。

東嶽位酌獻用《成安》。

巖巖天齊，自古在昔。膚寸之雲，四方其澤。惟時東作，祀事迺飭。惠我無疆，恩霑動植。

東鎮位。

惟山有鎮，雄於其方。東孰爲雄，于沂之疆。祀事有時，爰舉舊章。我望匪遙，庶幾燕饗。

東海位。

澒洞鴻濛，天與無極。導納江漢，節宣南北。順助其功，善下惟德。我祀孔時，以介景福。

東瀆位。

我祀伊何，于彼長淮。導源桐柏，委注蓬萊。扞齊護楚，宣威示懷。豆籩列陳，亦孔之偕。

亞、終獻，酌獻。四位并同。

我祀孔肅，神其安留。容與裴回，若止若浮。洽此重觴，申以百羞。無我斁遺，萬邦之休。

送神用《凝安》。

蹇兮紛紛，神實戾止。以飲以食，以享以祀。呦兮冥冥，神亦歸止。以醉以飽，以錫爾祉。

南方迎神用《凝安》。

朱明盛長，我祀用飭。厥祀伊何，山川咸秩。如將見之，繩繩齊栗。神哉沛兮，消搖來格。

初獻盥洗、升降用《同安》。

爰熙嘉壇，揭虔毖祀。鬱人沃盥，贊我祼事。于降于登，以作以止。莫不肅雍，告靈饗矣。

奠玉幣用《明安》。

我祀我享，儀物孔周。一純斯舉，二精聿修。璞兮其溫，絲兮其紑。是薦潔蠲，神兮安留。

南嶽位酌獻用《成安》。

神曰司天，居南之衡。位焉則帝，于以奠方。南訛秩事，望禮有常。庶幾嘉虞，介福無疆。

南鎮位。

維南有山，于彼會稽。作鎮在昔，神則司之。厥有舊典，以祀以時。百味維旨，靈其燕娭。

南海位。

維水善下，利物曰功。逶迤百川，誰敷朝宗。蕩蕩大受，於焉會同。膋蕭列陳，以答鴻濛。

南瀆位。

四瀆之利，經營中國。南曰大江，險兮天設。維爾有神，踰其廟食。望秩孔時，我心翼翼。

亞、終獻，酌獻。

神之游兮，洋洋對越。澹乎容與，肸蠁斯答。乃奏既備，八音攸節。重觴申陳，百禮以洽。

送神。曲同迎神。

薦徹豆籩，熙事備成。靈兮將歸，羽旄紛紜。飄其逝矣，浮空簫雲。悵然顧瞻，有撫懷心。

中央迎神用《凝安》。

天作高山，屹然中峙。經營厥宇，萬億咸遂。火熙土王，爰舉時祀。繩繩宣延，彷彿來止。

初獻盥洗、升降用《同安》。

思來感格，肅雍不忘。禮儀既備，濟濟蹌蹌。潔蠲致敬，往薦其芳。交若有承，神兮孔饗。

奠玉幣用《明安》。

練日有望，高靈來下。何以告誠，心惟物假。有篚斯實，有賨斯籍。于以奠之，神光燭夜。

中嶽位酌獻用《成安》。

與天齊極，伊嵩之高。顯靈效異，神休孔昭。飭我祀事，實俎鸞膋。以侑旨酒，其馨有椒。

中鎮位。

禹畫九州，河内曰冀。霍山崇崇，作鎮積勢。我祀如何，百末旨味。承神燕娭，諸神畢至。

亞、終獻，酌獻。

禮樂既成，肅容有常。奄留消摇，申畢重觴。仰臚所求，降福滂洋。師象山則，以況皇章。

送神。曲同迎神。

虡至旦兮，靈亦有喜。蹇欲驤兮，象輿已轙。粥音送兮，靈聿歸矣。長無極兮，錫我以祉。

西方迎神用《凝安》。

有岌斯安，有涵斯洽。聿相厥成，允祀是答。爰飭迺奏，迺奏既協。於昭降止，是遵是接。

初獻盥洗、升降用《同安》。

靡實不新，靡陳不濯。人之弗蠲，矧敢將酌。載晞之帨，載濡之勺。洗儀告備，陟降時若。

奠玉幣用《明安》。

彼林有庪，彼澤有沈。猗與西望，弗菲弗淫。迺追斯邸，迺巟斯尋。卬禮既卒，是用是歆。

西嶽位酌獻用《成安》。

屹削厥方，風雲斯所。陰邑有宮，恤恤俁俁。清酤在尊，靈眷在下。于俎獻兮，則莫我吐。

西鎮位。

維吳崇崇，于汧之西。瞻彼有隴，赫赫不迷。克禋于嶽，我酌俶齊。於凡有旅，眡公維躋。

西海位。

奄浸坤軸，滋殖其濊。而典斯稽，有陛有壝。弗替時舉，元罼斯酹。胡先于河，實委之會。

西瀆位。

自彼崑虛，于以潛流。念茲誕潤，豈俟不猶。在昔中府，暨海聿脩。迄既望止，神保先卣。

亞、終獻。

肅肅其乂，既旨既溢。追其畢酌，偏茲博碩。祀事既遂，不敢諱射。神或醉止，我心斯懌。

送神。曲同迎神。

迺羞既徹，迺奏及闋。無餕斯俎，式聽致謁。不蹇不蹶，不沸不決。厲魃其祛，永庇有截。

北方迎神用《凝安》。

我土綿綿，孰匪疆理。惟時幽都，匪曰睮只。滌哉艮月，朔風其同。曷阻曷深，其亦來降。

初獻盥洗、升降用《同安》。

壽宮煇煌，聿修時祀。繽其臨矣，吉蠲以竢。居乎昂昂，行乎遂遂。敬爾攸司，展采錯事。

奠玉幣用《明安》。

相予陰威，厥功浩浩。一歲之功，何以爲報。府有珪幣，我其敢私。肅肅孔懷，于以將之。

北嶽位酌獻用《成安》。

瞻彼芒芒，曰北之常。既高既厚，迺紀迺綱。薦鬯伊始，靈示孔將。玄服鐵駕，覽此下方。

北鎮位。

赫赫作鎮，幽朔之垂。兼福我民，食哉具宜。克配彼岳，有嚴等衰。蠲我灌禮，其敢不祇。

北海位。

八裔皆水，此一會同。沄沄天墟，洞蕩洪濛。至哉維坎，不有斯功。所秩伊何，黄流在中。

北瀆位。

水星之精，播液發靈。不脅于河，既介以清。翼翼盥薦，椒糈芬馨。載止載留，爰弭翠旌。

亞、終獻。

俎豆紛披，金石繁會。侑以貳尊，匪瀆匪怠。我儀既周，我心孔戒。憺兮容與，彷彿如在。

送神。曲同迎神。

靈既醉飽，禮斯徹兮。靈亦樂康，樂斯闋兮。雲征飈舉，不可尼兮。薦福錫祉，曷有極兮。

淳祐祭海神十六首

迎神用《延安》。

〔宮一曲〕堪輿之間，最鉅惟瀛。包乾括坤，吐日滔星。祀典載新，禮樂孔明。鑒吾嘉賴，來燕來寧。

〔角一曲〕四溟廣矣，八紘是紀。我宅東南，迴復萬里。洪濤飄風，安危所倚。祀事特隆，神其戾止。

〔徵一曲〕若稽有唐，克致崇極。祝號既升，爰增祭式。從享于郊，神斯受職。我祀肇新，式祈陰騭。

〔羽一曲〕猗與祀禮，四海會同。靈之來沛，鞭霆馭風。肸蠁彷彿，在位肅雍。佑我烝民，式徼神功。

升降用《欽安》。

靈之來至，垂慶陰陰。靈之已坐，飭兹五音。壇殿聿嚴，陟降孔欽。靈宜安留，鑒我德心。

東海位奠玉幣用《德安》。

百川所歸，天地之左。澒洞鴻濛，功高善下。行都攸依，百祿是荷。制幣嘉玉，以侑以妥。

南海位奠玉幣用《瀛安》。

祝融之位，貴乎三神。吞納江漢，廣大無垠。長爲委輸，祐我黎民。敬陳明享，允鑒恭勤。

西海位奠玉幣用《潤安》。

蒲昌之澤，派引天潢。義娥出入，浩渺微茫。蓋高斯覆，猶隔封疆。我思六合，肇正吉昌。

北海位奠玉幣用《瀚安》。

瀚海重潤，地紀亦歸。吞受百瀆，限制北陲。一視同仁，我心則怡。嘉薦玉幣，神其格思。

捧俎用《豐安》。

昭格靈貺，祀典肇升。牲牷告充，雕俎是承。薦虔效物，省德惟馨。靈其有喜，萬宇肅澄。

東海位酌獻用《熙安》。

滄溟之德，東南具依。熬波出素，國計攸資。石臼卻敵，濟我王師。神其享錫，益畀燕綏。

南海位酌獻用《貴安》。

南溟浮天，旁通百蠻。風檣迅疾，琛舶來還。民商永賴，坐消寇姦。薦兹嘉觴，弭矣驚瀾。

西海位酌獻用《類安》。

積流疏派，被于流沙。布潤施澤，功均邇遐。我秩祀典，四海一家。祇薦令芳，靈其享嘉。

北海位酌獻用《溥安》。

儵忽會同，裴回安留。牲肥酒香，晨事聿修。惟德之涼，曷奄九州。帝命是祇，多福自求。

亞、終獻用《饗安》。

籩豆有楚，貳觴斯旅。神其醉飽，式燕以序。百靈祕怪，蜿蜒飛舞。錫我祺祥，有永終古。

送神用《成安》。

告靈饗矣，錫我嘉祚。乾端坤倪，開豁呈露。玄雲聿收，羣龍咸騖。滅除凶災，六幕清豫。

紹興祀大火十二首

降神用《高安》。

〔圜鍾爲宫〕五緯相天，各率其職。司禮與視，則維熒惑。至陽之精，屆我長嬴。于以求之，祀事孔明。

〔黄鍾爲角〕有出有藏，伏見靡常。相我國家，鑒觀四方。視罔不正，終然允臧。神其來格，明德馨香。

〔太簇爲徵〕小大率禮，不愆于儀。展采錯事，秩祀孔時。維今之故，閱我數度。修厥典常，神其來顧。
〔姑洗爲羽〕於赫我宋，以火德王。永永丕圖，繄神之相。神之來矣，維其時矣。禮備樂奏，神其知矣。

升殿用《正安》。

有儼其容，有潔其衷。屹屹崇壇，伊神與通。神肯降格，嘉神之休。虔恭降登，神乎安留。

熒惑位奠玉幣用《嘉安》。

馨香接神，肸蠁恍惚。求神以誠，薦誠以物。有藉斯玉，有篚斯幣。是用薦陳，昭兹精意。

商丘宣明王位奠幣用《嘉安》。

熒惑在天，惟火與合。繄神主火，純一不雜。作配熒惑，祀功則然。不腆之幣，于以告虔。

捧俎用《豐安》。

火遵其令，無物不長。視此牲牢，務得其養。豢以祀神，有腯其肥。非神之宜，其將曷歸。

熒惑位酌獻用《祐安》。

皇念有神，介我戬穀。登時休明，有此美祿。酌言獻之，有飶其香。神兮燕娭，醉此嘉觴。

宣明王位酌獻用《祐安》。

誰其祀神，知神嗜好。閼伯祀火，爲神所勞。睠言配食，既與火俱。於樂旨酒，承神嘉虞。

亞、終獻用《文安》。

神既既施，嗜我飲食。申以累獻，以承靈億。神方常羊，咸畢我觴。于再于三，于誠之將。

送神用《理安》。

登降上下，奠璧獻斝。音送粥粥，禮無違者。已虞至旦，神其將歸。顧我國家，遺以繁釐。

出火祀大辰十二首

降神用《高安》。

〔圜鍾爲宮〕熚熚我宋，火德所畀。用火紀時，允惟象類。神以類歆，誠繇類至。有感斯通，孚我陽燧。

〔黄鍾爲角〕樂音上達，粤惟出虚。火性炎上，亦生於無。我鏞我磬，我笙我竽。氣同聲應，昭哉合符。

〔太簇爲徵〕火在六氣，獨處其兩。感生維君，緊辰克相。何以驗之，占玆垂象。騰駕蒼虯，歆其來饗。

〔姑洗爲羽〕星入於戌，與火俱詘。火出於辰，與星俱伸。一伸一詘，孰操縱之。利用出入，民咸用之。

升殿用《正安》。

屹彼嘉壇，赤伏始居。掞光耀明，洋乎如在。俛仰重離，默與精會。隨我降升，肅聽環珮。

大辰位奠玉幣用《嘉安》。

維莫之春，五陽發舒。日之夕矣，三星在隅。莫量匪幣，莫嘉匪玉。明薦孔時，神光下矚。

商丘宣明王位奠幣用《嘉安》。

二七儲神，與天地並。孰儷厥德，聿惟南正。功楙陶唐，澤流億姓。作配嚴禋，贊列惟稱。

捧俎用《豐安》。

有嚴在滌，陳彼牲牢。孔碩其俎，薦此血毛。厥初生民，飲茹則然。以燔以炙，伊誰云先。

大辰位酌獻用《祐安》。

孰爲大辰，維北有斗。曾是彗星，斯名孔有。幽縈報功，潔齊敢後。容與嘉觴，式歆旨酒。

宣明王位酌獻用《祐安》。

周設司爟，雖列夏官。仍襲孔昜，闓端實難。相彼商丘，永懷初造。不腆桂椒，匪以爲報。

亞、終獻用《文安》。

潛之伏矣，柞櫪既休。有俶其來，榆柳是求。靈駕紛羽，尚其安留。歆我三爵，言言油油。

送神用《理安》。

五運惟火，寔宗衆陽。宿壯用明，千載愈光。神保聿歸，安處火房。鬱攸不作，炎圖永昌。

納火祀大辰十二首

降神用《高安》。

〔圜鍾爲宮〕赫赫皇圖，炎炎火德。侈神之賜，奄有方國。粢盛既豐，俎豆有飶。於萬斯年，報祀無斁。

〔黄鍾爲角〕火星之躔，有煒其光。表于辰位，伏于戌方。時和歲稔，仁顯用藏。告爾萬民，出納有常。

〔太簇爲徵〕季秋之月，律中無射。農事備收，火功告畢。克禋克祀，有嚴有翼。風馬雲車，尚其來格。

〔姑洗爲羽〕明明我后，重祭欽祠。有司肅事，式薦晨儀。禮惟其稱，物惟其時。神之聽之，福禄來爲。

升殿用《正安》。

猗與明壇，右平左城。冕服斯皇，玉珮有節。陟降惟寅，匪徐匪疾。式崇大祀，禮文咸秩。

大辰位奠玉幣用《嘉安》。

金行序晚，玉露晨清。齊戒豐潔，肅恭神明。嘉幣惟量，嘉玉惟精。于以奠之，庶幾來聽。

商丘宣明王位奠幣用《嘉安》。

恭惟火正，自陶唐氏。邑于商丘，配食辰祀。有功在民，有德在位。敢替典常，惟恭奉幣。

捧俎用《豐安》。

萬彙攸成，四方寧謐。工祝致告，普存民力。酒薦斯牲，爲俎孔碩。介以繁祉，式和民則。

大辰位酌獻用《祐安》。

庶功備矣，休德昭明。天地釀和，鬱鬯斯清。玉瓚以酌，瑶觴載盈。周流常羊，來燕來寧。

宣明王位酌獻用《祐安》。

廣大建祀，式崇其配。馨香在兹，清酒既載。穆穆有暉，洋洋如在。聿懷嘉慶，緊神之賚。

亞、終獻用《文安》。

幣玉肅陳，笙簧具舉。桂醑浮觴，瓊羞溢俎。禮有三獻，式和且序。神具醉止，慶流寰宇。

送神用《理安》。

神靈降鑒，天地回旋。惟馨薦矣，既醉歆焉。諸宰斯徹，式禮莫愆。隤祉降祥，天子萬年。以上《宋史》卷一三六《樂志》一一

全宋詩卷三七三二

郊廟朝會歌辭六

景德祭社稷三首

降神用《靜安》。

百穀蕃滋，麗乎下土。聿崇明祀，垂之千古。育物惟茂，粒民斯普。報本攸宜，國章咸覩。

奠玉幣、酌獻用《嘉安》。

於穆大祀，功利相宣。靈壇美報，歷代昭然。介以蕃祉，祚以豐年。土爰稼穡，允協民天。

送神用《靜安》。

制幣犧齊，正辭無愧。樂以送之，畢其精意。

景祐祀社稷三首

迎神用《寧安》。

五祀之本，百貨何極。道著開闢，惠周動植。國崇美穀，民資力穡。奠獻惟寅，神靈來格。

亞、終獻用《文安》，送神用《寧安》。

神之來兮，降茲下土。神之去兮，杳無處所。壇壝肅然，瘞幣徹俎。乃粒之功，冠于萬古。

奉俎用《豐安》。神州地祇、皇地祇與社稷通用。

禮崇明禋，維馨斯酒。潔粢豐盛，殺時犉牡。齊莊嚴祇，升燎于槱。其報伊何，如山如阜。

大觀祀社稷九首

迎神用《寧安》。

〔黄鐘二奏〕惟土之尊，民食資焉。陰祀昭格，牲牢腥羶。有功于民，告其吉蠲。神之來享，雲車翩翩。

〔太簇角二奏〕惟穀之神，函育無窮。百嘉蕃殖，民依厥功。嚴飭壇壝，威儀肅雍。神之來享，祈于登豐。

〔姑洗徵二奏〕猗歟那歟，生養斯民。家給人足，時底熙純。祇嚴明禋，於薦苾芬。粢盛豐潔，神乃有聞。

〔南吕羽二奏〕籩豆斯陳，三牲告幽。報本之禮，答神之休。來歆芬香，豐登於秋。倉箱千萬，治符成周。

初獻升降用《正安》。

崇崇廣壇，嚴恭祀事。威儀孔時，周旋進止。鏘若環佩，誠通于幽。相于農植，邦其咸休。

奠幣用《嘉安》。

於嘻陰祀，封土惟崇。于時之吉，歆予鼓鍾。柔靜化光，人賴其功。陳兹量幣，百貨是隆。

酌獻用《嘉安》。

坤元生物，功利相宣。蠲兹祀事，美報致虔。清酤芬如，靈壇巋然。酌尊奠觴，神其格焉。

亞、終獻用《文安》。

薦嘉亶時，洋洋來格。載登兹壇，齊明維敕。神用居歆，順成農穡。其崇若墉，其比如櫛。

送神用《寧安》。

尊罍芬香，威儀肅雍。靈心嘉止，洋洋交通。神歸降禧，年斯屢豐。倉箱千萬，慰予三農。

紹興祀太社太稷十七首

迎神用《寧安》。

〔函鍾爲宫〕春社用五祀之本，社稷有嚴。芟柞伊始，夫敢不虔。吉日惟戊，式薦豆籩。神其來格，用介有年。

〔函鍾爲宫〕秋社、臘用功烈在民，誕受露雨。良耜既歌，乃揚帗舞。是奉是尊，厚禮斯舉。相其豐年，多稌多黍。

〔太簇爲角〕是尊是奉，兹率舊章。樂音純繹，薦溢圜方。情文備矣，神其迪嘗。永觀錫羡，多穡穰穰。

〔姑洗爲徵〕穀資土養，民賴穀生。功利之博，莫之與京。式嚴祠壇，因物薦誠。禮具樂奏，惟神顧歆。

〔南吕爲羽〕國主社稷，時祀有常。肅若舊典，報本不忘。粢盛豐潔，歌吟青黄。尊神倏來，百物賓將。

盥洗用《正安》。

祭重齊肅，神格專精。沃洗于阼，涓潔著誠。清明咨矣，熙事備成。以似以續，如坻如京。

升壇用《正安》。

神地之道，粒食有先。歲謹祈報，禮嚴豆籩。降登祼薦，罔或不虔。以似以續，宜屢豐年。

太社位奠玉幣用《嘉安》。春社太稷、土正、后稷通用。

土發而祭，農祥是祈。籩豆加篚，典禮有彝。惟兹珪幣，用告肅祗。神靈降鑒，錫我繁釐。

太社位奠玉幣用《嘉安》。秋臘太稷、土正、后稷通用。

赫赫媪神，稼穡是司。方是藉斂，報本攸宜。嘉壇建祀，玉帛陳儀。明靈昭格，以介蕃釐。

還位用《正安》。

國主太祀，地道聿神。稷司百穀，利毓惟均。練日新吉，粢盛苾芬。神燕娭矣，福此下民。

捧俎用《豐安》。

嘉承天和，黍稷翼翼。默相農功，緊神之德。俎實犧牲，舊章是式。嗣有豐年，我庾維億。

太社位酌獻用《嘉安》。春社太稷、土正、后稷通用。

封土崇祀，有烈在民。千載不昧，福此人羣。洗爵奠斝，有酒其芬。神具醉止，愷樂欣欣。

太社位酌獻用《嘉安》。秋社、臘太稷、土正、后稷通用。

叶氣嘉生，年穀順成。萬億及秭，如坻如京。奉時犉牡，告於神明。歌此良耜，於昭德馨。

亞、終獻用《文安》。

風雨時若，自天降康。稼穡滋殖，自神發祥。穀我婦子，豐年穰穰。報本嚴祀，齊明允臧。

徹豆用《娭安》。

報本之禮，載于甲令。靈壇昭告，神既來聽。徹彼豆籩，精誠斯罄。實惟豐年，農夫之慶。

送神用《寧安》。

乃粒烝民，功昭萬古。國有常祀，薦獻式叙。肅肅雍雍，舊章咸舉。神保聿歸，介我稷黍。

望瘞用《正安》。

地載萬物，民資迺功。報本稱祀，太稷攸同。禮樂既備，訖埋愈恭。神其降嘏，時和歲豐。

熙寧祭風師五首

迎神用《欣安》。

飄飆而來，淅瀝而下。爰張其旂，爰整其駕。有豆有登，有兆有壇。弭旌柅軔，降止且安。

升降用《欽安》。

盥帨于下，有盤有匜。饋酌于上，有登有彝。服容柔止，進退優止。即事寅恭，神其休止。

奠幣用《容安》。

育我嘉生，神惠是仰。載致斯幣，庶幾用享。鼓之舞之，式緊爾神。錫福無疆，佑此下民。

亞、終獻，酌獻用《雍安》。

栗栗壇坫，載是豆觴。醇烈氤氲，普薦芬芳。酌之維宜，獻之維時。民有報侑，靈用安之。

送神用《欣安》。

奠獻紛紛，靈心欣欣。超然而返，衆御如雲。其施伊何，多黍多稌。其祥伊何，不愆厥叙。

大觀祭風師六首

降神用《欣安》。

羽旗雲車，飄飖自天。猗歟南箕，歆嘉升煙。牲饒粢盛，俎簋鉶籩。維神戾止，從空泠然。

初獻升降用《欽安》。

明昭惟馨，威儀孔時。鏘鏘鳴佩，欽薦牲犧。惟恭惟祗，無愆無違。周旋中禮，肅恭委蛇。

奠幣用《容安》。

吹噓于喁，披拂氤氲。衆竅咸作，潛運化鈞。恩大功豐，酬神維恭。嘉贈盈箱，于物有容。

酌獻用《雍安》。

犧尊斯陳，清酤盈中。芬芬苾苾，馨香交通。明靈來思，歆我精衷。維千萬祀，品物芃芃。

亞、終獻用《雍安》。

清酤洋洋，虔恭注兹。條鬯敷宣，神用歆之。尊罍靜嘉，金奏諧熙。於皇肆祀，休我羣黎。

送神用《欣安》。

窈冥無窮，肸蠁斯融。來終嘉薦，歸返遙空。惟神之歸，欣安導和。惟神之澤，于彼滂沱。

雨師五首

迎神用《欣安》。

神之無象，亦可思索。維雲陰陰，維風莫莫。降止壇宇，來顧芳馨。侑以鼓歌，薦此明誠。

升降用《欽安》。

佩玉瑲如，黼黻襜如。承神不懈，訖獲嘉虞。聖皇命祀，臣敢弗恭。凡爾在位，翼翼雍雍。

奠幣用《容安》。

崇崇壇階，靈既降止。有嚴執奠，承祀茲始。明靈在天，式顧庶察。澤潤以時，永拂荒札。

酌獻，亞、終獻用《雍安》。

寅恭我神，惟上之使。俾成康年，民傒休祉。折俎既登，蘄酒既盈。匪薦是專，配以明誠。

送神用《欣安》。

牲俎告徹，嘉樂休成。卒事有嚴，燕虞高靈。蕃我民人，育我稷黍。萬有千祀，承神之祜。

紹興祭風師六首

迎神用《欣安》。

夫物絪緼，神氣撓之。誰敷其司，維南之箕。俶哉明庶，我祀維時。我心孔勞，神其下來。

初獻升降、盥洗用《欽安》。

神哉沛矣，厥靈載揚。揚靈如何，剡剡皇皇。我其承之，繩繩齊莊。往從鬱人，爰俠斯芳。

奠幣用《容安》。

物之流形，甚畏瘥癘。八風平矣，嘉生以遂。絲縷之積，有量斯幣。惟本之報，匪物之貴。

酌獻用《雍安》。

我求於神，無臭無聲。神之燕饗，惟時專精。大磬在列，槱燎在庭。侑我桂酒，娭其以聽。

亞、終獻。

禮有三祀，儀物視帝。神臨消搖，疇敢跛倚。重觴載申，百味孔旨。神兮樂康，答我以祉。

送神。曲同迎神。

荃其止乎，禗禗其容。奄横四海，蹇莫之窮。時不驟得，禮焉有終。荃其行乎，余心慉慉。

雨師雷神七首

迎神用《欣安》。

衆萬之託，動之潤之。昭格孔時，維神之依。泠然後先，肆我肯顧。是耶非耶，紛其來下。

初獻盥洗、升降用《欽安》。

言言祠宫，爰考我禮。維西有罍，維東有洗。爰潔爰滌，載薦其醴。神在何斯，匪遠具邇。

奠幣用《容安》。

霈兮隱兮，蹶其陰威。相我有終，胡寧不知。我幣有陳，我邸斯珪。豈維有陳，于以奠之。

雨師位酌獻用《雍安》。

山川出雲，裔裔而縷。載霔載濛，其德迺溥。自古有年，胡然莫祖。無簡我觴，無怠我俎。

雷神位酌獻。曲同雨師。

瞻彼南山，有虺其出。維蟄之奮，維癘之息。眷焉顧饗，在夏之日。觴豆匪報，皇忍忘德。

亞、終獻。曲同初獻。

作解之德，形聲一兮。爰展獻侑，酌則三兮。我興有假，云胡有私。下土是冒，庶其遠而。

送神。曲同迎神。

陰旄載旋，鼓車其鞭。問神安歸，冥然而天。皇有正命，祀事孔蠲。其臨其歸，億萬斯年。

雍熙享先農六首 餘同祈穀

降神用《靜安》。

先農播種，九穀務滋。靈壇致享，良耜陳儀。吉日惟亥，運屬純熙。樂之作矣，神其格思。

奠玉幣用《敷安》。

親耕展祀，明靈來格。九有駿奔，百司庇職。獻奠肅肅，登降翼翼。祈彼豐穰，福流萬國。

奉俎用《豐安》。

肅陳韶舞，祇薦犧牲。乃逆黃俎，以率躬耕。

亞獻用《正安》。

祀惟古典，食乃民天。歆茲潔祀，以應祈年。

終獻用《正安》。

式陳芳薦，爰致虔誠。神其降鑒，永福黎甿。

送神用《靜安》。

明禋紺壇，靈風肅然。登歌已闋，神馭將旋。道光帝籍，禮備公田。鑒茲躬稼，永賜豐年。

明道親享先農十首

迎神用《静安》。

稼政之本，民食惟天。甫田兆歲，后稷其先。靈壇既祀，黛耜攸虔。乃聖能享，億萬斯年。

皇帝升降用《隆安》。

冕服在御，壇壝有儀。陟降左右，天惟顯思。

奠玉幣用《嘉安》。

將躬黛耜，先陟靈壇。嘉玉量幣，樂舉禮殫。神既至止，福亦和安。千斯積詠，萬國多歡。

奉俎用《豐安》。

將迎景福，乃薦嘉牲。籍于千畝，用此精誠。

皇帝初獻用《禧安》。

雲罍已實，玉爵有舟。薦于靈籍，佇乃神休。

飲福用《禧安》。

神既至饗，福亦來酬。申錫純嘏，旨酒惟柔。思文后稷，貽我來牟。子孫千億，丕荷天休。

退文舞、進武舞用《正安》。

羽葆有奕，文武交相。周旋合度，福禄無疆。

亞獻用《正安》。

豆籩雖薦，黍稷非馨。惠我豐歲，歆茲至誠。

終獻用《正安》。

歆我嘉薦，錫我蕃禧。多黍多稌，如京如坻。

送神用《靜安》。

獻終豆徹，禮備樂成。祠容肅肅，風馭冥冥。三時務本，一墢躬耕。人祇胥悦，祉福是膺。

景祐饗先農五首

迎神用《凝安》。

在昔神農，首兹播殖。無有污萊，盡爲稼穡。乃粒斯民，實惟帝力。嘉薦令芳，佇瞻來格。

升降用《同安》。

居德之厚，厥祀攸陳。土膏初脈，農事先春。鏗然金奏，儼若華紳。陟降于阼，福禄惟神。

奠幣用《明安》。

農爲政本，食乃民天。苾芬明祀，藨蓘良田。陳兹量幣，望彼豐年。茂介福祉，來欽吉蠲。

酌獻用《成安》。

農祥晨正，平秩東作。倬彼大田，庤乃錢鎛。酒醴盈尊，金璆合樂。期兹萬年，充于六幕。

送神用《凝安》。

務嗇之本，恤祀惟馨。神斯至止，降福攸寧。崇兹稼政，合于禮經。俎徹樂闋，邈仰迴靈。

先蠶六首

迎神用《明安》。

生民之朔，衣皮而羣。惟聖有作，被冒以文。禮樂以成，貴賤以分。欲報之德，金石諧均。

升降用《翊安》。

掩抑笙簫，鏗礚金石。神來宴娭，嘉我休德。奉祀之臣，洗心翊翊。錫兹福禧，以惠四國。

奠幣用《娭安》。

皇天降物，扆化若神。聖實先識，躬以教民。功被天下，爲萬世文。幣以達志，庶幾徹聞。

酌獻用《美安》。

敻哉聖神，成功微妙。酒衮酒裳，以供郊廟。百末旨酒，嘉觴自炤。靈徠宴饗，不嚬以笑。

亞、終獻用《惠安》。

神之徠，駕蹌蹌。紫壇熙，燭夜光。會竽瑟，鳴球琅。薦旨酒，雜蘭芳。佑明德，錫百祥。

送神用《祥安》。

神之功兮，四海所宗。占五帝兮，莫與比崇。倏往來兮，旌騎容容。恭明祀兮，萬世無窮。

紹興享先農十一首

皇帝入内壝盥洗用《隆安》。

大事在祀，齊潔爲先。既盥而升，奉以周旋。下觀而化，無敢不蠲。惟神降格，監厥精虔。

迎神用《静安》。

猗歟田祖，粒食之宗。世世仰德，青壇載崇。時惟后稷，躬稼同功。作配並祀，以詔無窮。

神農、后稷位奠幣用《嘉安》。

制爲量幣，厚意是將。求之以類，各因其方。于以奠之，精誠允彰。神其享止，惠我無疆。

尚書奉俎用《豐安》。

柔毛剛鬣，或剝或烹。爲俎孔碩，登薦厥誠。

酌獻用《禧安》。

黝滌醆斝，巾帨而升。挹彼注玆，酒醴維清。洋洋在上，享于克誠。神其孚佑，以厚民生。

文舞退、武舞進用《正安》。

羽毛干戚，張弛則殊。進旅退旅，匪棘匪舒。

亞獻用《正安》。

顯相祀事，濟濟鏘鏘。舉斝酌醴，神其允臧。

終獻用《正安》。

殽核維旅，酒醴維馨。于再于三，禮則有成。

飲福用《禧安》。

幽明位異，施報理同。克恭明神，降福乃豐。我膺受之，來燕來崇。豈伊專饗，于彼三農。

徹豆用《歆安》。

莫重於祭，非禮不成。籩豆有踐，爾殽既馨。神具醉止，薦以齊明。贊徹孔時，釐事斯成。

送神用《靜安》。

神之來止，風馭雲翔。神之旋歸，有迎有將。歌以送之，磬筦鏘鏘。何以惠民，豐年穰穰。

親耕藉田七首

皇帝出大次用《乾安》。

勤勞稼穡，必躬必親。爲藉千畝，以教導民。帝出乎震，時惟上春。天顔咫尺，望之如雲。

親耕。

元辰既擇，禮備樂成。洪縻在手，祇飾專精。三推一墢，端冕朱紘。靡辭染履，以示黎甿。

升壇。

方壇屹立，陛級而登。玉色下照，臨觀耦耕。萬目咸覩，如日之升。成規成矩，百祿是膺。

公卿耕藉。

羣公顯相，奉事齋莊。率時農夫，舉耜載揚。播厥百穀，以佑我皇。多黍多稌，丕應農祥。

群官耕藉。

畟畟良耜，我田既臧。土膏其動，春日載陽。執事有恪，于此中邦。農夫之慶，棲畝餘糧。

降壇。

肇新帝藉，率我農人。三推終畝，祇事咸均。陟降孔時，粲然有文。受天之祜，多稼如雲。

歸大次。

教民稼穡，不令而行。進退有度，琚瑀鏘鳴。言還熉幄，禮則告成。帝命率育，明德惟馨。

紹興祀先農攝事七首

迎神用《凝安》。

青陽開動，土膏脈起。日練吉亥，爲農祈祉。典秩增峻，儀物具美。幄光熉黄，庶幾戾止。

初獻升殿用《同安》。盥洗同。

率職咸涖，禮容睟然。澡身端意，陟降靡愆。神心嘉虞，饗茲潔蠲。敷錫純佑，屢登豐年。

奠幣用《明安》。

靈斿載臨，見先陳贄。有嚴篚實，式將純意。肸蠁既接，禮行有次。神兮安留，歆我禋祀。

神農位酌獻用《成安》。

耒耜之教，帝實開先。致養垂利，古今民天。嘉薦報本，于以祈年。誠格和應，神娭福延。

后稷位酌獻用《成安》。

有周膺曆，實起后稷。相時豐功，率由稼穡。振古稱祀，先農並食。阜我昌我，時萬時億。

亞、終獻用《同安》。

旨具百味，酌備三疇。貳觴既畢，禮洽意周。庶幾嘉饗，格神之幽。相我穡事，錫以有秋。

送神用《凝安》。

熙事成兮，始終潔齊。籩豆徹兮，撙節靡垂。靈有嘉兮，降福孔皆。票然逝兮，我心孔懷。

祀先蠶六首

迎神用《明安》。

功被寰宇，儀蟲之靈。有神司之，以生以成。典禮有初，祀事講明。孔蓋翠旌，降集于庭。

初獻盥洗、升殿用《翊安》。降同。

靈修戾止，詔以毛血。既盥而帨，尊爵蠲潔。金石諧宛，登降有節。宜顧宜饗，情文不越。

奠幣用《娛安》。

化日初長，時當暮春。蠶事方興，惟后惟嬪。絲纊御冬，殘生濟人。敢忘報本，篚幣是陳。

酌獻用《美安》。

盛服承祀，出自公桑。衣不羽皮，利及萬方。百味旨酒，有飶其香。神其歆止，洋洋在傍。

亞、終獻用《惠安》。

日吉辰良，禮備樂作。精誠内孚，俎豆交錯。升歌清越，侑此三爵。黎民不寒，幽顯同樂。

送神用《祥安》。

神之來矣，靈風肅然。云胡不留，歸旐有翩。乃舉舊典，歲以告虔。降福我邦，於萬斯年。

景德蜡祭百神三首

降神用《高安》。

百物蕃阜，四方順成。通其八蜡，合乃嘉平。旨酒斯醇，大庖孔盈。萬靈來格，威儀以成。

奠玉幣、酌獻用《嘉安》。

肅肅靈壇，昭昭上天。潔粢豐盛，以享以虔。百神咸萃，六樂斯縣。介茲景福，期於有年。

送神用《高安》。

來顧來享，禮成樂備。靈馭翩翩，雲行雨施。

熙寧蜡祭十三首

東西郊降神用《高安》。

天錫康年，四方順成。乃通蜡祭，索享于明。金石四作，羽旄翠旌。神來宴娭，澤被羣生。

升降用《肅安》。

惟蜡有祭，報神之功。合聚萬物，來享來宗。承詔攝事，不忘肅雍。靈之格思，福祿來崇。

奠幣用《欽安》。

穰穰豐年，繄侯休德。帥承天和，欽象古則。嘉玉量幣，奠容翼翼。靈施暨民，罔有終極。

奉俎用《承安》。

禮崇明祀，必先成民。奉牲以告，備腯其均。炮炙芬芬，俎豆莘莘。錫之純嘏，以佑斯人。

酌獻用《懌安》。

秩秩禮文，爲壇四方。嘉栗旨酒，百神迪嘗。敷與萬物，既阜既昌。伊樂厥福，傳世無疆。

亞、終獻用《慶安》。

禮文備矣，肅肅無譁。金石諧節，圭璧光華。粢以告豐，醴以告嘉。錫兹福祉，以澤幽遐。

送神用《宣安》。

靈之來下，擴景乘光。靈之迴御，景龍以驤。鑒我休德，降嘏産祥。大田多稼，以惠無疆。

南北方迎神用《簡安》。

美若休德，民和歲豐。稼穡雲施，其積如墉。惠我四國，先嗇之功。祭之百種，來享來宗。

升降用《穆安》。

皇皇靈德，經緯萬方。承詔攝事，陟降以莊。高冠岌峨，長佩鏘洋。嘉承神貺，令聞不忘。

奠幣用《吉安》。

於穆明祀，莫如報功。靈之利澤，惠我無窮。齋以滌志，幣以達衷。撫寧四極，永錫登豐。

酌獻用《禔安》。

英英禮文，既備而全。嚴嚴四郊，屹屹紫壇。百末旨酒，其敷若蘭。何以畀民，既壽而安。

亞、終獻用《曼安》。

林林生民，含哺而嬉。教之稼穡，實神之爲。圖報厚德，萬祀無期。以假以享，錫我繁禧。

送神用《成安》。

嘉薦芳美，靈來宴娭。斿車結雲，若風馬馳。既至而喜，錫我蕃禧。嘉承天貺，曼壽無期。

大觀蜡祭二首

東郊亞、終獻用《慶安》。

震乘春陽，仁司生殖。錫我歲豐，襄我民力。誰其尸之，宗子先嗇。億萬斯年，懷神罔極。

南郊升降用《穆安》。

穆如薰風，敷舒文藻。氣蒸消除，豐予黍稻。神之聽之，鍾鼓咸考。於萬斯年，惟皇之報。

紹興以後蜡祭四十二首

東方百神降神用《熙安》。

〔圜鍾爲宮〕玄冥凌厲，歲聿其周。天地閉藏，農且息休。古大蜡禮，伊耆肇修。爰薦飶馨，以迓飈游。

〔黄鍾爲角〕惟大明尊，實首三辰。功赫庶物，光被廣輪。歲方索饗，咸秩羣神。靈旂來下，尸此明禋。

〔太簇爲徵〕三時不害，四方順成。酬功報始，以我齊明。豳頌土鼓，樂此嘉平。降祥幅員，惠于函生。

〔姑洗爲羽〕日昱乎晝，容光必照。肸蠁之交，惟人所召。有監在下，視兹升燎。肅若其承，雲駢星曜。

初獻升降用《肅安》。

禮儀告具，心儼容莊。工歌屢奏，聲和義章。崇壇陟降，濟濟蹌蹌。靈光共仰，嘉薦芬芳。

大明位奠玉幣用《欽安》。

晨曦未融，天宇澄穆。有虔秉誠，將以幣玉。如在左右，罔不祗肅。神兮安留，錫以祉福。

帝神農位奠幣。曲同大明。

農爲政本，食乃民天。神農氏作，民始力田。先嗇之配，禮報則然。有幣將之，維以告虔。

后稷氏位奠幣。曲同大明。

播種之功，時惟后稷。推以配天，莫匪爾極。崇侑清祀，是爲司嗇。陳幣奠將，永祚王國。

奉俎用《承安》。

享以精禋，馨非稷黍。工祝致告，孔碩爲俎。執事駿奔，繩繩具舉。神之嘉虞，介福是與。

大明位酌獻用《擇安》。

肇禋備祀，教民美報。時和歲豐，奉醴以告。惟照臨功，等於載燾。酌獻云初，明神所勞。

神農位酌獻。曲同大明。

惟酒欣欣，惟神冥冥。是顧是饗，來燕來寧。耒耜之利，神所肇興。萬世永賴，無斁其承。

后稷位酌獻。曲同大明。

釋之蒸之，爲酒爲醴。推本所由，於焉洽禮。周邦開基，邰家是啓。獻茲嘉觴，拜下首稽。

亞、終獻用《慶安》。

申以貳觴，百味且旨。禮告三終，神具醉止。旌容騎沓，揚光紛委。降福穰穰，被大豐美。

送神用《宣安》。

禮樂既成，神保聿歸。言歸何所，地紀天維。豈惟屢豐，嗣歲所祈。億萬斯年，神來燕娭。

西方百神降神用《熙安》。

〔圜鍾爲宮〕玄冬肇祀，始于伊耆。歲事聿成，庸答蕃釐。眷言西顧，匪神司之。歸功爾神，翩其下來。

〔黄鍾爲角〕魄生自西，照望太陽。下暨諸神，既施萬方。節適風雨，富我囷箱。共承嘉祀，惟以迪嘗。

〔太簇爲徵〕神罔小大，奠方兹土。祭列坊庸，禮迨貓虎。有功斯民，祀乃其所。非稷馨香，厥福周溥。

〔姑洗爲羽〕豐年穰穰，美芳職職。籩豆方圓，其儀孔碩。風馬在御，雲車載飭。來顧來饗，維侯休德。

初獻升降用《肅安》。

盥獻恭莊，燎煙芬酷。載陟載降，禮容可度。欽惟爾神，上下肅肅。成我稷黍，鑒此牲玉。

夜明位奠玉幣用《欽安》。

穆穆太陰，禮嚴姊事。璧玉華光，推以哀對。十二周天，歲乃有終。盡我備物，莫報元功。

神農位奠幣。曲同夜明。

耒耜肇興，自神農氏。稼穡滋殖，爲農者始。作配明祀，奠以告虔。萬世佃漁，帝功卓然。

后稷位奠幣。曲同夜明。

明明周祖，惟民之恤。播種爲教，下民迺粒。曾是索饗，而匪先公。萬物難報，阡陌之功。

奉俎用《承安》。

時和歲登，物亡疾瘯。實俎間膏，報神之福。匪神福之，曷成且豐。肥腯咸有，惟神之功。

夜明位酌獻用《擇安》。

除壇西郊，坎其擊鼓。百靈至止，結璘作主。秬鬯湛淡，玉斝觩觺。是謂嘉德，神其安留。

神農位酌獻。曲同夜明。

蕩蕩鴻明，稱秩羣祀。配以昔帝，式重農事。潔我圭瓚，黄流在中。靈其監兹，肸蠁豐融。

后稷位酌獻。曲同夜明。

歲十二月，祀有常典。祭列司嗇，言反其本。酌彼泰尊，百末蘭生。承神嘉虞，緊此德馨。

亞、終獻用《慶安》。

歌磬臚驩，膋蕭激香。飊御奄留，申以貳觴。相與震澹，告靈其醉。庶幾聽之，成我熙事。

送神用《宣安》。

禮備樂成，澹然將歸。其留消搖，象輿已轙。偃蹇欲驤，羽毛紛委。忽乘杳冥，遺此福祉。

南方百神迎神用《簡安》。

維物之精，散乎太空。維索之饗，合聚而同。迺擊土鼓，于歲之終。格彼幽矣，肸蠁其通。

初獻盥洗、升降用《穆安》。

有帨其新，有匜其潔。言念清祀，弗簡弗褻。誠意既交，品物斯列。是用告虔，靡神不説。

奠幣用《吉安》。

百室機杼，衣褐具宜。民以卒歲，神實惠之。言舉祀典，答神之釐。有篚斯陳，振古如兹。

神農位酌獻用《穆安》。

肇降生民，有不粒食。維時神農，迺爲先嗇。爾耒爾耨，云誰之因。酌以汙尊，我思古人。

后稷位酌獻用《穆安》。

維后之功，配天其大。祀而稷之，萬世如在。黄冠野服，駿奔皇皇。自古有年，神其降康。

亞、終獻用《曼安》。

豐年孔多，百禮以洽。匪極神歡，何以昭答。載酌之酒，用申其勤。神具醉止，與物交欣。

送神用《成安》。

卒爵樂闋，禮儀告備。神保聿歸，敢以辭致。順成之方，其蜡乃通。自今以始，八方攸同。

北方百神迎神用《簡安》。

蕩蕩閶決，氣清泬寥。彷彿象輿，麗于穹霄。蹇其來下，肅然風票。神乎安留，於焉消搖。

初獻盥洗、升降用《穆安》。

齊誠揭虔，敬恭祀事。維儼之容，維潔之器。雍雍樂成，肅肅禮備。神其燕娭，錫祉庶類。

奠幣用《吉安》。配位同。

神宅于幽，呦呦沈沈。至和塞明，考我德音。神聽靜嘉，儼乎若臨。幣以薦誠，敢有弗欽。

神農氏位酌獻用《禔安》。

先嗇之功，神實稱首。以耜以耒，俶載南畝。列籍皇墳，億世是守。何以爲報，爰潔兹酒。

后稷氏位酌獻用《禔安》。

煌煌后稷，實配于天。司嗇作稼，民以有年。匪神之私，歲以醴告。酌彼泰尊，于德之報。

亞、終獻用《曼安》。

蘭生百末，申以貳觴。神具醉止，爛其容光。遺我豐年，萬億及秭。俾民驩康，以洽百禮。

送神用《成安》。

靈之來兮，虯龍沓沓。下土光景，憑陵閶闔。靈之旋兮，羽衛委蛇。偃蹇高驤，遺此蕃釐。

景祐祭文宣王廟六首

迎神用《凝安》。

大哉至聖，文教之宗。紀綱王化，丕變民風。常祀有秩，備物有容。神其格思，是仰是崇。

初獻升降用《同安》。

右文興化，憲古師今。明祀有典，吉日惟丁。豐犧在俎，雅奏來庭。周旋陟降，福祉是膺。

奠幣用《明安》。

一王垂法，千古作程。有儀可仰，無德而名。齊以滌志，幣以達誠。禮容合度，黍稷非馨。

酌獻用《成安》。

自天生聖，垂範百王。恪恭明祀，陟降上庠。酌彼醇旨，薦此令芳。三獻成禮，率由舊章。

飲福用《綏安》。

犧象在前，豆籩在列。以享以薦，既芬既潔。禮成樂備，人和神悦。祭則受福，率遵無越。

兗國公配位酌獻用《成安》。哲宗朝增此一曲。

無疆之祀，配侑可宗。事舉以類，與享其從。嘉栗旨酒，登薦惟恭。降此遐福，令儀肅雍。

送神用《凝安》。

肅肅庠序，祀事惟明。大哉宣父，將聖多能。歆馨肸蠁，迴馭凌兢。祭容斯畢，百福是膺。

大觀三年釋奠六首

迎神用《凝安》。

仰之彌高，鑽之彌堅。於昭斯文，被于萬年。峨峨膠庠，神其來止。思款無窮，敢忘于始。

升降用《同安》。

生民以來，道莫與京。溫良恭儉，惟神惟明。我潔尊罍，陳兹芹藻。言升言旋，式崇斯教。

奠幣用《明安》。

於論鼓鍾，于兹西雍。粢盛肥碩，有顯其容。其容洋洋，咸瞻像設。幣以達誠，歆我明潔。

酌獻用《成安》。

道德淵源，斯文之宗。功名糠粃，素王之風。碩兮斯牲，芬兮斯酒。綏我無疆，與天爲久。

配位酌獻用《成安》。

儼然冠纓，崇然廟庭。百王承祀，涓辰惟丁。于牲于醑，其從予享。與聖爲徒，其德不爽。

送神用《凝安》。

肅莊紳緌，吉蠲牲犧。於皇明祀，薦登惟時。神之來兮，肸蠁之隨。神之去兮，休嘉之貽。

大晟府擬撰釋奠十四首

迎神用《凝安》。

〔黄鍾爲宫〕大哉宣聖，道德尊崇。維持王化，斯民是宗。典祀有常，精純並隆。神其來格，於昭盛容。

〔大吕爲角〕生而知之，有教無私。成均之祀，威儀孔時。維兹初丁，潔我盛粢。永適其道，萬世之師。

〔太簇爲徵〕巍巍堂堂，其道如天。清明之象，應物而然。時維上丁，備物薦誠。維新禮典，樂諧中聲。

〔應鍾爲羽〕聖王生知，闡迺儒規。詩書文教，萬世昭垂。良日惟丁，靈承不爽。揭此精虔，神其來饗。

初獻盥洗用《同安》。

右文興化，憲古師經。明祀有典，吉日惟丁。豐犧在俎，雅奏在庭。周旋陟降，福祉是膺。

升殿用《同安》。

誕興斯文，經天緯地。功加于民，實千萬世。笙鏞和鳴，粢盛豐備。肅肅降登，歆兹秩祀。

奠幣用《明安》。

自生民來，誰底其盛。惟王神明，度越前聖。粢幣具成，禮容斯稱。黍稷非馨，惟神之聽。

奉俎用《豐安》。

道同乎天，人倫之至。有饗無窮，其興萬世。既潔斯牲，粢明醑旨。不懈以忱，神之來暨。

文宣王位酌獻用《成安》。

大哉聖王，實天生德。作樂以崇，時祀無斁。清酤惟馨，嘉牲孔碩。薦羞神明，庶幾昭格。

兖國公位酌獻用《成安》。

庶幾屢空，淵源深矣。亞聖宣猷，百世宜祀。吉蠲斯辰，昭陳尊簋。旨酒欣欣，神其來止。

鄒國公位酌獻用《成安》。

道之由興，於皇宣聖。惟公之傳，人知趨正。與饗在堂，情文實稱。萬年承休，假哉天命。

亞、終獻用《文安》。

百王宗師，生民物軌。瞻之洋洋，神其寧止。酌彼金罍，惟清且旨。登獻惟三，於嘻成禮。

徹豆用《娛安》。

犧象在前，豆籩在列。以饗以薦，既芬既潔。禮成樂備，人和神悅。祭則受福，率遵無越。

送神用《凝安》。

有嚴學宮，四方來宗。恪恭祀事，威儀雍雍。歆兹惟馨，飇馭旋復。明禋斯畢，咸膺百福。

景祐釋奠武成王六首

迎神用《凝安》。

維師尚父，四履分封。靈神峻密，祀事寅恭。蕭薌祇薦，飇馭排空。如幾如式，福祿來崇。

太尉升降用《同安》。

上公攝事，衮服斯皇。禮容濟濟，佩響鏘鏘。靈斿惚恍，嘉薦令芳。神具醉止，降福穰穰。

奠幣用《明安》。

四嶽之裔，涼彼武王。發揚蹈厲，周室用昌。追封廟食，簡册增芳。升幣以奠，磬筦鏘鏘。

酌獻用《成安》。

獵渭之陽，理冥嘉應。非龍非彪，聿求元聖。平易近民，五月報政。祀典之崇，於斯爲盛。

飲福用《綏安》。

神機經武，隆周之宇。表海分封，邁燕超魯。耽耽廟貌，俎豆有序。薦福邦家，維師尚父。

送神用《凝安》。

聖朝稽古，崇茲武經。禮交樂舉，于神之庭。嘉栗旨酒，既饗芳馨。永嚴列象，劍舃簪纓。

熙寧祀武成王一首

初獻升降用《同安》。

武德洸洸，日靖四方。百王所祀，休有烈光。命官攝事，佩玉鏘鏘。思皇多祜，以惠無疆。

大觀祀武成王一首

酌獻用《成安》。

涼彼周王，君臣相遇。終謀其成，諸侯來許。洋洋神靈，尊載酒醑。新聲爲侑，笙簫備舉。

紹興釋奠武成王七首

迎神用《凝安》，姑洗爲宫。

於赫烈武，光昭古今。載嚴祀事，敕備惟欽。既潔其牲，既諧其音。神之格思，來顧來歆。

初獻升殿用《同安》。

肅肅廟中，有嚴階墄。匪棘匪徐，進退可則。冕服是儀，環珮有節。神之鑒觀，率履不越。

奠幣用《明安》。

祀率舊典，禮崇駿功。齊明衷正，肸蠁豐融。量幣肅備，周旋鞠躬。神其昭受，幽贊無窮。

正位酌獻用《成安》。

赫赫尚父，時維鷹揚。神潛韜略，襟抱帝王。談笑致主，竹帛流芳。國有嚴祀，載稽典常。

留侯位酌獻。

眷彼留侯，奇籌贊漢。依乘風雲，勒成功旦。克配明禋，儀刑有煥。英氣如生，來格來衎。

亞、終獻用《正安》。

道助文德，言爲世師。功名不泯，祀事無遺。旨酒惟馨，具醉在兹。有嘉累獻，神其燕娭。

送神。

日惟上戊，神顧精純。禮備三獻，樂成七均。奄留洋洋，流福無垠。言還恍惚，空想如存。

紹興祀祚德廟八首

迎神用《凝安》，姑洗爲宮。

匿孤立後，惟義惟忠。昔者神考，追錄乃功。祀典載加，進爵錫公。神兮降格，尚鑒褒崇。

初獻升降用《同安》。

廟宇更新，輪奐豐敞。神靈如在，英姿颯爽。執事進趨，降升俯仰。威儀翼翼，虔祈歆饗。

奠幣用《明安》。

牲薦碩大，幣致精純。聿升祀事，兹用兼陳。箱篚既實，奠獻惟寅。饗我至意，福祿來成。

彊濟公位酌獻用《成安》

以身託孤，實惟死友。撫嫗長之，若父若母。潛授于韓，克興厥後。崇廟以獻，德侈報厚。

英略公位酌獻用《成安》

立孤固難，死亦匪易。義輕一身，開先趙嗣。肅穆廟貌，烈有餘氣。式旋嘉薦，昭哉祀事。

啓佑公位酌獻用《成安》

於皇時宋，永祚有基。始繫覆護，扶而立之。敢忘昭答，牲分酒醴。靈其燕饗，益相本支。

亞、終獻用《正安》

呦呦靈宇，神安且翔。三哲鼎峙，中薦嘉觴。凜若義氣，千載彌光。猗其祐之，錫羡無疆。

送神用《凝安》

禮樂云備，畢觴爾神。翊翊音送，轙輿若聞。駕言歸兮，靈斿結雲。祚我千億，介福來臻。

司中司命五首

迎神用《欣安》

冠峨峨兮，服章蕤蕤。靈來下兮，進止委蛇。我涓我壇，我潔我俎。降輿卻旌，於茲享御。

升降用《欽安》

紳緌舒舒，佩環鏗鏗。陟降上下，壇燎光明。有盥于罍，有帨于巾。不吴不敖，庶以安神。

奠幣用《容安》

我誠既潔，我豆既豐。神來降斯，有儼其容。薦此嘉幣，肅肅雍雍。何以侑之，於樂鼓鍾。

酌獻用《雍安》

酌茲旨酒，既盈且芬。式用來歆，衎衎熏熏。何以寧神，薦有嘉籩。何以錫民，曰惟豐年。

送神用《欣安》。

雲兮飄飄，風兮稜稜。飇馭返空，杲日來昇。歸旆揚揚，衆樂鏘鏘。我神式懽，惠我嘉祥。

五龍六首

迎神用《禧安》。

靈之智兮，躍漢潛幽。欲豢擾兮，無董與劉。陳金石兮，佐侑牢羞。庶燕享兮，澤應民求。

升降用《雅安》。

靈之至兮，逸駕騰驤。嘘雲吸氣，承祀日光。展詩鳴律，肅莊琳琅。何以膺神，貺惠無疆。

奠幣用《文安》。

維靈德兮，變化不常。沛天澤兮，周流八荒。奠嘉幣兮，肅雍不忘。永佑民兮，錫以豐穰。

酌獻用《愷安》。

練吉日兮，進神之堂。牲既陳兮，粢盛既香。奠桂酒兮，容與嘉觴。靈安留兮，錫我福祥。

亞、終獻用《嘉安》。

明明天子，禮文咸秩。矧神之功，横被九域。雲施稱民，物産滋殖。嘉承惠和，罔有終極。

送神用《登安》。

靈之來下，以雨先驅。靈之旋馭，五雲結車。操環應夏，發匣瑞虞。真人在御，來獻珍符。以上《宋史》卷一三七《樂志》一二

全宋詩卷三七三三

郊廟朝會歌辭七

建隆乾德朝會樂章二十八首

《宋史·樂志》一：乾德四年和峴上言：郊廟殿庭通用《文德》《武功之舞》，然其綴兆未稱武功、文德之形容。又依古義，以揖讓得天下者先奏文舞，以征伐得天下者先奏武舞，陛下以推讓受禪，宜先奏文舞。按《尚書》，舜受堯禪，玄德升聞，乃命以位，請改殿宇所用文舞爲《玄德升聞之舞》。又陛下以神武平一宇内，即當次奏武舞。按《尚書》，周武王一戎衣而天下大定，請改爲《天下大定之舞》。其舞六變：一變象六師初舉，二變象上黨克平，三變象維揚底定，四變象荆湖歸復，五變象邛蜀納款，六變象兵還振旅。又伏見今年荆南進甘露，京兆、果州進嘉禾，黄州進紫芝，和州進緑毛龜，黄州進白兔，欲依月律撰《神龜》《甘露》《紫芝》《嘉禾》《玉兔》五瑞各一曲，每朝會登歌首奏之。有詔如所請。

皇帝升座用《隆安》。

天臨有赫，上法乾元。鏗鏘六樂，儼恪千官。皇儀允肅，玉坐居尊。文明在御，禮備誠存。

公卿入門用《正安》。

堯天協紀，舜日揚光。淑慎爾止，率由舊章。佩環濟濟，金石鏘鏘。威儀炳焕，至德昭彰。

上壽用《禧安》。

乾健爲君，坤柔曰臣。惟其臣子，克奉君親。永御皇極，以綏兆民。稱觴獻壽，山岳嶙峋。

舜韶更奏，堯酒浮觴。皇情載懌，洪算無疆。基隆郟鄏，德茂陶唐。山巍日焕，地久天長。

皇帝舉酒第一盞用《白龜》。

聖德昭宣，神龜出焉。載白其色，或游于川。名符在沼，瑞應巢蓮。登歌丹陛，紀異靈篇。

第二盞用《甘露》。

天德冥應，仁澤載濡。其甘如醴，其凝若珠。雲表潛結，顥英允敷。降于竹柏，永昭瑞圖。

第三盞用《紫芝》。

煌煌茂英，不根而生。蒲茸奪色，銅池著名。晨敷表異，三秀分榮。書于瑞典，光我文明。

第四盞用《嘉禾》。

嘉彼合穎，致貢升平。異標南畝，瑞應西成。德至于地，皇祇效靈。和同之象，煥發祥經。

第五盞用《玉兔》。

盛德好生，網開三面。明視標奇，昌辰乃見。育質雪園，淪精月殿。著於樂章，色含江練。

羣臣舉酒用《正安》。

户牖嚴丹扆，鵷鸞簉紫庭。懇祈南岳壽，勢拱北辰星。得士於兹盛，基邦固以寧。誠明一何至，金石與丹青。

簪紱若雲屯，晨趨閶闔門。侁侁羅禹會，濟濟奉堯罇。周禮觀明備，天儀仰睟温。高卑陳表著，同拱帝王尊。

待漏造王庭，威儀盛莫京。紛綸簪組列，清越佩環聲。禮飲終三爵，韶音畢九成。永同𪓰藻樂，千載奉升平。

羣臣第一盞畢作《玄德升聞》。

治定資神武，功成顯睿文。貢輸庭實旅，朝會羽儀分。偃革千年運，垂衣萬乘君。孰知堯舜力，明德自升聞。

約法皇綱正，崇文寶曆昌。遒人振木鐸，農器鑄干將。瑞日含王宇，卿雲藹帝鄉。萬邦成一統，鴻祚與天長。

又六變。

宸扆威容盛，聲明禮樂宣。九州臻禹會，萬國戴堯天。貢職輸琛賮，皇猷煥簡編。含和均暢茂，鴻慶結非煙。

朝會儼威儀，司常建九旗。舞容分綴兆，文物辨威蕤。運格桃林牧，祥開洛水龜。帝功潛日用，化俗自登熙。

螭階聊載筆，紀瑞軼唐虞。丹鳳儀金奏，黄龍負寶圖。羣材薪棫樸，仁政煦蒲盧。蕩蕩巍巍德，豚魚信自孚。

接聖宅神都，方來五達區。國賢熙帝載，靈命握乾符。至化當純被，斯文益誕敷。車書今混一，聖治奉三無。

聖皇臨大寶，八表湊才賢。經緯文天賦，剛柔德日宣。建邦隆柱石，造物運陶甄。共致升平業，綿長保億年。

神化妙無方，巍巍邁百王。鶴書搜隱逸，龍陛策賢良。拱揖朝羣后，賓筵闢四方。洪圖基億載，淳曜德彌光。

第二盞畢用《天下大定》。

皇猷敷八表，武誼肅三邊。蘭錡韜兵日，靈臺偃伯年。奉珍皆述職，削衽盡朝天。功德超前古，音徽播管弦。

伐叛天威震，恢疆帝業多。削平侔肅殺，涵煦極陽和。蹈厲觀周舞，風雲入漢歌。功成推大定，歸馬偃琱戈。

又六變。

惕厲日乾乾，潛蟠或躍淵。伐謀參上策，受鉞總中堅。田訟歸周日，民謠戴舜年。風雲自冥感，嘉會翼飛天。

壺關方逆命，投袂起親征。虎旅聊攻伐，梟巢遽蕩平。天威清朔漠，仁澤被黎氓。按節皇輿復，洋洋載頌聲。

蠢茲淮海帥，保據毒黎苗。不悟龍興漢，猶同犬吠堯。六師方雨施，孤壘自冰消。千載逢嘉運，華夷奉聖朝。

上游荆楚要，澤國洞庭深。自識同文世，皆迴拱極心。一戎聊杖鉞，九土盡輸金。大定功成後，薰風入舜琴。

席卷定巴邛，西遐盡率從。岷峨難負阻，江漢自朝宗。述職方舟集，驅車九折通。粲然書國史，冠古耀豐功。

鋭旅慶回旋，邊防盡晏然。鍵櫜方偃武，飛將亦韜弦。震曜資平壘，文明協麗天。洸洸成大業，赫奕在青編。

淳化中朝會二十二首

《宋史・樂志》一：太平興國九年，嵐州獻祥麟；雍熙中，蘇州貢白龜；端拱初，澶州河清，廣州鳳凰集；諸州麥兩穗三穗者連歲來上。有司請以此五瑞爲《祥麟》《丹鳳》《河清》《白龜》《瑞麥》之曲薦于朝會，從之。淳化二年，和嶹上言：今睹來歲正會之儀，登歌五瑞之曲已從改製，則文武二舞亦當定其名。《周易》有化成天下之辭，謂文德也；漢史有威加海内之歌，謂武功也。望改殿庭舊用《玄德升聞之舞》爲《化成天下之舞》，《天下大定之舞》爲《威加海内之舞》。其舞六變：一變象登臺講武，二變象漳、泉奉土，三變象杭、越來朝，四變象克殄并、汾，五變象肅清寧、夏，六變象兵還振旅。每變樂章各一首。詔可。

上壽用《和安》。

四序伊始，三陽肇開。條風入律，玉琯飛灰。望雲肅謁，鳴佩斯來。稱觴獻壽，瞻拱星迴。

一陽應候，萬國同文。天正紀節，太史書雲。凝旒在御，列敘爰分。壽觴斯薦，祝慶明君。

皇帝初舉酒用《祥麟》。

聖皇御宇，仁獸誕彰。在郊旅貢，游時呈祥。星辰是稟，草木無傷。紀異信史，登歌太常。

再舉酒用《丹鳳》。

九苞薦瑞，戴德膺仁。藻翰爰奮，靈音載振。非時不見，有道則臻。降岐匪匹，儀舜爲鄰。

三舉酒用《河清》。

沔彼涇瀆，澄明鑑如。清應寶運，光涵帝居。洞分沈璧，徹見游魚。聖祚無極，神休偉與。

四舉酒用《白龜》。

稽彼靈物，允昭聖皇。浮石可躡，巢蓮益光。金方正色，介族殊祥。信書永耀，帝德無疆。

五舉酒用《瑞麥》。

芃芃嘉麥，擢秀分岐。甘露夕洒，惠風晨吹。良農告瑞，循吏稱奇。歸美英主，折而貢之。

羣臣初舉酒畢作《化成天下》。

軒昊方同德，成康粗比肩。素風惟普暢，皇道本無偏。陰魄重輪滿，陽精五色圓。要荒咸率服，卓越聖功全。

聖德比陶唐，千年祚運昌。茂功雖不宰，鴻業自無疆。極塞成清謐，齊民益阜康。文明同日月，遐邇仰輝光。

又六變。

蕩蕩無私世，巍巍至聖君。山河分國寶，日月耀人文。厭浥凝甘露，輪囷吐慶雲。正聲兼大雅，洋溢應南薰。

鴻範合彝倫，調元四序均。歲功天吏正，御苑物華新。底貢陳方物，來賓列遠人。奉常呈九奏，嘉貺動穹旻。

大君隆至化，興運契千齡。覲禮俄班瑞，夷賓盡實庭。成文調露樂，奉聖拱辰星。舞佾方更進，朝陽上楚萍。

禮樂昭王業，寰區致太平。革車停北狩，雲稼屢西成。國有詳延詔，鄉聞講誦聲。日華融五色，遐邇仰文明。

亭障戢干戈，人心浹太和。務農登寶穀，獮俊設雲羅。儀鳳書良史，祥麟載雅歌。嘉辰資宴喜，星拱弁峨峨。

冠古耀鴻徽，深仁及隱微。二南江漢詠，九奏鳳凰飛。設虡羅鐘律，盈庭列舞衣。文明資厚德，怡懌兆民歸。

再舉酒畢用《威加海内》。

革輅征汾晉，𤏡城比燎毛。桓桓勗軍旅，將將御英豪。神武誠無敵，天威詎可逃。王師宣利澤，霈若沃春膏。

振萬方明德，疾徐咸可觀。鏗鏘動金奏，蹈厲總朱干。夾進昭威武，申嚴警宴安。守方推猛士，當用鶡爲冠。

又六變。

宣榭始觀兵，桓桓稱鼓行。一戎期大定，載纘議徂征。善政從師律，神功冀武成。勗哉勤誓衆，王業自經營。

聲教方柔遠，甌閩禮可招。獻圖連日際，歸國象江潮。撫運重熙盛，提封萬里遥。還同有虞氏，文德格三苗。

南暨宣皇化，東吳奉乃神。舞干方耀德，執玉自來賓。巢伯朝丹陛，韓侯覲紫宸。古今歸一揆，懷遠道彌新。

遺俗續陶唐，來蘇徯聖皇。布昭湯弔伐，恢復漢封疆。金鉞申戡翦，朱干示發揚。宜哉七德頌，千載播洋洋。

乃眷嘗西顧，偏師暫首征。靈旗方直指，獷俗自亡精。禹叙終馴致，堯封漸化成。不須嚴尉候，於廓海彌清。

干戚有司傳，威容著凱旋。象成王業盛，役輟武功全。兵寢西郊閲，書惟北闕縣。聖神膺景命，卜世萬斯年。

景德中朝會十四首此十四首，亦見楊億《武夷新集》卷五，題略有出入

皇帝升坐用《隆安》。

金奏在庭，楊億詩作懸羣后在位。天威煌煌，嚮明負扆。高拱楊億詩作玄覽穆清，弁冕端委。盛德日新，禮容有煒。

公卿入門用《正安》。

萬邦來同，九賓在位。奉璋薦紳，陟降庭止。文思安安，威儀棣棣。臣哉鄰哉，介爾蕃祉。

上壽用《和安》。

天威煌煌，山龍采章。庭實旅百，上公奉觴。拱揖羣后，端委垂裳。永錫難老，萬壽無疆。

皇帝初舉酒用《祥麟》。

帝圖會昌，二楊億詩作仁獸效祥。雙角共觝，示武不傷。四靈爲畜，玄枵耀芒。公族信厚，元元阜康。

再舉酒用《丹鳳》。

矯矯長離，振羽來儀。和音中律，藻翰揚輝。珍符沓至，品物攸宜。至德玄感，受天之祺。

三舉酒用《河清》。

德水湯湯，發源靈長。皎鑒澄徹，千年效祥。積厚流濕，資生阜昌。朝宗潤下，善利無疆。

羣臣舉酒用《正安》。

思皇多士，靖恭著位。鳴玉飛緌，鏘鏘濟濟。宴有折俎，以示慈惠。罔敢不祗，福祿來暨。

金奏在庭，楊億詩作懸有酒斯旨。顒顒卬卬，嚮明負扆。湛湛露斯，式宴以喜。佩玉蘂兮，罔不由禮。

酒以成禮，樂以侑食。露湛朝陽，星環紫極。淑慎爾容，既飽以德。進退周旋，威儀抑抑。

初舉酒畢用《盛德升聞》。

八佾具呈，楊億詩作俱陳萬舞楊億詩作邦有奕。既以象功，又以觀德。進旅退旅，執籥秉翟。至楊億詩作玄化懷柔，遠人來格。

閶闔天開，羣后在位。設業設虡，庭燎晣晣。斧扆當陽，虎賁夾陛。舞之蹈之，四隩來暨。

再舉酒畢用《天下大定》。

武功既成，綴兆有翼。以節八音，以象七德。俁俁蹲蹲，朱干玉戚。發揚蹈厲，其儀不忒。

偃伯靈臺，功成作樂。以昭德容，以清戎索。萬邦會同，邪楊億詩作群慝銷鑠。盡善盡美，侔彼韶箾。

降坐用《隆安》。

被袞當陽，穆穆皇皇。擊石拊石，頌聲揚揚。楊億詩作洋洋和樂優洽，終然允臧。禮成而退，荷天百祥。

大中祥符朝會五首《宋史·樂志》一：又作《醴泉》《神芝》《慶雲》《靈鶴》《瑞木》五曲，施于朝會宴享，以紀瑞應。

皇帝舉酒用《醴泉》。

觱沸檻泉，寒流清泚。地不愛寶，其旨如醴。上善至柔，靈休所啓。利澤無疆，允資岱禮。

再舉酒用《神芝》。

彼茁者芝，茂英煌煌。敷秀喬嶽，寔繁其房。適符修貢，封巒允臧。永言登薦，抑惟舊章。

三舉酒用《慶雲》。

惟帝佑德，卿雲發祥。紛紛郁郁，五色成章。奉日逾麗，回風載翔。歌薦郊廟，播厥無疆。

四舉酒用《靈鶴》。

玄文申錫，嘉祥紹至。偉兹胎禽，羽族之異。翻翰來儀，徘徊嘹唳。祚聖儲休，聿昭天意。

五舉酒用《瑞木》。

天生五材，木曰曲直。維帝順天，厚其生植。連理效祥，成文表德。總萃坤珍，永光祕刻。

熙寧中朝會三首《宋史·樂志》二：今朝會儀，登歌作《慶雲》《嘉禾》《靈芝》之曲。

皇帝初舉酒用《慶雲》

乾坤順夷，皇有嘉德。爰施慶雲，承日五色。輪囷下乘，萬物皆飾。惟天祚休，長彼無極。

再舉酒用《嘉禾》

彼美嘉禾，一莖九穗。農疇告祥，史牒書瑞。擊壤歡歌，如京委積。留獻春種，昭錫善類。

三舉酒用《靈芝》

皇仁溥博，品物蕃滋。慶祥回復，秀發神芝。靈華雙舉，連葉四施。披圖按牒，永享純禧。

元符大朝會三首

皇帝初舉酒用《靈芝》

嘉瑞降臨，應我皇德。燁燁神芝，不根而植。春秋三秀，晝夜一色。物播詩歌，聲被金石。

再舉酒用《壽星》

倬彼星象，於昭于天。維南有極，離丙之躔。既明且大，應聖乘乾。誕受景福，億萬斯年。

三舉酒用《甘露》

泫泫零露，雲英醴溢。和氣凝津，流甘委白。飴泛泮林，珠聯竹柏。天不愛道，聖功允格。

哲宗傳受國寶三首與大朝會兼用

《永昌》

於穆我王，繼序不忘。明昭上帝，上帝是皇。長發其祥，惠我無疆。受命于天，既壽永昌。

《神光》。

惟皇上德，伊嘏我王。將受厥明，載錫之光。於昭于天，曄曄煌煌。緝熙欽止，其永無疆。

《翔鶴》。

彼鳴在陰，亦白其羽。聲聞于天，來集斯所。勉勉我王，咸遂厥宇。播于異物，受天多祐。

紹興朝會十三首

《宋史・樂志》五：紹興十五年，正旦朝會，始陳樂舞，悉倣舊典。首奏《和安》，次奏《嘉木成文》《滄海澄清》《瑞粟呈祥》三曲，其樂專以太簇爲宮。

皇帝升坐用《乾安》。

鈎陳肅列，金奏充庭。顒卬南面，如日之昇。垂衣拱手，治無能名。順履獻歲，大安大榮。

公卿入門用《正安》。升降同。

天子當陽，臣工率職。流水朝宗，衆星拱極。環佩鏘鏘，威儀抑抑。上下交欣，同心同德。

上公上壽用《和安》。

八音克諧，萬舞有奕。上公奉觴，率茲百辟。聲效呼嵩，祝聖人壽。億載萬年，天長地久。

皇帝初舉酒用《瑞木成文》。

厚地效珍，嘉木紀瑞。匪刻匪雕，具文見意。三登太平，允協聖治。詩雅詠歌，有光既醉。

再舉酒用《滄海澄清》。

百谷王，符聖治。不揚波，效殊祉。德淪淵，滄海清。應千秋，敘五行。

三舉酒用《瑞粟呈祥》。

至治發聞惟馨香，播厥百穀臻穰穰。農夫之慶歲其有，禾易長畝盈倉箱。時和物阜粟滋茂，嘉生騈穗來呈祥。自今以始大豐美，行旅不用齎餱糧。

羣臣酒行用《正安》。

羣公卿士，咸造在庭。式燕以衎，思均露零。穆穆明明，於斯爲盛。歸美報上，一人有慶。

明明天子，萬福來同。嘉賓式燕，曷不肅雍。燕以示慈，式禮莫愆。樂胥君子，容止可觀。

酒一行用文舞。

帝德誕敷，銷爍羣慝。近悦遠來，惟聖時克。玉振金聲，治功興起。韶箾象之，盡善盡美。

文物以紀，藻色以明。禮備樂舉，遹觀厥成。睿知有臨，誕敷文德。教雨化風，洽此四國。

酒載行用武舞。

用戒不虞，誰能去兵。師出以律，動必有名。折彼遐衝，布昭聖武。和衆安民，時惟多助。

止戈曰武，惟聖爲能。御得其道，無敢不庭。整我六師，稽諸七德。不吳不揚，有嚴有翼。

皇帝降坐用《乾安》。

帝坐熒煌，廷紳肅穆。對揚天休，各恭爾服。頌聲洋洋，彌文郁郁。禮備樂成，永膺多福。

建隆御樓三首

《宋史·樂志》一：乾德六年，和峴言：按《開元禮》，郊祀，車駕還宮，入嘉德門奏《采茨之樂》，入太極門奏《太和之樂》。今郊祀禮畢，登樓肆赦然後還宮，宮縣但用《隆安》，不用《采茨》，其《隆安》樂章本是御殿之辭。伏詳《禮》意，《隆安之樂》自内而出，《采茨之樂》自外而入，若不並用，有失舊典。並從之。

南郊回仗駕至樓前用《采茨》。

高煙升太一，明祀達乾坤。天仗回嶢闕，皇輿入應門。簪裳如霧集，車騎若雲屯。兆庶皆翹首，巍巍萬乘尊。

升坐用《隆安》。

禋祀畢圜丘，嘉辰慶澤流。天儀臨觀魏，盛禮藹風猷。洋溢歡聲動，氛氳瑞氣浮。上穹垂眷佑，邦國擁鴻休。

降坐用《隆安》。

華纓就列，左衽來王。帝儀炳煥，大樂鏗鏘。禮成嶢闕，言旋未央。一人有慶，萬壽無疆。

咸平御樓四首此四首亦見楊億《武夷新集》卷五

《采茨》。

禮成于郊，迎日之至。時乘六龍，天旋象魏。端門九重，虎賁萬騎。四夷來王，羣后輯瑞。

索扇用《隆安》。

應門有翼，羽衛斯陳。山龍袞冕，律度聲身。峨峨奉璋，肅肅九賓。清明在躬，志氣如神。

升坐用《隆安》。

圜丘類上帝，六變降天神。禋燔禮云畢，仗衛肅以陳。天顔瞻咫尺，王澤熙陽春。玉帛臻禹會，動植霑堯仁。

降坐用《隆安》。

肆眚楊億詩作類云畢，淳熙溥將。雷雨麗澤，雲物效祥。禮容濟濟，天威皇皇。大賚四海，富壽無疆。

咸平藉田回仗御樓二首

《采茨》。

農皇既祀，禮畢躬耕。商輅旋軫，周頌騰聲。觀魏將陟，服御爰更。輿人瞻仰，如日之明。

升坐用《隆安》。

應門斯御，雉扇爰開。人瞻日月，澤動雲雷。同風三代，均禧九垓。歡心允洽，時詠康哉。

乾興御樓二首

升坐用《隆安》。

夾鐘紀月，初吉在辰。眚災流慶，布德推仁。采章震耀，典禮具陳。茂昭丕貺，永庇斯民。

降坐用《隆安》。

皇衢赫敞，黼坐穹崇。華纓在列，嚴令發中。王制鉅麗，寶瑞豐融。均禧綿宇，萬壽無窮。

紹興登門肆赦二首

升坐用《乾安》。

拜況于郊，皇哉唐哉。熙事休成，六騑鼎來。天闔以決，地垠以開。隤祉發祥，如登春臺。

降坐用《乾安》。

鴻霈普洽，言歸端門。蕩蕩巍巍，旋乾轉坤。穆然宣室，儲思垂恩。於萬斯年，敷錫羣元。

寧宗登門肆赦二首

升坐用《乾安》。

帝饗于郊，荷天之休。五福敷錫，皇明燭幽。雲行雨施，仁翔德游。聖人多男，歌頌九州。

降坐用《乾安》。

天日清晏，朝野靖安。三靈答祉，萬國騰懽。帝命不違，王業艱難。天子萬年，永迪監觀。

皇帝上尊號一首

冊寶入門用《正安》。

於穆元后，天臨紫宸。飛綏星拱，建羽林芬。徽册是奉，鴻名愈新。荷兹介祉，永永無垠。

明道元年章獻明肅皇太后朝會十五首

《宋史·樂志》一：明道初，章獻皇太后御前殿見群臣，作《玉芝》《壽星》《奇木連理》之曲，《厚德無疆》《四海會同》之舞。

皇太后升坐用《聖安》。

聖母有子，重光纇禋。聖皇事母，感極天人。百辟在庭，九儀具陳。禮容之盛，萬國咸賓。

公卿入門用《禮安》。

帝率四海，承顔盡恭。端闈肅設，羣后來同。玉佩鏘鳴，衣冠有容。英韶節步，磬管雍雍。

皇帝上壽酒用《崇安》。

天子之德，形于四方。尊親立愛，化洽風揚。聖母禕衣，明君黼裳。因時獻壽，克盛朝章。

上壽用《福安》。

盛禮煌煌，六衣有光。千官在位，百福稱觴。坤德慈仁，邦斯淑祥。如山之壽，佑聖無疆。

皇太后初舉酒用《玉芝》。

煒煒靈芝，生于殿闈。照映華拱，紛敷玉蕤。感召元和，光符聖期。祥篇協吉，百福咸宜。

再舉酒用《壽星》。

現彼南極，昭然瑞文。騰光丙位，薦壽中宸。太史駢奏，升歌有聞。軒宮就養，億萬斯春。

三舉酒用《奇木連理》。

王化無外，坤珍效靈。旁枝内附，直幹來并。羣分非一，祺祥紹登。至誠攸感，海縣斯寧。

羣臣酒行用《禮安》。

肅肅臨下，有威有容。循循事上，惟信惟忠。盛禮興樂，示慈訓恭。君臣協吉，惟道之從。

湛湛零露，晞于載陽。我有旨酒，羣臣樂康。既飲以德，亦圖爾良。永言修輔，用協天常。

禮均孝慈，樂合韶武。至德光矣，鴻恩亦溥。上下和濟，華夷樂湑。醆斝三行，盛儀斯舉。

酒一行畢作《厚德無疆之舞》。

堯母之聖，放勛爲子。同心協謀，柔遠能邇。以德康俗，以文興治。斯焉象功，罔不昭濟。

至矣坤元，道符惟聖。就養宸極，助隆善政。翟籥紛舉，笙鏞協應。翱翔有容，表德之盛。

酒再行作《四海會同之舞》。

七德之舞，四朝用康。有如姬姒，助集周邦。威克厥愛，居安不忘。風旋山立，濟濟皇皇。

左秉朱干，右揮玉戚。以象武綴，以明皇德。天子榮養，羣臣述職。四夷賓附，罔不承式。

降坐用《聖安》。

長樂居尊，盛容有煒。文王事親，萬國歸美。朝會之則，邦家之紀。受福于天，克昭隆禮。

治平皇太后皇后册寶三首

皇帝升坐用《乾安》。

王化之始，治繇内孚。時庸作命，玉簡金書。磬筦在庭，其縱繹如。天臨法扆，禮與誠俱。

太尉等奉册寶入門用《正安》。

晬儀臨拱，丕命明敭。鸞回竇勢，鴻貫瑶光。禮成樂備，德裕名芳。肇基王化，永懋天祥。

皇帝降坐用《乾安》。

衮衣繡裳，嚴威肅莊。八音具張，簨虡龍驤。玉簡瑤章，金書煌煌。壽千萬年，與天比長。

熙寧皇太后册寶三首

出入用《正安》。

煌煌鳳字，玉氣宛延。天門崛岉，飛驂後先。龍簨四合，奏鼓淵淵。母儀天下，何千萬年。

升坐用《乾安》。

峨峨繡扆，旋佩以登。如彼杲日，凌天而升。玉色下照，亹亹繩繩。猗歟大孝，四海其承。

降坐用《乾安》。

皇帝降席，流雲四開。堯趨舜步，下躡天階。恭授寶册，翠旆裴回。明明純孝，鴻釐大來。

哲宗上太皇太后册寶五首

皇帝升坐用《乾安》。

大矣孝熙，帥民以躬。奉承寶册，欽明兩宫。萬樂具舉，一人肅雍。化繇上始，四海來同。

降坐用《乾安》。

皇帝仁孝，總臨萬方。褒顯其親，日嚴以莊。龍衮翼翼，玉書煌煌。傳之億世，休有烈光。

太皇太后升坐用《乾安》。

總裁庶政，擁佑嗣皇。金書玉簡，爛其文章。衆歌警作，莞磬將將。保安四極，降福無疆。

降坐用《乾安》。

塗山之德，渭涘之祥。圖徽寶册，玉色金相。管弦燁煜，鐘鼓喤喤。天之所啓，既壽而昌。

太尉等奉册寶出入門用《正安》。

玉車臨御，鳳蓋琴麗。奉承寶册，彌文盛儀。抗聲極律，助我孝熙。天之所佑，萬壽無期。

紹興十年發皇太后册寶八首 會要樂七之三二注：紹興十年學士院撰八曲。

皇帝隨册寶降殿用《聖安》。

景祚有開，符天媲昊。誕毓聖神，是崇位號。星拱天隨，祇嚴册寶。還御慈寧，增光舜道。

中書令奉册詣皇帝褥位用《禮安》。

聲樂備陳，禮容罔忒。相維辟公，虔奉玉册。皇則受之，慕形於色。既壽且康，與天無極。

侍中奉寶詣皇帝褥位用《禮安》。

祖啓瑤光，誕生明聖。尊極母儀，帝庸作命。寶章煌煌，導以笙磬。還燕慈寧，邦家徯慶。

太傅奉册寶出門用《聖安》。

肅肅東朝，帝隆孝治。猗歟丕稱，寶册斯備。皇扉四闢，導迎慶瑞。德邁太任，有周卜世。

太傅奉册寶入門用《聖安》。

靜順坤儀，聖神是育。懿鑠昭陳，鏤文華玉。樂奏既備，禮儀不瀆。導迎善祥，翟車歸罠。

太傅奉册授提點官用《禮安》。

孝奉天儀，信維休德。發越徽音，禮文靡忒。永保嘉祥，時萬時億。歸于東朝，含飴燕息。

太傅奉册疑當作寶授提點官用《禮安》。

肅雍長樂，克篤其慶。河洲茂德，沙麓啓聖。是生睿哲，蚤隆丕運。欽稱鴻寶，永膺天命。

册寶升慈寧殿幄用《聖安》。

禮行東朝，樂奏大吕。羽衛森陳，簪紳式序。雲幄邃嚴，宏典是舉。天子萬年，母儀寰宇。

乾道七年恭上太上皇帝太上皇后尊號十一首

册寶降殿用《正安》。

元祀介福，孰綏孰將。歸于尊親，孝哉君王。載鏤斯牒，載琢斯章。得名得壽，如虞如唐。

中書令、侍中奉册寶詣殿下用《正安》。

宗郊斯成，交舉典册。汝輔汝弼，威儀是力。陳于廣庭，迨此上日。巍巍煌煌，烏覩在昔。

皇帝奉太上皇帝册寶授太傅用《禮安》。奉太上皇后同。

儀物陳矣，禮樂明矣。天子戾止，詒爾臣矣。陟降維則，恭且勤矣。茫茫四海，德教形矣。

册寶出門用《正安》。

天門九重，蕩蕩開徹。金支秀華，垂紳佩玦。或導或陪，率履不越。注民耳目，四表胥悦。

册寶入德壽門用《正安》。

禮神頌祇，福禄來下。不有榮名，孰緝伊嘏。千乘萬騎，魚魚雅雅。皇扉洞開，鞠躬如也。

太上皇帝升御坐。降同。

穆穆聖顔，安安天步。有縟者儀，以莫不舉。天人和同，恩澤洋普。億載萬年，爲衆父父。

太傅奉太上皇帝册寶升殿用《聖安》。

大哉堯乎，南嚮垂裳。君哉舜也，拜而奉觴。縟藉光華，鼓鐘鏗鏘。三事稽首，宋德無疆。

太傅奉太上皇后册寶升殿用《聖安》。

乾元資始，坤元資生。允也聖德，同實異名。春王三朝，典册並行。咨爾上公，相儀以登。

皇帝從太上皇后册寶詣宫中用《正安》。

維册伊何，鏤玉垂鴻。維寶伊何，範金鈕龍。翊以罄御，間以笙鏞。誰敢不恭，天子寔從。

太上皇后出閣升御坐用《坤安》。降同。

帝膺永福，功靡專有。既尊聖父，亦燕壽母。怡怡在宫，大典時受。彤管紀之，天長地久。

内侍官舉太上皇后册寶詣讀册位用《聖安》。

斂福于郊，逢時之泰。揭名日月，侔德覆載。自我作古，域中有大。永言保之，眉壽無害。

淳熙二年發太上皇帝太上皇后册寶十一首

册寶降殿用《正安》。

高明者乾，博厚者坤。以清以寧，資始資生。壽胡可度，德胡可評。願言從欲，誕受强名。

中書令、侍中奉册寶詣殿下用《正安》。

受命既長，福禄既康。如日之升，如月之常。追琢其章，金玉其相。君子萬年，保其家邦。

皇帝奉太上皇帝册寶授太傅用《禮安》。奉太上皇后同。

翠華之旗，靈鼉之鼓。陳于廣宇，相我盛舉。來汝公傅，肅乃儀矩。毋愆于素，以篤多祜。

册寶出門用《正安》。

蚴蟉青龍，婉嬗象輿。其載伊何，煌煌金書。乃由端門，乃行康衢。于以榮親，振古所無。

册寶入德壽宫門用《正安》。

惟天爲大，其德曰誠。惟堯則之，其性曰仁。迺文迺武，得壽得名。於萬斯年，以莫不增。

太上皇帝升御坐用《乾安》。降同。

天行惟健，天步惟安。聖子中立，臣工四環。民無能名，威不違顔。宋德宜頌，漢儀可删。

太傅奉太上皇帝册升殿用《聖安》。奉寶同。

天畀遐福，允彰父慈。維昔曠典，我能舉之。徐爾陟降，敬爾威儀。申錫無疆，永言保之。

太傅奉太上皇后册寶升殿用《聖安》。

乾健坤從，陽剛陰相。迨兹受祉，允也並況。虞業在下，儀物在上。咨時三公，執事無曠。

皇帝從太上皇后册寶詣宫中用《正安》。

丕顯文王，之德之純。亦有太姒，式揚徽音。維册維寶，迺玉迺金。伊誰從之，一人事親。

太上皇后出閤升御坐用《坤安》。

重翟出房，禕衣被躬。委委佗佗，河潤山容。聖皇臨軒，聖母在宫。並受鴻名，與天無窮。

内侍官舉太上皇后册詣讀册位用《聖安》。舉寶同。

珉玉玢豳，褭蹄精良。既刻厥文，亦鑄之章。象德維何，至静而方。輔我光堯，萬壽無疆。

淳熙十二年加上太上皇帝太上皇后尊號十一首

大慶殿發册寶降殿用《正安》。

維天蓋高，維地克承。父尊母親，天地難名。疆名廣大，建號安榮。衍登壽嘏，闡繹皇明。

中書令、侍中奉太上皇帝、太上皇后册寶詣殿下用《正安》。

二儀同尊，兩耀齊光。巍巍煌煌，不顯亦彰。實茂號榮，玉振金相。於萬斯年，既壽且昌。

皇帝奉太上皇帝册寶授太傅。太上皇后册寶同。

我尊我親，承天之祉。壽名兼美，家國咸喜。公傅秉禮，寶册有煒。惟千萬祀，令聞不已。

冊寶出門用《正安》。

羽衛有嚴，寶書有輝。昭衍尊名，鋪張上儀。出其端闈，由于康逵。比屋延瞻，歌之舞之。

德壽宮冊寶入殿門用《正安》。

南山之峩，皇壽無窮。太極之尊，皇名是崇。奉茲寶册，于皇之宫。皇則受之，於昭盛容。

太上皇帝出宫升御坐用《乾安》。降坐同。

聖明太上，天子有尊。玉坐高拱，慈顏睟溫。震禁嘉承，朝弁盷分。盛禮縟典，邃古未聞。

太傅、中書令、侍中奉太上皇帝册寶升殿用《聖安》。

天錫伊嘏，地效其珍。誕作寶典，奉于尊親。爾公爾相，爾恭爾寅。協舉令儀，遹臻厥成。

太傅、中書令、侍中奉太上皇后册寶升殿用《聖安》。

坤載有元，乾行是順。施生萬彙，厥德彌盛。翼翼母道，贊我皇訓。相維羣公，奉典斯敬。

皇帝從太上皇后册寶詣宫中用《正安》。

大矣母慈，德備且純。思古齊敬，佐我皇文。明章茂典，金玉其音。帝親奉之，以翼以欽。

太上皇后出閤升御坐用《坤安》。降坐同。

天相慈皇，慶臻壼闈。徽柔内修，壽與天齊。既承皇歡，載覿母儀。懿典鴻名，永綏多祺。

内侍舉太上皇后册寶詣讀册寶位用《聖安》。

有美英瑤，於昭祥金。爲策爲章，並著徽音。德聖而尊，備舉彌文。億載萬年，永輔堯勛。以上《宋史》卷一三八《樂志》一三

全宋詩卷三七三四

郊廟朝會歌辭八

紹熙元年恭上壽聖皇太后至尊壽皇聖帝壽成皇后尊號册寶十四首

大慶殿發册寶降殿用《正安》。

帝受内禪，紀元紹熙。欽崇慈親，孝心肅祇。迺建顯號，迺葳丕儀。發册廣庭，聲歌侑之。

中書令、侍中奉三宫册寶詣東階下用《禮安》。

鐘鼓交作，文物咸備。彤庭玉階，天子是莅。咨爾輔臣，展采錯事。輔臣稽首，敢不率禮。

册寶出門用《正安》。

巍巍天宫，洞開閶闔。旗常葳蕤，劍佩雜沓。寶册啓行，法駕繼發。鑠哉盛典，快覩胥悦。

册寶入重華宫用《正安》。

仰止皇居，九門載闢。麗日重光，非煙五色。雷動萬乘，雲從百辟。咫尺重霄，鞠躬屏息。

至尊壽皇聖帝升坐用《乾安》。降同。

玉璽瑶編，禮容畢具。穆穆至尊，華殿是御。德配有虞，紹唐授禹。於萬斯年，受天之祜。

太傅、中書令奉至尊壽皇聖帝册升殿用《聖安》。

慈皇天臨，睟表怡怡。欽哉聖子，親奉玉巵。鼇抃嵩呼，歡浹華夷。邇臣捧册，是恪是祇。

太傅、侍中奉至尊壽皇聖帝寶升殿用《聖安》。

瑟彼華玉，篆魚鈕龍。與册並登，咨爾上公。詠以歌詩，協之鼓鐘。是陟是降，靡有弗恭。

太傅、中書令、侍中奉壽聖皇太后册寶升殿用《聖安》。

天祐皇家，慶集重闈。寶兮揚名，册兮流徽。金支秀華，盛容祲威。詔我近弼，相禮不違。

太傅、中書令、侍中奉壽成皇后册寶升殿用《聖安》。

大哉乾元，既極形容。坤元德至，實與比隆。寶册並登，勒崇垂鴻。相我縟儀，肅肅雍雍。

皇帝從壽聖皇太后册寶詣慈福宫用《正安》。

涓辰協吉，時維春元。上册三殿，曠古無前。思齊重闈，積慶有源。是尊是崇，帝心載虔。

壽聖皇太后出閤升坐用《坤安》。降同。

丕赫有宋，三聖授受。誰其助之，緊我太母。東朝受册，飲此春酒。聖子神孫，密侍左右。

内侍官舉壽聖皇太后册寶詣讀册寶位用《聖安》。

坤德益崇，天壽平格。慶流萬世，子孫千億。刻玉範金，鋪張赫奕。惟昔姜任，則莫我匹。

皇帝詣壽成殿，壽成皇后出閤升坐用《坤安》。降同。

鞠育保護，母道備矣。密贊親傳，德其至矣。綵服來朝，慈容有喜。既受鴻名，又多受祉。

内侍官舉壽成皇后册寶詣讀册寶位用《聖安》。

仰瞻慈闈，登進寶册。惟時朁御，衹率厥職。曰壽曰名，母兮兼得。儷我尊父，億載無極。

紹熙四年加上壽聖皇太后尊號八首

大慶殿發册寶降殿用《正安》。

德厚重闈，沖澹粹穆。何以名之，惟慈惟福。寶鏤精鏐，册鐫華玉。物盛禮崇，丕昭群目。

中書令、侍中奉壽聖皇太后册寶詣東階下用《禮安》。

於皇帝室，休運貽孫。重熙疊慶，衹進號榮。爰授兹册，必躬必親。天子聖孝，萬邦儀刑。

冊寶出門用《正安》

煌煌册寶，天子受之。言徐其行，肅展迺儀。其儀維何，劍佩黄麾。鸞駕清蹕，聳瞻九逵。

冊寶入慈福宫殿門用《正安》

熙辰禮備，濟濟雍雍。言奉斯册，重親之宫。宫帷既敞，協氣感通。皇儀親展，壽祉無窮。

太傅、中書令、侍中奉壽聖皇太后册寶升殿用《聖安》

既肅琨庭，載升金戺。迺導迺陪，威儀濟濟。天步繼臨，孝誠備矣。聲容孔昭，中外悦喜。

冊寶詣宫中用《正安》

琱輿彩仗，祇詣慈宫。寶册前奉，龍挾雲從。言備兹禮，于宫之中。惟天子孝，於昭祲容。

壽聖皇太后出閤升御坐用《坤安》。降同。

懿典大册，陳儀邃深。怡怡愉愉，寶坐是臨。重綵儼侍，冞展肅心。三宫協慶，永播徽音。

内侍官舉壽聖皇太后册寶詣讀册寶位用《聖安》

寶册既奉，祇誦迺言。仁深慶衍，益顯益尊。和聲協氣，充溢乾坤。並受伊嘏，聖子神孫。

慶元二年恭上太皇太后皇太后太上皇帝太上皇后尊號二十四首

冊寶降殿。

天擁帝家，澤流子孫。三宫燕胥，四海崇尊。聲諧韶濩，輝燭瑤琨。維皇緝熙，耀德乾坤。

冊寶授太傅奉詣東階下。

祖后重壽，親闈並崇。駢慶聯休，申景鋪鴻。疊璧交輝，多儀焕叢。億萬斯年，福禄攸同。

冊寶出門。

太任媚姜，塗山翼禹。慈祥曼衍，鴻儀迭舉。寶章奕奕，祲宫俣俣。帝用將之，于彼宫所。

慈福宮寶册入門。

東朝層邃，端闈靖深。列仗節鑾，鏤玉繩金。來奉來崇，載祗載欽。曾孫之慶，世世徽音。

册寶升殿。

純佑我宋，母儀四朝。擁翼孫謀，如虞承堯。仁覃函夏，喜浮慶霄。福祿萬年，金玉孔昭。

册寶詣宮中。

神人和懌，天日淑清。王母來燕，必壽而名。琨庭璈音，五雲佩聲。勉勉我皇，適昭厥成。

太皇太后出閤升坐。

曾孫致養，五福駢臻。太極所運，兩儀三辰。輝光日新，啓佑後人。永翼瑤圖，億萬堯春。

册寶詣讀册寶位。

徽光宣華，仁聲流文。曠儀合沓，泰和絪緼。慈顔有喜，祚我聖君。珠宮含飴，坐閱來雲。

太皇太后降坐歸閤。

縟儀既登，寶册既膺。喜洽祥流，雲烝川增。天子萬年，鳴玉慈庭。惠我無疆，詵詵繩繩。

壽慈宮册寶入門。

新庭靖安，祖后燕怡。有開聖謀，累崇天基。典章文明，聲容葳蕤。御于邦家，曰壽曰慈。

册寶升殿。

三禮崇容，八鑾警衛。有來辰儀，闈徽嫣汭。璇宮肅雍，藻景澄霽。文子文孫，本支百世。

册寶詣宮門。

堯門疊瑞，姒幄齊輝。重坤靖夷，麗册華徽。天子仁聖，禮文弗違。福壽康寧，同燕層闈。

皇太后出閤升坐。

文母曼壽，載錫之光。總集瑞命，宜君宜王。惠以仁顯，慈以德彰。保佑子孫，受福無疆。

册寶詣讀册寶位。

華鸞編玉，文螭液金。頌德摛英，揚徽嗣音。紫幄天開，翠華日臨。歲歲年年，如周太任。

皇太后降坐歸閤。

宋有明德，天保佑之。以壽繼壽，以慈廣慈。聲文宣昭，福祉茂綏。神孫之休，燕及華夷。

壽康宫册寶入門用《正安》。

大安耽耽，興慶崇崇。維皇之尊，與天比隆。非心閒燕，文命延鴻。欲報之恩，禮縟儀豐。

太上皇帝升御坐用《乾安》。

上帝有赫，百靈效祥。儲祉垂恩，錫年降康。皇儀睟溫，帝躬肅莊。三宫齊懽，地久天長。

太上皇帝册寶升殿用《聖安》。

夏典稽瑞，禹玉含淳。追琢有章，溫潤孔純。聖底于安，壽綿於仁。太上立德，自天其申。

太上皇后册寶升殿用《聖安》。

父尊母親，天涵地育。燕我翼子，景命有僕。得名得壽，如金如玉。子孫千億，成其厚福。

太上皇帝降御坐用《乾安》。

天地清寧，日月華光。歸尊慈極，嵩呼未央。慶函百嘉，壽躋八荒。上皇萬歲，俾熾俾昌。

册寶詣宫中用《正安》。

晨趨慈幄，佳氣鬱葱。受帝之祉，配天其崇。璧華金精，禮敷樂充。天子是若，懽聲融融。

太上皇后出閤升坐用《坤安》。

文物流彩，鑾輅靖陳。龜瑞薦祉，坤儀效珍。比皇之壽，翼帝以仁。和氣致祥，與物爲春。

讀册寶用《聖安》。

黼黻其文，金玉其相。永壽於萬，合德無疆。福緒祥源，厥後克昌。天維格斯，祚我聖皇。

太上皇后降坐歸閤用《坤安》。

榮懷之慶，莫盛於斯。三宫四册，五葉一時。德阜而豐，福大而滋。子子孫孫，于時保之。

嘉泰二年恭上太皇太后尊號八首

册寶降殿。

思齊太任，嬪于周京。至哉坤元，萬物資生。不可儀測，矧可强名。鏤玉繩金，昭哉號榮。

册寶詣東階。

鼓鐘喤喤，儀物載陳。儀物陳矣，爛其瑤琨。咨爾上公，相予文孫。勿亟勿徐，奉我重親。

册寶出門。

蕩蕩天門，金鋪玉户。采旄翠旌，流蘇葆羽。千官影從，迺導迺輔。都人縱觀，塡道呼舞。

壽慈宫册寶入門。

煌煌寶書，玉篆金縷。曷爲來哉，自天子所。自天子所，以燕文母。婉嫕祥雲，日正當午。

册寶升殿。

文物備矣，三事其承。崇牙高張，樂充宫庭。耽耽廣殿，左墄右平。敬爾威儀，攝齊以登。

册寶詣宫中。

維壽伊何，聖德日新。維慈伊何，祐于後人。迺范斯金，迺鏤斯珉。皇舉玉趾，從于堯門。

太皇太后升御坐。降同。

侍中版奏，辦外嚴中。出自玉房，褘褕被躬。我龍受之，祲威盛容。皇帝聖孝，其樂融融。

册寶詣讀册寶位。

麟趾褭蹄，我寶斯刻。碝磩采緻，載備斯册。眉壽萬年，詒謀燕翼。於赫湯孫，克綿永福。

紹定三年壽明仁福慈睿皇太后册寶九首

文德殿册寶降殿。

思齊聖母，媲于周任。體乾履坤，博厚洪深。七袠既啓，萬壽自今。昕庭發號，式昭德音。

册寶詣東階。

煌煌儀物，繹繹鼓鐘。奉兹寶册，至于階東。上公相儀，列辟盡恭。拜手慈宸，福如華嵩。

册寶出門。

帝闕肅開，天階坦履。霓旌羽蓋，導儀護衛。匪誇雕瑑，匪矜繁麗。兹謂盛儀，億載千歲。

慈明殿册寶入門。

金堅玉純，文郁禮縟。來從帝所，作瑞王國。天開地闢，日熙春燠。兹謂盛事，永燕茀祿。

册寶升殿。

皇儀有煒，緌昇次升。沈沈邃殿，穆穆天廷。坤德罙隆，皇圖永寧。咨爾廷臣，攝齊以登。

册寶詣宮中。

壽爲福先，明燭物表。仁沾動植，福齊穹昊。曰慈與睿，並崇丕號。演而申之，萬世永保。

皇太后升御坐。

邇臣跪奏，嚴辦必恭。乃御褘褕，升于殿中。慈顏雍穆，和氣沖融。芳流清史，傳之無窮。

册寶詣讀册寶位。

徽音孔昭，實傳斯刻。金昭玉粹，有煒斯册。載祈載祝，以燕以翼。寶之萬年，與宋無極。

皇太后降御坐。

皇文既舉，慶禮告虔。肇自宮闈，格于幅員。子稱母壽，母謂子賢。陟降在茲，隆名際天。

哲宗發皇后册寶三首

皇帝升坐用《乾安》。

既登乃依，如日之升。有嚴有翼，丕顯丕承。天作之合，家邦其興。朱芾斯皇，子孫繩繩。

降坐用《乾安》。

我禮嘉成，我駕言旋。降坐而蹕，奏鼓淵淵。景命有僕，保佑自天。永錫祚嗣，何千萬年。

太尉等奉册寶出入用《正安》。

宣哲維公，就位肅莊。册寶具舉，丕顯其光。出于宸闈，鼓鐘喤喤。母儀天下，萬壽無疆。

紹興十三年發皇后册寶十三首

皇帝升坐用《乾安》。

天地奠位，乾坤以分。夫婦有别，父子相親。聖王之治，禮重婚姻。端冕從事，是正大倫。

使副入門用《正安》。

天子當陽，群工就列。册寶既陳，鐘鼓備設。上公奉事，容莊心協。克相盛禮，光昭玉牒。

册寶出門用《正安》。

穆穆睟容，如天之臨。赫赫明命，如玉之音。虔恭出門，禮容兢兢。塗山生啓，夏道以興。

皇帝降坐用《乾安》。

朝陽已升，薰風習至。樂奏既成，禮容亦備。玉佩鏘鳴，帝徐舉趾。壼政穆宣，以聽内治。

皇后出閤用《乾安》。

猗歟賢后，德本性成。承天致順，遡日爲明。作配儷極，王化以行。萬有千歲，奉祀宗祊。

册寶入門用《宜安》

款承祗事，時惟肅雍。跪奉册寶，陳于法宫。以俯以仰，有儀有容。明神介之，福禄來崇。

皇后降殿用《承安》

温惠之德，褘翟之衣。行中采薺，禮無或違。降于丹陛，有容有儀。委委蛇蛇，誰其似之。

皇后受册用《成安》

鏤蒼玉兮，盛德載揚。鑄南金兮，作鎮椒房。虔受賜兮，有煒有光。宜室家兮，朱芾斯皇。

皇后升坐用《和安》

禮既行兮，厥位孔安。母儀正兮，容止可觀。奉東朝兮，常得其歡。求淑女兮，豈樂多般。

内命婦入門用《惠安》

素月澄輝，衆星顯列。炳爲天文，各有攸别。椒房既正，陰教斯設。關雎麟趾，應如響捷。

外命婦入門用《成安》

窈窕其容，淑嫕其姿。爛其如雲，瞻我母儀。曰天之妹，作合惟宜。粲然舞抃，疇不肅祗。

皇后降坐用《徽安》

寶字煌煌，册書粲粲。副笄加飾，褘褕有爛。祗若帝休，委蛇樂衎。億萬斯年，永膺宸翰。

皇帝歸閤用《泰安》

太任徽音，太姒是嗣。則百斯男，周室以熾。天子萬年，受兹女士。如姒事任，從以孫子。

淳熙三年發皇后册寶十三首

皇帝升坐用《乾安》

赫赫惟皇，如日之光。肅肅惟后，如月之常。禮行一時，明照無疆。天子莅止，疇敢不莊。

册寶入門用《正安》。

卜月惟良，練辰斯臧。臣工在庭，劍佩瑲瑲。來汝疑丞，明命是將。有淑其儀，無或怠遑。

册寶出門用《正安》。

刻簡以珉，鑄寶以金。持節伊誰，時惟四鄰。自我文德，達之穆清。委蛇委蛇，往迄于成。

皇帝降坐用《乾安》。

册行何歸，于門東偏。禮備樂成，合扇鳴鞭。皇舉玉趾，如天之旋。燕及家邦，億萬斯年。

皇后出閤用《坤安》。

椒塗蘭馭，河潤山容。副笄在首，褘衣被躬。靜女其姝，實翼實從。自彼西閤，聿來殿中。

册寶入門用《宜安》。

德隆位尊，禮厚文縟。乃篆斯金，乃鏤斯玉。群公盈門，執事有肅。願言保之，永鎮坤軸。

皇后降殿用《承安》。

規殿沉沉，叶氣旼旼。明章婦順，表正人倫。躡是左墄，暨于中庭。尚宮顯相，罔有弗欽。

皇后受册寶用《成安》。

備物典册，樂之鼓鐘。拜而受之，極其肅雍。司言司寶，各以職從。行地有慶，與天無窮。

皇后升坐用《和安》。

容典既膺，壼儀既正。羽衛外列，揚顔中映。如帝如天，以莊以靚。六宮承式，二南流詠。

内命婦入門用《惠安》。

葛覃節用，樛木逮下。形爲嬪則，夙已心化。茲臨長秋，遂正諸夏。以慶以祈，百祥來迓。

外命婦入門用《咸安》

碩人其頎，公侯之妻。翟茀以朝，象服是宜。如星之共，遡月之輝。母儀既瞻，群心則夷。

皇后降坐用《徽安》

窈窕淑女，備六服兮。陟降多儀，聳群目兮。内治允備，陰教肅兮。宜君宜王，綏有福兮。

皇后歸閤用《泰安》

天監有周，是生太任。亦有太姒，嗣其徽音。孰如兩宫，慈愛相承。思齊之盛，復見于今。

淳熙十六年皇后册寶十三首

皇帝升坐用《乾安》

乾位既正，坤斯順承。日麗于天，月斯遡明。惟帝受命，惟帝並登。黼扆尊臨，典册是行。

册寶入門用《正安》

迺協良辰，維春之宜。迺詔近弼，來汝相儀。九門洞開，文物華輝。聲詩載歌，于以侑之。

册寶出門用《正安》

有璽䇳金，有册鏤瓊。汝使汝介，持節以行。禮始文德，達于穆清。是恪是虔，依我和聲。

皇帝降坐用《乾安》

鼓鐘喤喤，磬筦鏘鏘。劍佩充庭，濟濟洋洋。禮典告備，皇心樂康。於萬斯年，受福無疆。

穆清殿受册寶、皇后出閤用《坤安》

懿䇳柔容，如月斯輝。翟厥翟輅，被以褘衣。九御從之，如雲祁祁。典册是承，心焉肅祗。

册寶入門用《宜安》

華榱璧璫，有馨椒殿。備物來陳，多儀式煥。曰册曰寶，是刻是瑑。並舉以行，皇矣懿典。

皇后降殿用《承安》

褘褕盛服，有恪其容。是陟是降，相以尚宫。金殿玉階，聿來于中。展詩應律，載詠肅雍。

皇后受册寶用《成安》

帝有顯命，稟于親慈。后德克承，拜而受之。人倫既正，王化是基。億載萬年，永祚坤儀。

皇后升坐用《和安》

帝慶三宫，膺受寶册。御于中闈，載欣載惕。迺孚陰教，迺明内則。翼翼魚貫，罔不承式。

内命婦入門用《惠安》

掖庭頒官，于位有四。嘒彼小星，撫以德惠。熙焉如春，育焉如地。慶禮聿成，靡弗咸喜。

外命婦入門用《咸安》

魚軒鼎來，象服是宜。班于内庭，率禮惟祇。化以婦道，時惟母儀。是慶是類，于胥樂兮。

皇后降坐用《徽安》

正位長秋，容典備矣。王假有家，人倫至矣。儷極俔天，多受祉矣。螽螽蝨斯，宜孫子矣。

皇后歸閤用《泰安》

維天佑宋，盛事相仍。崇號三宫，甫兹浹辰。肇正中闈，縟禮載陳。邦家之慶，曠古無倫。

慶元二年皇后册寶十三首題原缺，據《宋史》卷三七《寧宗紀》酌補

皇帝升坐用《乾安》

乾健坤順，群生首資。日常月升，四時叶熙。帝嗣天歷，后崇母儀。黼黻承暉，王化是基。

使副入門用《正安》

縹闕蟺蜎，璧門雲龍。烈文維輔，翊奉有容。典章煇明，彝度肅雍。蕆時縟儀，登于瓙宫。

册寶出門用《正安》

金晶麗輝，璧葉含春。贊夏之翼，繹虞之嬪。樂序韶亮，禮文藻新。辟公相成，物采彬彬。

皇帝降坐用《乾安》

帟旒雲舒，金秀充庭。璇衛鑾華，蒨佩垂綎。皇容熙備，柔儀順承。三宫齊懽，萬福昭膺。

皇后出閤用《坤安》

駿翟崇容，褘鞠陳衣。戾止蘭殿，夙興椒闈。淑正宣華，粹明騰煇。欽若有承，嗣音之徽。

册寶入門用《宜安》

褘帟流光，沙祥增衍。編玉鏤德，螭金溢篆。粹猷藻黻，徽文華顯。二南聲詩，于時昭闡。

皇后降殿用《承安》

翬珩煥采，趨節風韶。陟降堿陛，奉將英瑤。辟道承薰，嬪儀揚翹。是敬是祗，德音孔昭。

皇后受册寶用《成安》

帝奉太室，后儀成之。帝養三宫，后志承之。德如關雎，盛如螽斯。宜君宜王，百世本支。

皇后升坐用《和安》

肅肅壼彝，雍雍陰教。險詖自防，警戒是傚。中闈端委，列御胥告。其思輔順，永翼帝孝。

内命婦入門用《惠安》

天子九嬪，王宫六寢。有燁令儀，載秩華品。福履綏將，節用躬儉。矢其德音，于以來諗。

外命婦入門用《咸安》

象服之文，鵲巢之風。化以婦道，覲于内宫。采蘋澗濱，采藻澗中。夙夜在公，贊彼累功。

皇后降坐用《和安》

光佑晏寧，惠慈燕喜。壽仁並崇，家邦均祉。懿文交舉，壺册嗣美。維億萬年，愛敬惟似。

皇后歸閤用《泰安》。

天心仁佑，坤德世昭。灼有慈範，著于累朝。儉以贊虞，勤以承堯。是用則傚，共勵夙宵。

嘉泰三年皇后册寶十三首

皇帝升坐用《乾安》。

茂建坤極，容典聿新。天命所贊，慈訓是遵。肅涓穀旦，躬御紫宸。鴻禧累福，駢賚翕臻。

使副入門用《正安》。

端門曉闢，瑞氣雲凝。有儼良輔，踵武造廷。肅肅王命，是將是承。登册穆清，萬歲永膺。

册寶出門用《正安》。

瑤册玉寶，爛然瑞輝。旁翼絳節，上承紫微。璆鳴朝佩，徐出獸扉。登進坤極，益彰典徽。

皇帝降坐用《乾安》。

天臨黼扆，雲集弁纓。金石遞奏，典禮備成。玉趾緩步，龍駕翼行。言旋北極，永燕西清。

皇后出閤用《坤安》。

日薰椒屋，雲靄璧門。有華瑞節，來自帝閽。統天惟乾，合德者坤。我龍受之，福祿永繁。

册寶入門用《宜安》。

虹輝燦爛，雲篆綢繆。絳節前導，瑞光上浮。瑤階玉扉，既集長秋。欽承天寵，永荷帝休。

皇后降殿用《承安》。

瑤殿清閟，玉墄坦夷。褘衣副珈，陟降不遲。寶册聿至，載肅載祗。禮儀昭備，福履永綏。

皇后受册寶用《成安》。

日月臨燭，乾坤覆持。明並二曜，德合兩儀。光媲宸極，共恢化基。膺受茂典，億載永宜。

皇后升坐用《和安》。

寶璽瑶册，既祗既承。繡裀藻席，載躋載升。柔儀肅穆，瑞命端凝。永膺多福，如川方增。

內命婦入門用《惠安》。

服煥盛儀，班分華緻。九嬪婦職，六寢内治。參差荇菜，求勤寤寐。烝然來思，相禮贊祭。

外命婦入門用《咸安》。

婦榮於室，通籍禁中。班列有次，車服有容。佐我關雎，鵲巢之風。被之僮僮，曷不肅雍。

皇后降坐用《徽安》。

金石具舉，典禮茂明。淑慎其止，遹觀厥成。瓊琚微動，鳳輦翼行。儀光媲極，德邁嬪京。

皇后歸閤用《泰安》。

寶坐既興，鳳輿戒行。奏解嚴辦，歸燕邃清。問安壽慈，奉齋宗祊。彌千萬年，内助聖明。

嘉定十五年皇帝受恭膺天命之寶三首

《恭膺天命之典》。太簇宫。

我祖受命，恭膺于天。爰作玉寶，載祇載虔。申錫無疆，神聖有傳。昭茲興運，於萬斯年。

《舊疆來歸之曲》。太簇宫。

於穆我皇，之德之純。涵濡群生，矧我遺民。連齊跨晉，輸貢效珍。土宇日闢，一視同仁。

《永清四海之曲》。太簇宫。

我祖我宗，德厚澤深。於皇繼序，益單厥心。天人協扶，一統有臨。乾坤清夷，振古斯今。

至道元年册皇太子二首

太子出入用《正安》。

主鬯之重，允屬賢明。承華肇啓，上嗣騰英。禮修樂舉，育德開榮。一人元良，萬邦以寧。

羣臣稱賀用《正安》。

皇儲既建，聖祚無疆。鸞旌列叙，雞戟分行。前星有爛，瑞日重光。際天接聖，溫文允臧。

天禧二年册皇太子一首

太子出入用《明安》。

明離之象，少陽之位。固邦爲本，體天作貳。儀範克溫，禮章斯備。丕宣令猷，恭守宗器。

乾道元年册皇太子四首

皇帝升坐用《乾安》。

宋受天命，聖緒無疆。惟懷永圖，乃登元良。涓選休辰，册書是將。黼坐天臨，穆穆皇皇。

太子入門用《明安》。

於維皇儲，玉潤金聲。體震之洊，重離之明。册寶具舉，環佩鏘鳴。守器承祧，惟邦之榮。

太子出門用《明安》。

樂備既奏，和聲沖融。玉簡金書，翔鸞戲鴻。下拜登受，旋于青宮。儀辰作貳，垂休無窮。

皇帝降坐用《乾安》。

我禮備成，我駕言旋。降坐而蹕，奏鼓淵淵。國本既定，保佑自天。克昌厥後，何千萬年。

乾道七年册皇太子四首

皇帝升坐用《乾安》。

建儲以賢，闢宫于東。典册既備，筮占既從。濟濟卿士，鏘鏘鼓鐘。天子戾止，盛哉禮容。

太子入門用《明安》。

琱珉瑳瑳，篆金煌煌。對揚于庭，是承是將。星重其暉，日重其光。觀瞻以懌，國有元良。

太子出門用《明安》。

淵中象德，玉裕凝姿。進退周旋，有肅其儀。既定國本，益隆慶基。燕及兩宫，福祿如茨。

皇帝降坐用《乾安》。

儲副豫定，器之公兮。册授孔時，禮之隆兮。天步遲遲，旋九重兮。壽祉萬年，德無窮兮。

嘉定二年册皇太子四首

皇帝升坐。

於皇我宋，受命于天。升儲主鬯，衍慶卜年。典册告備，庭工載虔。萬乘莅止，端冕邃延。

太子入門受册寶。

太極端御，少陽肅祇。珉簡斯鏤，袞服孔宜。式奏備樂，迺陳盛儀。下拜登受，永言保之。

太子受册寶出門。

明兩承曜，作貳宣猷。茂德金昭，令譽川流。豫定厥本，永貽迺謀。三朝致養，問寢龍樓。

皇帝降坐。

震洊體象，我儲明兮。渙揚顯册，我禮成兮。大駕言旋，警蹕鳴兮。燕祉無疆，邦之榮兮。

寶祐二年皇子冠二十首

皇帝將出文德殿用《隆安》。

於皇帝德，乃聖乃神。本支百世，立愛惟親。敬共冠事，以明人倫。承天右序，休命用申。

賓贊入門用《祗安》。

豐芑詒謀，建爾元子。揆禮儀年，筮賓敬事。八音克諧，嘉賓至止。于以冠之，成其福履。

賓贊出門用《祗安》。

禮國之本，冠禮之始。賓升自西，維賓之位。于著於阼，維子之義。厥惟欽哉，敬以從事。

皇帝降坐用《隆安》。

路寢闢門，黼坐恭己。群公在庭，所重維禮。正心齊家，以燕翼子。於萬斯年，王心載喜。

皇子初行。

有來振振，月重輪兮。瑜玉在佩，綦組明兮。左徵右羽，德結旌兮。步中采薺，矩矱循兮。

賓贊入門。

我有嘉賓，直大以方。亦既至止，厥德用光。冠而字之，厥義孔彰。表裏純備，黄耇無疆。

皇子詣受制位。

吉圭休成，其日南至。天子有詔，冠爾皇嗣。爲國之本，隆邦之禮。拜而受之，式共敬止。

皇子升東階。

茲惟阼階，厥義有在。歷階而升，敬謹將冠。經訓昭昭，邦儀粲粲。正纚賓筵，壽考未艾。

皇子升筵。

秩秩賓筵，籩豆孔嘉。帝子至止，衿纓振華。周旋陟降，禮行三加。成人有德，匪驕匪奢。

初加。

帝子惟賢，懋昭厥德。跪冠于房，玄冠有特。鼓鐘喤喤，威儀抑抑。百禮既洽，祚我王國。

初醮。

有賓在筵，有尊在户。磬管將將，醮禮時舉。跪觴祝辭，以永燕譽。寶祚萬年，磐石鞏固。

再冠。

復爻肇祥，震維標德。乃共皮弁，其儀不忒。體正色齊，維民之則。璇霄眷佑，國壽箕翼。

再醮。

冠醮之義，匪酬匪酌。于户之西，敬共以恪。金石相宣，冠醮相錯。帝祉之受，施及家國。

三加。

善頌善禱，三加彌尊。爵弁峨峨，介珪溫溫。陽德方長，成德允存。燕及君親，厥祉孔蕃。

三醮。

席于賓階，禮義以興。受爵執爵，多福以膺。匪惟服加，德加愈升。匪惟德加，壽加愈增。

皇子降。

命服煌煌，跬步中度。慶輯皇闈，化行海宇。禮具樂成，惕若戒懼。寶璐厥躬，有秩斯祜。

朝謁皇帝將出。

皇王烝哉，令聞不已。燕翼有謀，冠醮有禮。百僚在庭，遹相厥事。頌聲所同，嘉受帝祉。

皇子再拜。

青社分封，前星啓緂。繁弱綬章，厥光莫揜。容稱其德，蓄學之驗。芳譽敷華，大圭無玷。

皇子退。

玄衮黼裳，垂徽永世。勉勉成德，是在元子。胙土南賓，厥旨孔懿。充一忠字，作百無愧。

皇帝降坐。

愛始於親，聖盡倫兮。元子冠字，邦禮成兮。天步舒徐，皇心寧兮。家人之吉，億萬春兮。

淳化鄉飲酒三十二章

鹿鳴呦呦，命侶與儔。宴樂嘉賓，既獻且疇。獻疇有序，休祉無疆。展矣君子，邦家之光。

鹿鳴呦呦，在彼中林。宴樂嘉賓，式昭德音。德音愔愔，既樂且湛。允矣君子，實慰我心。

鹿鳴呦呦，在彼高岡。宴樂嘉賓，吹笙鼓簧。幣帛戔戔，禮儀蹡蹡。樂只君子，利用賓王。

鹿鳴相呼，聚澤之蒲。我樂嘉賓，鼓瑟吹竽。我命旨酒，以燕以娱。何以贈之，玄纁粲如。

鹿鳴相邀，聚埸之苗。我美嘉賓，令名孔昭。我命旨酒，以歌以謠。何以置之，大君之朝。

鹿鳴相應，聚山之荆。我燕嘉賓，鼓簧吹笙。我命旨酒，以逢以迎。何以薦之，揚于王庭。右《鹿鳴》六章，章八句

瞻彼南陔，時物嘉良。有泉清泚，有蘭馨香。晨飲是汲，夕膳是嘗。慈顔未悦，我心靡遑。

嬉嬉南陔，眷眷慈顔。和氣怡色，奉甘與鮮。事親是宜，事君是思。虔勖忠孝，邦家之基。右《南陔》二章，章八句

洋洋嘉魚，佇以美罛。君子有道，嘉賓式燕以娱。

洋洋嘉魚，佇以芳罟。君子有德，嘉賓式歌且舞。

我有宫沼，龜龍擾之。君子有禮，嘉賓式貴表之。

我有宫藪，麟鳳來思。君子有樂，嘉賓式慰勤思。

相彼嘉魚，爰縱之壑。我有旨酒，嘉賓式燕以樂。

相彼嘉魚，在漢之梁。我有旨酒，嘉賓式燕以康。

森森喬木，美蔓縈之。我有旨酒，嘉賓式燕宜之。

喈喈黃鳥，載飛載止。我有旨酒，嘉賓式燕且喜。右《嘉魚》八章，章四句

崇丘峨峨，動植斯屬。高既自遂，大亦自足。和風斯扇，膏雨斯沐。我仁如天，以亭以育。

崇丘巍巍，動植其依。高大之性，各極爾宜。王道坦坦，皇猷熙熙。仁壽之域，烝民允躋。右《崇丘》二章，章八句

關雎于飛，洲渚之湄。自家刑國，樂且有儀。

郁郁芳蘭，幽人擷之。溫溫恭人，哲后求之。

求之無斁，寤寐所屬。罄爾一心，受天百祿。

郁郁芳蘭，雨露滋之。溫溫恭人，圭組縻之。

郁郁芳蘭，佩服珍之。溫溫恭人，福履綏之。

關雎蹌蹌，集水之央。好求賢輔，同揚德光。

蘋蘩芳滋，同誰掇之。願言賢德，靡日不思。

偶其賢德，輔成己職。永配玉音，服之無斁。

潔其粢盛，中心匪寧。薦於宗廟，助君德馨。

賢淑來思，人之表儀。風化天下，何樂如之。右《關雎》十章，章四句

彼鵲成巢，爾類攸處。之子有歸，瓊瑤是祖。

彼鵲成巢，爾類攸匹。之子有行，錦繡是飾。

彼鵲成巢，爾類攸共。之子有從，蘭蓀是奉。

伊鵲成巢，珍禽戾止。婉彼佳人，配于君子。

伊鵲營巢，珍禽攸處。内助賢侯，弼于明主。

伊鵲營巢，珍禽輯睦。均養嘉雛，致于蕃育。右《鵲巢》六章，章四句

大觀聞喜宴六首

狀元以下入門用《正安》。

多士濟濟，于彼西雍。欽肅威儀，亦有斯容。烝然來思，自西自東。天畀爾祿，惟王其崇。

初舉酒用《賓興賢能》。

明明天子，率由舊章。思樂泮水，光于四方。薄采其芹，用賓于王。我有好爵，寘彼周行。

再酌用《於樂辟雍》。

樂只君子，式燕又思。服其命服，攝以威儀。鐘鼓既設，一朝醻之。德音是茂，邦家之基。

三酌用《樂育英才》。

聖謨洋洋，綱紀四方。烝我髦士，觀國之光。遐不作人，而邦其昌。以燕天子，萬壽無疆。

四酌用《樂且有儀》。

我求懿德，烝然來思。籩豆靜嘉，式燕綏之。溫溫其恭，莫不令儀。追琢其章，髦士攸宜。

五酌用《正安》。

思皇多士，揚于王庭。鐘鼓樂之，肅雝和鳴。威儀抑抑，既安且寧。天子萬壽，永觀厥成。

政和鹿鳴宴五首

初酌酒用《正安》。

思樂泮水，承流辟雍。思皇多士，賁然來從。雝雝濟濟，四方攸同。登于天府，維王是崇。

再酌用《樂育人才》。

鐘鼓皇皇，磬筦鏘鏘。登降維時，利用賓王。髦士攸宜，邦家之光。媚于天子，事舉言揚。

三酌用《賢賢好德》。

鳴鹿呦呦，載弁俅俅。烝然來思，旨酒思柔。之子言邁，泮渙爾游。于彼西雍，對揚王休。

四酌用《烝我髦士》。

首善京師，灼于四方。烝我髦士，金玉其相。飲酒樂曲，吹笙鼓簧。勉戒徒御，覲國之光。

五酌用《利用賓王》。

遐不作人，天下喜樂。何以況之，鳶飛魚躍。既勸之駕，獻酬交錯。利用賓王，縻以好爵。　以上《宋史》卷一三九《樂志》一四

全宋詩卷三七三五

郊廟朝會歌辭九

方丘樂歌

迎神《鎮寧之曲》。林鍾宫再奏，太簇角再奏，姑洗徵再奏，南宫羽再奏，詞同。

至哉坤儀，萬彙資生。稱物平施，流謙變盈。禮修泰折，祭極精誠。皇皇靈睠，永奠寰瀛。

初獻盥洗太簇宫《肅寧》之曲。

禮有五經，無先祭禮。即時伸虔，惟時盥洗。品物吉蠲，威儀濟濟。錫之純嘏，來歆愷悌。

初獻升壇應鍾宫《肅寧之曲》。

無疆之德，至哉坤元。沉潛剛克，資生實蕃。方丘之儀，惟敬無文。神其來思，時歆薦殷。

初獻奠玉幣太簇宫《億寧之曲》。

禮行方澤，文物備舉。惟皇地祇，昭格來下。奠瘞玉帛，純誠内著。神保是享，陟降斯祐。

司徒捧俎太簇宫《豐寧之曲》。

四階秩儀，壇於方澤。昭事皇祇，即陰以墌。潔肆於祊，孔嘉且碩。神其福之，如幾如式。

正位酌獻太簇宫《溥寧之曲》。

蕩蕩坤德，物無不載。柔順利貞，含弘光大。籩豆既陳，金石斯在。四海永寧，福禄攸介。

太宗配位酌獻太簇宫《保寧之曲》。詞闕

亞、終獻升壇太簇宫《咸寧之曲》。

卓彼嘉壇，奠玉方澤。百辟祗肅，八音純繹。祀事承明，柔祇感格。

徹豆應鍾宮《豐寧之曲》。

修理方丘，吉蠲是宜。籩豆靜嘉，登於有司。芬芬馨香，來享來儀。郊儀將終，聲歌徹之。

送神林鍾宮《鎮寧之曲》。

因地方丘，濟濟多儀。樂成八變，靈祇格思。薦餘徹豆，神貺昭垂。億萬斯年，永祐丕基。

詣望燎位太簇宮《肅寧》之曲。詞同升壇。《宋會要輯稿》樂六之六

五方帝

青帝酌獻用《精安》。皇祐二年明堂，文彥博撰。

帝宅震方，在德惟木。宣仁賦和，大生□育。祀法有虔，皇情允肅。神之格思，報以介福。同上書樂六之九

酌獻用《精安》。嘉祐二年明堂，韓琦撰。

太微靈德，若首五精。本仁與益，降氣施生。純牲有碩，旨酒斯清。錫兹壽嘏，既壽洽平。

赤帝酌獻用《祐安》。景祐元年，宋綬撰。

惟帝乘離，恢台其德。平秩南訛，百嘉允殖。感精啓運，祖我炎曆。璋幣迎郊，□□翼翼。

酌獻用《精安》。皇祐二年明堂，宋庠撰。

惟帝乘離，司厥生殖。感所自興，據我炎德。既度斯筵，乃馨斯稷。對越居歆，介祉無極。

酌獻用《精安》。嘉祐二年明堂，韓琦撰。

聖考能饗，宗祀熙成。駿烈惟帝，於皇執衡。茂育元運，降祚丕平。載清斯酌，庸罄精誠。

黄帝配獻用《祐安》。景祐元年，宋綬撰。

四序均氣，五色奠方。元標樞紐，位正中央。至誠馨潔，率土年康。神兮降止，鼎祚綿長。

酌獻用《精安》。景祐二年明堂，宋綬撰。

盛德居厚，含章有融。惟思惟信，曰黄曰中。禮誠薦達，福祐嘉通。永延永阜，九穀咸豐。

酌獻用《精安》。嘉祐七年明堂，韓琦撰。

帝乘中央，沉載函蒙。經緯四方，物性滋豐。金石之薦，象德以宫。神錫嘉虞，介祉無窮。

白帝酌獻用《祐安》。景祐元年，吕夷簡撰。

玉琯均和，金風候氣。神其格思，豐粢潔幣。九穀順成，群物茂遂。降福無疆，德澤光被。

酌獻用《精安》。皇祐二年明堂，高若訥撰。

白煒方肅，合宫孔碩。琥以象象，神惟饗德。陛配有序，虔恭無斁。降福穰穰，永安邦國。　以上同上書樂

六之一〇

酌獻用《精安》。嘉祐七年明堂，韓琦撰。

於赫路寢，肆筵有序。粵若西顥，其神執矩。以薦幣玉，式陳簠簋。神其格思，受天之祐。

黑帝酌獻用《祐安》。景祐元年，宋綬撰。

水官修職，星昴居方。執權含寶，萬物伏藏。大明昌祚，臨下皇皇。曰寒時若，神降之康。

酌獻用《精安》。皇祐二年明堂，梁適撰。

今月季秋，穀日辛亥。路寢合宫，親修嚴配。北方之神，五室來會。馨烈是聛，庬褫攸介。

酌獻用《精安》。嘉祐七年明堂，韓琦撰。

太宇清明，宣以方色。沛哉靈游，昭示幽則。崇配尊親，惟兹孝德。神熙蕃丕，涵育四極。

奠帛用《嘉安》。九宫貴神、朝日夕月祇、太社、太稷、神州地祇、高禖禮幣同用此。哲宗朝差官撰。

禮經之重，祀典惟明。命官攝事，陟降以誠。既升庶品，亦奉二精。錫茲福祉，迄用丕平。以上同上書樂六之一一

太廟

皇帝降殿登歌作用《乾安之曲》。

大享合宫，於禮莫盛。入太室祼，偏于列聖。陟降有儀，一主乎敬。祀事孔明，邦家之慶。同上書樂六之一九

祫饗太廟

僖祖室用《大基》。嘉祐四年，諸臣撰十五曲。

猗我僖祖，德潛而充。慶之所基，日茂以崇。施及後嗣，天命有融。廟歌載之，播于無窮。

順祖室用《大祚》。

皇矣烈祖，次于僖宫。燕貽憑厚，德遠而隆。尊昭綴穆，合食惟豐。孝孫奠爵，福嘏來同。

翼祖室用《大熙》。

清廟有嚴，觀德惟祖。祫典時修，親尊並序。以祼以獻，禮交樂舉。靈其醉止，篤我純祐。

宣宗室用《大光》。

洪緒載德，盛際講儀。精崇祫事，恭展孝思。肸蠁錫羨，齊莊受釐。猗歟馨烈，垂貺本支。

太祖室用《大統》。

景炎啓旦，寶系開基。登俎如在，縮鬯有儀。明靈昭格，孝饗肅祇。福茨綿瓞，寰宇均禧。

太宗室用《大昌》。

明明聖宗，大定區宇。永懷奉先，闕禮茲舉。惟德是馨，冀格我祖。萬嗣其昌，緊神之祐。

真宗室用《大治》。

皇皇在宥，品物由庚。文教純被，武功告成。流頌樂府，擁休宗祊。帝奉祼瓚，欽哉孝誠。

皇帝升降用《肅安》。

赫赫閟宫，肇親合食。玉步徊翔，大姿嚴翼。洗奠交舉，堂除並飭。禮賓無違，神其昭格。

奠瓚用《順安》。

瑟彼良玉，薦于明靈。宸襟蠲潔，鬱鬯芬馨。牲牢在俎，金石在庭。奠重者祼，慈嘏來寧。

奉俎用《克安》。

嘉牲在俎，廣樂在庭。其所將者，曰躬曰誠。神兮來歆，以安以寧。以錫壽嘏，惟皇是膺。

飲福用《禧安》。

鋪昭典禮，誕合神靈。饗通純孝，治感至馨。鬱香既祼，聖酒來寧。膺兹福禄，萬壽益齡。

亞獻、終獻用《祐安》。

禮備樂成，祖考來格。有嚴有翼，天子孝德。臣工在庭，罔不祗飭。玉爵之華，執如弗克。

退文舞、進武舞用《顯安》。

樂統大安，舞昭盛德。合奏允諧，孔容有翼。秉翟言竣，總干是力。籥勺之仁，參和萬國。

徹豆用《克安》。

靈其顧思，降福來萃。天子受之，餕爾在位。神既享矣，福既均矣。豆斯徹矣，禮之成矣。

皇帝歸次用《定安》。

帝還于次，佩玉其徐。帝色不渝，罔解如初。凡百府司，各祗乃位。敢不肅恭，以訖爾事。

章獻明肅皇太后恭謝太廟明道元年

迎神用《成安》。

於穆宋廟，肇允基扃。文母來獻，國祚咸寧。永言昭格，式薦惟馨。亦既降止，聿柄神靈。

皇太后升降用《徽安》。

九奏允諧，皇靈來暨。備物芬馨，昭達精意。升降有儀，群臣序位。享于克誠，萬福攸至。

奠瓚用《神蔡巢蓮曲》。

懿彼靈龜，在宮之池。芳蓮是託，千歲奇姿。祼將清廟，播于聲詩。神降之吉，永保壽祺。

司徒奉俎用《熙安》。

潔爾犧牲，既角且騂。玉俎奉將，式表純精。祖宗斯享，毖祀以成。福禄來降，邦祚隆平。

酌獻第一室用《大善》。

太宫爾肅，烈祖巍巍。上炳淳耀，下流德暉。詒謀燕翼，奄宅邦畿。子孫千億，歷數同歸。

第二室《大寧》。

乃祖齊聖，綿瓞其昌。源流濬邈，統祚悠長。如聞肅僾，有飶馨香。監觀垂祐，萬葉儲祥。

第三室《大順》。

奕奕清廟，巍巍帝基。詒謀積德，累洽熏熙。粢盛豐潔，禮容肅祇。俯歆明薦，永錫蕃禧。

第四室《大慶》。

赤符啓祚，長發其祥。靈源自遠，帝運重光。載潔籩豆，恭薦令芳。致成翼翼，降福穰穰。

第五室《大安》。

英英藝祖，出震承乾。握圖撫運，卜祚延年。衣冠在廟，威靈在天。永錫無疆，子孫保焉。

第六室《大盛》。

赫赫皇祖，萬邦之君。功崇偃革，德盛興文。聖謨宏達，至教氤氳。子孫百世，祗薦苾芬。

第七室《大明》。

巍巍新廟，穆穆真皇。德符二聖，仁洽萬方。墜典咸秩，鴻儀用彰。威靈如在，時思不忘。

飲福用《壽和》。

苾芬既薦，溥碩咸陳。禮備樂舉，先後有倫。以奉七室，齊潔惟寅。皇靈斯享，福祥薦臻。

亞獻、終獻用《欽安》。

籥翟既備，干戚是陳。德業昭著，用和神人。

徹豆用《熙安》。

牲牷腯肥，粢盛豐潔。三獻用行，萬舞復列。禮儀克成，樂奏將闋。神保聿歸，玉豆斯徹。

送神用《成安》。

九奏合兮優然來，百禮成兮欻爾回。想霜馭兮望天闕，八音闋兮心悠哉。以上同上書樂七之一

朝會 天聖七年，諸臣撰三曲題原缺

皇帝初舉酒用《甘露之曲》。

湛湛露斯，其甘如飴。清寧鑒德，和氣應之。神雲播液，冰玉凝姿。是爲仁瑞，萬壽維祺。

再舉酒用《瑞木成仁之曲》。

爰有嘉禾，含章自天。宛城洛畫，粲若奎躔。珍符顯著，靈意昭宣。永告洪業，時萬萬斯年。

三舉酒用《嘉禾之曲》。

地效珍物，時維茲禾。秀標四穎，祥掩並柯。嘉生絶擬，善應爲多。光溢圖諜，宣用登歌。以上同上書樂七之五天頭引《永光秘刻下》

御樓

皇帝還内用《采茨》。紹興二十八年，中書舍人洪遵撰三曲。按：其中二曲已見《宋史·樂志》一三。

五輅鳴鸞，八神警蹕。天官景從，莫不祗栗。祲威盛容，昭哉祖述。祚我無疆，叶氣充溢。

《采茨》。明道元年，有司撰三曲。

青壇帝籍，在國之東。薦籩執耜，率禮和容。鳴鸞回蹕，瑞氣凝空。萬方瞻仰，百順來同。

升座。

重城春滿，雙闕雲浮。將披雉扇，載儼珠旒。叶風應律，文德懷柔。溥天率土，惠澤咸周。

降座。

恩覃春煦，令布風馳。聲名昭晰，文物葳蕤。重森寶扇，將降端闈。永光國典，翕受天祺。

祫饗回升樓

嘉祐四年，有司撰三曲

乘輿至樓前用《采茨》。

饗于宗祧，維聖之孝。驂騰素虬，還歸自廟。端闈百常，聳環七校。萬邦傾瞻，天若覆燾。

升座用《聖安》。

端闈壯麗，羽衛驍騰。天儀畢嘩，如日之昇。千官景從，萬宇仰承。輝光四充，介福其膺。

降座用《聖安》。

涣號爰發，皇敷至仁。幽隱盡達，洪德日新。國容肅穆，天宇晏溫。惠浹四遠，富壽無垠。以上同上書樂七之五

朝會

治平四年，諸臣撰三曲題原缺

皇帝初舉酒用《靈芝曲》。

華滋凝氣，靈粹發祥。紫蓋輪囷，金跗煒煌。陽蓼三秀，甘泉九房。瑞圖休證，君王壽昌。

再舉酒用《嘉禾之曲》。

太平之符，昭發衆瑞。爰有嘉禾，異壠合穗。大田如雲，既穫既刈。野人愉愉，不亦有歲。

三舉酒用《慶雲之曲》。

毓粹乾坤，儲休陰陽。氤氳馥郁，紛煒煌煌。融爲和氣，發爲祥光。瑞牒昭紀，萬壽無疆。同上書樂七之八

（虞行整理、王嵐補遺）

全宋詩卷三七三六

劉　刪

泛宫亭湖

迴乘一派水，舉帆逐分風。孤石蒼波裏，岸山苦霧中。　宋樂史《太平寰宇記》卷一〇六《江南西道·洪州》

（吴國武整理）

無名氏

題　壁

猛風拔大樹，其樹根已露。上有寄生草，青青猶未寤。　宋晁迥《法藏碎金錄》卷八

《法藏碎金錄》：予思壯歲歷官之日，嘗見公館之壁上有題詩云云。不審何人作也。因知物理自昔而然，先覺以言警戒多矣。

（漆永祥整理）

李氏女

李氏女，毗陵（今江蘇常州）人。十六歲能詩（《墨客揮犀》卷二）。今録詩二首。

拾得破錢

半輪殘月掩塵埃，依稀猶有開元字。想見清光未破時，買盡人間不平事。

彈琴

昔年剛笑卓文君，豈信絲桐解誤身。今日未彈心已亂，此心元自不由人。

以上宋彭乘《墨客揮犀》卷二

英州司寇女

題梅嶺佛祠壁并序

妾幼年侍父任英州司寇，既代歸。父以大庾本曰梅嶺之號，今蕩然無一株，遂市三十本植於道之左右，因留詩於寺壁。今隨夫任端溪復至此寺，詩已爲杇鏝者所覆，即命墨於故處。

滇江今日掌刑回，上得梅山不見梅。輟俸買栽三十樹，清香留與雪中開。

《墨客揮犀》卷四

釋無夢

釋無夢，鄂州（今湖北武昌）人。常手持木牌行化垌鄉間（《墨客揮犀》卷七）。今録詩二首。

書木牌

身爲車兮心爲軾，車動軾隨何計息。交梨火棗是誰無，自是不除荆與棘。

身爲客兮心爲主，主人平和客安堵。若還主客不康寧，精神管定辭君去。

《墨客揮犀》卷七

楊尚書

與高氏子

十數年來聾耳聵，可將社酒便能醫。一心更願清盲了，免見豪家小馬兒。《墨客揮犀》卷一〇

《墨客揮犀》：楊某尚書，以耳聾致政，居鄠縣别業。同里高氏有二子，小字大馬、小馬。一日，小馬攜酒就楊公曰，此社酒善治聾，願得侍杯杓之餘瀝。楊瞑目良久，取箋書絶句與之云云。

（以上孟憲忠整理）

無名氏

句

三春花發惟樗樹，二月鶯啼是老鴉。嘲同州　宋江休復《江鄰幾雜志》

（漆永祥整理）

朱謙之

朱買臣廟二首

貧賤難堪俗眼低，區區何事便雲泥。會稽乞得無他念，祇爲歸來詫故妻。

束薪行道自歌呼，越俗安知有丈夫。一見印章驚欲倒，相看方悔太模糊。宋龐元英《談藪》

《談藪》：嚴州壽昌縣道旁有朱買臣廟，其地有朱池村，朱謙之詩云云。

（孟憲忠整理）

王　衮

句

探水卓破金鼈頭，撥雲敲斷老虎腳。拄杖

高空有月千門閉，大道無人獨自行。以上宋劉斧《青瑣高議》前集卷九

（張弘泓整理）

石道士

石道士，衡州天慶觀主（《青瑣高議》前集卷九）。

句

石壓筍斜出，崖懸花倒生。春月泛舟

春來不是人慵掃，爲惜蒼苔襯落花。上刺史

敲開敗籜露新竹，拾上落花妝舊枝。又上刺史　以上《青瑣高議》前集卷九

（甯德偉整理）

無名氏

詩三首

越娘墓下秋風起，脱葉紛紛逐流水。只如明月葬高原，不奈霜威損桃李。

妖魂受賜欲報郎，夜夜飛入重城裏。幽訴千端郎不聽，傾心吐肝猶不止。

仙都道士不知名，能用丹書鎮幽鬼。楊郎獨宿方醒然，孤鸞獨宿重泉底。《青瑣高議》别集卷三《越娘記》

《青瑣高議》：舜俞思越娘，不復見，欲伐其墓。道士止之不伐，削木爲符，丹書其上，長數尺，釘墓上，越娘遂不見。有情者多作詩嘲之云云。

張浩

張浩，字巨源，西洛（今河南洛陽）人。以蔭入仕，及冠未婚，後娶李氏。事見《青瑣高議》别集卷四。今録詩三首。

詠未開牡丹贈李氏

迎日香苞四五枝，我來恰見未開時。包藏春色獨無語，分付芳心更待誰。
碧玉蔀中藏蜀錦，東吳宫裏鎖西施。神功造化有先後，倚檻王孫休怨遲。

戲李氏

華胥佳夢惟聞説，解佩江皋浪得聲。一夕東軒多少事，韓郎虚負竊香名。以上《青瑣高議》别集卷四

（以上徐永强整理）

董遘

董遘，字濟道，西洛（今河南洛陽）人（《青瑣高議》别集卷五）。

題山寺壁

寺中荆棘老侵雲，惡木猙獰野外村。原上狐狸走白日，水邊魑魅立黄昏。山鬼相呼夜月黑，怪禽惡語向風喧。挑燈待曉安能寐，一夜驚憂緊閉門。《青瑣高議》别集卷五

釋頓悟

釋頓悟，趙州（今河北趙縣）人。俗姓蔡。事見《青瑣高議》别集卷六。

化前題壁

精神若還天，肉骨又還土。上下都還了，此身元是主。惟有一點雲，不散還不聚。縱然却還來，未脱尋常母。若更善修日，西方是吾祖。《青瑣高議》别集卷六

釋成明

釋成明，洪州(今江西南昌)人。俗姓馬。事見《青瑣高議》别集卷六。

别師

劫火燒成烈焰城，煎熬無計拯衆生。請師少念清涼境，此是西天第一程。《清瑣高議》别集卷六

葉桂女

葉桂女，字月流。

琵琶亭

樂天當日最多情，淚滴青衫酒重傾。明月滿船無處問，不聞商女琵琶聲。宋劉攽《中山詩話》

(以上朱寶模整理)

某名公

戲答舉人索米

五貫九百五十俸，省錢請作足錢用。妻兒尚未厭糟糠，僮僕豈免遭飢凍。贖典贖解不曾休，喫酒喫肉何

曾夢。爲報江南癡秀才，更來謁索覓甚甕。宋沈括《夢溪筆談》卷二三

《夢溪筆談》：嘗有一名公，初任縣尉，有舉人投書索米，戲爲一詩答之云云。熙寧中，例增選人俸錢，不復有五貫九百俸者。

樊預

樊預，眉州（今四川眉山）人。登進士第，爲杭州推官。事見《括異志》卷三。

（許紅霞整理）

句

三聲鼓角雲中見，一簇樓臺海上高。宋張師正《括異志》卷三

（徐永强整理）

魏嗣孫

魏嗣孫，睢陽（今河南商丘南）人（《宋詩紀事補遺》卷九一）。

濂溪識行

分得廬山水一溪，濂名萬古合昭垂。光風霽月依然在，肯與人間較盛衰。宋周敦頤《周元公集》卷七

（漆永祥整理）

曹瑋幕客

獻曹南院

賢守新成蓋代功，臨危方始見英雄。三都谷路全師入，十萬胡塵一戰空。殺氣尚疑横塞外，捷音相繼徧

寰中。君王看降如綸命，旌節前驅馬首紅。宋陳師道《後山詩話》

《後山詩話》：曹南院（曹瑋，曾官宣徽南院使）爲秦帥，唃氏方興，舉國入寇。公自出禦之，戰於三都谷，大敗之，唃氏遂衰。其幕府獻詩云云。

（王麗萍整理）

官人子弟

句

細草行縢路，垂楊席帽風。宋張耒《明道雜志》

《明道雜志》：先君舊説，嘗隨侍祖父官閩，有一官人子弟善作詩，然夭卒。有一聯云云。

（朱寶模整理）

無名氏

贈日本僧寂照禮天台山

滄波泛瓶錫，幾月到天朝。鄉信日邊斷，歸程海面遥。秋泉吟裏落，霜葉定中飄。爲愛華風住，扶桑夢自消。宋王欽臣《王氏談錄》

（徐永强整理）

無名氏

句

啼月杜鵑喉舌冷，宿花蝴蝶夢魂香。宋吴开《優古堂詩話》

《優古堂詩話》：黄季涔嘗言一士人詩云云。蓋自唐趙嘏發之，趙云「松島鶴歸書信絶，橘洲風起夢魂香」。

（漆永祥整理）

鄭猷

詠王子安應試新亭二詩

一簪華髮一牀書，盡日新亭適意無。莫道長安天㨾遠，長安自不厭江湖。

前年諫獵出長楊，乞得新亭作醉鄉。好把青衫送酒媪，從教人識御爐香。宋趙令畤《侯鯖錄》卷二

（劉瑛整理）

無名氏

舒州下寨驛題壁

北堂無老信來稀，十載秋風雁自飛。今日滿頭生白髮，千山鄉路爲誰歸。《侯鯖錄》卷二

（漆永祥整理）

敗道道人

絶句

瑤峰一别杳難期，消渴從教醉枕攲。不信丹青能畫得，五更燈暗月來時。《侯鯖錄》卷三

（劉雯整理）

錢氏

詩一首

士悲秋色女懷春，此語由來未是真。倘若有情相眷戀，四時天氣總愁人。《侯鯖録》卷六

（岳仁堂整理）

無名氏

題驛壁

記得離家日，尊親囑咐言。逢橋須下馬，過渡莫爭船。雨宿宜防夜，鷄鳴更相天。若能依此語，行路免迍邅。《侯鯖録》卷六

釋從朗

釋從朗，住婺州木陳寺（《景德傳燈録》卷一一）。

歸寂頌

三十年來住木陳，時中無一假功成。有人問我西來意，展似眉毛作麼生。宋道原《景德傳燈錄》卷一一

（以上漆永祥整理）

釋普聞

釋普聞，能詩，《説郛》中存有《詩論》一卷。今録詩三首。

法意句格送求僧行者

山林夜雨厭孤寂，春風幾番沙草碧。衣盂無計若爲傳，負春空墜腰間石。

效意境格二首

水闊天長雁影孤，眠沙鷗鷺倚黄蘆。半收小雨西風冷，自注：境。藜杖相將入畫圖。自注：意。

十里沙堤水滿湖，着霜蘆冷未全枯。曉來細雨藏鷗鷺，何處人間有畫圖。以上《詩論》

（聞賢、王麗萍整理）

石屋

詩一首

八峰春到了，雙澗雨晴初。小室鉤簾坐，人間無畫圖。《詩論》

（王麗萍整理）

雙林大士

偈

渡河須用筏，到岸不須船。人法俱名執，悟理詎勞詮。中流仍被溺，誰論在兩邊。有無如取一，即被汙心田。宋惠洪《林間錄》卷上

村寺僧

蒸豚

觜長毛短淺含膘，久向山中食藥苗。蒸處已將蕉葉裹，熟時兼用杏漿澆。紅鮮雅稱金盤飣，軟熟真堪玉筯挑。若把氈根來比並，氈根只合喫藤條。宋惠洪《冷齋夜話》卷二

《冷齋夜話》：王中令既平蜀，捕逐餘寇，與步隊相遠。飢甚，入一村，寺中一僧醉甚箕踞，公怒，欲斬之。僧應對不懼，公奇而赦之。問求蔬食，僧云：「有肉無蔬。」公益奇之。餽以一蒸豬頭，食之甚美。公喜問僧，止能飲酒食肉耶？抑有他技也？僧自言能詩。公令賦食蒸豚詩，援筆立成云云。

（以上朱寶模整理）

靚禪師

靚禪師，主筠州三峰，後往汝州香山。事見《冷齋夜話》卷六。今録詩二首。

題巨商壁

去年巢穴畫梁邊，春暖雙雙繞檻前。莫訝主人簾不捲，恐銜泥土污花磚。

溺溪流

春天一夜雨霶霈，添得溪流意氣多。剛把山僧推倒却，不知到海後如何。以上《冷齋夜話》卷六

（漆永祥整理）

無名氏

嘲張師雄

昨夜陰山賊吼風，帳中驚起蜜翁翁。平明不待全師出，連著皮裘入土空。宋魏泰《臨漢隱居詩話》

《臨漢隱居詩話》：「昨夜陰山吼賊風，帳中驚起紫髯翁。平明不待全師出，連把金鞭打鐵驄。」不知何人之詩，頗爲邊人傳誦。有張師雄者，居洛中，好以甘言悦人，晚年尤甚，洛人目爲蜜翁翁。會官於塞上，一夕，傳胡騎犯邊，師雄倉惶振恐，衣皮裘兩重，伏於土穴中，神如癡矣。無名子改前詩嘲之云云。

丁渥妻

寄外

淚濕香羅帕，臨風不肯乾。欲憑西去雁，寄與薄情看。　宋李獻民《雲齋廣錄》

《雲齋廣錄》：進士丁渥在太學，夢歸，見妻於燈下披箋握管爲書寄生。生曰：我已至矣，何用書爲。妻但揮涕而不答，又於别幅見詩云云。生既覺，以語同舍。曰：君思念之極，以至於此。後旬日，得書並詩，皆夢中所見，無少差。

暨氏女

句

多情樵牧頻簪髻，無主蜂鶯任宿房。野花　宋何薳《春渚紀聞》卷七

《春渚紀聞》：建安暨氏女子，十歲能詩。人令賦《野花》詩云云。

（以上孟憲忠整理）

鄭魁

端硯銘

仙翁種玉芝，耕得紫玻璃。磨出海鯨血，鑿成天馬蹄。潤應通月窟，洗合就雲溪。常恐魍魎奪，山行亦自攜。　《春渚紀聞》卷九

《春渚紀聞》：永嘉林叔睿所藏端石，馬蹄樣，深紫色，厚寸許，面徑七八寸。下鄭魁銘詩云云。

（于博文整理）

釋守恭

句

布髮人來絶，銜花鹿去多。佛跡峰

影落楊侯宅，根連覺帝居。朝海峰　以上宋江少虞《宋朝事實類苑》卷三七引《楊文公談苑》

（朱寶模整理）

朱池寺僧

絶句

孤燈寂寂夜堂深，寒雨瀟瀟響竹林。文抵浮生只如此，不須哀怨動悲音。《宋朝事實類苑》卷四三引《李希聲詩話》

《宋朝事實類苑》：余往歲侍親睦州壽昌縣，朱池寺僧卒方數日，其弟子出卒前一日手寫一頌云云。字甚端謹，斯亦異矣。

（漆永祥整理）

歐陽景

歐陽景，官洗馬（《宋朝事實類苑》卷六三引《倦遊雜録》）。

與玉泉長老

金鑾來覓玉泉書，金玉相逢價倍殊。到了不干藤蔓事，葫蘆自去纏葫蘆。《宋朝事實類苑》卷六三引《倦遊雜録》

《宋朝事實類苑》：歐陽景素有輕薄名。一日，金鑾長老來，上謁告曰：「院門缺齋供，今將索米於玉泉長老，敢乞一書，以爲先容。」景笑曰：「諾。」翌日，授一緘。既至，玉泉啓封，乃詩一首云云。二僧相視，發笑而已。

句

清明時節正穠芳。荼蘼花

最是風流堪賞處，美人收作裛衣香。又

偏向蜀都呈巧樣，被人翻入錦紋頭。海棠花　以上元林楨《詩學攔江網》丁集上

（劉佳整理）

無名氏

句

文章却似呼延贊，風貌全同富相公。《宋朝事實類苑》卷六三

《宋朝事實類苑》：吳善長郎中儀狀恢偉，頗肖富丞相，文學之譽則未聞焉。有輕薄子贈之詩云云。國初，有武臣呼延贊者好吟惡詩，故云。

（孟憲忠整理）

張崇

無題

群山起伏朝靈嶽，恰似千官奉至尊。吳蜀未平宜假手，願將餘力致乾坤。宋鄭剛中《西征道里記》

（徐永强整理）

全宋詩卷三七三七

林傑

林傑，字智用，五歲即能詩，年十七得疾卒。事見《詩話總龜》前集卷二。

王仙君壇時年五歲

羽客已登雲路去，丹砂草木盡凋殘。不知千歲歸何日，空使時人掃舊壇。以上宋阮閲《詩話總龜》前集卷二引

七夕謁唐中丞作

七夕今朝看碧霄，牽牛織女渡河橋。家家乞巧望秋月，穿盡紅絲幾萬條。《詩史》

（孟憲忠整理）

楊軒

楊軒，字公遠，衛州（今河南衛輝）人（《詩話總龜》前集卷六作淇州，卷一二作衡州）。舉進士，兩至省，多棲依貴宦門館。事見《新編分門古今類事》卷一四。今録詩二首。

牡丹

楊妃歌舞態，西子巧讒魂。利劍砍不斷，餘妖鍾此根。光華日已盛，欄檻豈長存。寄語尋芳者，須知松柏尊。《詩話總龜》前集卷六引《雲齋廣錄》

一日曲

妾家鄧侯國，肯愧邯鄲姝。世本富繒綺，嬌愛比明珠。十五學組紃，未嘗開户樞。十六失所適，姓名傾里閭。十七善歌舞，使君邀宴娛。自兹著樂府，不得同羅敷。涼溫忽荏苒，屢接朝大夫。相歡不及情，何異逢路衢。昨日一見郎，目色曾不渝。結愛從此篤，暫隔猶恐疏。如何遂從官，去涉千里途。郎跨青驄馬，妾乘白雪駒。送郎郎未遠，别妾妾仍孤。不如水中鱗，雙雙依緑蒲。不如雲間鵠，兩兩下平湖。魚鳥尚可託，妾今誰與俱。去去約春華，終朝怨日晡。一心思君子，便擬見梅花。梅花幾時吐，頻掐闌干數。東風若見郎，重爲歌金縷。宋何汶《竹莊詩話》卷一八

句

解照日月不照處，獨明天地未明時。燈 《詩話總龜》前集卷一二引《摭遺》

（劉寧整理）

南鄭殿丞

句

青鳥幾傳王母信，白鵝曾换右軍書。

近闕已瞻龍虎氣，思鄉猶望斗牛星。將至京 以上《詩話總龜》前集卷一二引《玉堂詩話》

楊黎州

句

山川百蠻國，雨露九天書。赦至

胡越自爲迢遞國，參商元是別離星。寄遠

天上羲輪都易識，人間堯曆自難逢。自遣

部中車雨春無潤，天上星郎夜損光。哭儲屯田

頓纓狂走鹿，吐沫倦遊鱗。感悟

遠別苦驚雲聚散，相逢多悟月盈虧。心知

剛腸欺竹葉，衰鬢怯蘆花。自詠

一斑早寄湘川竹，萬點空遺峴首碑。淚

若非琥珀休爲枕，不是琉璃莫作屏。竹簟

人歸漢后黄金屋，燕在盧家白玉堂。春書

以上《詩話總龜》前集卷一二引《玉堂詩話》

（以上朱寶模整理）

楊萬畢

楊萬畢，字通一，淇川（今河南淇縣）人。事見《詩話總龜》前集卷一三。

句

千里暮雲山已黑，一燈孤館酒初醒。聞梧桐夜雨

《詩話總龜》前集卷一三引《詩史》

（顧永新整理）

張宗尹

張宗尹，曾知長安縣。事見《詩話總龜》前集卷一五。

題陳相鄠杜別業壁

喬松翠竹絶纖埃，門對南山盡日開。應是主人貪報國，功成名遂不歸來。

句

大書文字隄防老，剩買田園準備閒。以上《詩話總龜》前集卷一五引《倦游錄》

《詩話總龜》：張宗尹爲長安令，時鄭州陳相尹京兆。宗尹嘗以事忤公意，公有別業在鄠杜間，宗尹書一絶於壁云云。有人錄以告，公覽而善之，待之如初，宗尹有詩云云。

（蔣岳紅整理）

楊獻民

楊獻民，河東（今山西永濟西南）人。嘗官太常博士。事見《詩話總龜》前集卷一七。

句

縣官伐木入煙蘿，匠石須材盡日磨。寄僚友　《詩話總龜》前集卷一七引《倦遊錄》

《詩話總龜》：關右人或作京師語音，俗謂之獠語，士大夫亦然。時鄜州修城，差望青砍木，作詩寄僚友云云。蓋以鄉音呼忙爲磨也，士人而徇俗不典，可笑。

（劉雯整理）

廖齊

永州有感

下馬連聲叩竹門，主人何事感遺恩。回頭泣向兒童道，重見甘棠舊子孫。　《詩話總龜》前集卷二五引《青瑣後

集》

《詩話總龜》：廖齊父爽直，嘗爲永州刺史。齊後遊零陵，于民間見父題壁，感而成詩云云。

（許紅霞整理）

朱定國

戲張天驥

羡公飄蕩一孤舟，來作錢塘十日游。水洗禪心都眼淨，山供詩筆總眉愁。雪中乘興真聊爾，春盡思歸都罷休。何事却尋朱處士，種魚萬尾橘千頭。《詩話總龜》前集卷三八引《紀詩》

《詩話總龜》：徐州雲水山人張天驥，不遠千里見朱定國於錢塘，愛其中風物，遂欲徙家居焉。春盡思歸，以詩戲之云云。

（徐永强整理）

周仲美

書郵亭壁

愛妾不愛子，爲問此何理。棄官更棄妻，人情寧可已。永訣泗之濱，遺言空在耳。三載無朝昏，孤幃淚如洗。婦人義從夫，一節誓生死。江鄉感殘春，腸斷晚煙起。回望太華峰，不知幾千里。《詩話總龜》前集卷四五引《王直方詩話》

《詩話總龜》：周仲美，不知何許人。適李氏子，侍舅姑宦泗上，從良人赴金陵幕。偶因事棄官入華山，有長住之意，仲美即寄身合淝外祖家。方求歸未得，會舅遽調任長沙，不免共載而南。雲水茫茫，去國益遠，形影相弔，洒涕何言，因書所懷於壁云云。

（王麗萍整理）

郭暉妻

答外

碧紗窗下啓緘封，尺紙從頭徹尾空。應是仙郎懷别恨，憶人全在不言中。　宋葉夢得《巖下放言》

《巖下放言》：士人郭暉，因寄妻問，誤封一白紙去。細君得之，乃寄一絶云云。

（劉瑛整理）

無名氏

題鴛鴦浦溆圖

睡足鴛鴦各欲飛，水花欹岸兩三枝。多情公子因乘興，寫出江春日暖時。　宋《宣和畫譜》卷一六

《宣和畫譜》：宗室仲僩，字存道，雅好繪畫。每歲都城士大夫有園圃者，花開時必縱人游觀。仲僩乃載酒行樂，遇興來，見高屏素壁，隨意作畫。嘗於華陽郡主王憲家林亭間作《鴛鴦浦溆》，頃刻而就，至于設色，唯輕淡點綴而已。有人題詩於後云云。

（漆永祥整理）

史君實

贈尼還俗

脱却霞裾着綉裙，仙凡從此路歧分。蛾眉再畫當時月，蟬鬢重梳舊日雲。玉貌緩將鸞鏡照，錦衣兼把麝香薰。屏幃乍得蕭郎愛，更没心情憶老君。　宋曾慥《類説》卷一二

（徐永强整理）

孫山

孫山，吴人，善滑稽。以「解名盡處是孫山」一聯，後來成爲「名落孫山」之成語。事見《過庭録》。

句

盤古榜中同進士，伏羲手裏探花郎。

解名盡處是孫山，君名《過庭録》作賢郎更在孫山外。

幸賴聖恩收拾了，這回含笑入黄泉。以上《類説》卷五五

分開秋水國，映斷夕陽天。吴江橋　宋王象之《輿地紀勝》卷五《兩浙西路·平江府》

結宇孤峰上，安禪巨浪間。金山　宋史彌堅《嘉定鎮江志》卷二一

（戴螢整理）

無名氏

鄭州

南北更無三座寺，東西只有一條街。四時八節無筵席，半夜三更有界牌。

《雞肋編》：鄭州去京師兩程，當川陝驛路，有紀事詩十餘韻，其切當者云云。

句

憲州渾如枉死市，岢嵐彷佛似陽間。河南

雞足斜分三道水，蛇腰慢轉一條街。寧州

《雞肋編》：蓋州依山而立，通衢宛轉而上也。三水會於城下，故驛名三河，謂九陵、三橋、馬嶺，皆合流於涇。

沙堆套裏三條路，石炭烟中兩座城。延州

土洞裏頭行十日，山棚上面住三年。又　以上宋莊綽《雞肋編》卷上

《雞肋編》：謂中倚高山，自過蒲中，行土谷中十程始到也。

（漆永祥整理）

無名氏

題太行山石壁

太行千里連芳草，獨酌一杯天地小。醉卧花間人不知，黄鶯啼破春山曉。宋馬純《陶朱新錄》

（朱寶模整理）

蔡州道人

絶句

爛柯真訣妙通神，一局曾經幾度春。自出洞來無敵手，得饒人處且饒人。宋姚寬《西溪叢語》卷上

（徐永强整理）

胡清

胡清，崑山（今江蘇昆山）人（《中吴紀聞》卷五）。今録詩二首。

壓雲軒

誰建危亭壓翠微，畫簷直與暮雲齊。有時一片巖隈起，帶與老僧山下歸。

軒旁小柏

栽傍巖隈未足看，爲言斤斧莫無端。它時直入掄材手，不獨青青保歲寒。　以上宋龔明之《中吳紀聞》卷五

（劉彥捷整理）

嚴陵士人

句

日月明方見，乾坤暗自收。　詠林影

大柄如歸手，蚊蝱莫浪飛。　詠扇　以上宋陳巖肖《庚溪詩話》卷下

無名氏

題陽羨溪亭壁

碧雲亭上碧雲飛，竟日迴環面翠微。梅萼破香知臘盡，柳梢含綠認春歸。風前古澗琴三疊，雪後羣峰玉一圍。遥想上人清太甚，水精宫裏説禪機。

題嚴陵釣臺

范蠡忘名載西子，介推逃蹟累山樊。先生政爾無多事，聊把漁竿坐水村。

題丹陽玉乳泉壁

騎馬出門三月暮，楊花無奈雪漫天。客情最苦夜難度，宿處先尋無杜鵑。　以上《庚溪詩話》卷下

（以上朱寶模整理）

吴江趙主簿

題西隱三首

草樹低迷愛晚晴，江天表裏玉壺清。平生心事無人會，慚愧滄波欸乃聲。

脚力窮時地更偏，瘦藤危石兩蒼然。山僧已識幽人意，借與禪床自在眠。

偶無公事獨憑欄，領略風煙萬頃寬。説似西廊曾懋父，倩君椽筆寫郊寒。宋龔昱《崑山雜詠》卷下

（孟憲忠整理）

刁麟游

竹馬

小兒騎竹作驊騮，猶是東西意未休。我已童心無一在，十年渾付水東流。宋周紫芝《竹坡詩話》

《竹坡詩話》：福唐黄文若言，南徐刁氏子，字麟游，十歲賦《竹馬》詩云云。後十歲果卒。客有誌其墓，以比李長吉。

（崔統華整理）

無名氏

戲題林靈素畫像

當日先生在市廛，世人那識是真仙。只因學得飛昇後，雞犬相隨也上天。《竹坡詩話》

《竹坡詩話》：道士林靈素，以方術顯於時。有附之而得美官者，頗矜有驕色，或作詩云云。

（孟憲忠整理）

李似權

記夢

碧玉山頭碧玉泉，琤琮聲裏數流年。不知曾與何人到，笑想丹題似昔緣。石壁蒼苔露未乾，小池射日石團團。弄泉漱玉歸何暮，風捲橫雲細細看。宋吴曾《能改齋漫録》卷一八

（李更整理）

無名婦人

句

蚌胎光透殼，犀角暈盈尖。中秋夜月　宋許顗《許彦周詩話》

（王麗萍整理）

釋義了

釋義了，字廓然，俗姓鍾離。嵩山佛慈璣禪師侍者（《許彦周詩話》）。

句

百年休問幾時好，萬事不勞明日看。《許彦周詩話》

（王麗萍整理）

無名氏

題峻極中院法堂壁

一團茅草亂蓬蓬，驀地燒天驀地空。爭似滿爐煨榾柮，慢騰騰地熱烘烘。《許彦周詩話》

《許彦周詩話》：宣和癸卯，僕遊嵩山峻極中院，法堂後簷壁間有詩云云。字畫極草草，其傍隸書四字云勿毁此詩，寺

僧指示曰：此四字司馬相公親書也。

劉禹錫

劉禹錫，博通子史百家，精於醫，有《傳信方》二卷（《宋史·藝文志》六），已佚。事見《過庭録》。

句

風定花落深一寸，日高啼鳥度千聲。
曉鶯林外千聲囀，芳草階前一尺長。　以上宋范公偁《過庭錄》

（以上漆永祥整理）

傅子容

題楊汝士玉蕊帖

比瑒更攀總未佳，要須博物似張華。因觀異代前賢帖，知是唐昌玉蕊花。　宋胡仔《苕溪漁隱叢話》前集卷四七引《高齋詩話》

《苕溪漁隱叢話》：瑒花即玉蕊花，王介甫以之比瑒，謂當用此瑒字。蓋瑒，玉名，取其白耳。魯直又更其名爲山礬，謂可以染也。廬陵段謙叔，多聞士也，家藏異書古刻至多，有楊汝士與白二十二帖云：「唐昌玉蕊，以少故見貴耳。自來江南山山有之，土人取以供染事，不甚惜也。」則知瑒花之爲玉蕊，斷無疑矣。傅子容見此帖，乃作絶句云云。

（劉瑛整理）

鄭子覃

題苕溪道觀壁

紛紛紅雨入蒼苔，密蔭新成鶯友來。擬逐幽人夢蓬島，一聲裂竹故鶯回。《苕溪漁隱叢話》前集卷五四《本朝雜記》

（孟憲忠整理）

無名氏

詩一首

西出潼關客路迷，一葫蘆酒一篇詩。葫蘆酒盡興未盡，坐看春山春盡時。《苕溪漁隱叢話》前集卷五四引《詩眼》

（漆永祥整理）

李廷彦

句

舍弟江南没，家兄塞北亡。百詠詩 《苕溪漁隱叢話》前集卷五五引《遯齋閒覽》

《苕溪漁隱叢話》：魏達可朝奉喜爲謔談，嘗云李廷彦獻百詠詩於一達官，其間有句云云。達官惻然傷之，曰：不意君家凶禍重併如此。廷彦遽起自解曰：實無此事，但圖屬對親切耳。

（陳曉蘭整理）

丘氏

寄外

簾裏孤燈覺曉遲，獨眠留得宿粧眉。珊瑚枕上驚殘夢，認得蕭郎馬過時。《苕溪漁隱叢話》前集卷六〇引《西清詩話》

《苕溪漁隱叢話》：朝奉郎中丘舜諸女，皆能文詞，每兄弟内集，必聯詠爲樂，其仲嘗作寄夫詩云云。

（王麗萍整理）

無名氏

回　文

紅窗小立低聲怨，永日春寒斗帳空。中酒落花飛絮亂，曉鶯啼破夢匆匆。
同誰更倚閑窗繡，落日紅扉小院深。東復西流分水嶺，恨兼愁續斷弦琴。
寒信風飄霜葉黄，冷燈殘月照空牀。看君寄憶回文錦，字字縈愁寫斷腸。
前堂畫燭殘凝淚，半夜清香舊惹衾。烟鎖竹枝寒宿鳥，水沈天色霽横參。
娥翠斂時聞燕語，淚珠彈處見鴻歸。多情妾似風花亂，薄倖郎如露草晞。《苕溪漁隱叢話》前集卷六〇引《漫叟詩話》

（朱寶模整理）

無名氏

題寢宫詩

農桑不擾歲常登，邊將無功吏不能。四十二年如夢過，東風吹淚灑昭陵。《苕溪漁隱叢話》後集卷一九引《復齋漫録》

（漆永祥整理）

陳天錫

野梅

舍南舍北雪猶存，山外斜陽不到門。一夜冷香清入夢，野梅千樹月明村。《苕溪漁隱叢話》後集卷二一引《東皋雜録》

（孟憲忠整理）

無名氏

黄山

三十六峰高倚天，瑤臺金闕貯神仙。嵩陽若與黄山比，猶少靈砂一道泉。《苕溪漁隱叢話》後集卷二六

《苕溪漁隱叢話》：《圖經》載：黄山舊名黟山，東峰下有硃砂湯泉，熱可點茗，春時即色微紅，昔人題詩云云。

（朱寶模整理）

劉彤

劉彤，字文美，適江寧章文虎。事見《苕溪漁隱叢話》後集卷四〇。今録詩一首。

寄外

碧紗窗外一聲蟬，牽斷愁腸懶晝眠。千里才郎歸未得，無言空撥玉爐烟。畫扇停揮白日長，清風細細襲羅裳。女童來報新篘熟，安得良人共一觴。《苕溪漁隱叢話》後集卷四〇

（漆永祥整理）

無名氏

回文三首

春晚落花餘碧草，夜涼低月半枯桐。人隨遠雁邊城暮，雨映疏簾繡閣空。

紅手素絲千字錦，故人新曲九迴腸。風吹絮雪愁縈骨，淚灑縑書恨見郎。

羞看一首回文錦，錦似文君别恨深。頭白自吟悲賦客，斷腸愁是斷弦琴。《苕溪漁隱叢話》後集卷四〇

《苕溪漁隱叢話》：《東坡後集》有《題織錦圖上回文》三首云云。《淮海集》載東坡跋云：「余少時見一江南本，其後有人題詩十餘首，皆奇絶，今記其三首。」然則此詩非東坡所作也。少游又云：「子瞻記江南所題詩本不全，嘗見之，記其五絶，今以補子瞻之遺。」即《叢話》前集所載回文詩五首是也。世以爲少游所作，亦非也。

（朱寶模整理）

全宋詩卷三七三八

釋圓

釋圓，住湖州甘露寺。事見《羅湖野録》卷二。

漁父詞

本是瀟湘一釣客，自東自西自南北。只把孤舟爲屋宅。無寬窄，幕天席地人難測。
頃聞四海停戈革，金門懶去投書策。時向灘頭歌月白。真高格，浮名浮利誰拘得。宋曉瑩《羅湖野錄》卷二

（閏賢整理）

淳藏主

山居十二首

拙直自知趨世遠，疏愚贏得住山深。現成活計無他物，只有鱗皴杖一尋。
屋架數椽臨水石，門通一徑掛藤蘿。自緣此處宜投老，饒得溪雲早晚過。
自笑疏狂同拾得，誰知癡鈍若南泉。幾回食飽游山倦，只麽和衣到處眠。
無心閒淡雲歸洞，有影澄清月在潭。此景灼然超物外，本來成現不須參。
隨身只有過頭杖，飽腹唯憑折脚鐺。幾度遣閒何處好，水聲山色裏游行。
瓦爐爇處清烟靄，鐵磬敲時曉韻寒。一穿數珠粗又重，拈來百八不相謾。
一瓢顔子非爲樂，四壁相如未是高。爭似山家真活計，屋頭松韻瀉秋濤。

數行大字貝多葉，一炷粗香古柏根。石室靜延春晝永，杜鵑啼破落花村。
漁父子歌甘露曲，擬寒山詠法燈詩。深雲莫謂無人聽，萬像森羅歷歷知。
坐石已知毛骨冷，漱泉長覺齒牙清。箇中有味忘歸念，身老無餘合此情。
幽巖靜坐來馴虎，古澗經行自狎鷗。不是忘機能絶念，大都投老得心休。
怕寒嬾剃鬔鬆髮，愛煖頻添榾柮柴。栗色伽梨撩亂掛，誰能勞苦强安排。《羅湖野録》卷二

《羅湖野録》：淳藏主乃寶峰祥公參徒之傑者。該洽内典，博綜外乘。高尚瀟湘，備見於自述《山居》詩凡數十解，今記十有二而已云云。

肱禪師

題雁蕩龍鼻水

雨足雲收得暫閒，謾將頭角寄空山。鼻端一滴無多子，引得人人到此間。《羅湖野録》卷三

《羅湖野録》：肱禪師蹤跡其師高庵悟公之爲人，叢林頗傳頌之，因謝事龍翔，游雁蕩，戲題龍鼻水以見意云云。

信禪師

信禪師，住蘇州定慧寺。事見《羅湖野録》卷四。

貽老僧

俗臘知多少，龐眉擁毳袍。看經嫌字小，問事愛聲高。暴日終無厭，登階漸覺勞。自言曾少壯，游嶽兩

三遭。《羅湖野錄》卷四

和庵主

題壁三首

自從南嶽來雪竇，二十餘年不下山。兩處居庵身已老，又尋幽谷養衰殘。

十方世界目前寬，抛却雲庵過別山。三事壞衣穿處補，一條藜杖伴清閒。

黄皮裹骨一常僧，壞衲蒙頭百慮澄。年老嬾能頻對客，攀蘿又上一崚嶒。《羅湖野錄》卷四

《羅湖野錄》：和庵主從辨禪師游，叢林以爲飽參。及逸居棲雲庵，有志于道者多往見之。雪竇主者嫉其軋己，因於郡守聞其名而問之時，對云一常僧耳。和遂題三偈於壁云云。

（以上孟憲忠整理）

王駕

永和縣上巳

記得蘭亭祓禊辰，今朝兼是永和春。一觴一詠無詩侶，病倚山窗憶故人。宋桑世昌《蘭亭考》卷一二

（漆永祥整理）

徐瓘

徐瓘，號隨齋。事見《回文類聚》卷三。今録詩五首。

四時詩

春

風吹細浪低田麥，雨過初分淺水秧。紅樹半開桃臉嫩，綠波深映柳絲長。

夏

林垂紫李玉成蹊，水映紅榴石近溪。深棟雙雙飛燕語，陰槐綠樹萬蟬嘶。

秋

紅飄亂葉樹連枝，雨著疏花菊遶籬。蓬轉恨多饒白髮，鴻歸數處寄新詩。

冬

飛花雪片落梅殘，興發歌樓酒量寬。磯石釣魚觀凍手，衣蓑綠映暮江寒。

偶書

明中悟理造忱誠，性覺通真見即行。生不生來空是境，有無有處化爲城。榮枯現夢因緣想，色相求心妄執情。名與實亡都在道，盲聾苦學漫營營。以上宋桑世昌《回文類聚》卷三

（王麗萍整理）

許存我

次韻吴叔廉山村

田繞青山好住家，短籬疏圃接丘麻。煙村遠近棲鴉亂，竹岸高低飛鷺斜。泉噴石間巖湧雪，霧浮堤外柳吹花。連雲碧色秋光冷，眠犢黄昏草長芽。《回文類聚》卷三

（劉虹整理）

曹道沖

曹道沖，南岳道士。事見《南岳總勝集》卷中。

題謝先生白雲庵

桃源洞口武陵人，跳出紅塵二十春。但喜白雲深有趣，不知青眼近來親。丹砂已向坤爐伏，玉汞先從坎鼎烹。活計一張焦尾外，碧壇三尺禮星辰。

宋陳田夫《南岳總勝集》卷中

（漆永祥整理）

無名氏

陶公醉石

五字高吟酒一瓢，廬山千古想風標。至今門外青青柳，不爲東風肯折腰。

宋周必大《廬山後錄》

（王麗萍整理）

無名氏

靖州歌

小娘子，葉底花，無事出來喫盞茶。

宋陸游《老學庵筆記》卷四

《老學庵筆記》：辰沅靖州俗亦土著，男未娶者，以全雞羽插髻；女未嫁者，以海螺爲數珠挂頸上。男女聚而踏歌，數人吹笙前導之。上元則入城市觀燈，其歌云云。蓋竹枝之類也。

無名氏

油污衣

一點清油污白衣，斑斑駮駮使人疑。縱饒洗遍千江水，爭似當初不污時。宋洪邁《容齋三筆》卷五

《容齋三筆》：予甫十歲時，過衢州白沙度，見岸上酒店敗壁間有題詩兩絶，其名曰《犬落水》、《油污衣》。犬詩太俗，不足傳。獨後一篇殊有理致。是時甚愛其語，今六十餘年，尚歷歷不忘。

（以上漆永祥整理）

釋惟茂

釋惟茂，吴（今江蘇蘇州）人。住天台山。事見《容齋三筆》卷一二。

絶句

四面峰巒翠入雲，一溪流水漱山根。老僧只恐山移去，日午先教掩寺門。《容齋三筆》卷一二

（劉雯整理）

無名氏

三鴉鎮題壁

二年憔悴在三鴉，無米無錢怎養家。每日兩餐唯是藕，看看口裏出蓮花。宋洪邁《夷堅丁志》卷一七

《夷堅丁志》：三鴉鎮在河北孤迥處，鎮官一員，俸入不能給妻孥，官況蕭條。地多塘濼，捨蒲藕魚鼈之外，市井絶無可買，前後監司未嘗至。有運使行部，從吏導之過焉。入其治，則官吏悉已委去，無簿書可尋詰。徘徊堂上，顧紙屏間題字尚溼，試閲之，乃小詩云云。

無名氏

和孝狗歌

慈烏反哺古所稱，不聞乳狗能效顰。鹿坡王氏世吉人，乞得乳狗於良鄰。良鄰家貧併日食，狗母長飢骨柴立。乳狗食竟掉尾歸，嘔食餵母使母肥。朝餐歸嘔暮復續，獸類之中潁考叔。紛紛養志多缺如，慚愧四足之韓盧。

《夷堅志》：德興詹村民牝狗生子，無以食。相去半里鹿坡王氏求其子歸，飫於糟糠。每日竟即返故處，嘔所餐以哺母，風雨不輟。鄉士人爲賦《孝狗歌》，和者甚多，其一篇云云。

傷雙燕

燕燕于飛春欲暮，終日呢喃語如訴。但聞寄淚來瀟湘，不聞有意如烈婦。夏氏狂兒好游獵，彈射飛禽類幾絶。梁間雙燕銜泥至，飛鏃傷雄當兒戲。雌燕視之兀如癡，不能人言人不知。門前陂水清且泚，一飛徑溺澄瀾底。傷哉痛恨應未休，安得化作吕氏女，手刃其頭報夫仇。自注：許升者，爲盜所害，後刺史得盜，升妻吕氏手斷其頭，歸以祭夫。此事出《後漢·列女傳》。　以上《夷堅支志》庚集卷一

（以上徐永强整理）

利書記

天柱雉兒行

當年江上揚風舲，淮山望極排空青。今登天柱賞潛皖，元是吾家翡翠屏。禪叢一室因棲寄，選勝尋幽辨

真僞。虚廊揞蘚讀殘碑，三百年前刊異事。此山開闢至唐初，乾元中作金仙居。彭門大師曰崇惠，裁基創始成茅廬。牛頭道化將雄鎮，浮世勞生未知信。乘開石上誦蓮文，非謂疏慵效精進。空山白晝接清宵，壞衲披肩度寂寥。玲瓏宛轉斷人慮，七軸圓音震海潮。奇哉有物名緣會，錦繡毛衣勝綵繪。常伴山雞與鷓鴣，優游飲啄烟霞外。山梁疇昔歎時哉，此日祇園應世來。昂頭斂翼傍禪石，下風側聽忘驚猜。醍醐灑盡燒心火，暮去朝還無不可。宜成永向佛菩提，春燕秋鴻豈知我。俄聞荒草蜕其身，夢魂夜告生爲人。幽奇溪石驗端的，右脅遺翎跡尚新。妙齡自厭居民俗，祝髮依師隱林麓。他經雖授難遽通，唯有芬陀利精熟。師因嘆息省前緣，法種慈熏豈偶然。立名定體標殊特，靈休表示爲佳傳。閑行宴坐何超脱，古鑑無塵罷揮拂。登高臨遠快幽情，滿目風光舊時物。几席巾瓶侍服勤，闃闃孜孜十九春。西原危坐順圓寂，戒珠數粒輝香薪。真源始覺初無礙，月轉遼空水歸海。千聖徒中孰後生，一片靈臺長不昧。回觀輪裏漫啁啾，暖日和風戲未休。恩冤追逐蕩不返，六道三途豈自由。君不見潘安誇射賦，洞爾胸兮穿爾嗉。又不見退之詠獵詩，馬前五色墮離披。雲間哮擊攫鷹隼，草中竄伏憂狐狸。魯恭去後無消息，更有仁恩霑動植。桑下馴游哺影時，未必兒童能隱惻。浮屠窣堵鎮盤岡，累聞繼夕騰禪光。聖賢田地亦如此，方寸凡情未可量。蜀川鸚鵡持經法，舍利精熒滿金匣。至今忌日慘巖巒，羣類悲鳴繞層塔。近歲濡須釋子家，松枝雀化皆稱嗟。纖毫不動幾寒暑，翻然只恐臨蒼霞。賢王國士稱奇絶，巨石豐碑爭頌說。妙墨高文燦斗星，陵遷谷變相磨滅。也知靈識盡超冥，證出斯禽事顯明。寄言嗜欲沈迷者，請看天柱雉兒行。　《夷堅支志》庚集卷二

《夷堅支志》：舒州皖公山天柱寺，廊下有巨碑，云唐時崇惠禪師卓庵山中，前有磐石，每日對之誦《法華經》。一野雉來傾聽，略不動足，如是三年，不以寒暑輒廢。一旦不至，試于草間求之，已立化矣。爲用僧法荼毗之。夜夢雉來告

云：「以聽經之故，得免禽身，今託生山下農家作男子。師不想忘，後三日願訪我。」及期而往，果見嬰兒相顧而笑，左脅下尚存翎痕。師謂其父曰：「善視之，到十歲後，教從我出家。」父如所戒。師名之曰定體，且呼爲靈休侍者。又九歲，坐亡于西原，瘞塔故在，今天柱寺，即瘞基也。利書記者，不知何時人，作《雉兒行》一篇，宣揚其事，黟僧善祐傳之。其詞云云。

段油

冬日雷雨

劈面同雲布，雨共雪無數。雷又似打鼓，風又似拽鋸。雹子遍四郊，電光照四處。晚了定似一本作是晴，天也撰不去。《夷堅三志》己集卷七

（以上朱寶模整理）

何師韞

何師韞，字季才，金谿（今屬江西）人。嫁臨川饒氏，五十寡居。所居有懶愚樹，遂榜室曰懶愚。卒年八十六。有詩文集四十卷，已佚。事見《夷堅三志》壬集卷二。今録詩二首。

自題懶愚室

君不見南嶽懶殘師，佯狂啖殘食。鼻涕任垂頤，懶爲俗人拭。又不見愚溪子柳子，堂堂古遺直。以愚名溪山，于今慕其德。二子真吾師，欲見不可得。唯有懶愚樹，終日對顏色。齊威勤讀書，輪扁巧斲輪。勤巧動心志，何如懶愚貞。衰年髮已皤，行少坐時多。亦欲傚勤巧，奈此懶愚何。《夷堅三志》壬集卷二

失假山偈

片石亡來歲月深，昔時來覓到如今。誰知只在家山裏，枉費工夫別處尋。清饒昌胤康熙《撫州府志》卷二五

（劉瑛整理）

李氏子

題沈烏盆尸股

洪州沈烏盆，塑佛捨三尊。一朝饑凍死，衣不庇其臀。《夷堅志補》卷二四

《夷堅志補》：豫章沈生挻埴藝最精，所售最多，人目曰沈烏盆。平日好善樂施，而奉佛尤謹。捐錢塑上藍寺佛三軀，費數十萬弗靳。其後年齒浸高，生計日削，妻子皆先淪亡，姻戚莫顧。因大雪出外，死於城東，僵尸在地無殮。城人李氏子題詩於其左股云云。

（于博文整理）

邊郎中

净明寺

疏篁葱蒨雲添潤，亂石玲瓏蘚借斑。小有洞從仇穴入，妙峰頂對德雲間。宋王之望《漢濱集》卷二

（漆永祥整理）

釋惠隆

句

繞砌淺莎鳴促織，斷檐殘雨挂遊絲。題廢宅　宋陳應行《吟窗雜録》卷三二

釋文彧

釋文彧，號文寶大師。事見《吟窗雜録》卷三二。

句

十年弓劍爲誰苦，萬里山河不自由。題項羽廟　《吟窗雜錄》卷三二

文喜

文喜，湘南（今湖南湘潭）人。事見《吟窗雜録》卷三二。

句

一向亂雲尋不得，幾番臨水待歸來。失鶴　《吟窗雜錄》卷三二

釋宗美

自題詩集

新集芻蕘六百篇，冥搜疑到不還天。多慚未得騷人旨，虚役身心五十年。

題延福寺

倚檻寒松偃，連雲一徑横。就中圖不得，窗户入江聲。

句

浣紗舊曲何人笛，一一隨風到客舟。泊吳江　以上《吟窗雜錄》卷三二

（以上徐永强整理）

耿仙芝

耿仙芝，大名（今屬河北）人。曾舉進士。

句

淺水短蕪調馬地，淡雲微雨養花天。《吟窗雜錄》卷三四

（康笑菲整理）

魏萬

魏萬，富沙人。

榴花洞

江山巧秀入禪扃，四望仙源畫未真。萬疊好峰侵碧落，一條流水隔紅塵。澗邊鹿跡知何代，洞口榴花鎮似春。自恨聲名尚牽鎖，無因長對社中人。宋梁克家《淳熙三山志》卷三三

潘誠

皇恩寺

睿澤覃來數百年，海山高處有祇園。禪林自是三三界，塵世誰知十二門。詩客迢迢尋義路，禪翁特特起談軒。香爐頂上垂東注，萬派分明出一源。《淳熙三山志》卷三五

釋子耶

句

松欺臘雪千年古，竹掃溪風六月寒。龍龕山靈峰院　《淳熙三山志》卷三五

（以上劉雯整理）

徐忻

劍池

劍去池空一水寒，游人到此凭闌干。年來是事消磨盡，只有青山好靜看。宋王楙《野客叢書》卷一四

句

着衣輕有暈，入水淡無痕。雪　宋魏慶之《詩人玉屑》卷三

（崔統華整理）

李榮

句

國人久倚東園望，擬築沙堤到廣陵。宋《錦繡萬花谷》前集卷一三

（甯德偉整理）

蔡光啓

挽敦夫

人物於今嘆渺然，孤墳宿草已生烟。日暮行人道傍舍，應何年少共談禪。《錦繡萬花谷》前集卷二六

（徐永强整理）

吴山

吴山，京口（今江蘇鎮江）人（明《京口三山志》卷一二）。

梵王宫

靈鰲戴出梵王宫，殿閣崔巍百世雄。額古澤心頒建武，地鍾元氣孕鴻濛。雲連吴楚江山秀，水接滄溟海日紅。我欲楞伽分半榻，汲泉煮茗話真空。明許國誠《京口三山志》卷一二

句

外列千區民庶巷，中藏萬載帝王家。宋《錦繡萬花谷》後集卷二三

（孟憲忠整理）

無名氏

詩一首

山行似覺鳥聲殊，漸近神仙簡寂居。門外長溪容淨足，山腰苦筍耿盤蔬。喬崧定有藏丹處，大石仍存拜斗餘。弟子蒼髯年八十，養生世世授遺書。

句

浮雲有意藏山頂，流水無聲入稻田。古木微風時起籟，諸峰落日盡藏烟。以上《錦繡萬花谷》後集卷二七

按：二詩原署蘇軾。清馮應榴《蘇文忠詩合注》卷五〇附録於卷末，今入無名氏。

（孔凡禮整理）

程端

句

郡城好處西州無，兩江回合東南隅。簡州　《錦繡萬花谷》續集卷一一

（孟憲忠整理）

查蓉

查蓉，字仲本（《輿地紀勝》卷一七五）。

温泉在重慶府城北

浴罷臨泉一整冠，令人搔首憶長安。御湯搖蕩雙龍影，疑是胡兒簇馬鞍。　《錦繡萬花谷》續集卷一二

句

潼關一敗胡兒喜，簇馬驪山看御湯。題崇勝溫泉　宋王象之《輿地紀勝》卷一七五《夔州路·重慶府》

（陳曉蘭整理）

崔仰之

句

山色監巴迴，江流入漢清。送人牧榮州　《錦繡萬花谷》續集卷一三

（張天鴿整理）

李簡

句

山遶一城藏古寺，江連二水送孤舟。　潼川府　《錦繡萬花谷》續集卷一三

（李全整理）

無名氏

上太師公相生辰詩十首并序

某頓首百拜上啓：竊以道欲興周，嵩岳遂生於申伯；運將啓漢，昴星爰降於酇侯。眷我聖朝，起兹人傑。偶垂弧之盛旦，屬偃革之昌期。天祐賢生，時爲國賀。恭惟太師公相，明堂一柱，滄海六鼇；儲二水之英姿，稟三山之秀氣。抗義不屈，同杵臼之立孤；仗節言旋，邁子卿之出使。大講一時之利，爰交二國之歡。返魄馭以慈寧，天顔有喜；收大阿而密宥，兵柄難搖。興禮樂而牖俗於中和，設庠序而域民於禮義。是宜席開國承家之寵，膺加地進律之恩。錫甲第以安居，枉屬車之臨顧。凡兹偉觀，足爲美譚。某舊出陶鎔，遠瞻門閥，扳鱗附驥，際休運之半千；滌硯薰毫，頌大功之數十。仰祈椿算，愧瀆鈞嚴。某下情無任悚懼之至。某頓首百拜上。

地靈人傑産忠良，瑞靄龍蟠虎踞鄉。天欲中興神降岳，世將嘉靖弼生商。和羹早報梅花信，壽酒先飛柏葉觴。笑指山南成帶礪，龐眉與國等綿長。

運鍾百六擾神州，國祚當時劇贅旒。獨藉奇材支大廈，允資巨力障横流。嘯呼左袒安劉氏，指顧南冠縶楚囚。整頓乾坤康濟了，千齡翊宋永同休。

揚眉吐氣快生風，萬里歸來虎帳中。竭節任公營大計，解紛排難激丹衷。只憑忠信行蠻貊，遂使聲名等岱嵩。一德一心天所祐，定知福壽享無窮。

交歡鄰國獨推誠，不顧流言斷必行。直欲生靈躋壽域，聊將干舞解平城。坐扶國祚齊箕翼，立挽天河洗

甲兵。和議一成夷夏福，蒼生擊壤咏昇平。

談笑能令國勢强，一時忠義凛秋霜。挽回鞠馭還長樂，直把鴻勳紀太常。問寢東朝宮殿曉，來庭北使塞垣長。輔成孝弟光寰宇，竹帛仍傳萬世芳。

跋扈驕矜勢糾紛，兵威不戢定將焚。權歸宥密消兵釁，力埽欃槍息祲氛。鴻劍將軍休畫策，捧觴都護罷論勳。四方廊廟無餘事，咸仰伊周輔聖君。

偃伯靈臺滌翳昏，太平有象更何言。百神禋祀承天貺，萬里調元識定尊。復見漢儀難並舉，請觀周樂足同論。秉鈞當軸誠知體，坐使先生道滿門。

騎壒蒙蒙一洗空，恢崇儒館闡文風。正當世祖投戈際，遠邁元和沸鼎中。坐使車書同萬里，行看冠蓋襲諸戎。我公勳業追王佐，豈比區區頌泮宮。

勤勞王室見周公，報賜宜膺曲阜封。兆見維秦符佐命，祥開有魏慶疇庸。申加井賦恩方洽，倍衍圭腴賞正濃。一德君臣千載遇，九州四海仰雲龍。

手扶日月補圜穹，錫第庸旌再造功。樂奏鈞天迎騎擁，詩歌湛露晏堂豐。屬車臨幸龍顏喜，拔宅飛升帝眷隆。燕雀非惟依託計，華夷億萬賴帡幪。

宋魏齊賢《五百家播芳大全文粹》卷八七

（朱寶模整理）

全宋詩卷三七三九

張惠卿

題常山店壁

迢遞投前店，颼飀守破窗。一燈明復暗，顧影不成雙。　宋周煇《清波雜志》卷一〇

《清波雜志》：郵亭客舍，當午炊暮宿，弛擔小留次。觀壁間題字，或得親舊姓字，寫塗路艱辛之狀，篇什有可采者。其筆畫柔弱，語言哀怨，皆好事者戲爲婦人女子之作。頃于常山道上得一詩云云。後書女郎張惠卿。

無名氏

句

一色樓臺三十里，不知何處覓孤山。　題西湖

地下若逢秦相國，也應不説到沅湘。　挽万俟丞相　《清波雜志》卷三

題劉武僖題名後

一入侯門海樣深，漫留名字惱行人。夜來彷彿高唐夢，猶恐行雲意未真。　同上書卷一〇

《清波雜志》：劉光世自柯山赴召，記歲月於仰高亭上，末云侍兒意真代書。後有人題云云。

（以上漆永祥整理）

周伯仁

周伯仁，字友之，南昌（今屬江西）人。事見《桃源手聽》。

句

照天不夜梨花月，落地無聲柳絮風。春雪　宋陳賓《桃源手聽》

（朱寶模整理）

徐作

徐作，字開庵（《吴都文粹》卷四）。

王文孺臞庵

藜莧幽人室，丘園隱者居。一原青嶂合，萬水綠陰疏。手把歸田賦，腰懸種樹書。桑麻連畛秀，網罟入溪漁。　宋范成大《吴郡志》卷一四

（馬秀娟整理）

沈某

臞庵

清江繞檻白鷗飛，坐看潮痕上釣磯。松菊未荒元亮徑，芰荷先製屈平衣。窗前楓葉曉初落，亭下鱸魚秋正肥。安得從君理蓑笠，櫂歌相趁入烟霏。　《吴郡志》卷一四

（劉雯整理）

劉敬

觀滄浪亭石感而有作

蘇君在朝人不知，蘇君既没人悲之。流風遺書見稱道，高文大句爭提撕。壁間草隸亦不置，剝苔椎土無棄遺。乃知死不與人共利害，而後不爲時所疑。滄浪亭空卉木老，古石蒼蒼顏色好。無脛猶能千里來，致身忽在都門道。帝都王侯好事多，相看自悔取不早。君不見吳興長史春襴衫，閉門抱恨長枯槁。

《吳郡志》卷一四

（于博文整理）

劉無降

遊秀峰寺

曉乘輕舸出江城，晚上籃輿卻倦行。盡日松風響巖谷，小窗聽作亂泉聲。

《吳郡志》卷三二

（徐進整理）

林歆

吳中寒食

寒食家家踏曉晴，好風吹我出重城。幾灣野水迎人白，數點家山刮眼明。已有鴿原聯乘樂，何須鵷尾并橈行。山前父老應相笑，爲我頻來學送迎。

《吳郡志》卷四九

（李更整理）

釋惠日

白蓮花

神物何由測，分陀陸地輿。素芳呈玉雪，梵刹肇丘陵。換額從偏霸，懸碑自老僧。慇懃勸來者，期使續千燈。

白羽芬葩陸地蓮，可曾搖曳水中天。肯於素豔分新潔，不與紅酣鬬碧鮮。玉井無因期摘實，金園有兆必開先。應知瑞與優曇並，一朵騰芳萬古傳。

宋楊潛《雲間志》卷中

（徐永强整理）

湯黄中

句

近人方賀廈，如客已驚秋。 宋俞成《螢雪叢説》卷下

《螢雪叢説》：往年，上庠湯黄中試秋燕已如客詩，破題以廈對秋，權借用字也。

（劉雯整理）

蒲瀛

遊呪土寺西臺

偶到城西寺，人言呪土墳。夕陽臺半出，秋草徑才分。地下無紅粉，天邊有碧雲。徘徊追往事，風急葉紛紛。

宋程遇孫《成都文類》卷五

宿靈泉無我軒懷次山

幽軒着無我，居此合何人。聞道東山隱，當時此地親。心源將止水，世事甚浮雲。今日尋遺跡，空餘淡

墨春。自注：壁間有次山題字。同上書卷八

次韻袁升之遊海雲寺鴻慶院山茶之什

山茶兩本上連空，疊葉棲枝占佛宮。雀尾有金輸紺碧，鶴頭無火讓殷紅。優于峽茗稱呼異，劣與梅花氣候同。誰識諸天雨花外，道人宴坐雪霜中。

年年花葉炫虚空，歲月循環十二宫。對植霜天無賴碧，特開金地可憐紅。長春比並何妨别，密雪交加有底同。不必傳神呼趙老，君詩元在典刑中。

花開似火半燒空，熒惑飛來失故宫。但見洛人誇魏紫，誰知蜀國産真紅。肯隨月季無時節，應怪梅花有異同。遠挈一罇誰伴我，還從山裏望城中。

對境那能問色空，山茶花發映蓮宫。攻餘瑟瑟風摇緑，刑盡猩猩日曬紅。大雪迷漫元斗異，千林摇落不雷同。何須誑汝老迦葉，分付闍黎一笑中。

臘月寒冰火滿空，玄冥移種祝融宫。雪霜底事論堅白，兒女何知愛軟紅。金鼎轉丹應有異，玉沙洗水若爲同。細思造物元無物，顛倒繁華掌握中。

花發今年喜不空，邀頭肅客上蕭宫。雪殘千嶂猶連白，風引雙旌欲鬭紅。他日勳名三事在，先春和氣萬家同，等閒草木蒙湔祓，況入尋常顧盼中。以上同上書卷一一

句

自爲名都會，況兼山水州。補杜子美南屏山詩　宋王象之《輿地紀勝》卷一八五《利東路·閬州》

（徐進整理）

奕載

大雄寺

琉璃葉下剪梧桐，緑子青枝掃地空。俗眼如何有青白，好風安得問雌雄。物隨塵境工榮顇，人觸心兵戰異同。只可輕帆理歸興，暮雲蕭散大江東。

宋謝伯采《密齋筆記》卷三

（劉雯整理）

梁君貺

春帖子

東方和氣斗回杓，龍角中星轉紫霄。聖主問安天未曉，求衣親護玉宸朝。

宋何汶《竹莊詩話》卷一七

（劉虹整理）

釋長吉

釋長吉，號梵才大師，住淨名庵。事見《嘉定赤城志》卷二七、三五。今録詩五首。

贈台倅徐太博

瓊樹聳芳蕤，靈根植仙圃。懿哲藴英才，妙歲冲雲路。曲臺峻清秩，峨冠凜奇趣。霞城倅郡條，惠愛春榮布。心陂萬頃澄，羣物欣翔鷺。浮雲擯繁慮，虛舟游太素。庾樓明月情，謝塘春草句。沙鳥下琴軒，江風起廳樹。顒昂出俗操，益爲時賢慕。異日柏梁游，淵雲讓孤步。

贈郡糾陳員外

耿介藴國器，兹焉糾郡綱。清規稟詩禮，華閥聯簪裳。才刃挺銛利，心鑑涵輝光。盤錯無以壅，姦邪固難藏。民寃積已雪，吏局清如霜。彈雀費明月，補履煩干將。火烈金益堅，雪深松愈蒼。英聲人馳騖，壯氣方激昂。凝旒嗣洪業，百辟升賢良。孰知隱鵠志，即起摩天翔。

題清輝堂

結廬江上棲，江雲日爲侶。江山相掩映，清輝滿庭户。沙暝見歸禽，潮回聞去櫓。落景一簾風，殘雪半江雨。中餐啜露葵，午坐烹茶乳。少室傳花旨，南華齊物語。隱几賾淵源，篆香隨玉麈。愛此坐忘歸，東峰月華吐。

遊栖霞宫

龍虎丹砂煉已成，方瞳綠髮儷骨輕。石床半醉海月冷，芝軒長嘯天風清。時泛綠觥陪俠客，未騎赤鯉歸蓬瀛。朝簪相訪惜回馭，屢奏瑤琴太古聲。　以上宋林師蒧《天台續集》卷上

桐柏崇道觀

太帝天壇渤澥連，金霞蒼壁隔埃塵。蓬丘不斷青禽位，仙仗時來白虎軿。星籥豈惟壺内景，桃花長媚洞中天。優游笑把洪崖袂，瞬息人間又幾年。　同上書卷中

孟　觀

登華頂峰

偶因華頂宿，擡手摘星辰。不敢高聲語，恐驚天上人。　《天台續集》卷中　按：《詩話總龜》前集卷二引《古今詩話》謂爲楊億幼時登樓詩，已見本書《楊億八》；而《西清詩話》、《竹坡詩話》則謂李白夜宿山寺所題，字句稍有不同。歸屬待定，姑存疑備考。

薛如初

石雲

洞府標靈萬古傳，石雲呈瑞始何年。人間欲待爲霖雨，但看從龍起碧天。

凝真宫

仙翁曾是便升真，靈跡千年事轉新。碧洞峰前開紫府，清溪門外隔紅塵。祥雲瑞靄籠金殿，羽蓋霓旌擁玉晨。今日勝遊誠有遇，麻姑留我醉經春。

以上《天台續集》卷中

（以上徐永强整理）

石郊

石梁寺

行破白雲山幾重，僧牀投宿幸相容。泉聲到枕夜無寐，時聽隔林方廣鐘。

《天台續集》卷中

（劉雯整理）

郭明甫

題仙居縣南峰

山光竹影交寒輝，下有碧清吹漣漪。沙痕隱隱白鳥去，石聲鑿鑿扁舟歸。蕙蘭發香禪味遠，雲霧吐秀人家稀。須知春事不可挽，杜鵑已繞林中飛。

《天台續集》卷下

（李更整理）

玉盤居士

題樟林寺有碑高絶，題名在側

千巖壁立任蒼苔，今日玉盤居士來。洗斷雲根堪宴坐，不教獨秀在天台。《天台續集别編》卷二

（徐永强整理）

潘朝英

題金鼇山如畫軒四首

古木搖陰緑插空，梵宫寂寞草鬖鬆。可憐昔日掀天事，曾對君王跨六龍。

春潮暮落海門山，百艇齊飛牡蠣灘。分得魚蝦歸野市，滿江鷗鷺夕陽閒。

亂壑收雲接漲瀾，一天風露夜漫漫。金鼇不動涵坤軸，海月騰空萬宇寒。

倦客登臨力已疲，高僧故索小窗詩。江山最好君知否，春去秋來烟雨時。《天台續集别編》卷二

（朱寶模整理）

無名氏

别題

休説三江與五湖，平生心眼此中舒。人人總道渾如畫，衹恐丹青畫不如。《天台續集别編》卷二

題甯海瀛巖

濕台萬丘壑，走遍成重胝。佳山落床頭，咫尺反不知。我聞野老説，山乃神石移。蓬萊本三峰，一峰今

失之。上干雲霓秀，下壓鼈背欹。夜半見海日，紫暈開咸池。魑魅着老木，狂鼯向人啼。危亭無遺棟，絶壁無舊題。夫子勇過我，竦身敢獨躋。我病不能從，夢寐常追隨。秋風海上來，霜清鱸正肥。行尋越溪鞅，肅此世塵羈。

題司馬悔橋在天台、新城二境間

道書司馬悔，福地在天台。兹山秀盤古，億載青崔嵬。如何越中志，紀載殊未該。浪云唐子微，曾過兹橋來。奉詔悔輕出，欲勒俗駕回。至今名字存，修梁架岩隈。圖諜已太戾，土俗尤疏哉。以悔明兹橋，大字標板牌。流傳愈訛舛，雲笈君試開。以上同上書卷六

（以上徐永强整理）

無名氏

看弄潮

弄罷江潮晚入城，紅旗颭颭白旗輕。不因會喫翻浪頭，爭得天街鼓樂迎。宋吴自牧《夢粱錄》卷四

《夢粱錄》：臨安每歲八月内潮怒，勝於常時。十八日，帥座出郊，教習水軍。杭人有無賴之徒，以大綵旗、小青涼傘、紅綠小傘兒各繫色繡段子滿竿，伺潮出于海門，百十爲群，執旗泅水，以迓子胥。向有前輩作看弄潮詩云云。

（漆永祥整理）

百醉老人

句

中原戎馬場，故國虎狼窟。言歸成默傷，念之中心慄。遊别圃　宋樓鑰《攻媿集》卷七〇

《攻媿集》：百醉老人詩追七子，凌鮑、謝諸公，論之已詳。遊别圃有句云云。

（崔統華整理）

釋懷悟

釋懷悟，字瑞竹，俗姓崔。事見《樂邦文類》卷五。

廬山白蓮社

晉室陵遲帝紀侵，羣英晦跡匡山陰。樓煩大士麈麈尾，十七高賢爭扣几。才高孰謂文中龍，返使伊人思謝公。烟飛露滴玉池空，雪蓮蘸影搖秋風。

宋宗曉《樂邦文類》卷五

馬并

游金庭觀

右軍學業隱林丘，世隔年餘景尚幽。苔鎖一泓殘墨沼，雲遮三級舊書樓。欣逢羽客開金闕，快睹仙童侍玉旒。自怪今朝脱凡骨，飛身得向洞天遊。

宋高似孫《剡録》卷八

（以上劉雯整理）

李清叟

李清叟，縉雲（今屬浙江）人（《剡録》卷八）。

金庭觀

山屬蓬壺第幾重，奇峰翠岫繞靈宫。雲藏毛竹深深洞，烟起香爐裊裊風。放鶴已歸天漢上，養鵝無復小

池中。羽人盡得飛章法，神與寥陽路暗通。《剡録》卷八

（王德保整理）

金卞

金卞，字洪範，天台（今屬浙江）人。官校書郎（清雍正《江西通志》卷六六）。

遊金庭觀

尋真窮養浩，崇妙路迢迢。洞掩峰千叠，塵分水一條。白雲生石壁，飛閣插崖腰。隱隱存仙跡，渾疑在碧霄。《剡録》卷八

（孟憲忠整理）

歐陽建世

遊金庭觀

右軍平昔愛觀鵝，尚有池塘聚淥波。但見當時塵跡在，徘徊終日對嵯峨。《剡録》卷八

葉參光

游金庭觀

迢遞人間入路遥，忽窺仙闕絶塵囂。事尋奇異彼燕石，文載興崇是晉朝。攻藝高樓無筆硯，養鵝靈沼識蓊蕘。英雄雖逐年華謝，萬古真風冠碧霄。《剡録》卷八

李太澄

游金庭觀

步步溪山轉幾重，五雲深處敞琳宮。峰巒秀擁神仙至，門徑清無世俗風。晝靜棋聲深院裏，月明琴弄夜堂中。丹成仙子無餘事，衹待蟠桃信息通。《剡錄》卷八

（以上劉雯整理）

李樸

李樸，字德邵，廣陵（今江蘇揚州）人。

端硯

巖石凝清粹，端然絶世珍。聲清輕楚玉，色潤勝燕珉。宋高似孫《硯箋》卷一

（李更整理）

胡澹翁

句

如今竹閣多清興，紫蟹尖團不數蝦。宋高似孫《蟹略》卷一

鮭魚還抵店，蝦蟹不論錢。同上書卷二

赤魚白蟹何足數，風味未可松江鱸。同上書卷三

金嘉謨

魚籪

芒葦織簾箔，横當湖水秋。寄言魚與蟹，機穽在中流。《蟹略》卷二

（以上劉雯整理）

應樞

遊它山

登陸由來説四明，它山勝地久馳名。龍眠巨堰兩崖下，鰐吼奔流一水清。瑶閣鐘鳴群動息，金輪鼓奏百旦驚。後來水政誰研究，肯與雲濤更主盟。宋魏峴《四明它山水利備覽》卷下

（孟憲忠整理）

應煟

它山堰

十里猶聞震地雷，海神驚懼勒潮迴。遊人只愛山川好，一飽因誰惠得來。《四明它山水利備覽》卷下

無名氏

它山堰

誰將倚天劍，劚出天河水。傾瀉落人間，合流奔至此。六丁戰海若，横築萬石壘。波濤歛潮汐，辟易走

千里。蓄泄有堨埭，深長富源委。支派繚村落，河渠貫城市。千畦藉灌溉，萬井酌清沚。偉哉霖雨功，千載流不已。《四明它山水利備覽》卷下

（以上徐永强整理）

朱斗文

朱斗文，字彦章，號北湖居士，丹陽（今屬江蘇）人。《至順鎮江志》卷一九有傳。

陳山道中

繚繞陳山路，蕭疏古岸楓。側身徐杖屨，蹇足奈蒿蓬。霎霎流雲暮，冥冥落雁空。巨靈劈倒處，龍出玉泉中。清徐錫麟光緒《丹陽縣志》卷三四

句

巨靈擘兩山，飛泉擬白龍。玉龍泉　宋史彌堅《嘉定鎮江志》卷六

丹樓碧閣南徐館，疊嶂排峰北固山。

空存渌水橋，不見青苔寺。以上《輿地紀勝》卷七《兩浙西路·鎮江府》

隔溪人喚漁樵動，江上潮平船欲行。韓橋渡　元脱因《至順鎮江志》卷二

（陳曉蘭整理）

湯模

湯模，字元楷，金壇（今屬江蘇）人（嘉定《鎮江志》卷一九）。

遊練湖題甘露南莊壁

極目湖光裏，招提萬頃田。庭荒無馬跡，木落見炊煙。今日山林畔，他年香火緣。煩師瀹春茗，爲説小乘禪。《嘉定鎮江志》卷一九

劉昭

劉昭，字圖南，丹陽（今屬江蘇）人（《嘉定鎮江志》附録）。

渡江

大江注東溟，十月風濤壯。舟人造養生，奮臂衝奔浪。睠言君勿驚，世路方難行。若言世路險，此水真安平。《嘉定鎮江志》附録

黄軫

延慶院大中祥符改今額

寶刹標奇處，煙蘿響亂流。地靈僧得住，山好客多游。燈影連金像，鐘聲散石樓。風雷等閒作，咫尺是龍湫。宋黄甞《嘉定赤城志》卷二七

（以上孟憲忠整理）

圖書在版編目(CIP)數據

全宋詩　第71册/北京大學古文獻研究所編.—北京:北京大學出版社,1998.12

ISBN 7-301-03988-3

Ⅰ.全…　Ⅱ.北…　Ⅲ.古體詩-中國-宋代-總集　Ⅳ.I222.744

中國版本圖書館CIP數據核字(1999)第01110號

書　　名:**全宋詩**第七一册

著作責任者:北京大學古文獻研究所

責任編輯:馬辛民

標準書號:ISBN 7-301-03988-3/I·0533

出 版 者:北京大學出版社

地　　址:北京市海澱區中關村北京大學校内　100871

電　　話:出版部 62752015　發行部 62559712　編輯部 62752032

排 版 者:北京大學出版社激光照排中心 62754143

印 刷 者:中国科学院印刷厂

發 行 者:北京大學出版社

經 銷 者:新華書店

850×1168毫米　32開本　19.5印張　506千字

1998年12月第一版　1998年12月第一次印刷

定　　價:40.00元